GOLDMANN

Buch

Im Mittelpunkt dieses Thrillers mit historischem Hintergrund steht ein britisches Watergate, ein Netz von Erpressung und Betrug, von Eifersucht und Lügen. Der Leser wird in ein spannendes Verwirrspiel um das jähe Ende einer Ministerkarriere im England des Jahres 1910 hineingezogen.

Nichts stand Edwin Straffords Aufstieg zu den höchsten Ehren im Weg – bis die ebenso hitzige wie attraktive Frauenrechtlerin Elizabeth Latimer einen Ziegelstein in sein Wohnzimmer wirft. Aus dem Anschlag entwickelt sich eine Liebesgeschichte. Vor die Wahl gestellt, sein Amt als Minister zu behalten oder die schöne Elizabeth zu heiraten, entscheidet sich Strafford für die Liebe. Doch kurz vor dem Traualtar weist ihn die junge Frau zurück, mit der Begründung, »er wisse schon, warum«. Für Strafford bricht eine Welt zusammen, und er hat plötzlich den Verdacht, daß ihn jemand vernichten will. Aber wer?

Siebzig Jahre später wird Martin Radford, verhinderter Historiker, geschieden und arbeitslos, auf den Fall aufmerksam, versucht ihn wieder aufzurollen – und sticht in ein Wespennest. Gewisse Kreise haben offenbar immer noch ein Interesse daran, daß die wahren Hintergründe von Straffords Rücktritt nicht aufgedeckt werden. Sie schrecken auch vor Mord nicht zurück.

Autor

Robert Goddard, 1953 in der südenglischen Grafschaft Hampshire geboren, studierte in Cambridge Geschichte und war längere Zeit Beamter der Erziehungsabteilung der Grafschaft Devon. Seit dem aufsehenerregenden Erfolg seiner ersten Romane widmete er sich ganz dem Schreiben.

Außer dem vorliegenden Band sind von Robert Goddard
als Goldmann-Taschenbücher erschienen:

Die Krallen der Katze. Roman (9857)
Leben heißt Jagen. Roman (41195)
Mitten im Blau. Roman (41310)
Nimm niemals Abschied. Roman (42141)

ROBERT GODDARD

Dein Schatten, dem ich folgte

Roman

Aus dem Englischen
von Rainer von Savigny

GOLDMANN VERLAG

Ungekürzte Ausgabe

Titel der Originalausgabe: Past Caring
Originalverlag: Robert Hale Ltd., London

Für Vaunda

Umwelthinweis:
Alle bedruckten Materialien dieses Taschenbuches
sind chlorfrei und umweltschonend.
Das Papier enthält Recycling-Anteile.

Der Goldmann Verlag
ist ein Unternehmen der Verlagsgruppe Bertelsmann

Genehmigte Taschenbuchausgabe 7/92

Umschlagentwurf: Design Team München
Umschlagfoto: Lüttge, Ascholding
Druck: Elsnerdruck, Berlin
Verlagsnummer: 9856
MV · Herstellung: Stefan Hansen/sc
Made in Germany
ISBN 3-442-09856-4

5 7 9 10 8 6

Prolog

Ja, nun, am Ende, bin ich wieder eingetreten in diesen deinen alten Ort.
Durch die Jahre, die verstummten Lebensbilder, folgte ich deiner Fährte.
Was also, für unsere Vergangenheit, ist jetzt dein Wort?
Prüfend im Blick durch dunklen Raum, in dem ich dich entbehrte?

Die Worte fallen mir heute wieder ein. Ich habe meine eigenen verlorenen Jahre und stummen Bilder hinter mir, und übrig bleibt die gleiche unerfüllte Sehnsucht. Wenn du mir gesagt hättest, was die Suche nach deiner Vergangenheit für mich bereithielt, ich hätte sie nie begonnen. Dein Schatten, dem ich folgte, in dem ich mich bewegte, umgibt mich nun hier, am Ort deiner Verbannung. Was würdest du tun? Ich weiß – du brauchst nichts zu sagen. Doch zuerst muß ich eine Geschichte erzählen.

1

Die Dreißig eben überschritten, ein arbeitsloser, geschiedener Exlehrer, ein schlimmer Fall brachliegender Talente in städtischer Einöde, bittere Enttäuschungen hinter mir, düstere Aussichten vor mir – das war meine Situation im Frühjahr 1977. In jenem trüben März gab mir London mein Selbstmitleid wie ein Echo zurück.

Es klang schmerzhaft nach in meinem Kopf an diesem Morgen, ein dumpfes Pochen, mit dem sich das Bier des Vorabends in Erinnerung brachte und zu dem sich die Stimme meines zunehmend unwilligen Gastgebers gesellte, der gerade dabei war, in der Küche seiner Wohnung in Greenwich ein leidiges Thema aufs Tapet zu bringen. Es war Samstag, so daß der Lärm des pulsierenden Verkehrs von Maze Hill nur gedämpft durch das Fenster drang; auch das Licht war am Tisch, wo ich einen starken schwarzen Kaffee schlürfte, erträglich abgemildert. Jerry saß mir gegenüber, gewaschen und rasiert, angekleidet und mit klarem Kopf – vier Dinge, die man von mir nicht behaupten konnte – und studierte die Börsenberichte der »Financial Times«.

»Millennium ist wieder gestiegen«, sagte er.

»Natürlich«, sagte ich. Daß die Geschäfte meines früheren Arbeitgebers weiterhin florierten, war das letzte, was ich hören wollte, aber eine Überraschung war es nicht. Die Millennium-Gesellschaft für Grundbesitz hatte schon immer eine sichere Hand beim Erwerb und der Vermarktung historischer Liegenschaften gehabt, aber ihr einziges Zugeständnis an die Wissenschaft bestand darin, daß man überqualifizierte Hilfskräfte wie mich einstellte, die dann die Broschüren für Besichtigungen zurechtfrisieren mußten.

Bei Millennium hatte ich den ersten halbwegs anständigen Job bekommen, seit ich nicht mehr unterrichtete. Leider hatte ich meine Verachtung für die historischen Prinzipien der Firma – die dem transatlantischen Standard der amerikanischen Muttergesellschaft entsprachen – in einer Anwandlung von Vertrauensseligkeit auf einer Weihnachtsfeier der absolut falschen Person anvertraut. Daraufhin blieb mir nichts anderes übrig, als selbst zu kündigen, ehe die Firma mir den Laufpaß gab.

Ich hatte bereits vorher Schulden gehabt, und der Verlust eines regelmäßigen Einkommens führte bald dazu, daß ich die Wohnung in Richmond aufgeben mußte. Damals war Jerry, ein Freund aus gemeinsamen Schultagen, eingesprungen und hatte mir sein Gästezimmer in Greenwich angeboten, um mir die schwierige Übergangszeit zu erleichtern. Nur hatte sich die Übergangszeit inzwischen auf zwei Monate ausgedehnt, und Jerrys Geduld begann sich zu verschleißen.

»Habe ich dir schon erzählt, daß Tribune eine Filiale in Crawley eröffnen will?«

Natürlich hatte er. Er hatte auch darauf hingewiesen, daß man dafür neue Mitarbeiter suchen werde und daß er, falls ich interessiert sei, ein gutes Wort für mich einlegen könne. Ich war ehrlich gesagt extrem desinteressiert. Jerry war ein gewissenhafter und fleißiger Statistiker in der Tribune-Lebensversicherungs-Gesellschaft, wo man ohne Zweifel große Stücke auf ihn hielt. Aber in seiner Welt würde ich es nie zu etwas bringen, und weder mir noch Jerry wäre damit gedient gewesen, wenn ich es versucht hätte. Es war aber eine äußerst delikate Angelegenheit, ihm das klarzumachen. Eine Erklärung hätte seinen Sinn fürs Praktische beleidigt; in seiner überaus ernsthaften und bescheidenen Art würde er unmöglich verstehen, daß Tribune-Leben – 38 Stunden pro Woche in modernen Büros mit Zulagen für ehrgeizige Mitarbeiter und Sondertarifen für Betriebsangehörige – für ihn vielleicht ideal war, für mich aber ein Greuel.

»Ja, Jerry. Ich werde auf die Stellenangebote achten.«

Das war natürlich gelogen. Ich achtete weder auf diese noch auf andere Stellenangebote. Damit wollte ich bloß Jerry beruhigen und auch meine eigene uneingestandene Angst dämpfen, daß mich vielleicht weniger die Karriere eines Versicherungsangestellten schreckte als vielmehr jeder geregelte Beruf überhaupt.

Ich nahm die Gelegenheit zu einem Ablenkungsmanöver wahr und öffnete die Morgenpost. Zwei Briefe hatte ich bekommen, von Jerry mit pedantischer Akkuratesse an den Toaster gelehnt. Der eine enthielt die Abrechnung für meine Kreditkarte. Der andere sah vielversprechender aus: eine portugiesische Briefmarke und eine Handschrift, die ich gleich erkannte.

»Das ist ein Brief von Alec«, verkündete ich in der Hoffnung, Neuigkeiten aus Madeira würden uns von meiner Arbeitslosigkeit und dem Wohnungsproblem abbringen. Jerry kannte Alec Fowler nur über mich, und ich kannte ihn nur, weil wir als Studenten im gleichen Stockwerk gewohnt hatten. Er gehörte zu jenen Studenten, die erfahrener sind, als ihr Alter vermuten ließe, und uns übrigen das Gefühl vermittelt hatten, wir seien linkische Schuljungen. Ich war jedoch sehr lernwillig, und er brauchte Gesellschaft für sein ausgelassenes Treiben. Alec umgab sich mit Menschen wie mich, die sich gern als radikale Freidenker betrachten. In den sechziger Jahren war Cambridge ein Treibhaus, das eine Art selbstgefällige studentische Schickeria gedeihen ließ, die neue und bedeutsame gesellschaftliche Entwicklungen darin sah, Marihuana zu rauchen und allgemein anerkannte Vorstellungen durch den Kakao zu ziehen. Solange Alec uns mit seiner Spitzbubenmentalität die Ziele vorgab, war das irgendwie glaubwürdig. Zehn Jahre später erschien es unglaublich naiv und – das hätte uns damals viel härter getroffen – einfach irrelevant. Dennoch verband sich mit dieser Zeit eine optimistische Aufbruchstimmung, die ihr im Licht der ernüchternden Jahre danach einen besonderen Stellenwert verlieh.

Während ich diese Jahre damit verbracht hatte, zu Frau, Kind und Lehrberuf zu kommen, um anschließend alles wieder zu verlieren, und während England sich tastend den Weg durch Ölkrise und Drei-Tage-Wochen suchte, war es Alec immer gelungen, das Leben zu genießen. Im Zusammenhang mit den Garden-House-Tumulten wurde er vorgeladen, aber nicht vor Gericht gestellt, verwarnt, aber nicht von der Universität verwiesen; er schien seine Arbeitszeit ausschließlich politischen Pamphleten zu widmen, bestand sein Examen in Englisch aber doch mit einer Eins und hatte sich dann, laut eigener Aussage, zielbewußt treiben lassen: Paris (»auf der Suche nach dem Geist der 68er Jahre«), Venedig (»um es zu sehen, bevor es untergeht«) und Kreta (»um Englisch zu lehren und das mediterrane Licht zu studieren«). Diese periodischen Abwesenheiten wurden durch gelegentliche Besuche in der Heimat unterbrochen. Dann pflegte er mich heimzusuchen, um unsere gemeinsame Studienzeit in Trinkgelagen über das Wochenende wieder auferstehen zu lassen, was meine Frau mehr als einmal an den Rand der Verzweiflung brachte.

Alecs eigentlicher Ehrgeiz galt, wie er mir oft sagte, einer journalistischen Karriere. Der Durchbruch schien immer unmittelbar bevorzustehen, auch wenn es bisher noch nie dazu gekommen war. Er war in New York zur Zeit des Watergate-Skandals, konnte aber niemanden dazu bewegen, seine Meinung zu der Affäre zu drucken. Eine Abendzeitung in Montreal stellte ihn für die Olympischen Spiele ein, aber die Sache platzte, ehe die Olympiade überhaupt begonnen hatte. Es erschien ihm dann angezeigt, den journalistischen Ehrgeiz für eine Weile ruhen zu lassen, um seine Finanzen in Ordnung zu bringen, indem er einen Halbjahresvertrag als Englischlehrer auf Madeira unterzeichnete.

Nun war er ausgerechnet dieses Mal, als ich seine Gesellschaft dringend zur Aufmunterung gebraucht hätte, nicht wie geplant zu Weihnachten zurückgekommen. Ich hatte ihm wiederholt geschrieben; dieser Brief war seine erste Antwort. Ich las ihn Jerry also in der Hoffnung vor, ihn von meinen Initiativen zur Arbeits- und Wohnungssuche ablenken zu können – bzw. von der Tatsache, daß ich noch gar nichts unternommen hatte.

Hallo Martin!

Wie geht's? Tut mir leid, daß ich in der letzten Zeit so wenig von mir hören ließ, aber ich hatte viel um die Ohren – davon gleich mehr. Die Millennium-Geschichte ist bedauerlich, obwohl es wahrscheinlich ganz gut ist, daß Du nicht mehr dort arbeitest. Mein Kompliment an Jerry, daß er es so lange mit Dir aushält.

Mein Job als Lehrer lief Weihnachten aus, und Du wolltest wissen, was ich seither mache. Als jemand, der noch nie darauf warten konnte, daß das Gras (das Wortspiel ist natürlich Zufall!) von selbst wächst, habe ich – jetzt wirst Du Augen machen – eine Zeitung für diese Insel ins Leben gerufen. Auf Madeira wimmelt es von Engländern – Feriengäste und solche, die ihren Lebensabend hier verbringen. Ich wollte ihnen eine Monatszeitschrift bieten: in Hochglanz und englischer Sprache, mit vielen Fotos der Naturschönheiten auf Madeira (zahlreich) und aktueller Berichterstattung über die Ereignisse (dürftig), um die Touristen zu informieren, was es wo zu sehen gibt, und die ortsansässigen Engländer, was sich so tut. Ich hatte einen guten Start, einfach weil es keine Konkurrenz gibt. Hinzu kam, daß einer meiner Bekannten hier, der als Fotograf so gut ist wie ich als Journalist (eine fatale Kombination), sich mit mir zusammengetan hat und ich auch die Unterstützung vieler Geschäfte und Firmen habe, die die Werbung bei ihren englischen Käufern an den Mann bringen wollen, weil sie ihre besten Kunden sind.

Außerdem hat uns ein südafrikanischer Hotelbesitzer in Funchal das Geld vorgeschossen, um uns auf die Beine zu helfen. Die erste Nummer von »Madeira Life« ist letzten Monat herausgekommen, und sie geht bisher (unberufen!) recht gut. Leo – der Hotelbesitzer – hat einen Empfang arrangiert, um allen wichtigen Persönlichkeiten die Sache schmackhaft zu machen. Glaub mir, wenn das so weitergeht, könnte ich daraus noch in das hiesige Establishment aufrücken. Das Ganze könnte mir, und das wäre ja noch interessanter, den Weg in die Fleet Street ebnen.

Vorerst allerdings ist es noch nicht soweit. Ich muß erst einmal meine Lehre absolvieren. Damit komme ich zu einem Vorschlag, den ich Dir machen wollte, um Dich ein wenig aufzumuntern. Warum läßt du nicht einfach alles stehen und liegen – das wäre doch ohnehin sehr wenig, wenn ich Deinen letzten Brief richtig verstehe – und kommst hierher, um ein bißchen auszuspannen? Das portugiesische Ehepaar, mit dem ich mir das Haus teile, ist für einen Monat verreist, so daß ich Dich ohne Schwierigkeiten unterbringen kann. Madeira im Frühling ist wunderbar. Ich könnte Dir alles zeigen, und Du könntest mir sagen, was Du von meiner Zeitschrift hältst, und gemeinsam könnten wir über die alten Zeiten reden.

Was sagst Du dazu? Laß es mich bald wissen.

Tschüß, Alec

»Fährst du hin?« fragte Jerry, für meinen Geschmack etwas schnell.

»Wenn ich es irgendwie deichseln kann, fahre ich auf der Stelle.« Ich war zuversichtlicher, als das klingen mochte. Ich hatte etwas Geld bei einer Bausparkasse angelegt, als Rücklage für besondere Fälle, und dieses Angebot durfte man eindeutig zu den besonderen Fällen rechnen.

»Warum auch nicht«, sagte Jerry. »Ein Urlaub tut dir sicher gut.«

Am Montagabend konnte ich Alec anrufen, um ein Ankunftsdatum vorzuschlagen. Nach mehreren mißglückten Versuchen hörte ich durch viel Rauschen und Knistern in der Leitung seine vertraute Stimme aus dem fernen Madeira.

»Prima, daß es klappt, Martin. Ich freu' mich, dich zu sehen.«

»Das hoffe ich, aber es wird früher sein, als du vielleicht erwartet hast. Ich habe eine Vormerkung in einem Charterflug am 31.«

»Nimm den Flug. Das ist eine gute Zeit: zwischen zwei Nummern, so daß ich dir alle Sehenswürdigkeiten zeigen kann. Und je früher du kommst, desto besser – möglicherweise lohnt sich die Sache für dich.«

Ich diktierte ihm Flugnummer und Ankunftszeit, ehe wir uns im Kampf gegen die Störung in der Leitung geschlagen gaben. Erst nach dem Auflegen dachte ich über seine Worte nach und fragte mich, ob er gemeint hatte, die Reise bringe mehr als ein normaler Urlaub. Hatte er etwas jetzt, wo seine Zeitschrift Erfolg zu haben begann, ein gutes Angebot für einen alten Freund auf Lager? Es war kaum mehr als eine aufglimmende Ahnung, aber genug, um meine gute Laune bis zum Abflug zu gewährleisten.

Ich war also unbeschwert und optimistisch, als ich den Flug nach Madeira antrat. Zwischen all den glücklichen Familien, die in die Ferien flogen, kam ich mir zwar etwas fehl am Platz vor, aber einige Drinks ließen die Zeit recht angenehm verstreichen – jedenfalls, bis unsere Maschine in eine Schlechtwetterfront geriet.

Während wir im Landeanflug auf Madeira kräftig durchgerüttelt wurden, schaute ich aus dem Fenster, um etwas von der Insel zu sehen, wobei meine Finger, mit denen ich mich krampfhaft an die Lehnen klammerte, so weiß wurden wie die Wolkenberge, die mir beim Blick nach draußen allzu nahe kamen. Immerhin wurde vor uns ein grüner Fleck sichtbar, und gleich darauf hatten wir Bodenkontakt mit etwas, von dem ich hoffte, es sei die Landebahn. Mit einem heftigen Bremsmanöver kam das Flugzeug zum Stehen. Ich war auf der Stelle wieder nüchtern und stieg auf unsicheren Beinen aus der Maschine. In strömendem Regen zog ich mir meinen Anorak über und trottete den übrigen Passagieren zur Abfertigung nach.

Von Alec war nichts zu sehen, als wir mit dem Zoll fertig waren und die übrigen Passagiere in alle Richtungen davongingen, aber gerade als ich anfing, mich zu ärgern, kam er schwungvoll die paar Stufen von einem höhergelegenen Stockwerk herab.

»Hallo, Martin«, rief er und schlenderte lässig grüßend auf mich zu. Er sah sehr fit aus, braungebrannt und entspannt, die rotblonden Haare in der Sonne hell geworden; er wirkte mehr wie ein Strandwart, nicht wie ein Journalist, als er mir auf die Schulter klopfte und mir ein breites Lächeln schenkte.

»Wie geht's, alter Junge? Du siehst ziemlich mitgenommen aus.«

»Es geht, danke.« Ich grinste kläglich. »Du würdest auch so aussehen, Alec, wenn du diese Landung mitgemacht hättest. Ich sah uns schon im Atlantik.«

»Etwas haarig, was? Von der Bar sah es nicht schlimm aus.«

»Von einer Bar sieht alles besser aus.«

»Da ist was dran. Die Landebahn ist tatsächlich etwas kurz geraten. Ich habe es dir nicht gesagt, weil ich mir dachte, es könnte dich abschrecken. Das Wetter macht die Dinge auch nicht gerade besser. Du mußt es mitgebracht haben – es war dieses Jahr noch nie so schlimm. Man kann sich doch darauf verlassen, daß ein Pessimist wie du ankommt, wenn Madeira sich von der schlechtesten Seite zeigt.«

Alec hatte ganz recht: Ich hatte in meinem Leben immer das Schlimmste erwartet und war darin nur selten enttäuscht worden. Er hatte immer das Beste erhofft und war gelegentlich dafür belohnt worden. So kam es, daß ich den Winter nutzlos in London verbracht und er die Möglichkeit einer sonnigen Insel ausgeschöpft hatte. Es war auch richtig, daß diese sich heute nicht von der besten Seite zeigte. Der Taxifahrer hatte seine Sonnenbrille auf und fuhr, als seien die Straßen trocken; alles, was ich zu sehen bekam, während wir mit hoher Geschwindigkeit die Haarnadelkurven der Küstenstraße nach Funchal nahmen, waren düstere Klippen, aufgewühltes Meer und finstere Wolken – eher Cornwall als die Tropen.

»Mach dir keine Sorgen«, beruhigte mich Alec, »so ein Wetter hält sich hier nie. Madeira ist eine wunderbare Insel, das kannst du mir glauben. Die Inselbewohner tun allerdings nicht viel dafür, daß es so bleibt.« Er deutete durch den dichten Regen auf eine Bauruine. »Sie haben alle südländischen Untugenden«, wir schlingerten durch ein Schlagloch, und ich nickte zustimmend, wobei ich hoffte, daß der Fahrer kein Englisch verstand. »Und nur eine Tugend: Sie geben mir die Chance, eine Zeitschrift zu machen. Ich weiß, es ist am Ende der Welt, aber für mich ist es ein Anfang.« Nach zahllosen verunglückten Anfängen war Alecs Hoffnung unversehrt. Erstaunlicherweise waren auch wir noch unversehrt, als das Taxi die gewundene Straße nach Funchal hinabfuhr: graue und braune Flecken von Häusern in einem hügeligen Halbrund an einer Bucht.

Alecs Haus war eine Oase – kühl, trocken und friedlich, was man von draußen nicht behaupten konnte. Im Wohnzimmer ließ ich mich in einen Sessel fallen, während Alec von der Küche her seine etwas sprunghafte Würdigung des Lebens auf Madeira fortsetzte.

»Wir werden den Kaffee schwarz trinken müssen«, rief er. »Milch ist hier so etwas wie Gold. Du siehst sowieso aus, als ob du einen starken Kaffee nötig hättest. Auf dem Tisch liegt eine Nummer der Zeitschrift. Du kannst ja mal reinschauen.«

»*Madeira Life*«, April 1977: Fettdruck auf Hochglanzpapier, die Titelseite mit einem lächelnden dunkelhaarigen Mädchen in gestreiftem Kleid, darüber eine Bolerojacke und in den Händen Mimosensträuße, deren strahlend gelbe Blüten aus dem Bild zu springen schienen.

Ich blätterte die Nummer durch. Was ich sah, waren gut gemachte, sensible Fotos und dazu Alecs energischer Stil; ich las eine Zusammenstellung aktueller Ereignisse und eine Seite Lokalnachrichten.

»Was ist zur Zeit auf Madeira Besonderes los, Alec?«

»Hier ist nie etwas Besonderes los, Martin. Ich bereite einfach das Wenige auf und komme den Vorurteilen meiner Leser entgegen.«

»Und welcher Art sind die?«

»Vorhersehbar. Wie bei allen Engländern im Ausland, nehme ich an: Warum sind die Einheimischen so laut und so faul?«

»Und wo kann man billig essen gehen?«

»Du hast gelesen, was ich über das ›Jardim del Sol‹ geschrieben habe. Es ist wirklich ein ausgezeichnetes Restaurant. Ich zwinge mich dazu, einmal pro Woche im Interesse meiner kulinarisch orientierten Leser im Restaurant zu essen. Funchal hat viele gute, billige Restaurants – und ein paar schlechte.«

»Das kann ich mir vorstellen. – Ah, das sieht ganz nach dem Kenner aus.«

Gleich hinter der Doppelseite über das Blumenfest war ich auf ein Arrangement dunkler, vielversprechender, dick verstaubter Weinflaschen gestoßen: »Alter Madeira – Gibt es ihn noch?«

»Man wird hier einfach zum Madeirafachmann. Der Handel befand sich im wesentlichen immer in den Händen englischer Familien; es liegt daher sehr nahe, ein solches Thema für englische Leser aufzugreifen.«

»Und für dich, in ihrem Interesse zu kosten?«

»Du sagst es. Aber dieser Artikel behandelt den Jahrgang 1792 und die Frage, ob vielleicht noch vereinzelte Flaschen erhalten sind. Man hat Napoleon auf seinem Weg nach St. Helena davon angeboten, aber es ging ihm nicht gut genug, um ihn zu trinken.«

»Wie traurig.«

»Ja – aber bezeichnend. Madeira liegt nicht im Zentrum der Weltereignisse. Die berühmten Persönlichkeiten kommen hierher, bevor sie auf dem Höhepunkt ihres Lebens stehen – oder wenn sie ihn hinter sich haben. Wie du noch feststellen wirst.«

Ich glaubte, das bereits festgestellt zu haben, denn ich hatte die vergilbten Fotografien von Churchill gesehen, seine unverkennbare, massige Gestalt vorgebeugt auf einem Hocker, während er eine Meerlandschaft malte, und auf einer weiteren Fotografie zusammen mit seiner Frau, auf einem Balkon, vor einem reichverzierten Geländer und mit Palmen im Hintergrund.

In diesem Augenblick kam Alec mit einem Tablett ins Zimmer und schaute mir über die Schulter. »Churchill hat hier nach dem Krieg oft den Winter verbracht«, sagte er. »Er malte gern die Gegend an der Küste bei Camara de Lobos.« Er stellte das Tablett ab und schenkte den Kaffee ein. »Also, was hältst du davon?«

Ich legte die Zeitschrift beiseite und blickte auf. »Sie ist gut, Alec«, sagte ich. »Sehr gut. Abwechslungsreich, lebendig, informativ. Ich würde sie kaufen.«

»Glaubst du, die Sache hat Zukunft?«

»Sie verdient jedenfalls eine. Und du wirst ja wissen, ob es einen Markt dafür gibt.« Ich schlürfte dankbar meinen Kaffee. »In deinem Brief sprachst du von einem Förderer.«

»Genau. Ich habe es fertiggebracht, die Unterstützung durch genau den richtigen Mann zu gewinnen. Leo Sellick ist Südafrikaner und hat daher gute Beziehungen zu den Engländern. Er hat einen Haufen Geld verdient, indem er Land aufgekauft und dann verkauft hat, als überall die Hotels aus dem Boden schossen; er besitzt immer noch eins östlich von hier in Machico, wo es den einzigen schönen Strand auf der Insel gibt. Ganz offenbar hat er einen sicheren Blick für die richtigen Investitionen; es ist also ermutigend, daß er Geld in ›*Madeira Life*‹ gesteckt hat. Außerdem kennt er alle wichtigen Persönlichkeiten, die mich sonst am ausgestreckten Arm verhungern lassen würden. Im Klub hört man auf ihn, und er wirkt in meinem Sinne auf sie ein.«

»Das klingt, als wäre er ein unschätzbarer Trumpf.«

»Das ist er auch. Und mit seiner Hilfe werde ich einen Erfolg landen.«

Ich wünschte ihm viel Glück dazu, durchaus ehrlich gemeint, aber nicht ganz frei von heimlicher Mißgunst. Alec war wieder einmal auf die Füße gefallen, während ich immer noch keinen festen Boden unter meinen hatte. Seine Begeisterung verhinderte, daß meine Neuigkeiten, die ja ohnehin nicht sehr bedeutsam waren, ausführlich zur Sprache kamen. Ich konnte ihn aber doch mit einer ausgeschmückten Version meines Abgangs von Millennium amüsieren. In dieser Fassung hatte ich auf der Stelle am Silvesterabend gekündigt, und nicht etwa unter Druck. Ich war zwar Historiker, hatte aber keine Bedenken, die Darstellung der Vergangenheit etwas zu zensieren, wenn es meinen Zwecken diente.

Später, nach Einbruch der Dunkelheit, führte Alec mich in ein Restaurant, über das er in seiner Zeitschrift berichten wollte. Es war klein, stickig, überfüllt und lustig, voller südlicher Lebensfreude, mit geschäftigen, schmuddeligen Kellnern. Alec bestellte zwei Espada-Filets – Tiefseefisch – mit Garnelensauce und eine Flasche herzhaften Dão dazu und anschließend eine zweite, als wir anfingen, uns zu entspannen.

»Morgen«, vertraute er mir an, »lasse ich dich gleich den Höhepunkt deines Aufenthalts erleben.«

»Und der wäre?«

»Du kannst Leo kennenlernen. Er wohnt in Camacha, in den Bergen nordöstlich von hier. Als er hörte, daß du mich besuchen wolltest, bestand er darauf, uns gemeinsam zum Essen einzuladen. Du kannst mir glauben – das darf man nicht verpassen. Er ist ein großzügiger Gastgeber, und seine Quinta ist ein herrliches Stück Land.«

»Quinta?«

»Sozusagen ein Landgut. Du wirst dich aber an das Wort auf den Portweinflaschen in Cambridge erinnern. Wenn ich mich nicht täusche, haben wir damals nicht wenige Flaschen davon geleert.«

»Unsere Konzession an die konservative Lebensart.«

»Und hier jenseits dessen, was ich mir leisten kann. Trink lieber noch ein Glas Dão – der entspricht meinen Möglichkeiten.«

Ich schob ihm mein Glas hin, und wir verbrachten den Abend im weinseligen Gespräch über britische und portugiesische Politik, Studenten damals und heute, den Journalismus und Madeira. Ich fing an, meinen Aufenthalt zu genießen. Ein alter Freund und die neue Umgebung begannen bereits zu wirken.

Madeira war verändert, als ich am nächsten Morgen erwachte. Durch das offene Fenster meines Zimmers sah ich einen tiefblauen Himmel, hörte Vögel zwitschern und singen, sog die milde Luft ein und blickte auf das sonnendurchflutete Funchal, dessen Dächer bereits dunstweiß flimmerten. Mauern, die am Tag meiner Ankunft grau gewesen waren, zeigten nun blendendes Weiß, die braunen Dachziegel vom Vortag strahlendes Orange. Die Stadt drängte einen grünen Hang hinauf, unter sich den weiten blauen Ozean. Ich hatte zwar einen schweren Kopf, aber die Luft war klar, die Aussicht glänzend.

Nach dem Frühstück ging Alec aus dem Haus und kehrte mit Brot, einem Brathähnchen und Mangos zurück. »Für ein Picknick«, verkündete er. »Wir werden das noch brauchen. Bist du fertig?«

»Warum so eilig? Ich dachte, wir gehen zum Abendessen?«

»Das tun wir auch – zu Fuß. Es ist ein Fußmarsch von sechs Stunden, zieh also die Stiefel an.«

»Ich wußte gar nicht, daß wir wandern würden.«

»Ich habe dir doch gesagt – ich bin inzwischen ein besserer Mensch. Und du siehst so aus, als täte dir etwas körperliche Anstrengung gut. Außerdem ist es eine wunderschöne Wanderung.«

Alec begann, die Brote zu machen. »Wir nehmen meinen Rucksack«, sagte er. »Pack alles ein, was du für eine Übernachtung brauchst. Wir kommen heute nicht mehr zurück.«

Er hatte ja gesagt, daß Leo Sellick ein großzügiger Gastgeber sei. Was die wunderschöne Wanderung betraf, so vertraute ich auf sein Wort. Und danach kam ja auf jeden Fall das Essen.

Wir gingen zum Hafen hinunter und bestiegen einen ramponierten alten rotgrauen Bus, mit dem wir Funchal hinter uns lassen wollten. Er schlängelte sich rumpelnd zwischen hohen Mauern über das unebene Pflaster, während der Motor die anhaltende Steigung mit Protestgeräuschen quittierte.

»Wir fahren nach Monte hinauf«, rief Alec mir ins Ohr, um den Lärm des Dieselmotors zu übertönen. »Diesen Weg haben in der Vergangenheit viele englische Siedler genommen, hinauf in die Berge, wo die Luft kühler ist und angeblich heilende Wirkung hat. In Monte gibt es zahlreiche Erholungsheime für wohlhabende Lungenkranke.« Der Dieselqualm drang durch das Fenster, als der Bus sich um eine Haarnadelkurve quälte. »Sie sind natürlich nicht mit dem Bus gefahren.« Das konnte ich ihnen nachfühlen.

Der Bus folgte der kurvenreichen Straße in die Berge hinauf, bis die Luft frischer wurde und die Straße breiter. Wir waren in Monte angekommen, das kühler und friedlicher und auch englischer wirkte als Funchal. Wir stiegen aus und gingen eine gepflasterte Straße entlang, an Stufen vorbei, die zu einer großen Kirche mit zwei abgerundeten Glockentürmen hinaufführten; gegenüber, zentral in einer Mauernische, fiel eine Marienfigur ins Auge.

»Unsere Liebe Frau vom Berge«, sagte Alec. »Kaiser Karl von Österreich liegt hier begraben.«

»Kam er aus gesundheitlichen Gründen?«

»Falls es so gewesen sein sollte, dann ist es ihm nicht bekommen. Er starb ziemlich jung.«

Wir ließen uns auf unserem Weg durch Monte hindurch zum »Hotel Belmont« nicht aufhalten und bogen in eine von blauen und weißen Agapanthusreihen gesäumte Straße ein, die uns in den Ort Babosas führte. Ein gesicherter Aussichtspunkt gewährte uns einen Blick über den Hafen und ganz Funchal hinweg bis in die Berge über der Stadt mit ihrem Fleckenmuster von Terrassen, die sich unserem Auge in immer neuen Farbtönen darboten, während die Wolkenschatten in rascher Folge über die welligen Hänge glitten. Die Aussicht war wohltuend, denn die grünen und blauen Töne waren soviel intensiver, als sie in England gewesen wären, daß sie jemandem, der gerade einen Winter in London überstanden hatte, erschienen wie Acryl- nach Wasserfarben.

Wir nahmen einen grasbewachsenen Weg durch einen lichten Wald von Kiefern und Mimosen, in dem es betäubend duftete, und kamen in ein enges Tal mit steilen, brüchigen Basalthängen auf beiden Seiten. Bei unserem Aufstieg stießen wir auf den Wall eines winzigen Kanals, der an dieser Stelle aus einer dunklen Öffnung ins Freie trat. Wir wandten uns nach Osten und gingen einen schmalen Pfad auf der anderen Seite des Wasserwegs entlang.

»Das ist eine Levada«, erklärte Alec. »Sie durchziehen ganz Madeira. Sie führen das Regenwasser von den Berggipfeln in die Täler, wo sie das Land bewässern und Kraftwerke speisen. Und sie sind hervorragend geeignet für reizvolle Wanderungen.« Fast ohne jede Vorwarnung fiel das Basaltgestein auf unserer Rechten jäh in schwindelerregende Tiefe ab.

»Schau nicht hinunter«, sagte Alec. »Geh einfach geradeaus weiter, dann besteht überhaupt keine Gefahr.«

Ich folgte Alec konzentriert auf dem Pfad, bis dieser uns von den Abgründen wegführte. Links und rechts begleiteten uns nun Kiefernhaine und unzählige Lilien. Außer wenn uns die Grenzmauern einer privaten Quinta zu einem Umweg zwangen, hielten wir uns in den folgenden Stunden an die Levada und den parallel verlaufenden Pfad mit seiner ockerroten Erde, bis wir auf eine staubige Hauptstraße stießen, die unsere Route kreuzte.

Jenseits der Straße, neben einem rosa gestrichenen Häuschen, dessen Garten mit orangen und dunkelroten Lilienblüten übersät war, schauten wir die bewaldeten Hänge hinab zum Meer. Die Küste – wie auch die Erhebungen der draußen im Meer liegenden Inseln, der Desertas – verschwamm in der flirrenden Hitze.

»Direkt unter uns liegt Palheiro Ferreiro«, sagte Alec. »Siehst du die Villa dort unten zwischen den Bäumen?« Mitten im Grün konnte ich orangefarbene Dächer erkennen. »Das ist die Quinta der Blandys. Sie gehören zu den reichsten Familien auf Madeira – ein Name, auf den man Rücksicht nehmen muß. Sie beherrschen den Weinhandel seit drei Jahrhunderten. Wie du siehst, haben die Engländer auf der Insel schon immer ein Wort mitzureden gehabt.«

»Freunde von Leo Sellick?«

»Leo ist mit jedem befreundet – insbesondere mit Leuten wie den Blandys. Sie wohnen natürlich auch in der Nähe.«

»Das höre ich gern.«

»Was ist los? Machen die Füße nicht mehr mit?«

»Na ja, sagen wir mal: Ich glaube, heute abend habe ich mir mein Essen verdient.«

»Wir machen bald eine Pause zum Mittagessen.«

Dazwischen lagen wirklich nur noch zwanzig Minuten und ein kurzer Levadatunnel, durch den wir im Licht einer schwächlichen Taschenlampe kriechen mußten. Wir ließen uns in einem kühlen Kiefernwäldchen nieder und machten uns über unser Picknick her.

»Bald sind wir in Camacha«, sagte Alec. »Die Quinta do Porto Novo liegt einige Meilen hinter dem Dorf.«

»Und da wohnt Leo?«

»Ja. Es ist ein herrliches Fleckchen am Ende des Porto-Novo-Tals. Die Landschaft bei Camacha erinnert mich an England – wohin man blickt, Dunst und sanfte Fruchtbarkeit.«

Er hatte recht. Die Levada verschwand bald wieder in einem Tunnel – diesmal unpassierbar –, und wir bogen in einen Fußweg zu dem verstreut liegenden Ort Ribeirinha ein, um dann einer staubigen Straße nach Camacha zu folgen, deren Böschungen von Hortensien überwuchert wurden. Die Landschaft nahm in der Tat englischen Charakter an: Zwischen Weidengehölzen befanden sich Obstgärten mit Apfelbäumen, von schneeweißen Blüten überzogen. Wir gingen vorbei an Gärten und Höfen, in denen man schlanke Weidenruten zum Trocknen aufgehäuft hatte. »Das Korbflechten ist die Heimindustrie hier«, erklärte Alec, »und die Bewohner von Camacha sind Meister in dieser Kunst.«

Wir verließen das Ortszentrum auf einem festen Weg entlang den Mauern einer privaten Quinta und folgten diesem hinauf zu einer weiteren Levada, die kleiner war und weniger Wasser führte. Sie schlängelte sich von Camacha fort, um die westlichen Hänge des Porto-Novo-Tals herum. Auch hier blühten wieder die Hortensien, und unter uns fiel das Tal in üppigem Grün zum Meer hin ab. Wolken zogen darüber hin, umspielten die Bergspitzen und machten das Sonnenlicht sanfter, als der Abend näherrückte.

Etwa eine halbe Stunde später verschwand die Levada wieder in einem Tunnel, und wir nahmen einen befestigten Weg nach unten, um unseren Marsch auf der staubroten Hauptstraße fortzusetzen, die Camacha in nördlicher Richtung verließ. Wir hatten das Talende erreicht, wo die Straße den Porto-Novo-Fluß überquerte und in einem Bogen zur östlichen Hangseite hinüberführte.

Vor uns, am Ausgang der Kurve, wurde in einer Mauer, die entlang der Straße verlief und von der der Putz abbröckelte, ein schmiedeeisernes Tor sichtbar, dessen Flügel offenstanden. Auf einem der beiden Torpfosten stand QUINTA DO PORTO NOVO. Das Grundstück war terrassenförmig angelegt und bewaldet; die gepflasterte Auffahrt zog sich in Zickzacklinien hangaufwärts zum Haus, dessen orangefarbene Dächer und weiße Mauern über die Bäume hinweg im Sonnenlicht schimmerten.

»Da sind wir«, sagte Alec. »Ein schönes Refugium.«

Während sich die Stille des beginnenden Abends über die Quinta senkte, stiegen wir langsam die Auffahrt hinauf. Ein Weinberg lag an einem sonnigen Hang, der auf der rechten Seite einen sanften Bogen beschrieb, aber wir gingen zwischen Apfelbäumen, deren Blütenblätter den Boden bedeckten, den direkten Weg zum Haus.

Durch einen Torbogen am Ende der Auffahrt traten wir in einen Hof. Aus dem Brunnen in seiner Mitte stieg, von einem pausbäckigen Engel nach oben gerichtet, eine Fontäne auf. Der Hof war auf drei Seiten von einem Säulengang mit einer halbhohen Mauer umschlossen; Körbe in den Bögen und Gipskrüge am Fuß jeder Säule flossen über von rotem Hibiskus. In der Galerie konnte ich mit Schnitzereien verzierte Türen erkennen, die ins Innere des Hauses führten, und in der Mitte der Hofseite, die dem Torbogen gegenüber lag, wurde die Galerie von einer Steintreppe mit Balustrade durchbrochen, an deren Ende schwere hölzerne Türflügel sich der milden Abendluft öffneten. Hier war alles Ruhe und Frieden, nur unterbrochen – oder vielmehr zur Vollkommenheit ergänzt – durch das Plätschern der Fontäne, das Summen einer verspäteten Biene, das Zirpen einer frühen Zikade.

»Es ist wunderbar hier, Alec«, sagte ich. »So warm und friedlich.«

»Ich habe mir schon gedacht, daß es dir gefallen wird«, meinte Alec. »Schauen wir mal, wo Leo ist.« Er schlenderte auf die Treppe zu.

Ich blieb beim Brunnen zurück, um die Stimmung auf mich wirken zu lassen. Mein Blick fiel auf die Firstziegel, die den Giebel überragten und zu Drachenköpfen ausgeformt waren. Ich betrachtete bewundernd die Handwerkskunst, als ich hinter mir eine Stimme vernahm.

»Die Ausschmückung der Ziegel ist eine Spezialität auf Madeira.«

Die beim Sprechen gekappten Vokale machten eine Vorstellung überflüssig. Das war Leo Sellick, ein kleiner, drahtiger Mann, der älter aussah, als ich gedacht hätte, ein braungebranntes, von scharfen Falten gezeichnetes Gesicht, das Haar so weiß wie das Hemd, das er trug, ein dünner, grauer Schnurrbart, durchdringende blaue Augen und ein aufblitzendes Lächeln, das das Gold durchschimmern ließ. Wir begrüßten uns, wobei Sellicks Händedruck sein Alter Lügen strafte.

»Da wären wir, Leo«, sagte Alec, der kehrtgemacht hatte, von hinten. »Das ist Martin Radford.«

»Gewiß, gewiß«, sagte der alte Herr und schüttelte weiter meine Hand. »Ganz herzlich willkommen, Mr. Radford. Alec hat mir alles über sie erzählt, und ich freue mich wirklich, Sie kennenzulernen. Ich bin sicher, daß Ihnen meine Drachen gefallen. Ich selbst mag sie außerordentlich.«

Ich versicherte ihm, daß ich sie bewunderte wie auch sonst alles, was ich vom Haus bereits gesehen hatte, und warf dabei Alec einen fragenden Blick zu, um herauszufinden, was er über mich gesagt haben mochte. Er hatte sich aber bereits lächelnd Sellick zugewandt, um sich zu erkundigen, wie es der Quinta während des Sturms ergangen sei. Der Ton, in dem er die Frage stellte, war für meinen Geschmack etwas zu unterwürfig.

»Mr. Radford interessiert sich sicher nicht dafür, was meine Weinberge machen, Alec, und Sie auch nicht«, sagte Sellick mit entwaffnender Direktheit. »Kommen Sie herein, und lassen Sie sich einen Abendtrunk anbieten. Sie sehen aus, als könnten Sie einen Drink gebrauchen.«

Langsam gingen wir die Stufen zur kühlen Eingangshalle des Hauses hinauf und betraten dann einen großzügigen, luftigen Wohnraum, üppig möbliert in prächtigem, braunem Leder, dunklem Mahagoni und mit dicken Teppichen zu unseren Füßen. Vor dem großen Kamin mit gemauertem Sims lag ein vollständiges Leopardenfell. In der Feuerstelle lagen die Holzscheite bereit. Der große Ventilator an der Decke war nicht in Betrieb. Die zahlreichen Bilder und Fotografien an den Wänden, die Blumen in den Vasen und Töpfen und mehrere gutgefüllte Bücherregale vermittelten den Eindruck von Ruhe und Gelassenheit. Eine Terrassentür in der gegenüberliegenden Wand führte über eine Veranda in den Garten. Sellick ging zu einem Glasschrank hinüber und schenkte uns ein.

»Bitte, Mr. Radford«, sagte er und reichte mir einen großen kühlen Gin.

»Danke«, sagte ich, »nennen Sie mich doch bitte Martin.«

»Mit Vergnügen, das heißt, wenn Sie das Kompliment erwidern und einen zahnlosen alten Löwen mit Leo anreden wollen.« Ich lächelte: Weder in Wirklichkeit noch bildlich gesprochen war er zahnlos, aber dieser aufrechte und liebenswürdige alte Herr hatte etwas Löwenhaftes an sich. Er war kleiner als ich, aber ging gerader, mit einer Kopfhaltung und einem prüfenden Ausdruck in den Augen, die verrieten, daß er gewohnt war zu befehlen. Durch all seine englische Umgänglichkeit schien eine gewisse stählerne Härte durch, die mich nicht daran zweifeln ließ, wer den Leoparden geschossen hatte.

Er machte den Vorschlag, mit den Drinks auf die Veranda zu gehen, solange das Tageslicht dazu noch reichte – Madeiras kurze Dämmerung hatte gerade eingesetzt –, und wir folgten ihm zufrieden, ließen uns in den niedrigen Korbstühlen nieder und hatten den gepflegten Garten in seiner ganzen Ausdehnung vor unseren Augen. Kleine, gewundene Steintreppen führten von der Veranda zwischen blühenden Oleanderbüschen hindurch auf einen terrassenförmig angelegten Rasenplatz, wo neben einer Sonnenuhr eine Bank aufgestellt war. Jenseits davon wurde ein niedriger Zaun von Bougainvillea überwuchert, und eine kleine Pforte gab den Weg frei zu weiteren Stufen und, soweit man das sehen konnte, zu einem Küchengarten. In einem Gemüsebeet ganz hinten war eine Gestalt mit einer Hacke zu erkennen. Von dort aus fiel das Gelände rasch zur Straße und zum Talboden hin ab. Uns gegenüber erhob sich die andere Talseite, mit verstreuten gelben Flecken von Stechginster, die im Abendlicht zu staubigem Gold verblaßten. In noch größerer Ferne zeichnete sich am Horizont verschwommen die Linie ab, wo das tiefer werdende Blau des Himmels mit dem noch dunkleren Meerblau zusammentraf.

»Sie haben ein wunderschönes Haus, Leo«, sagte ich.

»Danke«, antwortete er. »Madeira wird zu Recht als der schwimmende Garten des Atlantiks bezeichnet, und inmitten all der Schönheiten meiner Heimat habe ich nie diese heitere Ruhe gefunden.« Er lächelte. »Hier kann man wirklich die Welt vergessen und sein Kräutergärtlein pflegen.«

Alec grinste. »Das ist metaphorisch gesprochen, Martin. Leo hat seine Angestellten, die ihm das Gemüse ziehen.«

»Das stimmt, aber ich nehme regen Anteil daran, vor allem, wenn es auf meinem Teller landet, was hoffentlich bald der Fall sein wird. Wenn Sie mich bitte entschuldigen, damit ich mich darum kümmern kann.« Er stand auf und wandte sich an mich. »Wenn Sie sich vor dem Essen noch ein wenig frisch machen möchten, Martin, kann

Alec Ihnen den Weg zeigen.« Er nickte uns zu und verließ das Zimmer.

»Nun, was sagst du?« fragte Alec nach einer Pause.

»Der perfekte Gastgeber«, sagte ich. »Und wahrscheinlich der perfekte Mäzen.«

»Aber etwas paradox ist es schon auch, oder?«

»Wie meinst du das?«

»Na ja, daß es nun so weit gekommen ist, daß ich für koloniale Engländer schreibe und einem reichen Südafrikaner Geld schulde – gerade den Leuten, mit denen ich früher nicht einmal das Grab hätte teilen wollen.« Ich hatte den Eindruck, Alec hatte die Ironie seiner Lage selbst zur Sprache bringen wollen, ehe der Freund aus gemeinsamer linker Studentenzeit den Finger auf den wunden Punkt legen konnte.

»Das würde mich an deiner Stelle nicht weiter stören, Alec. Wir haben uns alle geändert und gelernt, das Leben so zu nehmen, wie es ist. Warum sollte man nicht das Beste daraus machen?« Aus mir sprachen Erschöpfung und Gin – ein solcher Rat wäre für mich passender gewesen als für Alec. Wenigstens vermied ich so auch die leiseste Andeutung von Neid.

»Nun ja – jedenfalls können wir das Beste aus diesem Abendessen machen«, erwiderte er. »Komm mit, ich zeige dir das Bad.«

Nachdem ich mich gewaschen hatte, ging ich in den Salon zurück, wo Alec gerade dabei war, die Terrassentür zu schließen; inzwischen war die Nacht hereingebrochen. »Gehen wir hinüber«, sagte er und führte mich durch die Eingangshalle und eine gegenüberliegende Tür in den Speisesaal.

Ein großer, ovaler Tisch war dort für drei Personen gedeckt. Die Läden waren geschlossen, und die einzige Beleuchtung kam von einem Kandelaber in der Mitte des Tischs. Sein Licht spiegelte sich im Silberbesteck und den hohen, schlanken Kristallgläsern. Die frisch geschnittenen Orchideen in den Vasen an beiden Tischenden wurden mit ihren strahlend roten und weißen Blüten durch die weiße Damasttischdecke hervorragend zur Geltung gebracht.

»Leo hat sich viel Mühe gegeben«, sagte Alec. »Du müßtest dich geehrt fühlen.«

Das war auch der Fall, und um mich ein wenig nützlich zu machen, nahm ich einen Anzünder und ging damit zu einem Kabinettschränkchen an der Wand hinüber, auf dem drei Kerzen standen. Ihr Licht erhellte die Wand darüber und fiel auf eine verblaßte, bräunliche Fotografie in unauffälligem Rahmen, aber an prominenter Stelle inmitten mehrerer größerer Bilder. Irgend etwas daran kam mir bekannt vor, so daß ich genauer hinschaute. Es war tatsächlich, was ich vermutet hatte: das traditionelle Gruppenbild von etwa zwanzig Männern, die teils saßen, teils standen. Es war mir vertraut, weil ich es schon zuvor in Geschichtsbüchern gesehen hatte, in denen die Regierungszeit Eduards VII. behandelt wurde. Diese Epoche war während des Studiums nicht gerade mein Spezialgebiet gewesen, aber in meiner Zeit als Geschichtslehrer hatte ich mir einige Kenntnisse angeeignet, und ich konnte das Gruppenporträt ohne Mühe als eine Aufnahme von Asquiths Kabinett identifizieren, etwa um 1910 entstanden. Der Premierminister saß in der vorderen Reihe in der Mitte, flankiert von den besten liberalen Politikern der Partei in der Blütezeit vor dem Krieg. Lloyd George, der neben Asquiths undefinierbarer Onkelhaftigkeit wachsame Dynamik ausstrahlte, hatte einen so zentralen Platz, daß er vermutlich zu diesem Zeitpunkt Schatzkanzler gewesen war. Etwas nachdenklich im Hintergrund stand der junge Churchill, dessen Kinn schon damals an eine Bulldogge erinnerte. Ohne die Hilfe einer Bildunterschrift gelang es mir nicht, den übrigen Herren im Gehrock Namen zuzuordnen, aber es handelte sich um eine historische Aufnahme, die ich mit wachsender Neugier studierte. Es schien merkwürdig, sie ausgerechnet hier und jetzt vorzufinden, und ich machte eine entsprechende Bemerkung zu Alec.

Bevor ich den Gedanken weiterverfolgen konnte, kam Sellick, der eine Samtjacke angezogen hatte, herein und bat uns zu Tisch. Ein einheimischer Angestellter, ein gebeugt gehender alter Mann, brachte eine Karaffe mit Weißwein und rollte dann einen Teewagen an den Tisch, auf dem der erste Gang stand.

Alec und ich waren nach dem Fußmarsch hungrig: Wir aßen und tranken mit großem Vergnügen, während Sellick nur kleine Happen nahm und an seinem Glas nippte, wobei er unsere Freude am Essen ebenso genoß wie das Essen selbst. Es war alles köstlich: in Scheiben geschnittener Schwertfisch in einer verlockenden Gurkensoße; ein Rindfleischspieß mit Lorbeerblättern und ausgesuchten Gemüsen, die von den erwähnten Gemüsebeeten stammten; wunderbarer, goldfarbener Pudim und ein cremiger weißer Ziegenkäse. Von einem weichen, rubinroten Dão gingen wir erst zu Kaffee und dann zu einem schweren Likör über.

»Macia«, erklärte Sellick, »ist eine Spezialität von Camacha: ein feuriger Aguardente, der mit einheimischem Honig abgemildert wird.«

»Wenn wir gerade von den hiesigen Spezialitäten sprechen«, sagte ich, »ich habe einen Blick in Alecs Artikel über den 1792er Madeira geworfen. Gibt es diesen Jahrgang nun wirklich noch?«

Sellick lächelte. »Wer weiß? Es wird berichtet, Dr. Grabham, ein hier ansässiger Engländer, sei noch 1933 im Besitz einiger Flaschen gewesen – und habe ihn auch getrunken. Er hatte in die Familie Blandy eingeheiratet und so als Mitgift eine Partie des Jahrgangs erworben. Höchstwahrscheinlich ging mit seinem Tod auch der letzte Rest dahin.«

»Wie bedauerlich«, sagte ich.

»Und doch auch beruhigend«, erwiderte Sellick, »in dem Sinn, daß solche Themen – Was ist aus einem alten Weinkeller geworden? – die Geschichte dieser kleinen Insel ausmachen. Für Alec ist das vielleicht bei seinen Nachforschungen frustrierend, für einen Historiker wie Sie vielleicht ebenso enttäuschend, aber für einen Südafrikaner ist es tröstlich zu wissen, daß er auf einer Insel lebt, deren Vergangenheit nicht eine Geschichte des Unfriedens und der Gewalt ist.«

»Die Geschichte Madeiras wirkt nicht enttäuschend auf mich«, sagte ich. »Mir erscheint sie faszinierend – so viele Emigranten und Romantiker.«

»Gewiß, jene Fußnoten der Geschichte, die oft ebenso interessant sind wie das eigentliche Thema. Aber das ist vielleicht eine etwas altmodische Auffassung.«

»Ich bin da anderer Meinung. Ich glaube, die Geschichtsschreibung sollte nicht so ... kopflastig sein. Es geht schließlich um Menschen – bedeutende und weniger bedeutende – und um ihr

Wirken. Wenn die Geschichte so akademisch wird, daß sie die Menschen nicht mehr erfaßt, dann hat sie ihr Ziel verfehlt.«

Sellick nickte. »Ausgezeichnet. Sie sind ganz offenbar ein Mann nach meinem Herzen. Ich habe schon lange den Verdacht, daß in der Mehrzahl der Fälle die Wissenschaft nur der Karriere des Wissenschaftlers dienen soll und nicht dazu, das entsprechende Forschungsgebiet auszuleuchten.«

»Ja, das ist zwangsläufig der Fall«, stimmte ich ihm zu. »Nur Wissenschaftler, die so gut wie gar keinen Ehrgeiz haben, können es umgekehrt sehen, und sie, wie ich zum Beispiel, hätten nicht die Energie oder die Gelegenheit, ihre Forschungen zu betreiben.«

»Unter gar keinen Umständen?«

»Wohl kaum. Die Geschichte läßt für Neues keinen Platz mehr. Man weiß alles und versteht es – oder mißversteht es. Heutzutage schreiben die Historiker nicht mehr, sie sichten nur noch die Archive, um an bestehenden Theorien zu feilen.« Ein gekränkter Unterton, weil ich persönlich die höheren Weihen des akademischen Historikers nicht empfangen hatte, drang hier durch. Ich hatte das Gefühl, ich würde meine Offenheit noch bedauern, konnte aber nichts dagegen tun. Außerdem war es so, daß ich sie – viel später – in der Tat noch bedauern sollte, das alles überhaupt bedauern sollte, aber nicht aus diesem Grund. Ich hatte noch ein anderes Gefühl, über das ich mich bewußt hinwegsetzte – daß ich nämlich gelenkt wurde, ohne Eile, aber zielbewußt; ich hätte nicht sagen können, wohin, aber es ging in eine ganz bestimmte Richtung.

»Wenn sich nun aber etwas Neues oder Geheimnisvolles ergäbe«, sagte Sellick, »fiele denn dann dieser Einwand nicht weg?«

»Das könnte Energien freisetzen, aber woher käme die Gelegenheit?«

»Die würde sich gewiß ergeben, wenn das Geheimnis faszinierend genug wäre.«

»Vielleicht, aber die Hypothese beruht auf der Annahme, daß ein solches Geheimnis existiert. Und ich würde behaupten, daß die Wissenschaft alle noch bestehenden Geheimnisse vor langer Zeit gelöst hat.«

»Ganz sicher nicht. Sie haben selbst gesagt, die Geschichte befasse sich mit Menschen. Bedenken Sie die Tausenden von Namen, die in den Geschichtsbüchern verzeichnet sind, ohne die Millionen zu berücksichtigen, die man dort nicht findet. Dahinter müssen sich noch Geheimnisse in Hülle und Fülle verbergen.«

»Ja, aber diese Geheimnisse gibt es nur deswegen noch, weil es niemand der Mühe wert fand, sie aufzudecken.«

»Und was würde die Mühe lohnen?«

»Wenn das Geheimnis zum Beispiel einen bedeutenden Menschen beträfe oder wenn wir durch die Aufdeckung zu einem anderen Bild von diesem Menschen oder von seiner Epoche kämen.«

»Und wo könnte sich ein solches Geheimnis noch finden?«

»Ja eben, wo?« Ich hatte diese Frage rein rhetorisch gemeint, und das Schweigen, das darauf folgte, schien zu bestätigen, daß unser Ausflug in das Reich der Spekulation nun beendet war. Aber während der Rauch von Sellicks Zigarre träge zur Decke stieg, wurde deutlich, daß unser geistiger Höhenflug noch weitergehen sollte.

»Was wäre denn, Martin«, sagte Sellick und lächelte, »wenn es sich hier fände? Hier, in diesem Haus, wo wir sitzen und essen und trinken.«

Was für ein Geheimnis sollte das sein? Ich versuchte, eine Antwort zu finden, aber es gab keine. Ich war fremd hier, so daß alles neu für mich war, aber kaum geheimnisvoll. Ich erinnerte mich der gerahmten Fotografie von Asquiths Kabinett: Sie war das Merkwürdigste, was mir hier bislang unter die Augen gekommen war, und unwillkürlich warf ich einen Blick auf die Stelle an der Wand, wo sie hing. Sellick, der mit dem Rücken dazu saß, mußte erraten haben, wohin ich blickte, denn er sagte:

»Diese Fotografie ist Teil unseres kleinen Geheimnisses hier. Wissen Sie als Historiker, um was es sich handelt, Martin?«

Die Gelegenheit, mein Fachwissen auszubreiten, reizte mich.

»Ja«, sagte ich, »ich habe das Bild vor dem Essen gesehen. Es ist eine Gruppenaufnahme von Asquiths Kabinett. Ich kenne es aus Reproduktionen, hatte aber noch nie einen zeitgenössischen Abzug gesehen.«

»Und können Sie alle Personen auf dem Bild identifizieren?«

»Nicht ohne weiteres. Asquith selbst, Lloyd George und Churchill sind leicht zu erkennen. Was die anderen betrifft, so ist es schwer, den Gesichtern die Namen zuzuordnen.«

»Das ist auch nicht nötig; diese Arbeit hat man uns abgenommen. Alec, würde es Ihnen etwas ausmachen, mir das Bild herunterzureichen?«

Alec stand auf und nahm das Bild von der Wand. Er gab es Sellick, der es wendete und mir die Rückseite im Kerzenlicht zeigte. Es stand ein Datum dort, in einer feinen, gestochenen Handschrift: 1. Mai 1908, und es war unterstrichen. Darunter befand sich eine in zwei Gruppen eingeteilte Liste von Namen, die, wie ich feststellte, Kabinettsmitgliedern gehörten. Aus der jeweiligen Position der drei von mir bisher identifizierten Personen konnte ich schließen, daß die beiden Namensgruppen die vordere bzw. hintere Reihe von Personen repräsentierten. Ich erinnerte mich, daß Campbell-Bannerman, Asquiths Vorgänger als Premierminister, irgendwann 1908 gestorben war, und nahm daher an, daß es sich bei der Fotografie um eine Aufnahme anläßlich der Amtsübernahme durch Asquith handelte. Ich überflog die Namen der ersten Reihe – der Marquis von Crewe, D. Lloyd George, der Marquis von Ripon, Lord Loreburn, H. H. Asquith, Lord Tweedmouth, Sir Edward Grey – und stieß auf etwas Merkwürdiges. Zwischen Grey und R. B. Haldane war kein Name vermerkt, bloß der Buchstabe I oder vielleicht auch die Zahl 1. Ich wies Sellick darauf hin. »Was hat das zu bedeuten?« fragte ich.

»Es ist doch in der ersten Reihe, nicht wahr?« antwortete er. Ich bestätigte das. »Wie viele Personen sind denn dort?« Ich zählte die Gesichter auf der Fotografie – es waren neun. »Und wie viele Namen werden genannt?« Ich zählte noch einmal – nur acht.

»Ja natürlich«, sagte ich. »Es ist das englische Fürwort ›I‹, ›ich‹. Dann hat dies also ein Kabinettsmitglied geschrieben – und besessen?«

»So ist es.«

Ich nahm mir die Fotografie wieder vor und konzentrierte mich auf das nicht identifizierte Gesicht zwischen Grey und Haldane. Ein großer, breitschultriger Mann, gutaussehend, mit einer Andeutung von Arroganz in seinen Zügen, die durch einen eleganten Schnurrbart und ein energisches Kinn zur Geltung gebracht wurde. Der

Mann war jünger als die meisten seiner Kollegen im Bild, aber er trug den gleichen nüchternen Stresemann und verstand es dennoch, Unternehmungsgeist und Initiative auszustrahlen. Ich ließ meinen Blick zurückgleiten zu Lloyd George – dem jüngeren und stämmigeren der beiden –, um festzustellen, daß diesen beiden eine Haltung, die viel Elan verspüren ließ, und ein wacher Blick gemein war, wodurch sie sich von den meisten anderen – im Amt ergrauten Veteranen aus Gladstones Tagen – unterschieden. Das war ungefähr alles, was ich bei Kerzenlicht auf einer vergilbten Fotografie erkennen konnte, aber es ärgerte mich, daß mir gerade zu diesem Gesicht der Name nicht einfallen wollte. In der Hoffnung, bei Sellick Hilfe zu finden, sah ich ihn an und wurde nicht enttäuscht.

»Wer ist dieser geheimnisvolle Mann, Martin? Ein vielversprechender Jungtürke, der zum ersten Mal die Macht schmecken darf?«

»Da bin ich mir nicht sicher. Es handelt sich nicht gerade um mein Spezialgebiet. Welchen Posten hatte er?«

»Er war Asquiths neuer Mann im Innenministerium«, gab Sellick augenzwinkernd zur Antwort. Hätte ich mich nicht so völlig vom Problem der Identifizierung gefangennehmen lassen, dann wäre mir aufgefallen, wie vertraut er mit der politischen Lage dieser Epoche war; vielleicht hätte ich dann daraus geschlossen, daß Sellick entweder als Historiker versierter war, als er bisher zu erkennen gegeben hatte, oder daß er nicht so unbeteiligt an unserem Thema war, wie sein Verhalten vermuten ließ. Statt dessen war ich damit beschäftigt, die Namen der Politiker jener Zeit vor meinem geistigen Auge Revue passieren zu lassen.

»Asquiths Innenminister war doch wohl Herbert Gladstone, Sohn von W. E. Gladstone«, wagte ich zu bemerken. »Und auf ihn folgte Churchill ... Halt! Nein, das stimmt nicht. Hat Asquith Gladstone nicht als Generalgouverneur irgendwohin abgeschoben, als er sein Amt antrat?«

»Ganz richtig«, sagte Sellick. »Nach Kanada, um es genau zu sagen. Und er machte damit Platz für wen?«

Ich hatte endlich die Lösung, und das war auch gut so, denn Sellicks Lächeln wirkte um die Mundwinkel herum schon leicht angestrengt.

»Einen Mann namens Strafford. Aber das ist auch buchstäblich alles, was ich von ihm weiß – ein paar Jahre im Amt, dann nichts mehr –, eine kaum bekannte Persönlichkeit, an die man sich unter so vielen berühmten Namen nur schwer erinnert.«

»Wahrhaftig kaum bekannt«, sagte Sellick, »aber keineswegs zu seiner Zeit. Und für Menschen wie uns, die wir hier in seinem Haus leben, auch nicht so leicht zu vergessen.«

»Das hier ist sein Haus?«

»Es hat ihm gehört. Edwin Strafford zog sich aus England hierhin zurück und starb 1951. Ich habe das Haus nach seinem Tod ersteigert und dann mein Herz daran verloren. Ich begann dann, alles zu sichten, was er hier hinterlassen hatte, und bin dabei auf viele interessante Kuriositäten gestoßen, wie zum Beispiel diese Fotografie. Als mir klar wurde, daß Strafford dem englischen Kabinett angehört hatte – was hier niemand wußte oder jedenfalls mir erzählt hatte –, suchte ich mir alles Wissenswerte über ihn aus den Geschichtsbüchern zusammen. Das war äußerst mager, aber aus den wenigen Bruchstücken, die ich fand, setzt sich unser kleines Geheimnis zusammen.«

In mir war nun die Neugier des Historikers geweckt. Es überraschte mich nicht, daß ich über das Leben eines solchen Mannes nichts wußte, aber die Gelegenheit, unter so unwahrscheinlichen Umständen etwas über ihn zu erfahren, wollte ich mir nicht entgehen lassen.

»Und worin besteht das Geheimnis?« fragte ich. Wir waren beim eigentlichen Thema angelangt.

»Sie müssen Martin erlösen, Leo«, sagte Alec, um mir beizuspringen. »Sie brennen doch selber darauf.«

»Nun gut«, sagte Sellick. »Sie müssen mir hinterher sagen, Martin, ob Sie die Angelegenheit als Historiker interessiert. Mich fesselt die menschliche Seite.« Er machte eine Pause, um einen Schluck Kaffee zu trinken; dann begann er zu erzählen.

»Wie ich schon sagte, in den Geschichtsbüchern findet man wenig über Edwin Strafford. Der ›Dictionary of National Biography‹ widmet ihm weniger als eine Spalte. Er wurde 1876 als Sohn eines Offiziers der britischen Indien-Armee geboren. Er besuchte die Universität Cambridge, dann ging er für kurze Zeit nach Südafrika, als untergeordneter Stabsoffizier im Burenkrieg. Er kehrte nach England zurück und war bei der Wahl im Jahr 1900 Kandidat der Liberalen in seinem heimatlichen Wahlkreis in Devon; er eroberte den Sitz gegen den landesweiten Trend. Er machte dann langsam, aber stetig in der Partei Karriere und wurde Juniorminister, als die Liberalen 1905 an die Macht kamen. Als Asquith 1908 Premierminister wurde, bildete er sein Kabinett um und ernannte Strafford im Alter von 32 Jahren zum Innenminister. Der Aufstieg war erstaunlich, aber von kurzer Dauer. Zwei Jahre später trat Strafford ohne Angabe von Gründen zurück und verschwand praktisch über Nacht – jedenfalls aus dem öffentlichen Leben. Er gab seinen Sitz im Parlament auf und zog sich ins Privatleben zurück – wo man ihn übrigens auch alsbald völlig vergaß. Während der gesamten Dauer des Ersten Weltkriegs diente er in der Armee, um anschließend den Posten als britischer Konsul hier auf Madeira zu übernehmen. Das Haus und die Quinta erwarb er später. 1946 trat er von seinem Posten ab und starb fünf Jahre darauf. Ende der Geschichte.«

Sellick legte eine wirkungsvolle Pause ein.

»Anfang des Geheimnisses«, warf Alec ein.

»Das ist richtig«, nahm Sellick den Faden wieder auf. »Das Wenige, was ich aus den Geschichtsbüchern über Strafford zusammengebracht hatte, war nicht eigentlich enttäuschend, vielmehr völlig unbefriedigend. Wie konnte ein Mann so schnell nach oben kommen – anscheinend aufgrund seiner Verdienste –, dann einfach spurlos in der Versenkung verschwinden, und das auch noch ohne erkennbaren Grund? Skandale und persönliches Versagen in der Politik sind nichts Neues, aber Strafford ist ganz frei von einem solchen Makel. Wo seine Tätigkeit in der zweijährigen Amtszeit Erwähnung findet – und das waren schwierige, unruhige Jahre zur Zeit der Suffragetten- und Gewerkschaftsbewegung –, da sind die Kommentare im schlechtesten Fall neutral und manchmal positiv. Es ist, als ob Churchill oder Lloyd George – die derselben Generation angehören und auch durch Asquith gefördert wurden – plötzlich 1910 zurückgetreten wären, bevor sie als Führer ihres Landes in Kriegszeiten Ruhm erwarben. Würde uns das nicht überaus merkwürdig vorkommen?«

»In ihrem Fall würde es nachträglich so aussehen«, erwiderte ich. »Aber wer wollte sagen, was Strafford erreicht oder auch nicht erreicht hätte, wäre er nicht zurückgetreten?«

»Das ist es eben«, sagte Sellick. »Niemand kann das sagen. Es ist ein Geheimnis. Und das eigentliche Geheimnis ist die Frage, warum ein talentierter, ehrgeiziger Mann auf der Höhe seiner Karriere sich dafür entschieden hat, nichts zu bewirken, wenn er soviel hätte bewirken können.«

»Vielleicht hat er einfach das Interesse an der Politik verloren«, gab ich zu bedenken. »Oder er stellte fest, daß ihm das Rampenlicht der Öffentlichkeit nicht zusagte. So etwas kam vor!«

»Wahr, sehr wahr«, gab Sellick gewichtig zur Antwort. »Das dachte ich auch – ein *Enfant terrible*, eine Persönlichkeit, die aus irgendeinem banalen Grund ausgebrannt war. Ein Jammer, so schien es.«

Sellick stand auf und brachte das Bild an seinen Platz zurück. Er tat es mit ehrfürchtiger Sorgsamkeit, während ich über die Vergangenheitsform in seiner letzten Äußerung nachdachte und auf die nächste wartete.

»So schien es, aber so war es nicht«, fuhr Sellick fort, indem er sich wieder setzte. »Es stellte sich heraus, daß ich mit meiner Sucherei in den Nachschlagewerken nur Zeit vertan hatte. Ich hatte nicht gesehen, was dieses Bild mir hätte sagen sollen, daß die Antwort nämlich – mochte sie auch unvollständig sein – die ganze Zeit über hier auf mich gewartet hatte.

In Straffords ehemaligem Arbeitszimmer steht ein schöner alter Schreibtisch – Sie werden ihn dann, am besten erst bei Tageslicht, noch zu sehen bekommen. Als ich ihn ausräumte, fand ich in einer der Schubladen einen großen, schön gebundenen Band, dessen Seiten bis auf einen kleinen Rest in eben jener Handschrift geschrieben waren, die auch auf der Rückseite der Fotografie zu sehen ist.«

»Und worum handelte es sich?«

»Um Straffords Lebenserinnerungen, die er hier im Ruhestand niederschrieb. Es sind ganz persönliche Aussagen, wie es dazu kam, daß man ihn auf einen so entlegenen Posten im diplomatischen Dienst abschob.«

»Wird dadurch das Geheimnis aufgeklärt?«

»Ganz im Gegenteil. Die Sache wird noch mysteriöser, denn Strafford erklärt sie nicht – kann sie nicht erklären. Er gibt die Umstände seiner Verbannung wieder, aber er stand vor demselben Rätsel wie ich noch heute.«

»Das klingt sehr ungewöhnlich.«

»Und zwar egal, wie man es betrachtet.«

»Darf ich die Memoiren einmal anschauen?«

»Gewiß. Ich werde Sie Ihnen gleich bringen. Darf ich vorschlagen, daß wir die Gelegenheit nutzen, um in den Salon zu gehen?«

Wir widersprachen nicht. Unser Gastgeber führte uns durch die Eingangshalle in den Salon zurück, der inzwischen für uns bereits erleuchtet war. Sellick verließ den Raum durch eine andere Tür, nachdem er Alec gebeten hatte, mir etwas zu trinken anzubieten, während er die Memoiren holte.

Alec schenkte mir noch einen Macia ein. »Interessiert dich das?« fragte er.

»Sehr. Man bekommt nicht jeden Tag ein solches Originaldokument zu sehen.«

»Da spricht der echte Historiker.«

»Hast du sie schon gesehen?«

»Ja, aber nicht gelesen. Leo war in dieser Sache bis jetzt noch nie so entgegenkommend. Vielleicht glaubt er, in dir jemand gefunden zu haben, der sie zu würdigen weiß.«

War Alec unter dem Einfluß einiger Drinks sarkastisch geworden? Ich konnte diesem Gedanken nicht nachgehen, weil Sellick unmittelbar darauf mit einem marmorierten, in Leder gebundenen Buch in der Hand zurückkam. Mit einer Geste forderte er uns auf, in den tiefen Lehnstühlen gegenüber dem Kamin Platz zu nehmen, während er selbst vor dem Kamin stehenblieb, einen Fuß auf das Gitter stützte und das Buch in seiner Hand betrachtete.

»Es ist ein ansprechender Text aus einer anderen Zeit«, sagte er, »eine Mischung aus Tagebuch und Erinnerung. Es findet sich auch Irrelevantes darunter, interessant für sich, aber nicht eigentlich zur Sache. Es bestätigt aber durchgehend, daß Straffords Rückzug aus der Politik im Jahr 1910 – einschließlich der Ereignisse, die ihn herbeiführten – die große Enttäuschung seines Lebens in mehr als nur einer Hinsicht darstellte. Wenn es Sie genügend interessiert, Martin, würde ich es Ihnen gern zu lesen geben und Ihre Meinung dazu hören.«

»Das wäre mir ein Vergnügen.« Meine Begeisterung war nicht gespielt. Als Student hatte ich mich nie hervorgetan, wenn es galt, sich durch trockenes Quellenmaterial hindurchzukämpfen, aber es hatte auch nie ein besonderer Anreiz dazu bestanden, nie die Erwartung, etwas Neues oder Faszinierendes dabei zu entdecken. Sellick hatte seine Quelle so gut verkauft, daß ich es kaum ertragen hätte, sie nicht zu studieren. Die Werbung sollte jedoch noch weiter gehen.

»Der heutige Abend ist wohl kaum geeignet, ein sorgfältiges Urteil zu ermöglichen«, sagte Sellick. »Alec hat Ihnen hoffentlich gesagt, daß Sie herzlich eingeladen sind, über Nacht hierzubleiben. Ich würde meinen, daß man sich der Lektüre am besten morgen mit einem klaren Kopf widmen sollte. Aber seien Sie unbesorgt«, er hatte bemerkt, daß ich im Begriff war, gegen diesen Aufschub zu protestieren, »ich habe nicht vor, Sie auf die Folter zu spannen und Ihnen den Schlaf zu rauben. Ich werde Ihnen erzählen, was ich durch die Lektüre bereits erfahren habe. Sie sind dann in der Lage, selbst zu urteilen, ob meine Schlußfolgerungen berechtigt sind.«

Sellick setzte sich unter eine Stehlampe rechts neben dem Kamin und blätterte beim Reden in dem Band, der in seinem Schoß lag. »Strafford war der jüngste unter Asquiths Schützlingen und sah bei weitem am besten aus. Außerdem war er ungebunden und daher eine ausgesprochen gute Partie. Er hatte die Wahl unter einem Dutzend junger Damen aus liberalen Kreisen und mit besten Beziehungen. Und doch fiel seine Wahl auf jemand anderen, und es war – für einen Innenminister der damaligen Zeit – geradezu eine Verirrung. Strafford lernte eine junge Suffragette kennen und lieben – offenbar eine bezaubernde Person, aber kaum die ideale Braut. Das Privatleben der Politiker war damals eine brisante Angelegenheit. Lloyd George balancierte bei seinen außerehelichen Eskapaden immer am Rand des Abgrunds, und die bloße Scheidung hatte schon mehr als nur einen Politiker die Karriere gekostet. Wie konnte da ein Innenminister in einer Regierung, die das Frauenwahlrecht ablehnte, die Heirat mit einer militanten jungen Anhängerin der Bewegung ins Auge fassen?«

»Schwer möglich«, stimmte ich zu.

»Aber nicht unmöglich, wenn er bereit war, den Preis dafür zu zahlen. Moralisch konnte man ihm nichts vorwerfen. Eine solche Heirat konnte die Regierung allerdings in eine unangenehme Lage bringen. Strafford, als Ehrenmann, schlug also vor, seine politische Karriere für die geliebte Frau zu beenden, die sich ihrerseits verpflichtete, den Kampf in der Suffragettenbewegung aufzugeben und ihm eine treue Gattin zu werden. Aber der ehrenhafte Weg führte nicht zum Glück. Der Plan war einwandfrei, aber in der Ausführung ein überaus mysteriöser Fehlschlag. Strafford reichte sein Rücktrittsgesuch in der Absicht ein, ihm unmittelbar darauf die Ankündigung der Verlobung folgen zu lassen. Dieser Schritt konnte aber nie erfolgen, weil er wenige Stunden nachdem er seinen Rücktritt in der Downing Street Nr. 10 eingereicht hatte, von seiner Verlobten in völlig unmißverständlicher Weise abgewiesen wurde. Sie widerrief das Verlöbnis und weigerte sich, ihm die Gründe dafür mitzuteilen. Sie verlangte, Strafford solle nie wieder versuchen, ihr unter die Augen zu treten. Er war am Boden zerstört.«

»Das ist nur allzu verständlich«, sagte ich. »Warum hat sie das getan?«

»Strafford hat es nie erfahren. Nachdem er so niederschmetternd abgewiesen worden war, blieb ihm nichts anders übrig, als zu versuchen, zu seinem früheren Leben zurückzukehren, das er so leidenschaftlich hatte aufgeben wollen. Am Tag nach seinem Rücktritt sprach er wieder in der Downing Street vor; er wollte sein Gesuch zurückziehen.«

»Er wollte?«

»Ja, aber er konnte nicht. Der Premierminister ließ nicht mehr mit sich reden, nicht etwa, weil er der Meinung war, so könne man nicht mit ihm umgehen, und auch nicht, weil er die nun gescheiterte Eheschließung Straffords mißbilligte. Er bezog sich vielmehr auf andere Gründe, auf die er nicht eingehen wollte, die sich Strafford aber gewiß selbst denken könne. Strafford konnte sie sich nicht denken. Das war nun die zweite unerklärliche Zurückweisung durch jemand, der es bis dahin immer gut mit ihm gemeint hatte. Strafford war außer sich vor Verzweiflung. Er grübelte endlos darüber nach. Diese Ereignisse wurden die Tragödie und das Geheimnis seines Lebens; sie ließen ihn diese Erinnerungen aufschreiben, als er es viele Jahre später endlich ertrug, sie zu Papier zu bringen.«

»Es könnte ein Geheimnis von der Art sein, wie wir es vorhin definiert hatten.«

»Ich glaube, es ist so etwas, Martin – ein Geheimnis, das einen Historiker wie Sie verdient. Deswegen freute ich mich besonders, als ich erfuhr, daß Sie Alec besuchen wollten, der Ihre Fähigkeiten ja so gerühmt hatte.«

Ich warf Alec einen prüfenden Blick zu. Es war das zweite Mal, daß ich von seiner Werbung für mich hörte. »Ich weiß schon, was du denkst«, kam er mir zuvor. »Aber glaubst du im Ernst, ich hätte lobend von dir gesprochen, wenn ich gewußt hätte, daß du davon erfährst? Leo hat mein Vertrauen mißbraucht.« Er wandte sich dem alten Herrn in gespielter Empörung zu.

»Wir wollen den Abend mit einem Schmunzeln beschließen«, sagte Sellick. »Es ist spät, und meine müden alten Knochen verlangt es nach einem Bett. Hier sind die Memoiren, Martin«, er reichte mir den schweren Band. »Sie sollen sie in aller Ruhe studieren. Folgen Sie meinem Rat, und warten Sie bis morgen. Ich lege Wert auf Ihr Urteil darüber nicht nur als historisches Dokument, sondern auch als persönliches Testament. Obgleich wir uns wahrscheinlich darüber einig sein werden, daß hier beides auf das gleiche hinausläuft. Das Zimmer neben dem, das Sie gewöhnlich benutzen, Alec, ist für Martin hergerichtet worden. Ich darf es Ihnen überlassen, ihn hinaufzuführen, wenn Sie zu Bett gehen. Ich wünsche Ihnen eine gute Nacht. Schlafen Sie gut.«

Mit diesen Worten verließ Sellick den Raum. Alec schenkte sich noch einen Drink ein, und wir begannen, etwas lustlos, uns über den herzlichen Empfang zu unterhalten. Ich spürte, daß Alec irgendwie mürrisch reagierte, wenn ich auch nicht zu sagen vermochte, ob sein Verhalten auf Langeweile zurückzuführen war, weil er die Geschichte bereits kannte, oder auf Ärger darüber, daß Sellick sich fast ausschließlich an mich gewandt hatte. Alec selbst wies die erste

Vermutung zurück, und ich verbot mir die letztere als ungerechtfertigte Verdächtigung; ich war allerdings erleichtert, als er nichts dagegen hatte, mir mein Zimmer zu zeigen.

Dort machte ich gleich das Fenster auf, dessen Läden schon vorsorglich geöffnet worden waren. Ich atmete die kühle Luft ein, die vom Garten hinter dem Haus ins Zimmer strömte. Ich hatte gehofft, mich dadurch so erfrischt zu fühlen, daß ich mich noch in derselben Nacht den Memoiren zuwenden könnte, aber Sellick hatte recht – sie verdienten einen klaren Kopf und einen wachen Verstand. Also beschränkte ich mich darauf, im Bett einen Blick auf die Titelseite zu werfen. Ein kurzer Absatz diente als Prolog zu den eigentlichen Memoiren.

»In diesem Band beabsichtige ich, George Edwin Strafford, die bemerkenswerten Umstände meines Lebens und meiner beruflichen Laufbahn darzulegen. Als eine Studie der Hybris mag das meiner Seele zum Trost dienen und der Nachwelt ein Entgegenkommen bedeuten, das sie nicht verdient.«

Darauf folgten in Anführungszeichen vier Zeilen eines Gedichts:

»Seit ich in Wiesen lag als Kind,
Das träumend in den Himmel sinnt,
Fürwahr, seitdem erwarte ich bestimmt
Nicht nur Gerechtigkeit vom Leben.«

Ich vermutete, daß Strafford hier in epigrammatischer Form einen seiner Lieblingsdichter zitiert hatte, aber er wurde nicht genannt. Mich erinnerten die Zeilen etwas an A. E. Housman; jedenfalls trafen sie seinen fatalistischen Ton. Angesichts meiner Müdigkeit war es aber besser, diese Gedanken erst am nächsten Morgen weiterzuspinnen. Ich legte das Buch beiseite und löschte das Licht.

Ich erwachte ziemlich plötzlich durch ein Geräusch aus dem Garten. Ich stand auf und ging schlaftrunken zum Fenster, wo ich in das gleißende Licht eines strahlenden Tags auf Madeira blinzelte. Unter mir konnte ich den alten Gärtner, der mich geweckt hatte, bei der Arbeit sehen. Ich warf einen Blick auf meine Uhr und stellte mit

Schrecken fest, daß es schon nach neun Uhr war. Rasch nahm ich ein Bad, kleidete mich an und ging mit den Memoiren hinunter.

Die Terrassentür des Salons stand offen, und draußen saß Sellick kaffeetrinkend am Frühstückstisch, einen Stoß Papiere auf dem Schoß. Lächelnd begrüßte er mich.

»Guten Morgen, Martin. Sie haben hoffentlich gut geschlafen?«

»Ja, danke. Vielleicht zu gut.«

»Gewiß nicht. Schließlich sind Sie im Urlaub. Nehmen Sie Platz, und entspannen Sie sich. Tomás kann Ihnen gleich ein Frühstück machen.«

»Danke, ich möchte gar nichts. Aber ein bißchen Kaffee täte mir sicher gut.«

Sellick schenkte mir ein. »Leider haben Sie Alec verpaßt. Er kommt im Laufe des Nachmittags zurück. Ich war sicher, daß ich Sie beschäftigen könnte, bis er zurück ist – oder vielmehr, daß Strafford das könnte.« Er beugte sich vor und legte die Hand auf die Memoiren. »Haben Sie schon angefangen?«

»Nicht ernsthaft. Ich habe mich von Ihnen überzeugen lassen, daß es besser sei, erst heute morgen damit zu beginnen. Nur das Titelblatt habe ich schon angeschaut, und das läßt nicht darauf schließen, daß es sich um eine glückliche Chronik handelt.«

»Man könnte Strafford, wie Sie noch sehen werden, beim besten Willen nicht als glücklichen Menschen bezeichnen. Ich bin aber froh, daß Sie noch nicht mit der Lektüre begonnen haben, Martin, weil ich Ihnen, bevor Sie beginnen – im Bewußtsein dessen, was ich Ihnen gestern abend dazu gesagt habe –, einen Vorschlag zu machen habe, der Sie vielleicht interessiert.«

»Tatsächlich?«

»Bitte glauben Sie nun nicht, ich wollte mich in Ihre Angelegenheiten einmischen, aber ich entnehme dem, was Alec mir erzählt hat, daß Sie zur Zeit beruflich nicht gebunden sind.«

»Das ist richtig.« Das war nun ein weiterer Hinweis darauf, daß Alec im Umgang mit seinen Informationen über meine Angelegenheiten wenig Diskretion walten ließ. Dieser Gang der Dinge gefiel mir keineswegs.

»Angesichts dieser Tatsache und ihrer unbestrittenen Fähigkeiten als Historiker kann ich Ihnen vielleicht einen Auftrag anbieten, der sowohl finanziell lohnend als auch intellektuell anregend ist.«

»Sie bieten mir einen Job an?« fragte ich völlig ungläubig.

»So ist es. Ich habe Ihnen erzählt, was ich über das Geheimnis um Strafford in Erfahrung gebracht habe, daß die Memoiren nicht dazu beitragen, es zu lüften, es vielmehr noch rätselhafter machen. Hier gibt es dazu nichts mehr zu entdecken. Ich glaube, daß die Antwort in England gesucht werden muß. Ich bin zu alt und zu beschäftigt, um mich selbst auf die Suche zu machen. Außerdem wüßte ich nicht, wo ich mit meinen Nachforschungen beginnen müßte, die ja im wesentlichen historischer Natur wären. Für Sie dagegen sprechen Ihre Jugend und die Zeit, die Sie haben, während ich das Geld zur Verfügung stellen kann. Was würden Sie davon halten herauszufinden, wer – oder was – Strafford 1910 scheitern ließ?«

Jetzt übertraf meine Begeisterung das ungläubige Staunen. Eine innere Stimme sagte mir: »Greif zu – ehe dieses Angebot zurückgezogen wird!« Die Nachforschungen sahen schon an sich nach einer interessanten Aufgabe aus, und das Geld, das sie brachten, konnte alle meine Probleme lösen. Allerdings wollte ich nicht allzu interessiert erscheinen. Allein deswegen, nicht weil ich Verdacht schöpfte, war ich zurückhaltend.

»Es klingt faszinierend – und sehr großzügig.«

»Keineswegs. Ich würde Sie dafür bezahlen, etwas herauszufinden, was ich wissen möchte. Wenn Sie zufällig auch daran interessiert sind, um so besser. Aber schauen Sie sich erst die Erinnerungen an, und sagen Sie mir dann Ihre Meinung.«

»Einverstanden – Sie könnten kein faireres Angebot machen.«

»Gut. Ich bin froh, daß Sie zustimmen. Und jetzt bitte ich Sie, mich zu entschuldigen, da ich zu tun habe. Ich würde mich freuen, mit Ihnen zu Mittag zu essen.«

»Danke. Bis nachher also.«

Sellick verschwand mit seinen Akten, Tomás kam, um abzudekken, und dann blieb ich mit den Memoiren allein auf der Terrasse. Der sanft abfallende Garten flimmerte in der Hitze, als ich mich in meinem Stuhl zurücklehnte und zu lesen begann. Es war an der Zeit, Strafford zu Wort kommen zu lassen.

LEBENSERINNERUNGEN
1876–1900

Ich wurde nicht unter einem Unglücksstern geboren. Ich habe keinen Mangel oder Nachteil in den Umständen oder der Art meiner Erziehung zu beklagen. Ich trat am 20. April 1876 in diese Welt, in Barrowteign, dem väterlichen Hause in Devon. Mein Vater war überglücklich über die Geburt eines zweiten Sohnes, der Licht in seinen Lebensabend bringen würde, wenn ich auch glaube, daß meine Mutter eine Tochter erhofft hatte.

Barrowteign war ein Paradies für ein Kind – ein weiträumiges Haus mit vielen Winkeln, voller Erinnerungsstücke aus der militärischen Laufbahn meines Vaters; Eltern, die mit fester Hand führten, aber doch liebevoll waren, während man von der Dienerschaft notwendigerweise verwöhnt wurde; ein ausgedehntes Wald- und Moorgelände, das meinem (sechs Jahre älteren) tatendurstigen Bruder, der auch mein Beschützer war, Gelegenheit bot, mich zu unterrichten, so daß ich mir für einen Jungen keinen besseren Ort denken könnte, um die ersten Schritte ins Leben zu tun.

Mein Vater wurde im gleichen Jahr wie Königin Viktoria geboren und verbrachte das mittlere Drittel seines Lebens mit der Verteidigung ihrer überseeischen Kolonien, vor allem in Indien, wo er sich durch seinen hervorragenden Anteil an der Niederschlagung des Großen Aufstands den Rang eines Obersten verdiente. Er war daher oft fern von seinem geliebten Barrowteign, jenem großen Haus, das sein Vater, der alte »Brauer« Strafford aus Crediton, sich als Denkmal seines unbestreitbaren Arbeitseifers hatte erbauen lassen. Für diesen Begründer des Wohlstandes unserer Familie – an dessen Lebensbeginn ja harte und unermüdliche Arbeit auf der zähen roten Erde am Ufer des Yeo-Flusses stand – war es eine Enttäuschung, daß der Sohn dem Vater nicht im Berufe folgte, sondern statt dessen in die Dienste der Armee Ihrer Majestät trat. Als es sein Sohn dann jedoch in fernen Ländern zu militärischen Ehren brachte, mag die Reputation des Vaters im heimatlichen Bezirk dadurch gewonnen haben, und ich stelle mir gern vor, wie dieser sich gleichsam im

Widerschein des Ruhmes sonnte, als sein Sohn sich auf der Krim und in Indien seine Auszeichnungen erwarb.

Mein Großvater starb 1867, und erst das veranlaßte meinen Vater, seinen Abschied aus der Armee zu nehmen und heimzukehren. Kaum daheim, zog er sich aus der aktiven Führung der Brauereigeschäfte zurück und ehelichte ebenso rasch und entschlossen die Tochter des ortsansässigen Arztes – meine Mutter, die damals erst 23 Jahre alt war und sich von einem fast fünfzigjährigen Obersten im Sturmangriff genommen sah, bei dem dieser, um der Wahrheit die Ehre zu geben, sehr viel mehr Lampenfieber hatte als sie, da er sich in den Jahren seiner Abwesenheit das Leben bis ans Ende seiner Tage immer nur als Junggeselle vorgestellt hatte und es ohnehin eher gewohnt war, Männern Befehle zu erteilen, als Frauen den Hof zu machen. Die Verbindung erwies sich jedoch als überaus glücklich.

Ich verbrachte eine sorgenfreie Kindheit in ungetrübtem Glück: Mein Vater durchlebte im Spiel ein zweites Mal die Schlachten seiner jungen Jahre, wie das gewiß nur ein alter Soldat kann, während mich meine Mutter an das Blutvergießen gemahnte, das mein Vater auch erlebt hatte, worüber er aber vorzog zu schweigen; mein Bruder ging mit mir auf Erkundungsfahrt ins nahegelegene Moor, wo wir im Farn zwischen den Felstürmen unsere eigenen Schlachten schlugen. Sie fanden dann nur noch in den Ferien statt, als er zur Schule ging – nach Marlborough, im Alter von elf Jahren, wohin ich ihm im gleichen Alter folgte.

Childers, jener Lehrer der alten Sprachen, dessen Andenken viele Schüler des College in Marlborough ehrfürchtig bewahrt haben werden, betrachtete mich als einen vielversprechenden Schüler und sorgte dafür, daß sich dieses Versprechen, innerhalb seiner Grenzen, auch erfüllte. Als ich 1894 ein Stipendium für das Trinity College in Cambridge gewann, sah mein Vater darin eine ganz besondere Ehre, meine Mutter einen gerechten Lohn.

Die aktive Teilnahme an den Debatten und meine Mitarbeit bei den Veranstaltungen der Studentenvereinigung gaben mir den ersten Anstoß zu einer politischen Laufbahn. Ich verstand diese Vereinigung als eine zwar mit Mängeln behaftete, aber durchaus ehrfurchtgebietende Nachbildung des griechischen Demos und blickte mit den gleichen Gefühlen nach Westminster. Meine Naivität versetzt mich heute in Erstaunen, aber damals gewährleistete sie, daß meine Energien ungehindert durch Vorsicht oder Bedenken in diese Richtung strömten.

Bei meinem zweiten Sommerurlaub deutete ich meiner Familie gegenüber an, wozu ich mich berufen fühlte, und wurde in allen meinen Bemühungen so vorbehaltlos unterstützt, wie ich das inzwischen erwartete. Mein Vater war alt geworden und nicht mehr bei bester Gesundheit, so daß mein Bruder, der damals gerade selbst ein rasch wachsendes Ansehen als Rinderzüchter gewann, praktisch zum Herrn des Hauses geworden war. Mein Vater hatte einige Jahre im Rat der Stadt Okehampton gesessen. Diese Bedingungen erleichterten eine frühzeitige Einführung bei Sir William Oliphant, dem damaligen Unterhaus-Abgeordneten für Mitteldevon. Er gehörte zu diesem Zeitpunkt seit über vierzig Jahren dem Parlament an und hatte bereits zu verstehen gegeben, daß er die Wiederwahl nicht mehr anstrebte. Es war mein großes Glück, daß die Empfehlung durch Sir William, das Ansehen unserer Familie in der Grafschaft und der Ruf, den ich mir in meinem letzten Jahr in Cambridge als Präsident der Studentenvereinigung erworben hatte, ausreichten, um meine Wahl zum Kandidaten der Liberalen in diesem Wahlkreis zu sichern. Da die nächsten Wahlen für das Jahr 1902 anstanden, glaubte ich, in der Zwischenzeit meine Pläne so weit vorantreiben zu können, daß ich dann Westminsters heilige Hallen als Abgeordneter für Mitteldevon betreten konnte.

Mein Studium in Cambridge schloß ich 1897 mit einem guten Examen ab und begleitete meine Mutter auf einer sechsmonatigen Reise durch Frankreich und die Mittelmeerländer. Es bedeutete wohl für sie eine besondere Freude, daß sie der Lieblingssohn an die historischen Stätten und zu den Kunstschätzen Italiens und Griechenlands führte. In Rom trafen wir einen meiner Studienfreunde, der im letzten Jahr vorläufig relegiert worden war, weil er einen Kommilitonen beim Kartenspiel um sein gesamtes Geld gebracht hatte. Couch (wie wir ihn nannten) war ein Lebemann von jener eleganten und ausgelassenen Art, dessen Moral man besser keiner genauen Prüfung unterzieht, dessen geistreiche Gesellschaft aber *unwiderstehliche Anziehungskraft ausübt. Ich ignorierte seine etwas skrupellose Art beim Spiel – da es mit seinen eigenen Finanzen nicht zum besten stand und seine Opfer im allgemeinen mehr Vermögen als Vernunft besaßen, erschien mir das Verbrechen nicht besonders verwerflich –, aber der Tutor, der etwas engstirnige Threlfall, entwickelte eine starke Abneigung gegen Couch, der ihm den Gefallen tat, ziemlich hart am Wind zu segeln. Bei dem Vorfall, für den er bestraft wurde, hatte Couch nicht gewußt, wie schwer sein Opfer den Verlust verkraften konnte. Ich glaubte, daß er auf seine Ansprüche verzichtete, als er schließlich von diesen Umständen Kenntnis erhielt, aber das kam zu spät, um Threlfalls Zorn zu besänftigen. Couchmans Studium wurde also für ein Jahr suspendiert, und in dieser Zeit trafen wir ihn in Rom, wo er sich die Zeit vertrieb, sich eine obskure Stelle als Lehrer verschafft hatte und seinen Abenteuern als Glücksspieler ungestört nachgehen konnte.*

Wenn Gegensätze sich anziehen, so darf meine Freundschaft mit Couch wohl als Exempel dieser Behauptung zählen. Dadurch, daß ich seinem losen Lebenswandel gegenüber Nachsicht walten ließ und ihm insgeheim Beifall zollte, kompensierte ich vielleicht eine Ehrenhaftigkeit und Wohlanständigkeit, deren ich mich zu befleißigen hatte, die aber gelegentlich zu meinem jugendlichen Überschwang in Gegensatz gerieten. Sogar meine Mutter gestand, sie genieße Couchs Gesellschaft, und sie duldete bei ihm lockere Sitten, die sie anderen Menschen nicht verziehen hätte.

Couch ging nach Cambridge zurück und ich nach Devon, um mich mit meinem Bruder auf Verkaufsausstellungen sehen zu lassen, mit meinem Vater zusammen Bürger im Wahlkreis kennenzulernen (er schien meine Wahl als seinen letzten großen Feldzug aufzufassen) und um gemeinsam mit Sir William auf Versammlungen zu sprechen. Die Liberalen waren damals ein wahrhaft bunter Haufen und immer noch damit beschäftigt, den Rücktritt von Gladstone zu verarbeiten. So hatten wir innerhalb von drei Jahren drei verschiedene Parteiführer – Rosebery, Harcourt und Campbell-Bannerman –, eine chaotische, überstürzte Entwicklung, die Sir William zu der Überzeugung brachte, daß er seinen eigenen Rücktritt zu lang hinausgezögert hatte, und die mir nicht gerade das größte Vertrauen in die Führung der Partei einflößte, der ich mich verschrieben hatte. Nicht, daß ich jemals in Erwägung gezogen hätte, mich der Konservativen Partei anzuschließen. In allen wesentlichen Fragen – Freihandel, Irland, Empire, Oberhaus – teilte ich die Meinungen der Liberalen, aber die Unbeständigkeit in der Führung war doch ziemlich verwirrend. Mein Bruder jedoch, der immer schon ein gutes Gespür bewiesen hatte, zeigte mir, was dieser Stand der Dinge für mich bedeutete. Denn wie er sagte, war eine Zeit des Übergangs ideal für einen jungen Politiker, der sich die Sporen noch verdienen wollte.

Zunächst einmal, auf kurze Sicht, war Geduld vonnöten. Und gerade als sich die meine in Barrowteign zu erschöpfen begann, kam mir Gerald Couchman zu Hilfe. Im Sommer 1898 hatte er schließlich sein Examen in Cambridge abgelegt und ließ sich nun in London nieder – bei einer nachsichtigen Tante in St. John's Wood –, wo er mit großem Eifer gesellschaftlichen Vergnügungen nachging. Er lud mich für einige Zeit dorthin ein, und weil ich so Gelegenheit haben würde, die Ereignisse im Parlament an Ort und Stelle zu erleben, fühlte ich mich ermutigt, seine Einladung anzunehmen. Im Lauf der Zeit wurden meine Besuche immer häufiger und ausgedehnter, denn Couchmans Tante war auf die angenehmste Art großzügig in der Gewährung ihrer Gastfreundschaft. Ihr Neffe verführte mich mit einnehmendem Lächeln zu schlechten Gewohnheiten, aber ich vermied seine schlimmsten Ausschweifungen, und in Westminster, wo ich meine Zeit zu nutzen wußte, verfolgte ich das Geschehen mit großer Aufmerksamkeit.

Leider aber war dieser Gang der Dinge nicht sehr beruhigend. Im Frühjahr und Sommer 1899 wurde eine Stimmung spürbar, die zum Krieg mit den Burenrepubliken in Transvaal und dem Oranje-Freistaat trieb, eine Stimmung, die durch den völlig unkontrollierten und großsprecherischen Patriotismus des Pöbels in London (und wohl auch in Pretoria) etwas Unausweichliches bekam. Zu dieser Zeit waren die Bierhallen und Schenken, zu deren Besuch mich Couch gelegentlich überredete, der Ort überbordenden Kriegsgeschreis, so daß zum ersten Mal mein Vertrauen zum Demos erschüttert wurde. Es stellte sich heraus, daß die Liberalen im Fall eines

Krieges gespalten sein würden. Campbell-Bannerman und Lloyd George lehnten eine militärische Lösung ab und mußten dafür einige Beschimpfungen über sich ergehen lassen; Asquith und der frühere Parteiführer Rosebery dagegen unterstützten diese Lösung.

Meine Haltung war unentschieden, was Sir William billigte, meinen Vater jedoch verstimmte, weil er der festen Meinung war, die Methoden, die man 1857 gegen die aufständischen Soldaten in Indien angewendet habe, seien 1899 auch gegen die Buren anzuwenden; ich versuchte vergeblich, ihn umzustimmen. Am Ende war es Couch, der mich davon überzeugte, daß man es mit der Vernunft auch übertreiben könne, nachdem er selbst in dieser Hinsicht kaum jemals sündigte. Eines Tages im Juni saßen wir im Lord's-Cricket-Stadion – Victor Trumper machte gerade mit seinem Lauf für die australische Mannschaft die Hundert voll – und diskutierten über unsere Pläne im Falle eines Krieges. Couch war ganz dafür, sich freiwillig zu melden und sich den Wind an der Front um die Nase wehen zu lassen. Die Spitzfindigkeiten der öffentlichen Diskussion interessierten ihn nicht, wenn sich die Gelegenheit zu einem Abenteuer in Übersee bot. Im wesentlichen gewann er mich für seinen Standpunkt. Wenn es tatsächlich zu einem Krieg kam, würde man die Wahl, dessen war ich gewiß, verschieben, nicht überstürzen, so daß mir die Zeit daheim lang werden würde. Außerdem schien nichts besser geeignet, um mir die Grundlagen für eine eigene Meinung zu schaffen, als die Erfahrung an Ort und Stelle. Wir gelobten also, wie nur junge Männer das tun können, uns gemeinsam zu melden.

Zufällig war General Buller, der Oberbefehlshaber, meinem Vater nicht ganz unbekannt, denn jener hatte seine Karriere gerade in Indien begonnen, als sich die meines Vaters am gleichen Ort ihrem Höhepunkt näherte; außerdem war die Familie des Generals in der Nähe von Crediton ansässig. Durch seine Vermittlung wurden Couch und ich in jenem Sommer in die Freiwilligenreserve des Devonshire-Regiments aufgenommen. Als dann im Oktober der Krieg tatsächlich ausbrach, wurden wir zu Unterleutnants ernannt.

So legten wir am 11. Oktober zusammen mit General Buller und dem übrigen Regiment von Southampton ab; unser Bestimmungs-

ort war Kapstadt. An Bord traf ich unter anderen Passagieren auf jenen jugendlichen Veteranen der Schlacht von Omdurman, Winston Churchill, der wie ich eine politische Laufbahn ins Auge faßte, allerdings (damals) bei den Konservativen. Er reiste als Korrespondent der »Morning Post« nach Südafrika, und zu diesem Zeitpunkt wäre mir nie in den Sinn gekommen, daß ich eines Tages gemeinsam mit ihm dem Kabinett angehören würde.

Als wir Ende Oktober Kapstadt erreichten, bot sich uns ein Bild der Verwirrung, denn die Buren hatten inzwischen Kimberley und Mafeking, kurz darauf auch noch Ladysmith eingeschlossen. Selbst einen Neuling, wie ich es damals war, konnten die Anordnungen, die General Buller traf, um die Krise zu meistern, nicht überzeugen. Er teilte seine Kräfte und trachtete danach, alle drei Belagerungen gleichzeitig aufzuheben, was sich als verhängnisvoll erwies. Couch und ich begleiteten Buller in der Funktion von zweiten Adjutanten nördlich nach Ladysmith. Ich gestehe, daß ich so viel damit zu tun hatte, mich an das Soldatenleben in einem fremden Land zu gewöhnen, daß ich wenig Zeit fand, unsere Strategie zu beurteilen, aber mein Gefühl, sie sei verfehlt, war am Ende berechtigt. Buller überzeugte sich davon, daß die Truppen der Buren, die Ladysmith einschlossen, zu stark waren, als daß er die Belagerung hätte aufheben können, und er hatte recht. Aber durch die Nachricht von der Niederlage von Gatacre bei Stormberg und von Methuen bei Magersfontein ließ er sich am 15. Dezember zu einem Frontalangriff auf die Stellungen der Buren am Tugelafluß bei Colenso hinreißen, kaum drei Tage nach der Meldung, daß ein direkter Angriff zu verlustreich wäre. Die Niederlage war in jeder Hinsicht verlustreich: Sie forderte tausend Gefallene, kostete ihn den Oberbefehl und bewirkte in der öffentlichen Meinung des Mutterlands jenes traurige Phänomen der »Schwarzen Woche«, wodurch das Kriegsgeschrei in den Music Halls vorübergehend verstummte.

Leider war die Niederlage bei Colenso für mich persönlich eine bittere Lehre. Ein Schlachtfeld fern der Heimat ist nicht der Ort, an dem man erfahren will, daß der Freund, dem man vertraut hat, ein Feigling ist, aber Gerald Couchmans Verhalten an jenem Tag zwang mir diese Erkenntnis auf. Um die zehn Geschütze zu retten, die am

Ende aufgegeben werden mußten, kam es zu einem persönlichen Eingreifen Bullers und damit auch seiner Adjutanten. In diesem Gefecht fiel der einzige Sohn von Lord Roberts, und der General selbst wurde verwundet. Ich tat, nach meinem geringen Vermögen, was ich konnte, mit der Tapferkeit, die mir gegeben war; Couch jedoch hielt sich im Hintergrund, und bei einer Gelegenheit, die von allen ich allein beobachtete, verließ er in einem feigen Akt der Selbsterhaltung den Schauplatz des Gefechts. Ich verachtete ihn nicht deswegen, denn jeder normale Mann hätte an jenem Tag Angst empfunden, aber ich erkannte mit Ernüchterung, daß er mich in einem so kritischen Moment im Stich lassen konnte. Ich machte ihm danach keine Vorwürfe; dennoch wußte er, was ich gesehen hatte, und unser Verhältnis wurde nie wieder ganz das alte.

Als Lord Roberts zum neuen Oberbefehlshaber ernannt wurde, schickte Buller Couch und mich nach Kapstadt voraus, um dort seine Ankunft zu erwarten und unsere Aufgabe im Stab wahrzunehmen. Wir verbrachten eine lange, schweigsame Reise miteinander, in unausgesprochener Verstimmung, wobei Couch vielleicht erschrokken war über das, was er in sich entdeckt hatte, vielleicht auch einen Groll gegen mich hegte, weil ich darüber schwieg und zu wenig redete aus Angst, zuviel zu sagen, in Gedanken auch die Möglichkeit erwog, der gestrenge Trelfall habe von Anfang an richtig geurteilt. Es hätte unsere Stimmung vielleicht gehoben, wenn wir gewußt hätten, daß Colenso unser erstes und letztes Gefecht in Südafrika sein sollte. Es hätte so sein können, aber ich erlaube mir, daran zu zweifeln.

Lord Roberts kam Mitte Januar 1900 in Kapstadt an, mit dem beeindruckenden Kitchener als Stabschef. Er unterzog sogleich die Planung des gesamten Feldzugs einer gründlichen Reorganisation, und aufgrund der besonderen Beachtung, die Nachschub, Transportwesen und Nachrichtenverbindungen nun erhielten, wendete sich das Blatt nicht nur für die Armee, sondern auch ich wurde dadurch für den Rest meiner Zeit in Südafrika am Kap festgehalten. Offenbar war mir das, was ich an politischem Ruf besaß, bereits vorausgeeilt, denn ich erhielt die Anweisung, einen Teil meiner Zeit – soweit sie nicht durch meine normalen Pflichten im Stab ausgefüllt war – dem Versuch zu widmen, die allgemeine Stimmung am Kap zu erkunden, und vor allem die Beziehungen zum niederländischen Bevölkerungsteil mit dem Fernziel zu pflegen, für die Zeit nach dem Krieg gute interne Beziehungen zu gewährleisten. Ich machte dabei nur wenig Fortschritte, tat aber, was ich konnte, und empfand immer den Kontakt zu den Bürgern am Kap – den gewählten Vertretern, den Beamten und Grundbesitzern, den Journalisten und Geschäftsleuten – als interessant und aufschlußreich. Couch war in dieser Zeit mit der Koordinierung des Nachschubs befaßt, wofür er eine besondere Begabung entwickelte. Ich sage nicht mehr dazu, als daß er es bei der Verteilung von Verpflegung und Ausrüstung nicht versäumte, kommerzielle Gesichtspunkte zum eigenen Vorteil zu berücksichtigen. Wir sahen einander jedenfalls recht selten.

Im Sommer 1900 schien der Krieg praktisch vorbei zu sein. Nachdem Roberts am 31. Mai Johannesburg und fünf Tage später Pretoria genommen hatte, blieb offenbar nur noch die Aufgabe, den Widerstand der Buren zu brechen. Vermutlich überzeugte diese rasche Wiederherstellung der Lage nach Bullers anfänglichen Mißgriffen die konservativ-unionistische Regierung in der Heimat davon, daß die Zeit reif sei für allgemeine Wahlen. Als ich davon hörte, erschien mir der Plan als der simple Versuch, aus der Siegeseuphorie des Volkes Kapital zu schlagen; aber es ist wohl richtig, daß meine Einschätzung von meiner bevorstehenden Kandidatur für einen Sitz im Parlament beeinflußt war, für die ich unter diesen Umständen schlecht gerüstet war.

Lord Roberts zeigte großes Verständnis für meine Schwierigkeiten und genehmigte meine sofortige Heimkehr. In dieser Lage erwies mir Couch, was ich auch sonst über sein Versagen bei Colenso gesagt haben mag, einen nicht unbedeutenden Dienst. Als Teil meiner Aufgabe, für die Zeit nach dem Krieg Brücken zu bauen, hatte ich eine Einladung in das Haus der Van der Merwes, einer einflußreichen holländischen Familie in der Nähe von Durban, angenommen. Als ich im späten August nach Kapstadt kam, traf ich dort zufällig auf Couch und erwähnte, daß ich die Van der Merwes enttäuschen müßte, wenn ich zeitig genug nach England zurückkehren wollte, um überhaupt noch eine sinnvolle Wahlkampagne in die

Wege zu leiten. Ich bedauerte das, weil man mir mit dieser Einladung von holländischer Seite die herzlichste Gastfreundschaft überhaupt überwiesen hatte. Couch, dem in einer ereignislosen Zeit, in der jedermann nur auf das förmliche Ende der Feindseligkeiten zu warten schien, Urlaub bewilligt worden war, bot von sich aus an, mich in Durban zu vertreten. Ich habe kaum Zweifel daran, daß er in einer Rolle, in der persönlicher Charme besonders zählte, seine Aufgabe bestens erledigte.

So kam es, daß ich daheim in England ankam und gerade noch eine Woche zur Verfügung hatte, um meinen Wahlfeldzug zu führen. Wie ich mir hätte denken können, hatten mein Bruder und meine Eltern in meiner Abwesenheit bereits eine höchst wirkungsvolle Kampagne in die Wege geleitet, und Flowers, der schweigsame Agent, den ich von Sir William ererbt hatte, vertrat den wohlüberlegten Standpunkt, daß jeder Angriff meines konservativen Gegners auf die Haltung meiner Partei zum Krieg durch meinen eigenen, aktiven Dienst in Südafrika mehr als ausgeglichen werde. Er sollte sich nicht irren. Man hat die Wahl vom Oktober 1900 in der Folge immer als die »Khaki«-Wahl bezeichnet, und wenn es denn die Absicht der Regierung war – wovon ich fest überzeugt bin –, aus dem praktisch bereits errungenen Sieg in Südafrika Gewinn zu ziehen, dann darf ich zufrieden feststellen, daß das Ergebnis für sie in Mitteldevon nicht in ihrem Sinne ausfiel.

Ich werde nie die Szene im Rathaus von Okehampton vergessen, als der Wahlbeamte in den frühen Morgenstunden des 5. Oktober meinen Sieg verkündete, und zwar mit einer Stimmenmehrheit, die nur wenig unter der traditionellen Mehrheit von Sir William lag, und als eine dichtgedrängte Menge rotgesichtiger Bewohner der Grafschaft mit Cider auf ihren neuen, jungen Tribun anstießen. Im Alter von 24 Jahren sah ich mich aufgerückt in die Stellung eines Mitglieds jener angesehensten demokratischen Institution – des britischen Parlaments –, und die Zukunft stand mir offen.

»Senhor Radford! Verzeihen Sie die Störung: Mein Herr läßt Ihnen sagen, das Mittagessen sei angerichtet.«

Es war der alte Tomás, der mich mit diesen Worten aus den

Gedanken riß, die mir nach der Lektüre des ersten Kapitels der Memoiren durch den Kopf gingen.

»Obrigado, Tomás«, sagte ich. Dann versuchte ich zögernd, noch ein paar Worte aus dem portugiesischen Grundwortschatz anzuwenden, den ich mir aus dem Sprachführer angeeignet hatte. »Oude fica o almoço?«

»Im Frühstückszimmer, Senhor«, gab Tomás zur Antwort. »Bitte kommen Sie mit mir.«

Ich folgte ihm auf die Terrasse und nahm die Memoiren mit.

»Sind Sie schon länger auf der Insel, Senhor?«

»Erst seit wenigen Tagen.«

»Dafür sprechen Sie aber sehr gut Portugiesisch.«

»Danke für das Kompliment. Ihr Englisch verdient dann aber ein viel größeres Kompliment.«

»Nein, nein, Senhor. Ich bin seit vierzig Jahren in diesem Haus, und Quinta do Porto Novo hat immer einen Herrn gehabt, der Englisch sprach. Daher war es nicht schwer für mich, Ihre Sprache zu lernen, so ausgezeichnet war mein Lehrer.«

Wer hatte ihn sein Englisch gelehrt? Wenn Tomás seit vierzig Jahren hier war, dann konnte er wohl nur Strafford meinen.

»Sie haben für Senhor Strafford gearbeitet?«

»Ja, Senhor. Ich hatte die Ehre.«

Wir waren inzwischen durch den Salon in die Eingangshalle getreten. Tomás führte mich die Galerie entlang in ein geräumiges, luftiges Zimmer auf der Westseite mit großen Fenstern, die den Blick auf den Weinberg freigaben. An einem Ende des Zimmers stand ein Konzertflügel, über dem eine Savannenlandschaft in Öl hing.

Der Tisch in der Mitte war mit Schüsseln und Tellern für einen kalten Imbiß gedeckt. Die Atmosphäre hier wirkte neuer, ließ mehr an Sellick, weniger an Strafford denken.

Ich versuchte, Tomás mehr Informationen zu entlocken. »Haben Sie Senhor Strafford bewundert?«

»Senhor Strafford war ein Gentleman.«

»Danke, Tomás. Das ist alles. Sellicks Stimme kam abrupt von hinten. Tomás verneigte sich ernst und entfernte sich. Die Art, in der Sellick ihn entließ, war fast etwas schroff, aber dieser Eindruck verflog sofort, als Sellick mich warmherzig und zuvorkommend begrüßte.

»Wie ich sehe, haben Sie die Memoiren dabei, Martin. Vergessen Sie sie für einen Augenblick, und bedienen Sie sich. Ich hoffe, Sie entschuldigen die zwanglose Form der Bewirtung.«

»Es sieht köstlich aus. Ihre Gastfreundschaft ist viel zu großzügig.«

»Keineswegs. Ich habe Ihnen ein geschäftliches Angebot gemacht. Das Wenigste, was ich tun kann, ist, Ihnen meine bescheidene Gastfreundschaft anzubieten, während Sie über das Angebot nachdenken.«

Natürlich war seine Gastfreundschaft durchaus nicht bescheiden zu nennen. Ich nahm mir gegrillten Thunfisch von der Platte, zusammen mit dem Reis und den Kartoffel- und Gemüsesalaten, die dazugehörten. Sellick schenkte mir Vinho verde ein und bot mir einen Platz am Fenster an. Es war halb geöffnet, um in der Mittagshitze einen Hauch von Kühle hereinzulassen. Unter uns standen die Rebstöcke in stummen Reihen. Es war die Zeit der Siesta, und kein Laut störte den Frieden.

Ich hatte die Memoiren auf einem Kaffeetisch zwischen uns abgelegt. »Sind Sie schon ein gutes Stück vorwärtsgekommen?« fragte Sellick. »Wie Sie bemerken, kann ich meine Neugier kaum bezähmen.«

»Ich bin gerade am Ende des ersten Kapitels angelangt: Strafford ist soeben ins Parlament gewählt worden. Es ist eine fesselnde Lektüre.«

»Ich hatte gehofft, daß Sie das so empfinden würden. Sind Sie nun dadurch einer Entscheidung über meinen Vorschlag näher gekommen?«

»Meine erste Reaktion ist bestätigt worden; daß ich nämlich mit Vergnügen zusagen würde. Ich bin sicher, daß Sie mir eine Chance bieten, die ich nicht verdiene. Wenn Sie mir aber Ihr Vertrauen schenken wollen, dann werde ich versuchen, es zu rechtfertigen.«

»Ich nehme das mit größter Genugtuung zur Kenntnis, Martin. Lassen Sie uns auf Ihre Nachforschungen anstoßen!«

Als wir unsere Gläser auf die Vereinbarung erhoben, dachte ich wieder an Helen, zum zweiten Mal an diesem Morgen: Helen, meine liebe Exfrau. Wenn Wein zum Essen serviert wurde, hatte sie sich immer an dieses Ritual gehalten. Ich erinnerte mich an ihr heftiges Stirnrunzeln, wann immer ich vorzeitig zum Glas gegriffen hatte, heute allerdings ganz ohne Ärger. Es war ein merkwürdiges Gefühl, so fast ohne Gehässigkeit an sie zu denken, und noch merkwürdiger war es, daß Straffords Studienfreund denselben Nachnamen trug wie sie. Denn Couchman war kein häufiger Name.

»Sie sehen nachdenklich aus, Martin.«

»Die Memoiren geben mir viel Stoff zum Nachdenken. Um ganz ehrlich zu sein – ich kann es kaum erwarten weiterzulesen.«

»Das kann ich gut verstehen, und ich werde Sie nicht aufhalten. Bevor Sie aber Ihre Lektüre fortsetzen, interessiert es Sie vielleicht, einen Blick in Straffords Arbeitszimmer zu werfen. Sie erinnern sich, daß ich gestern davon sprach.«

»Das wäre sehr interessant.«

»Dann also gleich nach dem Essen.«

Nachdem wir gegessen hatten, führte mich Sellick durch die Eingangshalle zurück und die Treppe hinauf in ein großes Zimmer auf der Südseite. Als er die Läden öffnete, flutete das Licht herein. Der Anblick, der sich nun bot, versetzte mich übergangslos zurück in Straffords Leben. Sellick erklärte, er benütze das Zimmer nie und habe es in dem Zustand gelassen, in dem es sich bei seinem Einzug befand. Der Blick aus dem Fenster ging auf den Garten und, dahinter, auf das Meer. Staubkörnchen tanzten im Sonnenlicht, und das Tikken einer Standuhr bei der Tür vertiefte den Eindruck einer anderen Zeit und eines anderen Ortes. Vor dem Fenster stand ein großer, lederbezogener Mahagonischreibtisch mit einem lederbezogenen Drehstuhl auf Rollen.

Das war ganz offensichtlich der Sekretär, in dem Sellick die Memoiren gefunden hatte. Auf beiden Seiten neben dem Tintenfaß befanden sich gerahmte Fotografien, die Straffords Blick jedesmal auf sich gezogen haben mußten, wenn er am Schreibtisch saß. Links stand das Studioporträt eines Ehepaars: ein älterer Herr mit Schnauzbart und von kerzengerader Haltung und daneben eine elegante Frau in mittleren Jahren – ohne Zweifel Straffords Eltern.

Die Fotografie zur Rechten zeigte eine junge Dame in weniger strenger Haltung. Sie trug ein hochgeschlossenes, mit einer Brosche zusammengehaltenes Kleid. Ihr dunkles Haar war glatt nach oben gebunden; nur ein paar Strähnen fielen seitlich herab. Ihre Augen waren groß, dunkel und aufmerksam, und sie schien, mit leicht geöffneten Lippen, im Begriff zu lächeln. Für mich war sie eine Fremde – das glaubte ich jedenfalls. Strafford mußte sie irgendwann einmal fast alles bedeutet haben. Das verriet nicht nur ihr Blick, sondern auch die Tatsache, daß die Fotografie an dieser Stelle stand. Jeden Tag, den Strafford auf Madeira verbracht hatte, hatte er dort sitzen, immer diese Augen und dahinter den Ozean sehen können, beides so tief und fern. Aber nur seine Memoiren konnten mir das verraten, was die erstarrte Vergangenheit seines Arbeitszimmers niemals preisgeben würde: was in ihm vorgegangen war, wenn er diese Haltung des Kopfs betrachtete, in der sich Zutrauen mit Selbstvertrauen verband, von der Kamera für alle Zeit festgehalten, wenn er hinausstarrte in die gelassene Unendlichkeit des Ozeans.

»Es ist, als hätte Strafford den Raum gerade erst verlassen«, sagte ich endlich.

»Nicht wahr«, sagte Sellick. »Ich fürchtete, es würde morbide erscheinen, alles unverändert zu lassen, aber wenn man soviel Platz hat, warum nicht? Man kann sich leicht vorstellen, wie er an diesem Schreibtisch sitzt.«

»Das habe ich gerade getan. Vermutlich stellt das eine der beiden Bilder seine Eltern dar. Was hat es mit dem anderen auf sich?«

»Es kann sich doch eigentlich nur um eine Person handeln.«

»Seine Verlobte?«

»Ja: Elizabeth Latimer. Meine Nachforschungen haben ergeben, daß sie noch am Leben ist, in England, unter dem Namen ihres Ehemanns, Couchman ... Sie sehen überrascht aus, Martin.«

»Der Name ... Dann ist sie ja ...«

»Gerald Couchmans Frau geworden. Das ist richtig. Aber ich muß mich entschuldigen. Ich sollte wirklich nicht soviel verraten. Allerdings wird es Sie gewundert haben, warum Strafford dieser Freundschaft gar soviel Gewicht beigemessen hat.«

Das stimmte, und damit erklärte sich der Umstand. Es war jedoch nicht die Ironie, die darin lag, daß Strafford seine Verlobte an seinen zweifelhaften früheren Freund verloren hatte, die mich aus der Fassung brachte, obwohl ich froh war, daß Sellick das glaubte. Meine Bestürzung wurde vielmehr durch das Echo ausgelöst, das seine Worte in meiner eigenen Vergangenheit hervorriefen. Es handelte sich nicht mehr um eine nur zufällige Übereinstimmung von Familiennamen. Sieben Jahre zuvor, bei meiner eigenen Hochzeit, hatte ich die respektgebietende Elizabeth Couchman, Helens Großmutter, kennengelernt, damals eine vitale, verwitwete alte Dame von achtzig, die sich offenbar immer noch bester Gesundheit erfreute. Den Erfolgen ihrer Generation der Couchmans war es zuzuschreiben, daß meine Heirat in meiner Familie als ein Bravourstück gesellschaftlichen Aufstiegs angesehen wurde, und diese Umstände trugen am Ende zum Scheitern unserer Ehe bei. Heute nun lernte ich die Großmutter meiner geschiedenen Frau als schöne junge Dame aus der Regierungszeit König Edwards kennen, als die Frau, die das Herz eines berühmten Mannes gewonnen – und gebrochen – hatte.

Nach dem ersten Schrecken meldete sich nun die Vorsicht. Es war immer noch möglich – wenn auch nicht wahrscheinlich –, daß es sich nicht um dieselbe Person handelte. Wenn es doch so war, wie würde Sellick auf meine familiären Verbindungen mit der Familie reagieren, die auch Gegenstand meiner Nachforschungen sein sollte? Mein Instinkt ließ mich nichts Gutes erwarten. Er warnte mich geradezu: Setz diese einmalige Gelegenheit nicht aufs Spiel, sag es ihm nicht. Ich unterließ es also.

»Das läßt alles nur noch trauriger erscheinen«, sagte ich. »Das und die Atmosphäre in diesem Zimmer.«

»Ja«, sagte Sellick. »Hier schwingt so vieles mit.«

Einen Augenblick lang war ich beunruhigt. War er mir auf die Spur gekommen? Nein. Wie sollte er? Es klang doch genug aus Straffords Vergangenheit an, ohne daß er ein Echo auch aus meiner Vergangenheit vermuten mußte.

»Ich weiß, was Sie meinen.« In Wahrheit hoffte ich zu wissen, was er meinte. »Die Memoiren wirken hier sogar so viel realer – unmittelbarer –, daß ich gern hierbliebe, um weiterzulesen, wenn Ihnen das nichts ausmacht.«

»Bitte, Martin, selbstverständlich. Bleiben Sie, solange Sie wollen. Ich werde mich darum kümmern, daß man Sie ungestört läßt. Ich hoffe allerdings, daß Sie vor dem Essen herunterkommen, um einen Aperitif mit mir zu trinken. Alec ist dann gewiß zurück.«

»Danke. Das tue ich gern.«

Sellick ging und schloß die Tür hinter sich. Ich setzte mich an den Schreibtisch und blickte über den Garten und das Tal hinaus aufs Meer, dann wieder zurück auf das Gesicht und die Augen auf dem Bild, und ich stellte mir dabei vor, wie Strafford das gleiche tat. Ich schlug die Memoiren auf und sah seine feste, selbstbewußte Handschrift, die nichts preisgab, kein Zeichen, kein unsicher geführter Strich, die mir die Botschaft verraten hätten, die jener Blick für ihn bereithielt. Es gab nur einen Weg, das herauszufinden. Mit Spannung nahm ich meine Lektüre wieder auf.

LEBENSERINNERUNGEN
1900–1909

Das Parlament sollte Anfang Dezember 1900 zusammentreten. Zu diesem Zeitpunkt hatte ich meine Euphorie der Wahlnacht einigermaßen überwunden und in Pimlico Wohnung genommen, so daß ich es nicht weit haben würde nach Westminster. Sir William war so entgegenkommend gewesen, mich bei einigen führenden Persönlichkeiten der Partei einzuführen, während mein Bruder mir ohne Umstände die finanzielle Unterstützung zugesagt hatte, deren ein frischgebackener Abgeordneter in seiner beschränkten Lage bedürfen würde.

Ich war von der Vorstellung ausgegangen, ich würde mich in der Fraktion der liberalen Partei der Gesellschaft aufgeklärter und gleichgesinnter Männer erfreuen, die einen geraden Kurs zum Wohl ihres Landes steuerten. Ich stellte bald fest, daß sich diese rosigen Vorstellungen nicht lange aufrechterhalten ließen, als ich dann tatsächlich meinen Platz unter ihnen einnahm. Freilich wußte ich, daß der Krieg zu Meinungsverschiedenheiten geführt hatte. Was ich nicht wußte, aber rasch zu verarbeiten trachtete, war die Tatsache, daß praktisch in keinem einzigen Punkt allgemeine Übereinstimmung herrschte, daß viele abweichende Meinungen mehr mit persönlichen Feindschaften als mit Prinzipien zu tun hatten und daß vielleicht das einzig einigende Element im Interesse jedes einzelnen bestand, politische Karriere zu machen. Dergestalt kam die Ernüchterung des neuen Abgeordneten für Mitteldevon unverzüglich.

Doch darf ich den vielen fähigen Männern, mit denen ich in Westminster zusammentraf, nicht Unrecht tun. Campbell-Bannerman, der Parteiführer, war ein zäher alter schottischer Liberaler, der mich sogleich durch seine radikalen Überzeugungen überraschte. Er schien entschlossen weiterzumachen, allem Murren derer zum Trotz, die ihn für mittelmäßig hielten. Oft redete man mir ein, wir sollten wieder zu Rosebery zurückkehren oder uns für Asquith als Parteiführer entscheiden, ich aber, als ein für Eindrücke noch empfänglicher junger Mann, von meinem Vater her mit Respekt für die ältere Generation erfüllt, stellte mich, ohne zu zögern, hinter Campbell-Bannerman.

Die einzige Frage, in der wir hätten uneins sein können, war der Krieg. Aber meine Erfahrungen in Südafrika hatten mir unsere Sache in diesem Konflikt nicht nähergebracht. Da ich meine Zeit dort zum Schluß mehr unter der örtlichen Bevölkerung als im militärischen Bereich zugebracht hatte, hatte ich große Achtung vor ihrem festen Willen zur Unabhängigkeit entwickelt, und ich war wie Campbell-Bannerman überzeugt, ein richtiger Liberaler könne den englischen Standpunkt nur als plumpen Kolonialismus bedauern. Diese Meinung sicherte mir bei unserem leidenschaftlichsten Parteimitglied, Lloyd George, begeisterte Zustimmung; seine Berichte von den Reden, die er in der Öffentlichkeit gegen den Krieg gehalten hatte, ließen mich fast glauben, daß es mir bei Colenso besser ergangen war.

Lloyd George war für mich eine Offenbarung. Gar nicht soviel älter als ich, verkörperte er, was die Hoffnung der Jugend in der Partei zu sein schien. Im Vergleich zur barschen Unverbindlichkeit, der ich bei älteren Parteimitgliedern begegnete, brachte Lloyd George es fertig, enthusiastisch und mit großer Überredungskunst so viele Reformen vorzuschlagen, daß man sich am Ende nur noch fragte, in welcher Reihenfolge sie am besten einzuführen seien. Obgleich er großen Wert auf seine walisische Herkunft legte, gab er sich keine Mühe, seinen persönlichen Ehrgeiz zu verbergen, den grundenglischen Ehrgeiz nämlich, Premierminister zu werden. Ich sah keinen Grund, warum er es nicht werden sollte, und erwog sogar mit einer gewissen Befriedigung meine eigene Position, sollte er eines Tages einmal die Führung übernehmen. Mein eigener Ehrgeiz und der Wunsch, mein persönliches Fortkommen zu fördern, entwickelten sich nämlich ebenfalls recht rasch.

Es bestand jedoch mit Sicherheit wenig Hoffnung für die liberale Partei und ihre aufstrebenden jungen Talente, solange der Krieg währte und unser Patriotismus in der Öffentlichkeit in Zweifel gezogen wurde. Und der Krieg dauerte erheblich länger, als ich angenommen hatte. Er war keineswegs praktisch vorbei, als ich Kapstadt Ende August 1900 verließ, sondern sollte noch fast zwei Jahre dauern. Die Buren gingen zu einem höchst wirkungsvollen Kleinkrieg über, und Kitchener, inzwischen Oberbefehlshaber, reagierte darauf mit einer Politik der verbrannten Erde, der Zerstörung von Farmen und dem Zusammentreiben der Bevölkerung in Lagern. In meiner Jungfernrede im Parlament, im März 1901, bedauerte ich den Zusammenbruch der Verhandlungen zwischen Kitchener und Botha und stellte die Frage, welchem Zweck es dienen könne, ein Volk allmählich so weit zu unterwerfen, daß es am Ende gegenüber dem Mutterland nur noch stumme Feindseligkeit empfinde. Lloyd George beglückwünschte mich hinterher, und C.-B. warf mir einen verständnisinnigen Blick zu. Sogar von Winston Churchill, damals Abgeordneter der Konservativen, aber begierig darauf, sich jedes anderen Neulings im Hause anzunehmen, wurde ich in der Lobby mit einer freundlichen Bemerkung bedacht.

Aber der Krieg fand schließlich im Mai 1902 sein Ende. Ich weiß noch, daß ich an Gerald Couchman dachte, als die Meldung von der Unterzeichnung des Friedensvertrags kam; ich hatte ihn nicht mehr gesehen, seit ich Südafrika verlassen hatte. Ich fragte mich, wie es ihm wohl ergangen sei, nachdem die Feindseligkeiten von so viel längerer Dauer gewesen waren, als wir beide vorausgeahnt hatten.

Es traf sich, daß ich eines Nachmittags im Juni in das Lord's-Cricket-Stadion ging, um eine Weile den internationalen Vergleichskampf zu verfolgen. Da ich aber feststellte, daß weder Fry noch Ranjitsinhji, die elegantesten Schlagmänner der Engländer, Punkte gemacht hatten, räumte ich rasch das Feld. Ich erinnerte mich, daß Couchs Tante in der Nähe wohnte, und beschloß, sie zu besuchen, um von meiner ehemaligen Gastgeberin etwas über Couch zu erfahren. Dort stellte ich zu meinem Bedauern fest, daß sie im Jahr zuvor verstorben und das Haus nun im Besitz von Fremden war, die von ihrem Neffen nichts wußten.

Der Friede in Südafrika ließ auch in der liberalen Partei den Frieden einkehren. Alte Fehden wurden begraben, und die Gedanken wandten sich nun, da die Regierung nicht mehr auf patriotische Gefühle zu ihrer Unterstützung bauen konnte, den nächsten Wahlen und damit Überlegungen zu, wie es der Partei dabei wohl ergehen würde. Der Premierminister, Lord Salisbury, trat zurück, und sein Nachfolger, Balfour, entwickelte ein besonderes Talent, seine Parteifreunde vor den Kopf zu stoßen, was uns Liberalen zugute kam. Winston Churchill war einer dieser Parteigenossen, und er verließ seine Partei, um im Mai 1904 den Liberalen beizutreten.

Im Frühjahr desselben Jahres hatten Familienangelegenheiten meine Aufmerksamkeit wieder auf Devon gelenkt. Im Herbst zuvor hatte mein Bruder seine Verlobung mit Miss Florence Hardisty bekanntgemacht, der Tochter des Admirals Hardisty aus Dartmouth. Die Vorbereitungen für die Hochzeit zu Ostern waren bereits im Gang, als mein Vater in Barrowteign ganz unerwartet verstarb. Sein letzter Wunsch, den er meiner Mutter gegenüber zum Ausdruck brachte, war, daß die Hochzeit wie geplant stattfinden solle. Eine gewisse Verzögerung war unvermeidlich, aber auch ich war der Meinung, man solle die Hochzeit so wenig wie möglich hinausschieben. So nahm ich dann an einem sonnigen St.-Georgs-Tag meine Pflichten als Trauzeuge wahr, als der ältere Strafford-Sohn zum Altar schritt.

Ich gestehe, daß ich meine neue Schwägerin als ziemlich glanzlose Verkörperung provinzieller Ehrbarkeit empfand – ein sicheres Zeichen, daß ich im Begriff war, mir von London den Kopf verdrehen zu *lassen –, und ich hatte wenig übrig für die faden Aquarelle, mit denen sie ihre Mußestunden vor allem ausfüllte. Ohne daß man sie dafür hätte verantwortlich machen können, ließ Florence mir Barrowteign weniger heimatlich erscheinen als vorher, aber es handelte sich um eine ganz persönliche Reaktion meinerseits, die vielleicht Überempfindlichkeit verriet. Florence ordnete sich in den Fragen der Haushaltsführung klugerweiser meiner Mutter unter und war Robert eine gute und vernünftige Ehefrau.*

Ich wandte mich den Ereignissen in Westminster nun mit einiger Begeisterung zu. Es schien die Aussicht auf eine frühe Wahl zu bestehen, und wir waren alle mit der Organisation eines inoffiziellen Wahlkampfs beschäftigt. Am 13. Oktober 1905 trat ich öffentlich an der Seite Sir Edward Greys auf, den man allgemein als den aussichtsreichsten Kandidaten für das Außenministerium betrachtete; die Veranstaltung sollte die Kandidatur Winston Churchills in Nordwest-Manchester unterstützen (seine erste für die liberale Partei). Ein im übrigen wenig denkwürdiges Ereignis wurde dabei durch dauernde Störungen von unerwarteter Seite, zwei jungen Damen nämlich, bemerkenswert. Sie verlangten mit großer Heftigkeit von uns das Versprechen des Wahlrechts für Frauen, ein Versprechen, das wir uns nicht entreißen ließen. Ich erfuhr, daß die eine der beiden Christabel Pankhurst heiße, ein Name, der mir damals weniger sagte, als er später in meinem Leben bedeuten sollte. Der Vorfall fand großes öffentliches Interesse, und die beiden wurden vorübergehend in Haft genommen, weil sie sich weigerten, eine Geldstrafe für ordnungswidriges Verhalten zu zahlen; sie hatten auf der Straße einen Tumult ausgelöst, nachdem man sie aus dem Saal gewiesen hatte.

Das Ereignis machte mich recht nachdenklich, so daß ich andere nach ihrer Meinung fragte. Ich persönlich sah für eine liberale Regierung keine Möglichkeit, das Wahlrecht für Frauen abzulehnen, aber es gehörte durchaus nicht zu unserem Programm, ganz im Gegenteil. Lloyd George stimmte mir im Prinzip zu, wies aber darauf hin, daß andere, wichtigere Reformen Vorrang hätten. Meine Mutter bekannte sich als Suffragette, bedauerte aber militantes Vorgehen, während meine Schwägerin keine Meinung äußerte, da sie keine hatte. Ich neigte der Ansicht Lloyd Georges zu: das Wichtigste zuerst. Heute kann ich jedoch verstehen, daß die Zeitungsberichte von der Störung dieser Veranstaltung auf eine früh erwachsene Sechzehnjährige mit derselben Intelligenz wie ein männlicher Durchschnittswähler wie der Beginn eines Kreuzzugs gewirkt haben mußten. Sie wußte ebenso wenig wie einer der beiden angegriffenen Sprecher in Manchester, daß beiden eines Tages der andere wichtiger sein würde als die Frage des Wahlrechts für Frauen.

Im Dezember 1905 schließlich warf Balfour das Handtuch und trat zurück. C.-B. erhielt das Amt des Premierministers als gerechten Lohn für jahrelange harte Arbeit und stand an der Spitze der Regierung von ungewöhnlich talentierten Leuten, unter anderen Asquith als Schatzkanzler und Lloyd George als Handelsminister. Meine höchsten Erwartungen erfüllten sich durch die Berufung in das Amt eines Juniorministers. In meinem Übereifer nahm ich mir, ehe ich zusagte, kaum die Zeit, meine zukünftige Stellung gründlich zu bedenken, und sah mich unvermittelt in der Rolle eines Staatssekretärs im Marineministerium mit kaum mehr als elementaren Kenntnissen der Materie.

Allerdings blieb mir auch keine Zeit, lange darüber zu grübeln. C.-B. hatte nicht die Absicht, mit einer Minderheit zu regieren (Balfour hatte ihm da eine kaum verborgene Falle gestellt), und Neuwahlen für den Januar 1906 angesetzt. Dieses Mal waren die Vorbereitungen in meinem Wahlkreis um einiges gründlicher, und ich wurde mit Stimmengewinnen wiedergewählt, wobei mir mein neues Amt gewiß nicht geschadet hatte. Die Partei schnitt landesweit sogar noch besser ab, als wir erwartet hatten, und verbuchte einen Wahlsieg von historischen Ausmaßen.

Ich hatte jedoch kaum Gelegenheit, mich im Glanz der errungenen Erfolge zu sonnen. In London wartete Arbeit auf mich. Der Marineminister, Lord Tweedmouth, war ein zuverlässiger alter Schotte, der lange Zeit unter C.-B. gedient hatte und nun den verdienten Lohn empfing. Durch seinen Sitz im Oberhaus hatte ich nun die Marinepolitik im Unterhaus zu vertreten: eine beschwerliche Aufgabe, die mir aber die Möglichkeit bot zu glänzen. Winston

Churchill profitierte von einem ähnlichen Amt im Kolonialministerium, da auch hier der Minister dem Oberhaus angehörte. In dieser Zeit lernten wir uns näher kennen; wir waren beide überzeugt, daß wir uns im Dienste in Ehren ergrauter Vorgesetzter einen Namen machen konnten.

Im Februar 1907 wurde ich Onkel, als Roberts Sohn, Ambrose, zur Welt kam. Die Gegenwart dieses unbeschwerten Kinds machte mir Barrowteign während der Sommerpause zu einem angenehmeren Aufenthalt als zuvor, und es war nicht zu übersehen, daß die Geburt eines Sohns und Erben meinem Bruder viel bedeutete. Dieser war inzwischen so recht in die Rolle des provinziellen Gutsbesitzers hineingewachsen und ertrug es mit Humor, wenn ich ihn wegen seiner konventionellen Lebensweise tadelte.

Anfang 1908 begann es mit der Gesundheit des Premierministers bergab zu gehen. Im April mußte er sein Amt niederlegen und starb, noch ehe der Monat um war. Ich bedauerte, daß ein sicherer Steuermann von Bord gegangen war, verschloß aber nicht die Augen vor den Aufstiegsmöglichkeiten, die sich durch die nachfolgenden Regierungsumbildungen eröffneten. Früher, als ich eigentlich erwartet hatte, wurde ich zu einem Gespräch mit dem neuen Parteiführer aufgefordert. Asquith war ein Mann, den ich einst mit Mißtrauen betrachtet hatte, da er auf mich, als ich noch neu im Parlament war, reserviert gewirkt hatte und auch häufig nicht anwesend war. Nun aber erschien er ganz als der strahlende Wohltäter, der mir einen Posten im Kabinett anbot. Man habe, sagte er, Herbert Gladstone dazu bewegen können, den Posten des Generalgouverneurs von Kanada einzunehmen. Er, Asquith, halte es für erforderlich, im Innenministerium eine jugendlichere und energischere politische Linie zum Tragen zu bringen, als Gladstone sie vertreten habe. Diesen Posten biete er mir an, aufgrund meiner im Marineministerium geleisteten Arbeit. Ich akzeptierte, ohne zu zögern. Asquith bemerkte noch, daß er mich zum Kreise derer rechne, die er als ein hervorragendes Team betrachte. Ich bedachte jedoch in diesem Augenblick ausschließlich die Ehre und die Leistung, es im Alter von 32 Jahren bis zum Innenminister gebracht zu haben. Zukünftigem Ehrgeiz schienen kaum Grenzen gesetzt.

Man ist wohl allgemein der Ansicht, daß Asquiths Kabinett von 1908 eine bemerkenswerte Ansammlung politischer Talente darstellte: eine Mannschaft für jede Situation. Ich würde dieser Ansicht nicht widersprechen wollen. Ich war wirklich stolz, dazuzugehören, und mein Eintritt ins Kabinett traf mit dem einiger anderer aufsteigender Talente zusammen – Lloyd George als Schatzkanzler, Churchill und McKenna zum ersten Mal im Kabinett.

Stolz war ich gewiß, aber nicht blind für unsere Mängel. Asquith hatte den scharfen Verstand des Anwalts, aber ihm fehlte offenbar Originalität. Die älteren Mitglieder des Kabinetts hatten gegenüber uns jüngeren Vorbehalte, wobei Asquith in den daraus entstehenden Konflikten sich jeweils auf die Seite derer schlug, die seiner Meinung nach die Oberhand gewinnen würden; dadurch förderte er geradezu die geheimen Absprachen und Intrigen hinter den Kulissen. Trotz seiner scheinbar offenen Wesensart war Lloyd George ein Meister in diesen Dingen und fand in Churchill einen begeisterten Anhänger seiner reformerischen Richtung. Obwohl ich mit ihrem Reformeifer sympathisierte, hielt ich auf einen gewissen Abstand, weil ich entschlossen war, mir erst einen eigenen Platz zu suchen, bevor ich mich einer bestimmten Richtung verschrieb.

Im übrigen war für mich im Innenministerium mehr als genug zu tun, denn mein Vorgänger hatte die Dinge schleifen lassen.

Die Suffragettenbewegung fiel nun in meinen Zuständigkeitsbereich, da sie sowohl die Verfassung als auch die öffentliche Ordnung betraf. Ich war hin- und hergerissen zwischen uneingeschränkter Unterstützung ihres Anliegens in der Theorie und gründlicher Mißbilligung ihrer Methoden in der Praxis. Als mich der Polizeipräsident von London davon unterrichtete, daß am Sonntag, dem 21. Juni 1908, im Hydepark eine Massenkundgebung für das Frauenwahlrecht stattfinden sollte, stimmte ich seinem Vorschlag zu, die Veranstaltung polizeilich zu überwachen, und beschloß, ohne sein Wissen, den Versammlungsort selbst aufzusuchen.

Es war ein denkwürdiger Tag. Ich war der Öffentlichkeit zu wenig bekannt, um bemerkt zu werden, und unauffällig gekleidet, fiel ich in der riesigen Menschenmenge, die sich ansammelte, nicht auf, verfolgte aber aufmerksam das Geschehen. Keir Hardie – von der neuen unabhängigen Labour-Partei – und Emmeline Pankhurst hielten Reden, in denen sie ihre Sache energisch und überzeugend vertraten. Auch Mrs. Pankhursts Tochter, Christabel, an die ich mich von unserem Zusammenstoß in Manchester im Oktober 1905 noch erinnerte, hielt eine aufwühlende Rede. Die Veranstaltung verlief völlig friedlich, und als ich, nachdem die Versammlung sich aufgelöst hatte, mit der Menge davonging, überlegte ich, ob man nicht doch etwas für ihr Anliegen tun könne.

Ich legte dem Premierminister meine Meinung dar und drängte darauf, daß die Regierung sich das Anliegen des Wahlrechts für Frauen als langfristig angestrebtes Ziel zu eigen machen solle, weil man dadurch der Erbitterung, die auf der von mir besuchten Veranstaltung deutlich spürbar geworden war, viel von ihrer Schärfe nehmen würde. Asquith ging kaum darauf ein und verwies auf einen Beschluß des Kabinetts, das in dieser Sache bereits negativ entschieden habe. Lloyd George brachte im persönlichen Gespräch ein überzeugenderes Argument vor. Warum solle man denn solche Maßnahmen erwägen, wenn das Oberhaus ohnehin sein Veto dagegen einlegen werde? Ich gewann den Eindruck, daß ich allzu rasch nach meiner Ernennung eine radikale Abkehr von der gemeinsamen politischen Linie vorgeschlagen hatte, und beschloß daher, abzuwarten und mich in dieser Angelegenheit nicht mehr zu äußern.

So wie die Dinge sich entwickelten, waren die Suffragetten durchaus in der Lage, mich in ihre Kampagne einzuspannen, ohne daß ich mich darum bemühen mußte. Später in jenem Sommer wurden Emmeline und Christabel Pankhurst festgenommen, weil sie eine Menschenmenge dazu angestiftet hatten, ins Unterhaus einzudringen. Ihr Fall wurde Ende Oktober vor dem Amtsgericht in der Bow Street verhandelt. Zu unserem großen Erstaunen wurden sowohl Lloyd George als auch ich als Zeugen der Verteidigung vorgeladen. Ich selbst wurde von Christabel – die eine Zulassung als Anwältin vor den höheren Instanzen besaß – energisch ins Verhör genommen, aber meine im Unterhaus gemachten Erfahrungen erlaubten mir, ihre raffinierten Argumente zu widerlegen. Meine Behauptung, ihre Eskapaden fügten der lobenswerten Theorie des Frauenwahlrechts mehr Schaden zu, als daß sie ihr nützten, setzte mich vor Gericht und in der Presse in ein günstiges Licht, obwohl der Premierminister mich nachträglich mit einem schriftlichen Tadel dafür bedachte, daß ich meine private Meinung zu erkennen gegeben hatte.

Lloyd George lud mich nach unserem Auftritt vor Gericht auf ein Glas zu sich ein, und ich brachte ihm gegenüber meine Sorge zum Ausdruck, daß wir uns in der Frage des Frauenwahlrechts, wie auch in einigen anderen Fragen, von radikaleren Gruppierungen – wie etwa der Labour-Partei – den Wind aus den Segeln nehmen ließen. Er stimmte mir zu und wies darauf hin, daß sich daran kaum etwas ändern werde, solange die Tory-Mehrheit im Oberhaus fortfahre, die liberale Gesetzgebung mit ihrem Veto zu blockieren. Er hoffe allerdings, dagegen Schritte unternehmen zu können, und wie die späteren Ereignisse zeigten, hielt er Wort.

Die Erfüllung dieses Versprechens stellte seine Haushaltsvorlage von 1909 dar. Ich erinnere mich nur allzugut der vielen Kabinettssitzungen im März und April, in denen dieses gewaltige und revolutionäre Werk beraten wurde. Er hatte es fertiggebracht, den verschiedenartigsten Forderungen an die Staatskasse – angefangen bei der Stärkung der englischen Flotte gegenüber Deutschland bis zu den Voraussetzungen für die neue Altersversorgung – dadurch zu begegnen, daß er sich das Geld weitgehend in der Schicht der Grundbesitzer holte, durch die Einkommenssteuer, die Sondersteuer (die »Super Tax«), die Erbschaftssteuer und die überaus gefürchteten Abgaben auf den Grundwert. Unsere endlosen Diskussionen der Details fanden in dem Bewußtsein statt, daß die Lords diesen Schlag gegen ihre Gesellschaftsschicht niemals hinnehmen würden. Da es aber für eine Ablehnung des Haushalts durch das Oberhaus keinen Präzedenzfall gab, wurde dadurch notwendigerweise eine krisenhafte Zuspitzung ihrer bisherigen Praxis des Vetos gegen andere Gesetze herbeigeführt. Wie diese Krise dann zu lösen war, wußte niemand, und niemand wollte darüber eine Voraussage wagen, insbesondere der Premierminister nicht. Nichtsdestoweniger brachten wir die Dinge ins Rollen, da es keine Alternative gab und Asquiths Respekt vor Lloyd George dafür sorgte, daß man auch keine solche ausfindig machte. Am 27. Mai 1909 wurde die Haushaltsvorlage in ihrer endgültigen Fassung eingebracht und damit die

Kraftprobe zwischen den beiden Häusern des Parlaments eingeläutet.

Und doch ist mir jener laue Abend des 27. Mai aus ganz anderen Gründen im Gedächtnis haften geblieben. Ich machte mich auf den Weg zu meiner Wohnung in der Mallard Street, müde und in Gedanken versunken, und wünschte mir nichts sehnlicher, als diese schwerwiegenden politischen Entwicklungen in ungestörter Einsamkeit überdenken zu können. Ich hatte den Wunsch des Polizeipräsidenten, der einen Polizisten vor meinem Haus postieren wollte, abgelehnt, so daß ich nur von Prideaux begrüßt wurde, dem alten Hausdiener meines Vaters, der mit seiner Frau nach London gezogen war, um nach dem Tode meines Vaters in meinem Haus Dienst zu leisten. Er begab sich in die Küche, um seiner Frau das Anrichten des Essens aufzutragen – sie war an die unregelmäßigen Zeiten in meinem Haushalt inzwischen gewöhnt. Ich schenkte mir einen Scotch ein und nahm Platz, um die Morgenausgabe der Times zu studieren. Es war das erste Mal im Laufe dieses Tages, daß ich Gelegenheit zu Ruhe und Entspannung fand. Ich nutzte sie mit der Zielstrebigkeit des jungen Politikers, dessen Gedanken nur gewichtigen Angelegenheiten von konstitutioneller Tragweite galten, ohne auch nur die leisesten Anzeichen davon zu verspüren, daß im nächsten Moment mein Leben durch eine persönliche, aber ungleich machtvollere Wirkung erschüttert werden sollte.

Ich legte, von den Spekulationen des Leitartikels vorübergehend erschöpft, die Zeitung nieder und schlenderte zum Fenster hinüber. Mit dem Glas in der Hand blickte ich müßig auf die Straße, die von der Abendsonne in ein weiches Licht getaucht wurde, als ich die schlanke, elegant in Grau gekleidete Gestalt einer jungen Dame wahrnahm, die am Fenster vorüberging und sich dann meiner Tür zuwendete; dann hörte ich einen Brief auf die Fußmatte fallen. Ich war neugierig geworden und eilte in den Vorraum, wo ich den Brief an mich nahm. Es war in Wirklichkeit nur ein Stück zusammengefaltetes Papier. Ich entfaltete es und las zu meiner Verblüffung: »Solange man den Frauen das Wahlrecht verweigert, werden die Politiker keine Ruhe haben.«

In diesem Moment brach das Geräusch von splitterndem Glas in den friedlichen Abend ein. Ich blickte zurück ins Wohnzimmer, woher das Geräusch gekommen war, und sah an der Stelle, wo ich noch eben gestanden hatte, von Glasscherben umgeben einen halben Ziegelstein auf dem Teppich liegen. Die elegante junge Besucherin hatte einen Ziegelstein durch mein Fenster geschleudert!

Ich stieß die Haustür auf und stürzte auf die Straße hinaus. Dort vor mir eilte sie davon. Ich nahm an, daß sie nicht damit gerechnet hatte, unmittelbar verfolgt zu werden, und empört über diesen Angriff, lief ich ihr nach. Die Straße war menschenleer, so daß sie meine Schritte auf dem Pflaster gleich hörte, erschrocken nach hinten blickte, noch schneller zu rennen begann und in eine Seitenstraße einbog. Im Nu war ich an der Ecke: Sie war mir kaum dreißig Meter voraus und raffte nun in überstürzter Flucht ihr Kleid mit der Linken zusammen. Sie wandte sich erneut nach hinten, als sie mich näher kommen hörte, und übersah so den Stiefelputzer vor einer Haustür. Sie stolperte und fiel recht unglücklich gegen ein Gitter bei der Tür. Die Verfolgung war beendet. Ich beugte mich über meine am Boden liegende junge Angreiferin und nahm sie bei der linken Schulter, um ihr ins Gesicht zu blicken.

»Ist Ihnen eigentlich bewußt ... daß Sie mich hätten umbringen können?« sagte ich außer Atem und zornig.

»Sind Sie Edwin Strafford?«

»Der bin ich.«

»Dann haben Sie sich das selbst zuzuschreiben. Haben Sie den Zettel gelesen?«

»Ja ...«

»Dann sollten Sie zur Vernunft kommen und unsere gerechten Forderungen erfüllen ... Sie sind dumm, verstockt und im Unrecht.«

Bei diesen Worten machte die junge Dame den Versuch, sich zu erheben, um mit einem Schmerzenslaut gleich wieder zurückzusinken und ihr rechtes Knie zu umklammern. Plötzlich und ohne vernünftigen Grund rührte mich ihr trotziger Mut und ihre Verletzung. Sie war mit dem Kinn auf das Gitter aufgeschlagen, und ein Bluterguß kündigte sich bereits durch die rote Verfärbung an. Der heftige Schmerz im Bein hatte ihr Tränen in die Augen getrieben. Sie sah sehr jung und schön aus, wie sie die Lippen aufeinanderpreßte, *um sich zu beherrschen, mich aber voller Entschlossenheit anblitzte. Unter dem breitrandigen Hut hatten sich einzelne Strähnen ihres dunklen Haars gelöst, die ihr nun in das gerötete Gesicht fielen. Ich vergaß meine Empörung und verspürte tatsächlich Gewissensbisse, weil ich ihr solche Angst eingejagt hatte, daß sie gestürzt war. Daß man sie, so jung und verwundbar, zu dieser Herausforderung getrieben hatte, für eine Flucht so schlecht gerüstet, gleichwohl auch jetzt noch bereit, für ihre Sache einzustehen, das gab mir das Gefühl, ein alter und herzloser Mann zu sein.*

»Sie haben sich verletzt«, sagte ich. »Erlauben Sie mir, Ihnen zu helfen.«

Sie biß sich auf die Unterlippe und mußte sich gegen ihren Willen meine Hilfe gefallen lassen. Als sie den Fuß aufsetzte, zuckte sie zusammen, und ich mußte sie stützen.

»Ich glaube«, sagte ich, »ich muß darauf bestehen, daß Sie mich in mein Haus zurückbegleiten.«

Es blieb ihr keine andere Wahl. Indem ich sie fest am Arm nahm, führte ich sie auf dem Gehsteig zurück, so rasch sie mit ihrem Bein humpeln konnte. Im Haus waren die Prideaux in heller Aufregung, da Mrs. Prideaux zu der Überzeugung gelangt war, ich sei von Eindringlingen verschleppt worden. Ich erklärte, was tatsächlich vorgefallen war, und bat Mrs. Prideaux, sich der Verletzung der jungen Dame anzunehmen. Sie führte sie resolut, aber pflichtgetreu fort. Prideaux, der die Scherben zusammengekehrt hatte, fragte, ob er nun die Polizei rufen solle.

»Nein, Prideaux, vielen Dank. Vorläufig genügt der Glaser.« Prideaux machte sich davon, wobei er einen kaum hörbaren Protest in sich hineinmurmelte.

Wenige Augenblicke später erschien Mrs. Prideaux mit der jungen Dame. »Dem kleinen Biest ist nichts passiert, Sir. Was sollen wir jetzt mit ihr machen?«

»Überlassen Sie die Dame mir, Mrs. Prideaux«, antwortete ich. »Ich möchte mich ein wenig mit ihr unterhalten.« Sie zögerte.

»Keine Sorge. Ich werde sie nicht aus den Augen lassen.« Nach dieser Versicherung zog sich die gute Seele zurück. Ich wandte mich meinem jungen Gast zu.

»Es erhebt sich nun die Frage«, sagte ich, »was mit Ihnen zu tun ist.«

»Sie können die Polizei rufen und mich verhaften lassen, wenn Sie es wünschen.«

»Ich glaube nicht. Der Prozeß würde Ihnen gerade die Art von Publizität verschaffen, die Sie haben möchten. Außerdem, wenn Miss Pankhurst Sie verteidigen würde, dann hätte ich im Zeugenstand gewiß einiges auszuhalten.«

»So wie im letzten Herbst, als Christabel vor Gericht stand?«

»Allerdings.«

»Ich war dort, Mr. Strafford. Sie haben sich gut aus der Affäre gezogen, aber das war der Sieg eines Wortverdrehers.«

»Ist das Ihre Meinung?«

»Ja. Politisch war es eine perfekte Leistung, aber Wahrheit und Gerechtigkeit blieben dabei auf der Strecke.«

Dieser schöne Hitzkopf war immer noch bereit, mit mir zu streiten. Ich war überrascht, wie überzeugt und intelligent sie ihre Argumente vorbrachte, vor allem aber auch, daß ich nicht nur so bereitwillig über den Ziegelstein hinwegging, den sie mir durchs Fenster geworfen hatte, sondern auch noch den Wunsch hatte, mich in Ruhe mit ihr zu unterhalten, statt sie der Polizei zu übergeben.

»Wollen Sie sich nicht setzen? Ihr Bein macht Ihnen doch sicher Schmerzen.«

»Es ist gar nichts. Ihre Haushälterin hat einen Verband angelegt.« Sie setzte sich aber trotzdem und war immer noch etwas erhitzt und erregt, obwohl sie ihr Äußeres nach dem Sturz wiederhergestellt hatte, so daß ihre dunklen Augen keine Spuren von Tränen mehr zeigten und das Haar geordnet war.

»Da Sie wissen, wer ich bin, wollen Sie mir wenigstens sagen, wer Sie sind?«

»Elizabeth Latimer.«

»Und wie alt sind Sie?«

»Zwanzig.«

»Was würden Ihre Eltern denken, wenn Sie erführen, was Sie heute abend hier getan haben?« Das war eine törichte Frage, eine Frage von der Art, wie ich sie an ihrer Stelle übelgenommen hätte.

»Wenn sie noch lebten, Mr. Strafford, dann hätten sie so wenig Verständnis wie Sie, allerdings mit der Entschuldigung, daß sie älter wären als Sie und nicht so gut informiert.« Ich hatte die verdiente Zurechtweisung erfahren.

»Es tut mir leid, Miss Latimer. Sie müssen meine Gereiztheit entschuldigen. Es ist eine Reaktion darauf, daß man mir das Fenster in meinem Privathaus eingeworfen hat.«

»Sie sind nun seit einem Jahr Innenminister. Welche Schritte haben Sie in dieser Zeit unternommen, die eine Frau ohne Wahlrecht davon abhalten könnten, Ihnen ein Fenster einzuwerfen?«

»Aber Miss Latimer, Sie sind selbst noch nicht volljährig.«

»Pfui, Mr. Strafford. Noch mehr Spitzfindigkeiten.«

Sie hatte recht, und ich war beschämt, als ich mich in meinem Stuhl zurücklehnte und zu ihr hinübersah, während ich mich fragte, warum ich, als angesehener Mann auf der Höhe seiner Macht, ihrer Energie und ihrem Einsatz für die Sache nichts Ebenbürtiges entgegenzusetzen hatte; wieso ich jemals glauben konnte, meine Fähigkeit, eine Debatte geschickt zu führen, könne eine politisch nützliche Unentschiedenheit entschuldigen. Ich erinnerte mich der Szene im Rathaus von Okehampton neun Jahre zuvor, als ich das erste Mal gewählt worden war. Meine hochgespannten Hoffnungen von damals hatten sich erfüllt. Aber wie stand es mit dem Vertrauen, das die Wähler in mich gesetzt hatten? Hatte ich das gerechtfertigt, daß Miss Latimer mich verurteilte? Ich warf ihr einen Blick zu, in dem ich dieses plötzliche Schuldgefühl zu verbergen suchte; sie aber, indem sie meinen Blick erwiderte, vertrieb solche Gefühle auf ganz unerwartete Weise. Ihre Lippen formten zögernd ein Lächeln, das sogleich wieder eingefangen wurde, als ob es sich in einem unbewachten Moment hinausgestohlen hätte. Ihre eigene Maske, die der kämpferischen Amazone, war gefallen und hatte den Blick freigegeben auf die schöne, ängstliche junge Frau, die sich dahinter verbarg.

»Mr. Strafford – was gedenken Sie mit mir zu tun?«

»Nun, nichts, Miss Latimer.«

»Überhaupt nichts?«

»Nichts. Sie dürfen völlig frei Ihrer Wege gehen – unter einer Bedingung.«

»Und die wäre?«

»Daß Sie sich bald noch einmal mit mir treffen, wenn Sie sich von Ihrer Verletzung erholt haben, damit wir Ihre Ansichten unter friedlicheren Umständen erörtern können.«

»Zu welchem Zweck?«

»Sie werden doch sicherlich dem Mann, dem man die Fensterscheibe zerbrochen hat, den Versuch gestatten, der Täterin ihren Irrtum zu beweisen.«

»Nun gut. Sie bieten mir die Gelegenheit, Ihnen Ihren Irrtum zu beweisen, eine Gelegenheit, die ich kaum von der Hand weisen darf.«

»Sollen wir sagen im Hydepark, am kommenden Sonntagnachmittag, um zwei Uhr – bei den Stühlen am Rundteich?«

»Der Treffpunkt erscheint merkwürdig gewählt.«

»Miss Latimer, ich kann in einer konventionellen Umgebung nicht mit Ihnen zusammenkommen. Und doch möchte ich als Innenminister dringend mehr darüber erfahren, wie unsere Regierung so versagen konnte, daß die besten unter unseren jungen Frauen sich veranlaßt sehen, Fenster einzuwerfen. Ich würde Sie ebenso gern zu der Einsicht bringen, daß die politischen Realitäten sofortige Konzessionen in der Sache ausschließen, die in Ihren Augen gerecht und richtig erscheint. Ich möchte hoffen, daß ein solcher Meinungsaustausch am Ende beide Seiten weiterbringen würde. Allerdings kann es der Sache nur dienlich sein, wenn es in diesem Stadium vertraulich bleibt. Ich muß Sie daher bitten, Ihren Freunden gegenüber von diesem Treffen nichts verlauten zu lassen.«

»Mr. Strafford, das kostet mich keine Mühe. Sie würden meinen Fehlschlag ohnehin mit Hohn überschütten.« Sie errötete, als bedauere sie ihre Offenheit. »Ich werde am Sonntag zur Stelle sein.«

»Ich danke Ihnen, Miss Latimer. Und, bitte, melden Sie unbedingt Ihre heutige Tat. Ich werde die Zeitungen von dem Anschlag auf mein Haus unterrichten. Sie dürfen sich ihn im privaten Kreis gern gutschreiben.«

»Auch wenn Sie und Ihre Kollegen durchaus im Unrecht sind, Mr. Strafford, so muß ich doch gestehen, daß Sie wenigstens ein Gentleman sind.«

Es war unwahrscheinlich, daß unser Gespräch zu einem noch harmonischeren Abschluß kommen konnte. Ich rief Prideaux und bat ihn, sie hinauszuführen. Er kam der Aufforderung mit mißbilligender Miene nach. Ich stellte mich ans Wohnzimmerfenster und beobachtete Miss Latimer, wie sie, noch immer leicht humpelnd, die Straße hinunterging. Sie schaute nicht zurück, ich aber sah ihr nach, bis sie aus meinem Blickfeld verschwunden war. Ich fragte mich, ob sie unsere Verabredung einhalten würde oder ob ich selbst mich überhaupt daran halten sollte. Nun, da sie gegangen war, erschien mir das Vorhaben absurd. Gleichzeitig jedoch, innerlich entschlossen, hinzugehen und mir die Sorgen erst anschließend zu machen, freute ich mich bereits auf den Sonntag.

So kam der Sonntag des 30. Mai, und ich fand mich bei strahlender Sonne im Hydepark wieder. Am Ufer des Serpentine-Sees tollten Kinder mit ihren Eltern herum, während ich mit der ganzen Gelassenheit, die ich aufbringen konnte, an ihnen vorbei auf den Rundteich zuging. Dort verkaufte gerade ein alter Mann Luftballons an Kinder, die ihre Wünsche lärmend kundtaten. Als eine Gruppe von ihnen sich davonmachte, gaben sie den Blick auf die Parkbänke frei. Da saß Miss Latimer, cremefarben gekleidet, und las im Schatten eines blaßblauen Sonnenschirms in einem Buch. Sie blickte nicht auf, als ich mich näherte.

»Guten Tag, Miss Latimer«, sagte ich und lüftete den Hut.

»Guten Tag, Mr. Strafford«, antwortete sie und sah ernst von ihrem Buch auf. »Wollen Sie sich nicht setzen?«

»Ein schöner Tag.« Ich eröffnete das Gespräch im Konversationston, während ich mich niederließ.

»In der Tat.«

»Darf ich fragen, was Sie da lesen?«

»Es ist ein neuer Lyrikband von Thomas Hardy – ›Time's Laughingstocks‹ – ›Spottfiguren der Zeit‹.«

»Glauben Sie, wir sind die Spottfiguren der Zeit, Miss Latimer?«

»Eines Tages werden wir es vielleicht sein, Mr. Strafford.«

»Am Tag, an dem die Frauen das Wahlrecht haben?«

»Touché.«

»Nur, leider – es war der Hieb des Wortverdrehers.«

»Es ist schön, daß Sie das selbst so sehen.«

»Ich danke es Ihnen, Miss Latimer, daß ich den Spitzfindigkeiten nicht mehr traue.«

»Das höre ich gern, aber mit Mißtrauen. Wie können Sie so plötzlich das Vertrauen in etwas verloren haben, was Ihrer Karriere bisher so dienlich war?«

»Ich würde es gern zu erklären versuchen.«

»Bitte, tun Sie das.«

Und so kam es, daß ich auf jener Parkbank an einem warmen Sonntagnachmittag, begleitet vom Geschnatter der Enten und dem Lärm spielender Kinder, Miss Latimer mehr über die Wirkung einer politischen Karriere auf den Politiker erzählte, als ich es jemals irgendeinem Menschen außer mir selbst eingestanden hatte. Vielleicht hatte mich mein Alleinsein auf eine solche Gelegenheit warten lassen, ohne daß ich es ahnte. Ohne Zweifel hatte Miss Latimers Aufrichtigkeit mich daran erinnert, in welchem Maße ich diese Tugend in meinem Streben nach einem öffentlichen Amt hatte ablegen müssen. Ich erzählte ihr, wie ich in dem Bemühen, immer neue Vorlagen zu meistern, mir einen guten Namen im Parlament zu machen und in den Augen der liberalen Parteiführung etwas zu gelten, wohl oder übel jene anderen Ziele vernachlässigt hatte, die mir vorschwebten, als ich zum ersten Mal die Unterstützung der Wähler von Mitteldevon suchte. Ich erklärte ihr außerdem, daß mein Aufstieg ins Kabinett und der bescheidene Ruhm, der damit einherging, mir jenes gewisse Maß an Unabhängigkeit verschafften, das ich zur Verwirklichung der bisher vernachlässigten Ziele brauchte. Aus all dem, behauptete ich, sei auch für Miss Latimer und ihre Bundesgenossen bei den Suffragetten etwas zu lernen: Man könne nur etwas nach einer Lehrzeit erreichen, in der sich die Anstrengung auf anerkannten Bahnen vollziehe, nicht durch die pure Macht der Argumente, wie überzeugend auch immer; mit anderen Worten, sie sollten meinem Beispiel folgen, ihre Lehrzeit abdienen und auf eine günstige Gelegenheit warten.

Das war nicht der beste Weg, auf eine ungestüme Zwanzigjährige einzuwirken. Miss Latimers Gegenargument allerdings beruhte auf anderen Gründen; daß nämlich die Bewegung für das Frauenwahlrecht ihre Zeit abgedient habe, und zwar seit der letzten Erweiterung des Wahlrechts von 1884, daß die gegenwärtig wachsende Streitbarkeit ein Zeichen für berechtigte Enttäuschung sei und daß die liberale Partei, wenn sie nicht bald diese Zeichen erkenne, denen gegenüber an Boden verlieren werde, die – wie die Labour-Partei – zu dieser Erkenntnis gelangten.

»Miss Latimer, Sie sind überzeugender als jeder Ziegelstein.«

»Hätten Sie denn ohne den Ziegelstein zugehört?«

»Ich habe den Frauenrechtlerinnen schon immer zugehört, aber bei dieser besonderen hier hätte ich es nicht getan. Dafür schulde ich dem Ziegelstein Dank.«

»Mr. Strafford, Sie schmeicheln mir. Was zählt, ist nicht, ob ich überzeugend bin, sondern ob Sie überzeugt sind.«

»Ich bin überzeugt, daß Sie eine höchst bemerkenswerte junge Dame sind und daß es einen Verlust für meine Partei bedeutet, Sie an die Sache der Frauenrechtlerinnen verloren zu haben. Wie kam die Bewegung zu einer so feurigen Anhängerin?«

»Nicht viel anders als im Fall vieler gebildeter Frauen, die nicht mehr so lange warten wollten, bis die Politiker Vernunft annehmen.«

»Ihr Beispiel könnte dennoch lehrreich sein.«

»Das bezweifle ich. Aber, nun gut, meine Geschichte ist schnell erzählt. Meine Familie stammt aus Forest of Dean. Meine Mutter starb bei meiner Geburt, mein Vater, als ich zehn Jahre alt war. Ich war das einzige Kind und daher auf die Fürsorge entfernter Verwandter angewiesen. Zu meinem Glück nahm mich eine Tante auf, bei der ich noch heute wohne, in Putney. Mein Vater hatte genügend Geld für die Ausbildung in einem Internat in Kent hinterlassen. In der Bücherei der Schule las ich eines Tages von einer Versammlung in Manchester, die von Christabel gesprengt worden war.«

»Ich erinnere mich noch gut daran.«

»Mir wurde dadurch klar, daß es viele gab, die meine Unzufriedenheit mit der Art von untergeordnetem Leben teilten, auf das man uns Mädchen vorbereitete. Gleich nach meiner Schulzeit suchte ich den Kontakt mit der Frauenunion – der Women's Social and Political Union. Man nahm mich freundlich auf, und ich war sofort beein-

druckt von ihrer Energie und ihrem Einsatzwillen. Christabel war die treibende Kraft und beflügelte uns alle, wie sie es noch heute tut.«

»Auch dazu, Politiker zu attackieren?«

»Mr. Strafford, Sie werden kaum von mir erwarten, daß ich dem Innenminister Seiner Majestät Informationen darüber ins Haus liefere, wer solche Maßnahmen geplant oder vorgeschlagen hat. Ich übernehme die alleinige Verantwortung für meine Tat am Donnerstagabend.«

»Das höre ich gern, Miss Latimer. Ich wollte Sie nicht dazu veranlassen, sich unloyal zu verhalten, und außerdem wird Ihre Tat niemals Gegenstand politischer Ermittlungen sein. Ich versuche herauszufinden, wie alles so weit kommen konnte.«

»Dann wissen Sie es bereits. Wir Frauen haben schon zu lange gewartet, und wir werden nicht länger warten. Erinnern Sie sich, was auf meinem Zettel stand?«

»Aber das tue ich doch. Unglücklicherweise ist die Regierung, der ich angehöre, nicht in der Lage, Ihre Forderungen zu erfüllen. Wenn ein Gesetz für das Wahlrecht von Frauen morgen im Unterhaus verabschiedet würde, würde es im Oberhaus abgelehnt.«

»Das, Mr. Strafford, ist Ihr Problem.«

»Das man lösen wird. Unsere Meinungsverschiedenheiten mit dem Oberhaus nähern sich einer Krise, die sich meiner Meinung nach durch das Haushaltsgesetz für dieses Jahr zuspitzen wird. Aber diese Krise zu lösen, das wird Zeit brauchen – wenigstens ein Jahr. Was soll es nützen, uns vorher zuzusetzen?«

»Damit Sie uns nicht vergessen, wenn der Augenblick gekommen ist.«

»Ich jedenfalls werde Sie nicht vergessen. Sie könnten allerdings von Zeit zu Zeit einen Ziegelstein für die gute Sache opfern, um der Erinnerung nachzuhelfen.«

»Ich werde keinen mehr nach Ihnen werfen. Einer genügt.«

»Wir hätten also etwas erreicht?«

»Ich glaube, ja.«

»Ich könnte aber wieder vergessen. Das wäre schade, weil ich dann auf Ihre erfrischende Offenheit verzichten müßte.«

»Es steht Ihnen frei, jederzeit wieder davon Gebrauch zu machen.«

»Ich hoffe, das wird möglich sein. Unser Gespräch hier in der Sonne war mir ein Vergnügen. Dürfte ich vielleicht eine kleine Landpartie vorschlagen, damit noch weitere Mittel gegen die Selbstgefälligkeit des Politikers verabreicht werden können?«

»Nach meiner Einschätzung, Mr. Strafford, brauchen Sie die Arznei weniger dringend als Ihre Kollegen, aber ich würde die Behandlung auch dem Rekonvaleszenten nur ungern verweigern.«

»Der das erfreut zur Kenntnis nimmt. Mein Amt gestattet mir ein paar Extravaganzen. Dazu gehört das Automobil, das ich kürzlich erworben habe. Ein Ausflug würde Ihnen vielleicht Vergnügen bereiten. Wäre Ihnen der Mittwochnachmittag recht?«

»Wenn Sie sich so lange von Ihrer Pflicht frei machen können?«

»Ich glaube schon. Außerdem erweise ich wahrscheinlich der Polizei der Hauptstadt einen Dienst, wenn ich Sie einen Nachmittag in Beschlag nehme. Könnte ich Sie um zwei Uhr zu Hause abholen?«

»Ein Automobil wäre am Ende zuviel für Tante Mercy. Sagen wir lieber an der Putney-Brücke.«

»Abgemacht. Ich freue mich schon darauf.«

Ich holte Miss Latimer also am Mittwochnachmittag wie vereinbart ab. Wir fuhren zum Box Hill hinaus, einem beliebten Picknickplatz der Londoner, aber an jenem Tag angenehm menschenleer. Unser Weg führte uns gemächlich auf die Höhe der North Downs, wo wir die Luft genossen, die ganz erfüllt war von Lerchengesang und lauem Sommerwind.

»Ich danke Ihnen, daß Sie mich hierher geführt haben«, sagte Miss Latimer. »Es ist wunderschön hier oben.«

»Ich wünschte, ich wäre öfter hier«, antwortete ich.

»Aber Sie haben zu viele Pflichten.«

»Und bis jetzt hat mir die ideale Begleitung gefehlt.«

Sie nahm das nicht ohne Widerspruch hin, wehrte das Kompliment aber auch nicht mit einem stacheligen Bonmot ab, wie sie es noch die Woche davor getan hätte. Später, in einer Teestube in Dorking, gerieten wir kurz in der Frage der Suffragettenhungerstreiks aneinander. Ich war im Begriff, sie darauf hinzuweisen, daß sie hier am Tisch mit dem Buttergebäck auf ihrem Teller nicht gerade ideal für eine Meinungsäußerung dazu plaziert sei, als sie mir das Wort aus dem Mund nahm. Die absurde Situation, daß eine militante Kämpferin mit dem pflichtbewußten Politiker am Teetisch saß, während vielleicht an anderer Stelle Regierungsbeamte durch eine neue Untat in helle Aufregung versetzt wurden, wurde uns mit einem Mal bewußt, und wir brachen in ein Gelächter aus, mit dem wir uns mißbilligende Blicke von den Nachbartischen zuzogen. An diesem Tag in Dorking kümmerte uns das nicht.

Wir kehrten zeitig nach Putney zurück, und ich wurde hereingebeten, um Tante Mercy kennenzulernen. Eine kleine, lebhafte Dame mit wachen Augen begrüßte uns in ihrem Wintergarten, wo sie sich unablässig an ihren Chrysanthemen zu schaffen machte, während sie sich von unserem Ausflug berichten ließ. Sie bestand darauf, daß ihre Nichte mir den Garten zeigte. Ich nahm dort die Gelegenheit wahr, Elizabeth zu bitten, mich am Freitagabend zum Essen zu begleiten. Sie sagte zu. Dieses Mal gab es keine Anspielung mehr auf eine notwendige Behandlung meiner Blindheit für die Ziele der Frauenrechtsbewegung. Dieses Mal sagte ich auch nicht Miss Latimer, sondern Elizabeth Lebewohl, so wie sie sich von Edwin, nicht von Mr. Strafford verabschiedete. Die Barrieren begannen zu fallen.

Dennoch ließ ich nicht alle Vorsicht außer acht. Ich vermied meine gewohnten Restaurants in der Sorge, ich könnte dort einen Kollegen treffen, und führte Elizabeth dorthin, wo mein Bruder bei seinen seltenen Besuchen in der Hauptstadt zu essen pflegte – im »Baron« an der Piccadilly Street. Es war ein schöner Abend, als ich nach Putney hinausfuhr, um Elizabeth abzuholen. Ich wurde von einem Dienstmädchen eingelassen, und oben an der Treppe erschien Elizabeth in einem dunkelblauen Samtkleid; dieser Anblick ist vielleicht die bezauberndste Erinnerung, die ich an sie habe. Sie trug eine Perlenkette und eine Brosche, aber keinen weiteren Schmuck. Mit ihrem glänzenden dunklen Haar, das sie aus dem Gesicht gekämmt hatte, und den großen klaren Augen, die auf mir ruhten, bedurfte sie auch keines zusätzlichen Schmucks, um ihre Schönheit zu heben. Auf dem Rückweg zur Piccadilly Street empfand ich mich als Mann, dem das Schicksal besonders wohlgesonnen war.

Der »Baron« legte mir Ehre ein, da der Oberkellner von Elizabeth ebenso beeindruckt war wie ich. Wir vertieften uns in eine allgemeine und angenehme Unterhaltung, wobei wir die strittigen Fragen des Frauenwahlrechts vermieden und uns der Musik, der Kunst und der Literatur zuwandten; unsere ganz verschiedenen Lebensbahnen liefen nun in merkwürdig ähnlichen Visionen von der Zukunft aufeinander zu. Als wir so gemeinsame Vorstellungen aussprachen, begann ich unwillkürlich ein gemeinsames Leben ins Auge zu fassen. So leicht das bei Kerzenschein aussah, so sehr war mir auch bewußt, daß die Realitäten sich mit dem Tageslicht in Erinnerung bringen würden: ein Innenminister und eine Suffragette – das war keine Partnerschaft mit Zukunft. Irgend etwas mußte geopfert werden.

Und wir opferten beide ein wenig. Elizabeth konnte ihren Kampf nicht aufgeben, Schwierigkeiten für mich aber vermeiden, indem sie auf militantes Auftreten verzichtete. Ich konnte mein Amt nicht aufgeben, indem ich aber öffentliche Äußerungen vermied und im privaten Kreis des Kabinetts dafür eintrat, das Wahlrecht für Frauen in irgendeiner Form herbeizuführen, diskret etwas Druck im Interesse ihrer Sache ausüben. Einer tat für den anderen das Beste, was er konnte. Und gegenseitig taten wir uns überaus gut. Wir machten zahlreiche Ausflüge mit dem Automobil, gingen oft gemeinsam essen; Elizabeth machte mich mit der Welt der Oper bekannt, ich sie mit dem Cricket. Allmählich vertrauten wir einander die Intrigen im Kabinett bzw. in der Suffragettenbewegung an. Elizabeth machte offenbar einen besseren Menschen aus mir, und diese neugewonnene Abrundung meiner Persönlichkeit nahm meinem politischen Ehrgeiz die scharfen Kanten. Das war die Folge der Veränderung, die Elizabeth für mich bedeutete. Wenn sie andererseits über Auseinandersetzungen mit Christabel Pankhurst über die Taktik in der Verfolgung gemeinsamer Ziele berichtete, dann deutete sich etwas von einer Veränderung an, die ich in ihr bewirkt hatte.

Mit der Zeit wurden wir weniger vorsichtig. Ich war auf der Rednerliste für eine der langen und bitteren Haushaltsdebatten in jenem Sommer. Erst nach der Hälfte meiner Rede bemerkte ich Elizabeth, die der Debatte von der Galerie aus folgte. Es war wohl ihre Gegenwart, die mich einen Scherz wagen ließ – der übrigens gut ankam –, indem ich nämlich sagte, daß, wenn der Schatzkanzler, wie vorgesehen, Haushaltsmittel für das Teeren von Straßen abzweige, viele, die bisher im Staub meines Automobils gehustet hätten, ihm dafür noch sehr danken und darunter notwendigerweise Wähler beider Parteien zu finden sein würden. Das war in gewisser Weise eine Verbeugung vor Elizabeth, die mir gesagt hatte: »Nimm dich selbst niemals ernst – nur die Sache, an die du glaubst«, und die damit, wie in den meisten Fragen, eine Reife bewiesen hatte, die weit über ihr Alter hinausging.

Nach der Debatte ging ich mit ihr in das Parlamentscafé, und sie gab beim Tee stillschweigend zu erkennen, daß sie das Kompliment zu würdigen gewußt habe. Unerwarteterweise gesellte sich Lloyd George an unseren Tisch. Vielleicht hatte er Elizabeth gesehen und war deswegen zu uns herübergekommen, denn er war ja für sein Interesse am schwachen Geschlecht bekannt, vor allem, wenn es durch eine so schöne junge Dame vertreten wurde. Ich fühlte mich durch diesen Umstand etwas verunsichert.

»Möchten Sie mich Ihrer bezaubernden Tischgenossin nicht vorstellen, Edwin?«

»Aber natürlich doch, L. G., Miss Elizabeth Latimer, der Schatzkanzler.«

Sie gaben sich die Hand, wobei es Lloyd George gelang, Elizabeth schöne Augen zu machen, während er sich lächelnd verbeugte. In jeder anderen Gesellschaft hätte ich mich über seine Unverbesserlichkeit amüsiert; hier aber ärgerte sie mich. Nicht, daß ich Anlaß dazu gehabt hätte, denn Elizabeth behandelte ihn fast mit Herablassung, die ihm ungewohnt war und die er nur aufgrund unserer wachsenden Zuneigung zu verdienen schien. Dennoch war die Wirkung auf jemanden, der mehr als einmal mit angesehen hatte, wie der Premierminister sich unter der Fuchtel des Schatzkanzlers beugte, keineswegs unangenehm zu nennen.

Elizabeth verriet über die durch mich vermittelten Kenntnisse hinaus großes politisches Wissen und witzelte, daß sogar der Tee in dieser Gesellschaft noch liberal sei (es handelte sich um Earl Grey), so daß sie Lloyd George davon überzeugte, er habe in ihr das gefährliche Phänomen einer gleichzeitig schönen und intelligenten Frau vor sich. Die Schönheit und die Intelligenz hätte ich nie in Zweifel gezogen, von Gefahr sah ich kein Zeichen.

Der Sommer verging in solch sorgloser Verzauberung. Anfang August ließ ich mich dazu überreden, Tante Mercys Leidenschaft für Pferderennen nachzugeben: Elizabeth und ich nahmen sie für einen Tag mit nach Goodwood hinaus. Nur Tante Mercy gewann Geld, aber ich hatte meine Augen auf einen höheren Preis gerichtet. Wir saßen an einem Hang der South Downs im Gras und picknickten, während Mercy irgendwo in der Menschentraube um das Zelt mit dem Wettbüro verschwunden war, und ich erwähnte die bevorstehenden Parlamentsferien, die ich gewöhnlich in Barrowteign verbrachte.

»Ich werde Sie vermissen«, sagte Elizabeth.

»Und ich Sie. Deswegen würde ich mich so sehr darüber freuen, wenn Sie mich begleiten wollten.«

»Nach Barrowteign?«

»Ja. Seien Sie unbesorgt, Sie wären in den besten Händen. Meine Mutter ist dort und mein Bruder mit seiner Frau und ihrem Sohn. Und ich könnte Ihnen die Schönheiten Devons zeigen.«

»Und Ihren Familiensitz?«

»Man kann es wohl kaum so nennen, aber dort ist meine Heimat. Wollen Sie nicht mitkommen?«

»Wenn Sie nicht glauben, daß ich mich aufdränge.«

»Ganz gewiß nicht.«

»Und falls Tante Mercy zustimmt.«

»Wir werden sie fragen, aber sie ist sicher einverstanden.«

»Unter diesen Umständen würde ich sehr gern mitkommen.«

»Sie sehen nicht recht überzeugt aus.«

»Ich bin aber überzeugt. Es ist bloß ... oh, Edwin, manchmal habe ich solche Angst.«

»Das müssen Sie nicht. Vertrauen Sie mir.«

Und sie sagte, daß sie mir vertraue. Ich brauchte ihr nicht zu sagen, daß ich ihr vertraute. Tante Mercy, noch ganz erfüllt von ihren Gewinnen, zeigte uneingeschränkte Begeisterung für den Plan. Ein Brief an meine Mutter führte zu einer ähnlichen begeister-

ten Antwort, und die notwendigen Vorbereitungen wurden unverzüglich getroffen. Elizabeth berichtete von Bedenken im Kreise ihrer Gesinnungsgenossinnen, weil sie so lange aus nicht erläuterten Gründen verreisen wollte, aber sie ließ sich nicht irre machen. Sobald es mir meine Amtspflichten erlaubten, brachen wir auf.

Hinter mir schlug die Uhr sieben und versetzte mich um siebzig Jahre weiter, an einen Aprilabend, von den Sussex Downs nach Madeira. In Straffords Arbeitszimmer begann es zu dunkeln. Wenn ich durch die Lektüre nicht gefesselt gewesen wäre, hätte ich mir Licht gemacht, aber die einsetzende Dämmerung erschien nur angemessen, wenn ich das strahlende Versprechen jenes zurückliegenden Sommers mit diesem Schreibtisch eines alten Mannes fern seiner Heimat verglich, eines Mannes, dem von den einst so geliebten Menschen nur noch Fotografien geblieben waren.

Unten gab Tomás mit dem Gong das Zeichen zum Abendessen – den Aperitif hatte ich versäumt. Aus Straffords vergangener Welt, in der ich den ganzen Nachmittag verbracht hatte, war es ein weiter Weg zurück in die Gegenwart. Es kostete mich geradezu schmerzliche Anstrengung, das Buch zu schließen und mitzunehmen.

»Wir haben uns schon gefragt, wo du geblieben bist«, sagte Alec.

»Das tut mir leid. Ich hatte bis eben nicht auf die Uhr gesehen.«

»Leo hat mir gerade von eurer Vereinbarung erzählt. Ich glaube, man darf gratulieren. Ich heiße dich im Konkurrenzkampf des Lebens wieder willkommen.«

»Danke. Ich habe die Hoffnung, daß es etwas zivilisierter zugehen wird als bei Millennium.«

»Das ist sicher. Du profitierst noch mehr von Leo als ich. Ich habe den Eindruck, er macht sich die Rettung in Not geratener englischer Intellektueller zur Gewohnheit.«

»Wie könnte ich auch Alecs Formulierkunst dem Journalismus vorenthalten?« sagte Sellick mit einem breiten Lächeln.

»Wir sind Ihnen aber doch beide Dank schuldig, Leo«, gab ich zur Antwort. »Ich hoffe, Sie haben später keinen Anlaß, Ihre Großzügigkeit zu bereuen.«

»Dessen bin ich sicher. Außerdem, bin ich etwa kein strenger Arbeitgeber? Heute ist Samstag, und ich habe Sie weiterarbeiten lassen. Aber selbst ein passionierter Wissenschaftler muß zu essen bekommen. Wollen wir uns nicht zu Tisch setzen?«

Das Essen war so exquisit wie am Abend zuvor. Eine saftige Porto-Santo-Melone, gefolgt von einem gebratenen Kaninchen aus einheimischen Beständen und dazu wieder Sellicks hervorragender Dão. Er und Alec besprachen die nächste Ausgabe der Zeitschrift – und weitere Nummern –, aber ich sagte kaum etwas. Im Augenblick interessierte mich Straffords Welt mehr als meine eigene, und ein Abendessen, selbst in kultivierter Gesellschaft, konnte damit nicht konkurrieren. Es entging Sellick nicht, daß ich geistig abwesend war. Während er an seinem Malmsey nippte und ich mich beim Käse bediente, machte er mich schließlich darauf aufmerksam.

»Ich glaube, Martin, Sie sind mit Ihren Gedanken woanders.«

»Das stimmt, und es tut mir leid. Das Essen ist vorzüglich.«

»Aber Sie haben die Memoiren im Kopf.«

»Ich fürchte, Sie haben recht.«

»Sie brauchen sich nicht zu entschuldigen. Als Geldgeber sehe ich das gern. Wie stehen denn die Dinge?«

»Sehr gut. Strafford ist gerade im Begriff, Elizabeth Latimer nach Barrowteign mitzunehmen.«

»Ah ja. In diesem Stadium ist noch alles in Ordnung.«

»Aber nicht mehr lange?«

»Nein, aber ich will Ihnen die Lektüre nicht verderben.«

»Das werden Sie wohl kaum. Im übrigen muß ein solches Werk unbefriedigend enden.«

»Warum?«

»Insofern, als es sich um Straffords eigenhändigen Lebensbericht handelt, der daher unvollständig sein muß. Sagen Sie, ist er hier in der Nähe oder in Funchal begraben?«

»Weder – noch. In England, im Dorf Dewford, bei Barrowteign, zusammen mit seiner Familie.«

»Dann war er also nicht ganz in Vergessenheit geraten, wenn man ihn nach England überführt hat?«

»Das war gar nicht nötig. Strafford starb in Barrowteign.«

»Ach, tatsächlich?«

»Ja. Ich fand rasch heraus, daß er nicht auf Madeira begraben wurde. Der britische Konsul stellte daraufhin für mich Nachforschungen in London an. Dabei ergab sich, daß Strafford im Frühjahr 1951 nach England zurückgekehrt und nach Barrowteign zu seinem Neffen gezogen war.«

»Woran ist er gestorben?«

»Er wurde bei einem Bahnübergang überfahren, dort, wo eine Bahnlinie durch das Familiengut verläuft. Mehr konnte man mir nicht sagen.«

»Aha.«

»Wie Sie noch selbst sehen werden, ergibt sich allerdings eine merkwürdige Parallele mit Ereignissen in den Memoiren. Aber vorläufig sollte ich nichts mehr verraten.«

Zu weiteren Hinweisen ließ sich Sellick nicht mehr bewegen. Sein Lächeln wirkte im Kerzenlicht wie das einer Sphinx, die plötzliche Enthüllung und ebenso plötzliche Zurückhaltung waren allzu einfach. In diesem Moment wußte ich, daß ich nicht der einzige war, der etwas für sich behielt. In Sellicks Fall war es so, daß er hin und wieder etwas preisgab. Jetzt gab er mir zu verstehen, daß Strafford sein Leben nicht im Exil beschlossen hatte, sondern daheim in England, zufällig, auf der Suche nach ... ja, was? Nach der Wahrheit, vierzig Jahre später? Weil er ein letztes Mal Barrowteign sehen wollte? Oder war es etwas anderes, das Sellick mir noch nicht erzählte? Aber nein, er hatte gesagt, das Geheimnis um Straffords Abgang sei ungelöst. Ich mußte davon ausgehen, daß auch er es nicht kannte, aber ich war mir dessen nicht mehr sicher.

Für den Kaffee gingen wir in den Salon hinüber. Dort, auf dem Kartentisch, stand ganz für sich eine dunkle Flasche Madeira.

»Was ist denn das?« fragte Alec. »Etwas Besonderes?«

»Das kann man wohl sagen«, erwiderte Sellick. »Ich habe Tomás gebeten, sie für uns bereitzustellen.«

»Aber keine Gläser.«

»Weil er nicht zum Trinken gedacht ist ... noch nicht. Man könnte es eine Preisflasche nennen. Sehen Sie näher hin. Sie werden gleich verstehen, was ich meine.«

Alec nahm die Flasche in die Hand und drehte das vergilbte Etikett ins Licht. »Ich kann es nicht glauben«, sagte er. »Ich kann es einfach nicht glauben.«

»Was ist denn?« fragte ich und trat neben ihn.

»Schau selbst ... Leo hat mir etwas verschwiegen.«

Es war alter Madeira – sehr alter. Um genau zu sein, eine Flasche des Jahrgangs 1792.

»Es tut mir leid, Alec«, sagte Sellick lächelnd. »Als Sie Ihren Artikel schrieben, konnte Sie nichts aufhalten. Unglücklicherweise war die Zeit damals noch nicht reif dafür, Ihnen zu sagen, daß es tatsächlich noch welche gibt.«

»Aber wie ...?«

»Eine Hinterlassenschaft von Dr. Grabham an den Vorbesitzer hier, die ich im Keller entdeckt habe.«

»Aber gestern abend sagten Sie ...«

»Daß Grabham aller Wahrscheinlichkeit nach nichts davon hinterließ. Ich weiß. In Wirklichkeit überließ er wohl Strafford ein paar Flaschen, und Strafford hinterließ diese eine Flasche, so daß ich sie fand. Aber erst heute abend konnte ich das erzählen, weil ich Martin vorher noch nicht überredet hatte, das Geheimnis Straffords aufzuklären.«

»Ich muß gestehen, daß ich den Zusammenhang nicht recht erkenne«, sagte ich.

»Der Zusammenhang«, antwortete Sellick, »ergibt sich aus meiner Definition der Flasche als einer Preisflasche. Sie stellt den Preis für uns dar, die Belohnung; wir werden sie Strafford zu Ehren trinken, wenn Sie Ihre Nachforschungen mit einem befriedigenden Ergebnis abgeschlossen haben. Ich schlage vor, daß wir drei uns dann hier zusammenfinden, um den Anlaß dadurch zu feiern, daß wir die letzte Flasche des 92er Jahrgangs öffnen. Ich bitte um Entschuldigung dafür, daß ich es Ihnen nicht schon vorher gesagt habe, Alec, aber Sie werden mir hoffentlich zustimmen, daß es einen guten Grund gab.«

»Da bleibt mir wohl nichts anderes übrig«, sagte Alec. »Kann ich wenigstens dann darüber schreiben?«

»Natürlich«, sagte Sellick. »Als guter Journalist sollten Sie mir dankbar sein, daß ich Ihnen die perfekte Fortsetzung Ihres Artikels biete.«

Wir lachten und stießen mit einem viel jüngeren Malmsey darauf an, daß Sellick mit so viel Geschmack etwas so Passendes gefunden hatte, um Straffords Andenken zu ehren. Das erschien mir noch als recht ferne Zukunft, aber ich hatte wenigstens die Genugtuung zu wissen, daß Sellicks Verfahren, Tatsachen eher nach Lust und Laune preiszugeben, nicht nur auf mich, sondern auch auf Alec angewandt wurde.

»Dafür sind Sie mir ein Snooker-Spiel schuldig, Leo«, meinte Alec. »Dann habe ich eine Chance, mich zu rächen.«

»Alec meint die Gewißheit, sich rächen zu können, Martin. Ich muß mich ihm offenbar beugen. Kommen Sie mit ins Billardzimmer?«

»Das täte ich gern, aber die Pflicht ruft.« Ich deutete auf den Memoirenband, der auf einem niedrigen Tischchen neben einem der Lehnstühle am Kamin lag.

»Selbstverständlich. Dann überlassen wir Sie Ihrer Lektüre.«

Sie nahmen ihre Gläser und gingen. Ich ließ sie gern gehen. Für diesen Abend hatte ich genug von Sellicks Tricks; bei den Memoiren fühlte ich mich auf festerem Boden: Tote verbergen nichts. Tomás brachte mir Kaffee, und ich ließ mich in einem Sessel neben einer Stehlampe nieder. Ich schlug die Memoiren auf und trat wieder in Straffords Leben ein, ins Jahr 1909.

LEBENSERINNERUNGEN
1909–1910

An den Nebeltag Ende August 1909 erinnere ich mich deutlicher als an viele Tage, die ich hier in meinem Ruhestand verbringe. Ich holte Elizabeth aus Putney ab und lud ihren Reisekoffer in meinen Wagen ein, während Tante Mercy ihre Nichte mit Abschiedsgeschenken und guten Wünschen überschüttete. Elizabeth trug ein Tweedkleid, ein Cape und eine Haube, die sie unter dem Kinn festgebunden hatte, um sich gegen die kühle Luft auf der langen Fahrt zu schützen. Ich drückte beim Abfahren als Abschiedsgruß an Tante Mercy einmal auf die Hupe, wodurch ich einen vorbeifahrenden Rollkutscher erschreckte, aber seltsamerweise Elizabeths Nerven beruhigte. Sie gestand, daß sie mit einiger Sorge dem Augenblick entgegengesehen habe, in dem sie meine Familie kennenlernen würde, daß sie aber durchaus erleichtert sei, daß wir nun unterwegs seien.

Wir fuhren durch Surrey und Hampshire und machten in Salisbury Station, um einen Imbiß in einer gemütlichen Teestube bei der Kathedrale einzunehmen. Der graue Nebel auf dem Grün vor der aufragenden Turmspitze erinnerte Elizabeth an Hardys Melchester, und wir waren ja im Begriff, in sein Wessex einzutreten. Ich sagte, wie merkwürdig es mir erscheine, daß ein so junger Mensch wie sie die Gedichte eines so alten und traurigen Mannes lese. »So ein trauriger Mann ist Mr. Hardy nicht«, erwiderte sie. »Er hat sich nur mit dem schmerzlichen Gefühl von Verlust abgefunden, mit dem sich alle Beteiligten eines Tages an jedes ehrgeizige Unterfangen erinnern müssen.«

»Das ist für einen jungen Kopf ein alter Gedanke.«

»Vielleicht, aber daß ich mir dessen bewußt bin, nimmt mir nichts von meiner Begeisterung – oder von dem Glück, zu dem sie führen kann.« Ihre entschiedene Kopfhaltung sagte mir, daß man ihr zu glauben hatte. »Sagen Sie mir in dreißig Jahren, ob es stimmt.« Meine Hoffnung, sie in dreißig Jahren noch zu kennen, bekam durch diese Bemerkung Auftrieb. Für meinen Seelenfrieden war es nur gut, daß ich nicht wußte, wie vergeblich meine Hoffnung und wie berechtigt ihre Bemerkung war.

Wir setzten unsere Reise fort, bis das Kalkgestein und blasse Grün von Dorset in die rote Erde und das tiefere Grün von Devon übergingen, und als wir am späten Nachmittag Exeter erreichten, begrüßte uns dort die Sonne, als ob sie den ganzen Tag geschienen hätte.

»Nun betreten wir Ihr Reich«, sagte Elizabeth, als wir in langsamer Fahrt die Brücke über den Exe überquerten.

»Wohl kaum«, antwortete ich, »bloß meinen Wahlkreis, den ich allzu selten aufgesucht habe, seit ich Minister bin, und mein Zuhause, in das ich immer wieder gern zurückkehre.«

»Ihre Mutter wird froh sein, Sie wiederzusehen.«

»Und Sie«, versicherte ich in der Hoffnung, recht zu behalten.

Jenseits von Exeter begannen kurvenreiche Straßen, wo Automobile eine Seltenheit waren. Am frühen Abend fuhren wir durch das Dorf Dewford am Teign und bogen zum Landsitz von Barrowteign ein, wo das große alte Haus hinter den Buchen zum Vorschein kam, ein Anblick, der mir ebenso vertraut erschien, wie er Elizabeth fremd war.

Meine Mutter begrüßte uns und ließ Elizabeth gleich ihre Herzlichkeit und ihren Charme spüren, damit sie sich bei uns wohl fühlte. Robert fanden wir im Salon vor, wo er an seiner Pfeife zog und einem gutsherrlichen Nachbarn ähnlicher sah als bei unserer letzten Begegnung, ohne von seinem gutmütigen Humor etwas eingebüßt zu haben. Bevor irgendeine Verlegenheit aufkommen konnte, stolzierte der kleine Ambrose mit seinem Kindermädchen herein, und als seine Mutter erschien, schaukelte ihn Elizabeth bereits zu seinem offenkundigen Vergnügen auf ihrem Knie. Florence sah das mit Mißtrauen, und ihr unübersehbarer Ärger darüber, daß möglicherweise eine Rivalin in eine Familie aufgenommen wurde, die sie sich allem Anschein nach rasch untertan machte, war der einzige Mißklang in einer sonst harmonisch verlaufenden Heimkehr.

Wir ließen natürlich von Elizabeths politischen Aktivitäten nichts verlauten, außer daß wir meiner Mutter gegenüber auf ihre Sympathien für die Suffragettenbewegung anspielten; diese hielt sie für vergleichbar mit ihren eigenen Gefühlen, riet aber doch davon ab, sie vor Robert zu erwähnen, der schockiert reagieren werde. Ich war nicht mehr so geneigt, daran zu zweifeln, nachdem ich mit ihm zusammen das Gut besichtigt hatte. Er hatte dabei mit Überlegungen gespielt, den Pachtzins in so bedenkenloser Weise zu erhöhen, daß ich darin eine Verhärtung spürte, die das Alter oder vielleicht auch die Ehe mit sich brachten und die mich beunruhigte. Er war entsetzt, als ich andeutete, es werde wegen des Haushaltsentwurfs zu einem Zusammenstoß mit dem Oberhaus kommen, woraufhin ich mit ihm über solche Dinge nicht mehr sprach.

Trotz allem war Robert von Elizabeth sehr angetan, ebenso wie meine Mutter. Sie erkannte bei Elizabeth die Energie und die Intelli-

genz, die sie früher einmal in sich selbst hätte wecken können, wenn sie nicht meinem Vater zuliebe mit dem Leben in ländlicher Zurückgezogenheit einverstanden gewesen wäre. Diese elegante alte Dame und die dynamische junge Frau gaben von Anfang an ein durch gemeinsame Empfindungen geeintes Paar ab; Elizabeth fand im Gemüt meiner Mutter etwas von Hardys Dichtung wieder. Jedenfalls fand sie mehr darin, als sie (oder ich) an den Bildern finden konnten, die Florence malte und die zu meinem beträchtlichen Unmut in den Räumen des Hauses allgegenwärtig waren. Elizabeth bewies größeres Geschick als ich, wenn es galt, diese Werke zu bewundern, aber auch dadurch konnte sie das Herz meiner Schwägerin nicht gewinnen.

Für mich war es ein wesentliches Ziel jedes Aufenthalts in Barrowteign, mich mit allem, was im Wahlkreis vor sich ging, wieder vertraut zu machen, diejenigen, die Probleme hatten, aufzusuchen und zu beraten und überhaupt, mich sehen zu lassen. Elizabeth war mir eine große Hilfe. Ihre Schönheit zog viele in ihren Bann, ihr Verstand ließ andere aus sich herausgehen, ihr Charme besänftigte die wenigen, die streitsüchtig waren. Auf ihr Geheiß nahm ich am letzten Cricketspiel der Mannschaft von Dewford teil, wodurch ich die Dorfbewohner fast ebenso tief beeindruckte wie durch die nachher von mir bezahlten Runden im Wirtshaus. Auf mein Geheiß begleitete sie mich, als ich den ärmlichen Bezirken südlich von Barrowteign mit ihren Steinbrüchen einen Besuch abstattete; dort räumte sie ein, daß vielleicht die Altersrente und Lloyd Georges Pläne einer staatlichen Sozialversicherung gegenüber der Wahlrechtsreform Vorrang haben sollten. Kurz gesagt, wir profitierten in Devon voneinander wie schon zuvor in London. Selbst Flowers, mein gewissenhafter Agent, ließ sich zu der Äußerung hinreißen, Elizabeth als Ehefrau würde mein Ansehen im Wahlkreis fördern.

Nicht, daß mich erst Flowers' typisch unverblümte Spekulation auf den Gedanken einer Eheschließung gebracht hätte. Er war das Ergebnis einer, wie ich spürte, sich zur Liebe vertiefenden Zuneigung. Der September verging, eine Idylle zunehmenden Glücks und wachsender Hoffnung. Das schöne Wetter blieb uns in diesen Wochen in Barrowteign treu, und oft nahm ich Elizabeth mit ins Moor hinaus oder an die Küste, wo sie die Schönheit der Natur genießen konnte, die sie seit ihrer Kindheit nicht mehr erlebt hatte. So weit weg von London und meiner Karriere war es leicht, die Schwierigkeiten zu vergessen, die unserer Verbindung entgegenstanden. Insoweit ich überhaupt daran dachte, betrachtete ich sie als unbedeutendes, leicht zu lösendes Problem. Viel bedeutsamer, was mich betraf, war damals die Frage, ob es mir gelingen würde, Elizabeth dazu zu bewegen, einer Vermählung zuzustimmen. Ich hegte keinen Zweifel, daß in diesem Fall mein Glück gesichert sei.

In jenem Jahr war Michaeli ein unvergleichlich klarer Herbsttag, an dem jeder Baum und jeder Stein in Barrowteign seinen Schatten mit scharfen Konturen zeichnete, den eine aus wolkenlosem Himmel strahlende Sonne warf. Das Haus war still; Robert war zum Quartalstag bei seinen Pächtern, begleitet von Mutter, die selbst bei den Leuten nach dem Rechten sehen wollte, deren Wohl ihr immer am Herzen lag, auch wenn das nicht bei allen Gelegenheiten für ihren Sohn galt. Florence besuchte für ein paar Tage ihre Familie in Dartmouth und hatte Ambrose mitgenommen. Elizabeth brannte darauf, in die Sonne zu kommen, und ich hatte keine Verpflichtungen, so daß ich ihrem Drängen nachgeben konnte.

Ich fuhr mit dem Wagen zu den Ausläufern der Hügel von Dartmoor zwischen den Tälern von Teign und Bovey und hielt, wo die Wege zu holprig und steil wurden, um weiter voranzukommen. Wir gingen zu Fuß weiter. Ich trug im Rucksack das Essen für unser Picknick und konnte nur kopfschüttelnd Elizabeths schnellen Schritten folgen, während sie mit Hilfe einer Karte meines Bruders fachmännisch den Weg suchte. So lenkte sie uns zum Blackingstone-Felsen, diesem großen Granithaufen auf den Hügeln über Moretonhampstead, und ging beim Aufstieg voraus. Als wir die flache Höhe erreichten und uns setzten, um den Ausblick zu genießen, war ich mehr außer Atem als sie. Vor uns erstreckte sich die Ebene von Torridge bis zum Meer, das ich fast zu sehen glaubte, so klar war die Luft. Die buckligen Hügel hinter uns führten weiter hinein in das wildere Dartmoor. Unten im Teigntal waren gerade noch die fernen Dächer von Barrowteign auszumachen. Ich blickte beeindruckt und keuchend um mich.

»So geht das nicht weiter«, sagte Elizabeth. »Wie ich sehe, Edwin, haben Sie zuviel Zeit an Ihrem Schreibtisch in Whitehall verbracht.«

»Vielleicht«, erwiderte ich, »aber ich habe eine Mahlzeit auf meinem Rücken heraufgeschleppt, und Sie haben jüngere Beine als ich.«

Sie warf ein Farnwedel nach mir, und wir lachten. Die Sonne und die Wärme schienen in dieser Jahreszeit ebenso unverdient wie unser Glück, aber beides mußte gefeiert werden. Ich entkorkte den Krug mit kellerkühlem Cider, den ich mitgenommen hatte, und wir stießen auf die Landschaft an, aus der ich stammte.

»In ganz Devon«, sagte ich, »machen um diese Zeit die Bauern bei der Ernte Pause, um einen Schluck von ihrem heimatlichen Apfelwein zu nehmen.«

»Oder um mit Sorge an die Pacht für das kommende Quartal zu denken.«

»Seien Sie nicht zu streng mit Robert«, sagte ich, weil ich aus der Bemerkung eine Spitze gegen ihn heraushörte. »Er ist als Gutsherr so gut, wie Gutsherren eben sind. Ein bißchen festgefahren in seinen Gewohnheiten, wie ich zugebe, und er fängt an, sich allzu ernst zu nehmen, aber das zeigt nur, daß er in die Jahre kommt. Daß mir auf einem steilen Anstieg die Luft ausgeht, ist wahrscheinlich ein Zeichen dafür, daß ich es ihm nachtun werde.«

»Es tut mir leid. Ich wollte Robert nicht kritisieren. Er ist ein anständiger Mensch. Ihm fehlt nur der Weitblick und die Intelligenz seines Bruders – und dessen Humor.«

»Was ich an Humor besitze, verdanke ich Ihnen, und ein Gutteil des Weitblicks auch. Florence würde jeden Mann unterdrücken. Wir können nicht alle das Glück haben, jemanden wie Sie zu finden.«

Elizabeth blickte zu Boden und errötete, ein bei ihr seltener Anblick, der ihre Verwundbarkeit zeigte. Es war aber nicht der rundherum angenehme Gegensatz zu meiner biederen und prosaischen Schwägerin, der zu dieser Verlegenheit geführt hatte. Sie wurde vielmehr durch die darin enthaltene Annahme ausgelöst, sie könne eines Tages meine Frau sein. Was mir in der letzten Zeit so oft durch den Kopf gegangen war, hatte sich mit einer Unaufdringlichkeit geäußert, von der wir beide wußten, daß sie der andere würdigen werde. Meine Achtung vor ihr ließ sich daran ermessen, daß ich nun nicht peinliche Vertuschungsversuche unternahm.

»Sie haben meine Gedanken erraten«, sagte ich. »Vor vier Monaten haben Sie mit einem Ziegelstein mein Fenster eingeworfen. Ich hätte kaum gedacht, daß er den Weg in mein Herz finden würde. Aber so ist es gekommen, denn Sie haben mich verändert, mich zu jemandem gemacht, der ich lieber bin.«

»Ich werde das Verdienst daran nur dann für mich in Anspruch nehmen«, sagte sie weich, »wenn Sie die bessere Frau anerkennen, die Sie aus mir gemacht haben.«

»So viel gegenseitige Schmeichelei!« Jetzt lachten wir beide über uns.

Elizabeth ließ ihren Blick eine Weile über die Aussicht schweifen.

»Es ist herrlich hier«, sagte sie. »Und es war in diesem Monat in Barrowteign herrlich. Vielen Dank, daß Sie mich hierhin mitgenommen haben.«

»Ich danke Ihnen, daß Sie mitgekommen sind«, sagte ich. »Ach, die Zeit ist schnell verflogen, und bald werden wir nach London zurückkehren müssen.« Einen Moment lang dachte jeder darüber nach, was das bedeuten würde, dann sprach ich es aus. »Ich habe mich so daran gewöhnt, jeden Tag mit Ihnen zu verbringen. Es wird merkwürdig sein und mir schwerfallen, wenn es dann nicht mehr so ist.«

»Es wird auch mir schwer werden.«

»Es gibt natürlich noch eine andere Möglichkeit.« Elizabeth sagte nichts, und auch ich schwieg einen Moment lang. Dann fuhr ich fort. »Sie könnten sich damit einverstanden erklären, mich zu heiraten.«

»Was sagen Sie da, Edwin?«

»Was ich sage, Elizabeth, ist: Wollen Sie mich heiraten?«

»Oh, ich würde so gern ja sagen.«

»Dann wollen Sie also?«

»Was wird aus Ihrer Karriere?«

»Eine so wunderbare Frau wie Sie kann ihr nur dienlich sein. Sie haben ja bereits bemerkt, welchen Eindruck Sie auf meine Wähler machen.«

»Aber in London?«

»Auch dort. Der Premierminister ist kein Unmensch und würde nach meinem Dafürhalten keinen Grund für Einwände haben.«

»Nicht einmal meine politische Einstellung?«

»Nicht einmal das. Ich würde aber nicht erwarten, daß Sie sie aufgeben.«

»Und was ist mit Ihrer Familie?«

»Mutter ist ganz von Ihnen hingerissen.«

»Aber Florence bestimmt nicht.«

»Das spricht für Sie.«

»Sie scheinen auf jeden Einwand eine Antwort zu haben.«

»Nur weil es keinen Einwand gegen etwas so Richtiges geben kann.«

»Dann, Edwin, will ich von ganzem Herzen ja sagen und lernen, meinem zukünftigen Ehemann zu gehorchen.«

Wir lächelten, wohl wissend, daß in unserer Ehe nie Gehorsam verlangt werden würde, und ich zog sie an mich und küßte sie, während der Wind mir ihr Haar ins Gesicht trieb.

»Ich liebe dich, Elizabeth.«

»Und ich liebe dich, Edwin.«

In diesem Augenblick, auf jenem hohen Felsenrücken in Devon, hatten meine Hoffnungen auf das, was das Leben mir zu bieten hatte, ihren Höhepunkt erreicht. Es hatte mir Ministerwürden in der Regierung meines Landes geboten, und ich hatte sie angenommen, wenn ich auch nun nicht mehr so klar sehen konnte, welchen Dienst ich denen, für die ich meine Pflicht tat, dadurch erwies. Jetzt gab mir dieses Leben Elizabeth, deren Glück mir inmitten all der wechselnden Kompromisse der Politik als ein sicheres und erreichbares Ziel erschien. Wir saßen dort auf dem Blackingstone-Felsen an einem herrlichen Septembernachmittag und lächelten uns mit dem erregenden Gefühl zu, das aus der Gewißheit gegenseitiger Liebe erwächst; und wir wußten, daß der Granit unter unseren Füßen nicht fester sein konnte als unser Vertrauen zueinander.

Doch auch Granit kann brechen. Und die ersten Risse taten sich schon damals auf. Erst viel später erfuhr ich, daß Florence aus Sorge, ihre Vormachtstellung innerhalb der Familie und, was noch schlimmer war, ihr guter Name könnten durch eine unpassende Heirat

Schaden leiden, den Anwalt ihres Vaters zu Rate gezogen und ihn beauftragt hatte, diskrete Nachforschungen bezüglich der Herkunft Elizabeths anzustellen, da sie wegen der Zurückhaltung, die sie bei entsprechenden Schilderungen festgestellt hatte, mißtrauisch geworden war. Anfänglich ging es ihr wahrscheinlich nur um die Gewißheit, daß Elizabeth nach ihren gesellschaftlichen Maßstäben – die sich etwa in den wasserfarbenen Grenzen ihrer eigenen Malerei hielten – die geeignete Braut für mich war. Ich kann mir aber den freudigen Schauder vorstellen, mit dem sie bei ihrem letzten Besuch in Dartmouth die Mitteilung zur Kenntnis nahm, daß Miss Latimer, eine Waise aus Putney, der Sozialen und Politischen Frauenunion als aktives Mitglied angehörte und als militante Suffragette mindestens dreimal wegen Verstößen gegen die öffentliche Ordnung zu Geldstrafen verurteilt worden war.

Als also Elizabeth und ich nach Barrowteign zurückkehrten und zur großen Freude meiner Mutter unseren Entschluß mitteilten, folgte unserer Rückkehr nur wenig später eine Florence in freudiger, aber beherrschter Erregung, nun da ihrer gehässigen Abneigung Genugtuung zuteil geworden war. Sie kannte ihren Mann, wie sie ihr Opfer zu kennen glaubte, und brachte als Antwort auf unsere Neuigkeit ihre eigenen Robert zu Ohren, sicherlich in besorgten Formulierungen um mein Wohl gekleidet. Robert, als der anständige und gefügige Ehemann, der er war, erkannte (mit Unterstützung seiner Frau), daß nichts dadurch zu gewinnen sei, wenn man mich direkt auf das Thema ansprach; er hielt es daher für richtig, mit jenem pragmatischsten aller Ratgeber zu sprechen, Flowers nämlich, der sich seiner Verantwortung als mein Agent wohl bewußt war und entschied, es sei verdecktes Handeln nötig, um eine Karriere zu retten, die er seit langem mit großem Einsatz unter seine Fittiche genommen hatte. Der Plan wurde so in die Praxis umgesetzt, daß er sich an die hohen Funktionäre im Büro der liberalen Fraktionschefs wandte, die daraufhin mit der ganzen unerbittlichen Trägheit der Parteimaschinerie gegen zwei nichtsahnende Liebende Maßnahmen in die Wege leiteten.

Von all dem erfuhr ich nichts, ebensowenig wie meine Mutter oder Elizabeth, die sich nach unserem Verlöbnis noch näherkamen als vorher. Und wenn Robert bei dieser oder jener Gelegenheit wenig Anteil an unseren Gefühlen nahm und Florence säuerlich dreinsah, so wäre mir doch nie eingefallen, dahinter mehr zu vermuten. Meine Gedanken richteten sich auf eine Heirat im Frühjahr und die bevorstehende Wiederaufnahme der parlamentarischen Arbeit – in genau dieser Reihenfolge.

Mitte Oktober, als in Barrowteign die Blätter fielen, brachen wir nach London auf, wobei uns meine Mutter mit der dringenden Bitte verabschiedete, Weihnachten wiederzukommen und bald ein Datum festzulegen. Wir waren beiden Wünschen nicht im mindesten abgeneigt. Wir fuhren glücklich nach London zurück, das Verdeck gegen die kühle Herbstluft geschlossen, und redeten über uns und unsere Zukunft – die nun eine gemeinsame war –, während die Landschaft friedlich an uns vorüberzog. Mercy war von unserer Ankunft brieflich benachrichtigt worden und begrüßte uns mit überschwenglicher Zustimmung. Das Abendessen mit ihr zusammen in Putney, während Elizabeth an meinem Arm mit ihrer Tante Pläne machte, bei denen ich sie nur zu gern gewähren ließ, machte mich glücklich, wieder zurück in London zu sein.

Dieses Gefühl verließ mich auch am nächsten Morgen nicht, als ich mich in heiterster Stimmung in meinem Amt zurückmeldete. Ich war zwar während meiner Abwesenheit durch einen Depeschendienst über die Ereignisse unterrichtet worden, freute mich aber trotzdem auf die übliche Berichterstattung durch Meres. Bevor es dazu kam, erhielt ich die Nachricht, ich solle sofort in der Downing Street Nr. 10 anrufen. Der Sekretär des Premierministers teilte mir mit, daß Mr. Asquith mich um vier Uhr nachmittags in seinem Büro zu sehen wünsche. Er war nicht bereit, weitere Einzelheiten zu nennen.

In der Zwischenzeit hatte ich viel zu tun. So ging ich an diesem grauen Nachmittag in einer Stimmung zur Downing Street hinüber, die eher durch Neugier als durch böse Vorahnungen gekennzeichnet war. Ich wurde gleich zum Premier vorgelassen. Asquith saß gebeugt an seinem Schreibtisch, und ich schloß sogleich aus seiner Haltung, daß er nicht zum Plaudern aufgelegt war. Er forderte mich auf, Platz zu nehmen.

»Haben Sie die Parlamentsferien gut verbracht, Edwin?« brummte er.

»Danke, ja, Herr Premierminister.«

»Und Sie sind erholt?«

»In der Tat – ich bin zum Kampf bereit.«

»Für den kann ich garantieren. Ich bin überzeugt, daß der Haushalt Anfang nächsten Monats im Unterhaus verabschiedet wird.«

»Und damit an das Oberhaus verwiesen wird.«

»Richtig. Ich habe zuverlässige Informationen, daß er dort abgelehnt werden wird.«

»Dann wird man dort die Folgen zu tragen haben.«

»Ebenso wie wir alle. Wir werden uns in einer konstitutionellen Zwickmühle befinden.«

»Die aber doch gewiß nur dem Oberhaus schaden kann.«

»Leider nein. Wir werden uns mit an Sicherheit grenzender Wahrscheinlichkeit an die Wähler wenden müssen, um ein Mandat dafür zu erhalten, die Entscheidung der Lords zu verwerfen.«

»Was sein muß, muß sein.«

Inzwischen war ich mehr als ein wenig verwundert. Diese Frage war schon bisher mehrfach im Kabinett erörtert worden, unsere Reaktion auf eine Ablehnung des Haushalts durch das Oberhaus genauestens durchgesprochen. Unsere Unterredung brachte nichts Neues. Warum also war ich so dringend zum Premierminister gerufen worden? Asquith stand auf und ging auf und ab.

»In solchen Zeiten, Edwin, können wir uns kaum peinliche Geschichten in der Öffentlichkeit leisten. Wir müssen im Gegensatz zu verantwortungslosen Aristokraten als Inbegriff vernünftigen Handelns geachtet werden.«

»Haben wir uns diese Stellung nicht bereits verschafft?«

»Das hatten wir. Ich muß nun feststellen, daß sie durch die Unklugheit eines Ministers gefährdet ist.«

»Um was geht es?«

»Es geht darum, daß der Fraktionsvorsitzende mir berichtet hat, Sie hätten sich während Ihres kürzlichen Aufenthalts in Devon mit einer amtsbekannten Suffragette verlobt.«

Ich war betroffen. Für den Augenblick mußte ich die Frage, wie *der Fraktionsvorsitzende zu dieser Information gekommen war, zurückstellen und mich mit einer allem Anschein nach unbefugten Einmischung in meine privaten Angelegenheiten auseinandersetzen.*

»Ist das richtig, Edwin?« fragte Asquith und sah mich an.

»Ja. Ihre Beschreibung von Miss Latimer als amtsbekannter Suffragette würde ich zwar für fragwürdig halten, aber sie ist zweifellos in der Suffragettenbewegung aktiv gewesen. Und wir sind verlobt. Ich kann allerdings kein ...«

»Wer weiß von dieser Sache?«

»Unsere jeweiligen Familienangehörigen und, wie es scheint, der Fraktionsvorsitzende. Aber was ...«

»Auch nicht die Frauenunion, die WSPU?«

»Auf keinen Fall. Miss Latimer und ich haben vereinbart, vorerst noch nichts bekanntzugeben.«

»Das ist immerhin etwas.«

»Herr Premierminister, wo liegt das Problem?«

Asquith ließ sich mit einem Seufzer in seinem Stuhl zurückfallen.

»Edwin, Sie haben sich frühzeitig als ein besonnener, scharfsinnig denkender Mann erwiesen, weder Demagoge noch Schmeichler. Sie stellten für den Mann am Steuer einen unschätzbaren Vorteil dar – einen jungen, energischen, unparteiischen Ratgeber, jemand, der mit Verstand und Eifer arbeitet. Deswegen habe ich Sie bei meinem Amtsantritt befördert. Wie können Sie da so naiv sein zu fragen, worin das Problem besteht, wenn Sie eine Suffragette heiraten?«

»Ich habe darüber nachgedacht und sehe kein Problem. Mein Privatleben ist genau das: privat. Ich habe keinen Hehl daraus gemacht, daß ich das Frauenwahlrecht auf lange Sicht unterstütze, akzeptiere aber die Prioritäten. Das sieht inzwischen auch meine Verlobte ein, und sie hat illegalen Aktivitäten abgeschworen. Keiner von uns beiden will dem anderen seine Überzeugungen aufzwingen. Ich sehe wirklich keinen Hinderungsgrund dafür, daß zwei junge, ungebundene Menschen heiraten, wenn sie das wünschen.«

»Es ist aber keiner von Ihnen beiden ungebunden. Sie gehören einer Regierung an, die von vielen Wählern gestützt wird, welche das militante Suffragettentum mißbilligen und die Ihnen, weil Sie

eine Suffragette heiraten, eben jenes Maß an Verantwortungslosigkeit anlasten würden, das wir den Lords vorwerfen. Dadurch würde unserem Ansehen bei den Wählern ein nicht abzusehender Schaden zugefügt, zu einer Zeit, in der wir breite Unterstützung haben müssen, um jene sozialen Reformen durchzusetzen, die das Kabinett, dessen Mitglied Sie sind, für so unerläßlich hält. Miss Latimer dagegen gehört einer Organisation an, die mit gewaltsamen Aktionen ihre Gruppeninteressen zum Nachteil jener fördern möchte, die in größerer Not sind, aber über weniger Mittel verfügen. Ihre Eheschließung läßt sich unter diesen Umständen nicht gutheißen.«

»Dann trete ich zurück.« Ich konnte nichts anderes sagen. Asquith konnte in dieser Verfassung durch keinerlei weitere Argumente umgestimmt werden, und Elizabeth verdiente, daß ich ihr dieses Opfer brachte. Dennoch war mir unterschwellig bewußt, daß ein Rücktritt die eine Trumpfkarte war, mit der ich das Spiel möglicherweise gewann, denn der Premierminister konnte es sich nur schwerlich leisten, mich in einem Augenblick zu verlieren, in dem Lloyd George mit Churchills bereitwilliger Unterstützung drohte, ihm die Initiative zu entreißen. Ich gehörte zu den wenigen fähigen jungen Männern, denen er wichtige Aufgaben übertragen hatte und auf deren Hilfe er zählen konnte. Tatsächlich sah ich auch, daß er ein langes Gesicht machte.

»Edwin«, sagte er, »ich vertraue darauf, daß es dazu nicht kommt. Ihre geplante Eheschließung kann zur Zeit und unter den gegebenen Umständen nicht gutgeheißen werden. Das bedeutet nicht, daß nicht wieder bessere Zeiten und günstigere Verhältnisse kommen. Was ich von Ihnen – und Miss Latimer – verlange, ist, daß Sie eine Zeitlang abwarten und stillhalten.«

»Wie lange würde das sein?«

»Nehmen wir an, daß die Dinge sich so entwickeln, wie wir erwarten, daß das Oberhaus den Haushalt tatsächlich im nächsten Monat ablehnt. Dann müßte es eine Parlamentswahl geben, damit ich mich mit dem Ersuchen an den König wenden könnte, genügend neue Peers zu ernennen, um damit im Oberhaus, falls es immer noch nicht nachgibt, neue Mehrheiten zu schaffen. Das Problem wäre dann im Frühjahr gelöst.«

»Ich verstehe.«

»Wäre es zuviel verlangt, wenn Sie so lange warten müßten? In nur wenigen Monaten erleben wir es vielleicht, daß wir einer demokratisch gewählten Regierung auf immer das Recht verschaffen, ohne Behinderung durch ein erblich besetztes Oberhaus Gesetze zu machen. Das sind gewiß schwerwiegende Dinge. Würden Sie wollen, daß unsere Position durch jugendliche Ungeduld geschwächt wird?«

Wieder schien ich für meine Antwort keine Wahl zu haben.

»Nein, Herr Premierminister, das würde ich nicht. Und wenn Sie nur ein halbes Jahr beanspruchen, um die Angelegenheit über die Bühne zu bringen, dann dürfen Sie sich bis dahin auf meine Diskretion und die von Miss Latimer verlassen. Verstehe ich Sie richtig, daß wir dann ohne Vorbehalte unsere Pläne verwirklichen können?«

»Selbstverständlich. Ich habe nicht die Absicht, Ihnen im Wege zu stehen. Ich bitte Sie nur um Ihre Unterstützung in den schwierigen Monaten, die vor uns liegen.«

»Um diese Unterstützung brauchen Sie mich nicht zu bitten.«

Als ich die Downing Street verließ, fühlte ich mich enttäuscht von Asquiths übertriebener Vorsicht, aber dadurch getröstet, daß mir seine Reaktion auf das Rücktrittsangebot gezeigt hatte, wie sehr er mich schätzte. Ich fuhr sofort nach Putney und berichtete Elizabeth, was vorgefallen war.

»Der Premierminister gibt also zu verstehen«, sagte sie gefaßt, »daß er prinzipiell keine Einwände gegen unsere Heirat hat, aber von uns erwartet, daß wir darüber Stillschweigen bewahren, bis er sein Problem mit dem Oberhaus im nächsten Frühjahr gelöst hat.«

»Genau.«

»Und du hast dich in diesem Sinne verpflichtet?«

»Meine Liebe, was konnte ich anderes tun? Wir hatten doch ohnehin eine Hochzeit im Frühjahr ins Auge gefaßt. Ist es eine solche Zumutung, bis dahin nichts verlauten zu lassen?«

Elizabeth kam auf mich zu und nahm meine Hand. »Nein, Edwin, das ist es nicht. Es ist ein geringer Preis, den wir dafür zahlen, daß du Minister bleibst, und um nichts in der Welt wollte ich deiner Karriere schaden, die schließlich auch so viel Gutes bewirken kann.«

Ich war erleichtert. »Ich bin froh, daß du das sagst. Heute nachmittag, als ich für dich ebenso wie für mich sprach, empfand ich mich als anmaßend.«

»Dazu hast du keinen Grund. Wir müssen beide lernen, in Zukunft für einander zu sprechen. Aber glauben Sie nur nicht« – ihre Augen flammten theatralisch auf –, »daß Sie mir nun auskommen, Mr. Strafford. An dem Tag, an dem das Oberhaus den Haushalt passieren läßt, erwarte ich eine Anzeige in der ›Times‹.«

Wir brachen in Lachen aus und küßten uns, wobei uns Mercy überraschte, die ihre Stickerei suchte. Ich blieb nicht zum Abendessen und überließ es Elizabeth, ihrer Tante die Notwendigkeit zur Diskretion einzuschärfen, während ich einen Brief an meine Mutter verfaßte, der die gleichen Anweisungen enthielt.

Am folgenden Tag informierte uns Asquith alle in einer Kabinettssitzung über seine Erwartungen hinsichtlich des Fortgangs der Haushaltsvorlage. Lloyd George ließ drohend vernehmen, er werde die Festung Oberhaus schleifen, und bestätigte so meine Vermutung, daß der Premierminister in dieser Zeit auf meine Hilfe angewiesen war. Natürlich wurde unsere Unterredung vom Vortag nicht erwähnt.

Ziemlich wie Asquith vorausgesagt hatte, wurde der Haushalt vom Unterhaus am 4. November verabschiedet und am 30. November von den Lords abgelehnt. Die Reaktion der Regierung stand von vornherein fest: Im Januar würden Neuwahlen ausgeschrieben, und im Fall der Wiederwahl sollte das Oberhaus gezwungen werden, sowohl dem Haushaltsgesetz wie auch einem weiteren Gesetz zuzustimmen, das ihm das Vetorecht bei der Gesetzgebung mit der Drohung entzog, genügend neue Peers ernennen zu lassen, um die Tory-Mehrheit zu beseitigen. Asquith übernahm es, den König davon zu überzeugen, bei diesem Plan durch die Bereitschaft mitzuwirken, neue Peers zu ernennen, sollte dies notwendig werden; der Premierminister ließ durchblicken, daß es dabei keine Schwierigkeiten gebe. Es blieb nur noch das kleine Problem, die Wahlen zu gewinnen.

Ich begab mich Weihnachten nach Barrowteign – Elizabeth (und Mercy) folgte mir der Diskretion halber einige Tage später nach –

und blieb für die Dauer der Wahlkampagne in meinem Wahlkreis. Dieses Mal ließ sich Elizabeth dort nicht viel sehen, wiederum aus Gründen der Diskretion. Sie litt schwer unter ihrer relativ eingeschränkten Bewegungsfreiheit, wurde aber von Mutter und Mercy gut unterhalten. Robert und Florence verbrachten Weihnachten in Dartmouth, was sicher besser war so. Ich machte keinen Versuch, die Informationsquelle des Fraktionsvorsitzenden ausfindig zu machen, wenn ich auch verschiedene Vermutungen hatte. Außerdem war ich mit der bevorstehenden Wahl ganz ausgefüllt, vor allem, weil ich wußte, daß sehr viel mehr als unter gewöhnlichen Umständen von dem Ergebnis abhing. Der Regierung und insbesondere ihrem Innenminister kam der Umstand sehr zu Hilfe, daß die Frauenrechtsorganisationen für die Zeit des Wahlkampfs einen Waffenstillstand erklärt hatten, in der Hoffnung, im neuen Parlament dafür belohnt zu werden. Soweit es in ihren Kräften stand, hatte Elizabeth diesen Antrag in ihrer Sektion der WSPU unterstützt, und er war trotz Christabel Pankhursts heftiger Opposition angenommen worden.

Die Wähler von Devon ließen mich nicht im Stich. Ich wurde mit einer abermals vergrößerten Mehrheit wiedergewählt, wobei ich die Ergebnisse, die Sir William gewöhnlich erreichte, noch übertraf. Für die Gesamtpartei verliefen die Wahlen jedoch weniger erfolgreich. Wir gewannen eher weniger Sitze als 1906 und verloren erheblich an die Labour-Partei, die (wie ich schon gefürchtet hatte) offenbar von der allgemeinen Enttäuschung darüber profitierte, daß wir die versprochenen Reformen nicht hatten verwirklichen können. Glücklicherweise erlitten die Konservativen einen schweren Einbruch. Wir verloren aber unsere deutliche Mehrheit und mußten, obwohl wir mit Abstand die meisten Sitze im Parlament hatten, zur Verabschiedung von Gesetzen die Unterstützung der irischen Abgeordneten in Anspruch nehmen.

Elizabeth und ich kehrten Mitte Januar 1910 einigermaßen zuversichtlich – und wieder getrennt – nach London zurück. Auch wenn der Sieg bei den Wahlen keineswegs eindeutig ausgefallen war, hegte ich keine Zweifel daran, daß wir nun gleich darangehen konnten, die Macht des Oberhauses endgültig zu brechen. War das erst geschehen, so konnte ich guten Gewissens mein persönliches Glück durch die Heirat mit Elizabeth besiegeln. In dieser Zeit der Prüfung durch leidige Trennungen zweifelte ich in keinem Augenblick daran, daß unsere Liebe am Ende triumphieren würde.

An dieser Stelle trennte ich mich von Strafford und ging zu Bett. Die Stille und Dunkelheit in seinem eigenen Salon luden nicht dazu ein, seiner Chronik in ihre düstere Phase zu folgen, eine Phase, die ihm nun bevorstand, wie ich wohl wußte, und in der Talent und Verheißung sich zu Leid und Verzweiflung wenden würden. Zuerst hatte mich diese Verwandlung und das, was sie herbeiführte, fasziniert. Jetzt begann sie, mir Angst einzujagen.

Am nächsten Morgen hatten die Dinge etwas von ihrem Schrekken verloren. Die Geräusche und das Licht eines weiteren heißen Tags auf Madeira erinnerten mich an ein Hier und Jetzt, das für meine Zwecke genügte. Es war unvernünftig, mich so in den Bann meines Forschungsgegenstandes ziehen zu lassen, dessen Hauptperson schon lange tot war. Abgesehen von allem anderen war es einfach nicht professionell. Ich ging wohltuend unbeschwert zum Frühstück hinunter.

Alec saß auf der Veranda und aß eine Grapefruit. Ich schenkte mir den bereitstehenden Kaffee ein und setzte mich zu ihm.

»Schlechte Nachrichten, Martin«, sagte Alec, bevor er noch einen Bissen nahm. »Heute geht's zurück nach Funchal.«

»Nun ja, ich hatte sowieso nicht damit gerechnet, so lange zu bleiben, aber ich habe die Memoiren noch längst nicht ausgelesen.«

»Mach dir keine Sorgen. Leo hat schon daran gedacht. Er hat mich gebeten, eine Fotokopie machen zu lassen. Das Original möchte er nicht für längere Zeit hergeben, so daß wir es mitnehmen, die Kopie machen lassen und ich es ihm dann wieder bringe.«

»Prima. Wann brechen wir auf?«

»Möglichst gleich, fürchte ich. Ich muß für das Fußballspiel heute nachmittag wieder nach Funchal. Als Sportkorrespondent kann ich es mir nicht leisten, die zwei bedeutenden Spiele im Monat zu verpassen. Und das heißt, wir müssen den Bus erwischen. Am

Sonntag fahren nicht viele. Ich werde Tomás fragen, wann der nächste hier vorbeikommt.«

»Es ist irgendwie schade, so bald wieder aufzubrechen.«

»Es muß sein. Wenn wir schon dabei sind: Leo ist in seinem Büro und hätte gern, daß du kurz bei ihm vorbeischaust. Ich vermute, es geht ihm um geschäftliche Dinge. Du weißt, wie genau es die Südafrikaner in finanziellen Angelegenheiten nehmen. Warum sprichst du nicht kurz mit ihm, während ich Tomás suche?«

Sellicks Büro war auf der Ostseite des Innenhofs. Es sah ganz anders aus als Straffords Arbeitszimmer – klein, aber angenehm kühl, mit Blick auf den Springbrunnen.

»Kommen Sie herein, Martin, kommen Sie nur«, sagte er. »Entschuldigen Sie den nüchternen Ort unserer Unterredung. Sie kommen gerade zur rechten Zeit. Ich habe soeben meiner Bank den Auftrag gegeben« – er schwenkte einen Brief –, »Ihnen tausend Pfund Sterling für die Auslagen zu überweisen, wenn Sie jetzt Ihre Nachforschungen beginnen. Sie müssen mich dann nur wissen lassen, wenn Sie mehr brauchen. Dieses Verfahren ist wohl zufriedenstellend.«

Ich versicherte ihm mein Einverständnis und gab ihm Name und Adresse meiner Bank.

»Danke, Martin. Bis Sie wieder in England sind, wird alles geregelt sein. Wie weit sind Sie denn mit Ihrer Lektüre?« Er hatte das Thema abrupt gewechselt, so als ob dem unfeinen finanziellen Aspekt so wenig Gewicht wie möglich beizumessen sei.

»Ich komme gut voran, obwohl ich noch eine Menge zu lesen habe. Alec hat mir allerdings gesagt, daß mir eine Kopie zur Verfügung stehen wird.«

»Ja, und er will heute nach Funchal zurück. Ich werde Sie also nicht mehr sehen, bis Sie . . . ja, bis Sie zu einem Ergebnis gekommen sind. Ich erwarte allerdings regelmäßige Berichte über Ihre Fortschritte.«

»Die werden Sie bekommen. Ich bin ganz begierig anzufangen. Es sollte möglich sein, die Memoiren durchzulesen, bevor ich am Mittwoch den Rückflug antrete. Dann mache ich mich sofort an die Arbeit.«

»Wo wollen Sie anfangen?«

»Das ist im Moment noch schwer abzusehen. Ich werde mich nach der Lektüre entscheiden. Wahrscheinlich bei den zeitgenössischen Dokumenten – bevor ich mich persönlich an noch lebende Zeugen der Ereignisse wende.«

»Nun, das müssen Sie selbst entscheiden. Tun Sie einfach ihr Bestes. Wenn wir etwas herausbringen, kann Strafford vielleicht eher in Frieden ruhen.«

»Das hoffe ich.«

Er stand auf und reichte mir die Hand. »Viel Glück bei unserem Unternehmen.« Wir schüttelten uns die Hand. »Ich werde Sie in Gedanken begleiten.« Er sah mir mit seinen durchdringenden blauen Augen gerade ins Gesicht, kein Lächeln hellte den intensiven Blick auf. Ja, es war wirklich eine ernste Angelegenheit. Ich hatte mir eine unterhaltsame, lukrative, dankbare Arbeit vorgestellt, ohne sie bis zu diesem Augenblick als die ernste Aufgabe anzusehen, die sie in Sellicks Augen offenbar darstellte.

Einige Stunden später brachen wir auf, rechtzeitig für den Bus, der, wie uns Tomás versichert hatte, kurz vor Mittag an der Quinta vorbeifuhr. Sellick brachte uns in den Hof hinaus, wo er seine Augen mit einer Hand gegen das gleißende Sonnenlicht schützte. Alec ging die Auffahrt hinunter, aber ich blieb kurz stehen, um Sellick, der lächelnd an seinem Springbrunnen stand, zum Abschied zu winken. Ich behielt ihn so in Erinnerung, wie er mir dort erschien – ein kleiner eleganter alter Herr, mein Wohltäter –; seinen klaren, rechnenden Verstand hatte ich rasch vergessen. Vor allem aber blieb mir die Quinta in Erinnerung, die Stimmung und der Zauber, der von Straffords Verbannungsort ausging, wo er in der Einsamkeit seines Arbeitszimmers ewig nach jenem tödlichen Irrtum forschen konnte, der ihm nie bewußt geworden war. Wo Strafford aufhörte, fing ich an.

Zwei Tage in den kühlen Bergen hatten mich den aufdringlichen Lärm der Hauptstadt vergessen lassen. Uns blieb gerade die Zeit, den Memoirenband zu Alec zu bringen und ein Mittagessen hinunterzuschlingen, ehe wir uns auf den Weg zum Fußballstadion in der westlichen Vorstadt machten. Ich wollte im Haus bleiben und weiterlesen, aber Alec ließ es nicht zu.

Vermutlich sah er nicht ein, daß er allein leiden sollte. Maritimo, der führende Verein der Insel, hatte ein Heimspiel in der portugiesischen Fußball-Liga, und »*Madeira Life*« konnte es sich nicht leisten, das Spiel zu versäumen. Das Betonstadion in Barreiros war ein idealer Ort für sonnenbadende Eidechsen und sonnenölglänzende Bewohner der Insel, die zwischen schlechtem und gutem Fußball keinen Unterschied machten; nach englischen Maßstäben jedoch wirkten die Spieler phantasielos und schlecht trainiert.

»Es ist immer so«, sagte Alec, während die Spieler den Ball lustlos über das Feld kickten. »Mañana gemischt mit Melodrama. Tut mir leid, wenn es ein bißchen langweilig ist.«

»Das ist es nicht. Es ist einfach der Gegensatz zur Quinta.«

»Na ja, man bekommt leicht romantische Vorstellungen von Madeira, wenn man dort oben wohnt.« Ein fetter Einheimischer mit einer Flasche Bier rempelte Alec beim Hinsetzen an. »Das hier ist genauso real – oder noch realer – als das Porto-Novo-Tal. Als Historiker solltest du das wissen.«

»Das bewahrt mich vielleicht davor, Straffords Beziehungen auf Madeira allzu blauäugig zu sehen.«

»Das steht nicht zu befürchten, Martin. Du bist realistischer als ich.«

»Ich hoffe, wenigstens so realistisch, daß ich herausfinde, welche Rolle du dabei gespielt hast, mir diesen Job zu verschaffen.«

»Das hat nichts mit mir zu tun.« Er reckte den Hals, um einen Blick auf den ersten Torschuß in diesem Spiel zu erhaschen. »Das war ganz allein Leos Idee.« Begleitet von einem Aufstöhnen im ganzen Stadion, beförderte der Maritimospieler den Ball weit über das Tor.

»Tu doch nicht so, Alec. Leo hat ja ununterbrochen davon geredet, in welch glühenden Farben du mich geschildert hattest. Er war offenbar ungewöhnlich gut über meine gegenwärtige Lage unterrichtet. Und sagtest du nicht in deinem Brief, der Besuch könnte sich vielleicht für mich lohnen? War das etwa nicht das Stichwort?«

»O. k., das war es vielleicht wirklich. Ich habe ihm erzählt, daß du ein sehr qualifizierter arbeitsloser Historiker bist. Ich wußte, daß er möglicherweise zwei und zwei zusammenzählen und zum Schluß kommen würde, daß du der richtige Mann für die Aufgabe seiest, an die er dachte. Ich habe mir vorgestellt, daß sie dich reizen würde. Und ich habe getan, was ich konnte, um einem Freund zu helfen. Was ist daran falsch?«

»Nichts. Versteh mich nicht falsch. Ich bin dir dankbar für das, was du getan hast.« Das stimmte, und etwas anderes hatte ich auch nicht sagen wollen, bis Alec versucht hatte, seinen offensichtlichen Anteil an der Sache abzustreiten. Der Umstand, daß er sich in dieser Rolle unwohl fühlte, erinnerte mich an einen Interessenkonflikt, der sich nicht beseitigen ließ. Jetzt, wo wir weit weg von der Quinta waren, konnte ich wenigstens herausfinden, ob Alec ihn als hinderlich ansah.

»Entschuldige bitte, Martin, ich wollte nicht ausfallend werden. Es muß die Hitze sein.« Es war wirklich heiß, und es sollte gleich noch heißer hergehen. Ein Spieler von Maritimo stürzte über das Bein eines angreifenden Gegners, und jeder im Stadion gab den Elfmeter, nur der Schiedsrichter nicht. Gebrüll, Drohungen und Obst hagelten auf das Spielfeld nieder. »Der Schiedsrichter wird hinterher Polizeischutz brauchen. Ein Tumult würde die Auflage bestimmt steigern.« Aber selbst für die Fans von Maritimo war es zu heiß.

Als das Spiel wieder in Apathie versank, schnitt ich die Frage an, die mir auf den Nägeln brannte. »Natürlich bin ich dankbar für einen Auftrag, der faszinierend zu werden verspricht – und gut bezahlt ist. Ich kann aber nicht leugnen, daß mein Elan ein wenig gebremst wird – durch etwas, von dem Leo besser nichts erfahren sollte.«

»Du kannst mir vertrauen, Martin. Du könntest Leo weiß Gott genug erzählen, um mein Image als edler Ritter des Journalismus zu verderben.«

»Es ist nichts dergleichen. Es geht um eine heikle Frage, ob ich von einer persönlichen Beziehung in dieser Sache Mitteilung machen sollte. Ich bin nämlich mit jemand in den Memoiren verwandt.«

»In welcher Form?«

»Angeheiratet. Helens Großeltern, die Couchmans, kannten Strafford. Sie spielen eine zentrale Rolle in der Geschichte.«

»Wirklich? Also, das ist tatsächlich merkwürdig.«

»Es ist mehr als merkwürdig – es ist verdammt unangenehm. Wie kann ich mich als unbeteiligten Forscher hinstellen, wenn ich gleichzeitig bei meinen ehemaligen Schwiegereltern anklopfe und peinliche Fragen über ihre Vergangenheit stelle?«

»Aber ganz so wird es doch wohl nicht ablaufen?«

»Vielleicht nicht. Aber sollte ich es nicht Leo sagen?«

»Was hindert dich daran?«

»Der Gedanke, daß er in diesem Fall sein Angebot zurückziehen könnte.«

»Dann laß es bleiben. Es ist dein Problem, nicht seines. Außerdem ... kannst du dich nicht ein bißchen entschädigen?«

»Wenn du meinst, indem ich Helens Familie in Schwierigkeiten bringe: Darüber bin ich hinweg. Im übrigen steht es mir nicht zu, nachtragend zu sein.«

»Vielleicht nicht, aber macht das die Sache nicht ... na, sagen wir, unterhaltsamer?« Er grinste mich an, und unwillkürlich grinste ich zurück. Ja, es konnte ein Genuß sein, die geheime Vergangenheit einer Familie auszugraben, die nie einen Hehl aus ihrer Verachtung für mich gemacht hatte. Ich hatte ihnen Schande gemacht, aber vielleicht nicht so sehr, wie sie es mich hatten spüren lassen. Ich hatte keine Rache gesucht, aber wenn sie meiner bevorstehenden Aufgabe beim Aufspüren der Wahrheit, bei historischen Recherchen und der Ausübung einer honorierten Tätigkeit etwas Würze verlieh, wer war ich denn, um dann nein zu sagen?

»Der Zufall ist eine merkwürdige Sache«, sagte ich schließlich.

»Wehr dich nicht dagegen. Schließlich hätte Leo den Job jemand anderem geben können, wenn ich dich nicht gekannt hätte.«

»Das stimmt. Und ich kann es mir nicht leisten abzulehnen.«

Damit hatte ich meinen letzten Zweifel ausgeräumt. Was ich von Alec gewollt – und bekommen – hatte, war Bestätigung. Wie sehr er auch meine Talente übertrieben haben mochte, die Aufgabe konnte ich so gut wie jeder andere meistern – oder vielleicht besser. Außerdem wollte ich diese Arbeit um ihrer selbst willen tun. Wie Sellick wollte auch ich die Wahrheit über Edwin Strafford herausfinden.

Am nächsten Tag nahm Alec die Memoiren zum Fotokopieren

mit. Ich nutzte den freien Morgen, um das weniger bekannte Funchal gründlich zu erkunden. Wie ich mir hätte denken können, war es eine ermüdende und unbefriedigende Arbeit, die meine Ungeduld, ins England von 1910 zurückzukehren, nur noch vergrößerte.

Ich war glücklich und erleichtert, als Alec mich bei meiner Rückkehr bereits erwartete.

»Da sind sie, Martin«, sagte er und deutete auf einen Stoß Xeroxkopien, der neben dem Memoirenband lag.

»Toll. Danke, Alec.« Ich ließ den Stoß durch die Finger gleiten. Es war ein merkwürdiges Gefühl, den alten marmorierten Band mit Hilfe der modernen Technik plötzlich auf einen Haufen weißer Blätter reduziert zu sehen.

»Ich muß um 14.30 Uhr zu meinem Drucker. Wenn ich ihm nicht Dampf mache, geraten wir mit der Zeitschrift in Verzug. Hast du Lust mitzukommen?«

»Danke, aber ich glaube nicht. Jetzt, wo ich die Memoiren wieder habe« – ich klopfte auf den Lederrücken –, »werde ich wohl die versäumte Lesezeit nachholen.«

Nach dem Essen ging Alec zu seinem Termin, und ich suchte mir den bequemsten Gartenstuhl aus und ließ mich im Garten im Schatten einer Palme nieder. Die Bienen summten in der Nachmittagshitze, aber die hohen Mauern hielten den Lärm von Funchal fern und gewährten mir Ruhe und Konzentration. Ich kehrte zu den Memoiren zurück.

LEBENSERINNERUNGEN
1910

Die gemäßigte Zuversicht, mit der ich im Januar 1910 aus Barrowteign zurückgekehrt war, hielt nicht lange an. Ich war davon ausgegangen, daß Elizabeth und ich nur noch wenige Monate ein getrenntes Leben führen mußten, aber das war ein trauriger Irrtum. Es war jedoch nicht auf die Gründe zurückzuführen, die damals eine gewisse Skepsis nahezulegen schienen: die Meinungsverschiedenheiten im Kabinett über die Art der geplanten Parlamentsreform sowie die schwierigen Verhandlungen, die mit den irischen Nationalisten zu führen waren, um ihre Zustimmung dazu und zum noch ausstehenden Haushaltsgesetz zu gewährleisten. Unsere knappe Mehrheit hatte uns von ihnen abhängig gemacht. Diese beiden Probleme wurden, wie sich herausstellte, ohne größere Schwierigkeiten gelöst.

Daß mein eigenes Problem weiterhin unlösbar blieb, wurde erst durch eine Erklärung des Premierministers klar, die er am 21. Februar in Unterhaus abgab und deren Inhalt viele Mitglieder seiner eigenen Partei überraschte und einen Menschen völlig verblüffte, nämlich seinen eigenen Innenminister. Asquith erklärte nämlich an jenem denkwürdigen Abend, daß er vor der Wahl nicht nur keineswegs die Zustimmung des Königs für einen Peersschub erlangt hatte, um die notwendigen Gesetze durch das Oberhaus zu bringen, sondern daß er nicht einmal darum nachgesucht hatte und daß der König inzwischen erkennen ließ, er halte eine zweite Wahl für erforderlich, ehe er sich zu einer solchen Maßnahme verpflichtet sehe. Ich muß an meinem Platz neben Asquith sichtbar erbleicht sein, und meine Bestürzung wäre vielleicht bemerkt worden, wenn nicht gleichzeitig so viele Hinterbänkler bei dieser Enthüllung ihrer Überraschung Luft gemacht hätten. Ihnen hatte man zu verstehen gegeben, daß von seiten des Königs ausreichende Garantien bestanden; statt dessen sahen sie sich nun für einen weiteren Wahlgang in die Pflicht genommen, eine wenig erfreuliche Aussicht angesichts des nicht gerade eindeutigen Ergebnisses in der zurückliegenden Wahl. Während man aber von vielen Seiten Asquiths mangelnde

Voraussicht tadelte, mußte ich im Bewußtsein eines weit größeren Unrechts schweigen. Die Person, die dort neben mir über verwickelte legale und prozedurale Fragen eine Rede hielt, hatte mich hintergangen. Im Augenblick dieser wohlgesetzten Erklärung empfand ich bloß abgrundtiefe Empörung. Hatte er so schnell die mir gegenüber im letzten Herbst eingegangenen Verpflichtungen vergessen? Und wenn das nicht der Fall war, warum hatte er mich dann so lange in dem Glauben an einen Gang und zügigen Ablauf der Ereignisse belassen, der nun nicht länger möglich war? Darauf gab es offenbar nur eine Antwort: Es kam seinen Plänen entgegen. Der Mann, von dem ich inzwischen glaubte, er werde von Lloyd George an der Nase herumgeführt, hatte nun mich an der Nase herumgeführt.

Sosehr ich mich auch dazu zwingen wollte, es war mir unmöglich, Asquith an diesem Abend gegenüberzutreten. Ich ging heim, um lange und gründlich darüber nachzudenken, wie jetzt die Lage für Elizabeth und mich aussah. Ich hatte kein Verlangen danach, ihr die Konsequenzen aus der Erklärung auseinanderzusetzen: Erstens würde die Verfassungskrise in diesem Frühjahr nicht mehr gelöst werden, und zweitens würde man unsere Vermählung erst einige Zeit nach einer Parlamentswahl, wann immer diese stattfand, für opportun halten. Es war undenkbar, noch einmal, Gott weiß wie lange, zu warten, nachdem wir so viel Verzicht geleistet und uns so sehr geduldet hatten. Ich konnte vor Zorn über Asquith nicht schlafen und wanderte in dieser Nacht durch leere Straßen, um am folgenden Morgen zu früher Stunde in der Downing Street Nr. 10 vorzusprechen. Ich war fest entschlossen, den Premier zu sehen.

In charakteristischer Asquith-Manier ließ er mich ohne weiteres vor. Er saß noch beim Frühstück und bot mir Tee und Toast an, was ich brüsk abschlug.

»Setzen Sie sich, Edwin«, sagte er besänftigend. »Ich muß mich entschuldigen, Sie so zu empfangen, aber nach einer Nachtsitzung bin ich doch überraschend früh auf den Beinen.«

»Wegen dieser Nachtsitzung wünsche ich, mit Ihnen zu sprechen.«

»Das hielt ich für möglich. Meine Erklärung muß Sie ein wenig aus der Fassung gebracht haben.«

»Herr Premierminister, Sie untertreiben die Dinge erheblich.« Ich war empört. »Darf ich Sie daran erinnern, daß ...«

»Im vergangenen Herbst«, unterbrach er mich, »erörterten wir Ihre Heiratsabsichten und kamen überein, daß sie am besten zurückgestellt würden, bis das gegenwärtige Problem mit dem Oberhaus gelöst sei.«

»Und Sie versprachen, es werde im Fall unseres Wahlsiegs in diesem Frühjahr gelöst sein, was nun ausgeschlossen ist.«

»Ich versprach nichts, Edwin. Ich äußerte Ihnen gegenüber Hoffnungen, in gutem Glauben. Ich hoffte, vom König ausreichende Garantien zu erhalten, um ...«

»Sie haben aber gesagt, Sie hätten nicht einmal darum nachgesucht.«

»Damit wollte ich der Krone Verlegenheit ersparen, was meine Pflicht ist. Ich habe den König im Dezember, nach der Auflösung des Parlaments, gefragt. Er sagte, er könne die Peers erst dann ernennen, wenn zwei aufeinanderfolgende Wahlen unser Mandat bestätigt hätten.«

»Sie haben mir nichts davon mitgeteilt.«

»Wie konnte ich das tun? Denken Sie, welchen Schaden die Parteimoral dabei erlitten hätte, ganz abgesehen von unserer Unterstützung im Volk, wenn man damals erfahren hätte, daß zwei Wahlen nötig sein würden, um unsere Pläne durchzusetzen.«

»Ich sagte, Sie haben mir nichts davon mitgeteilt.«

»Ich hielt es zum damaligen Zeitpunkt nicht für ratsam.«

»Nach der Wahl?«

»Ich hoffte, den König auch ohne eine zweite Wahl zur Zustimmung bewegen zu können. Wäre unser Sieg eindeutig ausgefallen, hätte ich vielleicht Erfolg gehabt.«

Das war eine Lüge, dessen war ich mir sicher. Der König war nicht der Mann, der in solchen Fragen nachgab, was Asquith besser wußte als die meisten. Er hatte mich bloß hingehalten. Was sollte ich tun?

»Ich glaube, Sie hätten mich im voraus über Ihre Erklärung informieren können.«

»Ich bedaure, daß mir das nicht möglich war. Die Beziehungen zwischen einem gewählten Regierungschef und dem Monarchen

sind ihrem Wesen nach heikel. Sie beruhen auf absoluter Vertraulichkeit.«

»Bitte, wenn Sie es so formulieren wollen, Herr Premierminister. Die Frage ist: Wie ist nun meine Lage?«

»Nicht so schlecht, wie Sie vielleicht befürchtet haben, Edwin. Lassen Sie mich erklären. Wir müssen dem Oberhaus einen Haushalt und ein Gesetz zur Parlamentsreform vorlegen, um das Vetorecht aufzuheben. Ich vermute, daß die Lords aus Angst vor dem letzteren dem ersteren zustimmen werden. Gegen das Reformgesetz werden sie sich aber sträuben, und wir werden die Wähler an den Urnen entscheiden lassen. Wenn wir wieder gewinnen, ist der König gezwungen, uns zu unterstützen.«

»Wann?«

»Der Zeitplan ist ein Problem. Das Kabinett muß den Bedingungen des Reformgesetzes zustimmen; Sie werden mich in dieser Sache hoffentlich unterstützen. Dann brauchen wir die Stimmen der irischen Abgeordneten, um ein solches Gesetz im Unterhaus durchzubringen, und Sie wissen, wie unsicher der Boden ist, auf dem wir uns dabei bewegen. Wie das Gesetz auch aussehen wird, ich zweifle kaum daran, daß die Lords es kompromißlos ablehnen werden.«

»Und dann?«

»Dann lösen wir das Parlament auf, dieses Mal in der Gewißheit, daß im Falle eines Wahlsiegs der Erfolg garantiert ist.«

»Ich kann keine Möglichkeit sehen, vor Ende des Jahres zu einer Entscheidung zu kommen.«

»Ich auch nicht.«

»Damit dehnen Sie die Frist unserer Vereinbarung ganz erheblich aus. Ich bin mir nicht sicher, ob Miss Latimer und ich so lange warten können.«

»Sagen Sie nicht, daß ich irgendwelche Fristen ausdehne, Edwin, sondern vielmehr, daß wir alle Opfer der Umstände sind. Ich kann nur wiederholen, was ich Ihnen im letzten Oktober gesagt habe: daß ich Ihre Hilfe brauche, daß die Partei und das Land Ihre Hilfe brauchen, um eine Reform von historischer Bedeutung durchzusetzen. Erscheint eine bis zum nächsten Jahr verschobene Eheschließung in diesem Licht tatsächlich als unzumutbare Härte?«

»Ich kann Ihnen darauf nur antworten, daß ich mit meiner Verlobten sprechen und mit ihr gemeinsam entscheiden werde, was zu tun ist.«

»Dann hoffe ich inständig, daß Sie zum richtigen Entschluß kommen – für uns alle.«

Er hatte, wie er wohl wußte, alle möglichen Fallstricke ausgelegt. Wenn er mich einmal getäuscht hatte, konnte er das auch ein zweites Mal tun. Andererseits waren seine Feststellungen oberflächlich betrachtet richtig. Dies war nicht der Augenblick, um einer persönlichen Laune leichtfertig nachzugeben – und so würde es dem Nichteingeweihten erscheinen. Was die Regierung zu erreichen suchte, lag mir am Herzen, so wie Elizabeth das Frauenwahlrecht am Herzen lag. Die Ereignisse, die nun ihren Lauf nahmen, dienten möglicherweise beiden Zwecken. Nach der Wahl war ein Vermittlungsausschuß mit Mitgliedern aller Parteien darangegangen, eine Vorlage für ein begrenztes Frauenwahlrecht auszuarbeiten, die vielleicht, zusammen mit einer Reihe weiterer begründeter Reformen, im Gefolge der Parlamentsreform verabschiedet werden konnte. Weder Elizabeth noch ich hatten den Wunsch, den Ausgang einer Wahl in einer Weise zu gefährden, daß diese Ergebnisse aufs Spiel gesetzt wurden. Und Asquith hatte seinen hehren Appell an die persönliche Opferbereitschaft dadurch versüßt, daß er für jene, die zu ihm stehen würden, die Möglichkeit konkreter Gegenleistungen durchblicken ließ. Welche Argumente aber waren gegen Tatsachen vorzubringen, die seinem und meinem Einwirken ja entzogen waren?

Als ich an diesem Morgen die Downing Street verließ, schwindelte mir der Kopf angesichts einer verwirrenden Lage, die doch einmal auf einem Felsen in Devon so einfach erschienen war. Ich nahm eine Droschke nach Putney und kam so früh dort an, daß der Reif noch auf dem Rasen lag. Elizabeth war im Wohnzimmer mit einer Freundin, einer Suffragette ähnlicher Prägung, die sich nach meiner Ankunft rasch verabschiedete. Elizabeth strahlte und gab mir einen Kuß, sprach aber ein warnendes Wort.

»Julia hat dich sicher erkannt«, sagte sie. »Ich dachte, wir wollten vorsichtig sein.«

»Es tut mir leid«, sagte ich, »aber heute morgen mußte ich die Vorsicht vergessen. Hast du gehört, was Asquith gestern abend im Parlament gesagt hat?«

»Nein.«

»Er gab zu, daß der König ihm keine Garantie gegeben habe, im Fall einer Ablehnung des Haushaltsgesetzes Peers zu ernennen.«

»Das bedeutet aber doch . . .«

»Es bedeutet, meine Liebe, daß es eine weitere Wahl geben muß, wahrscheinlich im Sommer. Wir könnten bis mindestens zum Herbst nicht mit seiner Zustimmung heiraten.«

Elizabeth sank niedergeschlagen auf einen Stuhl.

»Oh, Edwin, wir haben schon so lange gewartet.«

Ich trat an ihre Seite. »Ich weiß, ich weiß. Deswegen komme ich heute morgen hierher, um mit dir zu entscheiden, ob wir noch länger warten sollten.«

Sie sah mich an, und aus ihren dunklen Augen sprach eine Bedrängnis, die auch meine Sehnsucht widerspiegelte. »Du weißt, was ich will – ich will dich heiraten. Aber wir können deine Karriere nicht dafür aufgeben.«

»Wir können und wir werden es tun, wenn die beiden Ziele unvereinbar sind.«

»Aber das sind sie nicht – noch nicht.«

»Vielleicht nicht. Aber wie lange können wir noch warten? Ich bin, schon indem ich heute morgen zu dir gekommen bin, ein Risiko eingegangen. Muß ich Risiken eingehen, um dich zu sehen?«

»Das möchte ich nicht, aber laß uns einen Moment nachdenken. Vielleicht stimmt das Oberhaus dem Gesetz zu.«

»Darauf können wir nicht hoffen.«

»Wir wollen das doch wenigstens abwarten und erst dann entscheiden, was wir tun sollen.«

Ich wußte wohl, daß Elizabeth recht hatte, und obwohl ich noch einige Zeit ein wenig Widerstand leistete, folgten wir ihrem Plan. Es war merkwürdig, daß sie es war, die junge Frau, die dem älteren Mann zur Geduld riet, aber ihr Blick für die angemessene Handlungsweise trog sie nicht. Wir beschlossen zu warten, noch ein wenig länger, waren uns jedoch einig, daß wir keinerlei zusätzliche Verzö-

gerung mehr hinnehmen würden. An diesem Tag war ich bereit, den falschen Glanz einer Karriere für die Morgenröte einer gemeinsamen Zukunft mit Elizabeth hinzugeben, aber sie hielt mich davon ab, und später war ich ihr dafür dankbar. Wenn ich heute zurückblicke, dann wünschte ich, ich hätte mich nicht überreden lassen. Damals konnten wir nicht wissen, daß der Weg der Vernunft, den wir gewählt hatten, uns am Ende auseinanderführen sollte.

Innerlich immer noch bebend vor Wut, kehrte ich in mein Amt zurück und zu all den äußeren Zeichen der Ministerwürde, die meinen Absichten und Neigungen nun so schlecht zu Gesicht standen. Es war ein mühsames Unterfangen, wieder auf Ereignisse zu warten, die so gar nicht in meiner Hand lagen, aber ich versuchte es, indem ich meinen Blick auf ferne Erfüllung richtete. Außerdem ergriffen Elizabeth und ich jede Gelegenheit, uns zu sehen, wobei wir dem Zufall nachhalfen, und unsere Briefe waren voll heimlicher Hoffnung.

So verging der März und ein Teil des April. Inzwischen waren die irischen Abgeordneten durch das endgültige Versprechen von Homerule gewonnen worden, und das Kabinett hatte sich auf die Bedingungen der geplanten Parlamentsreform geeinigt. Der ursprüngliche Auslöser der Krise, Lloyd Georges Haushaltsgesetz von 1909, war vom Oberhaus am 28. April ziemlich widerstandslos gebilligt worden, in der Erkenntnis, daß die eigentliche Schlacht erst bevorstand.

Die meisten aus unserer Kabinettsrunde versammelten sich an diesem Abend in der Downing Street Nr. 11, beim Schatzkanzler, um die verzögerte Verabschiedung des Haushalts zu feiern. Die Stimmung war fröhlich, ja ausgelassen, und ich gab mir Mühe, mich der vorherrschenden Laune anzupassen, allerdings mit wenig Erfolg. Asquith war guter Dinge, wenn er auch angestrengt aussah, während Lloyd George und Churchill in der von Alkohol und Zigarren geschwängerten Euphorie einen triumphalen Wahlsieg im Sommer ins Auge faßten, dem ein überwältigender Sieg über die Lords folgen würde. Ich versuchte, mir ihre Zuversicht zu eigen zu machen, und in einem stillen Moment sagte Asquith zu mir: »Die anderen haben recht, Edwin. Bis zum Herbst müßten wir es ge-

schafft haben.« Ich hatte den Willen, ihm zu glauben, und an diesem Abend, in der Gesellschaft dieser fähigen, talentierten Menschen, gelang es mir auch.

Für den nächsten Schicksalsschlag, der mich traf, hätte nicht einmal ich Asquith verantwortlich machen können. Am 6. Mai starb unerwartet König Eduard. Während der zehntägigen Staatstrauer, die nun folgte, stellten wir alle ernüchtert fest, daß seine Zusicherung, einen Peersschub zu erlauben, mit ihm dahingegangen war und für mich damit auch die Aussicht auf eine Vermählung im Herbst. Ich fühlte mich außerstande, eine weitere Verzögerung hinzunehmen, und hielt es auch für ausgeschlossen, von Elizabeth dergleichen zu verlangen. Es war jedoch keineswegs leichter als vorher geworden, eine Lösung für unser Problem zu finden.

Am Tag nach der Beisetzung des Königs, einer umständlichen und feierlichen Prozedur, in der ich meine Rolle zu spielen hatte, fand ich mich, ebenso wie Elizabeth, zufällig vor dem Treibhaus der tropischen Pflanzen in den Kew Gardens ein. Wir schlenderten durch die Reihen exotischer Farnwedel in scheinbar müßigem Gespräch, während wir in Wahrheit in banger Sorge unsere Lage erörterten.

»Es ist eine ernüchternde Erfahrung«, sagte ich, »wenn man feststellt, daß jemand, der scheinbar so mächtig ist wie ich, so sehr von der Gnade anderer Menschen abhängig ist. Jetzt, liebe Elizabeth, müssen wir als des Königs gehorsame Diener auf sein Wort warten.«

»Ich würde lieber auf dein Wort warten, Edwin.«

»Und ich auf deines. Aber der neue König ist eine unbekannte Größe. Wir wissen noch nicht, wo er steht.«

»In welcher Hinsicht?«

»Hinsichtlich der Ernennung neuer Peers. Wenn er zugänglicher ist als sein Vater, gibt er seine Zustimmung vielleicht auch ohne eine neue Wahl.«

»Das wäre wunderbar.«

»In der Tat, denn damit wären unversehens alle Einwände gegen unsere Heirat beseitigt. Das Problem ist nur, daß er durch die Zusagen seines Vaters nicht gebunden ist und auch eine härtere Linie verfolgen könnte. Wir können nur auf sein Wort warten.«

Da war sie wieder, diese Erkenntnis, die uns beiden so unerträglich geworden war, die Erkenntnis, ausharren zu müssen, die uns zermürbt hatte. Aber noch verließen wir das schwülwarme Treibhaus mit dem unbeschwerten Schritt junger Liebender und schlenderten über den Rasen, heimlich Hand in Hand.

Am 27. Mai riskierten wir ein Abendessen im »Baron«, um den Jahrestag unseres ersten Zusammentreffens zu feiern. Merkwürdigerweise erschien dieses ferne Ereignis in einem angenehm unkomplizierten Licht, als wir es mit der Mühsal politischer Verwicklungen verglichen, in die wir inzwischen verstrickt waren. Und immer noch hieß es warten.

In Wirklichkeit dauerte es nicht lange, bis König Georg sein Blatt aufdeckte. Anfang Juni erkundete er mit den Führern der beiden großen Parteien die Möglichkeiten für einen gesetzgeberischen Kompromiß, durch den ein offener Zusammenstoß mit dem Oberhaus vermieden werden könnte. Ich erfuhr das erst in einer Kabinettssitzung am 6. Juni. Aus den Worten des Premiers war ersichtlich, daß der König tatsächlich die Zusage seines Vaters in bezug auf einen Peersschub verworfen hatte. Er wünschte vielmehr eine Lösung ohne Konflikt. Zu diesem Zweck sollten sich die Parteiführer zusammensetzen und eine ehrenhafte Regelung aushandeln. Asquith befürwortete diese Idee wie auch, zu meiner Überraschung, Lloyd George. Ich sah die Befreiung aus den Ungewißheiten meiner privaten Pläne zusammen mit einer Wahl in der Ferne entschwinden und wandte ein, wir sollten uns nicht auf endlose Verhandlungen einlassen; dabei blickte ich hilfesuchend zu Churchill hinüber, der bisher stets wortreich dafür gefochten hatte, das Parlament aufzulösen und die Sache hinter uns zu bringen. Er sagte jedoch nichts, so beredt auch die Blicke waren, die er mit Lloyd George tauschte. Die anderen schlossen sich Asquiths Loyalitätserklärung gegenüber der Krone an, und ich blieb ein einsamer Rufer in der Wüste.

Nichtsdestoweniger forderte Asquith mich nach der Sitzung zusammen mit Lloyd George und dem Marquis von Crewe (dem Vorsitzenden des Oberhauses) zum Bleiben auf. Ich mußte mir daher mit unterdrückter Wut die Schmeicheleien anhören, mit denen der Premierminister meine und ihre jeweilige Eignung für die

Aufgabe begründete, die Liberalen bei der Verfassungskonferenz zu vertreten. Den vier liberalen standen vier konservative Vertreter und jeweils einer von der Labour-Partei und von den irischen Nationalisten gegenüber.

Die erste Sitzung fand am 16. Juni in der Downing Street Nr. 10 statt, eine Gelegenheit, die Kulissen herzurichten: Asquith und Balfour tauschten tönende Phrasen aus, die konservativen Peers ließen furchtbare Drohungen hören, und die Delegierten der Labour-Partei und der irischen Nationalisten taten mit schrillen Worten ihre Anwesenheit kund. Bei einem verabredeten Treffen mit Elizabeth am darauffolgenden Sonntag bestand aller Optimismus, den ich aufbringen konnte, in der Feststellung, daß ich noch ein wenig durchhalten würde, bevor wir die Dinge selbst in die Hand nahmen.

Am 20. Juni trat die Konferenz erneut zusammen. Es kam zu einer langwierigen Erörterung der Vor- und Nachteile gemeinsamer Sitzungen beider Häuser, fünfjähriger Parlamentsperioden und der Befreiung bestimmter Gesetzeskategorien vom Vetorecht, ohne daß es auf irgendeiner Seite in irgendeiner Frage Anzeichen von Bewegung gegeben hätte. Zehn würdevolle Gestalten saßen da am runden Tisch und verbrauchten mehr Luft als Energie, während ich mit jedem ausgetretenen Weg, der ohne Erfolg erkundet wurde, deprimierter und schweigsamer wurde. Eine vehemente Attacke des irischen Delegierten gegen die konservativen Peers bot den Anlaß, die Sitzung am späten Nachmittag zu beenden.

Als habe er ein Erbarmen mit dem Jammer, der beim Weggehen aus meinen Zügen sprach, fing Lloyd George meinen Blick auf und lud mich zu einem privaten Gespräch in seinen Amtssitz ein. Zur Teestunde servierte er Whisky, und wir brachten beide unsere Verzweiflung über den Verlauf der Konferenz zum Ausdruck.

»Sie können sich darauf verlassen«, sagte er, »daß das noch Monate so weitergeht.«

»Ich bin mir nicht sicher, ob ich das durchhalten kann.« Er brauchte nicht zu erfahren, daß meine Unduldsamkeit eigentlich mehr war als jugendliche Ungeduld.

»Das sollten Sie aber, Edwin. Es könnte für Sie etwas dabei herausspringen.«

»Für uns alle, hoffe ich.«

»Natürlich, aber ich wollte sagen, daß wir, Sie und ich, persönliche Vorteile von dem Verfahren zu erwarten haben.« Ich spitzte die Ohren – welche walisische List war das?

»Ich sehe nicht, wieso.«

»Dann denken Sie einmal darüber nach, Edwin, was der Schritt des Königs, als er diese Konferenz zustande brachte, beinhaltete.«

»Er wünscht, einen offenen Konflikt zwischen den beiden Häusern zu vermeiden.«

»Aber wie?«

»Indem er alle Seiten an einen Tisch bringt, damit eine Einigung erzielt wird.«

»Genau. Alle Seiten an einen Tisch – das läuft auf eine Koalition hinaus.«

»Davon ist nie gesprochen worden.«

»Das wird noch kommen, verlassen Sie sich auf mich. Es ist die einzige Möglichkeit. Wie sonst könnten die Tories liberalen Gesetzen zustimmen? Eine Beteiligung an der Regierung müßte sie dafür belohnen.« Was er sagte, hatte einiges für sich, und es erklärte seine plötzliche Bekehrung zum Verhandlungsweg.

»Haben Sie deswegen diese Konferenz unterstützt?«

Einen Augenblick schwankte er. »Jedenfalls habe ich daran gedacht.«

»Aber wo bleibt unser persönlicher Vorteil?« Jetzt war ich dabei, sein eigenes Spiel zu spielen.

»Ist das nicht offenkundig? Unter dem gegenwärtigen Premierminister könnte eine Koalition nicht arbeiten. Die Tories würden das niemals akzeptieren. Nein, es wäre die Gelegenheit für die intelligenten jungen Leute aller Parteien, wenn sie frei von Vorurteilen sind, sich zum Wohl des Landes zusammenzufinden.«

»Und zum Wohl der eigenen Person?«

»Warum nicht? Wer sind wir, daß wir eine goldene Gelegenheit verstreichen lassen, wenn die Geschichte sie uns bietet? Ich habe Balfour deswegen schon ausgehorcht.«

»Sie haben was?«

»Ich habe ein inoffizielles Gespräch mit Balfour geführt, und er

sieht die Sache positiv. Wir würden einige Reformen zugunsten anderer, die nicht Gegenstand des Parteienstreits sind, aufgeben.«

»Wie zum Beispiel?«

»Wie zum Beispiel das Wahlrecht für Frauen – wenigstens für einen Teil der Frauen –, das wir bereits früher erörtert haben. Wie zum Beispiel eine föderale Lösung des irischen Problems. Große Erfolge, mit denen wir uns vielleicht schmücken könnten.«

Ich hatte plötzlich und ungeheißen eine Vision, so wie Lloyd George sie möglicherweise auch gehabt hatte. Es war eine Vision von jenem mitreißenden Redner aus Wales an der Spitze (oder nahe der Spitze) einer Regierung aller Talente, der endlich die Zügel abschüttelt, die Asquith seinem Ehrgeiz angelegt hat, und nun mit magischer Hand Mühlsteine in Meilensteine verwandelt, von Suffragetten, irischen Nationalisten und zahllosen anderen unzufriedenen Gruppen als Held gefeiert, ein Mann, der fähige, hellsichtige Kollegen von der Gerechtigkeit jeder Sache überzeugen kann, deren er sich annimmt. Vor mir stand nicht nur jemand, der eine politische Vormachtstellung anstrebte und dafür meine Unterstützung suchte, sondern jemand voller Machthunger, der in mir einen möglichen Mitverschwörer sah.

»Das stimmt vorn und hinten nicht, L. G. Das Stimmrecht für ein paar Frauen mit Grundbesitz wäre schlimmer als gar keins. Und was Irland mit einer föderalen Verfassung angeht, so können Sie Balfour vielleicht davon überzeugen, aber seine Partei könnte er nie auf diese Seite ziehen. Und wenn Sie Asquith tatsächlich ausbooten würden, dann würden Sie damit Ihre eigene Partei auseinanderbrechen.«

Er beugte sich vor, und seine Augen blitzten unter den buschigen Brauen. »Wäre das schlimm?«

Der Bilderstürmer mit dem gewinnenden Wesen war nun einen Schritt zu weit gegangen. »Zufällig bin ich dieser Meinung«, sagte ich. »Die liberale Partei liegt mir am Herzen, und ich habe nicht den Wunsch, sie an den Klippen einer sinnlosen Koalition scheitern zu sehen.«

»Nicht so sinnlos, Edwin.«

»Der einzige Sinn, soweit ich sehe, liegt darin, Ihre Karriere zu fördern.«

»Und Ihre.«

»Vielleicht. Aber beide sind es nicht wert, ein so falsches Spiel dafür zu spielen.«

Lloyd George schnaubte verächtlich und ging zum Fenster hinüber. »Sie werden nichts erreichen, ohne sich die Hände schmutzig zu machen.«

»Dann ist nichts vielleicht vorzuziehen.«

Er drehte sich zu mir herum. »Sie enttäuschen mich, Sie enttäuschen mich wirklich.«

Ich stand auf. Es gab nur eine Antwort.

»Was das angeht, L. G., auch Sie enttäuschen mich.« Ob ich ihn nun enttäuscht hatte oder nicht, er hatte mich mit Sicherheit falsch eingeschätzt, und sein Ärger galt ebensosehr dem Umstand, daß er sich jemandem gegenüber preisgegeben hatte, der sich ihm nun vielleicht in den Weg stellte, wie der Tatsache, daß es ihm nicht gelungen war, mich zu überzeugen.

Ich machte Anstalten zu gehen, aber an der Tür hielt Lloyd George mich auf. »Warten Sie einen Moment, Edwin«, sagte er mit einem öligen Lächeln. »Wir sollten uns nicht zerstreiten, nur weil wir einen Augenblick müßige Spekulationen angestellt haben.«

»Nicht ganz so müßig, wenn ich das beurteilen kann.«

Jetzt bekam seine Stimme einen drohenden Unterton. »Wenn Sie nicht mit uns sind, sind Sie gegen uns.«

»Lassen Sie mich aus dem Spiel, das ist alles, was Sie zu tun haben.«

Damit ging ich. Es war mir allerdings nicht entgangen, daß Lloyd George in der Mehrzahl gesprochen hatte, und beide wußten wir, daß er mich bereits weiter in die Sache hineingezogen hatte, als ratsam war. Ich nahm meinen Weg durch die Downing Street eher traurig als zornig darüber, daß wir, die verantwortlichen Regierungsmitglieder, uns nun daran machten, die Verfassungskrise, die uns angeblich so nahe ging, eigennützig auszuschlachten. Dennoch mischte sich eine persönliche Trauer in meine Gefühle – die Erkenntnis, daß ich in dem Bemühen, durch mein Verhalten eine Fortsetzung meiner Karriere zu ermöglichen, das aufs Spiel gesetzt hatte, was mir mehr wert war als alles andere: meine Liebe zu Elizabeth. Es war an der Zeit, das fühlte ich, diesem Gefühl den Rang einzuräumen, den es verdiente.

Was würde meine geliebte Elizabeth zu der Sache sagen, was hatte sie zu sagen? Ich fuhr am folgenden Nachmittag ganz offen nach Putney, Mercy und sie tranken gerade Tee im Garten. Mercy suchte sich bald eine Arbeit, indem sie Rosen schnitt, so daß wir ungestört miteinander reden konnten. Nie werde ich vergessen, wie heiter und liebevoll Elizabeth mir in der schwülen Hitze dieses längsten Tages des Jahres 1910 zur Seite stand. Unter dem Sonnenschirm lehnte sie sich in ihrem Stuhl zurück, über dem cremefarbenen Kleid ein goldener Glanz in ihren Augen, und versuchte, mich auf die richtige Entscheidung hinzulenken. Die Gabe, im Unglück gelassen zu bleiben, war Teil ihrer Schönheit.

»Es steht mir kaum zu, dir einen Rat zu geben, Edwin«, sagte sie. »Aber ist es nicht deine Pflicht, Mr. Asquith von den Absichten seines Schatzkanzlers zu unterrichten?«

»Das ist auch meine Meinung. Aber ich möchte nicht Zwietracht säen. Außerdem sprach einiges für das, was Lloyd George gesagt hat.«

»Nur für ihn. Ich bin sicher, daß du darin recht hast.«

»Auch andere können davon profitieren. Vielleicht sogar deine eigene Organisation.«

»Nicht von der jüngsten Gesetzesinitiative des Hauses. Es hat nichts mit Demokratie zu tun, wenn man ein paar besitzenden Frauen mittleren Alters, die konservativ wählen, das Wahlrecht zuspricht.«

»Mit der möglichen Ausnahme von Tante Mercy?«

Elizabeth lächelte. »Zugestanden.«

»Im übrigen hast du recht. Ich habe L. G. das gleiche gesagt. Aber für ihn ist das zur Verhandlungsmasse in seinem Geschäft mit Balfour geworden. Das ist es, was mich so erschreckt – daß all diese Fragen ihm offenbar nur als Mittel zum Zweck wichtig sind, wobei der Zweck ein Premierminister Lloyd George ist.«

»Edwin, ich bin froh, daß es dich erschreckt. Ich fürchte allerdings, daß andere die Dinge nicht so sehen – andere in unserer Organisation, zum Beispiel.«

»Wirklich?«

»O ja. Erinnerst du dich an Julia Lambourne? Du hast sie einmal hier kennengelernt.«

»Ich glaube schon.«

»Sie hat mir nämlich neulich erzählt, daß Christabel Pankhurst diese Initiative insgeheim unterstützt – deswegen ist das ursprünglich für den Wahlkampf verkündete Stillhalteabkommen verlängert worden. Ich vertraue inzwischen mehr auf die Ideen von Sylvia Pankhurst, aber Christabel bestimmt noch immer unseren Kurs. Und was du jetzt sagst, paßt zu dem, was ich vor kurzem gehört habe.«

»Und was ist das?«

»Nach Julias Aussage hat Christabel Hinweise von einem ungenannten Minister erhalten, daß man, falls wir dieses Gesetz als vorläufigen Notbehelf akzeptieren und keine weiteren Schwierigkeiten machen, alle unsere Forderungen zu gegebener Zeit erfüllen wird. Was wäre denn, wenn ...«

»Dieser Minister Lloyd George hieße?«

»Ich bin überzeugt, er ist es.«

»Aber Lloyd George kann solche Versprechungen nicht machen.«

»Er kann es, wenn er vor hat, sie nicht zu halten. Aus dem, was du sagst, geht hervor, daß er ohne weiteres imstande wäre, Christabel zu täuschen, um als derjenige dazustehen, der die Suffragetten zum Stillhalten bewegen kann.«

»Das stimmt. Elizabeth, ich habe beschlossen, was ich zu tun habe. Ich werde den Premierminister aufsuchen und ihm berichten, wie die Dinge in seiner so hochgeschätzten Konferenz laufen. Als Dank für meine Ehrlichkeit soll er sein Versprechen einlösen, unsere Heirat zu billigen.«

»Ich hoffe sehr, du hast Erfolg.«

»Wenn nicht, dann heiraten wir trotzdem und scheren uns nicht um die Folgen – wenn du mich immer noch haben willst.«

Elizabeth erhob sich rasch von ihrem Stuhl und kam zu mir herüber, um mir einen Kuß zu geben. »Natürlich will ich dich noch haben, Edwin. Und hoffentlich du auch mich.«

»O ja, mein Liebling, dessen darfst du dir sicher sein.«

Plötzlich wurde sie ernst und kniete neben mir nieder. »Es gibt vielleicht noch etwas, worum wir uns Sorgen machen müssen.«

»Was könnte das sein?«

»Ich fürchte, daß trotz all unserer Vorsicht ein paar Mitglieder der Organisation über uns Bescheid wissen oder zumindest Vermutungen haben – vielleicht sogar Christabel selbst.«

»Wie kommst du darauf?«

»Nun, Julia ist sehr nett, aber sie redet viel. Ich bin sicher, sie hat einmal verlauten lassen, daß sie dich hier getroffen hat, denn man hat mir in letzter Zeit eine Menge merkwürdiger Fragen gestellt.«

»Fürchte nichts. So oder so werden wir bald nichts mehr zu verbergen haben.« Und gewiß sah es so aus, so gewiß, wie Elizabeth hier auf dem Gras unter den Kirschblüten vor mir kniete und mir ihre Liebe und ihre Kraft gab. Aber wie wenig ahnten wir, daß das Schlimmste, was wir befürchteten, besser war als das, was uns in Wirklichkeit bevorstand.

Am nächsten Morgen rief ich aus dem Amt Asquiths Sekretär an und vereinbarte für fünf Uhr am gleichen Nachmittag ein Gespräch mit dem Premierminister in dessen Büro im Unterhaus. Ich war so rechtzeitig dort, daß ich noch einer friedlichen Debatte des Hauses beiwohnte, ehe ich mit energischen Schritten zu Asquiths Zimmer ging, gerade als Big Ben die Stunde schlug.

Der Premier blickte bei meinem Eintreten müde von seinem Schreibtisch auf, ohne daß sich seine ausdruckslose Miene veränderte. »Was kann ich für Sie tun, Edwin?« Man hätte den Ton als schroff bezeichnen können, wenn er nicht so müde gewesen wäre.

»Es betrifft die Konferenz, Herr Premierminister.«

»Bitte, setzen Sie sich.« Ich befolgte die Aufforderung. »Man kann wohl sagen, sie geht nicht so glatt – oder so schnell –, wie Sie gehofft hatten. Leider läßt sich nichts daran ändern.«

»Sie werden aus meiner Stellungnahme im Kabinett wissen, daß ich nicht an diese Konferenz als Lösung unserer Probleme glaube.«

»Ich weiß auch, warum das für Ihre besonderen Wünsche einen Rückschlag bedeutet, Edwin. Aber diese Wünsche können für das, was die Regierung für das Beste hält, keine Rolle spielen.«

»Das akzeptiere ich natürlich, obwohl Sie mehr als einmal das

Gegenteil andeuteten.« Ich hatte nicht den Eindruck erwecken wollen, ich wollte mich beschweren, und bedauerte sofort meinen Ton, aber Asquith schien ihn kaum wahrzunehmen und starrte auf einen Punkt in unbestimmter Entfernung.

»Wenn Sie deswegen gekommen sind«, sagte er schließlich aus seiner Mattigkeit heraus, »dann habe ich Ihnen nichts zu bieten.«

»Deswegen bin ich nicht gekommen, reden wir also nicht mehr davon. Was mich veranlaßt hat, heute nachmittag zu Ihnen zu kommen, ist der Stand der Konferenz, deren Sinn ich so in Zweifel gezogen hatte, die ich aber nach besten Kräften versuche voranzubringen.«

»Wie wir alle.«

»Das glaube ich nicht. Ich bin mir vor kurzem der Tatsache bewußt geworden, daß ein Mitglied unserer Delegation möglicherweise unter dem Deckmantel von Verhandlungen mit den Konservativen Spaltungsabsichten verfolgt.«

Wieder zeigte Asquith keine erkennbare Reaktion. »Wollen Sie das bitte ausführlicher erklären.«

»Es sind geheime Unterhandlungen begonnen worden, die darauf abzielen, die gegenwärtige Regierung durch eine Koalition abzulösen, in der die an den Verhandlungen Beteiligten entsprechende Gegenleistungen erhalten und aus der andere – zu denen auch Sie gehören – ausgeschlossen würden.«

»Und Sie beschuldigen ein Mitglied unserer Delegation dieser geheimen Verhandlungen?«

»So ist es.«

»Und wer wäre das, bitte?«

»Der Schatzkanzler.«

»So.« Darauf nur Schweigen.

»Nach der Sitzung am Montag fragte L. G. mich, ob ich an einem solchen Vorschlag Interesse hätte, ob ich mit ihm zusammenarbeiten würde, um mit Balfour die Bedingungen auszuhandeln und sie gegen Sie durchzusetzen, wenn der Zeitpunkt gekommen sei.«

»Welche Antwort haben Sie gegeben?«

»Ich habe abgelehnt. Deswegen berichte ich Ihnen das jetzt, so wie ich es für meine Pflicht hielt.«

»So danke ich Ihnen.«

»Ich glaubte, Sie wünschten vielleicht ...«

»Bitte bemühen Sie sich nicht fortzufahren. Ich glaube, Sie haben genug gesagt.«

»Aber was werden Sie unternehmen?«

»Nichts.« Seine Regungslosigkeit unterstrich diese Antwort.

»Herr Premierminister, ich glaube, ich verstehe das nicht.«

»Nun gut, ich werde Ihnen etwas darlegen, was ich Ihnen zu ersparen hoffte.« Er sammelte erkennbar seine Kräfte. »Was Sie sagen, mag stimmen oder nicht stimmen. Ich halte es für durchaus glaubwürdig, daß Lloyd George solche Schritte unternimmt – ich kenne ihn seit langem als einen völlig skrupellosen Menschen. Aber gegen diese Möglichkeit muß ich die bekannte Tatsache abwägen, daß Sie etwas gegen die Konferenz haben. Ich habe Sie in unsere Delegation wider besseres Wissen mit aufgenommen, weil ich glaubte, Sie als Innenminister hätten ein Anrecht darauf, an Gesprächen über die Parlamentsreform teilzunehmen. Gleichzeitig aber weiß ich, daß unser Verfahren Sie aus persönlichen Gründen enttäuscht, Sie mithin ein Interesse daran haben könnten, meinen Glauben an die Konferenz zu unterminieren und mich dazu zu bringen, in panischer Sorge Neuwahlen auszuschreiben und damit den Hintertreppenintrigen zuvorzukommen, von denen Sie Nachricht bringen. Sie gehen zweifellos davon aus, nach einer Wahl in der sicheren Annahme heiraten zu können, daß jeder damit verbundene Skandal vergessen wäre, ehe Sie sich Ihren Wählern wieder stellen müßten.«

Mein onkelhafter Premierminister war zu weit gegangen. »Denken Sie, was Sie für richtig halten, Herr Premierminister. In meinen Augen ist meine geplante Eheschließung mit Miss Latimer in keiner Weise mit einem Skandal verbunden. Sie haben ursprünglich Ihre eigene schwierige Lage als Einwand genannt. Es ist wahr, daß ich die Konferenz für Zeitverschwendung halte, aber sie bekommt inzwischen bedrohliche Untertöne, und wenn Sie die Gefahr, die dadurch für Ihre eigene Position entstehen könnte, zu ignorieren wünschen, dann ist das Ihr gutes Recht. Ich würde Ihnen raten, die Drohung ernster zu nehmen. Was mich persönlich angeht, so sind Sie im

Irrtum, wenn Sie mir unehrenhafte Motive anlasten. Ich habe mich stets bemüht, in dieser Angelegenheit untadelig zu handeln, während andere auf Zeit gespielt und sich verstellt haben. Sie räumen Zweifel an der Ehrenhaftigkeit einiger Ihrer Kollegen ein. Ich bin der Meinung, daß diese Zweifel jetzt die Ausübung der Regierungsgeschäfte behindern. Ich werde daher meine Rolle in dieser Regierung einer Prüfung unterziehen müssen.«

Ich stand auf, um zu gehen, aber Asquith erhob die Hand in einer Geste, die versöhnlicher war als das, was er bisher gesagt hatte. »Warten Sie einen Augenblick, Edwin. Ich habe vielleicht übereilt gesprochen und beabsichtige nicht, Ihre Ehre in Zweifel zu ziehen. Ich gestehe, daß es seit der Wahl soviel Doppelspiel gegeben hat, daß ich manchmal schon denen mißtraue, die Vertrauen verdienen. Ich hoffe, Sie werden einsehen, warum ich es mir nicht leisten kann, auf der Grundlage Ihrer Mitteilung zu handeln. Was nun Ihr Amt betrifft, so bitte ich Sie dringend zu bleiben. Ihre Begabungen werden gebraucht, Ihre Offenheit kaum weniger. Ich fürchte, daß es unter den gegenwärtigen Umständen keinen Anreiz gibt, den ich bieten könnte oder wollte. Bleiben Sie, wenn Sie wollen, gehen Sie, wenn Sie es für notwendig halten. Aber stellen Sie keine Bedingungen für Ihr Bleiben, die ich nicht erfüllen kann.«

»Ich danke Ihnen für diese Worte.« Ich erhob mich zum zweiten Mal. »Sagen wir vorerst nichts mehr. Ich werde mir überlegen, was am besten zu tun ist.«

Auch Asquith stand auf. »Überlegen Sie es sich gut, Edwin. Aber denken Sie daran – wir brauchen Leute wie Sie.«

»Ich werde daran denken.«

Ich schüttelte ihm spontan die Hand und ging dann rasch. Ich nahm zur Kenntnis, daß er sich ein paar anständige Gefühle abgerungen hatte, aber es kostete ihn offenbar mehr Anstrengung als in früherer Zeit. Er war, soweit seine Fähigkeiten reichten, ein guter Mann, aber in meinen Augen unter der Last seiner Verantwortung zusammengesunken wie ein ehrwürdiger Advokat, den all die fragwürdigen Argumente schrumpfen lassen, mit denen er Dinge vertreten hat, an die er selbst nicht recht glaubt. Er hatte mich nie belogen, sondern Tatsachen nur in falschem Licht erscheinen lassen, nie

Versprechungen gemacht, nur Hoffnungen geäußert, nie agiert, nur reagiert.

Ich nahm meinen Weg zur Uferstraße und wanderte Mutter Themse entlang Richtung Westen; ich brauchte ihre frische Brise, um meinen Kopf wieder frei zu machen. Ich war nicht empört über Asquiths Entschlußlosigkeit, sondern traurig, daß er die Dinge so wenig erfaßte. Mein Zorn richtete sich nur gegen mich selbst, weil ich ihm erlaubt hatte, mich mit frommen Hoffnungen zu täuschen, weil ich geglaubt hatte, sein Zaudern werde einmal ein Ende haben. Jetzt wußte ich, daß es kein Ende geben würde, daß Elizabeth und ich uns seiner Neigung fügten, Entscheidungen endlos aufzuschieben. Er mochte meinen Informationen über Lloyd George geglaubt haben, doch ich wußte nun, daß er deswegen nichts unternehmen würde; das hatte er selbst zugegeben. Er würde es vorziehen, das Problem – wie jedes andere auch – bis zu dem Augenblick zu ignorieren, in dem andere als er eine Krise gewaltsam herbeiführten. Elizabeth und ich hatten es nicht in der Hand, eine Krise zu erzwingen, so daß uns nur ein Ausweg blieb.

An der Battersea-Brücke ließ ich den Fluß rechts liegen und wandte mich heimwärts. Ich wußte, daß ich dort einsam entscheiden mußte, was als nächstes zu tun war. Die Prideaux waren nach Devon gefahren, um in Bideford, wie jedes Jahr, zwei Wochen mit der Familie ihrer Tochter zu verbringen. Niemand also hatte die Gestalt einlassen können, die ich vor meiner Haustür stehen sah, als ich die Straße entlangging. Beim Näherkommen tat mein Herz einen Sprung, als ich erkannte, daß es meine geliebte Elizabeth war. Sie war in nüchternes Grau gekleidet, wie damals, als sie gekommen war und einen Ziegelstein in ihrer Tasche verborgen hielt, mit demselben ängstlichen Blick, den sie auch an jenem Tag nach allen Seiten warf. Aber als sie mich kommen sah, lächelte sie und winkte mir behandschuht zu. In der Tür trat ich neben sie und stahl mir einen Kuß. »Sie sind dreist, Mr. Strafford«, sagte sie und lachte. »Mich hier auf der Straße zu küssen!«

»Darf ich meine Verlobte nicht so begrüßen?«

»Natürlich. Es war nur ...«

»Wir haben uns bemüht, unsere Zuneigung nach außen nicht

allzu deutlich zu zeigen. Ich hoffe aber, daß so viel Umsicht jetzt ein Ende haben wird. Komm herein, und ich erkläre es dir.«

Ich führte sie in das Wohnzimmer, nahm ihr den Mantel ab und erklärte, während ich ihn draußen aufhängte, warum die Prideaux nicht da waren. Sie erklärte ihrerseits, was sie zu meinem Haus geführt hatte, obwohl ich für dieses glückliche Ereignis gar keine Begründung gesucht hatte.

»Ich bin heute nachmittag in der ungewissen Hoffnung, dich zu Hause anzutreffen, von Putney zu Fuß hierhergegangen. Ich war mir nicht sicher, ob ich dir gestern einen guten Rat gegeben hatte.«

»Daran brauchst du nicht zu zweifeln«, sagte ich, indem ich wieder ins Zimmer trat. »Wir haben unsere Pflicht vorbildlich erfüllt. Ich wünschte, andere hätten das auch getan.«

»Zum Beispiel der Premierminister?«

»Er zum Beispiel, in der Tat.« Ich führte sie zum Sofa und setzte mich neben sie. »Ich komme gerade von ihm.«

»Was ist geschehen?«

»Ich habe ihn von Lloyd Georges Angebot unterrichtet und gesagt, daß nach meiner Meinung die Konferenz durch seine Aktivitäten in Frage gestellt würde.«

»Was hat er geantwortet?«

»Er sagte, er könne auf diese Information hin nichts unternehmen, selbst wenn er sie für zutreffend hielte, was er eher für unwahrscheinlich halte, weil er glaube, daß ich persönlich daran interessiert sei, die Konferenz scheitern zu lassen. Als ich ihn deswegen zur Rede stellte, machte er einen Rückzieher, der aber nicht so überzeugend war, daß er ein nochmaliges Überdenken meines nächsten Schrittes rechtfertigen könnte.«

»Worin besteht er?«

»Zurückzutreten ... und dich sobald wie möglich zu heiraten.«

In Elizabeths Gesicht strahlte ein Lächeln auf, bis sie ebenso rasch den Blick senkte. »Oh, Edwin, ich weiß nicht, soll ich lachen oder weinen. Alles, was ich will, ist, dich zu heiraten, aber nicht auf Kosten deiner Karriere.«

Ich nahm ihre Hand. »Elizabeth, meine Karriere ist so viel nicht wert, besonders nicht in dieser Regierung, die nicht mehr ohne

Makel ist. Wir haben ohnehin schon zu lange gewartet und sollten nicht noch länger warten.«

»Aber ...«

»Kein Aber, bitte, Liebling. Am Michaelitag im letzten Jahr haben wir uns unsere Liebe versprochen, und dieses Versprechen sollten wir nun einlösen. Ich hätte nie von dir verlangen dürfen, in dieser Farce der letzten Monate mitzuspielen. Und du darfst sicher sein: Eine Farce war es. Der Tag, von dem Asquith so lange gesprochen hat, an dem er willens wäre, die Verlegenheit hinzunehmen, die ihm unsere Verbindung bereiten würde, er wird nie kommen. Immer wird er einen einleuchtenden Grund finden, ihn zu verschieben. Ich will ihm die Mühe ersparen. Er soll sich ohne Hilfe mit Lloyd George auseinandersetzen. Lloyd George soll seine schmutzigen Machenschaften ohne Hilfe oder Widerstand von meiner Seite treiben. Ich werde sie alle sich selbst überlassen und mich ganz der Aufgabe widmen, dich glücklich zu machen.«

»Bist du dir gewiß?«

»So gewiß, wie meine Liebe zu dir ist.« Ich zog sie an mich und küßte sie. »Heirate mich, Elizabeth.«

»Ja, Edwin, ja.«

»Je eher nun, desto besser. Morgen trete ich zurück und beantrage die Dispens vom Aufgebot.«

»Wenn du ein hohes Amt opfern mußt, dann will ich das bißchen politische Karriere aufgeben, die ich vor mir hätte. Ich trete aus der Frauenunion aus und breche alle Verbindungen mit der Suffragettenbewegung ab.«

»Das verlange ich nicht von dir.«

»So wie ich nichts von dir verlange, Edwin, als deine Liebe und deine Hand. Aber erlaube mir dieses kleine Opfer neben deinem viel größeren.«

»Nun gut.«

»Was wirst du ohne die Politik tun?«

»Ich werde noch eine Weile Abgeordneter bleiben und meine Möglichkeiten erwägen. Wirtschaft, Journalismus – wer weiß? Es soll alles ein großes Abenteuer werden, angefangen bei unserer Hochzeit.«

Ich schenkte beiden ein Glas Sherry ein, das Beste, was im Hause war, um diesen Augenblick zu zelebrieren, und wir erhoben das Glas auf unser nun gesichertes gegenseitiges Glück. Jeder von uns beiden steckte nun den anderen in plötzlicher Erleichterung mit seiner erregten Fröhlichkeit an. Die Gewißheit, daß alles Warten ein Ende hatte, bedeutete auch die Gewißheit, daß jetzt eine bessere, schönere Zeit für uns beide anbrach. Wir standen am Fenster, Arm in Arm, und blickten auf die wenigen Passanten, die, unseres Glücks nicht gewahr, draußen vorbeigingen; dann wandten wir uns einander zu.

»Keiner dieser Menschen dort wird sagen können, unser Handeln sei unserer Stellung im Leben nicht angemessen, weil wir diese Stellung für weit glücklichere aufgegeben haben.«

»Wie es sich für einen guten Politiker gehört, Edwin, hast du mich überzeugt.«

»Aber anders als bei vielen Politikern, Elizabeth, kannst du diesem glauben.«

Wir stießen an und tranken noch einmal aus unseren Gläsern, während ein Strahl der Sommersonne durch die erneuerte Fensterscheibe leuchtete; dann küßten wir uns und gingen zum Sofa zurück.

»Ein Glas Sherry in einem Haus ohne Diener, das ist keine Art, unseren Entschluß zu feiern«, sagte ich. »Miss Latimer, wären Sie vielleicht frei für ein Abendessen?«

»Mit meinem zukünftigen Gemahl immer, auch wenn ich kaum passend gekleidet bin.«

»Wenn ich eine Konferenz aufgeben kann, können Sie dann nicht einen Abend lang die Konventionen vergessen?«

Und natürlich konnte sie. Wir bestellten eine Droschke und begaben uns unverzüglich zum »Baron« für ein Abendessen, das wir an unserem inzwischen gewohnten Tisch einnahmen. Auch wenn Elizabeths Garderobe weniger aufwendig als sonst bei solcher Gelegenheit war, so war sie ohne Zweifel strahlender als üblich und blickte mir unverwandt in die Augen, während wir aßen und tranken und mit geradezu fieberhafter Erleichterung unser nun für immer gemeinsames Leben besprachen. Endlich einmal und, wie es schien, auch endgültig vergaßen wir die liberale Partei und die Suffraget-

tenbewegung, um nur an uns selbst zu denken. Die Monate banger Sorge und Spannung waren vorbei, und nun erwachten all unsere Gefühle füreinander, die wir so lange unterdrückt hatten. Die schöne junge Frau, die bald meine Gemahlin werden sollte, empfand wie ich ein tiefes Glücksgefühl, das aus so vollem Herzen kam, wie ich nur wünschen konnte.

Gegen zehn verließen wir den »Baron«, und ich rief eine Droschke, um sie nach Putney zu bringen.

»Es ist irgendwie schade«, sagte ich, als der Wagen anhielt, »daß wir so getrennt voneinander wohnen.«

»Ich habe das Gefühl, es ist nicht mehr so«, sagte Elizabeth.

»Ich auch. Magst du vielleicht in einer so lauen Nacht zu Fuß mit mir dorthin gehen, wo bald dein und mein Zuhause sein wird? Ich könnte dich dann in meinem Wagen zurück nach Putney fahren.« Es widerstrebte mir in diesem Augenblick nur, daß wir uns so früh trennen mußten, und Elizabeth dachte wohl ähnlich. So gingen wir denn Arm in Arm, langsam und glücklich, durch ruhige Wohnstraßen zurück zur Mallard Street. Als die Nachtluft kühler wurde, legte ich den Arm um Elizabeths Schulter, wobei mir mit einem kleinen, aber angenehmen Schauer klar wurde, daß wir eine so intime Nähe bis jetzt sorgfältig vermieden hatten. Während wir so dahingingen, ließ sich meine wunderschöne zukünftige Braut die liebende Umarmung gern gefallen, und als wir an meiner Haustür angekommen waren, schien es nicht eigentlich unerträglich, sondern vielmehr wunderbar überflüssig, uns für die Nacht zu trennen.

Wir traten ins Wohnzimmer, und ich schenkte uns ein Glas ein.

»Danke für den glücklichsten Abend meines Lebens«, sagte Elizabeth.

»Ich danke dir«, gab ich zur Antwort. »Denk nur: Es ist der erste von vielen folgenden. In einem gewissen Sinn beginnt heute abend unsere Ehe.«

»Ich habe das gleiche Gefühl, Edwin.« Ich war mir nicht ganz sicher, wie weit ich nur bildhaft gesprochen hatte, und Elizabeths Antwort ließ nicht darauf schließen, daß sie sich in diesem Punkt klarer war. Ich ging zu ihr hinüber, um ihr das Glas zu reichen, setzte es aber ab und nahm sie statt dessen in die Arme.

»Elizabeth, bleib bei mir.«

»Auf immer, Edwin.«

»Und heute nacht?«

Sie hielt kurz inne, um mich anzuschauen, dann sprach sie. »Ich gehöre dir.«

Ich hob sie hoch und trug sie in meinen Armen zum Schlafzimmer hinauf; die Dinge nahmen dabei ihren Lauf, als sei alles das Natürlichste auf der Welt, und nun, nachdem wir im Geiste eins geworden waren, vollzogen wir auch die körperliche Vereinigung. Zum ersten Mal gehörten wir uns gegenseitig im ganzen Sinn des Wortes, nicht ahnend, daß dies kein strahlendes Beginnen unseres gemeinsamen Lebens war als vielmehr das bittere Ende.

So erwachte ich, als die ersten Strahlen der Morgensonne ihren Weg ins Zimmer fanden, Seite an Seite mit der noch schlafenden Elizabeth und sah in diesem Tag nur glänzende Verheißung. Ich stahl mich aus dem Bett und machte uns Tee. Als ich zurückkam, hatte Elizabeth einen Morgenmantel von mir angezogen und sich im Bett aufgesetzt, verschämt und verwirrt, aber nicht unglücklich. Ich setzte mich mit dem Tablett zu ihr.

»Ohne die Prideaux müssen wir selbst sehen, daß wir zurecht kommen«, sagte ich. »Macht es dir etwas, einen von mir gebrauten Tee zu probieren?«

»Es ist nur gut, daß die Prideaux nicht da sind, Edwin. Sie wären schockiert.«

»Ohne Zweifel, aber es gibt dazu keinen Anlaß, Liebste. All das liegt hinter uns. Ehe die Prideaux zurück sind, werden wir den Tag festgelegt haben, an dem du Mrs. Strafford wirst. Außer im formalen Sinn bist du es schon.«

Elizabeth nahm meinen Arm. »Es soll bald sein.«

»Das wird es, hab keine Angst.«

Jetzt konnte ich sie dazu bewegen, von meinem Tee zu probieren, aber bevor sie die erste Tasse getrunken hatte, begann sie Mercys wegen unruhig zu werden, die sich gewiß Sorgen über ihren Verbleib machte. Sie war zwar durchaus nicht eine gestrenge alte Dame, würde aber doch in Aufregung geraten, so daß wir uns beeilten, was außerdem dazu beitrug, unsere Verlegenheit etwas zu verbergen.

Ich ließ Elizabeth, die sich ankleidete, allein und machte mir im Erdgeschoß zu tun.

Es war bald Zeit zu gehen, und nur Elizabeths sprechender Gesichtsausdruck ließ erkennen, daß diese junge Frau in Grau eine andere war als jene, die am Tag zuvor an meine Tür gekommen war.

»Ich rufe eine Droschke, die dich nach Putney bringt«, sagte ich. »Ich gehe jetzt zum Innenministerium und ...«

»Wann sehe ich dich wieder?«

»Ehe der Tag um ist. Um elf Uhr ist eine Kabinettssitzung, dort werde ich Asquith meine Rücktrittserklärung übergeben. Danach komme ich direkt nach Putney und nehme dich dann wegen der Dispens vom Aufgebot mit zum Gericht.«

»Komm so schnell du kannst. Es wird mir in jedem Fall wie eine Ewigkeit erscheinen.«

»Hast du Angst wegen Mercy?«

»Nur weil sie sich Sorgen machen wird. Sie wird sich beruhigen, wenn ich wieder da bin.«

»Dann sollten wir uns so rasch wie möglich darum kümmern.«

Wir verließen das Haus und winkten eine Droschke herbei. Elizabeth zögerte an der Tür, als der Wagen vorfuhr.

»Zieht es dich nicht nach Putney?«

»Natürlich, aber diese Trennung jetzt erscheint mir irgendwie falsch.«

»Ich verspreche dir, sie ist kurz, aber notwendig, damit ich in der Downing Street die Rücktrittsformalitäten hinter mich bringe und du die Nerven deiner Tante beruhigst. Es dauert nur ein paar Stunden, bis wir wieder vereint sind.«

»Ja. Entschuldige, daß ich so kindisch bin.«

»Du bist nie kindisch, Elizabeth, nur liebenswert. Geh jetzt und denk daran, ich werde dich immer lieben.«

Wir küßten uns, so innig, wie das in der Gegenwart eines Droschkenfahrers möglich war, dann stieg Elizabeth ein, und ich winkte ihr nach. »Erwarte mich heute nachmittag«, rief ich.

Ihr »Ja« kam schwach zurück, ein Jawort, das ich bald in einer feierlicheren Umgebung wieder zu hören erwartete – aber nie mehr hören würde.

Ich trat wieder ins Haus zurück, um die in meinem Besitz befindlichen amtlichen Papiere zusammenzupacken, und machte mich dann auf den Weg ins Innenministerium. Dort war Meres, zuverlässig wie immer, nicht ahnend, daß meine einzige Aufgabe an diesem Morgen darin bestand, einen Brief zu schreiben. Das war rasch erledigt – eine schmucklose Mitteilung in einem Satz, daß ich mit sofortiger Wirkung mein Amt niederlegte. Ich drückte das Siegel auf den Umschlag und besiegelte so auch mein Schicksal; dann ging ich mit festen Schritten zur Downing Street Nr. 10, um dort mit meinen Ministerkollegen zusammenzutreffen.

Die Kabinettssitzung war wenig bemerkenswert. Ich meldete mich nicht zu Wort, nicht einmal, als die Vorlage über die Gewährung des Wahlrechts an Frauen mit Grundbesitz zur Diskussion anstand. Es überraschte mich nicht, daß Lloyd George eine zweite Lesung befürwortete, auch nicht, daß Asquith kommentarlos zustimmte. Ich gab der Form halber ein letztes Mal meine Stimme ab, befand mich aber am Ende in der Minderheit.

»Ich wäre Ihnen zu Dank verbunden, Herr Premierminister, wenn Sie möglichst bald Gelegenheit fänden, das hier zu lesen«, sagte ich.

»Selbstverständlich, Edwin, selbstverständlich«, murmelte Asquith, aber er war ganz auf das Gespräch konzentriert, das er gerade mit dem Außenminister führte. Ich zog mich unauffällig zurück, zufrieden, ohne viel Aufhebens gehen zu können.

Ich aß im Unterhaus zu Mittag, schlenderte dann zur Themse hinunter und beschloß, weil der Nachmittag gar so schön war, flußaufwärts bis nach Putney zu Fuß zu gehen.

Gegen vier Uhr stand ich vor Mercys schmuckem Haus und klopfte in der Erwartung an die Tür, daß mir entweder Elizabeth selbst oder das Dienstmädchen öffnen würde. Statt dessen erschien ein Fremder – ein stämmig gebauter junger Mann mit mürrischem Gesichtsausdruck.

»Was kann ich für Sie tun?« sagte er, ohne den geringsten Anschein zu erwecken, er habe dergleichen im Sinn.

»Ich glaube nicht, Sie zu kennen, mein Herr, aber mein Name ist Strafford, und ich komme in der Absicht, die junge Dame des Hauses zu sprechen.«

»Miss Latimer ist nicht zu Hause.«

»Wirklich? Dann die ältere Miss Latimer?«

»Ist da, wünscht aber, nicht gestört zu werden.«

»Und wer, bitte, sind Sie?«

»Ein Freund der Familie.«

»Offenbar noch nicht lange, denn ich habe Sie noch nie im Hause gesehen. Wenn Sie bitte zur Seite treten wollen.«

Sein Ton hatte mich gereizt, aber eigentlich war es der unerwartet kühle Empfang an einer Tür, die mir sonst so bereitwillig geöffnet wurde, der mich beinahe die Geduld verlieren ließ. Der Mann gab den Weg nicht frei, und ich hätte mir den Zugang zum Haus wohl erzwingen müssen, wenn Mercy nicht in der Eingangshalle erschienen wäre, unübersehbar außer Fassung, und ihn aufgefordert hätte, mich einzulassen.

»Was geht hier vor, Mercy?«

Mercys gewohntes Lächeln war verschwunden. Sie sprach in einem Ton, in dem sie noch nie zuvor gesprochen hatte. »Wie können Sie es wagen, hierherzukommen? Haben Sie nicht schon genug angerichtet?«

»Wovon reden Sie?«

»Das wissen Sie sehr gut. Wenn mein Bruder noch lebte, wüßte er, wie man mit Menschen wie Ihnen umgeht. Ich kann Ihnen nur mitteilen, daß Ihnen die Gastfreundschaft dieses Hauses, die Sie so schändlich mißbraucht haben, auf immer versagt bleiben wird.«

Wer da sprach, das war nicht die gute alte Tante Mercy. Ich hatte an der falschen Tür geklopft, war über eine Türschwelle in einen Alptraum geraten, in dem ich nichts zu suchen hatte. Es gab nur einen Ausweg.

»Wo ist Elizabeth?«

»Sie ist oben, mit Julia, außer sich vor Verzweiflung, und Sie können sich wohl denken, in welchem Zustand sie sein muß, nachdem Sie in Ihrem wahren Licht erschienen sind.«

»In welchem Licht? Was bedeutet das alles?«

»Es bedeutet, daß ein Mann, den ich schätzte, den meine Nichte liebte, nun als der Mann dasteht, der er in Wahrheit ist: ein Betrüger und ein Schurke.«

Der Mann an der Tür war von hinten an mich herangetreten. »Soll ich ihn hinauswerfen, Miss Latimer?«

»Ich glaube, das wäre das Beste ... es sei denn, er ginge aus freien Stücken.«

»Mercy, das ist Wahnsinn. Ich gehe nicht, ohne Elizabeth gesehen zu haben. Hat sie Ihnen ihre Absichten mitgeteilt?«

»Ihre Absichten – ihre Hoffnungen – sind zertrümmert. Die Ihren sind unsäglich. Können Sie sich damit nicht zufriedengeben?«

Der junge Mann legte mir eine Hand auf die Schulter. Ich appellierte ein letztes Mal an die Vernunft, an meine eigene so sehr wie an die der Menschen um mich herum.

»Zügeln Sie diesen Rüpel, bevor ich handgreiflich werde. Ich verlange, meine Verlobte zu sehen.«

Der Mann packte mich am Kragen. Das war zuviel. Ich schüttelte ihn ab, drehte mich auf dem Absatz herum und schlug zu, mit der ganzen Wucht der Verwirrung und des Zorns. Meine Faust traf ihn am Kinn und ließ ihn rückwärts gegen einen Wandspiegel der Halle taumeln. Sie stürzten gemeinsam zu Boden. Mercy schrie. Meine Gewalttätigkeit hatte den Alptraum noch schlimmer gemacht.

»Schluß jetzt!«

Das war Elizabeths Stimme. Sie sprach vom oberen Treppenabsatz. Ich blickte zu ihr hinauf und erwartete, meine geliebte Elizabeth in all ihrer strahlenden Ruhe zu sehen, auch jetzt noch in der Hoffnung, sie werde die Welt, die für mich auf dem Kopf stand, nun wieder auf die Füße stellen. Das graue Kleid hatte sie noch an, aber alles andere war verwandelt. Ihr Gesicht war eine Maske, von Tränen gezeichnet und verschwollen. Sie bebte und schluchzte selbst beim Sprechen.

»Edwin, du hast mich zugrunde gerichtet – du hast uns zugrunde gerichtet. Warum mußt du noch herkommen und das Messer in der Wunde umdrehen?«

Ich lief zum Fuß der Treppe und sah sie flehend an. »Was für eine Wunde, Elizabeth? Um Gottes willen, nenne mir mein Verbrechen.«

Sie suchte Halt am Geländer. »Das ist zuviel verlangt, daß ich den Abgrund deiner Falschheit in Worte fassen soll. Du treibst sie nun auf die Spitze, wenn du dich unwissend stellst.«

Eine junge Dame trat neben sie, in der ich von unserem früheren Zusammentreffen Julia Lambourne erkannte. Als sie die hinter mir am Boden ausgestreckte Gestalt sah und daß der Mann sich eine geplatzte Lippe hielt, stieß sie einen Schrei aus und stürzte an mir vorbei, um sich seiner anzunehmen. Ich heftete immer noch meinen Blick auf Elizabeth, suchte in ihren Augen nach dem Vertrauen, das ich auf irgendeine Weise verspielt hatte.

»Elizabeth, ich will es noch einmal sagen. Bedenke, was wir einander bedeutet haben, und glaube mir: Ich weiß nicht, wessen man mich für schuldig hält. Ich habe zu dir und zu meinem Wort gestanden, in allem, was uns beide betrifft. An diesem heutigen Tag bin ich um deinetwillen zurückgetreten. Was ist geschehen?«

»Ich weiß, was du mir bedeutet hast und was ich glaubte, dir zu bedeuten. Aber es war Lüge, Hohn. Du kannst der Wahrheit nicht entkommen, Edwin. Sie hat dich gefunden, aber zu spät, um mich zu retten. Wenn meine Bitten dich überhaupt rühren können, dann erfülle mir diese eine: Geh jetzt, und versuche nie, mich wiederzusehen. Eines Tages werde ich vielleicht vergessen, vielleicht sogar vergeben können, aber nur, wenn ich nie wieder deine Stimme hören oder dein Gesicht sehen muß – die mir einst so teuer waren.«

»Elizabeth, heute morgen hast du mir versprochen, mich zu heiraten.«

Elizabeth schrie auf, schlug eine Hand vor das Gesicht, machte auf dem Treppenabsatz kehrt und entschwand meinen Blicken.

»Mr. Strafford, bitte gehen Sie.« Mit versagender Stimme hatte Mercy mich von rückwärts angesprochen.

Ich wandte mich ihnen zu, Julia, die nun den Mann stützte, der mich anfunkelte, und Mercy, die zitternd neben ihr stand. Julia sprach.

»Mr. Strafford, Sie sind meinem Bruder gegenüber tätlich geworden und haben dem Leid, das Sie Elizabeth bereits angetan haben, weiteres hinzugefügt. Wir wären alle froh, wenn Sie jetzt gingen.«

Ich stand in der Eingangshalle, wie gelähmt zwischen dieser Wand anklagender Gesichter und dem Gefühl von erlittenem Schmerz und Unrecht, das die Worte bei mir hinterlassen hatten, die Elizabeth mir entgegengeschleudert hatte. Es verschlug mir die

Sprache, ein Alptraum umfing mich, die Wirklichkeit, die Gewißheit der vergangenen Nacht, des vergangenen Jahres wich vor meinen tastenden Händen zurück. Mit jedem Leugnen wurde mir noch größere Schuld angerechnet, mit jedem verzweifelten Befreiungsschlag versank ich tiefer im Bodenlosen. Die starre Gruppe von Menschen vor mir war so still geworden, daß ich dieser ganzen stummen Ungerechtigkeit ins Gesicht hätte schreien mögen. Statt dessen ging ich zwischen Julia und ihrem Bruder, die mir Platz machten, wortlos zur Tür, öffnete sie und verließ das Haus.

Noch ehe ich hundert Schritte getan hatte, übermannte mich ein Gefühl von Hoffnungslosigkeit und Verlust. Ein kurzes Stück vor mir lag die Kirche, in der ich Elizabeth in wenigen Tagen zu heiraten gehofft hatte. Den Gedanken, in ein Gebäude einzutreten, das mit solchen Vorstellungen verbunden war, ertrug ich nicht; so setzte ich mich auf eine Bank zwischen den Gräbern und weinte. Kurze Zeit später ging eine Dame an mir vorbei, die Blumen an ein Grab brachte. Dadurch gewann ich meine Fassung teilweise zurück, stand auf und irrte in östlicher Richtung durch Straßen, die ich nicht kannte, ohne irgendein bestimmtes Ziel; mich verlangte nur nach Bewegung, als ob ich auf dem Weg, den ich mir zwischen fremden Menschen bahnte, durch meine Tritte auf das Pflaster den Schock meiner Abweisung zertreten könnte.

In Wandsworth kam ich an einer Schenke vorbei, die soeben für den Abend ihre Türen öffnete. Ich beendete meinen grimmigen Gang und ging in der Hoffnung hinein, im Trinken gnädiges Vergessen zu finden. Der Wirt machte sich sichtbar Gedanken, was einen so gutgekleideten Herrn mit dieser gewählten Sprache wohl dazu bringen konnte, den mit Sägemehl bedeckten Boden seiner großen Bierschenke zu betreten, aber mein Geld beruhigte ihn. Während sich der Raum im Lauf des Abends allmählich füllte, trank ich, über einen Tisch in der Ecke gebeugt, billiges Bier, bis alle meine Sinne, auch das Gefühl von Verlust und Elend, stumpf geworden waren. Nun konnte ich das Alleinsein ertragen, so daß ich aufstand und wieder durch die Straßen irrte.

Einige Stunden später fand ich mich auf der Westminsterbrücke wieder und sah vor mir die massigen Umrisse des Parlamentsgebäu-

des. Ich gehörte jetzt nicht mehr in dieses hektische Leben, ich war vertrieben in ein selbst auferlegtes Exil fern von Liebe und Politik – fern von allem, wofür ich bisher gelebt hatte. Ich starrte in das schmutzig-trübe Wasser der Themse und war einen Moment lang versucht zu glauben, daß meine Wunden, wenn überhaupt, nur dort zu heilen waren.

»Kenne ich Sie nicht, mein Herr?«

Die Stimme kam von hinten. Ich wandte mich von der Brüstung ab; vor mir stand ein Polizist.

»Ja, natürlich, das ist doch Mr. Strafford.«

»Nicht länger Ihr Dienstherr, Constable.« Ich muß nach Alkohol gestunken haben.

»Meinen Sie nicht, Sie sollten nach Hause gehen?«

»Aber wo ist das Zuhause?«

»Wo das Herz ist, sagt der Dichter.«

»Dann stehe ich deswegen hier auf der Brücke, Constable. Mein Herz ist in diesem Fluß und fließt zum Meer hinaus.«

»Ich werde eine Droschke rufen, die Sie heimfährt.«

Er begleitete mich zum Kai und setzte mich in einen Hansom. Ich bezahlte den Kutscher aber schon, bevor wir in der Mallard Street waren, und lief zu Fuß weiter, wohin mich meine Schritte lenkten.

In der Morgendämmerung kehrte ich endlich wirklich heim, weil ich nicht mehr wußte, wohin ich sonst gehen sollte. Der Milchmann machte pfeifend seine Runde und wechselte ein paar Worte mit dem Postboten, der gerade von meiner Tür kam. Bis zu meiner freudlosen Rückkehr herrschte in der Mallard Street ungezwungene Fröhlichkeit.

Ich öffnete und stieß dabei an einen Brief auf der Fußmatte. Als ich Elizabeths Handschrift erkannte, griff ich danach und riß den Umschlag auf; ich überflog den Inhalt auf der verzweifelten Suche nach einem Zeichen dafür, daß doch noch etwas zu retten war.

6 Sutler Terrace
Putney
23. Juni 1910

Sehr geehrter Mister Strafford

Ich schreibe Ihnen diesen Brief, nachdem Sie heute nachmittag hiergewesen sind, weil es nicht ausgeschlossen erscheint, daß Sie auch weiterhin die Dreistigkeit besitzen zu leugnen, mich hintergangen zu haben. Nehmen Sie bitte zur Kenntnis, daß ich Sie nie wieder zu sehen noch je von Ihnen zu hören wünsche. Wenn mich etwas davon abhält, noch weitergehende Maßnahmen gegen Sie ins Auge zu fassen, dann ist es die Erkenntnis, daß Vorfälle wie der am heutigen Nachmittag meine Erschütterung und die meiner Tante nur vertiefen können. Erweisen Sie mir nach all Ihrer Falschheit diesen einen kleinen Dienst: Lassen Sie mich in Frieden.

Ihre sehr ergebene
Elizabeth Latimer

Es war ungeheuerlich. Es konnte nicht wahr sein, und doch war es ohne Zweifel so. Elizabeth hatte mich verstoßen, mit den kältesten Worten und ganz und gar unwiderruflich, offenbar in der Überzeugung, ich sei einer gemeinen Schandtat schuldig. Ich taumelte in mein Arbeitszimmer, griff nach einem Blatt Papier und schrieb eine Antwort.

Elizabeth,
was habe ich dir angetan? Edwin

Ich versiegelte den Brief und gab ihn auf; ich fürchtete bereits, daß er nie geöffnet werden würde. Als ich ins Haus zurückkehrte, überlief mich ein kaltes Grauen. Ich bereitete mir einen starken Kaffee zu und trank ihn in dem Versuch, mich dem Undenkbaren in einem nüchternen Zustand zu stellen. Ich starrte blicklos in die langsam zum Leben erwachende Straße hinaus, durch alles abgestumpft, ohne zu verstehen, aber nicht länger ungläubig. Was war zu tun? Ich konnte nicht nach Putney zurückgehen, aber das Leben hatte mir nirgends sonst mehr etwas zu bieten. Gerade erst hatte ich auf eine Karriere verzichtet, die eine Art Anker hätte sein können.

In dieser Sache, so beschloß ich, konnte ich noch handeln, und nur Handeln konnte meine Angst lindern. Ich wusch mich und rasierte mir den Bart; auf diese Weise klammerte ich mich an ein Leben, in dem ich bis zu diesem Tage auf geordneten Bahnen vorangeschritten war. Ich zog mich völlig um und machte mich auf den Weg zur Downing Street, wo ich kurz nach neun Uhr eintraf. Asquiths Sekretär empfing mich und erhob allerlei Einwände dagegen, mich zum Premierminister vorzulassen, aber ich war nicht in der Stimmung, mich irgendwie abspeisen zu lassen, und das schien er zu begreifen.

Asquith war in seinem Arbeitszimmer und las die »Times«. Bei meinem Eintreten blickte er fragend auf.

»Wenn ich sagen würde, ich bin überrascht, Sie zu sehen, Strafford, dann wäre das milde ausgedrückt.«

»Zweifellos, Herr Premierminister. Darf ich sofort zur Sache kommen?«

»Unbedingt.«

»Ich möchte meine Rücktrittserklärung zurückziehen.«

»Wenn das ein Witz sein soll, dann ist er verdammt geschmacklos.«

»Es liegt mir wohl nichts ferner als Leichtfertigkeit.«

»Gut. Diese Zeitung« – er schwenkte die »Times« – »wird Ihren Rücktritt morgen als einen privaten Entschluß darstellen, den die Regierung mit Bestürzung und Bedauern zur Kenntnis genommen hat. Sie und ich wissen beide, daß es ganz im Gegenteil der einzig ehrenhafte Ausweg ist, der Ihnen offensteht. Was soll das also bedeuten, wenn Sie heute hierherkommen und davon sprechen, Sie wollten etwas zurücknehmen?«

»Herr Premierminister, ich weiß nicht, wovon Sie reden. Vor zwei Tagen haben Sie mich beschworen, im Amt zu bleiben.«

»Inzwischen ist mir eine bestimmte Information zugegangen, die den Schluß erlaubt, daß Sie nicht für das Amt eines Ministers Seiner

Majestät geeignet sind, oder übrigens auch für das eines Parlamentsabgeordneten.«

»Was für eine Information?«

»Sie betrifft Ihre geplante Vermählung mit Miss Elizabeth Latimer, eine Verbindung, die Sie in den letzten Monaten mit solchem Eifer anzustreben schienen. Wie Sie die junge Dame so täuschen konnten, wie es geschehen ist, ist mir unbegreiflich.«

»In welcher Weise getäuscht?«

»Das muß eine Angelegenheit zwischen Ihnen und Miss Latimer bleiben. Ihretwegen will ich nicht darüber sprechen. Es ist aber sinnlos, der Sache einfach die Stirn bieten zu wollen.«

Hatten sich alle gegen mich verschworen? War ich der einzige, der nicht wußte, für welche Tat er bestraft wurde?

»Herr Premierminister, Gott ist mein Zeuge ...«

»Sagen Sie nichts weiter, Strafford. Verschwinden Sie.«

»Aber ...«

»Gehen Sie.«

Es war offenbar zwecklos weiterzusprechen. Ich ging zur Tür.

»Noch eins, Strafford.« Ich blieb stehen, ohne mich umzusehen. »Ein Gesuch Ihrerseits, den Sitz im Parlament aufgeben zu dürfen, könnte mit wohlwollender Unterstützung rechnen.«

Nach dieser abschließenden Beleidigung ging ich. Ich wanderte in westlicher Richtung durch den St.-James-Park und nahm dabei Leid und Verzweiflung für ein Dutzend Menschen mit.

So stand es nun also. Strafford war seinem Schicksal überlassen worden. Es war wie ein Trost für jemanden, der auch eine bittere Wende im Leben erlitten hatte, dem die Glücksgüter Ehe, Familie und Karriere plötzlich entglitten waren, daß auch die Reichen und Mächtigen gegen das unergründliche Wirken des Schicksals nicht gefeit waren.

Wenn ich von mir selbst ausging, konnte ich kaum glauben, daß Strafford so unschuldig war, wie es schien. Verschwörung oder blinde Nemesis stellten verführerische Alternativen zu dem wahrscheinlicheren Fall dar, daß Strafford eine Schuld auf sich geladen hatte, die er nicht eingestehen konnte, nicht einmal vor sich selbst. Dennoch, als Historiker, den ein Geheimnis in seinen Bann gezogen hat, lechzte ich nach etwas, was unheilvoller war, und als ein Mann, der sich selbst in viel Unglück verstrickt hatte, war ich begierig zu beweisen, daß es möglich war, solches Unglück unverschuldet auf sich zu ziehen.

Alec kam bei Einbruch der Dunkelheit zurück und verlangte energisch, ich solle mich von den Memoiren losreißen und ihn auf einen Besuch bei englischen Freunden – den Thorpes – begleiten, die auf einer kleinen Quinta in einem Randbezirk in den Hügeln um Funchal herum wohnten. Ich ging nur widerstrebend, aber bedauerte es nicht. Mrs. Thorpe hatte hervorragend gekocht, und ihr Mann schien alle wichtigen Leute auf der Insel zu kennen. Ich erwähnte Sellick, und Thorpe beschrieb ihn als einen Mann, »den man gern auf seiner Seite hat«. Es beinhaltete irgendwie, daß es schlimmer war, ihn gegen sich zu haben. Als angesehener Geschäftsmann mußte Thorpe es wohl wissen.

Auf dem Heimweg fragte ich Alec, ob Thorpe als wohlhabender Engländer nicht vielleicht Interesse daran gehabt hätte, seine Zeitschrift zu finanzieren.

»Er bot sich als eine Möglichkeit an, konnte dem wirtschaftlichen Aspekt des Unternehmens aber nichts abgewinnen. Ich machte den Versuch noch bei mehreren anderen in vergleichbaren Umständen, aber es war immer dasselbe. Nur Leo war bereit, Geld auf den Tisch zu legen.«

»Der gute Onkel für uns beide also?«

»Du sagst es, Martin.«

Am nächsten Morgen, meinem letzten, gab der Klubmanager von Maritimo eine Pressekonferenz, und Alec mußte hin. Ich suchte mir im Garten ein warmes, ruhiges und schattiges Plätzchen. Dort, in einer letzten Sitzung vor meinem Heimflug, nahm ich Straffords Geschichte wieder auf.

Von den Tagen, nachdem Elizabeth mich abgewiesen und Asquith sich geweigert hatte, einen Widerruf meines Rücktritts zu akzeptieren, kann ich keinen klaren Bericht geben. Ich ging nach Hause, weil ich wußte, daß ich dort allein sein würde, und trank so lange, bis ich nicht mehr wußte, was mir geschehen war. Besinnungslosigkeit war sicherlich für mich der beste Zustand in dieser Zeit.

Meine Familie erfuhr aus der Zeitung, daß ich zurückgetreten war, dann stellte sie fest, daß sie mich nicht erreichen konnte. Die Beunruhigung wurde zur ernsten Sorge, und Mitte der folgenden Woche fuhr Robert in Begleitung des Ehepaars Prideaux nach London, um mich aufzuspüren. Er hat mir später die Szene beschrieben, die sie in der Mallard Street vorfanden; er dankte seinem Instinkt, der ihn veranlaßt hatte, die Begleitung meiner Mutter abzulehnen. Ich war zu diesem Zeitpunkt das betrunkene, verwahrloste Wrack eines Mannes, den sie zu kennen glaubten.

Man rief einen Arzt, brachte mich ins Bett, entzog mir den Alkohol und ließ mich von Mrs. Prideaux verpflegen, bis ich mich wieder in einem einigermaßen normalen Zustand befand. Als ich dazu imstande war und es ertragen konnte, erzählte ich Robert, was vorgefallen war. Er brachte sein Erstaunen darüber zum Ausdruck, daß sein talentierter jüngerer Bruder so tief gesunken sei. Doch das war nichts verglichen mit dem Schock, den ich angesichts der Geschwindigkeit empfand, mit der meine Welt zusammengestürzt war. Robert war klug genug, meinen düsteren Gedanken nicht nachzugeben. Sobald ich wieder auf den Beinen stand, nahm er mich nach Barrowteign mit.

Dort gaben meine Mutter und er sich Mühe, meine Stimmung zu heben, indem sie den Sommer über für allerlei Abwechslung sorgten. Sogar Florence versuchte mich aufzuheitern, wenn auch die Wirkung das Gegenteil war. Ich hatte gar nicht den Wunsch, Elizabeth oder die Tragödie unserer Trennung zu vergessen. Der Schmerz war das einzige, was mir als Erinnerung an unsere Liebe geblieben war. Selbst wenn ich meiner Mutter zuliebe etwas Munterkeit aufbrachte, war das ein schwacher Abglanz und rasch verflogen. Obgleich ich keinen Trost mehr im Alkohol suchte, vergrub ich mich in meinem Leid und wanderte lange Sommertage durch das Moor, wo mich die schroffe Trostlosigkeit der Landschaft als Abbild meiner eigenen Stimmung umgab. Ich schrieb Elizabeth eine Reihe von Briefen, wider alle Hoffnung eine Antwort erhoffend. Es kam nichts, dann begann man, mir die Briefe ungeöffnet zurückzusenden. Da gab ich es auf.

Eines Abends Anfang September machte sich der Unmut der Familie wegen meiner andauernden Melancholie beim Essen Luft.

»Die Haddows haben uns für nächsten Samstag zum Abendessen eingeladen«, erklärte meine Mutter. »Es sind eine Menge Leute übers Wochenende bei Ihnen zu Besuch. Ich habe für uns alle zugesagt.«

»Ihr werdet auf mich verzichten müssen, Mutter«, sagte ich.

»Hast du schon eine Verabredung, mein Lieber?«

»Nein. Ich komme einfach nicht gern mit.«

»Die Haddows führen eine gute Küche«, sagte Robert.

»Essen ist kaum das, was mir fehlt.«

»Es würde dir guttun«, sagte Florence.

»Deine Fürsorge ist rührend, Florence, aber ich bin sicher, ich überlebe, auch ohne zu den Haddows zu gehen.«

Robert beschloß nun, den älteren Bruder herauszukehren. »Seit du hier bist, Edwin, bist du mit niemandem außerhalb der Familie zusammengekommen. Könntest du dir nicht einmal die Mühe machen?«

»Ich glaube nicht.«

»Ist das aber nicht gerade der Grund?«

»Was willst du damit sagen?«

»Daß du einfach nicht bereit bist, dir die Mühe zu machen, über das Geschehene hinwegzukommen. Wir haben alle versucht, dir zu helfen, aber manchmal sieht es so aus, als wolltest du diese Hilfe nicht.«

Mutter war beunruhigt, weil plötzlich eine gewisse brüderliche Spannung spürbar wurde. »Du gehst zu weit, Robert.«

»Nein, nein, Mutter«, sagte ich. »Wenn das seine Gefühle sind, dann sollte er sie zum Ausdruck bringen. Er hat vielleicht recht. Ich bin aber nicht fähig, eine Heirat und eine Karriere einfach an die Vergangenheit abzuschreiben, ohne hin und wieder mit Bedauern darauf zurückzublicken.«

Robert schnaubte verächtlich. »Vergiß nicht, daß du immer noch Abgeordneter bist.«

»Wie lange noch? Was die Parteiführung angeht, dort hat man mich abgeschrieben.«

»Warum denn?«

»Robert, wenn ich das wüßte.«

»Du warst von dem Tag an abgeschrieben, an dem du beschlossen hast, diese Frau zu heiraten«, warf Florence ein.

»Wie meinst du das, Florence?« Ich war bemüht, ruhig zu bleiben.

Florence erwärmte sich für ihr Thema. »Ich verstehe einfach nicht, wie ein Mann in deiner Position daran denken konnte, eine schamlose Suffragette zu heiraten.«

Einen Moment lang schwiegen wir alle und erfaßten die Bedeutung dessen, was sie gerade gesagt hatte. Dann sprach ich so ruhig wie möglich. »Vielleicht kannst du mir erklären, Florence, was dich zu dem Glauben gebracht hat, Elizabeth sei eine Suffragette.«

»Streitest du das ab?«

»Keineswegs. Nur habe ich dir nie erzählt, daß sie es ist.«

»Irgend etwas stimmte doch offensichtlich nicht mit ihr. Ich habe gewisse Nachforschungen angestellt und ...«

»Florence! Sei still!« Robert hatte mit ungewohnter Heftigkeit gesprochen, und seine Frau war eingeschüchtert.

»Möchtest du es vielleicht an ihrer Stelle erläutern, Robert?«

»Nun gut. Florence war verständlicherweise darum bemüht, ihre Zweifel hinsichtlich Miss Latimers auszuräumen, mußte dabei allerdings feststellen, daß sie nur allzu begründet gewesen waren. Sie teilte mir das sogleich mit.«

»Davon hast du mir nichts erzählt.«

»Mir auch nicht«, sagte Mutter.

»Ich wollte dich nicht beunruhigen, Mutter, und ich vermutete, Edwin werde meine Absichten, die nur seinen Interessen galten,

falsch interpretieren. Allerdings beriet ich mich mit Mr. Flowers wegen der Konsequenzen, die aus dem, was Florence in Erfahrung gebracht hatte, zu ziehen seien, und er übernahm es, Edwins Position nach besten Kräften zu schützen.«

Ich stand feierlich vom Tisch auf. »Welchen Interessen auch immer du gedient hast, Robert, in Wahrheit hast du bloß der Gehässigkeit deiner Frau Befriedigung verschafft. Wie auch immer du dich entschuldigst, es war unehrenhaft, hinter meinem Rücken zu Flowers zu gehen, der zweifellos der Informant des Fraktionsvorsitzenden war. Hättest du dich anständig verhalten, dann wäre ich heute vielleicht ein glücklich verheirateter Mann und nicht der erbärmliche Narr, zu dem du und andere mich gemacht haben. Es scheint, als hätte jeder die Hand gegen mich erhoben, selbst mein eigener Bruder. Ich werde jetzt gehen, ehe ich noch mehr sage.«

Ich war an der Tür, als meine Mutter mich zurückrief. Ich wandte mich zu ihr. »Dich spreche ich natürlich von aller Schuld frei, Mutter. Aber mit denen, die mich hintergangen haben, kann ich nicht unter einem Dach leben. Ich kehre morgen früh nach London zurück.«

Und ich verließ das Haus ohne ein Wort noch vor dem Frühstück. In rasendem Zorn fuhr ich auf dem ehemaligen Fuhrweg nach London zurück. Ich konnte nirgends glücklich sein. In London war ich wenigstens allein in meinem Unglück und näher bei Elizabeth.

Nicht, daß mir das Erleichterung verschafft hätte. Mehrmals fuhr ich nach Putney hinaus; nicht um sie zu sprechen, sondern in der Hoffnung, einen Blick auf sie zu erhaschen. Es war mir nicht einer vergönnt, und das Haus schien verlassen. Schließlich überwand ich mich und erkundigte mich bei einer Nachbarin, die mir sagte, die Latimers seien wegen Mercys angegriffener Gesundheit für mehrere Monate ins Ausland gefahren. Wohin, das wisse sie nicht.

An dieser Front war nun jede Aktivität unterbunden, und für andere Bereiche brachte ich kein Interesse auf. Ich ließ mich der Form halber ein paarmal im Unterhaus blicken, empfand aber die Arbeit dort als eine Last. Wegen meiner unregelmäßigen Teilnahme an der Parlamentsarbeit wurde ich immer wieder von unserem Fraktionsvorstand getadelt, und Mitte Oktober erhielt ich einen

Brief vom Parteivorsitzenden in meinem Wahlkreis, der sich nach meinen Absichten erkundigte. Ich schrieb ihm sogleich zurück, daß ich keine Wiederwahl anstrebte und meinen Rücktritt in die Wege leiten würde, falls es nicht in Kürze zu einer Neuwahl käme. Darauf erhielt ich keine Antwort mehr, womit meiner politischen Laufbahn ein Ende gesetzt zu sein schien.

Ende Oktober kam meine Mutter zu Besuch, und wir waren rasch versöhnt. Sie berichtete, daß Robert aufgrund der Umstände meiner Abreise von Barrowteign so erschüttert gewesen sei, daß sein Verhältnis zu Florence darunter sehr gelitten habe. Ich ließ mich dazu überreden, zum Weihnachtsfest zurückzukommen, aber ich stimmte nur meiner Mutter zuliebe zu.

Vorher kam es noch zu anderen Entwicklungen. Am 10. November wurde die Verfassungskonferenz ohne Einigung abgebrochen, obwohl selbst ich als Hinterbänkler in der Partei Gerüchte hörte, es sei in den letzten Stadien die Möglichkeit einer Koalition in dieser oder jener Form angesprochen worden. Das war für mich keine Überraschung nach dem, was ich von Lloyd Georges Intrigen wußte, die schließlich aber, so schien es, an der Stimmung der konservativen Parteibasis gescheitert waren. Das war die ganze Zeit über die Schwachstelle in seinem Plan gewesen, und vielleicht war Asquith gewitzt genug gewesen, das zu sehen.

Jedenfalls wurde so eine Neuwahl unumgänglich, um die Vorbedingung des Königs für einen möglichen Peersschub zu erfüllen. Der Termin wurde auf Anfang Dezember festgesetzt, und der Partei in meinem Wahlkreis, die durch meinen Brief vom Oktober rechtzeitig vorbereitet worden war, stand mit einem Londoner, der im Januar seinen Sitz verloren hatte, ein respektabler Ersatzkandidat zur Verfügung. In einem gewissen Sinn war das für mich ein erlösendes Gefühl, weil ich damit elegant vermeiden konnte, Asquith die Genugtuung zu verschaffen, daß ich selbst um die Entbindung von meinen Pflichten als Abgeordneter nachsuchen mußte. In einem anderen Sinn war ich dadurch noch orientierungsloser als vorher, weil mein Zustand sich seit dem Sommer in keiner Weise gebessert hatte. Die Regierung erhielt erneut eine Mehrheit, und meine Rolle im öffentlichen Leben war beendet.

Weihnachten fuhr ich nach Barrowteign und versuchte, die Festlichkeiten durchzustehen, ohne mir etwas anmerken zu lassen, aber mein Waffenstillstand mit Robert war immer wieder gefährdet, und Florence ging ich ganz offen aus dem Weg. Der kleine Ambrose schien das Leben zu genießen, und meine Mutter fand in dem scheinbaren Familienfrieden Trost. Für mich allerdings war es keine Zeit der Hoffnung.

In den ersten Tagen im Januar 1911 gab es in Devon viel Schnee und stürmischen Wind. Am Abend des 5. Januar wurde in Dewford das Dreikönigsfest gefeiert, und Robert und Florence nahmen als Vertreter unserer Familie daran teil. Da Robert bei diesem Wetter nicht zu Fuß gehen wollte, nahmen sie den Wagen, um ins Dorf zu fahren. Wir erwarteten sie gegen Mitternacht zurück. Sie sollten jedoch nicht mehr zurückkehren. Sie kamen auf dem Rückweg bis zu dem Übergang, an dem die Teigntalbahn das Grundstück kreuzt, und dort setzte das Schicksal ihrer Fahrt ein Ende.

Soweit man nachträglich überhaupt etwas feststellen konnte, war ihr Wagen mit einem Rad in einem schneegefüllten Schlagloch zwischen den Gleisen steckengeblieben, als der Schneesturm fast jede Sicht unmöglich machte. Der Bahnwärter war gerade unterwegs, um die Schafe in Sicherheit zu bringen, die auch zu seinem Aufgabenbereich gehörten, so daß niemand Robert helfen konnte, das Rad freizubekommen. Das hatte ihn sicher nicht weiter beunruhigt, weil ihm bekannt war, daß um diese Zeit kein Zug die Strecke passierte. Unseligerweise war durch die stürmische See die Hauptstrecke bei Dawlish überflutet worden, so daß man einen stark verspäteten Expreßzug auf die Strecke durch das Teigntal umgeleitet hatte. Der Zugführer, der, um die verlorene Zeit wiedergutzumachen, vielleicht schneller fuhr, als die Vorsicht geboten hätte, hatte keine Chance, Roberts Auto zu sehen, als der Zug aus der Kurve unmittelbar nördlich des Übergangs kam, bremste viel zu spät, und der Wagen wurde von der Lokomotive mitgerissen. Florence saß noch im Auto, während Robert, der sich zu diesem Zeitpunkt vermutlich am Rad zu schaffen machte, zur Seite geschleudert wurde.

Ich wurde aus dem Haus gerufen, wo ich in düsterer Stimmung am Kaminfeuer saß, und hastete zum Übergang. In der Dunkelheit *und im dichten Schneetreiben bot sich ein Bild gräßlicher Verwüstung; der Zugführer und das Begleitpersonal standen um den völlig zerstörten Wagen herum, der nach dem Zusammenprall eine halbe Meile mitgeschleift worden war. Für Florence gab es keine Hoffnung mehr, während Robert mit schwersten Verletzungen, aber noch am Leben, ein paar Meter vom Übergang entfernt gefunden wurde. Es war jedoch offensichtlich, daß er nicht mehr lange zu leben hatte. Er schien mich zu erkennen, drückte meine Hand, murmelte den Namen seines Sohnes und starb dann in meinen Armen.*

Das war eine bittere Nacht, und der bitterste Moment – die Nachricht meiner Mutter zu überbringen, die bereits schlafen gegangen war – stand mir noch bevor. Sie, deren einer Sohn nur noch ein Schatten seiner selbst war, mußte nun den Verlust des anderen verkraften. Es schien keinen schonenden Weg zu geben, es ihr zu sagen, nachdem wir Roberts Leichnam ins Haus getragen hatten, während es anderen überlassen blieb, Florence aus dem Wrack des Wagens herauszuziehen. Ich stieß die Nachricht einfach hervor, und sie brach zusammen. Man rief einen Arzt, der sich ihrer annahm, während ich zum Schauplatz des Geschehens zurückkehrte, um in der körperlichen Anstrengung die heftigen Worte vergessen zu können, die nun nie mehr zurückgenommen werden konnten.

Eine Woche nach dem Ereignis, an einem schönen Tag, an dem der Schnee zu schmelzen begann, kamen wir in der Kirche von Dewford zusammen, um Robert und Florence Seite an Seite zu begraben. Meine Mutter war noch wie betäubt von dem Schock dieser Tragödie; ich konnte kaum fassen, daß nun von unerwarteter Seite ein Unheil über mich hereingebrochen war, dessen Bürde ich noch zusätzlich zu tragen hatte.

Aber das Leben mußte weitergehen. Vor allem Ambrose bedurfte der Fürsorge, und diese Aufgabe trug wesentlich dazu bei, die Gesundheit meiner Mutter wiederherzustellen. Als der ihr nun einzig verbliebene Sohn versuchte ich, ihr beizustehen, soweit ich es vermochte. Ambrose und ich hatten uns immer gemocht, so daß Mutter und ich die Verantwortung für ihn gemeinsam übernahmen, wobei uns das Kindermädchen eine große Hilfe war. Außer damit war ich ganz ausgefüllt von den Pflichten der Gutsverwaltung, nachdem

Robert nicht mehr da war, um diese Dinge zu erledigen. Ich verkaufte das Haus in London und ließ mich endgültig in Barrowteign nieder, wo ich mit allen das Haus betreffenden Arbeiten so beschäftigt war, daß mir wenig Zeit zum Grübeln blieb. Auch wenn das Haus ohne seinen Herrn trauriger wirkte, machte ich mich doch wenigstens nützlich, indem ich es instand hielt.

Gesellschaft und Politik mied ich weiterhin und nahm die politischen Ereignisse des Landes kaum wahr. Als das Gesetz zur Parlamentsreform im August 1911 endlich verabschiedet wurde und damit die zwei Jahre währende Auseinandersetzung zwischen Unter- und Oberhaus zu Ende gegangen war, schenkte ich dieser Nachricht keine Beachtung. Ein Gutsherr nach Art meines Bruders konnte ich nie werden, aber ich konnte mich mit einigem Erfolg in die Arbeit und das Leben von Barrowteign vertiefen. Für jemanden in meiner Verfassung war diese Therapie so gut wie viele andere. Mit den Jahren lernte ich zwar nicht, Elizabeth zu vergessen, aber auf die Dauer fand ich mich in ein Leben ohne sie. Es gelang mir nicht, ein glücklicher Mensch zu werden, aber am Ende hörte ich auf, ein unglücklicher Mensch zu sein.

Man legt sich Gewohnheiten zu, um die Wirklichkeit zu bewältigen. Da mir die Teilnahme am politischen Geschehen versagt war, konnte ich es wenigstens in den Zeitungen verfolgen, und das tat ich mit großem Eifer. Mit Sarkasmus nahm ich beim Frühstück in Barrowteign zur Kenntnis, wie mein Nachfolger im Innenministerium, Churchill, die »Belagerung« in der Sidney Street zu einer Demonstration seiner besonderen Art von Kulissendonner nutzte. Mit Bedauern verfolgte ich in der Zeitung, wie dann sein Nachfolger, McKenna, zu immer verzweifelteren Maßnahmen im Umgang mit den Suffragetten griff.

Über Elizabeth konnte ich nichts in Erfahrung bringen, obwohl ich die Gesellschaftskolumnen nach allem durchging, was mir über ihr weiteres Leben hätte Auskunft geben können. Ich hatte beschlossen, von mir aus keine Nachforschungen mehr anzustellen, und hielt mich auch daran, denn das Leben in Barrowteign genügte mir inzwischen. Für kurze Zeit jedoch wurde ich zutiefst durch die Nachricht vom Tod einer Suffragette erschüttert, die sich 1913 beim

Rennen in Derby vor das Pferd des Königs geworfen hatte; sobald ich mir aber über ihre Identität Gewißheit verschafft hatte, kam ich wieder zur Ruhe.

Im folgenden Sommer war diese Ruhe dann dahin. Das grausame Spiel des Schicksals wollte es, daß ich am Morgen des 22. Juni 1914 – auf den Tag genau vier Jahre nachdem Elizabeth und ich unsere bevorstehende Hochzeit in so zärtlicher Liebe gefeiert hatten – in der »Times« die folgende Mitteilung las:

> *Am Samstag, dem 20. Juni, vermählten sich in St. Peter in Putney Miss Elizabeth Latimer, Sutler Terrace, Putney, und Major Gerald Couchman, Garrard Court, South Kensington, ehemaliger Angehöriger des Devonshire-Regiments.*

Ich las die Mitteilung noch einmal – dann noch einmal. Was konnte ich tun? Was sollte ich sagen? Die Wörter da vor meinen Augen wollten keine andere Gestalt annehmen. Immer wieder, so genau ich sie auch betrachtete, sprangen sie mir in stummem Hohn entgegen. Eine verheiratete Elizabeth war eine Sache; es entsetzte mich, aber überraschend war es nicht. Eine mit Gerald Couchman verheiratete Elizabeth war eine ganz andere Sache. Zwei Gestalten aus meiner Vergangenheit, zwischen denen es nur eine Brücke gab – mich.

»Was ist, Edwin?« Meine Mutter, die mir am Frühstückstisch gegenüber saß, hatte meine Bestürzung wahrgenommen.

»Nichts.«

Sie nahm die Zeitung auf, die ich hatte fallen lassen, und überflog die Seite. »O Edwin«, sagte sie nach einer Weile. »Hier sehe ich, was es ist. Es ist nicht ›nichts‹, und ich verstehe, wie dir zumute sein muß. Aber früher oder später mußtest du doch darauf gefaßt sein.«

»Aber nicht mit diesem Mann.«

»Auf seinen Namen habe ich nicht geachtet. Kennst du ihn?«

»So gut wie du. Sieh noch einmal hin.«

Das tat sie. »Mein Gott. Gerald Couchman ... du glaubst doch ... wir können doch ...«

»Doch, Mutter. Das ist mein Freund Couch, so sehr unser Herz auch sagen möchte, es kann nicht sein.«

»Aber ich habe nie gewußt, daß sie überhaupt miteinander bekannt waren.«

»Ich auch nicht. Und ich kann beschwören, daß sie es auch nicht waren, bis ... ja, bis wann? Das ist die Frage.«

»Was willst du damit sagen?«

»Ich will sagen, daß ihre Bekanntschaft rätselhaft ist, weil ich offenbar das einzige Verbindungsglied zwischen ihnen darstelle. Und wo es ein Rätsel gibt, liegt vielleicht auch die Lösung für ein anderes verborgen. Ich muß auf der Stelle nach London.«

Ich ging rasch auf die Tür zu, und erst als meine Mutter das Wort an mich richtete, verharrte ich einen Moment: »Was wirst du in London tun? Was hat es für einen Sinn, nach all der Zeit dorthin zu fahren?«

»Ich will herausfinden, was ich kann.«

Mutter konnte sehen, daß es nutzlos war, mich aufhalten zu wollen. Innerhalb einer Stunde war ich aufbruchbereit. Ich sprach noch kurz mit dem Verwalter darüber, was während meiner Abwesenheit zu erledigen war, und dann fuhr ich ab. Dreieinhalb Jahre lang hatte ich selbst einen kurzen Besuch in London vermieden, weil ich mit einer solchen Reise meiner emotionalen und politischen Sehnsucht nachgegeben hätte, und nun war ich überstürzt zur Fahrt in diese Stadt aufgebrochen, ohne genau zu wissen, was ich tun wollte, einfach aus der neu erwachten Überzeugung, daß stoische Ruhe nicht mehr ausreichte, daß jenes Unrechtsgefühl, das in meinem Innern die ganze Zeit über gebrannt hatte, vielleicht doch nicht bloß Einbildung war. Auf London lastete hochsommerliche Hitze, als ich es am späten Nachmittag erreichte. Ich brauste an den Karren und Droschken wuchernder Vorstädte vorbei und ließ eine Wolke von Staub und eine Flut von Verwünschungen hinter mir, während ich geradewegs auf Putney zuhielt. Dort, an der Kirche, wo ich einst in aller Öffentlichkeit meiner verlorenen Liebe nachgeweint und wo sie erst vor zwei Tagen geheiratet hatte, hielt ich an. Langsam ging ich die Straße zur Sutler Terrace entlang und betrachtete das Haus. Alles war so, wie ich es in Erinnerung hatte: der wohlgepflegte Rasen, der Torbogen mit der Glyzinie, durch den man in den Garten dahinter trat, der polierte Messingknopf an der dunkelgrünen Eingangstür, die sich vier Jahre zuvor endgültig für mich geschlossen hatte. Ich stieß die Gartentür auf und ging auf das Haus zu.

Es war sonderbar, vor der Tür blieb ich stehen und hielt zum ersten Mal an diesem Tag der überstürzten Suche nach der Wahrheit inne. Ich hatte keine Vorstellung davon, was ich sagen würde, wenn man mir diese Tür schließlich öffnen würde. Und während ich dort unentschieden stand, sprach mich jemand von hinten an.

»Suchen Sie jemanden?«

Es war die gute alte Mercy, und ihrem Ton konnte ich entnehmen, daß sie mich von hinten nicht erkannt hatte. Als ich mich umwandte, verschwand ein Lächeln aus ihrem Gesicht.

»Ich hatte gehofft, Sie würden niemals hierhin zurückkommen«, sagte sie ernst.

»Das hätte ich auch nicht getan, Mercy, hätte ich heute morgen nicht die Anzeige in der ›Times‹ gelesen.«

»Warum mußte das für Sie so überraschend sein?«

»Weil ich nicht erwartet hatte, den Bräutigam und nicht nur die Braut zu kennen.«

»Gibt Ihnen das ein Recht zu versuchen, ihr Glück zu zerstören?«

»Das kann sein. Wo sind sie jetzt?«

»Auf ihrer Hochzeitsreise. Sie sind für einen Monat im Ausland. Fragen Sie mich nicht, wo, denn ich werde es Ihnen nicht sagen.«

»Ich will es gar nicht wissen.«

»Warum sind Sie dann gekommen?«

»Um herauszufinden, wie – und warum – sie sich kennengelernt haben.«

»Edwin«, es war eine Art Triumph, daß sie mich mit dem Vornamen anredete, »es hat nichts mit Ihnen zu tun. Sie haben sich kennengelernt, kurz nachdem Sie ... nachdem Ihre Hochzeit abgesagt wurde. Gerald kannte die Lambournes, die ihn mit Elizabeth bekannt machten. Er hat sie wieder glücklich gemacht. Daß er Sie kannte, war nichts als ein merkwürdiger Zufall.«

»Hat er unsere gemeinsame Zeit in Südafrika erwähnt?«

Mercy antwortete nichts, sondern blitzte mich nur an und ging einfach an mir vorbei zur Tür. Ich blickte ihr nach.

»Also, hat er sie erwähnt?«

»Er hat von Ihnen so wenig gesprochen wie möglich. Daß er Sie kannte, war keine Empfehlung. Aber wir haben ihm keinen Vorwurf daraus gemacht.«

Sie öffnete die Tür und war im Begriff einzutreten. Mir kam ein verrückter Gedanke, um sie an der Schwelle aufhalten zu können.

»Hat er erzählt, was er bei Colenso gemacht hat?«

Mercy warf mir einen einzigen Blick über die Schulter zu, einen kalten Blick, und schloß dann die Tür hinter sich. Hier gab es nichts mehr zu tun oder zu sagen. Ich ging den Weg entlang zum Tor zurück. Es war töricht, dachte ich, einen Schatten auf Couchmans militärische Karriere werfen zu wollen, wenn es mich im Grunde doch nur danach verlangte aufzuschreien, weil er einen Gewinn davon gehabt hatte, daß ich verstoßen worden war. Es war unbegreiflich und doch unumstößlich.

Langsam fuhr ich über die Brücke von Putney nach Fulham hinein und suchte mir dann den Weg nach Garrard Court, einem Wohnblock am Sloane Square in South Kensington. Der Fahrstuhlführer nannte mir Couchmans Nummer, aber wies mich gleich darauf hin, daß er nicht da sei, »infolge der Eheschließung«. Er hatte recht. Es wurde nicht geöffnet.

Also nahm ich mir ein Zimmer in einem nahegelegenen Hotel und verbrachte einen einsamen Abend an der Bar, wo ich in düsterer Stimmung meine elende Lage erwog. Meine übereilte Reise in die Hauptstadt hatte mir nichts gebracht. Ohne ein direktes Zusammentreffen mit Elizabeth – das ich nicht ertragen konnte – oder mit Couch konnte ich nicht hoffen herauszufinden, was sie zusammengeführt hatte oder ob es damit zusammenhing, daß ich auf so unerklärliche Weise in Ungnade gefallen war. Da ich auf keinem Weg vorwärtskommen konnte, war mir wohl bewußt, daß ich mein Unternehmen abbrechen sollte. Ich brauchte jedoch nur an Elizabeth zu denken, um zu wissen, daß ich das nie über mich bringen würde.

So machte ich mich am nächsten Morgen auf den Weg nach Rotherhithe und betrat den etwas anrüchigen Grund und Boden des Privatdetektivs Mr. Palfrey, dessen Dienste die Polizei während meiner Jahre im Innenministerium gelegentlich in Anspruch ge-

nommen hatte. Ich hatte weder Palfrey noch seine Arbeitsstätte je zu sehen bekommen, und weder jener noch diese konnten mich dazu bewegen, länger zu verweilen, als nötig war, um eine diskrete Überwachung der Couchmans zu veranlassen, sobald sie nach London zurückkamen. Es war ohne Zweifel abstoßend, in Palfreys Dunstkreis zu treten – durchaus auch im wörtlichen Sinn dieses Wortes –, aber seine Leistungen in der Vergangenheit flößten doch Vertrauen ein, und ich überließ die Angelegenheit seinen feuchten, aber fähigen Händen.

Ich hatte das undefinierbare Gefühl, mich beschmutzt zu haben, weil ich zu solchen Maßnahmen greifen mußte, aber alles war der Tatenlosigkeit vorzuziehen. Als ich an diesem Morgen wieder aus London fortfuhr, mischte sich in mein ursprüngliches Entsetzen ein Gefühl des Ekels, und ich nahm die einzige Richtung, die mir geblieben war – zurück nach Barrowteign. Meine Mutter war erleichtert, mich so bald wieder zu sehen. Ich erzählte ihr, daß ich Mercy gesprochen, aber nichts erfahren hätte und nun gewillt sei, die Sache auf sich beruhen zu lassen. Palfrey erwähnte ich nicht.

Ich wußte, daß Elizabeth und Couch erst Ende Juli zurückkehren wollten, und erwartete daher vor Mitte August keine Nachrichten von Palfrey. Zu diesem Zeitpunkt allerdings hatten die Ereignisse einen Lauf genommen, der meine Aufmerksamkeit – wie die aller Zeitgenossen – auf andere Dinge von Bedeutung lenkte. Fünf Tage nach meiner Rückkehr aus London wurde in Sarajevo, einer Stadt im fernen Balkan, ein österreichischer Erzherzog ermordet, und den ganzen Juli hindurch führte ein Austausch von Ultimaten zwischen den europäischen Großmächten, die im Ton immer schriller wurden, von jener obskuren Tat unerbittlich bis zum Ausbruch eines Weltkriegs.

Der Umstand, daß ich seit meiner Zeit in Südafrika Reserveoffizier meines Regiments geblieben war, beschleunigte meine Verwicklung in die Ereignisse. Als junger Abgeordneter war mir dieser Status anfänglich von unschätzbarem Vorteil gewesen, denn damals erhielten wir noch keine Diäten, aber auch nach meiner Ernennung zum bezahlten Minister hatte ich nie einen Grund gesehen, diese Bindung aufzugeben.

So kam es, daß auch ich am Morgen des 4. August, an dem die Zeitungen berichteten, daß wir noch vor Ende des Tages in den Krieg gegen Deutschland eintreten würden, falls die Regierung dieses Landes sich nicht verpflichtete, bei den Operationen gegen Frankreich die belgische Neutralität zu respektieren, vom Kriegsministerium benachrichtigt wurde, daß die Reserve mobil machte und ich mich in der Kaserne meines Regiments in Exeter bis spätestens zwölf Uhr des folgenden Tages zu melden hatte.

Als jemand, der in den vorausgehenden Wochen die Zeichen der Zeit gelesen hatte, wurde ich sehr viel weniger überrascht als meine Mutter. Trotz ihrer Bestürzung war ich sicher, daß Barrowteign und der kleine Ambrose bei ihr gut aufgehoben sein würden. Am nächsten Morgen, nach der inzwischen erfolgten formellen Kriegserklärung, stand ich zur Abreise bereit; Mutter hatte in der allgemein vorherrschenden Überzeugung Trost gefunden, daß die Feindseligkeiten bis Weihnachten beendet sein würden. Meine eigenen Erwartungen, die ich für mich behielt, waren sehr viel weniger optimistisch, aber auch sie entsprachen nicht im entferntesten der entsetzlichen Wirklichkeit der nächsten vier Jahre, durch die sogar der Gedanke an Elizabeth völlig in den Hintergrund trat.

Trotz all meiner Kenntnis der politischen Hintergründe ahnte ich ebensowenig wie der blutigste Anfänger unter den Freiwilligen, was uns erwartete, die wir in jenem Sommer 1914 frohgemut nach Frankreich zogen. Die Stimmung im Regiment war gut; wir waren überzeugt, daß wir für eine gerechte Sache kämpften und daß wir mit unseren militärischen Fähigkeiten, die erst vor verhältnismäßig kurzer Zeit in Südafrika eine Auffrischung erfahren hatten, den Deutschen mehr als gewachsen waren. Das Gefühl, zusammenzugehören und ein Ziel zu haben, war ansteckend, obgleich ich mir eine zynische Unempfindlichkeit bewahrte. Nichtsdestoweniger glaubte ich den Behauptungen unserer Strategen – ein Sieg über den Feind innerhalb kurzer Zeit sei uns sicher –, weil ich annahm, sie verstünden etwas von ihrer Sache. Hatte nicht Sir Edward Grey, mein geschätzter ehemaliger Kollege, im Parlament gesagt, daß die Folgen des Kriegs kaum schlimmer seien als die des Friedens?

Es dauerte nicht lange, bis ich der Wahrheit ins Auge sah. Die Schlacht bei Mons Ende August – in die sich das Regiment mit Überzeugung und Begeisterung stürzte – war Anfang und Ende des Kriegs, wie wir ihn alle erwartet hatten. Wir erlitten schwere Verluste, die erträglich gewesen wären, hätten wir durch das Gefecht einen Vorteil errungen. In Wahrheit geriet dadurch nur der deutsche Vormarsch auf Paris ins Stocken, und die Truppen verschanzten sich beiderseits einer Linie, die durch den Nordosten Frankreichs verlief. Damit wurde auch die Form des Krieges abgesteckt, die wir im folgenden führen sollten.

Mit dem Beginn des Stellungskriegs wurde das in Südafrika erworbene Geschick unserer Kavallerie überflüssig, die Strategie unserer Generäle hinfällig. In der Schlacht bei Mons gehörte ich zum Stab von Sir John French, dem Oberbefehlshaber, erhielt aber danach den Befehl über einen Kompaniezug an der Front. In vorderster Linie konnte ich so direkt vor Ort die von French verfolgte Taktik beobachten, zäh verteidigte Schützengräben einzunehmen. Sie bestand letztlich darin, die Infanterie gegen Stacheldraht und Artillerie anrennen zu lassen, in der Hoffnung, eine Bresche zu schlagen, die von der Kavallerie genutzt werden konnte. Gelegentlich gelang das auch, so daß die deutsche Linie eingedrückt wurde. Die so gewonnene Stellung war nun aber auf drei Seiten dem Feind ausgesetzt und praktisch nicht zu verteidigen; ganz gleich, wie weit sie vorgerückt war, am Ende wurde sie immer eingeschnürt und schließlich vernichtet.

Das Festhalten an einer solchen Strategie – ohne daß irgendeine andere zur Anwendung kam – war schlimmer als vergeblich, es war verbrecherisch. In dem ein ums andere Mal unternommenen Versuch, den endgültigen Durchbruch zu schaffen, der aber niemals kam, wurde der Stolz der regulären Armee gebrochen. French wurde von Haig abgelöst, der nicht besser, sondern eher noch schlimmer war. Denn während French der absurden Hoffnung erlegen war, den Stellungskrieg in eine Art von Krieg umzuwandeln, den er gewinnen konnte, sah Haig im Grabenkrieg ein Mittel, die Deutschen zu zermürben, bis ihnen das Potential an Menschen zur Kriegführung ausging.

Für den einzelnen Soldaten an der Front bedeutete das den fast sicheren Tod für einen fernen, langwierig erkämpften Sieg. Den meisten jedoch wurde das nicht bewußt. Ende 1914 waren die meisten Angehörigen meines Regiments tot oder invalide, und an ihre Stelle traten eifrige junge Rekruten, die plötzlich feststellten, daß sie ohne klar erkennbaren Grund in ein schmutziges Grab marschierten.

Ich selbst stand offenbar unter unsichtbarem Schutz. Nach kurzer Zeit ekelte es mich an, meine Männer auf selbstmörderischen Angriffen ins Verderben zu führen, aber ich fuhr fort, es zu tun, weil Widerstand eine Zivilcourage erfordert hätte, die ich nicht besaß. Man hätte mich wegen Feigheit vor dem Feind vor ein Militärgericht gebracht – und wahrscheinlich erschossen –, und ich hätte das Gefühl gehabt, meine Leidensgenossen in der Truppe zu verraten. Das Gefühl der Gleichgültigkeit gegenüber meinem eigenen Schicksal vertiefte sich so noch weiter. Vielleicht war das meine Rettung, denn dadurch reagierte ich weder zu ungestüm noch panisch, was beides tödliche Folgen hatte. Ich erwarb keine Orden, aber den Ruf, Überlebende unversehrt zu den eigenen Linien zurückzuführen, die mir anschließend mit persönlicher Loyalität dafür dankten, daß sie bei jedem Appell noch am Leben waren. Wir kämpften für uns, nicht für die Generäle – denen wir mit Recht mißtrauten, weil sie sich jeden unserer kopflosen Sturmläufe ins feindliche Feuer in der Sicherheit eines fernen Châteaus bei einem Gläschen Rotwein ausdachten – und nicht für die Öffentlichkeit in der Heimat, die von nichts wußte und nichts verstand. Ganz besonders ich kämpfte nicht für die Politiker, die genügend Kämpfe untereinander auszutragen wußten. Wie ich später erfuhr, stellte die Bildung und die Aufkündigung von Kriegskoalitionen im Laufe der Zeit nichts als die Fortsetzung des Machtkampfs zwischen Asquith und Lloyd George auf anderer Ebene dar, wobei Lloyd George der endgültige Sieger blieb. Eher als mit all diesen Menschen fühlten wir glücklosen Soldaten uns solidarisch mit unseren Gegnern. Das Vernünftigste, was wir taten, war, daß wir am Ende dieses ersten Kriegsjahrs an Weihnachten unsere Waffen ruhen ließen und zwischen den Linien mit den Deutschen feierten, und selbst das wurde uns wieder genommen. Es gab strenge Befehle, die jede Form der Verbrüderung unter Androhung der Erschießung untersagten. Man war der Meinung, es schade der Kampfmoral, so als ob sinnloses Töten und Getötetwerden ihr nicht schadeten. In diesem ganzen Wahnwitz, diesem Schlachten, lernte ich etwas, was ich als Politiker nie erfahren hatte: daß wir die nicht wirklich führen können, mit denen wir nicht gemeinsam gelitten haben.

Das Jahr 1915 kam und ging und mit ihm ein zweites Weihnachtsfest, ohne daß der Krieg zu Ende war. Wir, die der Tod nicht ereilt hatte, waren wie tot von den Schrecken dieses Kriegs. Wir erwarteten gar nicht mehr, daß er jemals enden würde. Für mich kam eine Art Ende mit jenem endgültigen Wahnwitz: der Schlacht an der Somme, die vom Juli bis zum November 1916 dauerte. Ich erwischte mehrmals eine schlimme Dosis Senfgas und wurde dann an einem sinnlosen Tag Anfang September durch ein Schrapnell am Bein verwundet; meine Schlacht an der Somme wenigstens war damit geschlagen. Den Herbst verbrachte ich in einem Lazarett bei Brighton, wo mich meine Mutter regelmäßig besuchte.

Kurz vor Weihnachten erhielt ich Besuch von einem relativ Fremden: Winston Churchill, den ich zu einem früheren Zeitpunkt des Jahres auf dem Marsch durch Armentières getroffen hatte. Er war damals als Oberst bei den Royal Scots Fusiliers, nachdem er wegen des Scheiterns der Dardanellenexpedition – die sein geistiges Kind gewesen war – in Ungnade gefallen und nach Frankreich geschickt worden war. Jetzt war er zurückgekommen, um zu versuchen, sein politisches Ansehen wiederherzustellen, aber im Schützengraben wie im Kabinett zeichnete er sich durch das gleiche unschuldige Draufgängertum aus. Zum ersten Mal hatten wir uns vor sechzehn Jahren auf dem Schiff nach Südafrika gesehen, und da er wahrscheinlich der einzige ehemalige Kabinettskollege war, der mich aufsuchen würde, freute ich mich, ihn zu sehen. Er saß an meinem Bett, strahlte und besprach den Gang der Welt – und des Krieges.

»Nach unserem Zusammentreffen in Frankreich hatte ich mich gefragt, was aus Ihnen geworden war«, sagte er. »Dann hörte ich, daß man Sie wegen Ihrer Verletzung hierhin gebracht habe, und dachte, ich könnte doch einmal bei Ihnen vorbeischauen.«

»Das ist nett, daß Sie mich besuchen, Winston. Mein Bein ist nicht sehr schlimm. Man hat mir gesagt, ich könne wahrscheinlich im neuen Jahr wieder aufstehen und würde bloß noch ein wenig hinken. Was haben Sie denn nun vor?«

Er beugte sich vertraulich zu mir herüber. »Ich bin wieder in Westminster. Jetzt, wo L. G. in der Downing Street Nr. 10 residiert, stehen die Zeichen für mich wohl nicht schlecht.«

»Ich habe es gelesen: Asquith ist nun abgetreten.«

»Ja – und das ist gut so. Bei diesem Krieg war er nicht mit dem Herzen dabei – und das ist das sicherste Mittel, ihn zu verlieren. L. G. wird sich durch nichts aufhalten lassen. Ich mache mir große Hoffnungen.«

»Was ihn angeht – oder einen Posten in der Regierung?«

Er grinste. »Eigentlich beides.«

Ich wünschte ihm Glück, ohne Heuchelei. Ein Mann mit solcher Lebenslust verdiente seinen Lohn. Der Krieg hatte meine Bitterkeit vertrieben, wenn auch nicht meine Trauer. Und diese brachte mich dazu, ihn noch um einen Gefallen zu bitten, ehe er ging. Gefälligkeiten gehörten sozusagen zu seinem Handwerkszeug, deswegen hatte ich keine Bedenken.

»Kann ich irgend etwas für Sie tun, Edwin?«

»Vielleicht ja. Unmittelbar bevor der Krieg ausbrach, habe ich jemanden in einer Sache beauftragt, von der ich dann nichts mehr gehört habe. Sie könnten herausfinden, wie die Dinge inzwischen stehen.«

»Um was für eine Art Auftrag handelte es sich?«

»Um gewisse vertrauliche Nachforschungen. Ich nahm dafür die Dienste Palfreys in Anspruch – Sie erinnern sich sicher an ihn. Er hat nie einen Bericht geschickt, was ihm gar nicht ähnlich sieht. Im letzten Monat habe ich ihm geschrieben, aber keine Antwort erhalten – vielleicht hat er eine neue Adresse. Sie könnten eventuell herumfragen und herausfinden, was aus ihm geworden ist.«

»Ich werde tun, was ich kann, Edwin – mit den Leuten aus dem Innenministerium reden, die ich noch kenne. Ich lasse Sie wissen, ob es Palfrey noch gibt.«

»Ich wäre Ihnen sehr verpflichtet.«

Und ich war Churchill sehr verpflichtet, wenn auch nicht für Nachrichten von Palfrey, denn in dieser Sache hörte ich nichts von ihm. Im März 1917 ging ich zurück nach Frankreich, vergaß diese unerledigte Angelegenheit, deren ich mich vorübergehend erinnert hatte, und fand mich im Rang eines Majors wieder, dem man allerdings wegen der zweifelhaften Verfassung seines Beins und seiner Lungen nur ermüdende Verwaltungsaufgaben im Regimentshauptquartier übertragen hatte. Im Mai erfuhr ich dann, daß Churchill von Lloyd George den Lohn erhalten hatte, den er sich seinerzeit erhoffte: Er wurde Munitionsminister. Wenige Wochen später wurde mir bei gleichzeitiger Beförderung in den Rang eines Obersten die Aufgabe zugeteilt, den Waffennachschub in unserem Frontabschnitt zu koordinieren. Churchill sandte mir ein Glückwunschschreiben, das keinen Zweifel daran ließ, wem ich meine Ernennung zu verdanken hatte. Merkwürdigerweise erwähnte er Palfrey überhaupt nicht. Wahrscheinlich hatte er wichtigere Dinge im Kopf. Jedenfalls bekam ich auf seine Veranlassung hin genug zu tun, wobei ich eine grimmige Befriedigung bei meinem Bemühen verspürte, den Männern an der Front, wenn sie schon weiter kämpfen mußten, dabei wenigstens eine anständige Bewaffnung zu gewährleisten.

So verbrachte ich die letzten achtzehn Monate des Großen Kriegs. Im November 1918 lief er mit dem Waffenstillstand endlich auf Grund: Es war das gegenseitige Eingeständnis, daß ein weiteres Schlachten völlig sinnlos geworden war. Wir, die glücklichen Überlebenden, empfanden bei der Siegesmeldung kein Hochgefühl, sondern bloß Erleichterung. Was wir feierten, das war der Wiederbeginn des Lebens. In den meisten Fällen bedeutete es die Rückkehr in die sichere Normalität von Heim und Familie. Was ich in meinem Fall vergessen hatte, was mir aber gleich bei meiner Entlassung wieder bewußt wurde, war, wie wenig mich bei meiner Rückkehr erwartete.

Sie taten ihr Bestes, ich kann nichts anderes sagen. Im Spätherbst 1918 hieß Barrowteign seinen gezeichneten, aber vom Schicksal verschonten Sohn willkommen. Meine Mutter war überglücklich, daß ich überlebt hatte, und dabei ließ sie es bewenden. Eine Zeitlang tat ich es ihr gleich. Im heimatlichen Haus zu sitzen, Spaziergänge durch meinen Geburtsort zu machen, meine Mutter zur Kirche zu begleiten – diese stillen, häuslichen Vergnügen waren Balsam für meine wunde Seele. Solange ich noch der Wiederherstellung bedurfte, genügten sie mir.

Der arme Ambrose hatte sich die bösartige Grippe zugezogen, die in jenem Winter so viele kriegsgeschwächte Menschen dahinraffte. Ich versuchte, seine Genesung zu beschleunigen und mich geistig und handwerklich zu beschäftigen, indem ich für ihn eine komplizierte Burg als Weihnachtsgeschenk bastelte. Das war eine verzwickte Arbeit, in der ich ganz aufgehen und eine gewisse Ruhe finden konnte. Und ich hatte die Genugtuung zu erleben, wie glücklich Ambrose war, als er dieses Geschenk unter dem Weihnachtsbaum fand. Nachdem ich über dem Entwurf und dem Bau schon viele Stunden gesessen hatte, war ich nun gezwungen, noch zahllose weitere Stunden damit zu verbringen, ihn in die Geheimnisse der Burg einzuweihen – wie die Zugbrücke zu bedienen war, wo sich die geheimen Türen befanden, wie ein Zinnsoldat in das Wachhäuschen gelangen konnte. Das ersparte mir die Notwendigkeit, seinem Interesse an meinen Kriegserlebnissen nachzugeben, die ich um jeden Preis vergessen wollte.

An diesem Weihnachtsfest, während ich mit Ambrose spielte und Mutter uns vom Kamin aus strahlend zusah, war ich ein wiederhergestellter Mensch, aber wiederhergestellt wozu? Ich las bestimmte Einzelteile meines Lebens wieder auf; gleichwohl war mir bewußt, daß andere schon die ganze Zeit über gefehlt hatten. Ich begann von neuem, an Elizabeth zu denken – wenn auch weniger eindringlich –, und erinnerte mich des noch unerledigten Auftrags an Palfrey, Nachforschungen für mich anzustellen. Ich hätte beschließen können, die Sache ruhen zu lassen, aber ich hatte einfach keine Ablenkung von meinen düsteren Gedanken, und diese erwachten zu neuem Leben, als ich die Liste der zum neuen Jahr 1919 verliehenen Titel zu Gesicht bekam. Ich überflog die Aufstellung in der »Times« auf der Suche nach mir bekannten Namen, als ein Satz mich mit einer Wucht traf, die mir in all der Zeit unvergessen geblieben ist:

»Zu den Industriellen, die für ihre Verdienste geehrt wurden, gehört der Munitionsfabrikant Gerald Couchman, der in Anerkennung der hervorragenden Produktionsergebnisse seiner Firma in den vergangenen vier Jahren und des damit geleisteten Beitrags zu den Kriegsanstrengungen in den Ritterstand erhoben wird.«

Gerald Couchman, die Memme von Colenso, hatte also vier lukrative Jahre damit verbracht, Waffen der Zerstörung herzustellen, während er mit der Frau verheiratet war, die ich immer noch liebte, und während ich in den Schützengräben von Flandern die Zähne zusammenbiß und mich durch vier Jahre anhaltenden Elends kämpfte im Dienst für eine Sache, an die ich nicht glaubte, belohnt mit nichts als damit, zufällig dem Tode entronnen zu sein. Das zu ertragen ging über meine Kräfte.

Ich ließ meiner Mutter gegenüber nichts verlauten, gab nicht das geringste von meinen Gefühlen preis und erklärte nur ruhig, daß ich am folgenden Tag nach London reisen würde, um dort einige Tage lang geschäftliche Angelegenheiten zu erledigen. Bis ich abfuhr, hatte sie die Nachricht von Couchmans Ernennung noch nicht bemerkt.

Am ersten Morgen des neuen Jahres stand ich in meinem Paletot auf dem kalten und einsamen Bahnsteig von Dewford – mein kleiner Kraftwagen war der Benzinversorgungskrise der Nachkriegszeit zum Opfer gefallen – und wartete auf den Zug, mit dem ich in Exeter Anschluß an den Schnellzug nach London haben würde. Mein Verstand ließ mich fragen, ob es weise war, die Vergangenheit noch einmal aufzurühren, doch im Herzen wußte ich, daß zuviel von dem, was ich verloren hatte, ohne Erklärung war, als daß ich auf Fragen verzichten konnte, die immer noch an mir nagten: Warum hast du mich verstoßen, Elizabeth? Warum hast du Gerald Couchman geheiratet? Was habe ich dir angetan?

Der Zug entführte mich aus Dewford und passierte eben jenen Bahnübergang, an dem mein Bruder acht Jahre zuvor den Tod gefunden hatte. Wenigstens war sein Tod ein Unfall, dachte ich. Mein Unglück schien das Werk einer böseren Schicksalsmacht zu sein, die nicht einmal bereit war, ihre Beweggründe zu offenbaren. In London hoffte ich, sie aufzuspüren.

Nach der Ankunft machte ich mich auf den Weg zu Palfreys Büro in Rotherhithe, dort, wo es in unverändertem Schmutz unter dem Bogen einer Eisenbahnbrücke am Rande der Docks gelegen war. Es war niemand da, so daß ich im Schneeregen wartete, während über mir die Züge vorbeiratterten. An diesem Neujahrsnachmittag war es ein grauer, feuchter Ort, kalt wie der Tod. Aber hier war die Spur, wohin sie mich auch führen mochte. Und schließlich kam Palfrey auch zu seinem Schlupfloch zurück. Als er den Schlüssel ins Schloß schob, legte ich ihm die Hand auf die Schulter.

»Mr. Palfrey, erinnern Sie sich an mich?«

»Ich glaube, nein, eigentlich nicht.«

Er führte mich in sein Büro, einen Ort, den die Kälte geradezu erträglicher machte. Vielleicht hätte er es unterlassen, wenn er mich gleich erkannt hätte, denn als ich meinen Namen nannte und den noch unerledigten Auftrag erwähnte, wurde sein graues Gesicht noch etwas fahler.

»Du lieber Gott, mein Herr, das war noch vor dem Krieg.«

»Ja, und was ist daraus geworden?«

»Ich habe nicht mehr damit gerechnet, Sie wiederzusehen. Es hat sich so viel seitdem verändert.«

»Nicht mein Interesse an Sir Gerald und Lady Couchman.«

»Sir Gerald?«

»Wußten Sie nichts von seiner Ernennung?«

»Nein, aber überraschen tut es mich nicht.«

»Warum nicht?«

»Der ist ein Mann mit guten Verbindungen – wie Sie doch auch.«

»Meine Verbindungen sind abgebrochen. Wie steht es mit Ihren? Kümmert sich das Innenministerium noch um Sie?«

»Wir arbeiten geschäftlich zusammen – wie zu Ihrer Zeit.«

»Was ist denn nun mit unserem Geschäft, Mr. Palfrey? Ich habe Sie dafür bezahlt, Informationen zu beschaffen, ganz gleich, ob das inzwischen viereinhalb Jahre her ist.«

»Ich habe nichts zu berichten. Natürlich, Ihre Vorauszahlung können Sie wiederhaben.«

»Wieso nichts zu berichten?«

»Meine Nachforschungen waren nicht ergiebig.«

»Warum nicht?«

»Wissen Sie, das war ein Geschäft, wie Sie gesagt haben. Also, Ihr Geld können Sie zurückhaben«, er legte seine klobigen Finger auf eine Kassenbox, »und dann sind wir quitt.«

»Bevor Sie überhaupt etwas unternommen haben?«

»Sie sagen es«, und hier riskierte er einen bedeutsamen Blick, »bevor ich überhaupt etwas unternommen habe.«

Er hatte mir ein paar schmuddlige Geldscheine in die Hand gedrückt. Sie klebten von seinem Schweiß, trotz der Kälte. Der Mann hatte Angst. Das zeigte nichts so drastisch wie die Tatsache, daß er eine verfallene Schuld bezahlte. Ich gab die Hoffnung auf, irgend etwas aus ihm herauszulocken, und wandte mich zum Gehen.

»Noch eins, Mr. Palfrey«, sagte ich. Mir war gerade noch etwas eingefallen. »Sie kennen bestimmt Mr. Churchill, einen von meinen Nachfolgern.«

»Ja.«

»Ist er – oder irgend jemand sonst – wegen dieser Nachforschungen auf Sie zugekommen?«

»Nein.«

»Das wäre vor ungefähr zwei Jahren gewesen.«

»Vor zwei Jahren nicht – überhaupt nie.«

Das war gelogen – davon war ich überzeugt. Aber es hatte keinen Sinn, ihn noch mehr unter Druck zu setzen. Ich ließ das Geld auf den Boden fallen, so daß er sich danach bücken mußte. Auf dem Rückweg von seinem Büro wurde mir die Vorstellung, daß nicht er, sondern andere seinen Nachforschungen ein Ende gesetzt hatten, immer wahrscheinlicher. Merkwürdigerweise verschaffte mir das ein Gefühl von Triumph, denn dieser Umstand bewies zum ersten Mal, daß mein Unglück mehr als eine bloße Laune des Schicksals war: daß dahinter eine berechnende menschliche Macht stand, die gegen mich arbeitete. Für einen Soldaten war es – vor allem nach dem Krieg, in dem ich gerade gekämpft hatte – ein gewisser Trost zu wissen, daß es einen Feind gab.

Ich nahm mir für die Nacht ein Zimmer am Leicester Square, um mein weiteres Vorgehen zu planen. Daß Palfreys Aufklärungsmission gescheitert war, erschien mir als geringes Problem. Das Tele-

fonbuch lieferte mir die wichtigste Information: die Adresse der Couchman-Werke in Woolwich und die Privatanschrift von G. V. Couchman in Hampstead. Allerdings hatte ich nicht die Absicht, Couch in diesen Höhlen des Löwen zu stellen, ehe ich erkundet hatte, was Palfrey zum Schweigen brachte. Meine Erinnerung an Winston Churchills fürsorglichen Besuch bei mir, als ich im Krieg von meinen Verwundungen genas, erschien nun in einem neuen, verdächtigen Licht. Ich hatte ihn gebeten, Palfrey in meiner Sache etwas Beine zu machen, aber alles, was dabei für mich herauskam, war ein neuer Posten, der mich in Atem hielt und für den er gesorgt hatte.

Ich rief also am nächsten Morgen in Churchills neuem Ministerium an – dem Kriegsministerium – und wurde auch, nachdem ich meinen Namen mehrmals wiederholt hatte, zu ihm durchgestellt. Da im Parlament um diese Zeit keine Sitzungen stattfanden und seine Amtspflichten auf einem Tiefstand waren, begrüßte er die Aussicht, mich beim Mittagessen wiederzusehen. Ich hatte ohnehin nie erlebt, daß er eine Einladung zum Essen ausschlug, ganz unabhängig davon, wieviel er gerade zu tun hatte. Sein Appetit war ebenso grenzenlos wie sein Ehrgeiz. Um ihm nicht Unrecht zu tun, das galt auch für seine Menschlichkeit, und diese letztere Eigenschaft war es, auf die ich setzte.

Das Restaurant »Gaspard« am Strand war eher für Vielesser als für Feinschmecker, und für mich traf beides nicht zu. Churchill aber machte sich energisch an die Arbeit und überließ mir die Aufgabe, suggestive Fragen zwischen die Gänge zu schieben.

»Wir haben beide Glück gehabt, Winston, daß wir den Sommer 1916 damals überlebt haben.«

»Das stimmt, Edwin. Vor allem aber bin ich froh, Sie wiederzusehen. Sie mußten noch zwei weitere scheußliche Jahre durchstehen.«

»Es waren eher anderthalb, und die habe ich auf einem interessanten Posten verbracht, wo man sicherer war als auf den meisten anderen. Ich glaube, Sie waren daran nicht ganz unbeteiligt.«

»Vielleicht, alter Junge, vielleicht.« Er grinste und wurde dann wieder ernst. »Aber mißverstehen Sie mich nicht. Die Versorgung mit Munition war in diesem Stadium von entscheidender Bedeutung. Wir brauchten besonnene und zuverlässige Leute – wie Sie eben.«

»Sehr nett von Ihnen, das zu sagen.«

»Keineswegs – es trifft einfach zu. Die Öffentlichkeit vergißt gern, daß mein Ministerium und die Menschen, die dabei mitarbeiteten, den Krieg verkürzt haben.«

»Man hat sie daran erinnert, Winston. Erst vor wenigen Tagen entnahm ich der Zeitung, daß einer der Lieferanten in den Ritterstand erhoben worden ist.«

»Mit gutem Recht, davon bin ich überzeugt.«

»Ich freue mich, daß Sie überzeugt sind; ich bin es nämlich nicht.«

»Was wollen Sie damit sagen?«

»Ich kenne Gerald Couchman aus unserer gemeinsamen Zeit in Südafrika. Sie könnten ihn selbst dort kennengelernt haben.«

»Ich glaube nicht. Aber worum geht es denn?«

»Ich habe Probleme, weil die Vorstellung, Gerald Couchman sei zum Ritter des Königreichs erhoben worden, mir einen Schauder über den Rücken jagt.«

Die Hand, mit der Churchill gerade die Gabel führte, erstarrte auf halbem Wege zwischen Teller und Mund. »Couchman ist ein guter Mann. Es sieht Ihnen gar nicht ähnlich, Edwin, den Verleumder zu machen.«

»Vielleicht werde ich mit dem Alter nur bitter.«

»Sie sind jünger als ich.«

Und das stimmte. Er hatte Gewicht angesetzt, während mich der Krieg zumindest fit gehalten hatte. Nichtsdestoweniger fühlte ich mich älter, als er aussah. Ich nahm einen zweiten Anlauf. »Das Verhalten von Couch im Burenkrieg war nicht gerade das des edlen Ritters, und seine Laufbahn im Wirtschaftsleben dürfte einer genaueren Prüfung kaum besser standhalten.«

»Was Sie da sagen, Edwin, ist schändlich. Couchman war mein bester Lieferant. Er hat genug geleistet, um irgendein angebliches Versagen in der Vergangenheit vergessen zu machen. Das ist manchmal auch besser so, nicht wahr?«

»Ich hatte den Eindruck gewonnen, Sie bedauerten das kurze Gedächtnis der Öffentlichkeit.«

»Ich sprach von dem gerade gewonnenen Krieg. Wer dabei gute Dienste geleistet hat, verdient eine Belohnung. Die Frauen, die in

den Fabriken arbeiteten, haben uns die Frauen vergessen lassen, die Steine und Bomben geworfen haben; deswegen haben wir ihnen jetzt das Wahlrecht gegeben. Couchmans eigene Frau ...«

»Ja?«

Jetzt, nachdem ich ihn unterbrochen hatte, war Churchill auf der Hut. Er fuhr langsamer fort: »Sie hat, nach dem, was man mir berichtete, unermüdlich als Krankenschwester gearbeitet. Sie verdient die Auszeichnung nicht weniger als ihr Mann. Das ist alles.«

Diese Erwähnung von Elizabeth brachte mich ziemlich aus der Fassung. Ich war jedoch entschlossen, nicht nachzugeben. »Ich akzeptiere den Tadel. Was aber das kurze Gedächtnis betrifft, erinnern Sie sich daran, daß ich Sie um einen Gefallen gebeten hatte, als Sie mich während meiner Genesung besuchten?«

»Nein, ich glaube nicht.«

»Dann darf ich Sie daran erinnern. Sie wollten sich mit einem der Privatdetektive in Verbindung setzen, die für das Innenministerium arbeiten – Palfrey –, und ihn nach dem Stand der Nachforschungen fragen, die er in meinem Auftrag durchführen sollte.«

»Es tut mir leid, Edwin. Ich kann mich nicht darauf besinnen. Es kann aber gut sein, daß ich es vergessen habe – es war eine hektische Zeit damals.«

»Sie haben sich also nicht mit Palfrey in Verbindung gesetzt?«

»Nein. Das hätte ich nicht vergessen. Die Partei und das Land waren damals im Aufruhr, so daß mir die Sache leider entfallen sein muß.«

»Überrascht es Sie zu erfahren, daß sie auch Palfrey entfallen ist?«

»Nicht besonders. Ich könnte mir denken, daß der Krieg sogar bei einem Mr. Palfrey Wirkungen hatte.«

»Mich hat es überrascht, denn Palfrey war in seiner Arbeit ein sehr gewissenhafter Mann.«

»Es stimmt, daß Leute seiner Art ihre Interessen im allgemeinen sehr sorgfältig wahrnehmen.«

»Eben.«

Es trat eine Gesprächspause ein, in der ich erklärte, ich müsse nun aufbrechen. Ich zahlte und stand auf, um zu gehen. Churchill blieb bei seinem Kaffee und einer Zigarre sitzen und machte einen verletzten und verblüfften Eindruck. Er erhob sich nicht, um mich zu verabschieden.

»Leben Sie wohl, Winston«, sagte ich und zog meinen Mantel an. »Ich hoffe, ich habe Ihnen das Essen nicht verdorben. Ihre Bemerkung über geleistete Dienste, welche Verfehlungen der Vergangenheit – soweit sie überhaupt vorliegen – wiedergutmachen können, waren interessant.«

»Es freut mich, daß Sie das sagen.«

»Ich frage mich nun bloß, wann ein solches Prinzip auch in meinem Fall angewandt werden könnte.«

Ich ging, ehe er Zeit fand, mir zu antworten. Aus dem, was er mir gesagt hatte, hatte ich weniger erfahren als aus dem, was er mir nicht gesagt hatte. Für einen so redseligen Mann war das ungewöhnlich, aber seine schuldhafte Vergeßlichkeit, was Palfrey betraf, ließ, wenn man sie zusammen mit Palfreys eigenem Versäumnis sah, der doch gewöhnlich seinen Aufgaben so unbeirrt nachging, auf eine Art Verschwörung schließen. Hätte ich das vor dem Krieg gewußt, dann wäre ich ihnen an die Kehle gesprungen. Jetzt war ich als behutsamer Aufklärer unterwegs, der im Grunde den Weg noch nicht ausgemacht hat, den er sich durch die Bombentrichter seiner eigenen Vergangenheit suchen muß. Nur die Reaktion der anderen verriet mir, daß es einen solchen Weg überhaupt gab.

Er führte mich am folgenden Morgen nach Woolwich, zur Waffenfabrik Couchman: ein riesiges Backsteingebäude mit gewölbtem Dach hinter hohen Mauern, in dessen Schatten sich das kleinere Verwaltungsgebäude befand, dem meine Aufmerksamkeit galt. Ich war früh angekommen, an einem grauen Regentag, und hatte mich unter die Arbeiter gemischt, die im Morgengrauen müde herankamen, während das Geheul einer Sirene den Arbeitsbeginn verkündete. Vor den Toren war ich zurückgeblieben, um das Gelände zu erkunden, das hinten an Eisenbahngleise grenzte. Anschließend kehrte ich zur Vorderseite des Gebäudes zurück, um dort die Ankunft des Direktors abzuwarten.

Er kam um zehn Uhr; der Regen hatte zu diesem Zeitpunkt ihm zu Ehren aufgehört, und die Fabrik summte in geschäftiger Betrieb-

samkeit. Er saß am Steuer eines eleganten blauen Bentley, der majestätisch um die Ecke glitt, und übersah die Gestalt im Mantel am Tor. Ich jedoch nahm jede Einzelheit wahr, als Couch elastisch aus seinem Wagen sprang, die makellose Kleidung, die sorgfältig frisierten Haare, die Zigarette mit Mundstück, das weiße Halstuch und die weißen Handschuhe, den Hauch von Arroganz, den sein Gang verriet, als er die Treppe zu seinem Büro hinaufstieg. Es war seltsam, diesen Mann nach so vielen Jahren wieder zu sehen, im wesentlichen unverändert, aber in meinen Augen für immer verwandelt, weil er sich Zutritt in einen Bereich verschafft hatte, der mir zustand. Der leichtsinnige Lebensgenießer hatte die Wandlung zum seriösen Mann von Vermögen vollzogen. In diesem Moment haßte ich ihn für seinen Erfolg überall dort, wo ich gescheitert war. Seine Unternehmungen hatten ihm Ehre, nicht den Abstieg gebracht; durch den Krieg war er ein gemachter Mann geworden, nicht ein gebrochener; Elizabeth, nicht einsame Selbstbeobachtung, war seine Lebensgefährtin.

Wir waren gleich alt, und doch nahm er die Stufen wie ein jüngerer Mann, mit mehr Selbstvertrauen. Was mich schwächte, war mehr als nur ein lahmes Bein, aber deswegen war ich noch lange nicht ein Mann am Ende seiner Kräfte. Ich rief ihn zurück, als er die Tür erreichte.

»Couch!«

Er blieb wie angewurzelt stehen, dann drehte er sich langsam um. In dem Blick, den er von oben auf mich richtete, war nicht Erkennen, sondern Verblüffung zu lesen.

»Seit Jahren hat mich niemand mehr so genannt«, sagte er. »Kenne ich Sie?«

Ich trat an die Stufen heran. »Ich glaube wohl.« Ich nahm den Hut ab: Das diente dem praktischen Zweck, seinem Gedächtnis nachzuhelfen, und war so weder eine freundliche noch eine unterwürfige Geste. Ohne ein Lächeln blickte ich zu ihm auf, und aus seinem Gesichtsausdruck wich etwas von seiner Selbstsicherheit. Er hatte mich erkannt.

Ich ging die Stufen hinauf zu ihm. »Ich würde gern ein paar Worte mit dir wechseln, Couch.«

»In Ordnung. Gehen wir in mein Büro.« Noch im Sprechen begann er, sich wieder zu fassen. Er ging voraus. Die Eingangshalle war dunkel, aber üppig möbliert mit einem Ledersofa, Sesseln und Topfpflanzen am Fuß einer breiten Treppe. Zur Rechten, am Empfang, beugte sich eine ernste junge Dame mit Brille über die Telefonvermittlung. Dahinter führte die Empfangshalle auf Flügeltüren zu, deren eine den Blick auf einen großen Raum mit vielen Angestellten und Stenographen freigab.

»Guten Morgen, Mister ... Sir Gerald«, sagte die Dame mit der Brille. Couch gab ihr keine Antwort, sondern führte mich die Treppe hinauf. Aus dem Augenwinkel sah ich, wie die junge Dame gekränkt den Mund verzog. Oben angekommen, gingen wir geradewegs in das Büro einer Sekretärin. »Ich möchte bitte nicht gestört werden«, sagte Couch bloß zu der Dame am Schreibtisch – die durch seine kurz angebundene Art erschrocken wirkte –, bevor er zu seinem Büro weiterging und die Tür hinter uns schloß.

Es handelte sich um einen großen, luftigen Raum mit einem dicken Teppich und Ölgemälden an den Wänden, auf denen alte Herren mit Backenbärten zu sehen waren. Außerdem hingen dort gerahmte Auszeichnungen für hervorragende technische Qualität und eine Weltkarte, die eine ganze Wand für sich einnahm. Die Fenster hinter Couchs Schreibtisch boten eine Aussicht auf die Rückseite der Fabrik: die Verladerampe und die Gleisanschlüsse. Dahinter zeichneten sich die Kräne und Kranbrücken der Themsekais ab.

»Setz dich, Edwin«, sagte Couch. »Du siehst aus, als könntest du es brauchen.«

Ich setzte mich auf den Ledersessel vor seinem Schreibtisch. »Mein Bein wird leicht steif, wenn ich es zu lange belaste«, erklärte ich.

Couch ließ sich mir gegenüber hinter dem Tisch nieder. »Eine Kriegsverletzung?«

»Ja. Die Somme.«

»Das tut mir leid ... Hast du lange auf mich gewartet?«

»Einige Stunden.«

»Dann mußt du wohl etwas Wichtiges zu sagen haben.«

Ich hatte innerlich gekocht, während wir diese scheinheiligen

Begrüßungsformeln austauschten, und diese letzte Bemerkung brachte das Faß zum Überlaufen. »Natürlich habe ich etwas Wichtiges zu sagen, Couch. Du hast dazu beigetragen, mein Leben zu ruinieren. Ist das etwa nichts Wichtiges?«

»Müssen wir denn so melodramatisch werden, alter Junge?«

Es gab einen Vorteil, den ein lahmer Kriegsveteran über einen durch Erfolg verweichlichten Zeitgenossen hatte: eine sehnige Kraft, die in diesem Fall durch den Zorn noch verstärkt wurde. Ich stand auf, langte über den Tisch und zog ihn am Kragen seines Nadelstreifenjacketts von seinem Stuhl hoch.

»Wir können allerdings melodramatisch werden ... alter Junge, wenn du das wünschst.« Damit ließ ich ihn in seinen Stuhl zurückfallen. Er sah aus, als hätte ihn diese plötzliche Handgreiflichkeit aus der Fassung gebracht.

»Gut«, sagte er, nach Luft ringend. »Legen wir die Karten auf den Tisch. Was willst du von mir?«

»Eine Erklärung.«

»Was gibt es da zu erklären? Ich bin erfolgreich gewesen, du nicht. Wie das Glück eben so spielt.«

»Erzähl mir nur über Elizabeth.«

»Zwischen dir und Elizabeth war alles vorbei, ehe ich sie überhaupt kennenlernte.«

»Wie habt ihr euch kennengelernt?«

»Über gemeinsame Bekannte – die Lambournes. Ich habe Elizabeth den Hof gemacht, weil ich sah, wie gut sie mir tun würde. Ich hatte schließlich das Glück, sie zu einer Heirat überreden zu können.«

»Wann war das alles?«

»Zum ersten Mal haben wir uns, warte, Ende 1910 oder Anfang 1911 gesehen. Ich weiß nicht mehr genau, wann das war.«

»Seltsam, daß du es nicht genauer weißt.«

»Daten waren noch nie meine Stärke.« Er lächelte schwach und hörte auf, als er sich dessen bewußt wurde.

»Ihr habt am 20. Juni 1914 geheiratet. Ich kann präzise sein, falls du es nicht kannst.«

»Das ist ein Datum, an das ich mich erinnere.«

»Gut. Und das alles hier?« Ich deutete mit einer umfassenden Handbewegung auf das Büro und das Fabrikgelände draußen.

»Noch so ein glücklicher Zufall.« Die Worte gingen ihm mit weniger Genuß über die Lippen, als es sonst der Fall gewesen wäre, aber er wußte es nicht anders zu formulieren. »Mein Vater starb in dem Jahr, bevor wir heirateten. Ich hatte den alten Herrn schon ewig nicht mehr besucht, aber er hinterließ mir einen nicht zu verachtenden Notgroschen. Elizabeth hatte mich gelehrt, meine Talente nicht zu verschleudern, so daß ich einen Teil hier investierte. Ich zahlte damit einen armen Schlucker namens Pound aus, der an dieser Stelle ausgerechnet Feuerwerkskörper herstellte. Dann habe ich eine Menge in die Fabrik hineingesteckt – neue Maschinen für Granathülsen und ähnliches. Genau im richtigen Augenblick, wie sich dann herausstellte.«

»Der Krieg war also ein Volltreffer für dich.« Er hörte meinen Sarkasmus heraus. »Zufällig, ja. Jemand mußte das verdammte Zeug ja herstellen, und wir haben gute Arbeit geleistet. Ich machte Angebote für alle Aufträge und bekam eine Menge, nachdem Lloyd George den Nachschub angekurbelt hatte; das Unternehmen wurde immer größer. Wir haben die Lieferfristen eingehalten und zuverlässige Munition geliefert. Beim Militär war man mir für unseren Beitrag zu den Kriegsanstrengungen dankbar.«

»Du wirst nicht erwarten, daß ich mich da anschließe.«

»Nein, aber erwarte deinerseits nicht, daß ich mich dafür entschuldige, erfolgreich gewesen zu sein. Ich weiß, daß Frankreich für dich die Hölle gewesen sein muß, aber ich habe für das, was ich bekommen habe, hart gearbeitet. Ich habe auch schlechte Zeiten erlebt. Weißt du noch, wie du damals von Südafrika nach England abgedampft bist, um deinen Wahlkampf zu führen, während ich in Südafrika in einem Krieg festsaß, der sich noch zwei Jahre hinzog?«

»Freu dich, daß du weißt, warum sich die Zeiten für dich gewandelt haben, Couch. Die Wende in meinem Leben ist ein Rätsel für mich. Erzähl mir also, was du in Südafrika erlebt hast.«

»Es war keineswegs so wie in Colenso, wenn du das meinst. Kitchener hat die ganze Bevölkerung in Lager gesperrt, und wir mußten sie bewachen, während Heckenschützen wahllos auf uns *feuerten. Als das vorbei war, wurde ich nach Indien versetzt, wo ich trank, spielte und mich beim Polo sportlich betätigte. Dann war ich die ganze Sache leid, gab mein Offizierspatent zurück und fuhr heim.«*

»Und dann?«

»Dann lernte ich Elizabeth kennen. Sie ist das Beste, was mir je im Leben widerfahren ist.«

Ich klammerte mich an die Stuhllehnen, um ruhig zu bleiben. »Sie war auch das Beste, was mir je in meinem Leben widerfahren ist.«

»Dann hättest du sie nicht gehen lassen sollen.«

»Das habe ich nicht getan, wie du selbst wissen mußt.«

»Im Gegenteil. Elizabeth hat mir nie gesagt, was den Bruch herbeiführte, und ich habe nicht weiter nachgehakt. Es ist etwas, über das sie nicht reden mag, ganz offenbar eine schmerzliche Erinnerung, die man besser ruhen läßt, damit die Wunde heilt.«

Mit einem Mal begann ich, an meinem Zorn zu zweifeln. Daß ich Couch seinen materiellen Erfolg verübelte, war nicht zu leugnen. Daß er gewonnen hatte, was ich verloren hatte, war ein Pfahl in meinem Fleische. Daß die Vergangenheit von Couch nicht unbedingt auf einen ehrenhaften oder mutigen Mann schließen ließ, gehörte nicht notwendigerweise zur Sache. Elizabeth war schließlich eine so großartige Persönlichkeit, daß sie eine Besserung, wenn nicht sogar eine Bekehrung bewirkt haben konnte. Vielleicht hatte ich ihr einfach zu wenig Möglichkeiten geboten, etwas zu verändern.

Aber was waren das für Gedanken? Ein Rätsel blieb, das man nicht einfach abtun konnte, das mich unbedingt weitertrieb. Was gab es denn für mich anderes zu tun, als den Grund dafür zu finden, daß ich einen solchen Niedergang erlebt hatte? Vielleicht wußte Couch nichts. Vielleicht war er nur der glückliche Nutznießer nach dem Bruch mit Elizabeth: Er hatte immer schon Glück auf Kosten anderer gehabt. Irgend jemand aber wußte etwas, denn irgend jemand hatte Palfrey von der Fährte abgebracht, jemand, der nicht tausend Meilen vom Kabinett entfernt war, aus dem ich ebenso überstürzt und unerklärlich abgetreten war, wie ich Elizabeth verloren hatte. Wer und warum? Irgend jemand wußte es, aber niemand ließ sich zum Reden bringen.

Gewiß nicht Sir Gerald Couchman, der mir hier in seinem feudal ausgestatteten Büro gegenübersaß, der zwar ein wenig eingeschüchtert war, mich aber im stillen auslachte – darauf hätte ich schwören können.

»Warum gibst du es nicht auf, Edwin?« sagte er. »Warum führst du nicht einfach dein Leben für dich und läßt uns das unsrige?«

Ich gab keine Antwort. Es war überflüssig. Für mich gab es kein Leben, das ich weiterführen konnte. Jetzt gab es nur noch eine Person, an die ich mich wenden konnte, um die Wahrheit zu erfahren, und das war die eine Person, der gegenüberzutreten ich nicht ertragen konnte. Vorher aber hatte ich noch ein oder zwei Pfeile für Couch im Köcher.

»Ich kann nicht umhin festzustellen«, sagte ich, »daß du deine guten Dienste meinen früheren Kabinettskollegen geleistet hast, und sie dir – Lloyd George, Churchill ...«

»Beide Munitionsminister, Edwin. Selbstverständlich haben wir miteinander Geschäfte gemacht.«

»Lloyd George ist jetzt Premierminister. Und es wird behauptet, man könne ihn dazu bringen, für jede Ehrung einen Preis zu nennen. Was kostet eine Erhebung in den Ritterstand?«

Couch wurde zornig. »Das reicht. Du hast kein Recht, beleidigend zu werden.«

»Wirklich nicht? Wären nicht eine Menge Leute überrascht zu hören, wie sich der Ritter des Königreichs bei Colenso verhalten hat?«

»Spar dir die Mühe, Edwin. Kein Mensch würde dir deine bösartigen Lügen glauben.«

»Es wären keine Lügen.«

Couch stand auf und ging zum Fenster. Er betrachtete das geschäftige Leben unten im Hof. »Wir sind so, wie wir sind, Edwin. Aber merkwürdigerweise bin ich ein besserer Mensch, als ich einmal war. Ich beschäftige Hunderte von Leuten und verdiene eine Menge Geld. Aber das meine ich nicht mit besser. Was ich meine, ist, daß ich eine liebende Ehefrau und einen kleinen Sohn habe ...«

»Einen Sohn?«

»Ja – seit dem vergangenen Sommer. Er und Elizabeth haben für

mich ein Zuhause und Pflichten gebracht. Ich bin nicht der jugendliche Taugenichts, der ich einmal war, und auch nicht der Feigling, für den du mich hältst. Es tut mir nicht leid, daß ich Erfolg gehabt habe, wo du keinen hattest – bei Elizabeth –, aber du tust mir deswegen leid. Viele Menschen sind aus dem Krieg in ein Leben zurückgekehrt, das ihnen nicht mehr viel bieten kann. Wenn es in materieller Hinsicht etwas gibt, was ich für dich tun kann, dann wäre ich gern bereit ...«

Ich erhob mich von meinem Platz und blickte ihm über den Schreibtisch hinweg gerade in die Augen. »Das letzte, was ich von dir will, sind Almosen. Ich werde dir sagen, was ich glaube, und du kannst damit anfangen, was du willst. Ich weiß nicht, warum Elizabeth mich verstoßen hat, und vielleicht werde ich es nie erfahren. Wenn ich aber jemals herausfinden sollte, daß du in irgendeiner Form daran beteiligt warst, dann werde ich dich töten: Darauf gebe ich dir mein Wort als Ehrenmann.«

Meinte ich tatsächlich, was ich sagte? Ich weiß es nicht. In der Erregung dieses Augenblicks, als mir die Verachtung – und Verächtlichkeit – von Couchs Angebot ritterlicher Großherzigkeit noch in den Ohren klang, war es wohl so. Die Blässe in Couchs Gesicht bewies mir jedenfalls, daß er mir glaubte, daß ich es ernst meinte. Er machte keinen Versuch, mich zu unterbrechen.

»Gleich nach eurer Heirat habe ich einen Privatdetektiv beauftragt, euretwegen Nachforschungen anzustellen, aber sie wurden verhindert – von jemandem in einflußreicher Stellung. Da ich nur einem Menschen davon Mitteilung gemacht hatte, habe ich den Verdacht, daß er derjenige sein kann. Ganz zufällig ist er einer jener Munitionsminister, denen du im Krieg so treue Dienste geleistet hast. Ich kann keine präzisen Anschuldigungen vorbringen, nur dieses Gefühl, daß so viel Zufall auf einmal verdächtig wird. Vielleicht bist du unschuldig – aber es würde dir nicht ähnlich sehen.«

»Ich habe dir schon gesagt, daß ich mich geändert habe.«

»So sehr nicht.«

Ich ging zur Tür, aber er rief mir nach. »Edwin, wenn du dich beruhigt hast, denk über das nach, was ich dir gesagt habe.« Ich blieb stehen, und er trat neben mich, wobei er fast vertraulich wurde. »Du sölltest jeden Vorteil nutzen, der sich bietet – oder angeboten wird. Ich weiß doch schließlich, daß du das in der Vergangenheit auch getan hast.«

»Was soll das heißen?«

»Sehen wir den Tatsachen doch einmal klar ins Auge, alter Junge, ich habe schließlich keine Jungfrau geheiratet.«

Jetzt schlug ich zu, noch ehe die spöttisch gekräuselten Lippen das unerträgliche Lächeln formen konnten. Der Hieb traf ihn am Kinn und streckte ihn der Länge nach auf seinen dicken türkischen Teppich hin.

»Du irrst dich«, sagte ich. »Du bist um nichts besser, als du jemals warst – und das ist schlimmer, als ich früher geglaubt habe.«

Ich drehte mich auf dem Absatz um und ging hinaus. Ich schlug die Tür hinter mir zu, wechselte einen raschen Blick mit der Sekretärin im Vorzimmer und eilte davon.

Das Haus der Couchmans in Hampstead war ein großes Giebelhaus, das in einem Waldstück ein gutes Stück abseits der Straße gelegen war. Wäre es nicht Winter gewesen, dann hätte ich jenseits des schmiedeeisernen Tores und der geschwungenen Auffahrt nichts sehen können. Aber der Blick durch die kahlen Bäume verschaffte mir keine zusätzlichen Erkenntnisse, als ich am Nachmittag nach meinem Besuch bei Couch dorthin kam. Ich blieb auf der mit Heidekraut bewachsenen Böschung am Straßenrand gegenüber dem Haus unschlüssig stehen und hoffte auf einen kurzen Blick oder eine Ahnung, die mir sagen würden, wie ich mich Elizabeth am besten nähern könnte. Ich hatte nicht den Mut, einfach hineinzumarschieren, und wartete deswegen auf irgendeine Gelegenheit, die sich an diesem Nachmittag nicht bot. Ein Landstreicher warf mir einen bösen Blick zu, während er an der Bank vorbeitrottete, auf der ich Platz gefunden hatte; es dämmerte langsam, und nichts tat sich, bis Couchs Bentley heranbrauste und ich wußte, daß es Zeit zum Rückzug war.

Der Sonnabend versprach besser zu werden: ein strahlender Tag, die Luft prickelnd vom Frost, der sich im Grünen, in Hampstead Heath, noch gehalten hatte, als ich am Vormittag Hampstead er-

reichte und dort scheinbar gelassen spazierenging, wobei ich das Haus immer im Auge behielt. Der Krieg hatte mich gelehrt, in den langen Pausen zwischen einzelnen Kampfhandlungen Geduld und Ausdauer zu bewahren – ich hatte gelernt, eine solche Stille vor dem Sturm gewissermaßen auszukosten –, und so wartete ich ohne Ungeduld auf meine Chance. Ein anderes Erbe des Krieges war der kräftezehrende Husten, den die kühle Morgenluft noch schlimmer machte und durch den meine Anwesenheit auffälliger wurde, als ich gehofft hatte. Ich setzte meinen Rundgang dennoch bis weit in den Nachmittag hinein fort.

Inzwischen war die Sonne stärker geworden, und während ich gut geschützt auf einer Bank saß, konnte ich mir beinahe einbilden, es sei warm. Jedenfalls begann ich zu träumen oder sogar schläfrig zu werden, bis ich plötzlich hellwach wurde, als ich eine Gestalt erblickte, die einen Kinderwagen die Auffahrt entlang schob. Als sie sich dem Tor näherte, stellte ich fest, daß es nicht – wie ich gefürchtet hatte – das Kindermädchen war, sondern Elizabeth selbst. Ich hätte wissen können, daß sie ihren Sohn selbst zu einem nachmittäglichen Spaziergang ausfahren würde, und dieser für sie charakteristische Entschluß kam meinen Zwecken entgegen.

Ich hatte Elizabeth seit jenem schrecklichen Tag im Juni 1910, als sie mich abgewiesen hatte, nicht mehr gesehen. Ich bemerkte, als sie die Straße überquerte, daß die Jahre sie nicht verändert hatten. Sie war noch immer eine elegante Erscheinung, die heute einen schwarzen, pelzbesetzten Mantel mit Kapuze trug, eine stolze junge Frau, die ihrem Sohn einen kleinen Ausschnitt der Welt zeigte. Sie folgten einem gewundenen Pfad, der sich von meinem Platz entfernte und dann oberhalb einen Bogen beschrieb. Der unscheinbaren Gestalt auf der Bank warfen sie keinen Blick zu. Warum sollten sie auch?

Als sie den Punkt auf der Biegung über mir erreicht hatten, der am weitesten von meiner Bank entfernt war, stand ich auf und rannte hinter ihnen den Hang hinauf, auf eine Reihe von Bäumen neben dem Weg zu, den Elizabeth nehmen mußte. Dort lehnte ich mich gegen einen Baum und wartete. Ich zündete mir eine Zigarette an, um meine Nerven zu beruhigen, wobei ich mir bewußt war, daß mein Herz nicht nur deswegen so pochte, weil Männer, deren Beine und Lungen in zweifelhafter Verfassung sind, im Winter nicht einen Hang hinauf laufen sollten.

Elizabeth machte gerade ein Fingerspiel mit dem Insassen des Kinderwagens, als sie sich mir näherte. Dann sah sie auf und blickte mich an, und ich sie, und ich sah in ein unverwandelt schönes Angesicht, das in den vergangenen achteinhalb Jahren der Trennung so oft vor meinem geistigen Auge erschienen war. Sosehr ich auch grauer und grimmiger anzusehen war als bei unserem letzten Treffen, sie erkannte mich gleich und faßte dieses Erkennen nicht in Worte. Das bestürzte Schweigen war stiller als die Luft, die zwischen uns stand.

»Früher hast du nicht geraucht«, sagte sie endlich, und ihre Stimme war so farblos wie ihr Gesicht.

»Es hat sich vieles verändert«, erwiderte ich und ging auf den Kinderwagen zu, um einen Blick hineinzuwerfen. Ein Baby sah mich mit großen Augen unverwandt an. Einen Augenblick war ich von seinem unschuldigen Blick gebannt; ich wußte, daß dieses Kind – oder eines, das ihm sehr ähnlich gewesen wäre – unter anderen Umständen auch meines hätte sein können. Dann nahm ich wahr, wie Elizabeths Hände sich am Griff des Wagens anspannten.

»Wie heißt er?«

»Harry.«

Ich fühlte mich irgendwie betrogen, weil unsere Unterredung so ruhig verlief, gerade so, als ob wütende Anschuldigungen besser gewesen wären als eisige Gleichgültigkeit. Ich war nicht auf die Erkenntnis gefaßt, daß wir weder Freund noch Feind, sondern Fremde waren. Ich bemühte mich, diese Vorstellung zu verbannen. »Du scheinst nicht überrascht zu sein, mich zu sehen.«

»Gerald hat mir erzählt, was gestern vorgefallen ist. Ich befürchtete schon, daß du nicht Ruhe geben würdest, bis du mich gesehen hättest, auch wenn ich nicht weiß, welchen Gewinn du dir davon versprichst.«

»Die Wahrheit.«

»Du kennst sie bereits – daß du mich grausam betrogen und einiges dazu getan hast, mein Leben zugrunde zu richten.«

»Ich habe nichts dergleichen getan.«

»Mit der Zeit habe ich mich von diesem Schlag erholt – mit Geralds Hilfe – und mir als seine Frau und Harrys Mutter ein neues Leben aufgebaut. Ich wünsche dir nichts Böses, aber ich bitte dich, wie ich es schon einmal getan habe, mich – uns – in Frieden zu lassen. Ist das zuviel verlangt?«

»Bis du mir die Wahrheit sagst, ja.«

»Ich kann dir nichts sagen, was du nicht schon wüßtest.«

»Das kannst du wohl. Du mußt mir bloß sagen, wie ich dich getäuscht habe.«

Elizabeth errötete und machte Anstalten zu gehen, aber ich hielt die Hand gegen das Kopfende des Kinderwagens, um sie aufzuhalten. Ich machte einen neuen Versuch und flehte sie an. »Elizabeth, um Gottes willen, bitte!«

Jetzt sah sie mich an, und in ihren Augen las ich Abscheu. Ich hatte Zorn erwartet oder Qual, nicht aber diese eindeutige Botschaft, daß ich für nichtswürdig gehalten wurde. Es nahm mir die Kraft, gab mir den Wunsch ein, einfach fortzugehen, die Agonie nicht noch zu verlängern. Ich wußte jedoch, daß sie nicht wirklich vorbei war, bis wir nicht alles geklärt hatten.

»Bist du bereit, mir zuzuhören?«

»Sag, was du zu sagen hast, und laß es ein Ende haben.«

»Ich liebe dich, Elizabeth. Das ist so, seit wir uns das erste Mal sahen – das weißt du. Für dich habe ich alles aufs Spiel gesetzt – nie glaubte ich, alles und dich zu verlieren. Ich habe dich nie in irgendeiner Weise hintergangen. Am Tag nach meinem Rücktritt als Innenminister kam ich nach Putney ohne die geringste Ahnung davon, daß irgend etwas nicht in Ordnung war. Ich wurde begrüßt wie ... wie ein Verbrecher – ein Verbrecher, der von seinem Verbrechen nichts erfahren durfte. Das empfinde ich noch heute so. Es ist unerträglich. Willst du mir, bitte, bloß sagen, was mein Vergehen war?«

»Bist du fertig?«

»Noch nicht ganz. Kannst du dir überhaupt vorstellen, was für ein Gefühl es für mich war, daß du Gerald Couchman geheiratet hast? Warum ihn – ausgerechnet ihn?«

»Versuche nicht, Gerald in meinen Augen herabzusetzen. Es wird *dir nicht gelingen, und es verstärkt nur meinen Abscheu gegenüber deinem Verhalten.«*

»Elizabeth, ich habe dich verloren und meine Karriere, alles wegen eines entsetzlichen Mißverständnisses, zu dessen Aufklärung ich zu keinem Zeitpunkt Gelegenheit erhalten habe.«

»Es liegt kein Mißverständnis vor.«

»Ich flehe dich an. Halte es für möglich, daß du dich irrst.«

Es war merkwürdig, daß ich in dieser Minute Cromwells Wort zitierte, um meinen letzten Appell zu formulieren. Aber es war ein verzweifelter Versuch, und ich spürte, daß er nun endgültig war. In diesen Worten sah ich die einzige Möglichkeit, die Entschlossenheit, mit der sie mir Widerstand entgegensetzte, ins Wanken zu bringen. Und für einen Moment war da ein Flackern in ihren Augen, eine Wolke glitt über ihr Gesicht wie ein Schatten, der ihren strengen Entschluß gestreift hatte. Und ich versuchte, die kleine Bresche, die ich vielleicht geschlagen hatte, auf eine Art zu erweitern, die, wie ich hätte wissen müssen, zum Scheitern verurteilt war.

»Hat Gerald dir erzählt, was er in der Schlacht bei Colenso getan hat?«

Jetzt blickte Elizabeth mich beinahe mitleidig an. »Glaubst du, das kann man vergleichen?« sagte sie leise. »Gerald mag kein vollkommener Mensch sein, aber er ist ein guter und ehrlicher Mensch. Colenso gehörte zu den ersten Dingen, von denen er mir erzählte. Das spielt jetzt keine Rolle mehr – wie konntest du glauben, es könnte anders sein? Zwischen uns herrscht Vertrauen – nicht Täuschung. Nun laß mich gehen.«

Meine Hand, die den Kinderwagen gehalten hatte, fiel herab, und Elizabeth schob ihn an mir vorbei den Weg entlang. Ich blieb ratlos stehen, entsetzt von der Vergeblichkeit unserer Unterredung. Ihre Worte klangen mir in den Ohren – »Glaubst du, das kann man vergleichen?« – und entrissen mir eine Frage, die ich ihr nachrief.

»Kann man nicht vergleichen womit?«

Sie blickte sich zu mir um. »Laß uns in Frieden, Edwin. Ich habe dir nichts mehr zu sagen. Ich kann dir vergeben, wenn es das ist, was du willst, aber ich kann nicht vergessen. Geh in Frieden, und laß uns unseren Frieden.«

Sie wandte sich erneut zum Gehen, und ich folgte ihr nicht. Ich spürte, daß ihre Worte endgültig waren, daß ich sie nie wiedersehen, nie etwas erfahren und deswegen auch nie den Frieden finden würde, den sie mir wünschte. Die elegante Gestalt in Schwarz, die am Ende des Wegs kleiner wurde und von anderen, die an diesem Tag hier draußen unterwegs waren, bald nicht mehr zu unterscheiden war, verschwand für immer aus meiner schrumpfenden Welt, ohne einen Blick zurück zu werfen. Hilflos sah ich ihr nach, ohne jedes Ziel, jeder Hoffnung beraubt. Ich dachte: Erinnere dich, brenne diesen Januartag in dein Gedächtnis ein, als du ein letztes Mal den geliebten Menschen sahst, der nun in der Ferne in der zunehmenden Dämmerung verschwimmt, die aus der Stadt rasch und mit klammer Heimlichkeit heraufsteigt.

Am Sonntag verließ ich mein Hotelzimmer nicht, weil ich der Meinung war, den anderen Gästen müsse meine Gegenwart erspart bleiben, solange ich in so düsterer Stimmung war. Ich marschierte auf und ab, starrte aus dem Fenster, rauchte mehr, als mir guttat, und wechselte ein paar Worte mit dem Zimmermädchen, das mir das Essen an die Tür brachte.

Dieses erzwungene Alleinsein war ein Versuch, meine fiebrige Besessenheit von dem Gedanken an Elizabeth auszuschwitzen. In dieser Hinsicht verlief er erfolgreich. Nach unserem Zusammentreffen in Hampstead Heath wußte ich, daß ich nicht mehr hoffen konnte, sie zurückzugewinnen. Unter diesen Umständen konnte mein Wunsch, den Grund zu erfahren, leicht krankhaft werden. Bis zum Montag hatte ich daher den Entschluß gefaßt, einen klaren Trennungsstrich zu ziehen. Es war das Dreikönigsfest, der achte Todestag meines Bruders, und somit nicht eine Zeit, in der ich meine Mutter in Barrowteign traurigen Gedanken an früher überlassen konnte. Ich beschloß, sofort zu ihr nach Devon zurückzukehren.

Das hätte ich auch getan, wenn beim Empfang nicht eine Nachricht für mich abgegeben worden wäre. Es war ein versiegelter Brief, den ein Bote überbracht hatte. Ich riß den Umschlag hastig auf, weil ich so schnell wie möglich abfahren wollte. Mit Erstaunen las ich ein persönliches Schreiben des Premierministers, der mich bat, ihn noch am gleichen Tag aufzusuchen. Was konnte Lloyd George von mir wollen? Selbst nach meinem gerade gefaßten Entschluß konnte ich einer solchen Verlockung nicht widerstehen.

In weniger als einer Stunde stand ich vor der Downing Street Nr. 10. Es war ein seltsames Gefühl, das Haus zu betreten, das nun einen neuen Bewohner hatte. Und ohne Zweifel war einiges neu. Die Ruhe aus Asquiths Tagen war dahin. Statt dessen huschten Angestellte und Sekretäre durch Korridore, auf denen überall Aktenstöße und gepackte Kisten herumstanden. Meine Begleitung, Miss Stevenson, erklärte mir, die meisten Mitarbeiter würden noch in dieser Woche nach Paris abreisen, um Lloyd George zu den Friedensverhandlungen zu begleiten. Ich äußerte mein Erstaunen, daß er unter diesen Bedingungen noch Zeit finde, mich zu sprechen.

»Es lag ihm daran, noch vor seiner Abreise einen Termin für Sie zu finden«, sagte sie aufgeräumt.

»Ich fühle mich geschmeichelt«, bemerkte ich trocken.

»Man sollte doch immer Zeit für ehemalige Kollegen finden, meinen Sie nicht?«

Ich stimmte ihr zu, wobei ich den Gedanken für mich behielt, daß das zwar richtig, Lloyd George aber nicht der Mann war, der diese Meinung ohne guten Grund teilen würde.

Er empfing mich in seinem Arbeitszimmer, und eine Sekretärin kam mir entgegen, als ich eintrat. Miss Stevenson führte mich hinein und ging dann ebenfalls. Als wir allein waren, betrachtete Lloyd George mich etwas argwöhnisch, und ich erwiderte diesen Blick. Die Zeit und der Erfolg hatten ihre Spuren hinterlassen; ohne Frage, die Haare waren grau geworden, das Gesicht faltiger, aber sicherlich bemerkte er, daß auch mir die Zeit und das Scheitern kaum gut bekommen waren. Er stand auf, um mir die Hand zu schütteln.

»Setzen Sie sich, Edwin, setzen Sie sich«, sagte er und zog mir einen Stuhl heran. »Es ist lange her.«

»Viele Jahre.«

»Und viele Dinge haben sich in diesen Jahren geändert. Sie kennen wahrscheinlich die meisten Veränderungen, die bei mir stattgefunden haben. Aber wie war es denn bei Ihnen?«

»Der Krieg hat mich die meiste Zeit in Anspruch genommen.«

»Natürlich, natürlich. Wie ist der Krieg für Sie verlaufen?«

»Besser als für die meisten – ich lebe noch.«

»Das freut mich. Es gibt weiß Gott zu viele, die das nicht mehr von sich sagen können. Wenn auch ... nun, das ist jetzt vorbei. Wir müssen in die Zukunft sehen, nicht wahr?«

»Das ist leichter gesagt, als getan.«

»Nicht, wenn man ein Ziel hat. Wir fahren Ende der Woche nach Paris – mit Sack und Pack –, und ich habe fest vor, diesen Friedensschluß so zu gestalten, daß kein Mensch mehr einen solchen Krieg durchmachen muß, wie wir ihn gerade hinter uns haben.«

»Das sind ehrenwerte Gefühle. Ich wünsche Ihnen viel Glück.«

Lloyd George faßte den Notizblock auf seinem Schreibtisch ins Auge; jetzt sprach er in einem anderen Ton. »Winston hat mir von Ihrem Treffen am letzten Donnerstag erzählt. Er sagte, sie hätten nicht besonders glücklich gewirkt.«

»Eine Untertreibung.«

»Und auch nicht in guter gesundheitlicher Verfassung.«

»Eine Übertreibung. Mir geht es besser als vielen Veteranen, die nicht wie ich über eigene Mittel verfügen. Ich hinke, und der Zustand meiner Lunge ist etwas prekär, aber ich werde es überleben.«

»Die englischen Winter und der Londoner Nebel sind keine Medizin für Ihre Lunge.«

»Wohl nicht, aber ich habe nicht vor, oft nach London zu kommen.«

»Ein wärmeres Klima wäre vielleicht besser.«

»Vielleicht.«

»Wenn es so wäre, dann hätte ich ein Angebot, das interessant für Sie sein könnte. Unser Konsulat auf Madeira ist zur Zeit nicht besetzt. Ich habe an Sie für diesen Posten gedacht.«

»Ich glaube nicht ...«

Er unterbrach mich mit einer Handbewegung und lächelte. »Sagen Sie nicht vorschnell nein. Die Insel ist zauberhaft und für ihre heilende Wirkung bei Lungenkrankheiten berühmt. Und ein absolutes Ruhekissen wäre der Posten auch nicht. Die Lage in Portugal ist chaotisch und könnte jederzeit Auswirkungen auf die überseeischen

Gebiete haben. Auf Madeira gibt es einen beträchtlichen britischen Bevölkerungsanteil, dessen Interessen uns naturgemäß am Herzen liegen. Für ein solches Amt finden sich nur schwer fähige und verläßliche Männer. Wenn es positive Folgen für Ihren Gesundheitszustand hat und Ihnen einen Ort bietet, an dem Sie Ihre Talente zur Geltung bringen können, um so besser.«

Ich zögerte mit der Antwort. Auf sein Wort über den Stand der portugiesischen Politik und das Klima auf Madeira mußte ich mich verlassen, weil ich in beiden Bereichen keine Kenntnisse hatte. Auffällig war nur, daß er so gute hatte. Da ich nicht einmal für einen Augenblick daran glaubte, daß ihm die britische Bevölkerung dort so sehr am Herzen lag, wie er behauptete, konnte ich nur den Schluß ziehen, daß dieser Posten auf mich zugeschnitten worden war. Mit anderen Worten, Lloyd George wünschte, daß ich ging. Ob nun einfach deswegen, weil Churchill meinen Zustand so mitleiderregend geschildert hatte oder weil Lloyd George einem alten Freund helfen wollte, war mir gleichermaßen zweifelhaft. Die Alternative, daß nämlich meine Nachforschungen beide in Verlegenheit brachten und sie mich deswegen loswerden wollten, paßte zu allem, was ich bisher erfahren – oder vielmehr, nicht erfahren hatte. Aber zu welchen Folgerungen führte mich dieser Verdacht? Das einzige Ziel, das ich dabei verfolgen konnte, war, Elizabeth zurückzugewinnen, und ich wußte inzwischen, daß ich das nicht mehr erreichen konnte. Was die Politik betraf, da war ich unwiderruflich von der Bühne abgetreten. Aus dem Dunkel, in das ich eingetaucht war, trat man nicht mehr ins Licht zurück.

Da hatte mir also Lloyd George aus welchen Gründen auch immer ein bequemes Plätzchen angeboten, damit ich mich ausruhen und meine Gesundheit wiederherstellen konnte, damit ich die Möglichkeit hatte, meine Vergangenheit zu vergessen und in kolonialem Luxus zu schwelgen. Zwei Tage früher hätte ich ihm sein Angebot vor die Füße geworfen, meinem Argwohn Ausdruck verliehen, daß seine Motive übelster Art waren, und eine Erklärung verlangt. Dann wäre das Angebot zurückgezogen, mein Verdacht abgestritten, eine Erklärung verweigert worden. Ich fühlte mich alt und müde, der Ruhe bedürftig und doch einer Veränderung geneigt. Beides schien

Madeira zu bieten. Ich war deswegen versucht zuzusagen. Mein Verstand sagte mir, daß dies jetzt, da mein Herz den Kampf nicht mehr führte, die einzige Lösung war.

Es war nichtsdestoweniger ein großer Schritt, in übertragener wie auch in praktischer Bedeutung, und mein politischer Instinkt riet mir, mich nicht gleich festzulegen. Außerdem, auch wenn ich nicht den Wunsch hegte, Lloyd George gegen mich einzunehmen, so wollte ich ihm doch ebensowenig durch eine gefügige Zusage schmeicheln. Also suchte ich eine Ausflucht.

»Es ist ein großer Schritt – aber ich sehe auch, was den Posten reizvoll macht. Ich müßte darüber nachdenken können.«

»Viel Zeit bleibt dafür aber nicht, Edwin. Ich muß vor meiner Abreise nach Paris Bescheid wissen.«

»Das sehe ich durchaus ein. Bis zum Ende der Woche könnte ich Sie meinen Entschluß wissen lassen.«

»Einverstanden. Ich werde also die Entscheidung bis dahin offenhalten.«

»Es war nett von Ihnen, an mich zu denken.«

»Bei der Arbeit, die ich hier zu erledigen habe, können Sie froh sein, daß ich die Sache nicht selbst übernommen habe.«

Ich lachte, obwohl ich ihn durchaus nicht komisch fand. Ich wußte, und er wußte, daß ich wußte, daß der Posten des Premierministers seit jeher sein Herzenswunsch gewesen war. Paris sollte für ihn der große Auftritt auf der internationalen Bühne werden. Asquith war nicht ausgebootet worden, um den Krieg zu gewinnen, sondern die Downing Street für Lloyd George zu erobern. Von jemand, dem der Ruf vorausging, Ehrungen gegen das höchste Gebot zu verkaufen, waren Angebote für ein angenehmes Amt ohne jede Bedingung von Natur aus suspekt.

In diesem Moment kam Miss Stevenson herein, um Lloyd George daran zu erinnern, daß er um elf Uhr ein Gespräch mit dem Schatzkanzler habe. Ich nutzte die Gelegenheit, mich zurückzuziehen, während die beiden sich über ihre Papiere beugten. Zum letzten Mal verließ ich das Haus in der Downing Street und begegnete an der Tür Bonar Law, dem Schatzkanzler, einer strengen Gestalt mit einem Raubvogelgesicht; seine Eile allein erklärte nicht den kühlen Blick, der keinerlei Wiedererkennen verriet und mit dem er mein Lächeln beantwortete. Ich, der ich einst an einem Tisch mit ihm konferiert hatte, war nun aus seinem Blickfeld ausgeschieden. Dieser Gedanke verfolgte mich auf dem Weg zum Bahnhof Paddington, wo ich den Zug nach Exeter nahm. Ich war in dem Abteil allein, sah in die Winterlandschaft hinaus, die an meinem Fenster vorbeizog, und versuchte, mich damit abzufinden, wie unbedeutend ich geworden war. Ich war nicht mehr Minister, nicht mehr Abgeordneter, nicht mehr Soldat. Es schien mir gar nichts anderes mehr übrigzubleiben als ein ehrenhafter Ruhestand in subtropischer Vergessenheit.

Mein Entschluß war mehr oder weniger getroffen, bevor ich Barrowteign erreichte, auch wenn ich meiner Mutter noch nichts davon sagte. Sie war so glücklich, daß ich zurückgekommen war, vor allem, um etwas Licht in den düsteren Jahrestag zu bringen, daß ich mir Madeira als Neuigkeit für den nächsten Tag aufsparte. Sogar unter den gegebenen Umständen ließ sie sich durch das medizinische Argument überzeugen, denn es war anzunehmen, daß ihre Sehnsucht nach mir geringer sein würde als die Sorge um meinen Gesundheitszustand für den Fall, daß ich zu Hause hustend mein Dasein fristete.

Und so wurde es beschlossen. Am Mittwochmorgen rief ich in der Downing Street an, um zuzusagen. Am Tag, als der Premierminister und seine Mitarbeiter nach Paris abreisten, erhielt ich das förmliche Angebot aus dem Außenministerium, das ich postwendend annahm. Meine Mutter tröstete sich über meine Abreise hinweg, indem sie Ferien auf Madeira im Hause ihres Sohns, des Konsuls, freudig entgegensah, während Ambrose die Tage vor dem Wiederbeginn des Unterrichts in Marlborough damit zubrachte, Atlanten und Enzyklopädien zu studieren, die ihn in allen Madeira betreffenden Angelegenheiten kundiger machten als den designierten Konsul selbst.

Ende Januar begleitete meine Mutter mich nach Southampton, um mich zum Schiff nach Lissabon zu bringen. Ich verließ sie ungern, war andererseits aber froh fortzugehen. Das war nun der klare Schnitt, den ich mir vorgenommen hatte. Als das Schiff an einem kalten Nachmittag den grauen Solent entlang auf das Meer hinausglitt, sagte ich meiner Vergangenheit ebensosehr Lebewohl wie meiner Heimat. Elizabeth hatte recht gehabt: Alles ruhen zu lassen und eine friedliche Zukunft zu suchen, das war alles, was mir blieb.

Natürlich war es genau das, was Lloyd George bestritten hatte: ein Ruheposten. Abgesehen davon, daß es einmal etwas Unannehmlichkeiten gab, als 1931 eine Gruppe von Dissidenten, die aus dem Mutterland ins Exil geschickt worden waren, die Macht ergriffen (oder das wenigstens glaubten), hatte der Konsul Seiner Majestät auf Madeira wenige Pflichten, und auch die, welche er hatte, waren alles andere als strapaziös.

Madeira war, wie ich bald herausfand, formal eine portugiesische Besitzung, aber in vielerlei Hinsicht eine britische Kolonie. In der Hauptstadt Funchal gab es einen Gouverneur und eine Garnison, mit denen ich gute Beziehungen zu pflegen hatte, und einen großen portugiesischen Bevölkerungsteil, der mir weitgehend gleich sein dürfte. Von meinem Standpunkt aus spielten die zahlreichen Briten, die auf der Insel lebten, eine wichtigere Rolle. Manche hatte das Klima angezogen (wie, in einem gewissen Sinne, auch mich), andere waren mit Gesellschaften gekommen, die Tiefseekabel verlegten, um anschließend zu bleiben. Andere wiederum verdienten ihr Geld mit den Hauptprodukten der Inselwirtschaft – Bananen, Zuckerrohr und natürlich Weintrauben – oder verbrachten hier einfach ihren Ruhestand. Sie genossen verschiedene Grade von Luxus auf sonnengesegneten Quintas, die an der ganzen milden Südostküste der Insel verstreut lagen, und verbrachten ihre Zeit, indem sie im Hotel »Reid« Tee tranken oder im Country Club in Funchal Gin becherten – in beiden Fällen handelte es sich praktisch um britische Einrichtungen –, wobei sie Reden schwangen über die Mißstände auf Madeira und die noch größeren Mißstände in der alten Heimat.

Als Konsul hatte ich nichts anderes zu tun, als mich ihrer wenigen Ansprüche an die Verwaltung anzunehmen – was ein leichtes war – und ihre vielfältigen Vorurteile bei einer Reihe gesellschaftlicher Veranstaltungen zu ertragen – was mir schwerfiel. Dafür hatte ich einigen Ausgleich: einen luftigen, angenehmen Amtssitz in den

Bergen mit Blick auf Funchal und den Hafen, einen tüchtigen Sekretär, der die meisten Pflichten im Konsulat für mich erledigte, und Zeit im Überfluß, um auf einer Sonneninsel auszuruhen und mich zu entspannen. Ich fand Freunde unter einigen der aufgeklärteren dort lebenden Briten und auch – nachdem ich die Sprache beherrschte – unter den Portugiesen. Durch ausgedehnte Fußmärsche, auf denen ich das Hinterland erkundete, lernte ich die Insel gut kennen: ein üppiges, überquellendes Stück Land, das die Natur bestellte, während der Mensch die Ernte einbrachte. Als einer der Nutznießer lernte ich es lieben.

Das hieß nicht, daß ich glücklich wurde. Die Zeit, die ich beim Durchwandern des Paúl-da-Serra-Plateaus im Zentrum der Insel verbrachte – es erinnerte mich an Dartmoor –, war auch Zeit zum Nachdenken. Verwirrung und Trauer tauchten durch das Leben auf Madeira gleichsam unter, ohne aber je ganz zu verschwinden. Wann immer ich selbst den Grund berührte, warteten sie dort wieder auf mich.

Jeden Sommer kam Mutter mit Ambrose zu Besuch, und wir verbrachten glückliche Wochen miteinander. Sie wirkte jedes Jahr etwas zerbrechlicher und Ambrose etwas männlicher. Schließlich war sie der Reise nicht mehr gewachsen, und 1930 kehrte ich – zu meinem einzigen Gegenbesuch – nach England zurück, um sie zu begraben. Seitdem hat Ambrose mich mehrmals besucht; im übrigen bin ich in meinem Heimatland ganz in Vergessenheit geraten, was mir ganz recht sein sollte. Für meine Vermittlung bei der Unterdrückung des Aufstands auf Madeira im Frühjahr 1931 dankte mir der Außenminister in einer Rede vor dem Parlament. Ich frage mich, wie viele Abgeordnete, die an diesem Tag der Rede lauschten, sich bewußt waren, daß der Konsul, von dem da gesprochen wurde, früher einmal einer der Ihren war.

Ein britischer Bürger der Insel, den ich besonders zu schätzen lernte, war Dr. Michael C. Grabham, ein köstlicher Exzentriker. Ich war bald ein regelmäßiger Besucher bei ihm und seiner Frau Mary; sie wohnten in der Nähe von Camacha, dem Dorf nordöstlich von Funchal, das das Zentrum der Korbflechterei auf der Insel darstellte. Grabham, der als Arzt in dieser Gegend wirkte, war so vernünftig, in die Familie Blandy einzuheiraten, und so liebenswert unvernünftig, Uhren auf einer Insel zu sammeln, wo Zeit so wenig bedeutete. Er hatte im Dorf einen Uhrenturm errichtet, in dem eine Glocke aus seiner Heimatpfarrei in Lancashire schlug, die von den Dorfbewohnern heiter überhört werden konnte. Auf dem Dorfanger hatte er ein Cricketfeld anlegen lassen, das an Festtagen für Vergleichskämpfe gegen eine britische Exilelf, für die ich spielte und später schiedsrichterte, dankbar benutzt wurde.

Als der alte Grabham 1935 starb, hinterließ er mir eine Standuhr, die ich oft bewundert hatte und die nun mein Arbeitszimmer schmückt. Er hinterließ mir auch eine bleibende Liebe zu Camacha und dem Tal, in dem es gelegen ist, mit seinen Apfelblüten und Weiden, ein richtiges Kleinengland, ohne die Assoziationen, die das Original bei mir auslöst. So kam es, daß ich ein von meiner Mutter ererbtes Vermögen dazu verwandte, die Quinta do Porto Novo zu erwerben, einen wunderschönen Wohnsitz in dieser Gegend, der damals zum Verkauf gelangte. Damit war mein Entschluß besiegelt, nie wieder nach England zurückzukehren, und ich habe ihn nicht ein einziges Mal bereut.

Meine Pensionierung stand für 1941 an, aber sie fiel in die Zeit des Zweiten Weltkriegs. Portugal blieb neutral, aber die Personaldecke im diplomatischen Dienst wurde damals etwas kurz. Der Botschafter in Lissabon fragte an, ob ich bereit sei, für die Dauer der Feindseligkeiten auf meinem Posten zu bleiben, und ich hatte das Gefühl, das sei das mindeste, was ich tun könne. Im großen und ganzen ging der Krieg an mir vorüber, außer daß ich von Ambrose Briefe erhielt, in denen er über sein Leben als Soldat berichtete. Als alles vorbei war, im Sommer 1945, kam er mich besuchen, und wir verglichen unsere Erfahrungen aus zwei sehr verschiedenen Kriegen. Damals erzählte er mir auch, daß Barrowteign praktisch bankrott sei und daß er plane, es dem Denkmalschutz zu überlassen. Selbst wenn ich in der Lage gewesen wäre, ihm finanziell beizuspringen – was nicht der Fall war –, dann hätte ich den Vorschlag wohl immer noch für richtig gehalten.

Mein Nachfolger als Konsul kam erst im März 1946, einen Monat vor meinem siebzigsten Geburtstag. Nach 27 Jahren war ich glück-

lich, den Posten abgeben und mich auf der Quinta do Porto Novo zur Ruhe setzen zu können. Seit ich diesen Landsitz anläßlich meiner Besuche bei den Grabhams zum ersten Mal gesehen hatte, hatte ich ihn als idealen Ort für meinen Lebensabend betrachtet, der keine mühsameren Pflichten für mich bereithielt als die Sorge um einen Weinkeller, einen Kräutergarten und einen kleinen Hain von Apfelbäumen als Erinnerung an England.

So geringfügig meine konsularischen Aufgaben waren, sie hatten mich doch an die Arbeit am Schreibtisch so gewöhnt, daß ich nicht mehr völlig darauf verzichten konnte. Dadurch kam ich auf die Idee, diese Chronik eines unerfüllten Lebens zu verfassen, um mich an den Tagen zu beschäftigen, an denen der Regen im fruchtbaren Porto-Novo-Tal fiel. Seltsamerweise zögerte ich dann, als die Stunde gekommen war, etwas zu Papier zu bringen, weil ich das Gefühl hatte, daß nichts Sinnvolles daraus entstehen konnte und gewiß nicht mein eigener Seelenfrieden. So lag die Idee brach, jedoch wie sich herausstellte, nur bis zu einem geeigneten Augenblick.

Winston Churchill, der Oppositionsführer, hatte beschlossen, den Neujahrstag 1950 – den Beginn dieses schönen neuen Jahrzehnts – dadurch auszuzeichnen, daß er seinen Urlaub auf Madeira verbrachte. Ich befand mich nicht in der Menge, die sich morgens am Hafen drängte, als sein Schiff anlegte, obwohl man mir einen Platz im offiziellen Empfangskomitee angeboten hatte. Ich blieb statt dessen ganz für mich in Camacha. Ich erhielt von ihm eine Einladung zum Tee im Hotel »Reid«, in dem er wohnte. Eine Absage wäre mir ungehörig erschienen.

Ich fand Churchill auf dem Balkon vor, wo er in der Nachmittagssonne den Schatten genoß. Er blickte über den Hafen hinweg in die Ferne, unter sich, im Garten des Hotels, schläfrig sich im Wind wiegende Palmen, auf dem Tisch vor sich den Panamahut und Papiere, und im Mund eine dicke Zigarre. Es war ein Bild zum Träumen; als er aber seine Augen auf mich richtete, wußte ich, daß ich immer noch den hellwachen Winston vor mir hatte, den ich von früher kannte. Seit unserem letzten Zusammentreffen hatte er Tiefen ausgelotet (war als deutschfeindlich zwischen den beiden Weltkriegen entlassen worden) und Höhen erklommen (im Krieg zum

Premierminister und Retter des Vaterlands berufen), aber an diesem Tag im Hotel »Reid« wirkte er wie ein glücklicher und zufriedener alter Herr, der über einen nur ihm verständlichen Spaß lächelt.

»Edwin, setzen Sie sich«, sagte er. »Ich kann Ihnen gar nicht sagen, wie froh ich bin, Sie zu treffen. Es ist nun schon so lange her ...«

»Mehr als dreißig Jahre«, sagte ich, indem ich mich ihm gegenüber niederließ und mich fragte, ob er sich wohl der genauen Umstände dieser Begegnung erinnere. Um uns herum machten sich nun, nachdem ich gekommen war, eifrige Kellner zu schaffen, um den Tee zu servieren.

»Clemmie erkundet die Stadt, wodurch ihr unser Schwatz über die alten Zeiten erspart bleibt. Sie sehen gut aus, das muß ich schon sagen – Madeira ist Ihnen bekommen.«

»Madeira bekommt jedem, vor allem einem britischen Konsul, der unterbeschäftigt und überbezahlt ist. Sie sehen selbst so aus, als wären Sie in bester Verfassung – wie fühlt man sich als Parteiführer?«

»Im Vertrauen gesagt, in der Opposition ziemlich scheußlich. Ich sehne mich nach Wahlen, damit ich wieder in die Downing Street zurück kann.«

»Dahin gehören Sie auch. Wir hatten zwar Differenzen, Winston, aber lassen Sie mich das als jemand sagen, der den Krieg abseits der großen Ereignisse verbracht hat: Sie haben verdammt gute Arbeit geleistet. Das Land schuldet Ihnen die Downing Street.«

»Danke, Edwin, sehr freundlich von Ihnen, das zu sagen.«

»Allerdings muß ich mich zu einer Einschränkung bekennen.«

»Ich weiß, welche – die Tatsache, daß man aus mir einen alten Tory gemacht hat!«

»Ja, da muß man schon ein wenig schlucken. Ich weiß noch, wie Sie aufhörten, ein junger Tory zu sein.«

»Die Zeit verlangt eben den Wandel. Obwohl ich mit einer Ironie des Schicksals hier nicht gerechnet hatte. Man hat uns in der Suite untergebracht, die einst L. G. bewohnte.«

»Ja, das sieht ihnen ähnlich. Er kam mit seiner Frau ... oh, das muß 1925 gewesen sein.«

»Haben Sie gehört, daß er schließlich Miss Simpson geheiratet hat – mit achtzig?«

Diese Bemerkung rief bei mir Erinnerungen wach. Lloyd George, der alte Scharlatan, hatte es tatsächlich fertiggebracht, sich immer und überall die beste Scheibe abzuschneiden – als Premierminister und, bevor er starb, noch in den Grafenstand erhoben, hatte er zahllose Scheidungsskandale überstanden und schließlich noch die Sekretärin ehelichen können, mit der er seine Frau betrogen hatte. Ich, dessen einziger Wunsch darin bestanden hatte, die Frau meiner Wahl zu heiraten, und die wir beide frei waren, diesem Wunsch zu folgen, hatte weder politisch Karriere machen dürfen, noch war mir eheliches Glück vergönnt worden. So wurde ich für den Wunsch nach Glück und Erfolg bestraft. Als Lloyd George, Churchill und ich vierzig Jahre zuvor gemeinsam in Asquiths Kabinett gesessen hatten, wer hätte da ahnen können, daß ihnen Ruhm und Ehre bestimmt war und mir nur schreckliches Scheitern.

Es war zu spät, Churchill nun seine Leistungen oder mein Scheitern irgendwie anzulasten. Er hätte für einen Moment in meinen Augen lesen können, daß seine Erwähnung von Lloyd George und Frances Stevenson taktlos war, wenn man die besonderen Umstände meines Lebens bedachte, aber es war verzeihlich, daß er sie vergessen hatte. Für uns gab es genügend unverfängliche Themen, denen wir uns widmen konnten: seine Anekdoten von den Mächtigen der Welt im Krieg, meine von den kleinen Leuten im friedlichen Madeira, unsere gemeinsamen Erinnerungen an die versunkene Epoche König Eduards. Er berichtete mir von seinem Plan, unten an der Küste bei Camara de Lobos malen zu gehen. Ich lud ihn und Clementine auf meine Quinta do Porto Novo zum Essen ein, bevor sie wieder abreisten, und er sagte zu.

Diese Verpflichtung wurde dann nicht eingehalten. Von England kam Nachricht, daß Attlee das Parlament aufgelöst hatte. Die Wahlen, nach denen Churchill so sehr gedürstet hatte, standen vor der Tür. Er kehrte auf schnellstem Wege mit dem Flugboot zurück, sobald es das Wetter erlaubte.

Es war diese kurze Unterbrechung meines weltfernen Lebens, die mich veranlaßte, diese Seiten wieder aufzuschlagen. Den Namen

Couchman hatten wir nicht erwähnt. Von der Vergangenheit, die mir wirklich etwas bedeutete, hatten wir nicht gesprochen, auch nicht von Churchills Anteil daran, worin er auch bestehen mochte. Wir hatten die Gründe für seinen Wunsch, mich nach Madeira gehen zu lassen, nicht einmal andeutungsweise berührt, immer vorausgesetzt, daß er überhaupt Gründe gehabt hatte und daß nicht alles die Idee von Lloyd George gewesen war. Vorstellbar war es, daß wir nach etlichen Gläsern Malmsey auf der Quinta do Porto Novo darauf gekommen wären – ich werde es nie mehr erfahren können. Jedenfalls fühlte ich mich deswegen durch seine überstürzte Abreise etwas betrogen, und der Gedanke, den tückischen Lauf meines Lebens aufzuzeichnen, kam mir wieder in den Sinn. Ich hegte die Vorstellung, durch diese Niederschrift könnte es mir gelingen, jene Schwäche meines Charakters zu erraten, durch die alles, was so unfaßbar wirkte, als das gerechte Schicksal eines Menschen wie mir erscheinen würde.

Es ist Herbst geworden, auch in meinem Leben, der Winter wartet schon. Und ich habe mich geirrt, wie so oft zuvor. Es gibt nichts aus all dem zu lernen, es sei denn, daß das Leben nie ganz faßbar sein kann. Die Ungerechtigkeit bleibt so stumm wie immer.

Wo bist du jetzt, Elizabeth? Denkst du noch manchmal an mich? Und wenn du es tust, was denkst du dann? Was hat das alles wohl bedeutet? Denn immer werde ich die Wahrheit suchen, die du mir verweigert hast. Meine Tragödie ist es, daß ich sie gewiß nie finden werde.

Quinta do Porto Novo, *E. G. Strafford*
Camacha,
Madeira, Oktober 1950

2

Der Himmel über Gatwick war ein fades Grau. Der Bahnsteig, auf dem ich auf den Zug nach London wartete, roch nach Eisenbahn und – ganz entfernt – nach Asphalt. Madeira war plötzlich seine zweitausend Meilen weit weggerückt, und England, so wie es sich an einem Aprilnachmittag präsentierte, war im Guten wie im Schlechten nun wieder Heimat. Inzwischen, mit einem festen Job im Gepäck, konnte ich diese Wirklichkeit mit einem gewissen Gleichmut ins Auge fassen.

Ich war in der Wohnung in Greenwich und schon damit beschäftigt, das Abendessen zu machen, als Jerry von der Arbeit nach Hause kam. Ich unterhielt ihn mit Anekdoten über Madeira im allgemeinen und Alec im besonderen, aber er war außerstande, seine Erleichterung zu verbergen, als er von meinem Job hörte.

»Das klingt wie für dich geschaffen, Martin.«

»So ist es wohl tatsächlich, Jerry – der Traum des Historikers. Aber es bedeutet, daß ich im Land herumreisen werde, um meine Nachforschungen zu betreiben, und zwar für – na ja, solange es eben dauert. Was wiederum heißt, daß du mich nicht sehr oft zu sehen bekommen wirst.«

»Möchtest du diese Wohnung zu deinem Standquartier machen?« Auf diese Frage hatte ich gehofft.

»Wenn du damit einverstanden bist? Es wäre praktisch, wenn ich meine Sachen hierlassen könnte.«

»Natürlich.« Ich hatte eine Flasche Madeira aufgemacht, und Jerry hatte ungewohnt viel davon getrunken – meine Bitte kam zum richtigen Zeitpunkt. »Du wirst ja nicht alles mit dir herumschleppen wollen.« Dann, wie zu seiner Beruhigung, die Frage: »Wo wirst du beginnen?«

»Ich muß mir bloß noch ein paar Notizen zu den Memoiren machen. Dann breche ich auf, um die darin genannten, jetzt noch lebenden Personen aufzusuchen. Und bestimmt fahre ich nach Cambridge, wegen der Bibliotheksbestände und um die akademische Hilfe einiger Leute in Anspruch zu nehmen.«

Es war ein aufregender Gedanke, schon jetzt, wo ich nur davon sprach, daß die Suche nach Straffords Geheimnis nun beginnen sollte. Der erste Schritt stand völlig außer Frage, er führte mich direkt in meine eigene Vergangenheit zurück: Ich würde an Ort und Stelle jene Brücke überprüfen, die mich mit den Couchmans und die Couchmans mit Elizabeth verband.

Es war spät, eigentlich zu spät, als ich mich nach einem ordentlichen Drink dazu überwunden hatte, meine Exfrau anzurufen.

»Shaftesbury 4757.«

»Hallo, Helen, ich bin's.«

»Martin: Wie geht es dir?« Sie klang gleichgültig und etwas beunruhigt.

»Gut. Was macht Laura?«

»Sie ist aufgeregt. Hast du vergessen, daß sie nächste Woche in die Schule kommt?«

»Nein, selbstverständlich nicht.« Natürlich hatte ich es vergessen, obwohl mich ihr fünfter Geburtstag, im Februar, daran hätte erinnern sollen. Immerhin war es ein Einstieg. »Deswegen rufe ich ja an. Wäre es möglich, daß ich sie vorher noch einmal besuchen komme?«

»An welchen Tag hattest du gedacht?« Die Beunruhigung war zur Gewißheit geronnen: Der einzige schwarze Fleck auf ihrer fleckenlosen gesellschaftlichen Landkarte – der Exehemann – kündigte sein Erscheinen an.

»Wie wär's mit morgen?« Ich war ganz begierig, mit meinen Nachforschungen zu beginnen, und der Besuch war ein Vorwand eben dafür.

Eine längliche Pause, ein Rascheln, möglicherweise vom Blättern in einem Kalender: »In Ordnung. Am Nachmittag haben wir nichts vor. Du könntest gegen zwei Uhr kommen.«

»Einverstanden. Bis dann also.«

»Gut. Ich muß jetzt los, Martin. Bis morgen. Wiedersehn.«

Der Hörer wurde aufgelegt. So kurz hatte ich mir die Unterhaltung nicht vorgestellt, aber ich war nicht überrascht. Helen hatte es nie für richtig gehalten, mir mein Leben, vor oder nach der Trennung, zu erleichtern. Sie ahnte nicht, daß mir gerade eine Gelegenheit in den Schoß gefallen war, nun meinerseits ihr das Leben schwerzumachen. Wie schwer, davon machte nicht einmal ich mir eine Vorstellung.

Ich kam zwei Stunden vor der Zeit in Shaftesbury an, nachdem zwei Züge und ein Bus weniger Zeit gebraucht hatten, als ich dafür angesetzt hatte. Bisher war ich – stillschweigend geduldet – überhaupt nur dort gewesen, um meine Tochter zu besuchen, und immer schien die ganze Stadt mein Kommen widerwillig hinzunehmen. Für mich saß sie nicht sanft auf ihrem Hügel über Cranborne Cross. Immer war sie sonnenlos und voller Argwohn, Gold Hill und der grüne Horizont verschworen sich hinter grimmig-grauem Dunst.

So war es auch an diesem Tag. Weil ich Zeit totschlagen mußte, ging ich zum »Ship Inn« in der Bleke Street. Gewöhnlich kehrte ich hier ein, nachdem ich meinen Besuch in Archdene abgestattet hatte und nicht vorher. Heute schien es irgendwie gleichgültig zu sein, ob Helen vermutete, daß ich getrunken hatte. Und die Wirtsstube war ein warmes Plätzchen, in dem man sich wohl fühlte, so daß ich an die Bar ging und mit einem Landmaschinenvertreter aus Yeovil ein Bier nach dem anderen trank.

Elizabeth hatte, beim dritten Bier fiel es mir ein, viel von Hardys Lyrik gelesen, und nun saß ich hier und machte ihm das unbeabsichtigte Kompliment, meine Nachforschungen ausgerechnet in seinem Shaston zu beginnen. Nicht etwa, daß ich irgendeines seiner Gedichte gelesen hätte, nur einige Romane von ihm, aber die Zeilen, die Strafford zitiert hatte, kommen mir immer wieder in den Sinn. »Ja, nun, am Ende, bin ich wieder eingetreten in diesen deinen alten Ort.« Noch war es nicht soweit, aber mir war, als sei es schon geschehen.

Am Ort war ich noch nicht, aber der Fährte folgte ich bereits. Sie führte mich um zwei Uhr aus dem »Ship Inn« hinaus und den Tout Hill hinab. Archdene war das eleganteste und letzte in einer Reihe von vier strohgedeckten Bauernhäusern, die sich an den Hügel schmiegten, auf dem Shaftesbury gelegen war – es hatte im Grunde etwas von einer guterhaltenen Antiquität an sich, und das gehörte sich auch so, wenn man bedachte, daß Helens jetziger Ehemann, Ralph Corbett, in den Marktflecken von Wessex herumstrich und mit gut erhaltenen Antiquitäten handelte. Sogar ich mußte zugeben, daß er einen guten Geschmack hatte und Archdene ihn illustrierte – ein altes Häuschen, gewiß, aber aufwendig restauriert, wobei man die geräumige Garage vor allen Blicken verborgen in den Hügel hinein gebaut hatte, um den Eindruck von Großmutters guter alter Zeit nicht zu verderben. Die Titelseite eines Hochglanzprospekts für den Landkreis hätte man mit einem Foto des Hauses schmücken können, was übrigens gewiß schon geschehen war. Kein Vater konnte etwas dagegen haben, wenn man seine Tochter in einer solchen Umgebung aufwachsen ließ, schon gar nicht einer, der keine Alternativen zu bieten hatte. Aber natürlich hatte ich etwas dagegen.

Niemand reagierte auf die Türglocke. Ich blickte seitlich hinter das Haus und bemerkte erleichtert, daß Ralphs Range Rover nicht in der Garage stand. Dann sah ich Helen am oberen Ende des ansteigenden Gartens; sie beugte sich gerade über eine Reihe im Gemüsebeet. Ihr Haar war ziemlich streng zurückgebunden, und sie hatte Pullover, Jeans und Gummistiefel an – ganz die Dame auf dem Lande. Ich rief sie nicht – ich hätte gar nicht gewußt, was ich hätte rufen sollen –, sondern ging dem Weg nach, der zu ihr hinaufführte. In den Steingärten um den üppigen, terrassenförmig angelegten Rasen herum blühten Krokusse und Narzissen, und der Gemüsegarten darüber machte einen gepflegten und sauber angelegten Eindruck. Das war alles Ralphs Einfluß. Helen verstand sich nicht aufs Gärtnern – jedenfalls früher nicht. Allerdings war sie immer anpassungsfähig gewesen und hatte sich nun gut in ihre neue Rolle hineingefunden.

Sie hörte mich kommen und blickte mit dem heftigen kleinen Stirnrunzeln, das für sie typisch war, zu mir auf. Sie war nicht überrascht, mich zu sehen, aber sie schenkte mir nicht die Andeutung eines Lächelns.

»Hallo«, sagte ich, noch keuchend nach dem kurzen Anstieg.

»Tag, Martin. Leider ist Laura nicht da«, sie nahm eine mögliche Frage meinerseits vorweg. »Ich hatte gestern übersehen, daß sie bis drei Uhr Spielschule hat. Sie ist in einer kleinen Gruppe, in der sie auf die richtige Schule vorbereitet werden soll.«

»Das macht nichts. Ich habe mich ohnehin verspätet.«

»Wie war das Pub?« Auf diese Weise signalisierte sie, daß mein Trinken nicht unbemerkt geblieben war.

»Sehr gut – Shaftesbury ist in dieser Hinsicht gut versorgt.«

»Das glaube ich. Aber wir gehen praktisch nie ins Gasthaus.«

»Ihr habt wohl wenig Zeit dazu, wenn ihr diesen Garten in Ordnung halten wollt.«

»Es gibt tatsächlich um diese Jahreszeit sehr viel Arbeit. Gehen wir hinein. Ich mache einen Kaffee«, sagte sie nach einer Pause. Es folgte aber keine Stichelei in dem Sinne, daß Kaffee eine ernüchternde Wirkung habe, was für mich einen kleinen Sieg bedeutete.

Wir gingen zum Hintereingang des Hauses, durch den Anbau, den Ralph hatte bauen lassen, und von dort in die Küche – geflieste Böden, Möbel in Naturkiefer, ein altmodischer, aber nagelneuer Herd in der breiten Feuerstelle, darüber, wie Kunstobjekte aufgehängt, Saabatier-Messer und Le-Creuset-Töpfe und der Filterkaffee in einem Dunoon-Krug serviert.

»Ich muß Laura in einer halben Stunde abholen«, sagte Helen. »Willst du mitkommen oder hier warten?«

»Ist es weit?«

»Nein. Gleich um die Ecke.«

»Dann laß uns doch zu Fuß gehen.«

»Es tut mir leid, daß sie nicht schon hier war, als du kamst.« Was sie in Wirklichkeit sagen wollte, war, daß es ihr leid tat, daß sie allein war, als ich kam. Mir kam das nur entgegen.

»Das ist gar nicht schlimm. So haben wir Gelegenheit, uns zu unterhalten. Wie geht es deiner Familie?«

»Du meinst Mama und Papa?«

»Ja.«

»Gut. Warum fragst du?«

»Pure Neugier. Ich hatte nie etwas gegen sie.«

»Sie wären erfreut, das zu hören.«

Ich ignorierte die Spitze in ihrer Bemerkung und fuhr fort, ehe sie sie schärfen konnte. »Und deine Großmutter?«

»Bei blühender Gesundheit.«

»Wie schön. Ich mochte die alte Dame.«

»Du hast sie nur einmal gesehen.« Noch eine Spitze, der man die Schärfe nehmen mußte.

»Das stimmt.« Ich vermied es, darauf anzuspielen, wo es gewesen war. Dies war nicht der Augenblick, um Helen an unsere Hochzeit zu erinnern. »Aber sie war sehr ... beeindruckend.«

»Das ist sie immer noch.«

»Wie alt ist sie denn jetzt?«

»87, 88. So in der Gegend.«

»Und immer noch so gut beisammen?«

»Ja, ausgesprochen, als ich sie zum letzten Mal gesehen habe.«

»Wo wohnt sie jetzt?«

»Immer noch in dem Haus in Miston. Warum fragst du?«

»Wo genau ist das eigentlich?«

»In West Sussex. Aber warum willst du das wissen?«

»Pure Neugier.«

»Ach was. Wann wärst du neugierig gewesen, was meine Familie angeht? Feindselig, gleichgültig: ja. Aber neugierig?«

»Historiker sind immer neugierig, was die Vergangenheit betrifft.« Diese unpersönliche Halbwahrheit war meine Art, der Gereiztheit aus dem Weg zu gehen, die sich einzuschleichen begann. Was ich unter allen Umständen vermeiden wollte, waren gegenseitige Beschimpfungen.

Helen setzte ihre Kaffeetasse klirrend auf den Tisch. »Jetzt spielst du dich aber ein bißchen arg auf, Martin, oder?« Sie bemerkte, daß sie ein wenig Kaffee auf dem Tisch verschüttet hatte, stieß einen wohlerzogenen Fluch aus und holte einen Lappen. »Du beschäftigst dich jetzt also professionell mit Geschichte?«

»Gewissermaßen.« Das war richtig, in einem Sinn. Aber Helen würde diesen Sinn nicht verstehen. Sie hatte den Ausdruck Geschichte gebraucht, als handle es sich bei mir um einen Beruf wie die Medizin oder die Juristerei, aber sarkastisch, wohl wissend, daß es nicht zutraf. »Ich beschäftige mich wissenschaftlich mit der Geschichte der Suffragettenbewegung.« Ich griff nach dieser bequemen Lüge, um mein Interesse zu erklären. »Deine Großmutter ist die einzige Person, von der ich weiß, daß sie diese Zeit miterlebt hat und die aus erster Hand dazu eine Meinung abgeben kann.«

»Du kennst meine Großmutter nicht.« Das wollte sie mir nicht gönnen. »Und ich kann nicht glauben, daß du dich mit irgend etwas wissenschaftlich beschäftigst.«

»Warum nicht? Das Thema ist interessant.«

»Mag sein. Aber wenn ich sage, ich kann nicht glauben, daß du dich wissenschaftlich damit beschäftigst, dann meine ich damit, daß du lügst.«

»Warum sollte ich?«

»Ich weiß nicht. Aber ich traue dir nicht.« Das konnte ich ihr nicht übelnehmen – sie hatte guten Grund dazu. »Und ich will nicht, daß du Großmama belästigst.«

»Ich werde mich bemühen, es zu vermeiden.« Ich hatte nicht vor, mich sehr zu bemühen.

Die antike Wanduhr aus blankem Messing schlug die Viertelstunde. »Es ist Zeit, Laura abzuholen.« Sie fing an, die Tassen in die Spüle zu räumen, wobei sie so geräuschvoll zu Werk ging, daß ich merkte, wie sehr sie verärgert war, eine Reaktion, die ich gehofft hatte vermeiden zu können.

Sie zog einen Anorak über und ging zur Tür, also folgte ich ihr. Wir gingen rasch und schweigend die kleine Straße entlang, die um den Hügel herum einen Bogen beschrieb, bis wir zu einer kleinen viktorianischen Schule gelangten, die auf einem mit Maschendraht umzäunten Schulhof lag. In einem Erweiterungsbau fanden wir Laura in einer kleinen Gruppe schwatzender Kinder, die darauf warteten, abgeholt zu werden.

Laura sah überrascht aus und begrüßte mich mit kindlich-bewußter Förmlichkeit, so daß ich nicht den Mut hatte, ihr einen Kuß zu geben oder sie in den Arm zu nehmen. Ich brachte bloß ein klägliches Hallo heraus. Um die Wahrheit zu sagen, war ich ihr gegenüber nie unbefangen gewesen, was umgekehrt auch für sie galt. Unsere Kontakte hatten immer etwas Künstliches an sich. Sie gaben mir das Gefühl, der am wenigsten beliebte Onkel zu sein. Wir gingen also in gedrückter Stimmung nach Archdene zurück und sprachen über die Spielschule (die ihr Spaß machte) und die »echte« Schule (auf die sie sich zu freuen glaubte), während Helen ein wenig vorausging und mit einer Nachbarin und ihrem rothaarigen Sohn sprach, wobei sie jeden Hinweis auf meine Identität vermied. Sie blieben ein paar Minuten am Gartentor stehen, um ihre Unterhaltung zu Ende zu führen, während Laura und ich ins Haus traten. Laura setzte sich auf einen Hocker in der Diele und begann, die Schnallen ihrer Sandalen zu öffnen. Mein Blick fiel auf ein großes Adreßbuch neben dem Telefon. Ich konnte mich darauf verlassen, daß Helen ein solches Buch sorgfältig führte, also blätterte ich es durch und fand auch wirklich unter G für Großmama: Quarterleigh, Miston, West Sussex. Telefon: Midhurst 5376. Ich notierte mir die Adresse.

Erst jetzt fiel mir auf, daß Laura jede einzelne meiner Bewegungen mit tellergroßen Augen verfolgt hatte, was ja auch viel interessanter war als die widerspenstigen neuen Schnallen an ihren Sandalen. »Was schreibst du da auf, Martin?« fragte sie. (Helen hatte sie dem »Papi« schon vor Jahren entwöhnt, und ich konnte mich deswegen nicht beschweren.)

»Nur eine Adresse.«

»Von wem?«

»Von deiner Urgroßmutter.« Sie legte ihre Nase in Falten. »Großmama Couchman.«

»Ich mag Großmama Couchman«, sagte sie und lächelte bei dem Gedanken. Es war das erste Mal, daß sie lächelte, seit wir sie abgeholt hatten. Das und die Butterblumen auf ihrem Kleid rührten mich plötzlich. Warum war mir meine eigene Tochter fremd? Ich kannte den Grund, und das machte es nicht besser.

»Ich mag sie auch. Ich hatte gedacht, ich könnte sie einmal besuchen.«

In diesem Moment kam Helen herein. »Inzwischen solltest du die Sandalen aber ausgezogen haben«, sagte sie, noch immer ärgerlich, aber meinetwegen, nicht wegen Laura.

Laura nahm einen neuen Anlauf bei der Schnalle, aber innerlich war sie nicht bei der Sache. »Martin will Großmama Couchman besuchen.«

Helen warf mir einen bösen Blick zu, sprach jedoch weiter mit Laura. »Das ist im Moment ganz unwichtig. Jetzt kümmern wir uns erst einmal um diese Sandalen.« Sie beugte sich hinunter und löste ihr die Schnallen. »So, jetzt marsch in die Küche, und ich mache dir einen Tee.« Laura hüpfte durch die Diele davon. Das bot Helen die Gelegenheit, mich ins Kreuzverhör zu nehmen. »Stimmt das?« Es war mehr Anklage als Frage.

»Ich erwäge die Möglichkeit. Das hatte ich dir gesagt.«

»Um sie wegen der Suffragetten zu befragen?«

»So in dieser Richtung.«

»Ich glaube dir nicht. Da steckt etwas anderes dahinter.«

»Warum denn?«

»Ich weiß nicht. Aber es ist bestimmt so.«

»Wenn du meinst.« Ich war es leid, versöhnlich zu sein, aber ich wäre es besser geblieben – diese Taktik war einfach die beste.

»Ich will nicht, daß du meine Großmutter belästigst.«

»Es wäre keine Belästigung.«

»Das Urteil darüber überläßt du besser mir. Ich will nicht, daß du irgend jemanden von meiner Familie behelligst. Das hatten wir so vereinbart. Erinnerst du dich?«

Ich erinnerte mich. Allerdings konnte ich es mir nicht leisten, mich an diese Vereinbarung zu halten. »Wir hatten vereinbart, daß ich Laura jederzeit besuchen könnte. Dieses Recht habe ich nicht mißbraucht, oder?«

»Nein, aber nur, weil du dir nichts aus ihr machst.«

»Wie willst du das wissen?«

»Weil ich dich kenne.« Jetzt wurde es ungemütlich, und die Dinge gerieten außer Kontrolle. »Hör zu« – was ich auch tat, denn herumkommandieren konnte sie mich immer noch, einer der Gründe, warum ich sie haßte –, »laß Großmama in Ruhe und meine übrige Familie, oder ich kann dafür sorgen, daß du Laura nicht mehr besuchen darfst. Möchtest du das?«

»Natürlich nicht.« Aber wie sollte ich es vermeiden? »Das führt doch zu nichts, Helen, und gehen muß ich jetzt auch.« Das schien die beste Lösung zu sein. »Ich werde Laura auf Wiedersehen sagen und dann gehen – wenn du keine Einwände hast.« Ich wartete nicht auf ihre Zustimmung.

Es war in der Tat ein überstürzter Abschied. Laura wurde von meinem Gehen ebenso überrascht wie von meinem Kommen. Als Helen gesagt hatte, daß ich mir nichts aus Laura machte, war sie der Wahrheit unangenehm nahe gekommen. Natürlich mochte ich sie gern, aber nicht gern genug. Ich wußte, daß ich eigentlich nur gekommen war, um so viele Informationen wie möglich über Lady

Couchman zu bekommen. Alles andere war ein Vorwand, den ich nicht aufrechterhalten konnte. Ich ging also, und so abrupt, daß Helen kaum mehr Zweifel an der Berechtigung ihres Verdachts hegen konnte.

Inzwischen fiel dichter, kalter Regen. Ich folgte den Straßen, die in einem weitgeschwungenen Bogen um den Fuß des Burgbergs herumführten, und stieg dann den Gold Hill über Kopfsteinpflaster zurück zur Stadt hinauf, wo der berühmte Ausblick auf Cranborne Chase von Wolken verhangen war. Ich hatte es eilig fortzukommen, mußte aber in der High Street lange auf einen Bus zum Bahnhof Gillingham warten. An der Haltestelle standen ein Junge und ein Mädchen, die sich küßten und kicherten. Sie sahen beide zu jung dafür aus, aber für mich war es an diesem Nachmittag ein bedrückendes Omen. Ich konnte den Blick nicht abwenden, und ich durfte gewiß nichts dagegen haben. Zwischendurch ging der Junge in ein nahegelegenes Geschäft, und ich betrachtete das Mädchen, das sich mit einer Andeutung hochmütiger Schönheit in ihren Zügen an das Haltestellenschild lehnte, aber energisch ihren Kaugummi kaute und die Zigaretten, die der Junge zurückbrachte, gierig entgegennahm. Ich war erleichtert, als der Bus kam. Die beiden stapften nach hinten, und ich setzte mich nach vorn, mit meiner Reisetasche voller Geheimnisse.

Im Zug nach London überdachte ich meinen nächsten Schritt. Straffords Elizabeth lebte noch und war wohlauf, und ich hatte jetzt ihre Adresse in Sussex. Es war naheliegend, nun dorthin zu fahren. Aber irgend etwas ließ mich zögern. Ich fühlte mich noch nicht ganz bereit. Als der Zug in Salisbury hielt, stieg ich, einer plötzlichen Laune folgend, aus und ging zur Kathedrale. Der Regen hatte aufgehört, und eine wäßrige Sonne beschien den freundlichen alten Bau. Es gab nur eine Teestube mit einem schönen Blick auf das Grün vor der Kathedrale, ein altmodischer Raum voller hochlehniger Holzbänke und dämmriger Alkoven und Grüppchen geschwätziger Damen der Provinzstadt, die sich an den kleinen Holztischchen drängten, die ihrerseits mit Teekannen, Kuchentabletts und weißen Spitzendeckchen überladen waren. Ich kam gerade noch rechtzeitig, ehe geschlossen wurde, und saß allein an einem Tisch, wo ich meinen

Kaffee an einem Fenster schlürfte, durch dessen Butzenscheiben die in der Sonne aufleuchtende Silhouette der Kathedrale zu runden Linien verformt wurde.

Das mußte der Ort sein, wo Jahre zuvor Strafford und Elizabeth auf ihrem Weg nach Barrowteign Halt gemacht hatten, als alles noch gut war, als sie über Hardys Lyrik debattieren und einander über die Teetassen hinweg zulächeln konnten. Es war ein unheimliches Gefühl, fast siebzig Jahre danach, in denen sich – scheinbar – so wenig verändert hatte, am gleichen Platz zu sitzen. Aber wir hatten uns verändert – sie und ich –, und nicht zum Besseren. Als ich die Teestube verließ, setzte ich mich auf eine Bank am Rand der Grünanlage und schaute zu, wie das Licht auf der prächtigen Fassade verblaßte. Dann ging ich langsam zum Bahnhof zurück – allerdings ohne dieses Ziel zu erreichen. Ich war nicht in Stimmung für eine lange und einsame nächtliche Bahnfahrt. Sellick bezahlte mich gut, und ich kam an einem Gasthaus vorbei, aus dessen Bar ein fröhlicher und einladender Lärm drang. Ich nahm mir ein Zimmer für die Nacht und brachte den Rest des Abends damit zu, die lokalen Biersorten zu testen. Ich trank natürlich zuviel, was mich aber nicht daran hinderte, mit einer hervorragenden Idee aufzuwachen, so daß ich schon früh in der Stadtbibliothek zu finden war.

Es brauchte keine besondere Intelligenz, um zum Nachschlagen gleich auf die Nationalbiographie zu verfallen. Tatsächlich stieß ich auf ihn – im Supplementband für die zwischen 1951 und 1960 verstorbenen Persönlichkeiten. Sellick hatte mir erzählt, daß er den Eintrag gefunden hatte und daß er wenig ergiebig gewesen sei. Er hatte recht. Ich hatte den Eindruck, daß ein ehemaliger Innenminister einen etwas ausführlicheren Eintrag verdient gehabt hätte. Aber nein, das gestelzte Biographiechinesisch zielte auf die Oberfläche und verfehlte sein Ziel nicht.

»Strafford, Edwin (1876–1951), Politiker, geboren in Barrowteign in Devon am 20. April 1876, zweiter Sohn des George Strafford, Oberst der Indienarmee. Er besuchte Marlborough und das Trinity College, Cambridge ...«

In diesem Stil ging es weiter. Nach Straffords eigenem Lebensbericht war das fade und blutleer.

»Als Asquith 1908 Premierminister wurde, überredete er Herbert Gladstone dazu, aus dem Innenministerium zu scheiden, und ernannte an seiner Stelle Strafford, eine außerordentlich prompte Anerkennung für den vielversprechenden jungen Parlamentsabgeordneten.« Wissen wir alles, wissen wir schon. »Ob dieser rasche Aufstieg ihm zu Kopf stieg oder die schwierigen Aufgaben seines Amtes seine Fähigkeiten schließlich überstiegen, muß Spekulation bleiben« – eine Spekulation, die mir wenig zusagte und die Strafford mißfallen hätte –, »denn er blieb nur zwei Jahre im Amt, ehe er 1910 zurücktrat, kurz nach der Einberufung der Verfassungskonferenz, die einen Versuch zur Lösung ...« Ja, aber was hatte es mit diesem Rücktritt auf sich? »Es gab damals keine überzeugende Begründung für Straffords Ausscheiden, und es ist seither nichts Neues ans Licht gekommen. Die am weitesten verbreitete Theorie besagt, daß er den Glauben daran verlor, durch die Konferenz könne die Auseinandersetzung zwischen dem Ober- und Unterhaus beigelegt werden, ungeduldig wurde und versuchte, Asquith in einer Art Schreckreaktion dazu zu bewegen, einschneidendere Maßnahmen zu ergreifen. Falls er glaubte, andere Minister würden seinem Beispiel folgen, so befand er sich in einem bedauerlichen Irrtum, und falls er, wie zu vermuten steht, in jugendlicher Selbstüberschätzung den typischen Fehler machte, sich für unersetzlich zu halten, so wurde er prompt eines Besseren belehrt. Der so rasch Aufgestiegene wurde ebenso rasch zu Fall gebracht. Sein Schicksal hatte Ähnlichkeit mit dem Lord Randolph Churchills, als dieser 1887 als Schatzkanzler zurücktrat. In beiden Fällen wurde die Geste einfach ignoriert, und den Schaden hatten im Ergebnis nur die Urheber. Wie Churchill führte auch Strafford nun ein Schattendasein, und Freunde und Kollegen verzweifelten an ihm.« Wo blieben die Beweise? Der Verfasser mochte Strafford nicht – soviel war klar. »Nach der Wahl im Dezember 1910 schied er aus dem Parlament aus und lebte vorwiegend in Devon, bis der Erste Weltkrieg ausbrach, den er als Angehöriger seines Regiments in Frankreich erlebte. Seine militärische Laufbahn verlief unauffällig.« Eine vernichtend knappe Feststellung, die mir im Halse steckenblieb. »Nach Kriegsende wurde er zum Konsul Seiner Majestät für Madeira ernannt; er hatte dieses Amt von 1919 an inne, bis er

1946 in den Ruhestand trat. Als 1931 dort im Exil lebende Aufrührer aus dem portugiesischen Mutterland die Insel unter ihre Herrschaft bringen wollten, bewährte er sich und erntete dafür den Dank der Regierung MacDonald. Im übrigen war der Posten so unbedeutend und abgelegen, daß er in der Öffentlichkeit im Heimatland völlig in Vergessenheit geriet.« Der Verfasser schien Vergnügen daran zu finden, diesen Umstand hervorzuheben. »Strafford lebte nach dem Eintritt in den Ruhestand weiter auf Madeira; der Tod ereilte ihn jedoch während eines Besuchs bei seinem Neffen in Barrowteign, als er in den frühen Morgenstunden des 5. Juni 1951 auf einem Bahnübergang unter einen Zug geriet. Er wurde auf dem Friedhof des Nachbarorts Dewford begraben.« Die Ironie des Schicksals, daß Straffords Bruder vierzig Jahre vorher unter vergleichbaren Umständen ums Leben gekommen war, wurde mit keiner Silbe erwähnt. Mich ärgerte das. Während ich mich damit abmühte, das Geheimnis Strafford aufzudecken, hatte irgendein Schreiberling diesen abfälligen Nachruf zu Papier gebracht, ohne überhaupt zu wissen, daß es ein Geheimnis gab. Ich wappnete mich für das Resümee.

»Es war vielleicht unvermeidlich, daß einige oder zumindest einer der jungen Männer, die Asquith förderte, am Ende seinem hohen Amt nicht gewachsen war. Darin lag Straffords Schwäche, und es traf sich unglücklich für ihn, daß es so viele fähige Zeitgenossen gab – namentlich Lloyd George und Winston Churchill –, die seinen steilen Niedergang als so krassen Gegensatz erscheinen ließen.« Bibliographische Verweise gab es praktisch keine: die *»Times«* vom 6. Juni 1951, persönliche Mitteilungen, eigene Erkenntnisse. Mit anderen Worten, Ignoranz und üble Nachrede. Wer hatte so etwas verfaßt? Drei Initialen – M. E. B. – schützten den Übeltäter. Ich ging die Liste der Mitarbeiter durch, um ihn identifizieren zu können.

M. E. B.: Marcus Everard Baxter. Ich stutzte: Den kannte ich. Professor Baxter war mein Studienbetreuer in Cambridge gewesen, ein Trinker und Langweiler, aber auch, zu seiner Zeit, ein begabter Historiker und anerkannter Experte der politischen Geschichte Englands im zwanzigsten Jahrhundert. Sein Urteil zählte – mehr als meines irgendwem gegenüber zählen würde. Marcus Baxter, der sich seine Sporen als Historiker mit einem Rufmord für die englische

Nationalbiographie verdiente. Darauf hätte ich verzichten können. Aber wenn der alte Säufer sich zum Richter und Geschworenen eines Mannes aufschwang, dem man Unrecht getan hatte, dann war ich bereit, die Verteidigung zu übernehmen. Jedenfalls war er jemand in Cambridge, an dem man eigene Vorstellungen testen konnte, und wenn ich dabei seine Darstellung von Straffords Persönlichkeit in Mißkredit bringen konnte, um so besser.

Baxters hochnäsiges Urteil beflügelte mich mit einem – in Shaftesbury gebremsten – Elan, den ich brauchte, um Elizabeth aufzusuchen, diejenige Überlebende aus der Zeit, die vielleicht alles wußte. Nach einer Nacht in London brach ich nach Miston auf.

Mir gefiel das Wenige, was ich von Chichester zu sehen bekam, dieser schüchternen Kathedralenstadt, die so adrett in der warmen Tiefebene von Sussex liegt, aber mir fehlte die Zeit für eine Besichtigung. Durch die South Downs nach Norden führende Buslinien waren spärlich, so daß ich ein Taxi nahm. Ein geschwätziger Fahrer mit feistem Gesicht kutschierte mich an der Rennbahn von Goodwood vorbei und teilte mir mit – was ich mir hätte denken können –, daß die meisten seiner Fahrten hier endeten.

»Das kann ich mir vorstellen«, sagte ich nachdenklich, denn meine Gedanken schweiften in das Goodwood einer vergangenen Zeit, als eine Einladung, ein paar Wochen in Devon zu verbringen, ausgesprochen und angenommen wurde. Ich fragte mich, ob wohl die alte Dame in Miston heute je an das junge Mädchen in Goodwood dachte.

»Sie setzen wohl nicht bei Pferderennen?«

»Nein, das Risiko gehe ich nicht ein.« Andere vielleicht. Vielleicht war meine Reise selbst ein Risiko.

»In welches Dorf wollten Sie doch gleich?«

»Miston. Kennen Sie es?«

»Ich weiß schon, wo es liegt. Ein verschlafenes Dorf gleich hinter den Downs. Wie lautet die Adresse?«

»Setzen Sie mich einfach im Zentrum ab. Ich finde mich dann schon allein zurecht.« Ich wollte vermeiden, daß dieser Mann mit seinem Wagen den Kies einer Einfahrt im geruhsamen Sussex aufwühlte. Ich wollte ohne Aufsehen ankommen, im richtigen, von mir selbst gewählten Augenblick.

Auf der Höhe der Downs begrüßte uns die Sonne. Die Hügel, auf deren Hängen verstreut die Schafe mit ihren Lämmern weideten, wirkten sauber, grün und friedlich. Unter uns ragte eine kleine Kirche mit hölzerner Turmspitze aus einem Konglomerat von Strohdächern heraus. Als wir talwärts fuhren, erblickte ich ein Schild: MISTON – BITTE VORSICHTIG FAHREN. Natürlich taten wir das nicht, sondern der Wagen kam in der Ortsmitte neben dem Kriegerdenkmal mit quietschenden Reifen zum Stehen.

Ich zahlte und sah mich dann um. Das kleine Postbüro im Laden auf der anderen Straßenseite war in der Mittagszeit geschlossen. Weiter vorn drang aus der Wirtschaft ein freundliches Gemurmel – es war ein solides, anheimelndes, ehrliches englisches Pub, die Art, die ich mochte, mit allen einfachen ländlichen Annehmlichkeiten, wenn auch nicht einfachen ländlichen Gästen, nach den beiden im Nadelstreifenanzug zu urteilen, die gerade unter meinen Augen ins Freie traten und in ihren Firmenwagen stiegen. Miston war, wie die meisten übrigen englischen Dörfer, nicht mehr unabhängig von der Außenwelt. Das war einmal, dachte ich, als ich das Kriegerdenkmal hinter mir betrachtete: ein roh behauenes keltisches Kreuz über einem pyramidenförmigen Stein, der die Namen der jungen Männer aus dem Dorf trug, die »ihr Leben im Krieg gegeben haben, damit andere in Frieden leben können«. Ich fragte mich, was sie wohl mit einem Spesenritter an der Bar im »Royal Oak«, dem Dorfgasthof, angefangen hätten, und vergaß sie dann. Immerhin war ein Pub eine gute Adresse, um nach dem Weg zu fragen.

Man sagte mir, wie ich Quarterleigh finden könnte, und nach einigen Gläsern Bier machte ich mich auf den Weg, der eine enge modrige Gasse entlang führte, vorbei an einer ziegelgedeckten Seniorenwohnanlage im Fachwerkbau; an der Längsseite verlief eine gewölbte Säulengalerie, in der stark duftende Blumenkörbe hingen. Jenseits der Anlage verbreiterte sich die Straße vor der Fassade der Kirche, ein hinter Eibenhecken gelegener anspruchsloser Bau aus Flintgestein, den man auf einem Ausläufer der Downs errichtet hatte. Auf den Balken des Holzturms gurrten die Tauben, und als ich die Pforte zum Kirchhof aufstieß, suchten Kaninchen zwischen verfallenden Grabsteinen das Weite. Es tat einem leid, ihren Frieden zu stören, aber die Bedienung an der Bar hatte sich unmißverständlich ausgedrückt: »Am einfachsten gehen Sie durch den Kirchhof in die Croxon's Lane. Quarterleigh ist das Haus hinter dem Pfarrhaus.«

Ein Weg führte zur Kirchtür. Ein weiterer überquerte den Kirchhof und lief auf ein kleines Schwingtor in der Hecke zu. Diesen Weg nahm ich und ließ mein Auge über die Grabsteine wandern, manche überwachsen oder halb umgefallen, andere neuer und gut gepflegt. Es war ein merkwürdiges Gefühl, aber irgendwie auch angemessen, sich Elizabeth auf diesem alten, stillen Pfad zu nähern. Dann aber blieb ich wie angewurzelt stehen. Gleich am Weg stand ein blanker, weißer Marmorgrabstein. Die Inschrift war klar und schmucklos: »Gerald Victor Couchman, Angehöriger des Ritterordens, Oberst (Devonshire Regiment), verstorben am 26. September 1954 im Alter von 78 Jahren. Er ruhe in Frieden.« Hier also war eine erste Beute, zur Ruhe gebettet auf einem Kirchhof in Sussex. Aber in Frieden? Vielleicht nicht, wenn er wüßte, was ich auf der Suche nach seiner Vergangenheit aufrührte. Auf dem Grabstein hatte man noch Platz für einen weiteren Namen gelassen, den seiner Witwe, aber noch fehlte die Inschrift. Durch das Tor setzte ich meinen Weg fort.

Das Sträßchen dahinter zeichnete den Umriß am Fuß der Downs nach. Jenseits davon fiel der Boden sanft zum Bach ab, der durch Miston floß. Ich ging am Eingang des Pfarrhauses vorbei und weiter zur nächsten Einfahrt: Kies – frisch gestreut –, eine aus zwei Flügeln bestehende weiße Holztür, die von Forsythien flankiert war, deren Gelb in der Nachmittagssonne leuchtete. Die Grenze wurde durch eine hüfthohe Flintsteinmauer angezeigt, aber dahinter versperrte ein erhöht angelegter Steingarten mit Aubrietien, Rosenbüschen und darüber Zwergkiefern jeden Blick auf das Haus.

Am Tor hielt ich inne. Ich war noch nie hiergewesen, hatte Elizabeth nur einmal – flüchtig – bei meiner Hochzeit kennengelernt. Damals und bis jetzt war sie einfach eine dieser feindseligen, mißbilligenden Couchmans gewesen, nicht Straffords verlorene Liebe, die rätselhafte Verheißung aus seiner tragischen Vergangenheit. Einst ein Symbol, jetzt ein Schatten – wer war nun diese Dame selbst? Behutsam trat ich in die Einfahrt. Sie führte in einem Bogen an einer weiten Rasenfläche vorbei zur Vorderseite des Hauses. Quarterleigh war ein strohgedeckter Fachwerkbau in tadellosem Zustand, der Lehm leicht rosa getönt, die Fenster bleiverglast und mit Blumentöpfen geschmückt, freundlich aus dem Kamin kräuselnder Rauch, Geißblatt, das man in einem Bogen über die Tür gezogen hatte. Was konnte friedlicher, heiterer, weniger argwöhnisch sein? Nichts, mutmaßte ich. Aber warum auch? Warum sollte eine alte Dame darauf gefaßt sein, daß Nemesis sie mitten an einem milden Frühlingsnachmittag ereilen würde?

Es war nicht Elizabeth, die an die Tür kam. Dafür wurde sie zu hastig geöffnet, fast aufgerissen. Ich war überrascht, aber nur einen Moment lang. Der Grund stand vor mir. Henry Couchman, mein berühmter Exschwiegervater, hatte nichts von seiner blutunterlaufenen Aggressivität eingebüßt, seit ich ihn das letzte Mal gesehen hatte, als er mich drei Jahre zuvor vor dem Scheidungsrichter mit Widerwillen beäugt hatte, den Arm damals besitzergreifend um die Tochter gelegt, im Blick wütende Zurückweisung. Der wütende Blick und was er heißen sollte, waren geblieben. Er war der Herr im Haus, der Mann von Vermögen und soliden Tugenden, der dem ehrlosen Eindringling in den Weg trat.

Henry sagte kein Wort. Das gehörte zu seinen mit Recht gerühmten Stärken. Als weitgehend schweigsames Parlamentsmitglied war er in der konservativen Partei kometenhaft aufgestiegen und unter Heath Juniorminister gewesen, verfügte immer noch über eine eindrucksvolle Mehrheit in seinem Wahlkreis; ein Taugenichts von Schwiegersohn war da nicht willkommen. Wenn man so jemanden aus der Familie entfernt hatte, dann erwartete man, daß er sich nicht wieder blicken ließ.

Ich brach das Schweigen. »Ich wollte Lady Couchman sprechen.« Dann machte ich die naheliegende Feststellung: »Ich hatte nicht erwartet, dich hier zu sehen.«

»Das kann ich mir denken, mein Bester.« Henrys gönnerhafter Ton war unverändert. Aber während er früher dadurch erreichte, daß ich unsicher wurde, hatte ich nun einen heimlichen Vorteil. Ein anmaßender Schwiegervater wurde doch ein oder zwei Nummern kleiner, wenn man in ihm auch das Baby sah, das aus seinem Kinderwagen mit großen Augen Strafford angestarrt hatte.

»Ist sie zu Hause?«

»Für dich nicht.« In diesem Augenblick lächelte er fast im Gefühl seiner Überlegenheit. Strafford hat sich geirrt, dachte ich. Du hättest nie sein Sohn sein können.

»Heißt das, sie ist da?«

»Nein. Sie ist für ein paar Tage verreist.«

»Wohin, bitte?«

»Warum willst du das wissen?«

»Ich wollte sie sprechen, das ist alles.«

»Jetzt hör mir mal gut zu, Martin.« Henry plusterte sich mit diesem vertrauten Vorspiel zu einer arroganten Belehrung auf. »Meine Mutter kennt dich nicht und hat nicht vor, dich kennenzulernen. Diejenigen von uns, die dich kennen, wünschten, es wäre nicht so, und ich beabsichtige ganz gewiß nicht zuzulassen, daß du eine alte Dame belästigst. Als ich hörte, du wolltest kommen ...«

»Ich nehme an, daß Helen es dir erzählt hat.«

»Selbstverständlich.« Das hätte ich mir denken können. In diesem Augenblick sah ich sie am Telefon geradezu vor mir, ganz die besorgte Tochter, die mit ihrer Sorge aber nur den Haß auf mich tarnte. Wenn ich doch in Shaftesbury nur etwas raffinierter oder nüchterner gewesen wäre. Aber dazu war ich nicht fähig gewesen, und jetzt war es passiert. Elizabeth hatte man aus dem Verkehr gezogen und Henry als Wachtposten zurückgelassen. Aber warum? »Gott weiß, warum Helen deine Besuche hinnimmt. Wenn ich Ralph wäre ...«

»Das bist du aber nicht.« In Wahrheit hatte ich zwischen den beiden nie große Unterschiede gesehen. Henry war vermögender und glaubte deswegen, er könne sich mehr aufspielen.

»Das schwöre ich dir, Martin, wenn ich Ralph wäre, dann hätte ich einem verdammten Störenfried wie dir schon vor Jahren Beine gemacht. Der Kontakt zu meiner Enkelin geht mich ja vielleicht nichts an, aber der Seelenfrieden meiner Mutter ist bestimmt meine Sache. Das letzte, was sie braucht, ist, daß du hier herumschnüffelst.«

»Wonach denn?«

Diese Frage brachte ihn aus dem Gleichgewicht. Er nahm Zuflucht zu dem polternden Ton, der sonst seinen politischen Gegnern galt. »Was ... Woher soll ich das wissen?« Jetzt schien er sich wieder in der Gewalt zu haben. »Wir wissen nicht, was du im Schild führst, Martin, und wir wollen es auch gar nicht wissen.«

Ich sah meinen Vorteil und versuchte ihn zu nutzen. »Ich hatte gehofft, mit deiner Mutter über die Vergangenheit reden zu können – die Epoche der Suffragetten. Das interessiert mich als Historiker.« Henry schnaubte verächtlich. »Es könnte auch für sie interessant sein. Was ich nicht verstehe, ist, was dich daran beunruhigt.«

Henrys stählerner Blick flackerte. »Du beunruhigst mich nicht, mein Junge.« Merkwürdigerweise war das der erste Moment, in dem ich diesen Eindruck hatte.

»Irgend etwas beunruhigt dich aber so sehr, Henry, daß du im Handumdrehen deine Mutter fortgezaubert hast, um mich hier abzupassen.«

»Von wegen abpassen.« Sein Gesicht, das von Natur aus schon rot war, lief noch röter an. »Ich bin gekommen, um ungestört Papierkram aufzuarbeiten.« Jetzt fing er an, nach Entschuldigungen zu suchen. »Ich habe Besseres zu tun als . . .«

»Du hast aber eine merkwürdige Art, das zu zeigen.«

»Hör mal, Freundchen.« Er kam drohend auf mich zu.

»Nein, jetzt hörst du mir zu. Was weißt du über Edwin Strafford?«

Er erstarrte. »Über wen?« Man ging gewiß nicht fehl, wenn man seine Frage für überflüssig hielt.

»Edwin Strafford. Ein Freund deines Vaters – und deiner Mutter – zu verschiedenen Zeiten.«

»Noch nie von ihm gehört.«

»Wirklich? Ein Kabinettsminister unter Asquith – das solltest du doch wissen?«

»Warum?«

»Das würde ich eben gern erfahren.«

»Da gibt es nichts zu erfahren. Du sprichst in Rätseln, Mensch.«

»Das gebe ich zu. Aber es ist ein Rätsel, das ich zu lösen versuche. Edwin Strafford war einmal mit deiner Mutter verlobt.«

»Na und?«

»Du hast also doch von ihm gehört?«

»Das habe ich nicht gesagt. Ich könnte mir denken, daß meine Mutter in ihrer Jugend viele Bewunderer hatte.«

»Dieser eine war mit deinem Vater in Südafrika im Krieg und wurde später seinetwegen von deiner Mutter im Stich gelassen.«

Henry kam mir näher, so nahe, daß ich seine Whiskyfahne riechen konnte. »Ich weiß nicht, was für ein verdammtes Narrenspiel du hier spielst, aber ich rate dir in deinem eigenen Interesse, damit aufzuhören.«

Ich kannte Henrys Launen gut genug, um zu wissen, daß es bald Zeit wurde aufzuhören. Einer Eingebung folgend, beschloß ich aber, noch einen weiteren Versuch zu unternehmen. »Es handelt sich einfach um harmlose Forschung, Henry. Niemand muß deswegen ein schlechtes Gewissen bekommen. Edwin Strafford ist seit 26 Jahren tot. Du hast ihn allerdings einmal getroffen.«

Henry würde sich an das Treffen, an das ich dachte, nicht erinnern. Er reagierte jedoch, als sei das der Fall – an dieses oder ein anderes Treffen. »Ein schlechtes Gewissen? Was zum Teufel soll das heißen? Ich habe den Mann nie gesehen.«

»Ich glaube doch.«

»Ich habe dir nichts zu sagen, Radford. Verschwinde von meinem Privatgrund.«

»Schon gut. Ich werde freiwillig gehen – vorläufig.« Ich drehte mich um und ging so gleichgültig wie möglich die Auffahrt hinunter. Es war nicht der richtige Zeitpunkt, darauf hinzuweisen, daß Henry sich nicht auf seinem Privatgrund befand, sondern auf dem seiner Mutter. Vielleicht hatte er eine andere Art Privatgrund gemeint – die Vergangenheit, ein Familiengeheimnis, ein Treffen, von dem ich nichts wußte. Ich hörte, wie er die Tür hinter mir fest verschloß. Aber ich war noch nicht mit ihm fertig.

Ich ging durch den Friedhof zurück, an Couchmans Grab vorbei. Er hatte Strafford um drei Jahre überlebt, war noch dagewesen, als sein ehemaliger Freund 1951 nach England zurückkehrte und dort bei einem Unfall ums Leben kam. Hatten sie sich damals gesehen? Ich hatte eine empfindliche Stelle getroffen, als ich ein Zusammentreffen von Henry und Strafford zur Sprache brachte. Wenn es wirklich stattgefunden hatte, wann hätte es sonst dazu kommen können?

Im Dorf nahm ich einen Fußweg, der an einigen kleinen Häusern vorbei zum Bach hinunter führte. Bald stand ich in einer Wiese voller Butterblumen und Gänseblümchen, gegenüber der Kirche, auf der anderen Seite des Bachs. Ich stieg über ein Gatter und gelangte in einen Wald, der bis an den Bachlauf reichte; hier stieß ich auf einen Pfad, der durch Farn und wilde Hyazinthen an eine Stelle genau auf der Rückseite von Quarterleigh führte. Aus dem lichten Schatten des Waldes heraus hatte ich einen sicheren Standort und einen klaren Blick auf das Haus. Der rückwärtige Gartenteil senkte sich zum gegenüberliegenden Ufer hinab. Auf einer Seite lag die Garage, aus deren offenen Türen die Motorhaube von Henrys Jaguar herausschaute, auf der anderen ein großer Wintergarten und ein terrassenförmiger Küchengarten. Der übrige Garten mit einer saftigen Wiese und Blumenbeeten fiel zwischen Rhododendronhecken sanft zum Bach hin ab, wo die gelben Narzissenblüten in schwankendes Schilf am Ufer übergingen.

Ich blieb etwa eine Viertelstunde lang, wo ich war, bis es mir allmählich zu kalt und langweilig wurde, kam zum Schluß, daß Henry sich nicht zeigen würde, und gab meinen Beobachtungsposten auf. Als ich über das Gatter stieg und aus dem Wald ins Freie kam, glänzte in einem der oberen Fenster des Hauses etwas auf. Als ich hinaufsah, hatte ich den Eindruck, eine Gestalt trete in den Schatten des Zimmers zurück, und hielt es nicht für unmöglich, daß Henry mit einem Fernglas die Gegend abgesucht und die Linsen dabei das Sonnenlicht reflektiert hatten. Falls das so war, so hatte er mich entdeckt und wußte, daß ich Ausschau gehalten hatte. Aber ich wußte auch etwas: Der Henry, der mich polternd vom Grundstück vertrieben und mich vielleicht beim Spionieren ertappt hatte, dieser Henry hatte Angst. Die Frage war: Warum?

Ich kehrte zum »Royal Oak« zurück und nahm mir für die Nacht ein Zimmer. Am Abend saß ich in der Bar, trank Bier und spielte mit den Dorfbewohnern Darts. Ich ließ mehrfach den Namen Couchman ins Gespräch einfließen, brachte aber nichts in Erfahrung. Sie wußten, daß eine reiche alte Witwe in Quarterleigh wohnte, aber das war alles. Sie war weder eine exzentrische Einsiedlerin noch eine lokale Größe. Als ich das Grab erwähnte, erinnerte sich der Wirt an Sir Gerald als einen großzügigen Whiskytrinker, der regelmäßiger

Kunde in der Gaststube gewesen war und gute Tips für Pferdewetten gab.

Ich schlief gut und erwachte mit einem festen Plan. Vorläufig war Elizabeth für mich unerreichbar. Der einzige Hinweis, dem ich nachgehen konnte, war der Umstand, daß Henry leugnete, Strafford gesehen zu haben. Wenn sie je als Erwachsene zusammengetroffen waren, dann konnte das nur gewesen sein, als Strafford im Frühjahr 1951 heimkehrte. Er war damals nach Devon gefahren, um seinen Neffen aufzusuchen, und dort gestorben. Dahin also mußte ich gehen, um die Wand nach einer anderen hohlen Stelle abzuklopfen.

Während eines ereignislosen Wochenendes in London schrieb ich meinen ersten Bericht für Sellick, was mir schwerer fiel, als normal gewesen wäre. Indem ich ihm mitteilte, wie meine Suche nach der Wahrheit voranging, mußte ich mich über einen Teil der Wahrheit, die ich schon kannte, hinwegmogeln: daß ich für den Couchman-Clan ein Aussätziger war, daß Henry Couchman, selbst wenn er nichts gegen meine Fragen gehabt hätte, etwas gegen mich hatte. Aber ich ließ Sellick gegenüber keinen Zweifel daran, daß Henry etwas wußte, und stellte die Hoffnung in Aussicht, daß ich in Devon herausbringen könnte, was es war.

Rückblickend frage ich mich selbst, wie ich so wenig Bedenken haben konnte, die Wahrheit für meine Zwecke zurechtzubiegen. Nicht ein einziges Mal kam mir in den Sinn, daß ich genau das tat, was ich versuchen wollte, anderen nachzuweisen.

3

Erst am Montagnachmittag brach ich nach Exeter auf. Ich hatte mich bei Freunden zu Besuch angesagt, so daß ich keine Eile hatte. Irgendwo hinter Taunton begann der Zug, sich durch die dunkelgrünen Felder und an der ziegelroten Erde vorbeizuschlängeln, die von Straffords Heimat zeugten. Ich war noch nie mit diesen Assoziationen dort gewesen, hatte Crediton noch nie über den Bahnhofslautsprecher mit dem Akzent von Devon ausgesprochen gehört und dachte darüber nach, daß dies nun der Ort war, aus dem der alte Brauer Strafford stammte. Die Stadt gewann dadurch eine neue Dimension. Sie war nicht mehr einfach der Ort, wo ich gelegentlich ein Wochenende bei meinen Freunden, den Bennetts, verbrachte, nicht bloß die feine Kathedralenstadt am Exe. Sie hatte nun eine Vergangenheit bekommen und war Teil des Rätsels.

Vom Bahnhof St. Davis ging ich den Fluß entlang zur Exebrücke – inzwischen ein mehrspuriger Kreisverkehr und nicht mehr die einfache Steinkonstruktion, die Strafford mit seinem Wagen auf der Fahrt nach Barrowteign rumpelnd überquert hatte. Dort nahm ich den Bus hinauf zum modernen Wohnviertel auf der westlich des Flußufers gelegenen Anhöhe, wo die Bennetts voller Stolz ihr kleines Haus bewohnten, komplett ausgestattet mit Terrassentür, offenem Vorgarten und Einbaugarage – ein glückliches Vorstadtehepaar, das, ohne weiter darüber nachzudenken, eine geregelte, wohlgeordnete Existenz führte. Sie nahmen meine freundliche Kritik an ihrer häuslichen Routine gelassen hin, weil sie an einer überholten englischen Tugend festhielten: Toleranz. Nick und Hester hatten mich – und einander – kennengelernt, während wir unsere Lehrerausbildung machten. Ich war Nicks Trauzeuge gewesen und er meiner, da damals Alec wieder einmal (wie gewöhnlich) außer Landes weilte. Aber nicht deswegen waren wir Freunde geblieben. Das lag einfach daran, daß Nick und Hester nach meiner Entlassung aus dem Lehrberuf zu mir standen, in voller Kenntnis der Umstände, aber ohne mir Vorwürfe zu machen. Als andere sich von mir abwendeten, hatten sie mich für ein paar Wochen zu sich eingeladen, um die schlimmste

Zeit zu überstehen. Es war ein Freundschaftsdienst, den ich ihnen nie vergessen hatte.

Als ich die Straße hinaufkam, sah ich Hester, die gerade ein vorwitziges Unkraut auszustechen versuchte. Sie trug Latzhosen, die sie zusammen mit dem über den Rücken wallenden flachsblonden Haar für diese Arbeit zu jung und zart erscheinen ließen.

»Man kann nur noch ahnen, wie es früher einmal als Wiese ausgesehen hat«, sagte ich, indem ich von hinten an sie herantrat.

Hester sprang auf wie ein aufgescheuchter Hase – sie hatte eine besondere Begabung, Leute nicht kommen zu hören. »Was?« rief sie, drehte sich überrascht zu mir um und sah mich aus ihren großen, intensiven Augen an – Augen, die mir immer das Gefühl gaben, ich hätte besser sie und nicht Helen geheiratet oder es wenigstens versuchen sollen. »Ach, du bist's!« sagte sie lächelnd, als sie mich erkannte. Und dieses aufrichtige und vertrauensvolle Lächeln gab mir dann eben auch immer wieder das Gefühl, daß Hester jemand Besseren verdiente als mich – und ihn bekommen hatte.

Sie sprang von ihrer Kniebank auf und verpaßte mir einen schmatzenden Kuß. »Komm rein«, sagte sie mit übersprudelnder Begeisterung. »Hol Nick ein bißchen von seinen Korrekturen weg.«

Drinnen saß Nick seufzend über einem Stoß von Heften. Er blickte mit einem müden, zerknitterten Lächeln auf. »Die 4B ist schon schlimm genug, ohne daß du auftauchst«, sagte er. »Aber wenigstens habe ich so einen Vorwand aufzuhören. Wie geht's denn so?«

Und ich fing an zu erzählen – so gut ich konnte –, während Hester das Abendessen vorbereitete und Nick sich und mir einen Gin Tonic zur Entspannung gönnte und mir versicherte, was für ein Glück ich hätte, daß ich nicht mehr unterrichten müßte.

»Vor allem«, begeisterte er sich, »wenn man einen so bequemen Forschungsauftrag an Land zieht. Was gäbe ich nicht darum, meine Biographie John Clares zu schreiben«, ein Lieblingsprojekt, das er aus Zeitmangel nie in Angriff nehmen konnte, »statt mich durch das hier zu wühlen . . .« Er deutete mit einer Geste der Verzweiflung auf den Haufen tintenverschmierter Hefte und zog es vor, noch einen Schluck Gin zu nehmen, statt nach einer passenden Bezeichnung zu suchen. »Aber was führt dich hierher?«

»Straffords Familie lebte auf Barrowteign im Teigntal – es gehört jetzt dem Denkmalschutz.«

»Was suchst du dort?«

»Alles, was ich finden kann.«

Er wünschte mir Glück, und bei dem exzellenten Abendessen, das darauf folgte, schloß Hester sich ihm an. Sie bemerkte, daß ich gesund aussähe und glücklich wirkte, also könne der Auftrag, befristet oder nicht, nicht so schlecht sein. Sie hatte recht. Und bisher hatte der Job mehr für mich als ich für ihn getan. Der nächste Tag bot mir Gelegenheit, das etwas auszugleichen.

Am Morgen nahm Nick mich auf seinem Weg zur Schule bis zur Bushaltestelle mit.

»Viel Spaß«, rief er mir zu, als ich ausgestiegen war. »Denk an mich, wenn du heute nachmittag in Barrowteign herumschwirrst.« Dann fuhr er in einer Wolke von Auspuffgasen davon.

Der Bus, der sich die Hügel westlich von Exeter hinaufquälte, setzte mich in Farrants Cross auf der Straße nach Moretonhampstead ab. Nur am Donnerstag machte er den Umweg über Dewford – und heute war Dienstag. Allerdings ein herrlicher Frühlingstag, so daß es mir nichts ausmachte, die leere Straße ins Teigntal entlang zu marschieren, nur von Vogelgesang und dem aus den Wiesen rieselnden Wasser begleitet. Linker Hand verlief ein hoher überwachsener Damm. Auf Nicks Karte war er als ehemaliger Bahndamm markiert: die alte Eisenbahnlinie durch das Teigntal, die in ihrer Statistik aus sechzig Jahren unwirtschaftlicher Betriebszeit drei Todesfälle in einer Familie aus dieser Gegend verbuchte. Wer hätte das glauben mögen, wenn man sie nun freundlich und brombeerbewachsen unter blauem Himmel liegen sah?

Weiter südlich öffnete sich das Tal ein wenig. Die stillgelegte Bahnlinie war bloß noch eine Narbe, die parallel zum Fluß verlief, den ich von der erhöhten Straße aus erkennen konnte. Dann sah ich, was ich suchte: eine Baumgruppe in einer Parklandschaft, in die sich hohe Schieferdächer und rote Sandsteinmauern schmiegten: Barrowteign, das mich unverändert erwartete.

Die Straße stieg in eine kleine Senke hinab, und ich verlor das Haus aus den Augen. Weiter vorn befand sich eine Kreuzung. Das

Schild verwies auf Dewford zur Rechten und verschiedene Weiler zur Linken. Aber eine besondere Hinweistafel des Denkmalschutzes – BARROWTEIGN: HAUS UND GRUND, geöffnet vom 1. April bis 31. Oktober – wies ebenfalls nach links. Also folgte ich diesem Schild zwischen Feldern hinunter zu einer alten Steinbrücke über den Fluß. Gleich danach gabelte sich die Straße. Ein weiteres Schild des Denkmalschutzes wies mich nach links, und dort vor mir standen hohe Steinsäulen beiderseits des Tores. Die Straße führte hindurch und dann vorbei an einer frischgestrichenen Tafel: BARROWTEIGN. Es gab keine hohe Mauer, kein Pförtnerhaus, bloß Fichten, die das moosbewachsene, mit einem neuen Zaun versehene Ufer beschatteten. Ich blieb zwischen den Säulen stehen und ließ den Ort und den Augenblick auf mich wirken. Auf jeder Säule saß eine in Stein gemeißelte Schleiereule. Sie blickten starr auf den Besucher hinab und hielten zwischen ihren Krallen ein kleines Schild. Zeit und Witterung hatten jedes Wappen ausgelöscht, das die Schilder einmal getragen haben mochten.

Die Zufahrt bog abrupt aus der direkten Linie zum Haus hin ab; allerdings setzte sie sich hinter einem als PRIVAT beschilderten Tor in Form einer Allee von Linden fort, deren Blätter im Sonnenschein einladend hellgrün leuchteten. Für mich sah es so aus, als könnte das der Hauptweg gewesen sein, weil längs der Asphaltstraße, die mich zunächst vom Haus weg und dann wieder darauf zu führte, keine schattenspendenden Bäume standen. Und wenn ich nicht zu Fuß gewesen wäre und danach Ausschau gehalten hätte, dann hätte ich sicher den flachen Graben – einem trockenen Wassergraben ähnlich – übersehen, den die Straße etwas weiter vorn überquerte: die Bahnlinie, die den Park einst in zwei Teile geteilt hatte, aber jetzt, wo Einfriedung und Schienen verschwunden waren, mit fast vollständig von Gras bewachsenem Schotter, nur mehr eine leichte Bodenwelle unter den Rädern eines Omnibusses. Ich war verblüfft: nirgends ein Zeichen eines höhengleichen Bahnübergangs oder des Bahnwärterhäuschens.

Die Straße erreichte die Anhöhe, auf der das Haus stand, lief an einem Scheunenhof vorbei, der jetzt als Parkplatz diente, und endete auf einem quadratischen Kiesplatz am Fuß einer weißen Steintreppe.

Diese eröffnete den Zugang zu einem gepflasterten Bereich, der sich am Fuß des Gebäudes hinter einer kurzgeschnittenen Hecke erstreckte. Unten an der Treppe blieb ich stehen und schaute zum Gebäude auf: eine prächtige, aber nicht überladene Fassade, roter Sandstein mit helleren Steinen in den Einfassungen der Fenster: eine Eingangstür aus Holz unter einem rosettenverzierten Bogen, die vertraute Schleiereule hier so plaziert, als hielte sie die Laterne über die Tür, hohe Maßwerkfenster im Erdgeschoß, weniger zahlreich, aber im gleichen Stil ein Stockwerk höher, Erkerfenster darüber, unter dem steilen Schieferdach. Auf beiden Seiten des Mittelbaus schlossen sich Seitenflügel mit Giebeldach an, aus denen sich Erkerfenster nach vorn bauchten.

Vom Portal aus ging es geradewegs in die Eingangshalle, die trotz der hohen Fenster durch die Wandtäfelung und die Holzdecke dunkel wirkte und in der sich ein riesiger Kamin aus Granit befand; am entfernten Ende der Halle führten breite flache Stufen auf einen Absatz, wo sich die Treppe teilte und beiderseits auf eine Galerie führte, die drei Seiten der Halle umschloß.

Eine alte Dame, die wie ein kleines Vögelchen an ihrem Tisch beim Kamin hockte, verkaufte mir Eintrittskarten und Führer und betete dann ihren Spruch herunter. »Die Halle ist die viktorianische Nachahmung einer mittelalterlichen Tradition: ein Ort, an dem der Feudalherr seine Vasallen bewirtete. In diesem Fall gab der erste Mr. Strafford manchmal eine Einladung für seine Brauereiarbeiter. Aber die Tradition ist bald ausgestorben. Die Treppe ist aus massivem Teakholz und führt zu den Schlafzimmern. In jedem Zimmer finden Sie eine Broschüre mit Erklärungen.«

Ich dankte und ging weiter. Auf der anderen Seite des Kamins hing ein lebensgroßes Porträt, das von den Fenstern gegenüber helles Licht erhielt. Da war er, der Familiengründer, genau so, wie ich ihn mir nach der Beschreibung seines Enkels vorgestellt hatte: ein stolzer, stämmiger, rotgesichtiger Mann, gekleidet nach etwas farbloser georgianischer Mode, der in seiner eigenen Halle posierte und die Schöße seines Fracks mit selbstzufriedener Festigkeit ergriffen hatte. Auf dem kleinen Schildchen las man: THOMAS STRAFFORD (1789–1867), aber aus dem Bild las man viel mehr.

In einem kleinen Seitenraum der Halle fand ich ein weiteres Familienporträt: eine aufmerksame, würdige Gestalt in Uniform – Oberst George Strafford, M.C. (1819–1904), der »das Anwesen erweiterte und das Haus nach dem Tod seines Vaters renovieren ließ. Oberst Strafford war ein viktorianischer Gutsherr, Gemeinderat und großzügiger Wohltäter, aber kein Geschäftsmann. Die Familienanteile an der Brauerei wurden zu seiner Zeit veräußert.«

Das Eßzimmer: ein langer, rechteckiger, zum Essen gedeckter Tisch, ein vorstehender Kamin, ein kleinerer Frühstückstisch in einem Erker mit Blick auf den Garten. Ein weiteres Porträt, dieses Mal von Robert Strafford, in einem Tweedanzug, wie er gerade die Angel in das sprudelnde Wasser des Teign auswarf. »Mr. Robert Strafford (1870–1911) war ein besonderer Liebhaber des Landlebens – Jagen, Angeln (seine Bemühungen verbesserten den Ruf des Teign in Anglerkreisen enorm) und die Viehzucht (Gewinner von Goldmedaillen der Königlichen Landwirtschaftsvereinigung 1906, 1907 und 1909); noch heute sind Exemplare seiner prämierten Zuchtrasse im Park zu sehen.«

Von hier aus ging es weiter in die Bibliothek, deren Wandregale mit ledergebundener viktorianischer Literatur gefüllt waren, ein Globus, Stühle und in der Mitte ein langer Tisch: eine Arbeitsbibliothek, ausgeprägter als sonst an solchen Orten üblich. Und doch war ich enttäuscht: Was ich gesucht hatte, eine Spur meines Strafford, hatte sich mir entzogen. Ich konnte ihn mir hier vorstellen, aber warum kein offizielles Porträt? Warum kein »Mr. Edwins Studierzimmer«?

Der einsame Aufseher in der Bibliothek saß gelangweilt und lustlos auf einem Stuhl am Fenster, weswegen ich beschloß, seinen Vorrat an lokalen Informationen anzuzapfen. Er war ein freundlich dreinblickender alter Mann im Blazer mit Regimentsabzeichen, kurzgeschnittenem Schnurrbart und einem kundigen Blick.

»Verzeihung«, sagte ich.

»Kann ich Ihnen behilflich sein?«

»Ich hoffe. Der Rundgang durch das Haus hat mir gefallen, aber zur Familie hätte ich noch ein paar Fragen.«

»Ach ja?«

»Ja, ich bin Amateurhistoriker und erinnere mich, daß es um die Jahrhundertwende einen Politiker namens Strafford gegeben hat. Bestehen da irgendwelche Verbindungen?«

»Na, und ob. Der jüngere Sohn des Obersten, wenn mich mein Gedächtnis nicht trügt. Aber so etwas wie ein schwarzes Schaf, Sie verstehen schon.« Er zwinkerte mir zu. »Es gab einen Skandal. Er war gezwungen, ins Ausland zu gehen. Seine Mutter mußte sehen, wie sie zurecht kam, denn der Bruder war damals schon gestorben.«

»Ich erinnere mich nicht an einen Skandal.«

»Nein, natürlich, solche Sachen wurden damals diskret abgemacht, nicht wahr?« Ich nahm mir vor, ihn nicht zu korrigieren. »Jedenfalls war das der Anfang vom Ende der Familie. Bis Mr. Ambrose – der junge Mr. Strafford – volljährig wurde, war das Gut heruntergekommen. Nach dem Krieg ging es in die Hände des Denkmalschutzes über.«

»Und was ist aus dem jungen Strafford geworden?«

»Oh, der lebt noch hier. Also, nicht im Haus, aber auf dem Gelände. So jung ist er natürlich auch nicht mehr. Man sieht ihn häufig hier. Lodge Cottage ist gleich am Ende der Zufahrt.«

»Ich habe es nicht gesehen.«

»Das konnten Sie auch nicht. Die Straße folgt der alten Auffahrt nur bis zur Hälfte. Lodge Cottage liegt im privaten Teil.«

»Spricht etwas dagegen, daß ich Mr. Strafford aufsuche?«

»Ich glaube kaum. Aber um diese Tageszeit werden Sie ihn nicht antreffen.«

»Nicht?«

»Normalerweise nicht. Das ›Greengage‹ in Dewford ist der beste Tip. Dort ist er auch am ... umgänglichsten, wenn Sie verstehen, was ich meine.«

»Aha. Danke. Vielleicht schaue ich da mal vorbei.«

Draußen im Garten hatte ich dann keine Schwierigkeiten, die Abzweigung der Auffahrt zu finden, wo das Tor mit dem Schild PRIVAT zum Lodge Cottage führte, aber ich wollte nicht weitergehen. Der Aufseher wußte, wovon er sprach, und ich mußte etwas trinken. Also wandte ich mich zurück zur Brücke über den Teign, die Hauptstraße hinauf, und nahm dann den Weg nach Dewford hinein: ein an der Talseite zerstreut liegendes Dorf – immer auf und ab, enge Kurven und schmutzige Einfahrten. Dewford hatte nichts von dem Reiz der guten alten Zeit an sich, über den Miston verfügte. Es war ein Arbeiterdorf in Devon, in geradezu greifbarer Abhängigkeit von der Touristenattraktion auf der anderen Talseite. Was das »Greengage« betraf, so war es nicht der Ort, um auf Spesen zu tafeln: eine niedrige, dunkle Bar voller Feldarbeiter, die Pasteten aßen und Lagerbier tranken. Nur zur Abwechslung bestellte ich den traditionellen Apfelwein der Gegend und rief dem Wirt über das Geschepper eines Spielautomaten hinweg die Frage zu, ob Ambrose Strafford da sei. Ich hatte Pech. »Dienstags geht er immer nach Newton. Sie versuchen's am besten heute abend noch mal.« Ich kippte meinen Cider hinunter und ging.

Das war ärgerlich, aber dadurch hatte ich Zeit, Dewford zu erkunden. Etwas oberhalb lag die Kirche, deren Steinturm hinter einigen Eiben emporragte. Durch ein dunkles Portal betrat ich den kleinen Friedhof und brauchte nicht lang, um zu finden, was ich suchte: das Straffordsche Familiengrab. Drei Generationen waren da, von Thomas Straffords schlichtem, wenn auch zu groß geratenem Grab bis zu den trauernden Engeln zu beiden Seiten von »Robert Strafford aus Barrowteign, in diesem Pfarrbezirk, und Florence Strafford, seine geliebte Ehefrau, vormals Florence Hardistry aus Dartmouth, dahingerafft durch einen tragischen Unfall am 5. Januar 1911; im Tode vereint wie im Leben.« Von diesem großspurigen Grabmonument wurde ein kleiner Grabstein fast erdrückt, der sich mit einer überaus kurzen Inschrift begnügte: »E.G.S. 1876–1951; R.I.P.« Das war's. Nichts weiter. In der in den Stein gehauenen Vase jedoch waren frische Narzissen. Und es war eine grüne Oase, jetzt am Nachmittag sogar ein richtig sonniges Plätzchen, durchaus kein schlechter Ort. Plötzlich hatte ich den Wunsch, ich hätte Blumen mitgebracht. Das einzige Zeichen meiner Achtung waren die Memoiren in meiner Schultertasche und das, was ich mit ihnen vorhatte.

Ich verbrachte eine ruhige Stunde damit, die Kirche zu betrachten, und ging dann nach Barrowteign zurück, um einen erholsamen Tee in der Cafeteria zu trinken, die man im ehemaligen Dienstbotenflügel untergebracht hatte. Als um sechs Uhr geschlossen wurde, nahm ich den Rückweg vom anderen Ende der alten Auffahrt her, die auch mit PRIVAT gekennzeichnet war, und gelangte alsbald zum Lodge Cottage, das unter einer Gruppe von Linden neben der stillgelegten Bahnlinie lag. Es war ein bescheidenes, weiß getünchtes Häuschen mit einem gut gepflegten, eingezäunten Garten. Die Bahnlinie war nur eine unebene Spur im Gras, und vom Übergang war nichts geblieben als ein cremefarbenes Gatter aus fünf Stangen, das nun einen Teil der Gartenbegrenzung darstellte. Eine alte Baracke neben der Bahnlinie etwas weiter vorn war offenbar in eine Garage umgewandelt worden. Auf meiner Seite des Übergangs gab es noch einen Viehrost, aber die Schranke war durch einen Zaun ersetzt worden. Im Haus rührte sich nichts; ich ging trotzdem durch das niedrige Gattertor und betätigte den Türklopfer: Schmiedeeisen in der Form einer Eule. Niemand reagierte.

Also zurück zum »Greengage«. Nun, am frühen Abend, war es ruhig und leerer. Der beschäftigungslose Spielautomat blinkte in seiner Ecke melancholisch vor sich hin. Zwei fast völlig schweigsame Männer spielten Darts. Von einem einsamen Scheit im Kamin stieg ein feiner Rauchfaden auf. Ein grauschnäuziger Schäferhund lag vor der Feuerstelle, stellte ein Ohr auf und öffnete ein Auge, als ich hereinkam. Der Wirt war dabei, seine Gläser mit routinierter Sorgfalt blankzureiben. Als er mich eintreten sah, lehnte er sich über die Theke und flüsterte seinem einzigen weiteren Gast etwas zu. Dieser, ein grauhaariger alter Mann in einem voluminösen Schaffellmantel, nickte und blies eine Rauchwolke aus seiner Pfeife.

Ich bestellte ein Bier und trank mit Genuß einen großen Schluck. Mein Nachbar an der Theke blies noch mehr Rauch von sich und drehte sich um, um mich zu mustern. Sein graues Haar verlängerte sich über weiße Koteletten bis zu einem Schnurrbart, der vom Rauchen gelblich verfärbt war. Er hatte die rote Nase und geröteten Wangen des regelmäßigen Trinkers, aber die wäßrigen Augen und Lachfalten eines Mannes, den das Trinken nicht übererregt, sondern ausgeglichen macht. Vor ihm auf der Theke stand ein Zinnkrug. Unwillkürlich nahm ich das seitlich darauf eingravierte Wappen zur Kenntnis – die Strafford-Eule. Ich war nicht länger über die Person meines Nachbarn im ungewissen.

»Guten Abend«, sagte ich hoffnungsvoll.

»N'Abend«, gab er zurück und blies wieder Rauch aus. Ich mußte einen Hustenreiz unterdrücken. »Ted hier hat mir erzählt, ein neugieriger junger Spund hätte mich heute gesucht. Sind Sie das vielleicht?«

»Ich hatte allerdings die Hoffnung, Mr. Ambrose Strafford sprechen zu können.«

»Der bin ich.«

»Das habe ich mir schon gedacht. Ich heiße Martin Radford. Es freut mich, Sie kennenzulernen.« Ich streckte ihm die Hand hin. Er betrachtete sie nachdenklich, dann lächelte er und gab mir seine Hand. »Kann ich Ihnen etwas zu trinken bestellen?«

Er leerte seinen Krug. »Nur zu.« Der Wirt füllte ihn aus einem Ciderfaß an der Theke nach.

»Ich habe mir heute Barrowteign angeschaut. Es war ein hochinteressanter Rundgang.«

»Freut mich, daß es Ihnen gefallen hat.« Er sah allerdings nicht danach aus.

»Ich bin dadurch neugierig auf die Familiengeschichte geworden.«

»Das steht alles im Führer.«

»Über Edwin Strafford war aber nicht viel drin.«

»Warum sollte es anders sein?« Seine Augen wurden schmaler.

»Die hätten deine Geschichte über deinen Onkel drucken sollen, Ambrose«, warf der Wirt ein. »Da würden sie einiges verkaufen.«

»Sieht so aus, als ob Ted Ihnen liebend gern alles erzählen würde«, sagte Ambrose scharf.

»Nein, nein«, grinste Ted. »Du erzählst es besser, Ambrose.«

»Was für eine Geschichte?« fragte ich.

»Nun komm schon«, sagte Ted zu Ambrose. »Warum soll man sie ihm nicht erzählen? Ich habe sie oft genug gehört – ist doch kein Geheimnis, was du denkst.«

Ambrose kaute auf seinem Pfeifenstiel herum und wirkte widerwillig. Hinter mir klingelte die Tür, und zwei Männer kamen herein. Ambrose zwinkerte mir mit dem Auge zu, das Ted auf seiner Seite der Theke nicht sehen konnte. »Laß dich durch uns nicht von deinen Gästen abhalten«, sagte er. Ted zog beleidigt ab. »Ted ist ein verfluchter Schwätzer«, begann er von neuem. »Wahrscheinlich würde er dasselbe von mir behaupten. Ich hab' nichts dagegen, daß die Leute wissen, was ich denke – wenn ich weiß, was sie denken.«

Jetzt war ein Beweis von Aufrichtigkeit angezeigt. »Ich bin Historiker, Mr. Strafford. Ihr Onkel war zu seiner Zeit ein bekannter Politiker. Ich hatte geglaubt, am Stammsitz der Familie mehr über ihn zu erfahren, aber sein Grabstein auf dem Friedhof verzeichnet nur, daß er 1951 gestorben ist.«

»Was wollen Sie sonst noch?«

»Ich weiß nicht. Ich hatte gehofft, Sie könnten es mir sagen.«

»Meinetwegen, Mr. Radford. Sie wollen das Evangelium nach Ambrose Strafford? Dann setzen Sie sich zu Füßen des Propheten. Am Feuer ist es wärmer.« Er griff sich seinen Krug und ging zu der Stelle, wo der Schäferhund vor dem Kamin lag. Das eine Scheit im Feuer brannte kaum noch. Ambrose beugte sich vorsichtig vor, nahm ein anderes vom Rost und lehnte es aufrecht in die Flamme. Die Rinde fing knisternd Feuer. Mit dem Fuß tippte er behutsam den Hund an. »Beweg dich mal ein bißchen, Jess«, sagte er. Der Hund folgte gehorsam dieser Aufforderung. Ambrose ließ sich in einem Schaukelstuhl nieder, während ich mich ihm gegenüber auf einen Holzstuhl setzte. »Ted wird schimpfen, daß wir Brennholz verschwenden, aber diese Abende im Frühling sind doch noch ganz schön frisch. Riechen Sie das Holz?« Das neue Scheit verströmte einen süßen Geruch. »Apfelbaum: wunderbares Brennholz. In Barrowteign hatten wir früher jede Menge davon für's Feuer.«

»Aber jetzt nicht mehr?«

»Oh, ich krieg' schon was für mein kleines Häuschen. Aber ich komme mir dabei verdammt vor wie ein Bediensteter.« Er starrte ins Feuer und lächelte dann. »Ich kann mich nicht beschweren. In ihrer Art sind sie großzügig. Als ich nach dem Krieg nach Hause kam, war Barrowteign in einem erbärmlichen Zustand: Man hatte hier ein paar Yankees einquartiert und einige der besten Weiden als Übungsplatz für Panzer benutzt und völlig versaut. Der Denkmalschutz hat mich vor dem Bankrott bewahrt.«

»Konnte Ihr Onkel Ihnen nicht unter die Arme greifen?« Ich spielte immer noch den Nichtsahnenden.

»Der war im Ausland – im diplomatischen Dienst. Hat gar nicht viel davon erfahren. Außerdem schwamm er selbst nicht im Geld.«

»Als ehemaliger Kabinettsminister?« Ich gab mir Mühe, ungläubig zu klingen.

»Damals machte man in der Politik kein Vermögen, Mr. Radford – jedenfalls nicht, wenn man so anständig war wie mein Onkel. Außerdem war das ewig lange her. Ich kann mich an ihn als Abgeordneten nicht erinnern.«

»Warum hat er seinen Parlamentssitz nicht behalten?«

»Wissen das die Historiker nicht?« Er grinste freundlich.

»Die wissen, daß er als Kabinettsminister zurücktrat und später seinen Parlamentssitz aufgab – aber nicht, warum.«

»Alles, was er mir je gesagt hat, war, daß seine Verlobte sich von ihm trennte und er dadurch so mitgenommen war, daß er seinen Pflichten nicht mehr nachkommen konnte.«

»War das nicht ziemlich übertrieben?«

»Das sieht für Sie vielleicht so aus, aber mein Onkel war ein Mann mit Gefühlen, und er war integer – nicht einer von diesen Ämterjägern, die wir heutzutage wählen. Außerdem steckte mehr dahinter. Ich weiß, daß er versucht hat, seinen Rücktritt wieder rückgängig zu machen, aber das wurde ihm nicht gestattet. Fragen Sie mich nicht, warum. Ich glaube, er wußte es selbst nicht. Es sah so aus, als ob es jemand auf ihn abgesehen hätte – ein Mächtiger, ein Namenloser.«

Ich hakte hier nicht weiter nach, sondern schlug vor, noch etwas zu trinken, und wartete an der Theke, während Ted mir einschenkte. Ich blickte zu Ambrose zurück, wie er dort auf seinem Schaukelstuhl saß, eingehüllt in Tabaksqualm, eine alte, exzentrische Gestalt in Tweedsachen und Schaffellmantel. Ich wußte aus den Memoiren, daß er siebzig war, und schon der Cider ließ ihn danach aussehen, aber seine Augen saßen wie Leuchtfeuer in einem manchmal umnebelten Gesicht, und er besaß die Kunst des Geschichtenerzählers, zu überzeugen und gleichzeitig zu fesseln. Er war eine Mischung aus vielerlei Dingen – Trinker, aber Gentleman, provinziell und unkultiviert, ein alternder Grobian. Ich konnte ihm nicht trauen, aber ihm widerstehen konnte ich auch nicht. Ich wußte, daß er mich auf einen Weg lockte, an dessen Ende die Enthüllung einer Wahrheit stand, die ihm am Herzen lag und an ihm nagte, und ich ahnte, was es sein müsse. Ich wollte jedoch hören, wie er sie aussprach. Vielleicht wußte ich auch schon, daß ich ihm dafür die Worte seines toten Onkels bieten würde, die er noch nie gehört hatte.

»Durch den Grund von Barrowteign verläuft eine stillgelegte Bahnlinie«, begann er wieder, nachdem er etwas Cider getrunken hatte.

»Ich weiß«, sagte ich. »Ich habe das Schotterbett gesehen, wo es die Auffahrt kreuzt.«

»Dann haben Sie schärfere Augen, als ich dachte.« Er schien beeindruckt. »Die Linie ist auf weiten Strecken eingeebnet. Sie hat einfach nie Geld eingebracht. Der Betrieb wurde 1903 eröffnet, kurz bevor ich zur Welt kam, und 1958 eingestellt – gerade 55 Jahre hat sie existiert: eine Wahnsinnsverschwendung, diese ganzen Steine und Tonnen von Erde, die von den Streckenarbeitern verschoben wurden. Die Eisenbahngesellschaft hatte aber schon ihre Gründe. Sie brauchte eine Ausweichstrecke, wenn die an der Küste überflutet war. Damals hat man bei Sturmfluten nicht einfach Züge ausfallen lassen, wie diese Hampelmänner von der Staatsbahn das heutzutage machen. Sie haben damals die Strecke eben dort gelegt, wo sich eine Alternative bot. Ich nehme an, Sie halten mich für einen Schwätzer: der dämliche alte Idiot, das denken Sie gerade.«

»Nichts dergleichen.« Und das stimmte, weil ich wußte, worauf er hinauswollte.

»Na jedenfalls, in diesen 55 verschwenderischen Jahren holte sich diese Spielzeugeisenbahn – diese technisch aufwendige Schlechtwetteralternative – drei Mitglieder meiner Familie. Das wird als Unfall bezeichnet. Ich würde es einen Pakt mit dem Tod nennen – und schlimmer. Ganz gleich, wieviel die Eisenbahngesellschaft meinem Großvater für die Streckenführung durch seinen Grund und Boden gezahlt hat, es war nicht genug. Barrowteign ist das einzige Stück flaches Land in diesem Talabschnitt, also mußten sie hier durch. Man schickte im Notfall einen Sonderschnellzug über diese Strecke, und das hier ist der einzige Abschnitt, wo er richtig in Fahrt kommen kann. Und so hat sich die Teigntalbahn dann auch meine Eltern geholt.«

Seine Augen wurden größer, und seine Stimme hob sich oratorisch: Er genoß seinen Auftritt sichtlich. Natürlich hatte ich alles schon einmal gehört – und in den Memoiren gelesen –, aber aus dem Mund von Ambrose klang es anders. Der umgeleitete Schnellzug am Abend des 5. Januar 1911, der auf Roberts Auto zuraste, war nicht länger ein schrecklicher Unfall, sondern wurde zur Rachegöttin, die sich als Opfer die Strafford-Familie ausersehen hatte. Sie ließ Ambrose als Waise und die Familie verstümmelt zurück. Edwin wurde zum ohnmächtigen Regenten, dem Fischerkönig der Straffords, der außerstande war, den Fluch aufzuheben, der sie zugrunde richtete.

»1951 hatte der Denkmalschutz Barrowteign übernommen und mich – als Gipfel der Ironie – ausgerechnet im Bahnwärterhäuschen an der Strecke untergebracht, wo meine Eltern ums Leben gekommen waren.

Mein Onkel kam eines Tages, an einem nassen Abend Mitte Mai, völlig überraschend hier an. Ich hatte geglaubt, er sei auf Madeira. Und plötzlich, verdammt noch mal, aus heiterem Himmel, steht er da auf der Schwelle, gerade wie ich mir eine Pfeife anzünde und überlege, ob ich nicht auf ein Gläschen hierher gehen will. Die alte Jess – die Mutter von dieser hier – hat nicht gebellt, ich hätte also raten können, daß er es war – die Haare eher weiß als grau, gebeugt, aber immer noch mit geraden Schultern. Er trug seinen grauen Mantel und in der Hand einen ramponierten alten Lederkoffer. Ich hatte ihn sechs Jahre nicht mehr gesehen, aber irgendwie war ich nicht überrascht, daß er gekommen war. Er wollte mir nicht sagen, was er gemacht hatte, bloß, daß er in London gewesen war – und ob ich ihn nicht für eine Weile unterbringen könnte. Klar, das machte mir nichts. Aber das war nicht der Onkel, den ich aus Madeira in Erinnerung hatte. Alles, was er wollte, war Papier, etwas zum Schreiben und Ruhe. Er hatte einen Mordsschmöcker in seinem Koffer und schrieb stundenlang darin herum. Weiß Gott, um was es sich da handelte. Wenn ich ihn fragte, dann wurde er ... na ja, heimlichtuerisch: Das ist verflixt noch mal das einzige Wort dafür. Und so war er vorher nie gewesen. Das brachte mich ganz außer Fassung, das kann ich Ihnen sagen.«

Ich hatte aufgehorcht. Strafford, der in seinem großen Buch

schrieb. Was konnte das bedeuten? Seine Memoiren hatte er ein Jahr vorher beendet. Worum handelte es sich also?

»Tagsüber ging er kaum aus dem Haus. Hin und wieder mal nach Einbruch der Dunkelheit. Eine Fahrt nach Exeter. Ins Dorf wollte er nicht gehen mit mir. Ich konnte mir keinen Reim darauf machen. Es sah ihm einfach nicht ähnlich. Dann aber wieder doch. Er hatte schon immer etwas Melancholisches im Blick gehabt, aber jetzt machte es sich auch in seiner Stimme und in seinem Denken bemerkbar. Das war der einzige Unterschied. Es war, als verstecke er sich vor etwas, ohne sich aber viel daraus zu machen, wenn es käme. Natürlich plagte ich ihn mit Fragen, aber er war nicht bereit, mir auch nur ein Sterbenswörtchen zu verraten. ›Es ist bloß ein kurzer Besuch‹, sagte er. ›Faß ihn als den Abschied eines alten Mannes auf.‹ Was sollte das nun bedeuten?«

»Eine ganze Menge, wenn man bedenkt, was dann geschah.«

»Das ist verflucht richtig. Ungefähr eine Woche nach seiner Ankunft bekam er Besuch. Als ich eines Nachmittags zurückkehrte, waren sie in meinem kleinen Gärtchen. Mein Onkel und dieser andere. Ungefähr im gleichen Alter, aber schmächtiger, gut angezogen mit einem Kaschmirmantel, obwohl es doch wirklich schon Mai war. Sie stritten sich. Nein, das ist das falsche Wort. Es war bloß so eine kalte Wut zwischen ihnen, die mich an Winter denken ließ. Alte Männer streiten nicht – außer sie sind betrunken, wie das bei mir ist. Die haben einfach die Energie nicht mehr – darauf können Sie mein Wort nehmen. Aber diese beiden hatten etwas auszufechten: keine Frage. Der Fremde hatte eine Glatze und war rot im Gesicht. Ich weiß noch, daß er aussah, als wisse er nicht, ob er betteln oder hochfahren sollte. Mein Onkel dagegen war gefaßt und ernst – wie aus Holz geschnitzt.

Sobald ich auftauchte, ging der Fremde. Er warf mir einen bösen Blick zu und fuhr in seinem Wagen davon, der versteckt an der Auffahrt geparkt war – so ein greulicher riesiger Bentley mit Chauffeur. Er hatte nichts gesagt, daran erinnere ich mich. Aber es war, als schlucke er einen Fluch hinunter. Was meinen Onkel anging, der wollte nicht darüber reden. ›Jemand, der nach dem Weg gefragt hat‹, sagte er. Darüber hinaus war nichts aus ihm rauszukriegen.

An diesem Abend haben wir dann aber über die Familie und Barrowteign geredet, über meine Eltern – weil er sich an sie erinnerte und ich kaum. Er erzählte, wie er oft gedacht habe, er hätte am Bahnübergang ums Leben kommen sollen, nicht mein Vater; er, der nichts mehr hatte, wofür es sich zu leben lohnte, statt meines Vaters, der eine Frau, ein Kind und eine Zukunft hatte. Das bißchen, was er besaß, sagte er, würde er mir hinterlassen, damit ich mich an ihn erinnerte. Das war dann das Haus auf Madeira – ich habe es verkauft. Aber es schien nicht das Erinnerungsstück zu sein, das er in dieser Nacht im Sinn hatte.

Von da an begann er, ziemlich viel um den Übergang herumzuschleichen. Ich sah ihn dann gewöhnlich, wenn ich den Weg heraufkam, wie so eine schreckliche Sturmkrähe, mit seinem flatternden Mantel, als stehe er dort Wache. Ich wurde ganz unruhig deswegen. Und die alte Jess. Sie wachte oft mitten in der Nacht auf und bellte grundlos. Ob es wirklich ohne Grund war? Manchmal hatte ich den Eindruck, im Garten gebe es Fußspuren, wo ich keinen Schritt getan hatte, manchmal rührte sich etwas, am Fenster war Farbe abgeblättert, wo das nicht hätte passieren dürfen. Aber wenn einem die Bahnlinie durch die Haustür fährt, wer zum Teufel könnte sich da in irgendeiner Sache sicher sein?

In der Nacht, bevor mein Onkel starb, da jedenfalls ist etwas vorgefallen. Um meine Nerven zu beruhigen, hatte ich bis spät in die Nacht getrunken, und ich schlief wie ein Klotz. Falls die alte Jess gebellt hatte, so hörte ich sie nicht. Aber es gab ein verdammtes Getöse – irgendwo splitterte Glas –, so daß ich aufstand. Ich sah sie im Wohnzimmer. Mein Onkel, vollständig angezogen und hellwach, als hätte er gar nicht geschlafen, und er hielt diesen jungen Kerl im Polizeigriff. So ein massiger Typ, mit einem häßlichen, verwöhnten Gesicht – ungefähr so alt wie Sie –, viel Luft und wenig dahinter, wenn man sah, wie mein Onkel ihn auf dem falschen Fuß erwischt hatte. Er knurrte wütend etwas, als ich hereinkam, aber ich weiß nicht mehr, was – ich war noch ganz schläfrig. Ich war ganz dafür, den Kerl für die Nacht auf der Polizeiwache einzubuchten. Aber mein Onkel wollte nichts davon hören. Er beförderte ihn einfach mit einer Art gleichgültiger Verachtung nach draußen. Nannte ihn einen

Halunken, und der Kerl zog ab, ohne ein Wort zu sagen. Bloß, ein Krimineller war das nicht. Kein Krimineller, den ich je gesehen habe, war so gut gekleidet wie dieser da oder hätte bei einem Gerangel mit einem 75jährigen den kürzeren gezogen. Außerdem sind Einbrüche hier in der Gegend noch heute eine Seltenheit. Früher war so was total unbekannt. Wir wußten beide, daß mehr dahintersteckte. Mein Onkel sagte aber immer noch nichts.

Deswegen ist es schon ein Zufall, der verdammt schwer zu schlukken ist, daß sein Tod in der folgenden Nacht, als er auf dem Bahnübergang unter den Zug geriet, ein Unfall sein sollte. Wie überall sonst bei diesem Mann steckte mehr dahinter.«

»Aber was?«

»Mord, junger Mann. Vorbereitet und die Spuren verwischt. Aber Mord war es – das sieht doch ein Blinder.«

»Was war denn die Meinung des Untersuchungsbeamten?«

»Keine. Der Mann war absolut unfähig, sich eine zu bilden. Der konnte bloß über den Sicherheitsstandard an unbemannten Bahnübergängen reden. Fremde nach Einbruch der Dunkelheit – Anzeichen von Gewalt –, das war ihm eine fremde Welt. Alles, was ich sagte, war bloß auf den verdammten Cider zurückzuführen.«

»Gab es kein Beweismaterial?«

»Ich spreche nicht von Beweismaterial. Ich spreche von Gefühlen, Verdacht, Gewißheiten.« Bei jedem Substantiv stieß er mich mit dem Finger an, dann wich plötzlich die Spannung von ihm, als sei die Luft heraus. »Wenn ich Beweismaterial hätte, dann hätte mir vielleicht jemand zugehört.«

»Es ist nie zu spät.«

»Nach 26 Jahren, junger Mann, da ist so was einfach eine Geschichte, die ein alter Langweiler am Kamin erzählt. Etwas, um Fremde damit zu unterhalten.« Bei dem Gedanken wurde er wehmütig. Ich konnte ihm das, was alles ändern konnte, nicht sagen.

»Es ist eine fesselnde Geschichte. Ich glaube jedes Wort davon.«

»Nett, daß Sie das sagen.«

»Nein, wirklich. Ich glaube es, weil es so gut zu bestimmten Informationen paßt, die ich habe. Etwas, wovon Sie nichts wissen werden. Etwas, das man als Beweismaterial bezeichnen könnte.«

Er zog die Brauen zusammen. Unter den schweren Lidern musterten mich seine Augen. »Was für eine Information?«

»Alles zu seiner Zeit.« Ich beugte mich vor. »Warum sehen wir uns den Übergang nicht einmal an? Sie erklären mir, wie sich der sogenannte Unfall zugetragen hat, und ich könnte mir mein eigenes Bild machen. Dann könnte ich Ihnen erzählen, was ich weiß.«

»Das ist aber eine saubere Überraschung. Ich denke, ich bin hier der Geschichtenerzähler, nicht Sie.« Er lächelte bei dem Gedanken. Wir waren jetzt schon einige Zeit im Pub – es begann sich allmählich zu füllen –, und mir lag daran, unsere Unterhaltung in privatem Rahmen fortzusetzen. Das Element des Unbekannten, das ich ins Spiel gebracht hatte, ließ Ambrose offenbar dasselbe Bedürfnis verspüren. »Okay. Gehen wir. Mir tut ein Spaziergang bestimmt gut. Es gibt nichts zu sehen, aber ich zeig' es Ihnen trotzdem. Dann können Sie Ihr Teil beitragen.«

Er stemmte sich aus seinem Schaukelstuhl hoch, tippte Jess liebevoll mit der Stiefelspitze an, nahm seinen Stock neben dem Kamin und führte mich nach draußen, wobei er ein Dutzend rotgesichtiger Gäste grüßte, die alle überrascht – wenn nicht gar enttäuscht – aussahen, daß er so früh ging.

Es war dunkel geworden, und obwohl der letzte blaue Schimmer noch nicht vom Himmel gewichen war, waren schon Sterne sichtbar – so viel strahlender als in der Stadt, wo ich sie sonst sah, daß ich erstaunt nach oben blickte.

»So war es auch in der Nacht damals«, sagte Ambrose so dicht an meinem Ohr, daß ich zusammenzuckte. »Still und mondbeschienen. Aber es war Vollmond, so daß ein kreideweißes Licht alles klar wie am Tag erscheinen ließ – kein Wetter für einen Unfall.«

Wir nahmen den Weg, den ich bei Tageslicht gegangen war, aus Dewford hinaus zur Hauptstraße, dann über die alte Steinbrücke. Ambrose sprach nicht, als ob auch ihm die Nacht ehrfürchtige Scheu einflößte. Seine Stiefel knirschten auf dem Asphalt, sein Hund trabte neben ihm, und irgendwo bellte ein Fuchs. Sonst war alles so ruhig und still, daß es unheimlich war. Es hätte eine Nacht im Jahr 1951, nicht 1977 sein können, so gering wirkte der Unterschied in dieser nächtlichen Landschaft in Devon.

Einen großen Unterschied allerdings gab es. Die Gleise, als wir von der Hauptzufahrt nach Barrowteign auf den Weg zum Lodge Cottage abbogen, kreuzten nicht mehr unseren Weg, nur der eine Teil der Schranke existierte noch, diente nun jedoch einem anderen Zweck.

Ambrose stieß die Stiefelspitze in den Boden. »Das gehört noch zu dem verdammten Schotterbett«, sagte er. »Ich habe es als Zufahrtsweg für meine Garage benutzt. Aus Schwellen habe ich eine Einfassung für ein Gurkenbeet gebaut und um ein Warnschild Clematis ranken lassen. Viel mehr ist nicht übrig: die Schranke, ein bißchen Zaun, der Viehrost. So wahnsinnig viel kann man daraus nicht schließen, oder?«

»Ich glaube kaum.« Und so war es auch. Nach Süden verlor sich die Spur allmählich im Lindengrund. Nördlich, hinter dem dunklen Umriß der Garage, war die noch dunklere Linie einer flachen Schneise erkennbar. Ambrose ließ mich sehen und ging in den Garten, um die Tür aufzuschließen. Er trat nach innen und schaltete das Licht über der Tür ein, das den Schauplatz noch etwas aufhellte. »Was ist denn nun genau geschehen?«

Ambrose ging zum Zaun hinüber und lehnte sich daran, während er mit mir sprach.

»Die Züge von Exeter kamen in einer leichten Kurve aus der Schneise heraus und beschleunigten gewöhnlich, während sie den Übergang passierten. Sie gaben immer ein Pfeifsignal, und außerdem kannte man ihre Zeiten. Es bestand nie eine wirkliche Gefahr. Mein Vater hatte Pech. Er blieb mit seinem Auto im Schnee stecken, und ein umgeleiteter Schnellzug fuhr geradewegs hinein. So was passiert nun mal.«

»Aber bei Ihrem Onkel war es anders?«

»Ja. An manchen Tagen herrschen hier schlechtere Sichtverhältnisse als an dem Abend damals. Und kein Lüftchen wehte. Wenn er also hier stand, um in Ruhe zu rauchen – das tat er meistens abends –, dann hätte er den Zug meilenweit gehört und, falls nicht, jede Menge Zeit gehabt, ihn rechtzeitig zu sehen.«

»Das war aber nicht der Fall?«

»Sie sagen es. Der Zugführer bemerkte erst im letzten Moment etwas Ungewöhnliches – eine Gestalt, die auf den Gleisen kauerte. Er überfuhr ihn mit voller Geschwindigkeit. Der Tod muß auf der Stelle eingetreten sein. Wenigstens war es ein schmerzloser Tod.« Er zog an seiner Pfeife, und der Rauch ließ mich an den Zug denken, der auf den Übergang zufuhr, auf Strafford, der ihm hilflos ausgeliefert war.

»Vielleicht hat er einfach nichts gehört. Bei alten Menschen versagt durchaus einmal die Wahrnehmung.«

»Nicht bei meinem Onkel. Ich bin überzeugt, daß er sich nicht rühren konnte. Bei der gerichtlichen Untersuchung der Todesursache erwähnte der Zugführer, daß er noch jemand beim Übergang gesehen habe – der sich schnell bewegte. Nur ein Schatten. Der Untersuchungsbeamte ignorierte das.«

»Wo befanden Sie sich zu diesem Zeitpunkt?«

Er schnaubte. »Ich war im ›Greengage‹. Der damalige Wirt – Teds Vater – ging mit den Öffnungszeiten recht großzügig um. Und ich war durch die Ereignisse ganz schön durcheinander, so daß ich nichts dagegen hatte, über die Zeit hinaus zu bleiben – verdammt schade. Während ich dort war, hat jemand – der Schatten, den der Zugführer zu sehen glaubte – meinen Onkel wehrlos gemacht und ihn vor den Zug geworfen. So sehe ich das.«

»Aber Sie haben keinen Beweis?«

»Nicht die Bohne. Außer Sie können was Handfestes bieten.« Er lachte, wohl eher, weil er sicher war, ich hätte einen Witz gemacht, als deswegen, weil er nicht schroff klingen wollte.

»Ich glaube, das kann ich. Man könnte es als die Version Ihres Onkels bezeichnen.«

»Dann kommen Sie herein, junger Mann. Ich habe lange darauf gewartet, das zu hören.«

In der lauen Nachtluft lief mir ein leichter Schauder über den Rücken. Ich hatte mich nun entschieden und das Versprechen gemacht, ihm die Memoiren zu zeigen. Bei meiner vorsichtigen Annäherung im Pub war das keineswegs meine Absicht gewesen, aber irgendwie hatten der Ort und die Person mich in ihren Bann geschlagen. Strafford hatte einst seinem Neffen gesagt, er könne das Wenige bekommen, was als Erinnerung an ihn bleibe; wie sollte ich mir da das Recht nehmen, es zurückzuhalten?

Wir traten in das Häuschen ein, durch einen niedrigen und leicht muffigen Vorraum. Jess, die uns auf der Fußmatte erwartet hatte, sprang auf und trabte uns in ein kleines Wohnzimmer voraus. Im Kamin glimmte ein schwaches Feuer, und aus einem Erkerfenster, dessen Vorhänge beiseite gezogen waren, überblickte man den mondbeschienenen Garten und die ehemalige Bahnlinie. Ambrose schaltete eine Stehlampe ein und machte sich daran, die Glut im Kamin mit einem Feuerhaken zu schüren, während ich mich umsah.

Das Zimmer war mit Möbeln vollgestellt und staubig, mehr wie ein Dachboden als ein Wohnraum. Welche Farbe auch immer die Tapete ursprünglich besessen hatte, inzwischen hatte sie denselben Ton wie der Tabak, den Ambrose rauchte. Bücherregale, die jede Nische ausfüllten, reichten bis zur Decke. Genauso wie verschiedene Stühle und mehrere Teekisten, die dahintergequetscht waren, quollen sie nicht nur über von kleinen und großen Büchern, sondern auch von Akten, Karteikarten und einzelnen Blättern, leeren Bilderrahmen, Zeitungen, Alben und Aktenmappen. In diesem Durcheinander hatte man noch Platz für zwei Ohrensessel auf beiden Seiten des Kamins gefunden. An der Wand stand ein Schreibtisch mit so vielen herausgezogenen Schubladen, alten Briefumschlägen, Notizzetteln, Bleistiftstummeln, leeren Scheckheften und herumliegenden Pfeifenputzern, daß er schon seit Monaten offenstehen mußte. Mitten drin sah man ein Glas mit einem kleinen Rest Cider. Auf dem Klapptisch hinter der Tür stand ein großes Radio, ein altmodisches Röhrengerät; drumherum verstreut lagen Plastikteile von einem Modellbaukasten. Die fertigen Modelle – eine Spitfire, ein Doppeldecker und etwas, das wie ein Modell des Schlachtkreuzers Hood aussah – waren auf einer hohen Kommode in einer Ecke arrangiert. Indisches Kunsthandwerk – ein geschnitzter Elefant aus Elfenbein, eine Messingfigur der Kali, Schmuck und Nippes verschiedenster Art – kämpfte mit heruntergekommenen Kakteen um Platz. Unter dem Fenster stand ein runder Weidenkorb mit einer Decke darin. Jess ließ sich darin nieder und blickte uns verwundert an, als ob sie sich frage, warum wir zu so später Stunde noch so tätig waren.

Ambrose hatte ein bißchen Reisig und ein Scheit ins Feuer gelegt und es zu einem gewissen Leben erweckt. »So, das wird jetzt schön brennen«, verkündete er, beugte sich hinter einen der Lehnstühle und holte einen Tonkrug hervor. Er zog den Stöpsel heraus. »Wollen Sie etwas trinken?« Ich hatte schon genug getrunken, sagte aber ja. »Setzen Sie sich. Machen Sie sich's bequem.« Ich entfernte eine Zeitung und eine seiner Pfeifen vom Sessel – das Polster war übersät mit Brandstellen und Nikotinflecken – und setzte mich. Ambrose holte Gläser und schenkte uns großzügig ein.

»Ein gemütliches Plätzchen haben Sie hier«, sagte ich.

»Gehen Sie mir nicht um den Bart, Mann. Es ist eine verdammte Müllkippe, und das wissen Sie. Aber Jess und ich mögen es inzwischen.« Er kicherte. »Außerdem ist meine Bar wärmer als die von Ted.« Das war richtig – das Feuer brannte jetzt kräftig. »Jetzt erzählen Sie mir, wovon Sie draußen gesprochen haben.«

»Es ist hier drin.« Ich faßte an die Tasche, die ich über die Stuhllehne gehängt hatte.

»Was zum Teufel ist es denn?«

Ich ließ ihn nicht schmoren. Jetzt sagte ich ihm die Wahrheit – über meinen Auftrag von dem neuen Bewohner der Quinta do Porto Nova, über Straffords Memoirenband, was darin stand und was nicht. Ambrose hörte ruhig zu, zog an seiner Pfeife und starrte ins Feuer. Ich holte die Memoiren aus der Tasche und gab sie ihm – mit einer fast ehrfürchtigen Geste. Er sah sie nachdenklich an.

»Das ist also alles?« fragte er. »Sie schneien da herein – einfach so, von nirgendwo – und überreichen mir das Testament meines Onkels auf dem Silbertablett?«

»Nicht ganz. Mein Kommen ist, wie Sie sagen ... zufällig. Aber Sie hätten den Band schon vor langer Zeit sehen können. Er wartete auf Sie, in der Quinta.«

»Ironie, dein Name ist Strafford. Vielleicht ist es das, was er mit dem Erbe meinte. Ich glaubte, es sei einfach dieser weitläufige alte Ziegelbau auf Madeira. Ich habe ihn verkauft, ohne überhaupt etwas an Ort und Stelle anzuschauen – verdammt kurzsichtig von mir.« Er musterte die Memoiren, die in seinem Schoß lagen. »Das sieht ziemlich so aus wie das Buch, in dem er schrieb, als er hier war. Hat er es vor seinem Tod nach Madeira zurückgeschickt?«

»Könnte sein. Aber dazwischen ist eine Lücke. Diese Memoiren enden im Oktober 1950.«

»Hm.« Er blätterte in den Seiten. »Das ist die Handschrift des alten Knaben – absolut. Aber nicht dasselbe Buch, sagen Sie? Ich habe das Exemplar nie gefunden, an dem er hier geschrieben hat. Seine Sachen habe ich durchgekämmt – es waren Gott weiß wenig genug –, und ich hätte es nicht übersehen können. Aber es war nicht dabei.«

»Was ist dann daraus geworden?«

»Das müssen Sie mir sagen. Vielleicht hat er das Interesse daran verloren und es vernichtet. Vielleicht hat er es nach Madeira zurückgeschickt, und es ist verlorengegangen. Vielleicht war es dieses hier, und er hat bloß Verbesserungen und Nachträge angebracht.«

»Das wäre möglich.« Allerdings konnte ich mir das nicht vorstellen. Ambrose wühlte zwischen dem Kissen und der Lehne seines Sessels, fischte eine mitgenommene Halbbrille daraus hervor, klemmte sie sich auf die Nase und begann zu lesen. Ich füllte mein Glas nach – vor mir stand eine dauernde Aufforderung – und erinnerte mich plötzlich an Nick und Hester. Sollte ich ihnen nicht mitteilen, daß ich heute nicht zurückkommen würde? »Haben Sie Telefon?« fragte ich. Keine Antwort – er war völlig in die Memoiren vertieft. »Ambrose! Haben Sie Telefon?«

Er hob unwirsch den Kopf. »Natürlich nicht – alberne Kinkerlitzchen, so was. Im Dorf gibt's eine Zelle.«

»Das ist weit weg.«

»Dann gehen Sie nicht hin. Halten Sie den Mund, und lassen Sie mich lesen. Trinken Sie noch was.«

»Das habe ich gerade.«

»Typisch, undankbar wie alle jungen Leute. Dann lesen Sie eben auch etwas. Hier ist wahrhaftig genug vorhanden.«

Meine Gedanken hatten eine andere Richtung genommen. »Diese Sachen Ihres Onkels, von denen Sie sprachen ...«

»Zwei Fliegen mit einer Klappe. Es war nicht viel – Kleidung habe ich verbrannt – ein bißchen hier und da. Ein Buch. Sehen Sie sich's an. Vielleicht bringt es Sie zum Schweigen.« Er hievte sich aus seinem Sessel, hielt zielsicher auf eines der Regale zu und ging einen Stoß Bücher durch, wobei er mit der Zunge schnalzte. »Hier«, er zerrte eins hervor, »eine Gedichtsammlung. Das war alles. Wir

Straffords sind ein rührseliger Haufen, wenn man uns nur die kleinste Möglichkeit dazu gibt.«

Er warf es mir zu und machte es sich dann wieder mit den Memoiren im Sessel gegenüber bequem. Ich besah mir das Buch, das er geholt hatte – ein schmaler, abgegriffener Band: *»Spottfiguren der Zeit«*, von Thomas Hardy – erste Ausgabe, 1914. Ich hätte mir denken können, daß Strafford Hardy als Reisebegleiter ausersehen würde. Die Titel der Gedichte atmeten die Stimmung der Memoiren: »Der Abschied«, »Deine letzte Fahrt«, »Regen auf einem Grab«, »Klagelied«, »Der Jäger« und so weiter. Eines, »Nach einer Reise«, war eingemerkt, der Titel rot umrandet. Ich las es – es war schwermütig, beziehungsreich, elegisch wie die anderen, aber mehr sah ich nicht darin. Was nur einer meiner Fehler war.

Es war Morgen. Graue Lichtstrahlen drangen durch das schmutzige Erkerfenster. Auf dem Kaminrost lag weiße Asche. Ich saß immer noch im Sessel, mit verrenktem Hals, als sei er gebrochen, und mein Rücken schmerzte kaum weniger als mein Kopf, während die Kehle gegen das leiseste Schlucken protestierte. Das also ist ein Apfelweinkater, dachte ich. Ich stieß ein halbvolles Glas davon um, als ich mich hochkämpfte, und verschüttete etwas von seinem Inhalt auf dem abgewetzten Teppich, fluchte und brachte den Rest auf dem Kaminsims in Sicherheit. Dahin hatte ich, wie ich beruhigt feststellte, auch den Band *»Spottfiguren der Zeit«* irgendwann in der Nacht gelegt, wahrscheinlich aus dem gleichen Motiv. Auch die Memoiren lagen dort.

Ich rieb mir die Augen und hustete probeweise. Meine Sinne fingen an zu funktionieren. Irgendwoher kam der Geruch von gebratenem Speck, und man hörte Ambrose pfeifen. Ich ging den Zeichen nach, aus dem Zimmer hinaus, durch den kurzen Korridor und in die Küche – klein, mit niedriger Decke und gefliestem Boden. Auf der Seite gegenüber stand die obere Hälfte einer geteilten Tür zum Garten hin offen. Rechter Hand, auf einem klapprigen Tisch unter dem Fenster, befand sich eine große Teekanne mit ein paar Tassen und Tellern – gutes Geschirr, aber alt und angeschlagen –, eine Flasche, in der noch ein Rest Milch war, ein Marmeladentopf, in dem ein Messer strammstand wie ein Zinnsoldat, ein Stück Butter, an dem schon viel herumgebohrt worden war, und ein halber, von Krümeln umringter Laib Brot. Jess fraß aus einem Napf bei der Tür, unterbrach sich jedoch, um mich anzusehen. In der Feuerstelle links von mir war ein großer alter Herd untergebracht. Ambrose stand davor, im vollen Ornat einer getupften und verfleckten Metzgerschürze, und schob Schinkenspeck, Eier und Tomaten in einer großen, schwarzen, verkrusteten Pfanne zusammen. Er sah mich vielsagend an und hörte auf zu pfeifen.

»Sie sehen aber gräßlich aus«, sagte er. »Wollen Sie mit frühstükken?«

»Danke, nein. Tee, wenn Sie welchen haben.«

»Massig da. Bedienen Sie sich.« Ich sank am Tisch nieder und schenkte mir in eine Tasse mit chinesischem Weidenmuster ein. Ambrose leerte seine Pfanne auf einen Teller und setzte sich damit zu mir. »Den Cider nicht vertragen?«

»Mangelndes Training«, sagte ich zwischen zwei Schlucken, »nehme ich an. Ihnen ist er offenbar bekommen.«

»Ach, das war doch ein enthaltsamer Abend für mich. Ich mußte ja das alles lesen.«

»Haben Sie zu Ende gelesen?«

»Na, und ob.« Er warf mir aus seinem eigelbverschmierten Gesicht einen empörten Blick zu. »Und hatte beim Morgengrauen noch ein paar Stunden Zeit für einen Spaziergang, während Sie Ihren Apfelwein ausgeschlafen haben.«

»Was halten Sie davon?«

Er goß sich aus großer Höhe Tee in seine Tasse. »Erst, Martin, sorge ich jetzt für das leibliche Wohl. Dann fange ich an zu denken.« Ich mußte also warten, bis er den letzten Tropfen Fett mit Brot von seinem Teller gesaugt, Jess ein Speckstückchen zugeworfen, die Teekanne geleert und seine Pfeife angezündet hatte, ehe er wieder das Wort ergriff. »Es hat Erinnerungen geweckt«, er blies den Rauch aus, »mich in die Vergangenheit zurückversetzt. Ich hatte natürlich über ihn nachgedacht, mich an ihn erinnert, aber das ist nicht dasselbe. Für mich war er ein Mann, an den ich nicht herankam, verschlossen – innerlich abwesend, wenn er es nicht in Wirklichkeit war. Jetzt ist er ein anderer geworden. Eine abgerundete Persönlichkeit, die eine Geschichte zu erzählen hat – eine Tragödie, würde ich sagen.«

»Es bringt ihn wirklich zum Leben.«

»Aber was ist mit seinem Tod, mein Junge? Wirft er nicht ebenso viele Fragen auf, wie er beantwortet? Die dunklen Mächte, die gegen ihn wirken – wer zum Teufel waren sie? Lloyd George? Churchill? Dieser Couchman?«

»Ich weiß es nicht.«

»Und warum hat Elizabeth ihm den Laufpaß gegeben?«

»Das ist die zentrale Frage. Ich bin sicher, das ist der Angelpunkt für alles übrige. Aber nur fragen hilft nichts – wie Ihr Onkel herausfand.«

»Was dann?«

»Es ist wohl eine logische Annahme, daß er auf irgendeine Art in ihren Augen diskreditiert wurde. Davon konnten möglicherweise mehrere Personen profitieren.«

»Wer?«

»Die Liste der Verdächtigen ist leicht aufzustellen. Er wußte, daß Gerald Couchman ein Betrüger und ein Feigling war: Feind Nummer 1. Er widersetzte sich Lloyd Georges Plänen, Asquith auszubooten: Feind Nummer 2. Er war der Grund dafür, daß Elizabeth Latimer sich aus der Suffragettenbewegung zurückzog: Feind Nummer 3. Ihre eigene Mutter hatte so viel gegen ihn, daß sie im Vorleben seiner Verlobten herumschnüffelte: Feind Nummer 4.«

»Die Arme«, sagte er sinnend. »Ich konnte keins ihrer Bilder hier ertragen, wissen Sie. Ich hab' sie alle oben im Haus gelassen. Trotzdem kann ich mir nicht vorstellen, daß sie ihren Schwager anschwärzt.«

»Sie wollte sie auseinanderbringen.«

»Schon richtig, aber indem sie Elizabeth anschwärzte, nicht meinen Onkel. Nein, das ist zu abwegig. Außerdem ist sie tot und begraben.«

»Und?«

»Und was ist mit seinem Tod? Fremde, die herumschnüffeln, einbrechen, mit ihm streiten. Dann ein Unfall, eine oberfaule Angelegenheit, die nach Mord riecht. Was zum Teufel soll das alles mit meiner armen alten Mutter zu tun haben?«

»Nichts, nehme ich an.« Ich hatte selbst nicht daran geglaubt. »Aber auch nichts mit Lloyd George – er starb 1945 – oder den Suffragetten.«

»Also dieser Kerl Couchman?«

»Auch wieder unwahrscheinlich. Ich habe schon ein bißchen dick aufgetragen, als ich sagte, daß er etwas gegen Ihren Onkel hatte. Zur Zeit der Verlobung hatte er keinen Kontakt – war nicht einmal im Land.« Wir hatten uns im Kreis gedreht und nichts gefunden.

Und so ging es auch weiter. Ambrose war ohne seinen Cider deprimiert und mit seinen Gefühlen beschäftigt. Er zog mit abwesendem Blick an seiner Pfeife und wirkte wie ein etwas schmerzlich berührter alter Mann. Ich erzählte ihm nicht alles, verschwieg ihm meine Beziehung zu den Couchmans und das Treffen mit Henry. Ich fürchtete, er könnte darauf bestehen, Henry selbst aufzusuchen, und dann alle Chancen zunichte machen, die ich nicht selbst schon zunichte gemacht hatte. Außerdem wollte ich Strafford und sein Geheimnis mir vorbehalten. Ich war zufrieden, daß ich aus dem guten alten Ambrose herausholte, was er hergab, aber es war mir ganz recht, ihn im Dunkeln zu lassen. Ich sah zwischen der Tatsache, daß Henry geradezu panisch geleugnet hatte, Strafford zu kennen, und den plumpen Eindringlingen im Cottage im Jahre 1951 eine Verbindung. Aber ich wollte mehr in der Hand haben, ehe ich den Versuch machte, etwas zu beweisen. Der Instinkt des Historikers plus die Tatsache, daß Henry selbst Politiker war, ließen mich eine politische Verschwörung gegen Strafford vermuten, aber ich wollte diese Idee erst einmal bei Experten in Cambridge auf die Probe stellen, bevor ich weitere Schritte unternahm. Ich erwartete nicht, von Ambrose noch mehr zu erfahren, als was er mir bereits erzählt hatte. So begann ich bereits zu bedauern, ihm die Memoiren gezeigt zu haben, und beschloß, ihm keine weiteren Informationen zu geben. Das war natürlich ein weiterer Fehler, für den ich stärker verantwortlich war als für alle anderen vorher. Ich hätte Ambrose vertrauen sollen – wie er mir vertraute. Aber dazu war ich nicht imstande.

Nach dem Frühstück gingen wir mit Jess auf Barrowteign spazieren. Es hatte eben geöffnet, und die ersten Besucher tröpfelten herein. Noch aber war alles ganz ruhig und friedlich, während wir unter den Roßkastanien schlenderten und den ansteigenden Boden hinauf zur breiten Front des Hauses schauten. Auf dem Gras lag noch Tau, und der Nebel hob sich nur langsam über die Bäume. Ambrose stocherte mit seinem Stock in den alten Kastanienschalen und betrachtete sein einstiges Zuhause.

»Ich gehe nie mehr da hinauf«, sagte er. »Zu viele Erinnerungen.«

»Und Ihr Onkel, als er hier war?«

»Nicht, daß ich mich erinnern könnte.« Er zog an seiner Pfeife. »Natürlich wimmelte es in dem Jahr damals von Arbeitern – Restaurieren nannten sie es. Ich würde sagen, aufdonnern, nach dem, was ich so gesehen habe.« Er schüttelte traurig den Kopf. »Allerdings hat er mich oft gefragt, was sie gemacht hätten, wohin sie all das Zeug geschafft hätten, das man nicht an seinem Platz gelassen habe.«

»Und was haben sie damit gemacht?«

»Viel weggeschmissen. Das übrige auf den Dachboden geschafft. Viel Zeug, das ich schon vergessen habe, findet sich wahrscheinlich noch da oben unter Bettüchern.« Er seufzte. »Ist wohl der beste Platz dafür.«

Wir ließen Barrowteign hinter uns und gingen durch ein Gatter, das Ambrose kannte, hinunter zum Fluß. Es wurde immer wärmer, und offensichtlich hielten wir auf das »Greengage« zu.

»Nach einem Kater fängt man am besten da an, wo man aufgehört hat, Martin«, sagte Ambrose. »Sie brauchen das. Ich brauche, verdammt noch mal, einfach was zu trinken. Mein Onkel ist hier mit mir am Mittag nach dem Einbruch hingegangen, am Tag, bevor er starb. Es war eine Affenhitze – Anfang Juni –, und wir haben uns draußen hingesetzt und Bier getrunken, um die Nerven zu beruhigen. Meine hatten das weiß Gott nötig, und mein Onkel hat es zwar nicht gezeigt, aber brauchen konnte er das wohl auch.« Wir bogen zur Wirtschaft ein, und er schaute hinüber zu dem kleinen Garten dahinter. Die Stühle standen auf den Tischen, und das Ganze sah nach Vorsaison aus. »Das Bier hat ihn wohl sentimental werden lassen. Ich erinnere mich, wie er von der Burg gesprochen hat, die er für mich gebastelt hatte, als er aus dem Krieg kam. Was ich damit gemacht hätte.« Dann, als sei es ihm gerade erst eingefallen: »Es war schon eine verdammt schöne Burg.«

Zu dieser Stunde waren wir Teds einzige Gäste. Er rieb Gläser blank und hielt sie gegen das Licht, während ich mit rebellierendem Magen mein erstes Glas trank und Ambrose Rauch produzierte. Seine Augen funkelten durch den Qualm hindurch, und alles in allem sah er einem Mann, der gerade eine schlaflose Nacht hinter sich hat, bemerkenswert wenig ähnlich. Er war damit beschäftigt, sich an eine geheimnisvolle Vergangenheit zu erinnern, was für ihn erfrischender war als jede Ruhe.

Aber nicht für Ted. »Quasselst du immer noch davon, Ambrose?«

»Ich beklage mich nicht«, warf ich ein.

»Das würden Sie aber vielleicht, wenn Sie es so oft zu hören gekriegt hätten wie ich.«

»Tatsachen sind Tatsachen«, sagte Ambrose heftig. »Ich hab' mir den Einbrecher nicht ausgedacht. Hast du das vergessen?«

»Das weiß ich noch gut genug. Ich weiß noch, wie Wachtmeister Sprague reinkam und meinen alten Herrn und mich gefragt hat, ob irgendwelche Fremden vor diesem famosen Einbruch nach deinem Onkel gefragt hätten. Natürlich nicht – nicht vorher.«

»Jetzt passen Sie auf, Martin«, sagte Ambrose und zog eine Grimasse. »Jetzt wird Ted mich damit quälen, was er dem Untersuchungsbeamten nicht erzählt hat.« Mit gespieltem Enthusiasmus: »Nun, Ted, hat sich denn jemand *nach* dem Einbruch nach meinem Onkel erkundigt?«

»Ja, einer.«

»Aber du hast nicht daran gedacht, es Sprague gegenüber zu erwähnen?«

»Na, das war aber doch nicht vor dem Einbruch, wie er gefragt hat. Das war danach.«

»Es war aber, bevor er starb, nicht wahr? Am Nachmittag davor, um es ganz genau zu sagen.«

Ted nickte zögernd. »Kann schon sein.«

»Als du mir zum ersten Mal davon erzählt hast, Ted, war es für die gerichtliche Untersuchung natürlich viel zu spät.«

»Beweist ja auch nichts, oder?«

»Nein«, sagte Ambrose seufzend.

Und das stimmte. Was hatten wir in der Hand? Strafford, der sich in Devon versteckt hielt, während eine oder mehrere unbekannte Personen ihn ausfindig machen wollten. Warum? Strafford, der durch einen abstrusen Unfall ums Leben kam. Nur das, oder war es etwas Unheilvolleres? Ein apfelweinseliger alter Neffe, der sich in Verschwörungstheorien erging, nachdem es mit der Familie bergab gegangen war. Oder war er auf der richtigen Spur? Ich mußte letzteres glauben, und sei es nur aus Respekt vor Strafford. Ich brauchte allerdings dringend konkretes Material statt Verdachtsmomente, und genau das konnte Ambrose mir nicht liefern.

Ich rief Hester aus dem »Greengage« an, versicherte ihr, daß es mir gutginge, und kündigte mein Kommen für den Abend an. Ambrose bot an, mich nach Exeter zu fahren. Wir marschierten also zurück zum Häuschen, holten den Memoirenband und stiegen in seinen rostigen Uralt-Morris-Minor. Jess sprang hinten auf ihren Platz, und wir brausten talaufwärts davon. Beim Fahren redete Ambrose, rauchte und drehte sich immer wieder zu mir, um etwas zu unterstreichen, was nicht dazu beitrug, die Fahrt erholsam zu machen. Er entlockte mir unschwer das Versprechen, ihm eine Kopie der Memoiren zu schicken und ihn über den Fortgang meiner Recherchen auf dem laufenden zu halten, aber eigentlich war ich mehr auf den Pferdetransporter konzentriert, den wir gerade überholten.

Als wir uns Exeter näherten, fragte er mich über Sellick aus, und ich ertappte mich dabei, daß ich ausweichend wurde. »Er hat einfach genug Geld, einem historischen Interesse nachzugehen.« Ambrose äußerte seine Zweifel, die ich aber nicht teilte. Er kannte Sellick nicht, und ich war nicht in der Stimmung, ihm recht zu geben.

»Was steht denn als nächstes auf Ihrer Tagesordnung?« fragte Ambrose, als das Auto in der Sackgasse anhielt, wo die Bennetts wohnten und wo die adretten kleinen Grundstücke wirkten, als seien sie tausend Meilen von Barrowteign entfernt.

»Cambridge. Ich will herausfinden, was die Historiker dazu zu sagen haben«

»Graben Sie auf jeden Fall weiter, Junge. Glauben Sie mir, da liegt noch was begraben.«

»Das denke ich auch.« Ich nahm meine Tasche. »Jedenfalls, vielen Dank für all Ihre Hilfe.«

»Bitte, bitte.« Er lächelte und gab mir fest die Hand. Dann zwinkerte er mir auf seine liebenswürdige Art zu. »Ich werde auch weitergraben, vergessen Sie das nicht. Ich bin sicher, daß wir gemeinsam die Wahrheit herausbringen können – und was für eine!«

»Ich werde mich melden.«

Hester und Nick waren so freundlich, sich nicht über mein Ausbleiben am Vortag zu ärgern, und ich unterhielt sie mit einer Schilderung der letzten 24 Stunden mit Ambrose. Den nächsten Tag verbrachte ich in der Stadtbücherei, um in der lokalen Presse Berichte über den tödlichen Unfall zu finden.

In der Ausgabe vom 5. Juni 1951 stand ein kurzer Absatz, dem zwei Wochen später ein ausführlicherer Bericht über die gerichtliche Untersuchung der Todesursache folgte. Wie Ambrose schon gesagt hatte, wurden viel Worte um die Sicherheit des Übergangs in Barrowteign gemacht, was die Vergangenheit betraf, aber nicht ein Wort darüber verloren, daß der Tod vielleicht kein Unfall gewesen sein könnte. Was die Erinnerung des Zugführers betraf, er habe eine Gestalt vom Ort des Geschehens weglaufen sehen, bat der Untersuchungsbeamte die Geschworenen zu berücksichtigen, daß dieser durch den Unfall aufgewühlt gewesen sei. Das war praktisch mit einer Aufforderung der Geschworenen gleichzusetzen, diese Aussage zu ignorieren, was sie auch brav taten. Der Untersuchungsbeamte stellte die Theorie auf, daß ein älterer Mann, der auf dem Übergang den herannahenden Zug hörte, leicht gestolpert sein oder sich mit dem Fuß in den Gleisen verfangen haben könnte, als er sich hastig entfernen wollte. Die Geschworenen akzeptierten das und erkannten auf Tod durch Unfall. Ein kurzer Satz über Ambroses Aussagen zeigte, wie wenig Beachtung man ihnen geschenkt hatte. Das hatte seitdem immer an ihm genagt. Am Freitag kehrte ich für ein untätiges Wochenende nach London zurück. Ich war begierig, nach Cambridge zu kommen, aber das College konnte mir vor Montag kein Gästezimmer zur Verfügung stellen. Ich machte mich an einen weiteren Bericht für Sellick, in dem ich Ambroses Vermutungen, es sei nicht mit rechten Dingen zugegangen, so stark wie möglich in den Vordergrund rückte. In diesen Grenzen war der Bericht zutreffend und ehrlich. Ich fühlte mich jetzt zuversichtlicher, der Sache besser gewachsen. Ich ahnte nicht, daß mein Seelenfrieden reine Selbsttäuschung war.

4

Ich spähte durch die schmierige Scheibe eines verwahrlosten, holpernden Zugs der Eastern Region auf das Wirrwarr heruntergekommener Rangiergleise, die man gleich nach dem Bahnhof Liverpool Street passiert. Die Sonne auf diesem Haufen Rost machte den Anblick nur noch trostloser. Und doch war er nicht nur trostlos, sondern auch vertraut: der Ausgangspunkt meiner einst regelmäßigen Fahrten nach Cambridge. Ich erinnerte mich – wie ich mich immer erinnerte – an die Schauder, die mir den Rücken hinuntergelaufen waren, als ich auf meiner ersten Fahrt zwölf Jahre zuvor diese abweisende Landschaft in Essex zum ersten Mal erblickt hatte. Zunächst eingeschüchtert, später verführt und letztlich abgestoßen von den befremdlichen Freuden dieser Stadt im Fenn, fühlte ich mich nichtsdestoweniger immer noch von ihr angezogen und begrüßte insgeheim die Gelegenheit, die mir durch Sellick geboten wurde, sie wieder aufzusuchen. Schließlich hatte mir Cambridge, all meinem Nörgeln, all meinen Vorbehalten zum Trotz, drei Jahre verschafft, in denen ich sehr viel weiter oben gewesen war als je danach. Verwöhnt, narzißtisch, überheblich – das war dieser Ort, und mehr. Aber war das so viel schlimmer als das, was aus mir geworden war?

Princes' Hall, die graue Eminenz, eingezwängt zwischen Corpus Christi und Pembroke, hatte schon immer eine Welt für sich bedeutet. Das war an diesem kühlen Abend, an dem sich ein Vorhang von Wolkenfetzen vor die Sonne geschoben hatte, nicht anders. Ich hatte das Taxi bezahlt und musterte den Ort durch die schwarz-goldenen Gitter mit ihren Pfeilspitzen mit dem gleichen Argwohn, den er immer für mich aufzusparen schien: ein Hof mit Gras und Pflaster, ein Kreuzgang aus der Tudorzeit auf einer Seite, eine viktorianische Halle auf der anderen, eine gotische Kapelle am entfernten Ende. »Gut für Geschichte«, hatten die gesagt, die mir angeraten hatten, mich dort zu bewerben, und das hatte gestimmt: reich an Wissen und Erinnerung, arm an Phantasie und Menschlichkeit.

Am nächsten Morgen ging ich frühzeitig in die Universitätsbibliothek, jenen hohen Bau am linken Ufer des Cam mit einer Turmspitze, die der von Salisbury gleichkommt, aber einem anderen Gott geweiht ist: dem Lernen in seiner dürren, bibliomanen Form. Die Schriften aller führenden Politiker aus Straffords Tagen wurden dort verwahrt. Ich wartete darauf, sie aus den Archiven in den riesigen Lesesaal zu bekommen – in dem es von Studenten wimmelte, die in stillem Eifer für die Schlußexamina büffelten –, und verspürte geheimen Stolz, daß mein Auftrag subtileren Fragen galt. In Wirklichkeit brachte mir dieser Teil meiner Arbeit so gut wie nichts. Praktisch alle Kabinettskollegen von Strafford hatten der Nachwelt eine Art von Testament hinterlassen – Memoiren, Briefe, Tagebücher, Autobiographien –, aber nachdem ich das Material einen Tag lang gesichtet hatte, hatte ich nichts hinzugewonnen, außer noch mehr Respekt vor Strafford als Schriftsteller und Mensch.

Daß Straffords Name so selten erwähnt wurde, war, wie der Hund, der nicht bellt, an sich schon verdächtig. Und nirgends fand sich etwas, um Baxters Spekulation zu erhärten, Strafford sei zurückgetreten, um Asquith zu einer überstürzten, frühzeitigen Neuwahl zu bewegen. Bei einem Rosinenbrötchen in der Bibliothekscafeteria tröstete ich mich damit, daß dies die Schwachstelle in der gutgepanzerten historischen Rüstung des Marcus Baxter war, wo ich meine Attacke ansetzen konnte.

Ich suchte mir die Stunde vor dem Abendessen aus, um ihn in seinem Zimmer aufzusuchen – eine geräumige, links an der Kapelle über einem Bogen liegende Wohnung mit drei Fenstern –, und ich hatte Glück. Als ich klopfte, war mir das heiser bellende »Herein« auf der Stelle wieder vertraut.

Es hieß immer von Baxter, daß er einen Raum eigentlich nie betrat, sondern ihn einnahm. Er verbreitete eine eigentümliche Kombination von Zwielicht und Glanz, von Anrüchigkeit und Respektabilität. Sein Zimmer war erfüllt vom Aroma – oder war es der Ruch? – einer demonstrativen Andersartigkeit, und es versetzte mich übergangslos in die Zeit meiner zahlreichen früheren Besuche bei ihm zurück, die ausnahmslos respektvollerer Natur waren als der gegenwärtige. Noch immer lag eine Geruchsmischung aus alten Büchern, gutem Whisky, schalen Zwiebeln und billigen Zigaretten in der Luft, noch immer hatte Baxter etwas von einem alten Bullen, der sich ans Frühjahr erinnert, wenn er einen Besucher stechend ins Auge faßte. Er saß auf einem einfachen Stuhl und krächzte in ein Taschendiktiergerät, während sich auf der samtbezogenen Chaiselongue am Fenster, von der er einen schönen Blick auf den Hof hätte haben können, Bücher und Papiere türmten und der hölzerne Schaukelstuhl hinter dem vollgepackten Schreibtisch leer stand. Der Raum war vollständig der Herrschaft von Büchern und Papieren anheimgegeben, wobei der einzige Schmuck darin bestand, daß in der einen Ecke auf einem Sockel eine kleine Cromwell-Büste stand, während in der anderen eine Vitrine zu sehen war, die als Bar diente und ausschließlich Malzwhisky bereithielt – es sei denn, man zählte Baxter noch selbst mit. Eine kleine, stämmige, wetterharte Gestalt, die an einen Preisboxer denken ließ, den Frotteebademantel über die Tageskleidung gezogen, die schwarze Zigarette im Mundwinkel, grau und bald kahlköpfig, aber noch mit jenem spitzen Haaransatz, der dem zerknitterten Gesicht ein fratzenhaftes Aussehen verlieh.

»Wer ist da, bitte?« bellte er und starrte durch seinen selbstproduzierten Mief.

»Martin Radford – erinnern Sie sich?«

Baxter hatte vielleicht ein Lächeln beabsichtigt, aber die Anstrengung, die Zigarette an ihrem Platz zu halten, verwandelte es in ein bösartiges, schiefes Grinsen. »Freilich, mein Lieber. Jahrgang 67.« Wie ich mir hätte denken können, war sein Gedächtnis unversehrt. »Aus welchem Loch kommen Sie denn hervorgekrochen?«

»Aus dem Lehrberuf, könnte man sagen.«

»Gut, daß Sie da nicht mehr drin sind – für Sie und ihn. Trinken Sie etwas.« Wie von jeher machte er keinerlei Anstalten, mir etwas zu bringen, so daß ich mir selbst einschenkte. »Mit welcher Entschuldigung drücken Sie sich eigentlich hier herum? Sie wissen, wie wenig ich davon halte.«

»Und warum?« fragte ich, indem ich sein Glas auffüllte und versuchte, mich nicht zu ärgern.

»Mein Lieber, weil diejenigen, die zurückkommen, um mir zu erzählen, wie erfolgreich sie sind, meistens die sind, von denen ich am wenigsten gehalten habe.« Er ließ sich dazu herab, die Zigarette aus dem Mund zu nehmen.

»Dann ist ja alles in Ordnung.« Ich räumte mir auf der Chaiselongue einen Platz frei und ließ mich nieder. »Ich habe keine Erfolge zu melden.«

»Dann bin ich bereit, nicht zu sagen, was ich von Ihnen gehalten habe.«

»Wie geht es Ihnen? Was machen die Publikationen?«

»Ich werde demnächst eine Biographie von Bonar Law herausbringen.«

Eine Gelegenheit, nun meinerseits zu sticheln. »War das nicht ein ziemlich langweiliger Zeitgenosse?«

»Das ist es ja gerade. Ich will nicht, daß Klatschgeschichten den Blick auf die Politik verstellen. Hat er getrunken? Hatte er etwas mit Frauen – oder mit Jungen? Wen interessiert das? Hat er ein Irlandproblem provoziert, um die Liberalen zu erledigen? Das ist schon interessanter.«

»Ich befasse mich gerade selbst etwas mit historischer Forschung.«

Er schnaubte in seinen Whisky. »Besser spät als nie.«

»Deswegen komme ich auch vorbei. Bei der Sichtung meines Materials stellte ich fest, daß Sie das Feld schon vor mir bearbeitet haben.«

»Wie denn das?« Aus Baxters Mund klang das, als hätte ich ihn beleidigt.

»Edwin Strafford. Innenminister unter Asquith. Sie haben den Artikel für die Nationalbiographie verfaßt.«

Baxter grinste. »Radford, das muß das erste Mal sein, daß Sie irgend etwas gelesen haben, was ich geschrieben habe. Ich nehme an, Sie waren beeindruckt.«

Ich überhörte seinen Sarkasmus und verabreichte ihm meine eigene Dosis. »Ich fand den Artikel im Umfang handlich, in den Schlußfolgerungen fragwürdig.« Das hätte ein Kommentar von ihm unter einer meiner Arbeiten sein können.

»Hoho! Das sind aber starke Worte. Wie immer, Radford, muß ich Sie fragen: Wo sind Ihre Beweise?«

»Die Frage ist eher, wo sind Ihre? Wissen Sie noch, wie Sie Straffords plötzlichen Rücktritt als Innenminister 1910 erklärt haben?«

Baxter schlug mit der Hand nach einer imaginären Fliege. »Natürlich. Strafford war einfach eine geplatzte Trumpfkarte. Er wollte ein Politiker mit weißer Weste sein. Als er feststellte, daß das unmöglich war, versuchte er, Druck auszuüben, um Asquith dazu zu bringen, Neuwahlen anzusetzen und die Verfassungskonferenz abzublasen. Ich glaube, er betrachtete Kompromisse als ehrenrührig. Zu sehr der Gentleman, um sich in solche Dinge verwickeln zu lassen. Zu sehr ein Narr, um zu erkennen, daß sein Rücktritt sinnlos war. Keine Machtbasis – kein politischer Instinkt.«

»Aber woher wissen Sie, daß das der Grund für seinen Rücktritt war?«

»Warum denn sonst? Es paßt ins Bild: die leere Geste eines unbedeutenden Dilettanten.«

»Für mich klingt das nach purem Vorurteil.«

»Was glauben Sie denn?«

»Ich habe konkrete Belege dafür, daß er zurücktrat, um eine Suffragette zu heiraten.«

Baxter hob die Arme und lachte schallend. »Und Bonar Law war Jack the Ripper. Ein Glück, daß Sie nicht mehr unterrichten, Radford.«

Ich versuchte, kühl zu bleiben. »Ich glaube, Sie werden meine Belege sehr viel überzeugender finden als Ihre eigenen.«

»Das bezweifle ich. Was haben Sie denn zu bieten?«

»Memoiren, die Strafford hinterlassen hat – und die man unter seinen Papieren auf Madeira entdeckt hat.«

Historisches Quellenmaterial war für Baxter reinstes Gold, und trotz aller höhnischen Bemerkungen bekamen seine Augen jetzt ein gieriges Glitzern. »Könnte interessant sein. Aber machen Sie nicht den alten Fehler zu glauben, was ein Politiker über sich selbst aussagt.«

»In diesem Fall glaube ich ihm. Die Erinnerungen beweisen, daß Strafford versuchte, seinen Rücktritt zu widerrufen, unmittelbar nachdem er ihn erklärt hatte, was man ihm aber verwehrte – ein Umstand, den Sie in Ihrem Beitrag geflissentlich übersehen haben.«

»Ich hatte davon gehört, aber es bestätigte nur, was ich von ihm halte. Er verlor die Nerven, sobald er feststellte, wie schwach seine

Position war. Asquith hätte ihn danach kaum zurückhaben wollen. Wenn Ihr Suffragettenquatsch richtig wäre, warum hat sich dann seine Leidenschaft so rasch abgekühlt?«

»Das war nicht der Fall: Man gab ihm den Laufpaß.«

»Warum hat Asquith ihn dann nicht wiederhaben wollen?«

»Genau das versuche ich herauszufinden. Ich glaube, daß einer seiner Kabinettskollegen sich gegen ihn verschwor, vielleicht auch mehrere daran beteiligt waren, um seinen Ruf zu ruinieren.«

»Wer – und warum?«

»Lloyd George ist der wahrscheinlichste Kandidat. Er hat versucht, Strafford zu geheimen Verhandlungen mit Balfour zu überreden, um eine Koalition zu bilden und Asquith auszubooten.«

»Wann?«

»Juni 1910 – unmittelbar vor seinem Rücktritt.«

»Dann stimmt Ihre Chronologie nicht. Lloyd George hat tatsächlich die Möglichkeit einer Koalition mit Balfour erörtert – aber nicht vor dem Herbst.«

»Dann hat entweder Lloyd George gelogen, als er Strafford darüber informierte, oder wir wissen einfach nicht, wie früh er begonnen hat, diese Möglichkeit auszuloten.«

»Oder Strafford hat Sie hinters Licht geführt.«

»Das glaube ich nicht.«

»Wie dem auch sei – wenn Sie nun schon mal zu dieser Tageszeit hier sind, soll ich Sie in den Speisesaal mitnehmen? Ich gehe jetzt hinüber.« Er erhob sich, warf den Bademantel über eine Stuhllehne, holte seinen verfleckten und abgenutzten Talar von einem Haken an der Tür herunter und schlüpfte hinein. Ich war ohne langes Zögern einverstanden und folgte ihm in den Hof hinaus, wo die Abendsonne sich auf dem Pflaster spiegelte – es war noch naß von einem Regenschauer am Nachmittag – und vereinzelte in Talare gekleidete Gestalten begannen, dem Ruf der Glocke zum Essen zu folgen.

Dann kam das erste Anzeichen dafür, daß Baxter über das nachdachte, was ich ihm gesagt hatte. »Warum sollte Lloyd George es nötig haben, Strafford zu ruinieren«, grübelte er, fast im Selbstgespräch, »nur weil er sich weigerte, an Verhandlungen mit Balfour teilzunehmen?«

»Weil Strafford zu diesem Zeitpunkt genug wußte, um Lloyd George in der Partei zu diskreditieren und die Verhandlungen zu torpedieren, bevor sie überhaupt begonnen hatten. Ich bin überzeugt, daß Lloyd George Straffords Jugend und seine Fähigkeiten so sehr fürchtete, daß er ein Bündnis mit ihm brauchte – oder seinen Kopf.«

Baxter blieb unvermittelt stehen und schob mit dem Finger seine Lippen hoch. »Ihre Version hat den ganzen Reiz einer sparsam bekleideten schönen Frau, Radford – aufsehenerregend, aber bei schlechtem Wetter kaum zu gebrauchen. Erstens, überprüfen Sie Ihre Quelle – legen Sie sie der Universitätsbibliothek zur Prüfung vor. Zweitens, setzen Sie sich hin, und studieren Sie ein paar Monate all das andere zeitgenössische Material. Drittens, tragen Sie die Argumente für Ihre These zusammen. Dann können Sie wiederkommen.«

»Dazu habe ich nicht die Zeit.«

»Dann haben Sie nicht die Zeit für Geschichte.«

Ich biß mir auf die Lippe, und wir gingen weiter zum Speisesaal. Baxter wurde am Obertisch mit witzigen Bemerkungen begrüßt; er stellte mich so flüchtig vor, daß niemand den Namen verstand. Auf dem Platz uns gegenüber hielt eine bleiche, in die Falten eines überdimensionalen Talars gehüllte Gestalt ihr Porzellanprofil ins Kerzenlicht und hob mit entrückter Gestik eine Hand zum Gruße. »Marcus«, sagte die Person in winselndem Ton, dem man die Lage nur aufgrund des Jahrgangs verzieh, »daß du uns noch einmal mit deiner Anwesenheit beehrst, ist eine unerwartete Rechtfertigung dafür, daß ich mich wieder den Gefahren der Kaninchenpastete des Küchenchefs aussetze.«

»Hör auf mit dem Quatsch, Stephen«, gab Baxter zurück. »Radford, ich stelle Ihnen Stephen Lamzed vor, unseren führenden Kunsthistoriker. Zu Ihrer Zeit noch nicht hier. Wir haben ihn aus dem King's College entführt.«

»Freut mich, Sie kennenzulernen.« Ich versuchte, unverbindlich zu klingen.

»Ich bin entzückt.« Irgendwie gelang es Lamzed, auch danach auszusehen. Sein von langem Silberhaar eingerahmtes Gesicht war ein Mosaik aus Falten, die ich jedoch bis zu dem Augenblick für die rissige Oberfläche eines Ölgemäldes alter Meister hätte halten können, in dem er seine Lippen befeuchtete – mit der langen, dünnen Zunge einer Eidechse, die in der Wüste Insekten fängt. »Wenn du mir die Bemerkung erlauben willst, Marcus, es ist allzu lange her, daß du uns fröhliche Tischgenossen mitgebracht hast. Welchem Grund verdanken wir das Vergnügen?«

Baxter lächelte verschlagen. »Radford untersucht eine Suffragettenromanze.«

Lamzed zuckte zusammen. »Was sagen Sie selbst, junger Mann?«

»Man könnte es so formulieren. Ich setze mich mit einer Episode der Geschichte aus der Zeit König Eduards auseinander, die mit der Suffragettenbewegung Berührungspunkte hat.«

Lamzed fing an, sein Besteck auf Verunreinigungen zu untersuchen. »Ich gestehe, daß das Studium von zwangsernährten Frauen und – was schlimmer ist – solchen, die Männer anschreien, auf mich keinerlei Anziehung ausübt, aber in letzter Zeit sehr in Mode gekommen ist. Ist nicht die historische Fakultät eine Brutstätte feministischer Forschung, Marcus?«

Baxter hob die Augenbrauen über fast geschlossenen Lidern. »Wohl kaum.«

»Aber werde ich nicht täglich mit Geschichten von der dunklen Schönen vom Darwin College verwöhnt? Ist nicht in Cambridge die Sirene von Sidgwick in aller Munde? Und ist sie nicht eine Befürworterin eben solcher Studien?«

»Von wem sprechen Sie?« fragte ich.

Baxter riß ein Brötchen in zwei Teile. »Er will sagen, daß es ein paar Dozenten gibt, die appetitlicher anzusehen sind als ich, und ganz besonders eine, die den Hörsaal einfach deswegen füllt, weil sie weiblichen Geschlechts und unter fünfzig ist.«

Lamzeds Falten ordneten sich zu einem Lächeln. »Marcus, du unterschätzt dich. Aber es ist zweifellos zutreffend, daß Miss Randall Hörer um sich versammelt, die vielleicht nicht ganz so akademisch rein sind wie deine, dafür aber vielleicht um ein Quentchen zahlreicher und unübersehbar enthusiastischer.« Baxter erwiderte das Grinsen mit zusammengebissenen Zähnen und machte mit dem

Oberkörper Platz für seinen Suppenteller. Ich wartete, bis meiner angekommen war, bevor ich nach Einzelheiten fragte.

»Miss Eve Randall«, erklärte Baxter und schlürfte zwischendurch unüberhörbar Suppe von seinem Löffel, »ist Forschungsstipendiatin am Darwin College. Sie hat im Herbstsemester eine Vorlesungsreihe über Protestbewegungen der Epoche König Eduards gehalten. Wie ich höre, war das Echo positiv.«

»Waren Sie nie dort?«

»Sie kollidierten mit einigen meiner Vorlesungen über den Imperialismus. Stephen kann Ihnen zweifellos die jeweiligen Hörerzahlen nennen.« Lamzed nickte bestätigend. »Jedenfalls hält sie in diesem Semester noch weitere sechs Vorlesungen.«

»Nachfragedruck«, hauchte Lamzed über den Tisch.

»Eine Zusammenfassung der Glanzpunkte«, fuhr Baxter fort, »für diejenigen, die beim letzten Mal zu hingerissen waren, um sich zu konzentrieren.«

»Würde es sich lohnen, daß ich einmal hingehe?«

Baxter ließ seinen Löffel klirrend in den inzwischen geleerten Suppenteller fallen und fing an, in den Zähnen zu stochern. »Warum nicht? Wenn Sie tatsächlich eine Suffragettenperspektive auf Strafford eröffnen wollen, dann könnten Sie die Idee ja bei Miss Randall testen. Ich glaube allerdings nicht, daß Sie bei ihr mit Ihrer Romanzentheorie landen können. Sie sieht die Suffragetten als geschlechtslose Amazonen.«

Lamzed beäugte mißtrauisch eine einsame Spargelspitze, die er aus seiner Suppe gefischt hatte. »Mittwochs, zehn Uhr«, psalmodierte er. »Bitte früh anstellen, um Enttäuschungen zu vermeiden.« Ich beschloß, genau das zu tun. Was – obgleich man selbst mir vergeben konnte, daß ich ihn nicht als solchen erkannte – ein weiterer Fehler war. Während Lamzed sich mit affektiertem Lächeln weiter über den Niedergang männlicher Vorlesungskunst ausließ – und Baxter seine Zähne an Kaninchenknochen erprobte –, glitt ich mit wachsender Geschwindigkeit auf eine immer abschüssigere Bahn.

Sidgwick um zehn am nächsten Morgen, ein kühler, unscheinbarer Tag, zerstreute, zwischen den nackten, grauen Betonbunkern der Philosophischen Fakultät auseinanderstrebende Studenten. Dieser Neubau – ein Triumph der seelenlosen Architektur der sechziger Jahre – war gerade erst entstanden, als ich hier mein Studium aufnahm, sah aber jetzt schon älter aus, als er war: fleckiger Beton, abblätternde Fassaden, überstrapazierte Entlüftungsanlagen. Ich saß vor der Cafeteria und beobachtete den Wechsel zwischen den Neun- und Zehn-Uhr-Vorlesungen, um mich dann der langen Zweierreihe von Studenten für die Vorlesung anzuschließen, auf die wir alle gewartet hatten.

Ich suchte mir einen Platz hinten im Saal und besah mir erst etwas befangen, dann neugierig die Studenten, die alle damit beschäftigt waren, ihre jeweiligen Reaktionen auf die Vorlesung der letzten Woche miteinander zu vergleichen und mit überschwenglicher Begeisterung ihre Ordner herzurichten. Sie sahen jünger und ernsthafter aus, als ich erwartet hatte: lauter picklige junge Männer und Blaustrümpfe. Aber vielleicht war das nur mein beginnender Alterungsprozeß.

An dem Respekt, der aus der Augenblicke später einsetzenden Stille im Saal abzulesen war, gab es allerdings nichts zu deuteln. Eine hochgewachsene, elegante Gestalt trat durch einen Seiteneingang ein und schritt energisch, aber ohne Hast zum Pult: Eve Randall, eine kühle, ernste Schönheit, die unter dem Talar ein zitronengelbes Kleid trug und nun heiter, aber nicht lächelnd vor dem Auditorium stand. Ihr Eintreten wirkte wie das Öffnen eines Fensters in einem stickigen Raum, aber die Brise, die sie hereinließ, brachte auch etwas Schneidendes mit. Ihre feinen Züge waren atemberaubend schön geschnitten, und ihr dunkles, glänzendes Haar ringelte sich verlockend elastisch auf den Schultern, aber die blitzenden Augen und das leicht erhobene Kinn verrieten, daß die Katze Krallen hatte. Nicht daß sie sie hätte zeigen müssen – sie hielt die Hörer in ihrem Bann.

Sie sprach fünfundvierzig Minuten lang, flüssig, ohne Notizen, ordnete und entwickelte ihre Argumente in so verführerischer Abfolge, daß man sich wünschte, mit ihr einig sein, ihr recht geben zu dürfen. Ihre Stimme und ihre Vortragstechnik ähnelten einem kühlen Aperitif: Sie machten Appetit auf den Hauptgang. Aber mehr als Appetithappen setzte sie uns nicht vor. Die Vorlesung war bald beendet, und uns blieben nur Erinnerungsfetzen. Was mich betraf, so war der Gehalt des Vortrags ohne Belang. Sie hatte die Suffragetten der Avantgarde einer Interessengruppenpolitik zugerechnet, die als erste eine Form erprobten, auf unannehmbare Zustände in einer Demokratie zu reagieren. Daß ich darin mit ihr nicht einigging, war im Grunde unwichtig. Entscheidend war, daß ich mich Eve Randall wie alle anderen wegen ihrer stolzen und geheimnisvollen Schönheit unterwarf – ihrem Stil, ihrem Flair, ihrer unwiderstehlichen Anziehungskraft –, nicht der Logik ihrer These. »Was diese jungen Frauen dazu trieb, sich so bis zum Äußersten selbst zu verleugnen und zu demütigen, illustriert das wachsende Unvermögen der politischen Maschinerie zur Regierungszeit König Eduards, die Probleme der Zeit zu lösen. Es ist eine bleibende Errungenschaft, daß sie die Frau in England endgültig ihrer Idylle hinter viktorianischen Mauern entrissen und sie mit der aufrüttelnden, aber nicht immer angenehmen Wahrheit konfrontierten, daß eine Veränderung der Gesellschaft nur durch anhaltende und vereinte Anstrengungen zu erreichen ist.« Damit schloß sie bis zur folgenden Woche, wobei ich wohl kaum der einzige war, der bedauerte, daß sie nicht fortfuhr.

Eine Anzahl von Studenten – meist Mädchen – umringten nachher ihr Idol, um Fragen zu stellen. Ich mischte mich nicht ein – ich wollte mich allein mit ihr auseinandersetzen. Ich saß draußen auf einer Bank, während das Kommen und Gehen zwischen den Vorlesungsstunden allmählich nachließ. Etwa fünf Minuten später trat die Gestalt, auf die ich gewartet hatte, aus einer Seitentür des Saals. Sie bewegte sich gut – ich hatte das bemerkt, als sie in die Vorlesung kam – und schritt nun graziös, aber zielbewußt über das Pflaster zur Geschichtsbibliothek – jenem häßlichen, bugförmigen Bau aus Backstein und Glas, der in diesem Neubauteil die krönende Torheit modernistischer Architektur verkörperte. Ich war in der Vergangenheit oft genug dort gewesen, um mir denken zu können, daß man Eve Randall wahrscheinlich einen dieser Arbeitsräume zugewiesen hatte, die einem Verschlag ähnelten und sich in den oberen Bereichen des Gebäudes befanden; während sie im Lift nach oben fuhr, überflog ich die entsprechenden Namensschilder, fand den ihren und nahm die Treppe nach oben.

Die Tür war offen. Ein Talar über einem Stuhl an einem Stahlrohrtisch mit Holzplatte. Die Inhaberin des Zimmers stand am metallgerahmten Fenster und blickte auf die roten Ziegeltürme des Selwyn College, während in einer Ecke des Raums das Wasser in einem Kessel zu sieden begann. Ich klopfte an, sie wandte sich um und blickte mich an.

Sie hatte jetzt eine wollene Strickjacke über das Kleid gezogen. Dadurch wirkte sie weniger professoral, aber keineswegs weniger überzeugend. Ich schätzte sie etwa auf mein Alter, aber ohne meine grauen Haare und stumpf gewordenen Kanten. Sie wirkte wie eine Frau in vollkommenem Gleichgewicht: zwischen Jugend und Reife, Charakter und Schönheit, Weiblichkeit und Professionalität. Diese Harmonie fand Ausdruck in einer mühelosen Perfektion, die ich im Vorlesungssaal von fern beobachtet hatte und nun aus der Nähe bewunderte. Sie hatte sich für den Anlaß nüchtern gekleidet, aber der Sitz ihrer Kleider zeichnete in Andeutungen eine Sinnlichkeit nach, die mir von Anfang an nicht entging, und wenn sie den Kopf bewegte, schwangen ihre Haare mit geradezu kalkulierter Zwanglosigkeit mit. Immer noch zeigte sich in ihrem Gesicht kein Lächeln, als müsse jeder Höflichkeit erst eine gründliche Musterung vorausgehen.

»Miss Randall?«

»Ja.« Das war alles – keine Gegenfrage, wer ich sei.

Der Kessel zu meiner Linken stieß Dampf aus. »Soll ich das ausschalten?« fragte ich.

»Bitte.«

Ich stellte den Kessel ab. »Ich war in Ihrer Vorlesung und bin gekommen, um Ihnen zu sagen, wie gut sie mir gefallen hat.«

»Danke, daß Sie das sagen. So etwas hört man gern.«

»Ich bin überzeugt, man hat Ihnen das schon öfter gesagt. Wie ich höre, sind Ihre Vorlesungen sehr beliebt.«

»Sie waren also vorher noch nicht da? Ich glaube nicht, daß ich Sie wiedererkenne.«

»Das können Sie auch nicht. Ich war zum ersten Mal da.«

»Sind Sie Student?« Sie warf einen zweifelnden Blick auf mich.

»Nein. Ich bin überhaupt nicht an der Universität.« Nun sah sie argwöhnisch aus. »Ich habe vor einigen Jahren mein Examen am Princes' gemacht.« Das klang hoffentlich besser. »Ich heiße Martin Radford.«

Sie rührte sich einen Augenblick lang überhaupt nicht. Ihre Augen, die mich schon die ganze Zeit intensiv betrachtet hatten, wurden groß. Einen Moment lang hatte ich den Eindruck, sie sei im Begriff, mich zum Gehen aufzufordern, wie jemanden, der hier nichts zu suchen hatte. Statt dessen begann sie langsam zu lächeln, verwirrend, als ob sie etwas genieße. Dann weitete sich das Lächeln und wurde um so vieles freundlicher, daß ich mich wohler fühlte.

»Ich bin gerade dabei, mir einen Kaffee zu machen. Trinken Sie eine Tasse mit?« Ich sagte ja und stellte den Kessel wieder an. Sie holte uns zwei Tassen. »Wollen Sie sich nicht setzen?«

»Danke.« Sie kam zurück und ließ sich hinter dem Schreibtisch nieder. Ich nahm auf dem einzigen anderen Stuhl im Zimmer Platz, wo ich etwas in die Sonne schauen mußte, während Eve nur als Silhouette gegen das Licht zu sehen war. Vermutlich hatte sie die Möbel mit Absicht so gestellt, um immer von diesem Vorteil gegenüber ihren Besuchern zu profitieren.

»Interessieren Sie sich ganz allgemein für die Epoche der Frauenrechtsbewegung, Mr. Radford?«

»Eher spezifisch. Ich beschäftige mich mit Forschungen auf einem Gebiet, das mit der Sache der Suffragetten Berührungspunkte hat.«

»Ach, wirklich? Dann arbeiten wir also am gleichen Thema.«

»Nicht ganz. Ich glaube, Sie bereiten ein Buch vor.«

»Das ist richtig.«

»Ich hingegen tue nichts dergleichen.« Ich nahm einen Schluck Kaffee. Eve rührte sich nicht. »Die Suffragetten sind nur ein Aspekt meiner Aufgabe. Als Expertin auf dem Gebiet könnten Sie allerdings Interesse daran haben.«

»Sie schmeicheln mir, Mr. Radford. Ich habe zwar eine ganze Menge Material über die Frauenrechtlerinnen zusammengetragen. Ich bin mir aber nicht sicher, ob es als Expertenwissen zu bezeichnen wäre.«

»Meiner Meinung nach würden die meisten Leute es so nennen. Was wissen Sie über Edwin Strafford?«

»Innenminister zwischen 1908 und 1910. Gemäßigt. Wäre er nicht zurückgetreten, hätte es vielleicht keinen McKenna gegeben, um die Katz-und-Maus-Gesetzgebung einzubringen. Die Regierung hätte die Lage möglicherweise besser in den Griff bekommen.«

Jetzt folgte ich einer Eingebung – wieviel wußte sie tatsächlich über die Suffragetten? »Und über Elizabeth Latimer?«

Sie wiederholte den Namen und dachte kurz nach. »Gehörte zum Putney-Kreis. Sie, Miriam Fane, Julia Lambourne und die Simey-Zwillinge waren Anhänger von Christabel Pankhurst. Zwischen 1906 und 1908 waren sie bei den Suffragetten aufgrund ihrer gewagten Eskapaden als die Fünf Furien bekannt. Danach rückten sie in den Hintergrund, und im Jahr 1911 – als Christabel ihre militante Taktik nach einem Waffenstillstand wieder aufnahm – waren Lambourne und Latimer ohne Zweifel in das gemäßigte Lager übergewechselt und bald ganz aus der Szene ausgeschieden.«

Ich war verblüfft. Ich hatte mich daran gewöhnt, daß Straffords Name in Büchern und Aufzeichnungen auftauchte, aber es war ungewohnt zu hören, wie man von Elizabeth in gleicher Weise redete – von Straffords Elizabeth, der Elizabeth, die ich in Sussex zu sehen versucht hatte. »Ich wußte gar nicht, daß sie so bekannt ist.«

»Das ist sie auch nicht. Aber ich bin so intensiv in die Materie eingestiegen, daß es nicht viele aktive Suffragetten gibt, von denen ich nicht gehört habe.«

»Was ist mit einer Verbindung zwischen Strafford und Elizabeth Latimer?«

Sie nippte zum ersten Mal an ihrem Kaffee. »Das ist mir neu. Welche Art von Verbindung?«

Ich berichtete ihr nun von den Memoiren und von der gelösten Verlobung, von dem Rätsel und dem daran zerbrochenen Mann. Baxter hatte eine ablehnende Reaktion auf diese Andeutung weiblicher Verwundbarkeit in den Reihen der Suffragetten vorausgesagt, aber es kam keine. Als ich fertig war, schwieg Eve. Statt dessen piepste auf dem Regal hinter mir eine Zeituhr, und ich fuhr zusammen, so lang war es still geblieben.

»Tut mir leid«, sagte sie, ohne aufzustehen. »Das bedeutet, daß ich für ein Seminar zu spät dran bin. Ich muß gehen. Aber die Strafford-Memoiren interessieren mich sehr. Kann ich sie sehen?«

»Ich hatte gehofft, Sie wären bereit, einen Blick hineinzuwerfen.«

»Sehr gern. Vielleicht bringen Sie den Band morgen nachmittag in meine Wohnung im Darwin mit? Wir könnten uns dann ausführlicher darüber unterhalten.«

Sie gab mir ihre Zimmernummer, und wir einigten uns auf zwei Uhr. Es war besser gelaufen, als ich gehofft hatte. Eve Randall hatte angebissen und, in einem anderen Sinn, ich auch. Ich hütete mich allerdings, einen guten Eindruck dadurch zu verderben, daß ich mich unnötig lang aufhielt. Ich stand auf, um zu gehen.

»Sagen Sie«, fragte sie, »sind Sie Lehrer?«

Die Frage überraschte mich. »Nein. Das war ich mal. Warum fragen Sie?«

»Was fängt man sonst mit Geschichte an? Die Frage habe ich mir schon oft gestellt.«

»Nicht besonders viel ... außer es bietet sich ein Job wie dieser.«

»Also ein Glücksfall für Sie?«

»Das kann man wohl sagen.« Genau wie der Umstand, sagte ich im stillen, Sie kennenzulernen. Ich dachte auf dem ganzen Rückweg zum Princes' über unser zufälliges Zusammentreffen nach. Und je mehr ich darüber nachdachte, um so mehr genoß ich die Aussicht auf unsere Verabredung am nächsten Tag.

Darwin College ist eine kleine, diskrete Institution nur für Graduierte; das Gebäude liegt versteckt an einem Wirbel des Granta gleich unterhalb des Mühlteichs und von der Silver Street durch hohe Mauern abgeschirmt. Besucher sind nicht erwünscht. Als Student hatte ich immer gefunden, daß diese Institution die nach außen abgeschottete Selbstgefälligkeit unerklärten Reichtums ausstrahlte. Es war in der Tat das erste Mal, daß ich über seine Schwelle trat und die winzigen rückwärtigen Grünanlagen sah, in denen die flachen Flußboote gelagert waren und neugierigen Augen durch ein kleines, baumbestandenes Inselchen verborgen blieben; das erste Mal, daß ich meinen Fuß auf den makellosen Rasen unter Trauerweiden und Ahornbäumen setzte, in diese abgeschlossene Welt eindrang.

Eve Randalls Zimmer befand sich im ersten Stock des älteren Backsteintrakts des College. Mit der in einem umfangreichen Ringbuch abgehefteten Kopie der Memoiren stieg ich die Treppe hoch und hatte das absurde Gefühl, ich sei im Begriff, mich wie ein schlecht vorbereiteter Student bei einem fremden Tutor zur Überprüfung meiner Studienfortschritte zu melden. Ich war aber nicht schlecht vorbereitet, so daß ich das Gefühl als reine Schwäche abtat, um mich von meiner besten Seite zu zeigen.

Eve empfing mich in einem Wohnraum mit hoher Decke und hohen Fenstern, die über den Garten hinweg eine Aussicht auf den Fluß gewährten. Pastellfarbenes Licht durchflutete das Zimmer. Selbst die Narzissen in einer Vase auf dem Bücherregal waren offenbar wegen ihrer blassen Blütenblätter ausgewählt worden. Die Vorhänge waren bodenlang, der Teppich hatte dichten Flor, die Tapete war in gedämpften Mattönen gehalten. Eine große Reproduktion von Seurats »Badenden bei Asnières« beherrschte eine Wand. Am entfernten Ende des Raums war ein Vorhang zugezogen, um ein Cembalo aus Kiefernholz vor der Sonne zu schützen. Gemustertes – überhaupt Anzeichen verspielter Weiblichkeit – fehlte auffällig. Die Atmosphäre war insgesamt kühl, ließ aber Sanftes erahnen; eine Art distanzierter Liebkosung.

Anders als am Vortag trug Eve ein Parfüm – schwach und kaum von den Blumen im Raum zu unterscheiden, aber wenn sie neben mir stand, verstärkte sich mein Gefühl, ein Privileg zu genießen, weil man mir Zugang zu diesem Ort gewährte. Sie war jetzt auch nicht bemüht, durch ihre Kleidung förmlich zu wirken. An diesem Nachmittag hätte sie eine ihrer eigenen Studentinnen sein können, mit ihren offenen Sandalen, engen, schneeweißen Jeans und einer blaßblauen, kragenlosen Bluse im französischen Stil, mit einem Gürtel um die Taille. Aber nur, wenn sie nicht so schön gewesen wäre. Sie hatte sich weder geschminkt noch Schmuck angelegt, das Haar fiel frei auf die Schultern, aber ihr eindringlicher Blick und die Ahnung eines möglichen Lächelns auf ihren Lippen nahmen ihrer Schönheit das Oberflächliche, vertieften sie um eine Schicht lockender Ungewißheit.

Sie forderte mich auf, auf der großen, blaßgrünen Couch Platz zu nehmen, wobei sie meinen Vornamen in einer Weise gebrauchte, die vermuten ließ, daß mir etwas mehr als ihre bloße Gegenwart gewährt wurde; sie servierte Tee in flachen Porzellanschalen.

»Also Martin, erzählen Sie mir mehr über die Strafford-Memoiren.«

Während ich das tat, trank sie ihren Tee in kleinen Schlucken und hörte aufmerksam zu. Wer wurde da einer Prüfung unterzogen – die Memoiren oder ich? Mein Gefühl sagte mir, daß sie auf jeden Fall beiden galt, so daß ich nicht nur in Straffords Namen sprach, der nicht für sich selbst sprechen konnte, sondern auch für Martin Radford, dem bisher so selten Gehör geschenkt worden war.

»Was Strafford nie erfahren hat«, sagte ich, »und was ich herauszufinden versuche, ist, warum er abgewiesen wurde. Bisher kann ich mich dabei nur auf Verdachte stützen. Sie können mir vielleicht Belege liefern.«

»Belege wofür?«

»Für eine Verschwörung. Ich stelle die These auf, daß bestimmte Kabinettsmitglieder und führende Suffragetten sich in dem Wunsch trafen, Elizabeth Latimer und Strafford auseinanderzubringen und Strafford zu diskreditieren. Das gemeinsame Motiv läßt mich auf eine mögliche Verschwörung schließen.«

»Mit welchem Ziel?«

»Strafford als Hindernis für Lloyd Georges Ehrgeiz aus dem Weg zu räumen. Strafford daran zu hindern, Christabel Pankhurst eines fähigen Führungsmitglieds zu berauben und so die Bewegung lächerlich zu machen. Eine Allianz zu fördern, deren Ziele politische Macht für Lloyd George und das Wahlrecht für Frauen als Lohn für deren Mithilfe waren.«

Ein Schmetterling flog am offenen Fenster vorbei, ein Flußboot wurde von den Anlegestellen des College abgestoßen. Im Zimmer ließ Eve ihrer Begabung freien Lauf, in Schweigen und Bewegungslosigkeit zu verharren, während ich auf ihre Reaktion wartete. Ich hatte meine Vermutung noch nie so explizit formuliert, und teilweise hatte ich sie ihretwegen in dieser Form dargestellt. In meinen eigenen Ohren klang sie nicht ganz überzeugend.

»Nichts davon stimmt mit meiner Wahrnehmung der Personen

und ihrer Motive innerhalb der Frauenrechtsbewegung überein.« Sie machte eine Pause, wie um die Worte abzuwägen, die bedeutungsschwer im Raum standen. »Das heißt nicht, daß es unvorstellbar ist. Für jemanden, der den Versuch unternimmt, zu einer definitiven Darstellung des Kampfs der Suffragetten zu kommen, wäre es dumm, die Augen vor Möglichkeiten zu verschließen, die mit meinen vorläufigen Schlüssen nicht übereinstimmen.« Auf das deprimierende Urteil war der Strafaufschub gefolgt. »Ich würde gern die Memoiren lesen und Ihnen dann sagen, was ich davon halte.«

Ich überreichte ihr die Memoiren und dachte im gleichen Augenblick an Ambrose, bei dem ich es bedauerte, daß ich ihm die Memoiren überhaupt gezeigt hatte. Jetzt hingegen war ich froh, sie einer praktisch Fremden anzuvertrauen, nicht etwa, weil sie wahrscheinlich besser davon Gebrauch machen würde als Ambrose – ganz egal, was ich mir vormachen wollte –, sondern weil es der einzig sichere Weg war, sie zu beeindrucken. Die Memoiren stellten für mich den Schlüssel zum fortgesetzten Kontakt mit ihr dar.

»Ich werde sie Ihnen innerhalb von 24 Stunden zurückgeben«, sagte sie.

»Sie können sie wenn nötig auch länger behalten.«

»Nein. Das wird genügen.« Der Profi hatte aus ihr gesprochen.

»Vielleicht könnten wir uns morgen zum Mittagessen treffen, um uns darüber zu unterhalten.«

Eine weitere bedeutungsschwere Pause, die mit zu ihrer Haltung gehörte und durch die sie dem trivialsten Gedanken oder Akt Gewicht verlieh. »Das fände ich schön . . . Haben Sie ein Auto?«

»Nicht in Cambridge.« (Oder sonstwo.)

»Dann werde ich Sie fahren. Wie wäre es, wenn ich Sie um zwölf im Princes' abhole?« Sie hatte die Initiative ergriffen, und ich überließ sie ihr gern. Ich sagte zu und machte Anstalten zu gehen.

»Sie haben eine wunderschöne Wohnung hier«, sagte ich.

»Sie erfüllt ihren Zweck wunderbar.«

»So leicht und luftig. Und sie bewundern die Pointillisten?« Ich wies auf den Seurat.

»Ich bewundere ihre Lebensfreude. Kunst ist ein Gegenmittel für die Geschichte.«

»Inwiefern?«

Jetzt lächelte sie beinahe – zum ersten Mal. »Man muß die Historiker gelegentlich daran erinnern, wieviel Freude in der Vergangenheit zu finden ist. Musik von Händel auf dem Cembalo zu hören oder diese Badenden bei Asnières zu sehen, wie Seurat sie sah, das heißt zu bemerken, wieviel vom Leben die Geschichte nicht erfaßt.«

»Sie werden vielleicht feststellen, daß die Memoiren der Geschichte etwas von diesem Leben zurückgeben.«

»Wir werden sehen.«

Ja, dachte ich, das werden wir. Als ich durch die Silver Street wieder zum College zurückkehrte, ertappte ich mich bei einem grundlosen Lächeln. Ich sage grundlos, obwohl ich in Wirklichkeit spürte, daß mein Glück sich endlich wendete. Und so war es ja in der Tat.

Am folgenden Tag suchte ich mir zeitig einen Platz vor dem College und lehnte mich mit aller Lässigkeit, die ich aufbringen konnte, ans Gitter. Zehn Minuten später hörte ich den kehligen Motor eines silberfarbenen MG, der sanft vor mir zum Stehen kam; Eve forderte mich auf einzusteigen. Angesichts des schönen, luftigen Wetters war das Verdeck zurückgeschlagen, und der Wind hatte ihre Haare und das weiße Halstuch zerzaust. Sie trug eine dunkle Brille, einen marineblauen Fischerpullover und eine weiße Freizeithose, als ob wir zum Segeln gingen. Hier eröffnete sich mir eine dritte Seite ihres Wesens. Ich hatte den kühlen Profi gesehen und die Verführerin im Ruhezustand. Jetzt hatte ich die aktive, reiche junge Frau vor mir.

Sie fuhr mit hoher Geschwindigkeit, aber bewußtem Können in ein Dorf südlich von Cambridge. Auf der Fahrt versuchte ich Eve dazu zu bringen, sich über die Memoiren zu äußern, aber sie lenkte mich immer wieder mit Fragen zum Princes' College ab. Deswegen kam ich in dieser Hinsicht erst auf meine Kosten, als wir an einem sonnigen Plätzchen im Garten eines Pubs saßen und uns im Anblick des flachen Dorfangers, einiger Ulmen und einer normannischen Kirche eine köstliche kalte Platte teilten.

»Also, was halten Sie davon?« fragte ich und trank einen Schluck Bier.

»Ich halte es für einen wunderbaren Tag.«

»Ich meinte die Memoiren.«

»Ich weiß.« Sie lächelte. »Entschuldigung.« Sie brauchte sich nicht zu entschuldigen – für ihr Lächeln konnte man sich jederzeit auf den Arm nehmen lassen. »Die Memoiren sind ein faszinierendes Dokument. Insbesondere für mich. Ich habe mich vorwiegend mit den schreibenden Frauen der Epoche beschäftigt. Das Buch, an dem ich arbeite, berücksichtigt weitgehend den Standpunkt der Suffragetten. In diesem Sinn berührt Strafford mein Thema nur am Rand. Aber weil seine Chronik so neu und so lebendig ist, verdient dieser Rand eine genauere Prüfung.«

»Und meine Theorie?«

»Das ist sicher eine Möglichkeit.« Endlich, dachte ich, jemand, der offen ist, bereit, sich überzeugen zu lassen. Selbstverständlich waren wir beide nicht aus purer Neugierde bereit, dieser Theorie nachzugehen. Ich hoffte, daß Eve darin vielversprechendes Material für ihr Buch sah, auch wenn es im Gegensatz zu ihrer zentralen Idee stand. Was mich anging, so war mir alles um so willkommener, je wahrscheinlicher eine solche Untersuchung ein gemeinsames Arbeiten machte.

»Bloß eine Möglichkeit?«

»In diesem Stadium, ja. Aber wir sollten sie prüfen.«

»Wie?«

»Was uns fehlt, ist Material, um die Theorie zu untermauern. Ich habe Zugang zu einer großen Zahl von Dokumenten der Epoche gehabt. Wir müssen dieses Material erneut durchkämmen und dabei spezifisch nach allem Ausschau halten, was uns verraten könnte, wie oder warum Strafford diskreditiert wurde. Wenn wir einen Zusammenhang mit den existenten Belegen herstellen können, dann hätten wir vielleicht wirklich etwas, auf dem wir aufbauen könnten.«

»Sie glauben wirklich, daß ein Versuch sich lohnt?«

»Ja.«

»Darauf möchte ich anstoßen.« Wir erhoben unsere Gläser, und sofort dachte ich, wie schon bei Sellick, an Helen und unsere Ehe. Mir schien, als ich dort an einem Frühlingsnachmittag mit Eve zusammensaß, als wäre ich endlich zufrieden, mit meiner Vergangenheit abgeschlossen zu haben, uneingeschränkt davon überzeugt, daß ich nun etwas unendlich Lohnenderes tat.

Ich war nie sorgfältig genug gewesen, um einen guten Wissenschaftler abzugeben, aber Eve bewies bald, daß sie nicht unter dem gleichen Mangel litt. Sie holte eine bereits getippte Liste mit Autobiographien, Tagebüchern, Memoiren, alten Zeitschriften und Zeitungen hervor, die die Grundlage unserer Arbeit abgeben sollten. Es bedeutete, daß ich das gesamte Material in der Universitätsbibliothek noch einmal sichten mußte, um vielleicht eine Verbindung zu Strafford und meiner Theorie aufzuspüren – und sei sie noch so dünn. Es handelte sich um Quellen, die Eve bereits studiert hatte, aber unsere einzige Hoffnung auf eine Erhärtung der Theorie bestand eindeutig darin, sich alles noch einmal vorzunehmen. So war es eine Aufgabe, die ich gern auf mich nahm.

»Ich werde mein eigenes Material durchsehen«, sagte Eve, als wir zurück nach Cambridge brausten, »aber meine Arbeitsbelastung zwingt mich, das meiste Ihnen zu überlassen.«

»Das ist nur recht so.«

»Eigentlich nicht. Ich bin nämlich nicht völlig uneigennützig.«

»Sie denken an Ihr Buch?«

»Ich habe seine Fertigstellung zu Weihnachten geplant. Wenn Ihre Theorie einer Überprüfung standhält, dann könnte es ein Erfolg werden ... Ich müßte mit meinem Verleger über einen Mitautor reden.«

»Eine Danksagung würde reichen.« Wir lachten. »Oder Sie könnten mir vorher entgegenkommen.«

»Auf welche Weise?« Der Ton der Frage zeigte, wie sie mit dem Gedanken spielte, daß die Zweideutigkeit von mir beabsichtigt war – was auch stimmte.

»Wie wäre es, wenn Sie mir am Sonntag bei einer kleinen Bootsfahrt Gesellschaft leisteten? Es ist ein Tag, an dem ich keine Bibliothek aufsuchen kann, und Maifeiertag.« Mein Selbstbewußtsein wurde durch die darauffolgende Pause unterminiert. »Selbstverständlich ist mir klar, daß Sie am Wochenende wahrscheinlich ziemlich beschäftigt sind.«

An der ersten Ampel in Cambridge hielten wir an. »Überlassen Sie mir die Sorge, wieviel ich zu tun habe, Martin. Ich hätte Spaß an einem Tagesausflug auf dem Fluß. Cambridge ist eine ziemlich geschlossene Gesellschaft, wie Sie wissen müssen, in der es nie an Gerüchten fehlt. Es ist erfrischend, jemanden kennenzulernen, der nicht – oder wenigstens nicht mehr – dazugehört.«

Ich kehrte mit den Memoiren und der Leseliste in mein Zimmer im Princes' zurück und empfand, wie mir plötzlich bewußt wurde, ziemlich genau das, was Strafford nach seiner Verabredung mit Elizabeth für den Sonntag im Hydepark 68 Jahre zuvor empfunden haben mußte: eine prickelnde Freude am Spiel mit dem Feuer.

Der erste Mai war ein zart leuchtender Frühlingstag, schöner, als ich hätte hoffen können. Ich ging zum Darwin College hinüber, während es in der Stadt noch kühl und still war. Am Mühlteich blieb ich stehen und blickte flußaufwärts. Der Granta floß ruhig dahin, noch unbelebt; ein vollkommener Tag zum Staken, einer malerischen Beschäftigung, die für meine Zwecke an diesem Tag gerade das richtige Quentchen Romantik beinhaltete.

Eve war ganz in Weiß gekleidet – ein wadenlanger Faltenrock, eine hochgeschlossene Bluse mit Rüschenärmeln. Sie hatte eine dunkle Brille und einen breitrandigen Sonnenhut aufgesetzt, und wir gingen zum Scudamore's Yard, wo ich ein Boot für den Tag mietete.

Wir fuhren langsam den Granta aufwärts, mit dem Coe Fen zu unserer Linken. Ich konzentrierte mich darauf zu zeigen, wie gut ich staken konnte, während Eve sich auf einem Kissen zurücklehnte und fragte, wie sich mein erster Tag in der Bibliothek angelassen hätte.

»Ergebnislos.«

»Lassen Sie sich Zeit. Wissenschaftliche Forschung ist ein langsames Geschäft.«

»Das hat Baxter auch gesagt.«

»Ist das Marcus Baxter?«

»Ja.« Eine Pause, während ich die Stange aus dem Schlamm herauszog. »Er war früher mein Studienbetreuer.«

»Ein respektierter Mann in der Fakultät.«

»Er hat sich auch über Sie sehr lobend geäußert.«

»Das nenne ich Schmeichelei.«

»Baxter schmeichelt nicht.« Ich lächelte kleinlaut. »Sein Lob muß man sich verdienen. Sie sind ein aufgehender Stern, Eve. Schöne, weibliche Geschichtsprofessoren sind eine Rarität hier. Wie haben Sie das angestellt?«

Sie lachte. »Die Schönheit stelle ich in Abrede. Das Geschlecht war ein Zufall der Geburt. Was meine Karriere betrifft, so ist es von Nachteil, das steht außer Zweifel. Allein die Tatsache, daß es anders sein sollte, motiviert mich.«

»Die Arbeit über die Suffragetten ist also ein Liebesdienst?«

»In einem gewissen Sinn. Eher vielleicht das Abzahlen einer Schuld denen gegenüber, die gegen größere Widerstände zu kämpfen hatten als ich. Aber ein Historiker kann es sich nicht leisten, blauäugig zu sein. Die Frauen hatten auch ihre schwachen Seiten und haben Fehler gemacht.«

»Zum Beispiel?«

»Sie haben es zu oft versäumt, ihre natürlichen Vorteile auszuspielen.«

Ich zog den Kopf ein, als wir unter der Crusoe-Brücke hindurchfuhren, und dachte über das Gesagte nach. »Heißt das, Sie meinen, die Frauen hätten lieber Augenlider statt ihre Banner flattern lassen sollen?«

Eve streckte eine Hand nach einer vorbeischwimmenden Ente aus. »Nun, wir beide kennen doch eine, die einen Minister der Krone umgestimmt hat?«

»Können wir glauben, daß sie damit ein finsteres Ziel verfolgte?«

»Nichts ist je ganz so, wie es scheint, Martin, wie Strafford herausfand. Wir haben doch alle unsere Hintergedanken, nicht?«

»Ja?« Ich wußte nicht genau, was sie meinte.

»Also, ich bin nicht nur daran interessiert zu wissen, wie Strafford zu Fall gebracht wurde. Es geht mir auch darum, mir einen Namen als Autorin zu machen. Und was ist mit Ihrem geheimnisvollen Geldgeber?«

»Da gibt es kein Geheimnis. Leo Sellick ist einfach ein wohlhabender Mann, der einer Laune folgt. Wer wollte sich da beklagen? Ich bin jedoch bereit, meine Hintergedanken freiwillig preiszugeben.«

»Nämlich?«

»Sie zu Ausflügen wie diesem zu verführen.«

Eve lächelte engelhaft, legte sich auf ihrem Kissen zurück und zog den Hut über die Augen. »Wecken Sie mich in Grantchester. Auf einem so ausgedehnten Ausflug werden Sie Ihre Motive wohl neu überprüfen. Und nehmen Sie sich vor Lockvögeln auf dem Wasser in acht.«

Ich lachte, aber Eve hatte recht. Meine Glanzzeit lag zu lang hinter mir, als daß ich Byron's Pool mit Staken hätte erreichen können, was eigentlich mein Ziel gewesen war. Ich machte an einem alten Landesteg in der Nähe einer Wiese fest, wo man den Kirchturm von Grantchester hinter nicht allzufern liegenden Bäumen sehen konnte, und überredete Eve dazu, durch das hohe Gras zu einem Gatter zu gehen, das auf einen Feldweg zum Dorf führte. Wir kamen kurz nach Mittag im »Roten Löwen« an und aßen an einem Eisentisch im Garten zu Mittag.

»Wie geht es dem furchtlosen Staker?« fragte Eve lächelnd, während ich mein Bier herunterschüttete.

»Vorübergehend demotiviert. Es sind jetzt sieben Jahre, seit ich so etwas zum letzten Mal gemacht habe.«

»War das, als Sie Ihr Examen ablegten?«

»Ja. Ich weiß noch, wie ich am Morgen nach einem Ball hierherkam. Es war Mitte Juni, sehr heiß.«

»Und wer begleitete Sie bei dieser Gelegenheit?«

»Eine Suggestivfrage.«

»Vergeben Sie der Historikerin ihre Neugier.«

»Bitte, gern. Meine Begleiterin wurde später meine Frau, noch später meine Exfrau.«

»Das tut mir leid.«

»Es braucht Ihnen nicht leid zu tun. Mir tut es auch nicht leid.« Und das war richtig. Aber es war so ungefähr die letzte zutreffende Feststellung, die ich machte, als wir nun zu einer Erörterung von Eves akademischer Karriere und meiner Erfahrung als Lehrer übergingen. Es war für mich ein unvermeidliches, aber unangenehmes Thema, mehr noch als meine Ehe, aber es war einfach – allzu einfach –, meinen Rückzug aus diesen beiden Lebenslagen als wohlüberlegte Reaktion auf die Langeweile und die Gleichgültigkeit darzustellen, ja, geradezu als mutigen Schritt, um meine persönliche Integrität zu bewahren. Es war in vielerlei Hinsicht eine vorbereitete Rede: Camouflage für eine Wahrheit, die mir in den Augen anderer nur schaden konnte, von mir selbst ganz zu schweigen.

»Sie sehen also, daß ich für die sieben Jahre, seit ich zum letzten Mal hier war, nicht viel vorzuweisen habe.«

»Es ist vielleicht mehr, als Sie denken. Ich habe vor jedem Respekt, der auf eine berufliche Laufbahn verzichtet – aus den richtigen Gründen.«

»Ich konnte nicht anders handeln, weil ich sie aus den falschen Gründen eingeschlagen hatte. Ich bin sicher, daß das für Sie nicht zutrifft.«

»Nein. Ich glaube nicht.« In diesem Punkt ließ sie keinen Raum für Zweifel. »Zu einem bestimmten Zeitpunkt wäre das möglich gewesen. Unmittelbar nachdem ich in Durham Examen gemacht hatte, verschaffte ich mir ein Stipendium, um in Berkeley in Kalifornien meine Dissertation vorzubereiten. Ich habe sie bis heute nicht fertiggestellt. Mein Buch wird das Endergebnis darstellen. Aber damals war ich persönlich noch nicht so weit. Ein Verleger in San Francisco überredete mich dazu, seine persönliche Assistentin zu werden. Als deutlich wurde, daß er Persönlicheres von mir wollte, als ich zu geben bereit war, kehrte ich nach Hause zurück. Erst danach habe ich in Manchester meinen M. A. gemacht und dann das Darwin College davon überzeugt, daß ich die Frau sei, die sie suchten. Jetzt laufen die Dinge wirklich gut.«

Ich hatte dasselbe Gefühl – die Dinge liefen gut. Nach dem Essen schlenderten wir durch die Wiesen zu unserem Boot zurück und genossen in Muße die Aussicht auf die geruhsamere Fahrt zurück. Ich stieß vom Ufer ab und stakte uns zurück nach Cambridge. Tatsächlich ging es flußabwärts leichter, aber das war nicht der Grund, warum das Leben so herrlich erschien. Der weite Horizont der Moorlandschaft symbolisierte die frische Brise, die durch mein Leben wehte. Genauer gesagt, war es Eve Randall, die in aufreizender Ruhe vor mir lag und die mich durch das träge Versprechen in ihren Augen vorwärtstrieb, wenn sie vom plätschernden Wasser aufsah und ihr Blick sich mit meinem kreuzte.

Danach trafen wir uns nicht mehr bis zum Mittwochnachmittag, als ich auf dem Rückweg von der Bibliothek bei Eve im Darwin College vorbeischaute, um sie über den neuesten Stand meiner Arbeit zu informieren. Ein bärtiger Student im Sweatshirt kam gerade heraus, als ich ankam, und Eve hatte sich für ihre soeben beendete Tutorenstunde nüchtern gekleidet: malvenfarbener Angorapullover und ein fester dunkelroter Rock, das Haar zu einem Knoten gebunden – schulmeisterlich, voll gebändigter Sinnlichkeit, so daß ich ihr den Knoten lösen und den Schmollmund mit einem Kuß auf die Lippen glätten wollte, als sie mit gespieltem Tadel sagte: »Lassen Sie etwa Ihre Arbeit in der Bibliothek im Stich, bevor geschlossen wird, Mr. Radford?«

Ich begnügte mich mit einem Grinsen. »Ich sehe schon doppelt von soviel Kleingedrucktem. Vor siebzig Jahren verwendeten die Zeitungen ja einen mikroskopischen Satz.«

»Das weiß ich durchaus, Martin«, sagte sie lächelnd. »Ich glaube, sie hatten auch mehr zu sagen als die Boulevardzeitungen von heute.«

»Nicht über Edwin Strafford.«

»Wieder Nieten gezogen?«

»Leider ja.«

Sie machte uns einen Tee, und ich saß auf der Couch, blickte aus dem Fenster auf den Fluß, schwelgte in der Erinnerung an unseren Ausflug vor drei Tagen und fragte mich, wie ich wohl einen zweiten zuwege bringen könnte.

Eve kam mit dem Tee zurück. »Ich bin froh, daß Sie vorbeigekommen sind«, sagte sie, als sie das Tablett absetzte. »Ich hätte mich heute ohnehin mit Ihnen in Verbindung gesetzt.«

»Ah ja? Danke.« Ich nahm ihr die Tasse ab.

»Ich fahre morgen nach London. Freitag bin ich zurück. Ich muß meinen Verleger sprechen und habe gedacht, ich könnte die Gelegenheit nutzen, noch einmal das Kendrick-Archiv zu sichten.«

»Das was?«

»Julia Lambourne – die in den Memoiren auftaucht und eine der Fünf Furien war – starb vor drei Jahren. Sie war eine verheiratete Kendrick. Sie vermachte eine beträchtliche Menge von Briefen und verschiedenartigen Dokumenten, die sich auf die Suffragettenbewegung bezogen, dem Birkbeck College. Dieses Material ist noch nicht gründlich geprüft worden, obwohl ich im letzten Jahr im Zusammenhang mit meinem Buch Einblick nehmen konnte. Jetzt würde ich es gern noch einmal durchsehen.«

Ich saß plötzlich kerzengerade und hatte Tee auf meine Untertasse verschüttet. »Eve, das hätten Sie früher erwähnen müssen. Julia Lambourne stand Elizabeth Latimer nahe. Ihr Bruder versuchte, Strafford zu vertreiben, als er nach dem Bruch das Haus in Putney aufsuchte. Das muß doch wohl genau das sein, wonach wir suchen.«

Eve trank ruhig ihren Tee. »Keine Aufregung, Martin. Ich kann mich an nichts erinnern, das uns weiterbringen könnte. Aber natürlich lohnt es sich, die Sache zu überprüfen.«

»Besteht vielleicht die Möglichkeit, daß ich mitkommen könnte?«

Eine Pause zum Nachdenken. »Ich glaube, Sie machen besser hier weiter. Doppeltbesetzte Aufgabenbereiche wären Verschwendung.« Ich hatte noch weitere Vorteile einer gemeinsamen Fahrt nach London gesehen, aber Eves bestimmter Ton duldete keine Widerrede. »Außerdem ist Professor Davis vom Birkbeck College sehr eigen, was das Archiv angeht. Mich kennt er, so daß es keine Probleme geben wird, aber . . .«

»Schon verstanden. Ich werde weiter hier Dienst tun.«

»Sie werden nicht lange darauf warten müssen, ob ich etwas gefunden habe. Ich komme Freitag abend zurück.«

Ich griff die Gelegenheit beim Schopf. »Wie wäre es dann mit einem Abendessen? Ich könnte Sie ausführen, und Sie könnten mir sagen, was – wenn überhaupt – die verstorbene Mrs. Kendrick uns zu bieten hat.«

Eve setzte die Tasse ab und lächelte. »Das wäre wunderbar, Martin. Ich werde es nach dem Lärm und Schmutz in der Stadt genießen.«

Nach dem Tee ging sie mit mir durch den Garten und den Kiesweg entlang zum Ausgang auf die Silver Street.

»Ich habe mich noch nicht richtig für den Ausflug am Sonntag bedankt«, sagte sie. »Es hat mir großen Spaß gemacht.«

»Das freut mich. Mir ging es ebenso. Wenn Sie in London sind, werde ich mich daran gewöhnen müssen, diesen Job wieder allein zu machen.« Am Ausgang blieben wir stehen.

»Nicht für lange.« Indem sie das sagte, beugte sie sich vor und gab mir einen Kuß, ganz leichthin, aber lang genug, um in meinem empfänglichen Gemüt die Idee zu wecken, daß noch mehr auf mich wartet. »Passen Sie auf sich auf. Bis Freitag.«

»Ich komme gegen sieben vorbei.« Sie hob eine Hand zum Zeichen, daß sie verstanden hatte, bevor sie hinter einem efeubewachsenen Strebepfeiler verschwand. Das war ihre Art – schnell zu gehen und mich in Gedanken zurückzulassen. Und ich dachte nach, mehr über sie und weniger über das Kendrick-Archiv, als geboten gewesen wäre.

Der Donnerstag, während Eve in London war, sah zunächst langweiliger aus, als er sich dann tatsächlich entwickelte. Ich schickte einen weiteren Bericht an Sellick ab – nichtssagend, weil es nichts zu sagen gab – und machte mich auf den Weg in die Universitätsbibliothek, um einen weiteren Tag der Pflichterfüllung mit der Leseliste zu verbringen. In dem höhlenartigen Lesesaal suchte ich mir einen Arbeitsplatz an einem kleinen Tisch, nahm mir »The Women's Victory & After« von Dame Millicent Fawcett vor und versuchte, mich zu konzentrieren.

Ungefähr eine Stunde später, während ich gerade mit mir kämpfte, ob ich eine Kaffeepause einlegen sollte, wurde die gedämpfte, verstaubte Atmosphäre um mich herum durch den unterdrückten Fluch »Oh, Scheiße« zerrissen, als links von mir ein halbes Dutzend Bücher polternd zu Boden fielen. Ich fuhr herum, wie viele andere mit strafendem Blick, und sah Marcus Baxter, der sich puterrot über den Haufen am Boden beugte und beim Zusammensuchen der einzelnen Bücher unterdrückt vor sich hin schimpfte. Er unterbrach seine Bemühungen, ließ seine Aktentasche auf einen Stuhl fallen – mit einer Heftigkeit, die den Schluß erlaubte, daß er sie für das Mißgeschick haftbar machte – und fing meinen Blick auf, als er giftig um sich schaute.

»Radford«, keuchte er. »Sitzen Sie nicht da herum und gaffen mich an. Helfen Sie mir.« Das tat ich natürlich, behielt aber meinen hochnäsigen Gesichtsausdruck bei, um ihn zu ärgern. Wir stapelten die Bücher auf dem Tisch. »Was lungern Sie denn hier herum?« fuhr Baxter fort und musterte mich gereizt.

»Ich folge Ihrem Rat: Ich widme meine Zeit den Quellen über Strafford.«

»Irgendwas gefunden?«

»Noch nicht.«

Er lächelte hinterhältig. »Dann haben Sie an den falschen Stellen gesucht – wie üblich. Ich bin neulich auf etwas gestoßen, was ein sorgfältiges Studium lohnen würde, wenn Sie wissen, was das heißt.« Ich hatte den Eindruck, den letzten Hieb hätte er mir erspart, wäre ich nicht gerade Zeuge der für ihn peinlichen Situation geworden.

»Um was handelt es sich?«

Er klappte seine Aktentasche zu. »Ich gehe eine rauchen. Kommen Sie mit, und ich setze Sie ins Bild.«

Wir gingen in die Cafeteria hinunter, wo sich Baxters Laune durch Kaffee und Zigaretten aufhellte – ein wenig. Ich drängte ihn, sich genauer über seinen Fund zu äußern.

»Haben Sie Hobhouse schon gelesen?« bellte er. Ich vermutete, daß er Charles Hobhouse meinte, Staatssekretär im Schatzamt und später Minister ohne Portefeuille unter Asquith.

»Ich habe ›Asquiths Kabinett von innen‹ gelesen, wenn Sie das meinen.«

»Das meine ich nicht. Das sind nur Auszüge aus seinen Tagebüchern. Ich meine die unveröffentlichte Fassung.«

»In diesem Fall, nein.«

»Typisch.« Er drückte seine Zigarette auf der Untertasse aus. »Wenn Sie die nämlich gelesen hätten, mein Lieber, dann hätten Sie vielleicht das hier gesehen.« Er wühlte in seiner überquellenden Aktentasche. »Ich habe unser Gespräch in der letzten Woche zum Anlaß genommen, die Erwähnungen von Lloyd Georges Geheimverhandlungen mit Balfour im Jahre 1910 auf ihre Chronologie hin zu überprüfen. Ich erinnerte mich, daß Hobhouse in seinen Tagebüchern darauf Bezug nimmt.«

»Über das hinaus, was er in ›Asquiths Kabinett von innen‹ sagt?«

»Ich habe Ihnen schon früher gesagt, Radford, daß Sie sich mit schludriger Arbeit nicht aus der Affäre ziehen können. Ah!« Er zog den Zettel hervor, nach dem er gesucht hatte, und schob ihn mir über den Tisch zu. Es war die Fotokopie einer Manuskriptseite, die drei Daten im Oktober betraf.

»Was erfährt man daraus?«

»Es ist Hobhouse' Tagebuch für Oktober 1910. Lesen Sie den Eintrag für Montag, den Siebzehnten.«

Ich las laut vor. »Heute nachmittag ein beunruhigendes Gespräch mit Birrell. Er erzählte mir, Lloyd George und Balfour seien seit einiger Zeit an geheimen Treffpunkten zusammengekommen, über die Verfassungskonferenz hinaus. Es war das erste Mal, daß ich davon erfuhr, und Birrell ließ durchblicken, ihr Ziel sei eine Koalition zur Durchführung vereinbarter – allerdings verwässerter – Reformen. Lloyd George hatte offenbar Birrell gegenüber ganz offen erklärt, daß er in einer solchen Koalition das Amt des Premierministers anstrebe. Den Preis dafür würden andere bezahlen. Asquith werde man ›aufs Altenteil setzen‹ und Churchill unberücksichtigt lassen, weil die Tories ›ihn unter gar keinen Umständen hinnehmen würden‹. Was die innerparteiliche Opposition anging, so hatte Lloyd George sie abgetan. ›Jeder, der will‹, hatte er gesagt, ›kann ja Strafford auf seinem Weg folgen.‹ Was sollte das heißen? Birrell – der im Juni Straffords Platz in der Konferenz einnahm – wußte es nicht, und ich weiß es auch nicht, es sei denn, hinter Straffords Rücktritt damals steckte mehr, als nach außen erkennbar war.«

»›Mehr als nach außen sichtbar‹«, wiederholte Baxter. »Ist das nicht das, wonach Sie suchen?«

»Es ist genau das, wonach ich suche. Das ist fantastisch.«

»Übertreiben Sie nicht. Es ist nur Hörensagen – zeitgenössisch, schriftlich festgehalten, aber trotz allem Hörensagen. Kein überwältigender Beleg.«

»Doch. Das heißt, daß jemand Lloyd George in dem Sinn zitiert, daß Strafford gezielt aus seinem Amt entfernt wurde.«

»Nicht ganz. Es handelt sich um jemand anderen als Strafford selbst, der jemanden zitiert, der Lloyd George zitiert . . . etwas dünn, fürchte ich.«

»Aber . . .«

»Und Lloyd George wollte vielleicht nur einen Versuchsballon steigen lassen. ›Er strebe das Amt des Premierministers an.‹ Sobald die Koalition tatsächlich vom Stapel lief, sollte Balfour Premier werden – jedenfalls dem Namen nach. Asquith sollte ›aufs Altenteil gesetzt werden‹ – vermutlich durch die Verleihung der Peerswürde. Dazu kam es nie. Die Parteimitglieder – Leute wie Hobhouse – hätten es nicht hingenommen. Die Vorstellung, Strafford sei bewußt abserviert worden, war möglicherweise Wunschdenken, es sollte Eindruck wecken: was es auch tat.«

»Aber zusammen mit Straffords eigener Darstellung . . .«

»Beginnt die Angelegenheit, Konturen anzunehmen – als Möglichkeit, für die einiges spricht. Arbeiten Sie an der Sache, Radford, und Sie haben vielleicht etwas in der Hand.« Jetzt hatte der gestrenge Lehrer mit ihm gesprochen.

»Das habe ich vor. Darf ich das behalten?« Ich hielt die Kopie hoch.

»Gewiß, mein Bester. Sehen Sie darin ein Symbol meiner wissenschaftlichen Integrität.« Er lächelte, und ausnahmsweise lächelte ich mit ihm.

Ich beschloß, die Bibliothek an diesem Nachmittag vorzeitig zu verlassen. Nach Baxters Entdeckung war es offenbar nicht besonders sinnvoll, dort noch mehr Zeit zu verbringen. Ich hatte Fawcetts Buch gleich wieder weggelegt und mir die ungekürzte Fassung von Hobhouse' Tagebüchern vorgenommen, aber sie enthielten nichts über Strafford, was Baxters Fund vergleichbar gewesen wäre. Es wurmte mich etwas, daß ich darauf angewiesen war, mich von ihm in die richtige Richtung weisen zu lassen, noch mehr aber freute es mich, daß er es für angebracht gehalten hatte, mir auf die Sprünge zu helfen.

Am dringendsten wünschte ich mir, meine Entdeckung triumphal Eve zu überreichen, ihr zu zeigen, daß meine Theorie, und damit auch ich, Substanz hatte. Weil Eve mir im Kopf umging und ich in der Bibliothek war, suchte ich sie aus purer Neugier im Vorlesungsverzeichnis heraus. Dort, wo sie unter dem Abschnitt Darwin College aufgeführt wurde, erwartete mich jedoch ein Schock; Miss

E. Randall, M.A. (Couchman-Stipendium). Couchman-Stipendium? Was sollte das heißen? Fieberhaft blätterte ich weiter zum Abschnitt Stiftungen und fand dort die Erklärung.

»COUCHMAN-FORSCHUNGSSTIPENDIUM: Die Stiftung wurde 1955 durch testamentarische Verfügung des verstorbenen Sir Gerald Couchman begründet mit dem Ziel, Forschung und Lehre in den Geisteswissenschaften durch entsprechend qualifizierte Frauen an einem Graduierten-College der Universität zu fördern. Die Treuhänder (der Dekan, der Testamentsvollstrecker des verstorbenen Sir Gerald und der Rektor des College, in dem der Inhaber des Stipendiums wohnen soll) bestimmen einmal im Jahr einen Stipendiaten und sind berechtigt, das Stipendium in geeigneten Fällen zu verlängern.« Dann folgte ein Liste der Stipendiaten seit 1955, auf der als letzter Eintrag erschien »Miss E. Randall, M.A. – 1976«.

Warum hatte sie mir nichts davon gesagt? Die Frage schrillte wie eine Alarmglocke.

Ein Mißverständnis war unmöglich. Eves Stipendium wurde von den Couchmans vergeben. Wenn ich länger darüber nachdachte, so entsann ich mich schwach, wie man mir erzählt hatte, daß die Familie in dieser Weise Großzügigkeit praktizierte – noch so ein Stückchen dokumentierter Überlegenheit, die meine Ehe mit Helen beeinträchtigte. Mehr war es nicht gewesen: ein geringfügiges, vergessenes Ärgernis. Jetzt war diese Stiftung etwas, was mich quälte, nicht weil es sie gab, nicht einmal weil Eve Stipendiatin war, sondern weil sie mir nichts davon gesagt hatte. Fairerweise – und logischerweise – hätte sie das tun müssen.

Ich ging zum Fluß hinunter und durch die Grünanlagen, um meine Gedanken zu ordnen. Schließlich, sagte ich mir, sollte Eve ebensowenig von meiner Verbindung mit den Couchmans erfahren wie ich von ihrer. Ich befürchtete, daß jeder, der von meiner Verbindung Kenntnis erhielt, mir meine Objektivität als Wissenschaftler nicht mehr abnehmen würde. Fürchtete Eve, ich könnte dasselbe von ihr denken? Wenn das stimmte, dann befanden wir uns in einer absurden Sackgasse.

Beim hinteren Tor des King's College bog ich ein und überquerte die Brücke zu Chapel; ich war zu sehr mit meinen Gedanken beschäftigt, um Interesse für ihre Architektur aufzubringen. Erst entsetzt, dann bestürzt, verspürte ich jetzt eine alles umfassende Ungewißheit, das Verebben eines oberflächlichen Vertrauens. Was sollte ich tun? Sollte ich ihrer oder meiner Integrität trauen? Wenn sie so wenig davon besaß wie ich, dann war ich verloren. Es sprach jedoch alles dagegen. Sie hatte zuviel Charme und Schönheit, als daß ich sie mit meinen eigenen Maßstäben messen durfte. Es war falsch von mir, dachte ich, als ich an den Old Schools vorbeistapfte und in die Senate House Passage einbog, falsch, mich übergangen zu fühlen. Warum sollte Eve mir etwas mitteilen, was mich – strenggenommen – nichts anging? Ich konnte mich doch gewiß darauf verlassen, daß sie einen möglichen Interessenkonflikt auf ihre Weise lösen würde. Vor allem aber, welches Recht hatte ich, ihre Unvoreingenommenheit in Frage zu stellen, während ich selbst Dinge für mich behielt, die dafür sprachen, daß ich noch viel stärker voreingenommen war? Sie hatte gesagt, daß wir beide nicht ohne Hintergedanken handelten, und damit hatte sie recht gehabt. War das ein Signal gewesen, eine Warnung, von ihr nicht zuviel zu verlangen? Wenn ja, zu diesem Schluß kam ich jetzt, dann war es Zeit, darauf zu hören – es war nicht mein Vorrecht, bestimmte Dinge zu erwarten. Aber die Hoffnung blieb.

An diesem Abend trank ich reichlich: meine übliche Zuflucht, wenn ich mich unter Druck fühlte. Der Druck bestand darin, daß ich mir Eve nach Cambridge zurückwünschte, aber nicht wußte, ob ich sie dann wegen der Couchmans ansprechen sollte. Ich war zwar der Wahrheit näher, aber weiter als je von innerer Ruhe entfernt war.

Nach einer miserablen Nacht verbrachte ich den Tag damit, erst im Great Court des Trinity – in Straffords ehemaligem College – auf- und abzugehen und meinen Gedanken nachzuhängen, dann um die Mittagszeit wieder einiges zu trinken, dann durch den Botanischen Garten zu spazieren, um einen klaren Kopf zu bekommen – was mir nicht gelang –, und mich schließlich zum Bahnhof zu begeben. Ich machte Eves MG auf dem Parkplatz ausfindig und legte mich auf dem Bahnsteig auf die Lauer, weil ich wußte, daß sie irgendwann am Nachmittag aus einem Zug von London steigen müßte.

Mehrere Züge kamen an und fuhren weiter, wobei jedesmal eine Welle von nichtssagenden Gesichtern an mir vorbeirauschte, während ich auf einer Bank saß, das Treiben auf dem Güterbahnhof beobachtete und überlegte, was ich sagen würde, wenn mein Warten vorbei war.

Irgendwie wußte ich, daß es Eves Zug war, als ich ihn in die lange Gerade zum Bahnhof einfahren sah, wußte, welchem Erstklassabteil sie elegant entsteigen würde, und wußte dann, falls ich je daran gezweifelt hatte, daß ich sie nicht auf das Couchman-Stipendium ansprechen würde. Denn was dachte ich, als ich sie in der Menge sah, mit der dunklen Brille und dem cremefarbenen, dreiteiligen Hosenanzug, in dem plötzlich belebten Bahnhof, in dem sie etwas mißtrauisch um sich blickte und wie eine Klasse für sich wirkte – überlegen, überaus begehrenswert, für mich allein aus der breiten Masse herausgehoben? Was dachte ich? Ich dachte, daß ich ihr folgen würde bis ans Ende der Welt.

»Martin«, sagte sie mit einem aufleuchtenden Lächeln, »das ist aber ein unerwartetes Vergnügen.« Der Begrüßungskuß war kurz, aber alles andere als beiläufig. »Es ist großartig zurückzukommen – und Sie hier vorzufinden.«

Ich nahm ihr die Tasche ab und lächelte zurück. »Es ist großartig, Sie wieder hier zu wissen.« Alle meine Zweifel lösten sich in Luft auf, als wir zur Sperre gingen. »Ich konnte es nicht erwarten, Sie wiederzusehen – ich habe Neuigkeiten.« Natürlich nicht die, die sie nicht hören wollte.

»Das gleiche gilt für mich. Wir können beim Essen Nachrichten tauschen.«

»Abgemacht.«

Sie sagte, sie sei müde nach der Fahrt; würde ich sie nach Darwin zurückfahren? Ich war selbst überrascht, wie gut ich den MG durch die Straßen der Stadt lenkte. Ich stellte mir die Frage, ob die vorbeigehenden Studenten, die den Fremden im Sportwagen sahen, wohl ihre Traumprofessorin an seiner Seite erkennen würden, und stellte fest, daß ich es erhoffte. Ich hatte einen Tisch bei »Shades« in der King's Parade vorbestellt, weil es ein kleines, ruhiges Lokal war, das selbst an einem Freitagabend im allgemeinen leer war. Wir gingen in der Ruhe des frühen Abends zu Fuß dorthin; Eve trug ein schwarzes Kostüm mit einer weißen Rüschenbluse aus Seide, die am Hals durch eine silberne Brosche zusammengehalten wurde, die Eleganz in Person, Arm in Arm mit mir. Sie sprach über den Kontrast zwischen Cambridge und London und rührte immer wieder spielerisch an das, was wir uns gegenseitig enthüllen würden.

Dieses Spiel setzte sich bei Aperitif und Vorspeise fort, bis wir beim Wein zu meinem Steak und ihrem Kalbfleisch angelangt waren und bei zartem Fleisch zum harten Kern der Sache kamen.

»Gleich als ich Sie am Bahnhof gesehen habe«, sagte sie, und das Kerzenlicht schimmerte auf ihrer Silberbrosche, »wußte ich, daß Sie darauf brannten, mir etwas zu erzählen.«

»Aber Sie haben auch gesagt, Sie seien nicht mit leeren Händen zurückgekommen.«

»Das ist richtig.«

»Dann: Ladies first.«

»Darf nicht die Dame bestimmen? Ich bestimme, daß ich zuerst Ihre Neuigkeit erfahre.«

»Gut.« Ich gab mich lächelnd geschlagen. »Eigentlich ist es allerdings nicht meine Neuigkeit. Baxter hat mich in die richtige Richtung gewiesen.«

»Wirklich?« Sie hob die Augenbrauen.

»Ja. Die Tagebücher von Charles Hobhouse. Ein Ausspruch von Lloyd George zu Straffords Rücktritt, der einige Schlußfolgerungen erlaubt.« Ich nahm die Kopie aus meiner Tasche und reichte sie ihr über den Tisch. »Sehen Sie sich den Eintrag vom 17. Oktober 1910 an.«

Eve schürzte die Lippen und las den Abschnitt durch; dann nahm sie einen Schluck Wein. »Was hat Baxter dazu gemeint?« Sie war nicht so beeindruckt, wie ich gehofft hatte.

Ich lehnte mich zurück. »Sie kennen Baxter. Er braucht Brief und Siegel für jede Schlußfolgerung – außer für seine eigenen. Er meinte, das sei immer noch dürftig. Wenn man es aber zusammen mit den Memoiren sieht – die er nicht gelesen hat –, wird dann nicht die Vorstellung bestätigt, daß Lloyd George es auf Strafford abgesehen hatte?«

»Wie ich sehe, ergibt sich keine Verbindung zu den Suffragetten.«

»Noch nicht. Aber haben wir nicht einen Anfang gemacht?«

»Durchaus.« Sie warf mir ein aufmunterndes Lächeln zu. »Sie haben ausgezeichnete Arbeit geleistet, Martin. Wir könnten das als Durchbruch bezeichnen, wenn nicht . . .«

»Wenn nicht was?«

»Wenn nicht dagegen spräche, was ich in Birkbeck gefunden habe, im Kendrick-Archiv. So viele Papiere, Dokumente, Notizen, Briefe – noch nicht endgültig katalogisiert. Und mitten darunter die Antwort. So einfach, eigentlich – es dürfte gar nicht überraschen.«

Ist es soweit? dachte ich. Bekomme ich die Wahrheit serviert, süß und simpel, als Extragang: den banalen Schlußpunkt? Schiebt mir die Hohepriesterin nun den Orakelspruch über den Tisch wie eine Zigarette, die sie nicht rauchen will? Kann sie mir Strafford auf dem Tischtuch servieren? Wenn sie das Orakel sprechen läßt, was wird dann meine Opfergabe?

All diese Gedanken, in der Sekunde zwischen den Sätzen. Aber alles, was ich sagte, war: »Was ist es?«

»Elizabeth konnte Strafford nicht heiraten, weil er bereits verheiratet war.«

»Er war was?« Ich hatte das Gefühl, der Stuhl, auf dem ich saß, würde mich im nächsten Moment in eine Welt verkehrter Werte und heruntergerissener Masken katapultieren.

»Verheiratet. Unter den Papieren des Archivs habe ich einen Trauschein gefunden: von Strafford, aus seiner Zeit in Südafrika. Er heiratete – und verließ offenbar dort – ein Mädchen aus holländischer Familie.«

»Sind Sie sicher?«

»Nur, daß der Trauschein da ist – oder vielmehr, hier.« Sie griff in ihre Tasche und holte einen braunen Umschlag heraus, den sie zwischen uns auf den Tisch legte. Ich zog die Umschlagklappe heraus und nahm mir das gefaltete, vergilbte und zerknitterte Blatt, um es im Kerzenlicht zu lesen.

Unbestreitbar. Da stand der Name, niedergeschrieben für die Nachwelt in der groben, holperigen Handschrift eines burischen Urkundsbeamten. Edwin George Strafford, 24 Jahre alt, und Caroline Amelia van der Merwe, 21 Jahre alt, haben am 8. September 1900 in Port Edward, Natal, die Ehe geschlossen.

»Ich bin sprachlos.«

»Überzeugt es Sie?«

»Sie?«

»Es sieht echt aus, Martin. Es wirkt echt. Man hat den schrecklichen Eindruck, es ist die Wahrheit. Es tut mir leid, daß meine Vermutungen sich bestätigt haben.«

»Sie haben das vermutet?«

»Nicht genau das. Etwas Ähnliches. Etwas enttäuschend Überzeugendes. Ich fürchte, es war grundsätzlich als Ergebnis zu erwarten, daß Strafford sich selbst diskreditierte.«

»Aber Eve, die Memoiren. Das widerspricht allem, was er darin schreibt.«

»Richtig. Aber ich fürchte, es gibt mehr Beispiele von Personen – insbesondere berühmten Personen –, die ihre Vergangenheit so dargestellt haben, wie sie sie lieber gehabt hätten. Es gibt keinen Anlaß, an der Aufrichtigkeit der Memoiren zu zweifeln – soweit das reicht. Es ist einfach so, daß Strafford die einzige Wahrheit herausoperiert hat, die er nicht ertragen konnte.«

»Aber wie sollte er das fertigbringen? Wie hätte sie unter den gegebenen Umständen verborgen bleiben sollen?«

»Darüber habe ich im Zug nachgedacht. Dieses Dokument befand sich im Besitz von Julia Lambourne. Sie und ihr Bruder waren, als es zum Bruch kam, in Putney zugegen, um Elizabeth in Schutz zu nehmen, stimmt's? Der Schluß ist berechtigt, daß sie diese Information aufdeckte und Elizabeth zeigte, um ihr die Ehe mit einem Bigamisten zu ersparen. Vermutlich beschloß sie, Straffords persönliche Vergangenheit zu überprüfen, als ihr zum ersten Mal bewußt wurde, wie eng sein Verhältnis zu ihrer Freundin war. Die Ungeheuerlichkeit ihrer Entdeckung ließ sie möglicherweise zögern, ob sie sie enthüllen sollte; als sie aber von Elizabeths Verführung erfuhr, konnte sie es nicht länger für sich behalten. Und wie hätten sie damit an die Öffentlichkeit gehen können, wenn Straffords Schande gleichzeitig den Ruin für Elizabeth bedeutet hätte? Sie hätte ein ehebrecherisches Verhältnis eingestehen müssen, damals ein nicht zu unterschätzendes soziales Stigma. Und welchen Nutzen hätten die Suffragetten davon gehabt, wenn der Öffentlichkeit zu Ohren gekommen wäre, daß eine ihrer tapferen, zuverlässigen jungen Damen, die das Wahlrecht beanspruchten, nichts dagegen hatte, zu einem Kabinettsminister ins Bett zu steigen? Nein, alle hatten Vorteile davon, die Wahrheit zu begraben – einschließlich Straffords.«

Der Ober kam, um die Teller abzuräumen. Nach einem Dessert war mir nicht zumute. Wir bestellten Kaffee. »Das ergibt immer noch keinen Sinn. Warum sollte Strafford in diesen Memoiren sein Herz ausschütten, wenn sie auf einer Lüge aufbauten?«

»Das war ja nicht der Fall. Eine impulsiv geschlossene, bedauerliche Ehe macht aus Strafford keinen schlechten Menschen. Es bedeutet nicht, daß er Elizabeth nicht liebte oder unter der Trennung nicht so litt, wie er behauptete. Es bedeutet nicht einmal, daß Ihre eigene Theorie unmöglich ist. Wenn Lloyd George sich tatsächlich seiner entledigen wollte und irgendwie herausgefunden hat, warum Elizabeth das Verlöbnis löste, dann könnte diese Information Asquith gewiß davon überzeugt haben, daß Strafford in dezenter Form zu ächten sei.«

»Aber das Zitat bei Hobhouse klingt so, als sei die Entfernung Straffords aus dem Amt viel gezielter vonstatten gegangen.«

»Das war vielleicht nützlich als Drohung gegen andere mögliche Gegner von Lloyd George. Für jeden, der es nicht besser wußte, war Straffords Sturz exemplarisch – ›*pour encourager les autres*‹.«

»Ich weiß nicht, Eve. Ich dachte, ich würde Strafford kennen, sein Innerstes. Jetzt sieht es so aus, als müßte ich umdenken.«

Eve streckte den Arm aus und berührte meine Hand. »Dann nehmen Sie sich Zeit damit.« Ich öffnete meine Hand und ergriff nun ihre. »Dann entscheiden wir, was zu tun ist – zum Besten der Sache.« Als wir das Restaurant verließen, nahmen wir den Weg durch das King's College, vorbei an der düster sich abzeichnenden Silhouette der Chapel, zum Fluß hinunter, und wir sprachen wieder über Strafford.

»Ich habe eine Idee, Martin, was wir aus dieser Entscheidung machen sollten«, sagte Eve, »aber es ist wichtig, daß Sie entscheiden. Wollen sie das Ganze fallenlassen – oder weitermachen?«

»Wie können wir weitermachen?«

»Das liegt bei Ihnen.«

»Und Ihnen.«

»Sagen wir, bei uns beiden.«

»Gut, einverstanden.«

»Der letzte Sonntag war schön.«

»Ja, das stimmt.«

»Dann machen wir diesen Sonntag etwas Ähnliches. Ich fahre Sie irgendwohin – wir könnten picknicken, wenn das Wetter schön ist.«

»Das würde ich gerne machen.«

»Gut, dann betrachten Sie das als Ihre Frist. Danach sagen Sie mir, was wir Ihrer Meinung nach tun sollten. Die Wahrheit über Strafford nach siebzig Jahren enthüllen – oder sie begraben lassen?«

Wir überquerten die Brücke zur Queen's Road, nun Hand in Hand und schweigend, aber im stillen entschlossen, Strafford zu geben, was er verlangt hatte: Gerechtigkeit, ein Wort, das mit einem Mal unschöner klang, als ich früher geglaubt hatte.

Eve hatte mir, hatte Strafford einen Aufschub von einem Tag gewährt. Es war ein trüber, feuchter Tag in Cambridge: schiefergraue Wolken jagten über die flache Landschaft. Es gab nur eins, was mir bei meiner Entscheidung helfen konnte, und das tat ich: eingeschlossen im freudlosen Gästezimmer im Princes' las ich die Memoiren noch einmal durch, von Anfang bis Ende, aber dieses Mal kritisch, ohne Mitgefühl, wie ein Vernehmungsbeamter, der Unstimmigkeiten, Ungenauigkeiten, Verräterisches finden will.

Man konnte eigentlich nicht sagen, daß ich irgend etwas fand. Eve hatte ganz recht. In ihren Grenzen ließen die Memoiren für Zweifel keinen Raum. Aber die Heiratsurkunde, die man plötzlich und triumphierend hervorgeholt hatte, zog meine Aufmerksamkeit auf ihr verhängnisvolles Datum; September 1900.

»Als ich im späten August nach Kapstadt kam, traf ich ... Couch und erwähnte, daß ich die Van der Merwes enttäuschen müßte ... Couch ... bot von sich aus an, mich in Durban zu vertreten ... So kam es, daß ich daheim in England ankam und gerade noch eine Woche zur Verfügung hatte, um meinen Wahlfeldzug zu führen.«

Die Wahl in diesem Jahr hatte am 4. Oktober stattgefunden. Damit war eine Rückkehr nach England, die nur »noch eine Woche« Zeit für den Wahlkampf ließ, etwa für den 27. September anzusetzen. Eine Seereise von Südafrika? Rund zwei Wochen. Er wäre also um den 13. September herum aus Kapstadt abgereist. Verdammt: genug Zeit, um Fräulein van der Merwe am 8. September in Port Edward zu heiraten.

»Couch bot von sich aus an, mich in Durban zu vertreten.« Nicht Port Edward. Hatte er das tatsächlich getan? Vermutlich nicht. Warum dann aber diese Behauptung? Vielleicht fabrizierte sich Strafford hier ein Alibi, redete sich selbst ein, daß er sich zu dieser Van-der-Merwe-Verrücktheit nicht wirklich hinreißen lassen, sich diesen idiotischen letzten Streich in Südafrika nie geleistet hatte, daß dieser ihm folglich auch nichts mehr anhaben konnte, so viel später, so weit weg. Und doch war es so gewesen. Ich hatte seine steile, flüssige, englische Unterschrift auf der Urkunde gesehen, und hier war sie wieder, am Ende der Memoiren, durch die dazwischen verflossenen fünfzig Jahre nur wenig verändert.

Ich ging in dem winzigen Zimmer auf und ab, starrte finster aus dem Fenster auf die Mauer des Pembroke College gegenüber, an der der Regen hinunter lief, und fragte mich: Wer war sie, Strafford? Irgendein armes, hübsches Mädchen, das du vergessen wolltest? Dachtest du das? Daß man dir Elizabeth nicht vorenthalten durfte, nur weil ein Soldat einen sinnlosen Fehltritt getan hatte? »Das aber war in anderm Land, und, außerdem, die Kleine ist längst tot«? Nur, sie war es nicht, oder?

Später fühlte ich, wie Zorn auf Strafford in mir aufstieg. Ich fühlte mich betrogen, von ihm getäuscht, ein wenig wie Elizabeth sich gefühlt haben mußte. In dieser Stimmung ging ich aus dem Haus, um über den Abend hinwegzukommen, indem ich trank; ich nahm mir ein Pub nach dem andern vor und nährte meinen Groll mit Alkohol. Das Bemühen der Couchmans, mich von der altgewordenen Elizabeth fernzuhalten, mich daran zu hindern, eine alte Wunde zu öffnen, das ergab plötzlich einen Sinn. Mehr als das, es war offenbar anständig von ihnen, das zu tun.

Diese letzte Vorstellung gab mir zu denken. Elizabeth kannte ich nicht, wohl aber ihren Sohn und ihre Enkelin – allzu gut. Anständigkeit war eine Eigenschaft, die für sie alles beinhaltete, was gepflegt war, was sich gehörte. Und betrunken dachte ich natürlich an Ambrose und die mysteriösen, bedrohlichen Besuche im Lodge Cottage im Frühjahr bei Straffords letztem Besuch in seiner Heimat. Wer sollte Angst vor einem geächteten alten Mann haben? Niemand. Diese Antwort ließ sich nicht wegzaubern, ebensowenig wie die Überzeugung, daß an der Geschichte etwas faul war – jedenfalls an dieser Version, die mir von einer Person vorgetragen worden war, deren Objektivität nach meiner Kenntnis genauso fragwürdig war wie meine eigene. Was das anging, übrigens, wie stand es damit? Mit eben der Enthüllung, zu der es am Vorabend gekommen war?

Ich jagte zum College zurück und las mir den Südafrikateil der Memoiren noch einmal durch. »Couch bot von sich aus an, mich in Durban zu vertreten.« Couch, der Feigling, Betrüger und ... was noch? War Couch wirklich nach Durban gegangen? Vielleicht waren sie beide in Port Edward gewesen? Wer waren die Trauzeugen? Ich hatte vergessen, darauf zu achten, und würde das überprüfen müssen. Aber wenn Couchman davon wußte, vielleicht sogar mitgespielt hatte, hatte er Strafford verraten, Julia Lambourne alarmiert, vielleicht auch Lloyd George, sich dann im Verlauf der Dinge selbst bedient und eine verstörte Elizabeth als Beute heimgeführt? Das würde seine Angst vor Strafford erklären, warum er versuchte, sich freizukaufen, warum er ihn, vielleicht, am Ende beseitigt hatte. Und Henry? Konnte ich Hinweise darauf entdecken, daß er sein feistes Händchen im Spiel hatte, als es um einen gemeinen kleinen Mord an einem hilflosen alten Mann ging?

Ich hatte mich mit Eve für zwölf Uhr auf dem Fen Causeway verabredet. Ein neutraler Treffpunkt war vermutlich passend für eine Gelegenheit, bei der es sich durchaus entscheiden mochte, ob wir gemeinsame Sache machten oder getrennte Wege gehen würden. Ich marschierte durch das Coe Fen, atmete tief durch und versuchte, meinen dicken Kopf freizubekommen. Cambridge war durch den Regen vom Samstag sauber und erfrischt; nur in meinem Kopf gab es noch Dunstschleier, um Eve herum. Ich konnte das Traumbild, das ich von ihr hatte, nicht vergessen – die vollkommene, attraktive Verführerin. In der realen Welt aber war sie von scharfem Verstand, gab gerade so viel von sich preis, daß mich nach mehr verlangte, ohne jedoch auch nur einen Zipfel ihres geheimnisvollen Schleiers zu heben.

Noch etwas war befremdlich: die Couchman-Verbindung. Ein Trauschein, wie ein Kaninchen aus dem Hut gezaubert: so praktisch, so unwiderlegbar. Allein und mit klarem Kopf, in einem Augenblick der Vernunft, begann ich zu zweifeln. Wenn Eve bloß tat, was die Couchmans sie hießen, was gab es dann Besseres, als ein Stück Papier hervorzuzaubern wie einen Blankoscheck und damit mein Schweigen zu erkaufen?

Wenn dem so war, dessen war ich mir bewußt, dann würde Eve mich dahin bringen wollen, daß ich untätig blieb. Laß die Toten begraben sein, laß Strafford und seinen Freund oder Feind Couchman, laß sie mit all ihren Geheimnissen und Betrügereien in Frieden ruhen. Das war allerdings nicht der Weg des Historikers, gewiß nicht der einer karrierebewußten jungen Akademikerin, die sich einen Namen machen wollte. Welchen Weg also würde sie wählen, welchem würde ich folgen?

Sobald ich die niedrige, geschmeidige Form des silberfarbenen MG auf dem Fen Causeway auf mich zukommen sah, wußte ich, daß es im Grunde gleich war, welchen Weg sie wählte. Welcher Weg es auch war, ich würde ihr, in all meiner mir sehr wohl bewußten Schwäche, mit Sicherheit folgen.

Wir fuhren Richtung Colchester zu den Gog-Magog-Bergen und umwanderten die bewaldeten Hänge der Wandlebury-Schanze, bis wir einen sonnigen Grashang fanden, auf den wir zum Schutz gegen die Nässe vom Samstag die Autodecke legten.

Eve hatte Huhn, frischen Salat und gekühlten Weißwein mitgebracht, um mich durch leibliche Genüsse zu beschwichtigen. Falls das nicht ausreichte, so gab es auch noch in Sichtweite ein dörfliches Cricketspiel zu sehen – und natürlich Eve an meiner Seite. Sie trug die weißen Jeans und die blaue Bluse, die sie vor zehn Tagen, beim ersten Mal, als ich sie im Darwin College besucht hatte, getragen hatte. Während wir dort auf der Anhöhe saßen, kam es mir vor, als sei es schon länger her, als wäre sie schon so lange um mich herum – oder in meinem Kopf –, wie ich zurückdenken konnte oder wollte.

»Sind Sie zu einem Ergebnis gekommen, Martin?« fragte sie.

»Betrachten wir es einmal so.« Ich dachte jetzt laut und versuchte, meine Schlüsse auf Eves Erwartungen zuzuschneidern. Die ganze Bandbreite meiner Reaktionen war nicht für sie gedacht. »Ich könnte Sellick berichten, daß Strafford sich kompromittierte, indem er vorgab, nie verheiratet gewesen zu sein, und daß dies allein seinen Sturz aus hohem Amt erklärt. Ich bin jedoch durchaus nicht sicher, daß er sich damit zufriedengeben würde.«

»Warum nicht?«

Ich konnte Eve nicht die eigentliche Antwort auf ihre Frage geben, konnte ihr nicht von den gar nicht so absurden Behauptungen erzählen, die Ambrose aufgestellt hatte, weil ich dadurch mit dem Finger auf ihre Sponsoren, die Couchmans, zeigen würde. Und das würde den Zweifeln in unserem Verhältnis ein Tor öffnen, das ich fest verschlossen halten wollte. Was also sagte ich in Wirklichkeit? »Weil er damit vermutlich einen hohen Preis für ein enttäuschendes Ergebnis gezahlt hätte.«

»Das ist doch wohl ein Risiko, das er eingegangen ist, als er diese Nachforschungen in Auftrag gab.«

»Das stimmt, aber Sie haben indirekt gesagt, daß wir an dieser Stelle nicht aufgeben müßten. Wir könnten versuchen, noch mehr auszugraben.«

»Das ist nicht ganz, was ich meinte.«

»Nein? Was dann?«

»Was ich sagen wollte, war: Sie könnten die Heiratsurkunde benutzen, um Ihrer Arbeit für Sellick ein abruptes, aber passendes Ende zu setzen – oder wir könnten die Urkunde nutzbringend für uns verwenden.« Im letzten Satz schwang Unausgesprochenes mit.

Ich sah Eve verblüfft an. »Wie?«

»Ich hatte gesagt, daß ich nicht uneigennützig bin, Martin. Ich habe dafür gesorgt, daß Sie sich in dieser Hinsicht keinen Illusionen hingaben. Sie wissen auch, daß ich an einem Buch über die Suffragetten als feministische Pionierinnen schreibe. Ich möchte nicht, daß es ein abstruses, unzugängliches Werk wird. Ein echtes menschliches Element würde ihm tiefere Dimensionen verleihen.«

»Welcher Art wäre dieses menschliche Element?« Ich begann zu verstehen, worauf sie hinauswollte.

»Ein junges, idealistisches Mädchen kämpft für eine Sache, die sie für richtig hält. Sie wird von einem charmanten und intelligenten Politiker verführt, der scheinbar durch sie von der Berechtigung des Anliegens der Suffragetten überzeugt wird. Er ergreift jedoch keine praktischen Maßnahmen, um diese Überzeugung in die Tat umzusetzen, und hat das Mädchen die ganze Zeit über betrogen, indem er ihr die Wahrheit über sich selbst verschweigt. Mit anderen Worten, ein Mikrokosmos der Probleme, mit denen die Suffragetten zu kämpfen hatten. Nachdem man ihnen gesagt hat, sie sollten die Politik dem klügeren, besseren Geschlecht überlassen, stellten sie fest, daß dieses Geschlecht unfähig ist, die eigenen Angelegenheiten zu ordnen, geschweige denn die des Landes. Mit diesem Motiv hätten wir so etwas wie einen Bestseller.«

»Wir?«

»Selbstverständlich, Martin, was ich vorschlage, ist eine Partnerschaft.«

Eine kriminelle Partnerschaft, dachte ich, mit Strafford als Opfer. Aber jede Art der Partnerschaft mit Eve übte auf mich eine zu große Anziehung aus, als daß ich sie hätte ablehnen können; also konnte ich nur auf Zeit spielen. »In welches Licht würde das Strafford rücken?«

»In ein schlechtes, fürchte ich.« Sie beugte sich auf der Decke näher zu mir herüber. »Wie könnte es anders sein, Martin? Wir haben einen klaren Beweis dafür, daß er Elizabeth betrogen hat. Wie können wir als Historiker die Augen davor verschließen?«

»Das ist wohl ausgeschlossen.« Strafford, dachte ich, warum bist du nicht da, um mich daran zu hindern, dich zu verurteilen? Ich kann nicht an dich oder deine Memoiren denken, wenn Eve so nahe bei mir liegt.

»Dann ergibt sich daraus logisch, daß wir Strafford und seine fragwürdigen Memoiren für unser Buch nutzen müssen.« *Unser* Buch, hast du das gehört?

»Aber was erzählen wir Sellick?«

»Im Moment nichts. Er wird jetzt noch nichts Definitives erwarten. Bis es soweit ist, braucht er ja nicht zu wissen, daß wir auf anderen Wegen forschen.«

Und so, ganz sachte in der Frühlingssonne, während ich ihren Wein im Mund schmeckte und bis ins Innerste fühlte, wie ihr Fleisch mich berührte, führte Eve mich in die Richtung, die sie haben wollte. Wen verriet ich da? Sellick, Strafford oder mich selbst? Eigentlich alle drei, aber Sellick war weit weg, Strafford tot und ich, nun gut, ich war willens, Eve jeden Preis für jede Art von Partnerschaft zu zahlen, die sie bereit war mir zu bieten. Ich lehnte mich vor und küßte sie in einem Akt bewußter Selbstaufgabe.

Eve zog sich mit gespielter Heftigkeit zurück. »Gibt es in Ihrer Vergangenheit Geheimnisse von Straffords Art, die Sie mir beichten müßten, Martin?«

»Keins, außer einer schlechten Ehe und einer besseren Scheidung.«

»Dann brauchen Sie sich keine Sorgen zu machen.«

Nach dem Picknick schlenderten wir der Schanze entlang Hand in Hand. Eve zeigte mir seltene Orchideenarten, und ich hörte zu, nicht um mehr über exotische Blumen zu erfahren, sondern einfach, um mehr von ihrer Stimme zu hören.

Ob es nun an ihrer Konzentration auf die Blumen oder meiner auf sie lag, jedenfalls überraschten uns düstere Wolken, die von Westen heranstürmten, so daß wir auf der nicht bewaldeten Seite des Hügels in einen Wolkenbruch gerieten. Durch den strömenden Regen rannten wir zum Auto und trockneten uns ab. Wir waren völlig durchnäßt, Eves Jeans und Bluse klebten an ihrer Haut. Wir hatten keine andere Wahl, als direkt nach Cambridge zurückzufahren.

Eve setzte mich am Princes' ab, wo ich mich rasch umzog. Dann ging ich zum Darwin zurück; inzwischen schien die launische Sonne wieder. Ich folgte dem Kiesweg vom Silver-Street-Tor, an Gras vorbei, auf dem die Regentropfen glänzten, und blickte nach oben zu Eves Zimmer, wo sich in diesem Moment der Vorhang öffnete und den Blick auf sie freigab, wie sie, in ein gelbes Badetuch gehüllt, mit ernster Miene dastand, während ihr die nassen Haare in schöner

Unordnung auf die Schultern herabhingen. Unsere Blicke trafen sich, aber sie zog den Vorhang nicht zu, sondern lächelte und winkte freundlich grüßend herunter.

Als ich oben ankam, trug sie einen Kimono und begrüßte mich mit einem förmlichen, feuchten Kuß. Sie duftete nach Badeöl und Frühlingssonne, sah zerzaust und nicht hergerichtet, eigentlich noch hinreißender aus als in der prächtigsten Aufmachung.

»Ich habe eine Kanne Kaffee gemacht«, sagte sie. »Bedienen Sie sich, während ich mich anziehe.«

Ich trat an das Tischchen beim Fenster, wo sie die Kanne abgestellt hatte, schenkte mir ein und trank ihn in einem Lehnstuhl, der in wäßriges Sonnenlicht getaucht war.

Neben dem Kaffee auf dem Tisch lagen ein Ordner und einige Papiere, auch der Umschlag, in dem sich der Trauschein befunden hatte, und darunter mehrere Fotokopien der Urkunde. Ich nahm eine in die Hand und betrachtete sie konzentrierter und weniger betroffen als zu dem Zeitpunkt, an dem Eve sie mir gezeigt hatte. Strafford – sein Name und seine Unterschrift – behauptete dort hartnäckig seinen Platz, zusammen mit Caroline van der Merwe, zur Ehe vereint durch einen Geistlichen der holländischen reformierten Kirche in der Kirche Veltenschrude, Port Edward, Natal, im Beisein von ... verdammt, niemand, den ich kannte, kein alter Vertrauter wie Couchman, bloß zwei nichtssagende Namen, aber andererseits auch keine Van der Merwes, was seltsam war. Warum war kein Familienmitglied anwesend beim wichtigsten Ereignis im Leben eines Mädchens? Ich besah mir die Adressen. Straffords wurde mit Culemborg-Kaserne, Kapstadt, angegeben, Miss Van der Merwes mit Ocean Prospect, Berea Drive, Durban. Ich griff mir einen Atlas aus Eves Bücherregal. Port Edward war ein Punkt auf der Landkarte Südafrikas, ungefähr hundert Meilen südlich von Durban – ein weiter Weg für eine Eheschließung. Keine Verwandten als Zeugen des Ereignisses, das roch danach, daß die Brautleute durchgebrannt waren – vielleicht sogar nach Entführung.

Eve kam in Jeans und Pullover ins Zimmer zurück.

»Irgendwelche Anhaltspunkte in dem da?« fragte sie, als sie mich mit dem Atlas sah. Ich teilte ihre meine vorläufigen Schlußfolgerungen mit. Sie beugte sich über den Tisch und goß Kaffee ein. »Sie könnten recht haben, Martin«, sagte sie. »Aber ist das von Bedeutung?« Ich war schockiert und sah offenbar auch danach aus. »Lassen Sie mich erklären.« Sie setzte sich auf die Couch in meiner Nähe. »Für unsere Zwecke zählt doch das Ergebnis, nicht die Umstände der Eheschließung Straffords in Südafrika. Die Memoiren vermitteln uns seine Sicht der Dinge, nach Bedarf verzerrt. Was ist mit der Sicht anderer?«

»Zum Beispiel?«

»Zum Beispiel der von Julia Lambourne. Die persönlichen Papiere in ihrem Archiv verraten uns vielleicht, wie und warum sie zu diesem Beweismittel kam.« Sie trank aus ihrer Tasse. »Und dann gibt es noch Elizabeth. Ich nehme an, Sie wissen, daß sie noch am Leben ist.«

»O ja.« Es klang so einfach, das zu sagen, aber es war nicht einfach. Das war das erste Mal, daß wir von den Couchmans unserer Zeit gesprochen hatten, und ich spielte mit der Vorstellung, daß Eve nun von sich aus ihre Verbindung mit ihnen zur Sprache bringen würde. Aber das war nicht der Fall. »Was ist also der nächste Schritt?«

»Aus dem Kendrick-Archiv herausholen, was wir außerdem noch dort finden können, bevor wir dann mit Lady Couchman sprechen.« In diesem Augenblick stand Elizabeth vor meinem geistigen Auge, die Elizabeth, die ich aus den Memoiren kannte, in Würden alt geworden, im Salon von Quarterleigh in ihrer Spitzendeckenwelt gerade Tee und Kekse servierend, während wir hier in Cambridge ihre Vergangenheit erörterten. »Ich fahre morgen ins Archiv und fange an.«

»Was sollte ich Ihrer Meinung nach tun?«

»Setzen Sie Ihre Lektüre fort, Martin. Ich möchte, daß wir beide gleich gut über die Suffragetten informiert sind, ehe wir mit der Sache herauskommen. Ich bin nicht lange weg – zu meiner nächsten Vorlesung am Mittwoch bin ich auf jeden Fall zurück.«

»Prima. Ich werde da sein.« Es war natürlich nicht prima. Ich war bereits dabei zu beschließen, daß ich in dieser Zeit versuchen würde, die Heiratsurkunde zu überprüfen, unabhängig davon, für wie nebensächlich Eve die Einzelheiten hielt, und gewiß hätte ich mich fragen sollen: Wenn du bereit bist, Eve im Glauben zu lassen, du folgtest ihrer Aufforderung, die Bibliothekslektüre fortzusetzen, während du in Wirklichkeit deine eigenen Wege gehst, wie kannst du da so sicher sein, daß sie nur nach London fährt, weil sie im Kendrick-Archiv arbeiten will? Aber durch ihre Überredungskünste – die sie die Formulierung finden ließen, daß »wir mit der Sache herauskommen« –, durch das verführerische Versprechen einer Buchpartnerschaft, die mir materiellen und emotionellen Erfolg auf dem Tablett servierte, vergaß ich alle Zweifel.

Am nächsten Morgen brachte ich Eve zum Bahnhof und schlenderte zurück zum Princes'. Dabei überlegte ich, wie ich mehr über die Van der Merwes aus Durban im Burenkrieg herausfinden könnte. Was mich im College erwartete, vertrieb jedoch alle Gedanken dieser Art. Als ich durch das Tor in den First Court trat, kam einer der Pförtner aus seiner Loge gelaufen.

»Mr. Radford«, sagte er, »ich habe hier eine Nachricht für Sie. Ich wollte Sie Ihnen gerade aufs Zimmer bringen.«

»Danke.« Leicht überrascht zog ich die Augenbrauen hoch. Ich hatte nicht erwartet, hier Post zu bekommen. Eigentlich war es auch keine Post, sondern eine telefonisch dem Pförtner übermittelte Nachricht. Ich fing an zu lesen, während ich den Hof überquerte, und blieb dann wie angewurzelt stehen, als mir der Inhalt bewußt wurde.

»Mr. Radford: bitte dringend Alec Fowler unter Nummer 01-836-2387 anrufen.«

Eine Londoner Nummer. Was machte Alec in England? Auf einmal schien es Ewigkeiten her zu sein, daß ich ihn auf Madeira gesehen hatte. Er hatte mir dort durch nichts zu erkennen gegeben, daß er mir möglicherweise so bald folgen würde. Und was war so dringend? In der Vergangenheit war Alec oft von irgendwoher aufgetaucht, um am Telefon vorzuschlagen, wir sollten uns treffen und auf die gute alte Zeit trinken, so daß die Nachricht mich eigentlich nicht überraschen durfte; daß sie mich jedoch an einem trüben Morgen im Grau in Grau des Princes' College erreichte, löste so etwas wie ein ungutes Gefühl aus. Ich konnte nicht sagen, warum, außer vielleicht, weil der Umstand, daß Alec den Schauplatz betrat, kaum daß ich mit Eve verabredet hatte, Sellick hinzuhalten, während wir eigene Wege gingen, wie ein unheilvolles Zusammentreffen erschien.

Ich rief ihn von einer Telefonzelle im Studententrakt an. Ein Hotel in Drury Lane meldete sich. Man verband mich mit Alecs Zimmer, er kam gleich an den Apparat.

»Martin. Toll, wieder von dir zu hören. Danke, daß du angerufen hast.« Er klang einen Hauch geschäftlicher als sonst. »Wie läuft die Sache?«

»Langsam, aber sicher. Aber was treibt dich nach London? Du hast mir ja gar nicht gesagt, daß du kommen würdest.«

»Eine geschäftliche Angelegenheit, die sich unerwartet ergeben hat. Ein Bekannter von Leo aus der Ferienbranche – so ein Millionär, der Billigflüge verhökert. Vielleicht läßt sich eine Verbindung für meine Zeitschrift anknüpfen, mit anderen Worten, Geld lockermachen. Ich bin gekommen, um ihm um den Bart zu gehen, ihm ein paar Schecks abzuhandeln, damit Leo die Verluste nicht allein tragen muß. Ich habe gedacht, wir könnten uns sehen, während ich hier bin. War gar nicht so leicht. Jerry war noch weniger entgegenkommend als sonst, aber am Ende habe ich dich doch ausfindig gemacht.«

»Wie lange bist du noch da?«

»Bis Ende der Woche. Aber mein Terminkalender ist ziemlich voll. Könntest du auf einen Sprung nach London kommen?«

»Okay, Alec. Heute im Laufe des Tages?« Mir war gerade aufgegangen, daß es wohl am besten wäre, Alec zu treffen, solange Eve nicht da war. Ich wollte nicht, daß er mit einer Bemerkung über meine Ehe mit einer Couchman herausplatzte, und wenn ich es genauer bedachte, wollte ich auch Eve für mich behalten.

Als Treffpunkt vereinbarten wir ein Pub auf halber Höhe zwischen Liverpool Street und Drury Lane – Alec kannte es von Freunden an der Universität, ein dunkles, großes Bierlokal in Clerkenwell, mit vielen Trennwänden aus Milchglas und verrauchten Nischen. An einem regnerischen Nachmittag um ein Uhr traf ich Alec dort an, wie er mit der Begeisterung eines Menschen, der gerade aufgehört hatte zu fasten, englisches Bier trank und eine Fleet-Street-Zeitung las. Er saß auf einem Barhocker und strahlte mich aus seinem unter Madeiras Sonne gebräunten Gesicht durch den Dunst im Innern des Pubs an, als ich hereinkam. Wir begrüßten uns und suchten uns Platz an einem Tisch.

»Prost«, sagte ich und nahm einen ersten großen Schluck von meinem Bier. »Wie gefällt es dir daheim in England?«

»Tolles Bier, lausiges Wetter. Wie eh und je. Jetzt erzähl mir, wie die Nachforschungen laufen.«

»Wie ich schon am Telefon sagte: langsam, aber sicher.«

»Du bist jetzt seit einem Monat an der Geschichte dran.«

»Das stimmt. Leo müßte inzwischen drei Berichte von mir bekommen haben.«

»Hat er. Der letzte kam gerade an, als ich fuhr. Wenn ich richtig vermute, dann hast du bei den Couchmans für Unruhe gesorgt, aber in den Archiven nichts aufgestöbert.«

»So ungefähr.«

»Also kein Durchbruch irgendwo?«

»Leider nein. Aber mach nicht so ein enttäuschtes Gesicht – so ein Job braucht Zeit.«

»Was ist denn bisher bei deiner Rundreise durch die unerwünschte Vergangenheit der Couchmans herausgekommen?«

»Es ist mir geglückt, bei Helen und ihrem Vater anzuecken. Natürlich, darin war ich schon immer groß.«

»Aber dieser Strafford-Neffe, den du in Devon ausgegraben hast, was ist mit dem?«

»Ambrose? Ein Goldstück – von der unpolierten Sorte. Er ist überzeugt, daß sein Onkel ermordet wurde.«

»Ach nein. Von wem?«

»Das ist die 64 000-Dollar-Frage, Alec – oder wieviel Leo zu zahlen bereit ist.« Hier lächelten wir uns zu. »1951 unter den Zug gestoßen von ... also, das kannst du dir aussuchen: Gerald Couchman, seinem Sohn, dem MI5, Winston Churchill.«

»Oder dem KGB?«

»Jetzt hast du's erfaßt. Aber im Ernst, mit dem Unfall ist etwas oberfaul. Ich nehme an, Ambrose hat recht.«

»Und es war schnöder Mord?«

»Es könnte sein. Ich werde klarer sehen, wenn wir mit Lady

Couchman gesprochen haben – ihre Aussage ist entscheidend, falls wir sie dazu bewegen können.«

»Wir?«

Jetzt hatte ich mich ertappen lassen, aber irgendwie schien es egal zu sein. »Ja, richtig, während ich in Cambridge war, habe ich eine Expertin auf dem Gebiet der Suffragetten für eine beschränkte Zusammenarbeit gewinnen können.«

»Jemand, den ich kenne?«

»Wahrscheinlich nicht – Eve Randall, Dozentin im Darwin College.«

»Alter? Die wesentlichen Lebensdaten? Familienstand?«

»In jeder Hinsicht befriedigend, Alec – wenn du es unbedingt wissen willst.«

»So daß die Zusammenarbeit über Straffords Memoiren hinaus fortgesetzt werden könnte?«

Ich gab mich zurückhaltend. »Sie ist eine anerkannte Expertin auf ihrem Gebiet.«

»Aber keine Hilfe – im vorliegenden Fall?«

»Das würde ich nicht behaupten. Sie hat herausgefunden ...«

»Was?«

»Bloß Belege, die noch überprüft werden müssen – aber vielleicht genau das, was wir suchen.«

»Vorhin hast du gesagt, es gebe keinen Durchbruch.«

»Wir wollen keine falschen Hoffnungen wecken.«

»Mach dir meinetwegen keine Sorgen, Martin. Ich bin persönlich nicht betroffen. Aber das Wörtchen ›wir‹ kommt ein bißchen häufig vor. Wie eng arbeitest du denn wirklich mit dieser Mieze zusammen?«

»Eve bringt im Winter ein Buch über die Suffragetten heraus. Es schien vernünftig, sich zusammenzutun.«

»Na, das kann ich mir vorstellen. Das ist aber nicht etwa der Grund dafür, daß du so gern für Leo arbeitest?«

»Warum?«

»Weil Leo dir die Gelegenheit verschafft hat, den Umgang mit einer schönen Akademikerin zu pflegen, während man mir auf Madeira nur Blumenmädchen und Fischweiber bietet.«

»Vielleicht.« Ich grinste verlegen. »Aber Leo kann nichts dagegen haben, wenn es ihm ebenso hilft wie mir.«

»Wie hilft es ihm?«

»Das habe ich dir doch geagt. Eve hat etwas gefunden.«

»Und was ist das?«

Plötzlich, nach all meiner anfänglichen Zurückhaltung, war ich im Begriff auszupacken. Der Alkohol, der mir die Zunge löste? Zweifellos. Begierig zu beweisen, daß ich die Chance zu nutzen wußte, die Sellick mir geboten hatte? Gewiß. Dazu verführt zu demonstrieren, daß ich keine Zeit verschwendet hatte? Wahrscheinlich. »Es ist wahrscheinlich, daß Leos großartiges Geheimnis bloß eine Familientragödie ist. Die Verlobung mit Strafford wurde aufgelöst, weil er bereits verheiratet war.«

»Ihr habt Beweise?«

»Eve hat die Heiratsurkunde gefunden. Jetzt versuchen wir, das zu untermauern.«

Alec stieß einen leisen Pfiff aus. »Ich glaube nicht, daß dies die Entdeckung ist, auf die Leo hofft.«

»Ich auch nicht. Deswegen sage ich ja nichts, bis alles beisammen ist. Ich wäre dir dankbar, wenn du die Sache für dich behältst, wenn du zurückfährst.«

»Pfadfinderehrenwort.«

Ich hätte es jetzt mit Alecs nicht ganz ernstem Ehrenwort gutsein lassen sollen. Aber ich empfand ein Bedürfnis nach Ausschmückung, nach Rechtfertigung, so daß ich nicht aufhören konnte. »Es ist eigentlich eine lehrreiche kleine Geschichte.« Ich skizzierte Eves Vorstellungen, wie das Strafford-Thema in ihr Buch aufgenommen werden könnte. Ich schrieb die Idee nicht ihr zu, aber Alec erriet es ohnehin.

»So ist das also.« Er kicherte. »Leo zahlt gut, aber Eve sieht eben besser aus. Trinken wir noch einen, damit wir auf die Partnerschaft anstoßen können, welche du auch immer am liebsten hättest.«

Ich hatte nichts dagegen. Wir tranken weiter, bis das Pub um drei Uhr schloß, und gingen dann zur Liverpool Street, wo ich meinen Zug nach Cambridge zurück besteigen mußte. Wir warteten im Bahnhofsrestaurant, in dem uns eine rundliche Westindierin sirupsüßen Kaffee servierte. Insgeheim triumphierte ich, wenn ich meine Lage mit der Alecs verglich. Endlich einmal sah es ganz so aus, als ob ich ihm etwas voraushätte. Nichts deutete darauf hin, daß sein »*Madeira*«-*Magazin* ihm in der Fleet Street die Türen öffnete, während mir Straffords Memoiren den Weg zu Eve gebahnt hatten und zu dem, was sie an Verheißung bedeutete. Ich glaube, Alec spürte den Kontrast und nahm ihn so mißmutig zur Kenntnis, wie ich ihn genoß. Selbstverständlich sagte er nichts dergleichen.

»Wie lange willst du Leo im dunkeln tappen lassen?« fragte er und rührte abwesend in seinem Kaffee.

»Nicht länger als notwendig. Wenn wir das Beweismaterial beisammen und Lady Couchmans Standpunkt dazu gehört haben, dann sind wir soweit.«

»Und was wird aus Ambrose Strafford?«

»Das Urteil über seine Geschichte werden wir vielleicht offenlassen müssen. Ich hoffe aber nicht. Seinetwegen würde ich gern wissen, was in der Nacht geschah, als sein Onkel starb. Auch hier wird wieder viel davon abhängen, was die alte Dame sagt.«

Durch einen knisternden Lautsprecher wurde die Abfahrt des Zugs nach Bishops Stortford, Cambridge, Ely und Kings Lynn angekündigt. Wir leerten unsere Tassen und reihten uns in die Schlange am Bahnsteig ein; für den Rest unserer Unterhaltung mußten wir dumpfe Lautsprechergeräusche und das Getöse und Pfeifen in der Bahnhofshalle überschreien.

»Viel Glück dann, Martin«, sagte Alec und klopfte mir auf die Schulter.

»Danke – dir auch, mit deinem Reisebonzen.«

»Das werde ich brauchen. Wir bleiben in Verbindung.«

Er winkte mir nach, dann sah ich ihn in der Menge davonschlendern, mit seinem vertrauten, lässigen, etwas federnden Schritt. Ein alter Freund, ein guter Kamerad – und noch etwas anderes, das keiner von uns verdiente oder, wenn doch, dann nicht so, wie es kam.

Als ich am nächsten Tag das Südafrika-Konsulat anrief, konnten sie mir über die Van der Merwes nichts sagen, sondern verwiesen mich an die oberste Registratur in Pretoria, was in keiner Weise hilfreich war.

In der Universitätsbibliothek hatte ich mehr Glück, denn dort machte man alte Straßenverzeichnisse von Durban ausfindig, die aus der Zeit stammten, als Natal noch eine britische Kolonie war. In einer Ausgabe von 1897 fand ich das Gesuchte: ein Verzeichnis der Bewohner des Ocean Prospect, Berea Drive. Nichts als die Familiennamen und Initialen, auch wenn ich einen davon kannte: Van der Merwe, J. G., Mrs. O. C., J. I., P. J., Miss C. A. Die nächste Ausgabe stammte von 1905, und für den Ocean Prospect wurden keine Van der Merwes mehr aufgeführt, sondern ein Mr. und eine Mrs. Franklin. Die Lücke war zum Verrücktwerden. Wohin waren sie gegangen? Was war aus ihnen geworden? Vor allem aber, was war aus Miss C. A. van der Merwe, spätere Mrs. Strafford, geworden? Das verstaubte alte Adreßbuch gab keine Antwort.

Am Mittwoch kam Eve zurück. Sie hinterließ eine Nachricht für mich, in der sie mich zum Essen im Darwin einlud, »um die letzten Neuigkeiten zu hören«. Nicht daß das die größte Attraktion dieser Einladung war. Ich ging voller Ungeduld.

Der Speiseraum im Darwin College war klein, intim und modern. Da am College keine nichtgraduierten Studenten waren, war die Atmosphäre gedämpft und kultiviert. Eve, die ihren Talar über einem rosa Kleid trug, erfüllte den Raum mit überwältigender Schönheit. Die Angestellten bedienten sie mit einer Hochachtung, die den anderen vorenthalten wurden, während die Dozenten an unserem Tisch ihre Worte auf der Zunge schmeckten wie einen guten Wein. Ich wurde mit fragenden Blicken bedacht – ein mysteriöser Begleiter ihrer rätselhaften Kollegin. Ich genoß ihren Neid, obgleich mir Eve ein eher größeres Rätsel war als ihnen.

Beim Essen beschränkten Eve und ich uns auf Small-talk. Das ernsthafte Gespräch verlegten wir in ihr Zimmer. Die Nacht war schwül. Wir öffneten die Fenster, um Luft hereinzulassen, setzten uns davor und tranken Kaffee und Calvados.

»Ich habe das Archiv bis ins kleinste Detail gesichtet«, sagte Eve und seufzte in Erinnerung an ihre anstrengende Arbeit.

»Und?«

»Und das war auch nötig, um das Wenige zu finden, das ich gefunden habe.«

»Die schmale Mappe auf dem Schreibtisch.« Sie deutete mit einem Blick darauf. »Sie enthält Kopien der beiden einzigen Dokumente – außer der Heiratsurkunde –, die uns wahrscheinlich weiterhelfen. Schauen Sie sie an.«

Ich nahm mir den Ordner und sah ihn durch. Fotokopien von zwei Briefen, beide handgeschrieben und offenkundig an Julia Lambourne gerichtet. Der erste war nicht adressiert, aber datiert vom 21. Juni 1910.

Julia

Ich bin sehr erleichtert, daß Du Dich in der Lage siehst, in dieser Angelegenheit für uns zu handeln. Wir dürfen nicht vor unangenehmen Pflichten zurückschrecken, wenn es das Wohl unserer Sache verlangt. Annie wird Dir morgen das Dokument aushändigen. Es wäre das beste, wenn Elizabeth keine Gelegenheit erhält, es an sich zu nehmen. Verwahre es sicher und geheim, weil wir es vielleicht noch brauchen werden.

C. H. P.

Ich sah Eve an. »Die Initialen sind die von Christabel Pankhurst«, sagte sie. »Annie ist mit größter Wahrscheinlichkeit Anne Kenney, ihre verläßliche Mitstreiterin. Was das Dokument angeht, was kann es anderes sein als die Heiratsurkunde?«

»Das muß wohl sein. Der Zeitpunkt ist auf jeden Fall richtig. Aber wir dürfen nun wohl annehmen, daß Julia beim Auffinden des Belegs für Straffords Eheschließung nicht beteiligt war.«

»Vielleicht hat sie andere gebeten, für sie Nachforschungen zu betreiben. Aber sehen Sie sich den zweiten Brief an.«

Hôtel des Sommets,
St. Moritz
Schweiz
18. September 1910

Meine liebe Julia

Ich habe so ein schlechtes Gewissen, daß ich Dir nicht geschrieben habe. Bitte verzeih mir. Jedenfalls erhältst Du jetzt die neuesten Nachrichten, die ich auf der Hotelterrasse im Angesicht schneebedeckter Berggipfel niederschreibe.

Die Luft ist ganz anders als in London, wie Du Dir vorstellen kannst. Mich macht sie ganz unruhig, und zwar so, daß ich an manchen Tagen nur in der Sonne sitzen, den Kuhglocken lauschen und lesen kann. Zur Zeit ist Zola mein Lieblingsautor. Er hat ein scharfes Auge für so vieles, was in unserer Gesellschaft im argen liegt.

Tante Mercy dagegen bekommt die Luft besonders gut. Sie wandert unermüdlich durch die Alpenwiesen und hat sich für die Natur begeistert, die hier ja auch um so vieles exotischer ist als in Putney! Ich habe in der letzten Zeit Vorwände gefunden, die mir erlauben, an ihren Exkursionen nicht mehr teilzunehmen. Du darfst Dich aber darauf verlassen, daß ich ihr niemals gestatte, ohne Führer zu gehen.

Ermattung ist jedoch nicht der einzige Grund dafür, daß ich sie nicht allein begleite. Als wir Ende August nach Zürich kamen, wen haben wir da getroffen? Gerald Couchman, diesen so liebenswerten Menschen, den Du mir im Sommer vorgestellt hast, in einer Zeit, in der ich kaum imstande war, überhaupt jemanden auf gesellschaftlicher Ebene kennenzulernen. Er versprach damals, daß unsere Wege sich kreuzen würden, und so ist es auch gekommen. Er wohnt seit einer Woche im Hotel und hat mir Gesellschaft geleistet, charmant, rücksichtsvoll und unterhaltsam, wobei ihm mein Unglück so weit bewußt ist, daß er es geschickt vermeidet, das Thema anzusprechen, ohne jedoch andererseits den Eindruck zu erwecken, daß er unterschätzt, was es für mich bedeutet. Gestern abend beim Essen fragte er, ob wir seine Gegenwart ertragen würden, wenn wir Ende des Monats nach Venedig weiterreisten. Ich habe bei dieser Aussicht vielleicht weniger erfreut gewirkt als Tante Mercy, es war aber, unter uns gesagt, genau umgekehrt.

Gerald versteht es wunderbar, mich – wenigstens für mehrere Stunden – den Kummer der Vergangenheit fast vollkommen vergessen zu lassen, und mehr darf ich im Augenblick nicht verlangen. Du mußt unbedingt in meinem Namen Miriam, den Zwillingen und Deinem Bruder meinen innigsten Dank für ihre Hilfe und Unterstützung in einer Zeit aussprechen, in der ich in höchstem Maße darauf angewiesen war. Dir und allen unseren Mitstreiterinnen wünsche ich das Beste. Seid meiner Unterstützung gewiß. Ich glaube, wenn ich die Dinge nun mit Abstand betrachte und im Rahmen des Möglichen aus meiner eigenen Erfahrung eine Lehre für unsere Bewegung ziehe, daß wir den Sieg aus eigener Kraft suchen sollten und nicht auf anderen Wegen. Christabel hat ja vielleicht eine entscheidende Einigung mit denen erzielt, die mit größter Wahrscheinlichkeit die notwendige Gesetzgebung bewirken können, aber es handelt sich dabei um eine Art Ränkespiel, dem ich, wie ich leider sagen muß, grundsätzlich mißtraue.

Nichts davon soll aber, liebe Julia, unsere Freundschaft trüben. Ich fühle mich schon viel besser als vor der Abreise aus England, und wenn wir dann zurückkommen, wirst du hoffentlich feststellen, daß ich fast ganz die alte bin; vielleicht nie mehr ganz wiederherzustellen, aber gewiß jederzeit – ich freu' mich sogar jetzt schon drauf – für einen schönen Schwatz mit einer alten Freundin zu haben.

Mit vielen lieben Grüßen
Deine Elizabeth

Merkwürdig und verwirrend, die Sicht Straffords und seine Version der Ereignisse aufzugeben und sie aus Elizabeths verschobener und untertreibender Perspektive zu sehen. In Gedanken spielte ich mit den Bedeutungen zwischen den Zeilen. Der Beweis für Straffords Schändlichkeit, der Freundin Elizabeths durch Christabel Pankhurst ausgehändigt, die ihrerseits eine »entscheidende Einigung« erzielt hat mit ... Lloyd George? War Straffords Sturz ein Teil eines Handels, und, wenn ja, war Elizabeth die volle Tragweite des Ränkespiels bewußt, dem sie »grundsätzlich mißtraute«?

Noch eine Überlegung: Elizabeth erwähnte, Couchman »im Sommer« vorgestellt worden zu sein. Ich erinnerte mich aus den Memoiren, daß Couchman Strafford versichert hatte, er habe Elizabeth erst kennengelernt, nachdem sie Ihre Verlobung gelöst hatte. Auch wenn das mit dem Wortlaut des Briefes übereinstimmte, wirkte es verdächtig, wie nahe die Ereignisse beieinander lagen.

»Nun«, sagte Eve und unterbrach auf diese Weise sanft meinen Gedankenfluß, »was halten Sie davon?«

»Sie stützen unsere beiden Theorien. Die Notiz von Christabel deutet einen Handel mit Lloyd George an. Elizabeths Brief verweist auf die Moral: daß die Suffragetten gut daran getan hätten, für ihre Rechte zu kämpfen, ohne den Versuch zu unternehmen, ihnen Konzessionen zu machen.« In Wirklichkeit war die zweite Feststellung meine Konzession an Eve.

»Laufen die Theorien nicht im Grunde auf dasselbe hinaus?«

»Meinen Sie? Elizabeth mißbilligt doch eindeutig jeden Handel oder Kompromiß. Und vergessen Sie nicht, die Entwicklung gab ihr recht.«

»Inwiefern?«

»Ja, wenn Christabel tatsächlich mit Lloyd George einen Handel abgeschlossen hat und ihre Leistung darin bestand, Straffords Sturz herbeizuführen, dann wurde sie übertölpelt, denn Lloyd George hat die Gegenleistung, das Stimmrecht für Frauen, nie erbracht.«

»Wir wissen nichts davon, daß ein solcher Handel abgeschlossen wurde. Wir dürfen *vermuten*, daß Julia Christabel auf Straffords Beziehung zu Elizabeth aufmerksam machte und Christabel umgekehrt Julia auf Straffords Betrug an Elizabeth. Wir dürfen sogar vermuten, daß Straffords Entfernung aus dem Amt Lloyd George gelegen kam, aber wir können nicht annehmen, daß ein förmliches Abkommen bestand.«

»Aber Elizabeth spricht doch in ihrem Brief ...«

»Von einer Einigung, nicht mehr. Christabel kann durchaus mit

Lloyd George verhandelt haben. Schließlich war er es, der am Ende das Zugeständnis machte.«

»Nicht vor 1918.«

»Richtig, aber politisches Entgegenkommen muß man sich verdienen. Leichtgläubigkeit ist nicht angebracht. Erinnern Sie sich, daß ich die Suffragetten kritisierte, weil sie aus ihren Vorteilen nichts gemacht haben?«

»Allerdings.«

»Vielleicht müßte man aber Christabel von dieser Kritik ausnehmen. Sie hätte nie einem Politiker vertraut. Es war Elizabeths Fehler, das zu tun.«

»Trotzdem ...«

»Ich glaube«, sagte Eve und stand mit einer Entschiedenheit auf, die keinen Widerspruch duldete, um zum Fenster zu gehen, wo sie mir den Rücken zuwandte, »ich glaube, wir tun gut daran, uns auf diesen Aspekt der Angelegenheit zu konzentrieren.« Es war eine ruhige, maßvolle Feststellung, aber unmißverständlich eine Anweisung. Schon ihre Haltung, die Füße auf dem Teppich leicht gespreizt, eine Hand auf der Hüfte, eine elastische Gestalt, die sich gegen die Nacht abzeichnete, schien die Sache jeder Diskussion zu entziehen. »Jedenfalls«, fuhr sie fort, »wenn eine gemeinsame Arbeit zum Erfolg führen soll.« Außer Diskussion also, wenn ich in ihrer Nähe bleiben wollte, im Sinne gemeinsamer Arbeit oder in einem beliebigen anderen Sinn, den ich mir ausmalen wollte oder an den man mich glauben machte. Als sie sich umwandte und mich wieder ansah, machte meine Reaktion mir bewußt, daß diese Nähe jetzt mein oberstes Ziel war. »Es wäre so schade, das zu verderben.«

»Ich bin einverstanden.« Mein Einverständnis ging über die alltägliche Bedeutung des Ausdrucks weit hinaus.

»Gut«, sagte Eve mit einem Lächeln, das ich mir verdient hatte wie ein politisches Entgegenkommen. »Dann hören Sie sicher gern, daß ich für Freitag einen Termin bei meinem Verleger für uns ausgemacht habe, um ihn über die veränderte Ausrichtung meines Buchs zu informieren ... und Sie gewissermaßen mit einzubeziehen. Dann können wir an Elizabeth herangehen.«

Das war's also. Die Tat war vollbracht, der Handel abgeschlossen, unausgesprochen, zwischen den Zeilen wie der Handel, der zwischen Lloyd George und Christabel Pankhurst abgeschlossen wurde. Die Ware war eine andere – Andeutungen, daß mein Begehren erfüllt werden könnte–, aber der Preis war der gleiche: Straffords guter Name, Straffords Kopf auf dem Tablett, in einem Lebensbericht. »Überlaß ihn mir«, schien Eve zu sagen, »und vielleicht überlasse ich mich dann dir.« Unsere Blicke und unsere Worte tanzten hin und her und um die eigentliche Alternative herum, aber für mich war sie zu sehen, so greifbar wie die Nacht.

Als ich ging, begleitete mich Eve hinunter in den Garten. Sie war kühler und unnachgiebiger gewesen als in jüngster Zeit; ich fühlte mich dadurch verunsichert, trotz der Hoffnungen, die ich mir immer noch auf sie machte. Wir schlenderten zum Flußufer und blickten auf die spiegelglatte Oberfläche hinaus. Nichts regte sich in dieser Nacht, und die Stille griff ans Herz. Eve nahm mich am Arm und führte mich zu einem Landesteg unter den Trauerweiden, wo wir uns setzen und zuhören konnten, wie das Wasser gegen die Pfosten schlug. Das leere, aber erleuchtete Graduate Centre summte über den Fluß hinweg vor sich hin, während eine schlaflose Ente am Ufer kläglich quakte.

»Wenn wir London am Freitag hinter uns haben, Martin«, sagte Eve, »dann verdienen wir, glaube ich, ein bißchen Erholung.«

»Ich bin absolut dafür.«

»Eine Freundin von mir hat ein Ferienhaus in Girton, bei den Norfolk Broads. Ich darf es jederzeit benutzen, weil sie im Semester nie hinfährt. Dieses Wochenende wäre eine gute Gelegenheit, von ihrem Angebot Gebrauch zu machen. Wir könnten Freitagabend fahren und bis Montag bleiben, Bilanz ziehen, was unser Projekt betrifft, mit ihrem Boot in der Gegend herumfahren und ganz allgemein das Wochenende genießen.«

»Hört sich fantastisch an.«

»Es ist ein bezaubernder Ort – strohgedecktes Fachwerk, eine Wiese zum Fluß hinunter, private Anlegestelle und ein kleines Ruderboot.«

»Schon gut.« Ich lächelte. »Ich mußte nicht überredet werden. Ich bin sicher, es wäre großartig. Ich kann's kaum erwarten.«

»Erst das Geschäft, dann das Vergnügen, Martin. Zunächst müssen wir nach London.«

»Bis Freitag dann.« Ich beugte mich vor und gab ihr einen Kuß.

Sie schmiegte ihr Gesicht an meins. »Bis Freitag, wie Sie sagen.« Wir standen auf und gingen über den Rasen zum Tor. »Ich werde Sie im Princes' um neun Uhr abholen.«

»Gut. Ich werde warten.«

Am Tor küßten wir uns noch einmal, dann ging ich die Silver Street hinab, während die Nacht und das Darwin College Eve verschluckten, obwohl sie vor meinem inneren Auge vollkommen und hinreißend gegenwärtig blieb. Mit ihrem letzten Vorschlag hatte sie den Schlag abgemildert, die Verletzung meines Forscheregos leicht erträglich gemacht, weil ich ein Wochenende mit ihr verbringen durfte, allein, aber zu zweit.

Donnerstag, der 12. Mai, war nur ein weiterer Tag, 24 Stunden zwischen mir und einer herrlichen Aussicht. Es war kühl, das weiß ich noch, und naß – eine Pause, ein Zwischenspiel, eine Wartezeit, in der tiefschürfende Gedanken undenkbar waren. Aber vielleicht kommt die Erkenntis oft, wenn man nicht darauf gefaßt ist, die Entschlußkraft, wenn einem nicht bewußt ist, daß man sie braucht. So war es in meinem Fall.

Durch anhaltenden Regen und beginnende Langeweile an mein Zimmer gefesselt – obwohl Eve mich bei pflichtbewußter Lektüre in der Universitätsbibliothek wähnte –, verfiel ich darauf, das fatale Spiel des »Was wäre, wenn?« zu spielen. Straffords Memoiren starrten mich durch den Raum hindurch an, stumm, aber anklagend, so daß es wohl unvermeidlich war, daß ich über sie nachdachte. Ich wußte bereits, daß ich eine Alternative hatte. Entweder war die Heiratsurkunde eine Fälschung – sorgfältig gemacht, überzeugend, aber nicht sehr wahrscheinlich –, oder die Memoiren waren eine durchkalkulierte Lüge – ebenso sorgfältig ausgedacht, ebenso überzeugend und eher noch weniger wahrscheinlich. Was aber, dachte ich auf einmal, wenn beide echt wären? Das war natürlich unmöglich, aber wenn es so war, dann ergab alles auf merkwürdige Weise einen Sinn. Wenn jedes Wort in den Memoiren stimmte, soweit

Strafford das wußte, dann war es kein Wunder, daß er verstört und verwirrt war, als er so plötzlich in Ungnade fiel. Wenn die Urkunde echt war, dann war es kein Wunder, daß Elizabeth nichts mehr mit ihm zu tun haben wollte. Ich hatte das eine in bezug auf das andere nicht widerlegen wollen. Was wäre denn, wenn ich sie statt dessen zu ihrer gegenseitigen Bestätigung verwenden wollte? Wie ich das anfangen sollte, wußte ich nicht, aber ich wußte, daß dazu nicht gehörte, Elizabeths Mithilfe für eine Legendenbildung zu suchen, die mit billiger Psychologie auf Straffords Kosten die Suffragetten mit einem Heiligenschein umgab. Und das war nach meiner Überzeugung Eves Plan: Eine wissenschaftliche Abhandlung sollte durch eine Travestie der Memoiren zu einem Bestseller gemacht werden. Mir wurde zu Bedingungen, die allein Eve diktierte, ein Anteil am Erfolg geboten, und nichts als meine Obsession mit ihrer Person ließ mich diese Bedingungen akzeptieren. Am nächsten Tag sollten wir ihren Verleger aufsuchen, zweifellos um ihm das Recht zur Verwendung der Memoiren zu überschreiben. Als Gegenleistung wurde mir das Wochenende in Norfolk geboten. Es war erschreckend festzustellen, daß ich so etwas für ein gutes Geschäft hielt.

Eve hatte gesagt, sie werde mich um neun Uhr abholen; ich sorgte also dafür, daß ich um 8 Uhr 30 im Darwin College war. Auf den Korridoren waren die Zimmermädchen noch zum Bettenmachen unterwegs, aber auf Eves Korridor tat sich nichts, und als ich an die Tür klopfte, hörte ich ihr »Herein« leise, aber deutlich aus dem inneren Zimmer.

Sie saß am anderen Ende des Wohnzimmers vor dem Cembalo, aber mit dem Gesicht zur Tür, als habe sie gerade gespielt, obgleich ich sie nicht gehört hatte. Sie war dunkel gekleidet, mit einem einfachen schwarzen Rock und dazu passendem leichtem Pullover, das Haar zum Knoten gebunden, ihre ganze Erscheinung vor dem hellen Holz des Cembalos von strengem Aussehen. Sie lächelte nicht, rührte sich nicht, sondern musterte mich bloß mit gebieterischen Blicken, die ihr offenbar immer zur Verfügung standen und die mich nun davon abhielten, durch den Flur bis ins Zimmer zu gehen.

»Martin«, sagte sie. »Was führt Sie her?« Die Frage klang wie eine Herausforderung, hatte jene kühle Schärfe, der sie gewöhnlich für mich durch einen warmen Unterton das Schneidende nahm. Aber nicht in diesem Fall. Ihr Ton ließ die Strahlen des Morgenlichts im Raum zersplittern und stillstehen wie in dem erstarrten Augenblick, den das pointillistische Bild an der Wand festhielt.

»Es mußte sein«, antwortete ich und spürte, wie der Satz ins Schwimmen geriet. »Ich bin zum Ergebnis gekommen ... unser gemeinsamer Weg ... es geht nicht.« Eve sagte nichts, ließ mir Zeit und Raum, mich darin zu verwirren. »Ich bin immer noch der Meinung, daß man Strafford Unrecht getan hat ... es ist wohl nur gerecht, wenn man dieser Möglichkeit nachgeht.«

»Was genau meinen Sie?« Das zweite Wort wurde mit einer Ungeduld betont, die an Schrecklicheres grenzte.

Ich ging zum Fenster und war selbst überrascht, daß ich so verwirrt war, mich mit meiner vermeintlichen Entschlossenheit so schwer tat. »Ich meine ... ich bin nicht bereit, die Memoiren für diese Form der Gemeinsamkeit aufzugeben.« Über einen schräg durch das Fenster zwischen uns einfallenden Sonnenstrahl hinweg blickte ich Eve an. Sie hob eine Augenbraue, als ob sie mich und sich fragen wollte, wie das Wort Gemeinsamkeit zu interpretieren sei, und ich beeilte mich, die Zweideutigkeit zu reparieren. »Ich meine ... bevor wir uns auf eine bestimmte Linie festlegen ... bevor wir Ihren Verleger sprechen ... sollten wir uns für die Entscheidung mehr Zeit lassen.«

»Meine Entscheidung ist bereits gefallen.«

Ich hatte das unerträgliche Gefühl, daß Eve eine Entscheidung getroffen hatte, nicht was Strafford oder ihr Buch betraf, sondern diese andere Sache zwischen uns, diese bei all unseren Diskussionen stets gleichzeitig, aber lautlos geführte Debatte, dieses diskret offengehaltene Liebesangebot, und daß eine Entscheidung gefallen war, die mich ängstigte; so ging ich auf Eve zu, um sie deutlich zu sehen, und war schon bereit, meine Entscheidung abzuschwächen.

»Ich will doch nur sagen, Eve, geben wir Strafford wenigstens die Chance, daß wir uns im Zweifel noch für ihn entscheiden können ... lassen Sie uns unvoreingenommen bleiben ... gemeinsam ...«

In der Hoffnung, mich durch diese Geste ihrer vergewissern zu können, griff ich nach ihrer Hand. Eve aber sprang auf und wich zur Seite, wobei sie den Deckel des Cembalos mit einem Knall wie ein Gewehrschuß zufallen ließ. Sie blitzte mich böse an, atmete heftig. »Rühren Sie mich nicht an!«

Ich erstarrte, bestürzt und entsetzt, nicht so sehr wegen ihrer heftigen Worte als vielmehr deswegen, weil ich aus ihren Blicken unterdrückten Ekel las. Was meinte sie? Ich dachte fieberhaft nach, um die Antwort zu finden, aber umsonst. Während ich innerlich hilfesuchend die Arme ausstreckte, wie ein Kletterer, der auf einer glatten, senkrechten Wand nach Halt tastet, hörte ich ihre Stimme erneut, wie aus großer Ferne.

»Ich werde Strafford seine Chance lassen, wo ein Zweifel besteht, Martin. Er hat wenigstens den Anstand, tot zu sein. Aber in Ihrem Fall besteht doch wohl kein Zweifel.«

Was für ein Zweifel? Welcher Fall? Eine gräßliche Antwort grinste mir über einen gähnenden Abgrund hinweg entgegen. Mir war, als ob ich stürzte und einen alten Traum noch einmal träumte. Ich lief, so schnell wie der Wind, um einen kichernden, ungestalten Zwerg von meinem Nacken abzuschütteln, ich hörte den dumpfen Aufschlag, spürte, wie mir leicht wurde, und dann – dann gruben sich seine klauenartigen Finger in meinen Rücken, dann stieg mir sein fauler Atem in die Nase, während er mir ins Ohr flüsterte: »Hast du gemeint, du hättest mich abgeschüttelt, Martin? Lauf, so weit du willst, wohin du willst . . . das wird dir nie gelingen.«

Einen Moment lang mußte ich die Augen geschlossen haben, wie um den gefühlten Sturz zu bremsen. Papier raschelte, und als ich wieder aufsah, hatte Eve alte Zeitungsausgaben auf den Hocker vor dem Cembalo geworfen.

»Vergessen Sie Straffords Vergangenheit«, sagte sie. »Da ist die Ihre, vor aller Augen. Würden Sie mir vielleicht noch einmal erzählen, warum Sie nicht mehr unterrichten, warum Ihre Ehe in die Brüche ging? Oder kann der bescheidene Wahrheitssucher die Wahrheit über sich selbst nicht ertragen?«

Ich hockte mich vor den Klavierstuhl und nahm die zuoberst liegende Zeitung. Ich erkannte alles gleich wieder. »The Kentish

Courier«, 6. Juni 1973, erste Seite, in der Mitte rechts, ein dreispaltiger Artikel unter der Überschrift »ER LEHRTE MEHR ALS GESCHICHTE: SEXSKANDAL AM GYMNASIUM AXBOROUGH« und darunter, »EMPÖRTER VATER: SEXWÜTIGER LEHRER HAT DAS LEBEN MEINER TOCHTER KAPUTTGEMACHT. Tom Campion, ein angesehener Schirmherr von Wohlfahrtsveranstaltungen und Generaldirektor der Hammer Haulage GmbH, Axborough, äußerte gestern Zorn und Empörung über die milde Behandlung von Mr. Martin Radford, der zur Zeit von seinem Amt als Geschichtslehrer am Gymnasium Axborough suspendiert ist, nachdem sich herausstellte, daß er einen Sonderkurs zur Vorbereitung auf das Abitur als Deckmantel für ein Verhältnis mit der siebzehnjährigen Schülerin Jane Campion benutzt hat. Jane ist gegenwärtig in psychiatrischer Behandlung und nach Aussage ihres Vaters ›so verstört‹, daß sie an der Abiturprüfung nächste Woche nicht teilnehmen kann. Mr. Radford, 26, verheiratet und selbst Vater einer Tochter, stand gestern unter seiner Adresse 15 Gales Crescent, Axborough, für eine Stellungnahme nicht zur Verfügung, aber Mr. Campion, 44, stellte empört fest: ›Man darf doch Radford nicht erlauben, bei vollem Gehalt zu Hause herumzusitzen, wenn er für die Verführung meiner Tochter verantwortlich ist. Er gehört vor Gericht.‹ Ein Polizeisprecher sagte gestern: ›Mr. Campion hat mit uns gesprochen, aber seine Tochter ist siebzehn und somit nicht mehr minderjährig. Das ist eine Sache zwischen Mr. Radford und seinen Arbeitgebern.‹ Der Direktor des Gymnasiums, Mr. Hugh Wilmott, war gestern lediglich bereit zu sagen, daß dem Leiter der Erziehungsbehörde von Mr. Radfords Verhalten Mitteilung gemacht und dieser vom Dienst suspendiert worden sei, bis eine Entscheidung gefällt werde. Im übrigen hoffe er, daß Jane noch . . .«

Ich hatte keine Lust weiterzulesen; ich kannte den Text ohnehin auswendig. Als nächste Zeitung lag auf dem Hocker das Sonntagsblatt, das die »verstörte« Miss Campion dazu gebracht hatte, ihre Geschichte zu erzählen, so daß die Leser jedes geile Detail beim Frühstück auf der Zunge zergehen lassen konnten. Was eine private, unwiderstehliche Obsession gewesen war, wurde so zu einem Stück öffentlicher Pornographie. Jane, die für die Kameras ein braves und verstörtes Gesicht aufgesetzt hatte, spielte ihre Rolle als Opfer einer

Vergewaltigung, während Radford, stummer Mitakteur in jedem Satz der Boulevardberichterstattung, weder die Möglichkeit hatte zu sagen, daß die Suspendierung eine schlimmere Strafe war, als gehängt zu werden, noch in der Lage war, die Orgie moralischer Vergeltung aufzuhalten. Irgendwo an dieser Stelle, wußte ich, kam dann FRAU DES SUSPENDIERTEN LEHRERS VERLÄSST IHREN MANN und Helens Aussage in ihrem ganzen schmutzigen Glanz: »Ich kann nicht mit einem Mann, der sich so verhalten hat, zusammenbleiben – oder ein Zusammenbleiben mit meiner Tochter verantworten.« Ob ich auch den kleinen Absatz finden würde, in dem meine schließliche Entlassung nach der Agonie einer endlos hingezogenen Untersuchung der eingesetzten Kommission mitgeteilt wurde, das war schon eher zweifelhaft.

Ich ließ die Zeitung fallen und sah Eve an. »Das ist lange her«, sagte ich lahm. »In diesen Zeitungen klingt es ... schlimmer, als es war.«

»Was würden Sie tun, damit es besser klingt?«

»Ich weiß nicht.« Ich stand auf und wischte mir an den Hosenbeinen nervös den Schweiß von den Händen. »Deswegen konnte ich es Ihnen ... nicht erzählen.«

»Deswegen haben Sie gelogen.«

»Wenn Sie wollen.«

»Ich will eben nicht. Ich bin keine Teenagerin, die Sie blenden können, um mit ihr ins Bett zu steigen und sie anschließend auf den Müllhaufen zu werfen.«

»Ich habe nie ... so von Ihnen gedacht.«

»Sie haben gedacht, Sie könnten mich wie Strafford mit einer ungeheuren Lüge täuschen und verführen. Wenn wir an diesem Wochenende nach Norfolk gefahren wären, wäre Ihnen das vielleicht gelungen. Aber jetzt nicht mehr. Ich brauche nämlich weder Sie noch Strafford.«

»Vielleicht brauche ich Sie.«

Der Abscheu in Eves Blicken schlug um in Verachtung. Nicht ein Schimmer von Erbarmen zeigte sich darin. »Ihr Pech, ich habe kein Interesse an einem arbeitslosen Sittenstrolch. Nehmen Sie Ihre erbärmlichen Phantasien ... und machen Sie, daß Sie rauskommen.«

Ich konnte nichts anderes tun. Ich ging zur Tür. Aber ich konnte noch etwas sagen. Auf der Schwelle wandte ich mich um. »Ich habe gelogen, Eve, weil ich Angst hatte, daß Sie so reagieren würden auf meinen ... Fehler.«

»So bezeichnen Sie das also?«

»Ich streite nichts ab. Aber darf ich denn nie vergessen?«

»Kann Jane Campion das?«

»Ich nehme an, ihr geht es gut.«

»Aber Sie wissen es nicht?«

»Nein.«

Eve ging zum Cembalo, so daß der Hocker mit seiner belastenden Fracht von Zeitungen zwischen uns stand. »Eben. Sie wollen es nicht wissen. Sie wollen nicht mit den Folgen Ihres Handelns leben. Sie wollen ein Leben zerstören, ihr Vergnügen auskosten und dann unbehelligt Ihrer Wege gehen können.«

»So ist es nicht gewesen.«

»So kann es gewesen sein – soweit Sie das wissen bzw. soweit Sie das kümmert. Kein Wunder, daß Sie Strafford in Schutz nehmen. Er hat nämlich ähnlich gehandelt. Ich jedenfalls will nichts damit zu tun haben.«

Ich gab nicht auf und spielte den letzten Trumpf aus, den ich noch in der Hand hatte. »Ich bin nicht der einzige, der eine Wahrheit verschwiegen hat. Sie haben mir nie gesagt, daß Sie für die Couchmans arbeiten.«

Eves Verachtung hatte jetzt etwas Gelangweiltes. »Es geht hier nicht um ein Spiel, Martin. Versuchen Sie doch zumindest zu verstehen, daß das, was ich über Sie erfahren habe, meine Zusammenarbeit mit Ihnen unmöglich – unerträglich – macht. Gehen Sie jetzt, bitte – und kommen Sie nicht zurück.«

»Eine Frage noch. Wie haben Sie es herausgefunden?«

»Jemand, der es gut mit mir meint, hat mir Ihr schmutziges kleines Geheimnis verraten.« Sie ging langsam zum Telefon auf dem Bücherregal. »Wenn Sie jetzt nicht gehen, lasse ich Sie hinauswerfen.«

Ich starrte sie ungläubig an. Mir wurde bewußt, daß die Wahrheit über mich ihr einen enormen Schock versetzt haben mußte. Ich hatte gelernt, mit dieser Wahrheit zu leben, weil es nicht anders ging – warum aber sollte das auch für sie gelten? Ich hatte gelogen, gewiß, und mehr als das, aber verdiente ich wirklich diese eiskalte Zurückweisung? Jede Bewegung, jeder Blick von Eve zeigte, daß sie dieser Meinung war, daß sie, sollte ich nicht gehen, mich möglicherweise wirklich mit Genuß von den Pförtnern hinauswerfen lassen würde, weil Menschen, die ihre Ehre verloren haben, keine menschenwürdige Behandlung verdienen.

Ich weiß noch, wie ich dachte, daß ich vielleicht geblieben wäre, argumentiert, die Sache durchgestanden hätte, wäre ich Strafford gewesen. Aber er hatte den Vorteil, daß er sein Verbrechen nicht kannte, während ich da keine Zweifel hatte. Vor der Wahrheit ebensosehr wie vor Eves kühl-drohendem Ton trat ich hastig den Rückzug die Treppe hinunter an.

Wohin geht man auf der Flucht vor sich selbst? Diese Frage hatte ich mir schon früher, seit 1973, immer wieder gestellt, vielleicht unterbewußt sogar noch früher. Als man die Sache aufgedeckt, meinen Fall in den Zeitungen publik gemacht und mir meine Ehre genommen hatte, da spielte ich sogar mit dem Gedanken an Selbstmord. Aber wenn ich dafür genügend Charakterstärke gehabt hätte, dann wäre ich erst gar nicht so schwach gewesen, Jane zu verfallen.

Schwarzer Freitag in Cambridge. Ich ging benommen die Silver Street entlang, ohne zu wissen, was ich tun oder wohin ich mich wenden sollte. Ich bog seitlich ab und ging südlich durch Sheep's Green, am Granta entlang, dort, wo ich dreizehn Tage zuvor mit Eve auf dem Fluß gefahren war, wo wir miteinander gelächelt und bis an die Grenze der Intimität geflirtet hatten, wo wir faul gelegen und gelogen hatten, bis zur bitteren Trennung des heutigen Tages.

5

Ich blieb die ganze Nacht auf und starrte aus dem Fenster ins Nichts der Nacht, ohne Schlaf zu wollen oder zu wagen – aus Angst vor Träumen. Es gab einen Weg, das wußte ich, an dessen Ende stand nicht die bei Eve gesuchte Ekstase, nicht der Ruf, den ich vor langer Zeit verspielt hatte, sondern ein Ziel, eine gute Sache, ein Fetzen Ehre: Strafford. Sein Geheimnis war mir zugefallen, und wenn Martin Radford noch irgend etwas besaß, für das man ihn einen Mann nennen konnte, dann konnte ich wenigstens versuchen, mich dieser Sache würdig zu erweisen. Wozu ich mich selbst als unfähig erwiesen hatte, das hatte Eve für mich getan: Sie hatte entschieden, was ich zu tun hatte.

Im Zug nach London am nächsten Morgen begann ich, über prosaischere, aber dennoch quälende Dinge nachzudenken. Wer hatte Eve von meiner Vergangenheit erzählt? Wer war es gewesen, der »es gut mit ihr meinte« und dem sie dankbar war? Warum ihr das erzählen? Wer hatte einen Vorteil davon?

Einen eifersüchtigen Liebhaber schloß ich aus. Nichts hatte darauf hingedeutet, und selbst wenn es einen gegeben hätte, was würde er von mir wissen? Nur wenige Menschen erinnern sich noch an das Tagesgespräch vor vier Jahren.

Nein, die Antwort war klar. Es mußte die einzige Person sein, der ich direkt von meinen Plänen für und mit Eve erzählt hatte: Alec, mein loyaler, vertrauenswürdiger Freund. Er war ohne Vorwarnung aufgetaucht, hatte mich ausgefragt, konnte das Wenige, das ich ihm verschwiegen hatte, erraten haben, und er allein kannte die ganze Geschichte von 1973 in Axborough, weil ich sie ihm damals und danach in bierseligen Geständnissen anvertraut hatte, als ich das Bedürfnis verspürte, einem anderen ebenso wie mir selbst zu erklären, was die Sache für mich bedeutet hatte. Wer sonst hätte gewußt, wie er meinen beschämenden Abgang in allen Einzelheiten belegen konnte und auch, wo die eine Person zu finden war, die vier Jahre danach so schockiert sein würde, als sei es gestern abend geschehen?

Aber warum? Die Antwort auf diese Frage ergab einen Sinn und doch gleichzeitig keinen. Ich verfügte sicher über die Voraussetzungen, Alec zu kennen, und war auch überzeugt, daß ich ihn kannte. Dieser gemeine, heimtückische Verrat war nicht seine Art. Und erst vor so kurzer Zeit hatte er mir seine gewohnte Großzügigkeit bewiesen, indem er mir den Job bei Sellick vermittelt hatte.

In Bishop's Stortford hielt der Zug, aber meine Gedanken beschleunigten sich, als sie eine weitere Schicht von Täuschung durchdrangen: den Auftrag für Sellick. Meine Unterhaltung mit Alec im Pub in Clerkenwell hatte ganz direkt die Grundlage dieses Auftrages gefährdet. Man hatte meinen Worten entnehmen können, daß ich im Begriff war, Sellick im Regen stehen zu lassen und die Memoiren für meine eigenen Ziele nutzbar zu machen, vor allem dafür, Eve näherzukommen. Es spielte keine Rolle, daß ich es mir später anders überlegt hatte. Das war jedenfalls die Absicht, die Alec aus mir herausgekitzelt hatte. Ich besann mich auf unsere Unterhaltung, in der der Alkohol uns die Zunge gelöst hatte:

»Ich glaube nicht, daß dies die Entdeckung ist, auf die Leo hofft.«

»Ich auch nicht ... Ich wäre dir dankbar, wenn du die Sache für dich behältst.«

Und Alec hatte es versprochen und, vorher noch, von seiner Unzufriedenheit gesprochen, daß er Sellicks Botenjungen spielen müsse; und zum Schluß hatte er gesagt:

»Mach dir meinetwegen keine Sorgen, Martin. Ich bin persönlich nicht betroffen.«

Was aber, wenn es nicht so war? Was, wenn das ganze Jammern über die gutbezahlte Sklaverei bei Sellick nur dazu gedient hatte, mich einzuschläfern und zu freimütigen Geständnissen zu bewegen? Was, wenn er bei eben dieser Gelegenheit den Botenjungen für Sellick gespielt hatte, der den Fortschritt meiner Arbeit prüfen sollte und der wußte, daß sein Zahlmeister seinen Bericht nicht wohlwollend aufnehmen würde? Was, wenn er Meldung erstattet und die Anweisung erhalten hatte, meiner Tändelei mit Eve ein Ende zu setzen, mich wieder auf den geraden Pfad der Tugend zu leiten? Wenn das so war, dann hatte Alec dazu die Mittel in der Hand gehabt, schmerzhafte, aber sehr wirkungsvolle.

Gleich als ich in London ankam, rief ich Alecs Hotel an.

»Mr. Fowler ist gestern morgen abgereist, mein Herr ... Nein, nein, er hat keine Adresse hinterlassen ... Ich glaube, er sagte, er werde ins Ausland fahren.«

Natürlich. Gleich wieder zurück nach Madeira, nun, wo er seine Aufgabe erfüllt hatte. Mein Gott, Alec, dachte ich, wenn du mir das wirklich angetan hast ... dann bist du um nichts besser als ich. Was war der Grund? Wie hat man dich bestochen? Welchen Preis hast du dafür herausgeschlagen?

Es hatte lange gedauert. Ich hatte sie nicht gespürt, als man mich in Axborough anzeigte, hatte sie für Strafford nicht aufbringen können. Aber jetzt spürte ich, wie sie in mir hochkam, zu brodeln begann: Wut – eine aufsteigende Wut gegen die Couchmans und gegen alles, was sie getan hatten und was sie repräsentierten: eine verkehrte Moral, die besagte, daß solchen wie Strafford und mir kein Erfolg gestattet sei, daß wir kein Recht auf Glück hatten. Nun, Strafford und ich konnten ihnen das Gegenteil beweisen. Es war an der Zeit, für klare Verhältnisse zu sorgen. Ich mußte Elizabeth sehen, die ungehörte Zeugin, bevor Eve sich an sie heranmachte oder Henry sie wieder aus dem Verkehr ziehen konnte. Sie hatte zu lange gelebt, als daß sie einer letzten Begegnung mit ihrer Vergangenheit aus dem Wege gehen konnte.

Mit Erleichterung stellte ich fest, daß Jerry für das Wochenende verreist war und ich das Haus für mich hatte. Ich war hundemüde und beschloß, die Nacht zu bleiben, dachte sogar daran – und mußte bei dem Gedanken lächeln –, einen weiteren Bericht für Sellick zu verfassen. Aber nein, was nun kam, tat ich nicht mehr für Sellick.

Es war merkwürdig, daß ich schon jetzt meine eigenen Spuren zurückverfolgte und doch in einem anderen Sinn einen neuen Anfang machte, als ob es sich vorher nur um einen Probelauf gehandelt hätte und nun erst die Waffen scharf geladen wären. Victoria, Chichester und eine abendliche Taxifahrt nach Miston. Ein Zimmer für die Nacht im »Royal Oak«, die Heimlichkeiten und der Ärger darüber, daß sie notwendig waren, die Nervosität wegen des Morgens und das Wissen, warum. Ich hatte lange – Strafford viel länger – auf die Aussprache mit dieser hartnäckig am Leben festhaltenden Dame gewartet, der einzigen Person, die mit jedem Fuß in einem der beiden Lager stand, ein Leben zwischen der konkreten und dürftigen Gegenwart eines Zimmers in einem Landgasthof – wo die Dielen vom Gelächter der nach der Öffnungszeit weitertrinkenden Ortsbewohner dröhnten – und der in Leder gebundenen, kaum vorstellbaren Wirklichkeit einer fernen, erinnerten Welt. Noch eine schlaflose Nacht, noch ein Morgengrauen – und dann eine Tat, der ich mich nicht entziehen konnte.

Ich zwang mich, bis zu einer vernünftigen Tageszeit zu warten. Und auch dann war es noch nicht neun Uhr, als ich aus dem Gasthof trat, in einen widernatürlichen lieblichen, lichten, von Vogelgezwitscher erfüllten Frühlingstag hinein. Ein Postauto stand weiter unten auf der Straße vor dem Postamt, ein Metzger in gestreifter Schürze arrangierte Kotelettes in seinem Schaufenster. Alte Damen zuckelten in Winterkleidung durch das Dorf, am Arm den Einkaufskorb, und zogen ihren Scotchterrier an der Leine hinter sich her.

Die Blumen im Garten blühten etwas üppiger, sonst sah Quarterleigh nicht anders aus als einen Monat früher: das weiße Eingangstor, die Forsythien, die Kiesauffahrt und das rosagetünchte Haus, das sich in seine Senke in den Hügeln von Sussex schmiegte, das Geißblatt, das sich um die Haustür rankte.

Es war nicht Elizabeth, die an die Tür kam. Es war aber auch nicht Henry. Statt dessen erschien, in Hausschürze mit Blumenmuster, ein fröhlicher, rotbackiger, kleiner Mops von Frau, die aus Gewohnheit lächelte, obwohl es verdächtig früh war und ich ihr unbekannt.

»Ist Lady Couchman zu Hause?«

»Dat is woll so, aber se frühstückt. Is man' büschen früh, für Leute zu besuchen.«

»Da haben Sie recht. Ich bitte um Entschuldigung. Aber wenn sie einen Moment Zeit für mich hätte, wäre ich sehr dankbar.«

»Ich geh' mal un' frage.« Sie schob sich durch den Vorraum davon, blieb dann stehen und drehte sich um. »Was für'n Namen soll ich'n sagen?«

»Martin Radford. Sie erinnert sich vielleicht an mich.« Hoffentlich nicht, aber es war zwecklos, es zu verheimlichen.

Einen Augenblick später kam die Dame mit der Schürze zurück. »Mrs. Couchman«, hier gab es offenbar keine Titel, »sacht, Sie könn' reinkommen, wenn Se so mit uns vorliebnehmen wolln.«

»Selbstverständlich.« Ich folgte ihr durch den niedrigen Korridor in ein Zimmer mit zwei Fenstern zum Garten; wer darin saß, konnte mich also beim Betreten gesehen haben.

Auf einem Stuhl hinter einem Klapptisch saß Elizabeth. Ich erkannte sie gleich, nicht so sehr, weil ich sie bei unserer Hochzeit vor sieben Jahren kurz kennengelernt hatte – auch wenn sie sich seitdem kaum verändert hatte –, sondern weil sie mir auf all den anderen, besseren indirekten Wegen bekannt geworden war.

Sie war achtundachtzig Jahre alt, aber in ihrer gestärkten Bluse und gepuderten Würde sah sie aus wie siebzig. Das Haar war kürzer, schneeweiß und einfach frisiert, das Gesicht überzogen von filigranen Falten verblühter Schönheit, an deren Stelle zerbrechlicher Charme getreten war, der Mund hatte den selbstbewußten Ausdruck verloren und eine ansprechende Bescheidenheit gewonnen. Aber die Haltung ihres Kopfes, als ich hereinkam, der Glanz in ihren unverändert dunklen, schimmernden Augen, das war alles noch, trotz der vergangenen Jahre, wie auf der Fotografie in Madeira. Wäre ich Strafford gewesen, der aus einer gebannten Vergangenheit hier eintrat, ich hätte sie immer noch geliebt – für ihre heitere Ruhe, für das versöhnlich hingenommene Schwinden der Kräfte, für die vielen Erinnerungen, die sie verkörperte.

»Martin«, sagte sie. »Wie schön es ist, Sie wiederzusehen.«

Ich war verblüfft von dieser liebenswürdigen, großherzigen Begrüßung. »Lady Couchman ... Ich bin überrascht, daß Sie sich an mich erinnern.«

»Aber natürlich doch, mein Lieber. Wir alten Damen haben ja kaum etwas anderes zu tun, als uns zu erinnern. Möchten Sie Tee – oder Toast? Haben Sie eine weite Reise hinter sich?« Das kann doch nicht wahr sein, dachte ich. Sie kann mich doch nicht einfach wie einen Lieblingsneffen begrüßen. Aber sie konnte, und sie tat es. »Dora, könnten Sie mir vielleicht noch etwas heißes Wasser für Tee bringen?« Dora watschelte nach draußen. Eine schwarzweiße Katze starrte mich böse an und machte mir widerwillig Platz zum Sitzen.

»Bitte, keinen Toast«, sagte ich. »Ich komme gerade vom Frühstück im ›Royal Oak‹.«

»Ach wirklich? Es ist recht gemütlich dort, glaube ich. Was führt Sie denn in diese abgelegene Gegend, mein Lieber?«

»Sie, Lady Couchman.«

»Ich bin geschmeichelt, daß ein junger Mann eine alte Frau wie mich aufsuchen möchte.«

»Ich war schon vor einem Monat hier, aber Sie waren nicht da, nur Ihr Sohn.«

»Merkwürdig. Er hat gar nichts davon gesagt.«

»Das war zu erwarten. Unser Verhältnis ist nicht das beste, seit Helen und ich uns getrennt haben.«

»Es tut mir leid, das zu hören.«

»Offengestanden, ich hatte nicht geglaubt, daß ich überhaupt noch zu jemandem aus der Familie ein gutes Verhältnis hätte.«

»Das zeigt nur, wie man sich irren kann, junger Mann.« Dora kam geräuschvoll mit dem heißen Wasser herein, goß etwas in den Teekrug ein und trottete dann vor sich hinsummend wieder hinaus. »Dora ist ein solcher Schatz. Ich weiß nicht, was ich ohne sie täte.«

»Wohnt sie im Haus?«

»O nein. Sie kommt morgens und nachmittags, um die Dinge zu erledigen, für die ich zu alt werde.«

»Sie sehen für kaum etwas zu alt aus.«

Sie lächelte. »Martin, wenn ich fünfzig Jahre jünger wäre, dann würde ich meinen, Sie wollten mir den Kopf verdrehen.«

»Das will ich auch, in einem gewissen Sinn. Oder vielmehr, ihren Blick, so daß Sie noch ein bißchen weiter zurücksehen als nur fünfzig Jahre.«

»Guter Gott – so weit zurück?«

»Ich fürchte schon.«

»Das müssen Sie nicht fürchten. Die Erinnerung gehört zu den wenigen Dingen, die mir geblieben sind.«

»Sich an die Vergangenheit zu erinnern ist nicht immer nur angenehm. Sehen Sie sich meine an.«

»Mein lieber Martin, ich bin vielleicht alt, aber ich glaube nicht alles, was man mir sagt. Sie hatten wohl Ihre Probleme und Helen ebenso, und natürlich tut sie mir leid, weil sie meine Enkelin ist. Aber Sie müssen mich nicht nach der Einstellung meines Sohnes beurteilen. Henry ist wie sein Vater gutherzig, aber oft ein wenig vorschnell. Ich versuche, die Menschen nur nach dem zu beurteilen, was ich persönlich von ihnen weiß.«

Da ich spürte, daß ich dieser lieben alten Dame bald gar nichts mehr sagen könnte, wenn ich noch länger wartete, platzte ich damit heraus. »War das die Einstellung, mit der Sie Edwin Strafford beurteilt haben?«

Sie sah mich an, als hätte sie einen Geist gesehen. Vielleicht war es wirklich so. »Edwin? Was wissen Sie von Edwin?«

»Mehr als Sie, glaube ich. Ich weiß, warum Sie die Verlobung mit ihm gelöst haben, was er nie erfuhr. Ich weiß, wie sich sein Leben verzettelte, nachdem Sie ihn abgewiesen hatten. Ich glaube, ich weiß, was Sie ihm bedeuteten und was es ihm bedeutete, Sie zu verlieren.«

Sie lehnte sich in ihrem Stuhl zurück. »Martin, Sie beunruhigen mich. Ich bin solche Erschütterungen nicht gewöhnt.«

»Ich weiß. Es tut mir leid.« Ich stand auf und trat an ihre Seite. »Ist alles in Ordnung?«

»Ja, ja, ich glaube schon. Aber bitte, was meinen Sie?«

»Würden Sie sich nicht lieber in einen Lehnstuhl setzen?«

»Ja, das sollte ich vielleicht tun.« Ich half ihr auf. »Es geht schon. Das kann ich schon.« Eine Andeutung von Ärger. Sie sank auf den Stuhl am Kamin, faßte sich ein wenig. »Ich weiß nicht, wie mir geschieht. Bitte nehmen Sie sich noch Tee.«

»Im Augenblick nicht.«

»Dann fahren Sie bitte fort. Ich verstehe nicht, was Sie mir da sagen.«

Ich setzte mich ihr gegenüber, auf die Stuhlkante. »Elizabeth«, ihr Vorname kam mir ganz natürlich, »ich besitze die Memoiren, die Edwin Strafford nach seiner Pensionierung auf Madeira schrieb. Er erzählt darin sein ganzes Leben, vor allem die Zeit der Verlobung mit Ihnen. Die Erinnerungen zeigen, daß er sein Leben lang gerätselt hat, warum Sie die Verlobung mit ihm lösten. Ich weiß, daß Sie herausfanden, daß er bereits verheiratet war. Aber die Memoiren erwähnen nichts dergleichen, so als habe Strafford nie gewußt, daß er verheiratet war. Ich habe diese Memoiren heute bei mir, hier in diesem Raum.« Ich deutete auf die Tasche, die ich neben ihrem Stuhl abgestellt hatte.

»Es muß ein Irrtum vorliegen.« Es war mehr Hoffnung als Behauptung.

»Es muß tatsächlich ein Irrtum vorliegen – irgendwo. Genau das versuche ich herauszufinden. Möchten Sie die Memoiren sehen?« Ohne auf eine Antwort zu warten, holte ich sie aus der Tasche und händigte sie ihr aus. Es war wohl angemessener, sie ihr zu geben als irgend jemand anderem. Für sie waren sie schließlich geschrieben worden. Elizabeth hielt sie in ihren Händen wie das Original eines berühmten Malers, von dessen Existenz man bis dahin noch nichts gewußt hat: vorsichtig, in ängstlicher Erwartung.

»Martin, mein Lieber, Sie müssen verstehen, wie ... unerwartet das kommt.«

»Das verstehe ich durchaus. Der gegenwärtige Eigentümer von Straffords Besitztum auf Madeira hat sie entdeckt. Er hat mich engagiert, um Nachforschungen über ihren Hintergrund anzustellen.«

»Der, wie sich herausstellte, vor Ihrer Haustür zu finden war?«

»Unangenehm nah, wenn man nach der Reaktion Ihres Sohnes urteilt.«

Elizabeth lächelte matt. »Der gute Henry hat mich sicher nur beschützen wollen. Meine Verlobung mit Edwin ist eine schmerzliche Erinnerung. Aber nicht mehr so schmerzlich, wie sie früher einmal war. Wenn mein lieber Mann noch am Leben wäre, würde er das hier wohl ins Feuer werfen. Aber ich war leider immer neugieriger, als mir guttat.«

»Ihr verstorbener Mann spielt in diesem Dokument eine Rolle.«

»So.« Sie nickte langsam. »Der Bericht geht also, wie Sie sagen, in Einzelheiten.«

»Ja.«

»Nachdem Sie ihn gelesen haben, wieviel wissen Sie?«

»So viel, wie Strafford je erfahren hat. Aber warum lesen Sie nicht selbst?«

»Ja«, mit energisch vorgerecktem Kinn, »ich glaube, das wäre das beste.« Behutsam schlug sie den Band auf. »Ich sehe, daß es ein wenig Zeit in Anspruch nehmen wird. Können Sie ihn mir hierlassen?«

»Ich glaube nicht, daß Sie die Lektüre unterbrechen werden, wenn Sie einmal angefangen haben.«

»Machen Sie sich keine Sorgen, Martin.« Sie lächelte mit fast trotziger Verschmitztheit. »Das Exemplar ist bei mir gewiß in guten Händen. Ich bin anders als mein Mann – oder mein Sohn.« Das glaubte ich. »Aber alte Damen haben nicht viel Standvermögen. Sie könnten doch später wiederkommen. Wir könnten uns dann darüber unterhalten.«

Mir blieb keine Wahl. »Gut. Gegen sieben Uhr, vielleicht?«

»Das wäre wunderbar.«

»Dann gehe ich also.« Ich stand auf.

»Wenn Sie vielleicht so nett wären, sich allein hinauszufinden? Dora wird etwas unwirsch, wenn man sie zu oft ruft.« Ich hatte keine Einwände und wandte mich zum Gehen. »Oh, Martin«, rief sie von ihrem Stuhl aus, »danke, daß Sie mir das hier gebracht haben.« Elizabeth war die erste, die mir für die Memoiren dankte. Ich war von ihrer Höflichkeit angenehm berührt. »Und, ehe Sie gehen, könnten Sie mir noch meine Brille vom Tisch dort bringen?« Als ich das tat, warf mir die Katze aus dem Stuhl, von dem sie wieder Besitz ergriffen hatte, einen hochmütigen Blick zu. »Es ist zweifellos Edwins Handschrift«, verkündete Elizabeth, sobald sie die kleine Brille mit Goldrand auf der Nase zurechtgerückt hatte. »Wie merkwürdig, sie nach all den Jahren wiederzusehen.«

Ich fragte mich im stillen, ob sie wohl Briefe von Strafford aufbewahrt hatte, äußerte mich aber nicht dazu. »Ich überlasse Sie jetzt Ihrer Lektüre.«

»Danke, mein Lieber.«

Ich ging die Auffahrt entlang und fühlte mich irgendwie betrogen. Elizabeth war alt, reizend und zugänglich. Ihr Haus war keine Festung. Sie hatte keinerlei Bitterkeit spüren lassen, weil Strafford sie verletzt oder ich sie daran erinnert hatte. Es war alles lächerlich einfach gewesen. Ich war gekommen und wieder gegangen wie ein Kaufmann aus dem Dorf, der eine Lieferung bringt. Nur daß dies keine Schuld war, die sie mit einer monatlichen Zahlung begleichen konnte. Ich würde später wiederkommen, um die Schuld einzufordern.

Ein ereignisloser Tag, an dem ich mich dem Lesetempo und den Schlummergewohnheiten einer alten Dame fügen mußte, gab mir Zeit zu nagender Unruhe. Ich wanderte auf einem Weg zu einem Kalksteinbruch in den Hügeln hinauf und wieder herunter, bis es im Gasthof Essenszeit war. Hinterher stahl ich mich nervös und schuldbewußt durch den Wald den Flußpfad entlang zu der Stelle, wo ich Henry beobachtet hatte. Quarterleigh, jetzt wo Dora heimgegangen war, strahlte alltägliche Ruhe aus. Ich war halbwegs darauf gefaßt gewesen, Henrys Auto in der Garage zu entdecken, aber es war nichts zu sehen. Ich hatte auch gewußt, daß es nicht dort sein würde, und war nur hingegangen, um eine irrationale Angst zu ersticken.

Nun blieb mir nichts mehr, als auf dem Bett in meinem Zimmer zu liegen und den Abend zu erwarten.

Eine Taube vom Friedhof gurrte irgendwo im Garten von Quarterleigh. Dora war wieder da, für den zweiten Teil ihres Arbeitstags, und stellte gerade leere Milchflaschen vor der Haustür ab, als ich hereinkam.

»Frau Couchman hat schon gesagt, Sie würden wiederkommen«, sagte sie in einem neutralen Ton. »Sie is im Wintergarten.«

Sie wies mir den Weg. Der Wintergarten befand sich auf der Rückseite des Hauses, von wo man über die abfallende Wiese zum Bach hinunterblickte, in dessen Uferschilf Mücken in kleinen Wölkchen auf- und niedertanzten.

»Guten Abend, Martin«, sagte sie.

»Guten Abend.« Ich blickte durch die Fenster. »Ihre Narzissen verblühen.«

»Wie alles, mein Lieber. Bitte, setzen Sie sich.«

Ich räumte eine Ausgabe von »Sussex Life« von einem Segeltuchstuhl und setzte mich neben sie, wobei unsere Plätze so waren, daß wir weniger voneinander sahen als vom Garten.

»Sie haben ein wunderschönes Haus«, bemerkte ich.

»Ich finde hier meinen Frieden, und das ist alles, was ich jetzt haben möchte. Ach, es ist offenkundig, daß es für Edwin dieses kostbare Gefühl nie gegeben hat.«

»Dann haben Sie also die Memoiren zu Ende gelesen?«

»Ja, so ist es. Ich sehe doppelt, und mein Kopf wird mir schwer, aber ich habe gelesen, was Edwin zu sagen hatte, und bin froh, daß ich es getan habe.«

»Und was halten Sie davon?«

»Das zu sagen ist allerdings schwieriger, als die Erinnerungen zu lesen. Sie sind – wie könnte es anders sein? – beunruhigend. Edwins Memoiren lesen sich wie die reinste Wahrheit, Satz für Satz. Nur, ich weiß, es kann nicht sein. Es ist schockierend, alles erzählt zu lesen, in allen Einzelheiten, so persönlich, zu wissen, daß es ein junger Mann wie Sie liest, daß Sie wissen, was ich empfand, als ich einen Mann liebte und von ihm betrogen wurde.«

»Ich verstehe das durchaus.«

»Das frage ich mich. Sie haben vorher gesagt, Sie wüßten, warum ich mein Verlöbnis mit Edwin gelöst habe. Wie haben Sie das herausgefunden?«

»Jemand ... mit gleichen Interessen ... hat Straffords Heiratsurkunde in der Hinterlassenschaft von Julia Lambourne – Mrs. Kendrick – gefunden, die dem Birkbeck College in London übereignet wurde.«

»Ach, dahin ist sie gekommen. Ich hatte mich das schon manchmal gefragt.«

»Könnten Sie mir mehr darüber erzählen?«

»Ich glaube eigentlich nicht, daß ich das kann. Wissen Sie, Martin, ich brauche etwas Zeit, um mich daran zu gewöhnen.«

»Ich verstehe. Es ist nur ...«

»Sie möchten Ihre Fragen rasch beantwortet haben. Ich verstehe auch Sie. Haben Sie die Heiratsurkunde?«

»Ich habe sie gesehen. Sie ist ziemlich eindeutig. Strafford hat 1900 in Südafrika eine Miss Van der Merwe geheiratet.«

Elizabeth runzelte ein bißchen die Stirn. »Ja, richtig. Aber man würde es nicht glauben, wenn man das hier liest, nicht wahr?« Sie deutete mit einer Kopfbewegung auf die Memoiren.

»Nein. Das ist es ja gerade.«

»Mein lieber Martin, ich möchte etwas vorschlagen. Wären Sie vielleicht bereit, ein paar Tage hierzubleiben? Es ist bestimmt im Gasthaus sehr schön, aber hier könnten Sie gewiß sein, daß die Memoiren außer Gefahr sind«, sie lächelte, »und ich könnte versuchen, einige Ihrer Fragen zu beantworten, in all der Ruhe, die eine alte Dame braucht.«

»Das ist sehr freundlich von Ihnen. Ich würde mich sehr darüber freuen.« Ich war ungeduldig zu hören, was sie dachte, aber ich wollte nichts gefährden, indem ich Druck ausübte.

»Ich werde Dora bitten, Ihnen ein Bett im Gästezimmer herzurichten, während Sie Ihr Gepäck holen.«

»Ich gehe am besten gleich.«

»Bevor Sie gehen, habe ich eine Frage. Wer ist dieser Mann, für den Sie arbeiten? Was ist sein Interesse an der Sache?«

»Leo Sellick? Er ist Hotelier auf Madeira und hat Straffords Haus erworben, als es zum Verkauf stand. Als er die Memoiren fand, war er fasziniert und hat mir den Auftrag erteilt, um seine Neugier zu befriedigen. Ich habe ihm von Straffords heimlicher Heirat bisher noch nichts gesagt.«

»Aha. Es gibt so viele Menschen, die sich für meine Vergangenheit interessieren.«

»Das ist unvermeidlich.«

»Nur deswegen hier.« Sie hatte recht, aber über die Memoiren konnte man sich nicht hinwegsetzen, ebensowenig wie über Straffords Ehe, er selbst vielleicht ausgenommen. Ich hatte allerdings auch nicht den Eindruck, daß Elizabeth das wollte. Ich glaube, ich hatte ihr die Memoiren zum richtigen Zeitpunkt in ihrem Leben gebracht, als sie nichts mehr zu verlieren hatte – sie jedenfalls nicht.

Als ich zurückkam, war Elizabeth bereits zu Bett gegangen. Dora führte mich auf mein Zimmer und ging dann. Ich richtete mich ein und fühlte mich merkwürdig wohl dabei. Der Raum war mit einem großen Doppelbett, einem breiten, soliden Schrank und einem unbenutzten Waschtisch hinter der Tür ausgestattet; durch ein bodenlanges Fallfenster sah man auf den Garten.

Wie Elizabeth das von sich gesagt hatte, so fand auch ich hier meinen Frieden. Es lag in der Natur des Orts, anheimelnd, ländlich, geborgen. Selbst das Knarren der Dielen war beruhigend. Ich schlief besser als seit Tagen.

»Guten Morgen, Martin.« Elizabeth begrüßte mich mit ihrem hellwachen Lächeln quer über den Frühstückstisch. »Ein herrlicher Tag heute.« Es war nicht zu leugnen: Die Sonne wärmte bereits durch die kaum mehr beschlagenen Fensterscheiben. »Können Sie Auto fahren?«

»Ja, schon.«

»Mein Arzt – ein lieber Mensch, aber schrecklich vorsichtig – hat mir vom Fahren abgeraten. Mein Auto wird daher nur selten benutzt. Ich dachte, Sie könnten uns vielleicht in die Downs hinaufkutschieren.«

»Ah . . . ja. Natürlich.«

»Wunderbar. Ich brauche frische Luft. Dort oben können wir nach Herzenslust plaudern.«

Dora war offenbar sehr erstaunt, als sie erfuhr, daß wir einen Ausflug mit dem Auto machen wollten. Ihre energische Miene ließ erkennen, daß sie einige Veränderungen der Routine seit meiner Ankunft mißbilligte.

Elizabeth erschien in einem dunkelblauen Kleid unter einem weißen Regenmantel; mit einem Spazierstock und einem hellen Strohhut ausgerüstet, sog sie die milde Luft ein. Trotz ihrer Gebrechlichkeit sah sie aus wie eine Frau, die weiß, was sie will.

Unter Elizabeths Anleitung fuhr ich nordwestlich zur Harting-Höhe, einer steileren Erhebung in den südlichen Downs. Wir parkten oben und wanderten von dort aus langsam den Kammweg entlang. Es war ein schöner, luftiger Morgen, und wir spürten das feste, von Schafen kurzgehaltene Gras unter den Füßen, während der Wind den Gesang der Lerchen und das Blöken der Schafe zu uns herübertrug. Die Hänge, die zum flachen Tal des Rother abfielen, waren mit Eibengruppen bestanden. Wir hatten den Weg im Kreidefels ganz für uns, zum Gehen und zum Reden.

»Als mir Julia zum ersten Mal erzählte, daß Edwin verheiratet sei, weigerte ich mich, ihr zu glauben. Sie wartete bei meiner Tante in Putney auf mich, als ich von Edwins Haus zurückkam, wo ich . . . seit dem Vortag gewesen war.«

»Das war dann also der 23. Juni 1910?«

»Ist das Datum so wichtig?«

»Möglicherweise.«

»Gut, die Memoiren würden das ja bestätigen. Jedenfalls brauchten sie nicht lang, um zu erraten, wo ich gewesen war, und obgleich ich natürlich erwartet hatte, daß sie schockiert sein würden, hatte ich das Entsetzen und die Empörung in ihrer Reaktion nicht vorausgesehen. Sie müssen wissen, daß Julia so eine Art Freidenkerin war und meine Tante der denkbar großzügigste Vormund.

Ich versuchte, sie durch die Ankündigung zu beruhigen, daß Edwin und ich sofort heiraten wollten. Dadurch vergrößerte ich jedoch nur ihre Bestürzung. Julia hatte nämlich meiner Tante schon erzählt, was sie wußte. Wie ich sagte, ich weigerte mich, Julias Worten zu glauben. Es widersprach allem, was ich von Edwin wußte und verstand. Es war einfach unvorstellbar.«

»Was bewirkte ihren Sinneswandel?«

»Der dokumentarische Beweis. Julia hatte ihn gar nicht vorlegen wollen, sah sich aber dazu gezwungen, als sie feststellte, daß ich mich anders nicht überzeugen ließ. Und danach schien alles einen Sinn zu ergeben, der sehr unerfreulich war.«

»Inwiefern?«

»Seit neun Monaten hatte Edwin gute politische Gründe gefunden, weshalb wir nicht heiraten konnten. Ein Aufschub war auf den anderen gefolgt, ohne daß man ihn dafür verantwortlich machen konnte. So jedenfalls hatte es ausgesehen. Aber plötzlich ging mir auf, daß alles vielleicht nur ein großangelegter Betrug gewesen war, bei dem er mich mit einem nicht einzulösenden Versprechen lockte, bis . . . er sein Ziel erreicht hatte.«

»Gab es noch einen weiteren Beweis?«

»Ja, durchaus. Julias Bruder hatte einen Offizier aus Edwins Regiment kennengelernt, der sich erinnerte, daß dieser in Südafrika geheiratet hatte. Archie bestätigte das mir gegenüber.«

»Wer war der Offizier?«

»Können Sie das nicht erraten?«

»Gerald Couchman.«

»Das stimmt, Martin. Mir wurde Gerald erst später vorgestellt. Zunächst schätzte ich ihn nicht, aber ...«

»Es stellte sich heraus, daß er im Urlaub in der Schweiz und in Italien eine gewinnende Art hatte.«

Elizabeth blieb abrupt stehen. »Wo haben Sie das erfahren?«

»Neben der Heiratsurkunde enthält das Kendrick-Archiv auch einen Brief von Ihnen an Julia, der von Geralds Ankunft in St. Moritz berichtet.«

»Ach daher.« Sie lächelte. »Es ist beunruhigend festzustellen, wieviel Sie über mich wissen.«

»Hat Ihr Mann viel über Strafford gesagt?«

»Eigentlich nicht. Er wußte, daß es ein Thema war, das man besser ruhen ließ.«

»Glauben Sie, daß er die Urkunde zur Verfügung stellte?«

»Nein. Ich vermute, daß Julia sie aus eigenem Antrieb beschaffte.«

»Würde es Sie überraschen zu erfahren, daß Christabel Pankhurst sie Julia zur Verfügung stellte?«

»Nicht sehr, Christabel hätte die Verbindung zwischen Edwin und mir nicht gebilligt. Sie hätte sie als eine Art Verrat betrachtet.«

Ich berichtete ihr von den Belegen für ein abgekartetes Spiel zwischen Christabel und Lloyd George. Die Vermutung, daß Couchman darin verwickelt war, behielt ich gerade noch für mich.

»Was Sie sagen, Martin, ist schon möglich. Leider beweist es nur, daß bestimmte Leute etwas brauchten, um es gegen ihn zu verwenden, und er es ihnen durch seine Charakterschwäche in die Hände lieferte.«

»Haben Sie aus den Memoiren viel erfahren, was sie vorher noch nicht wußten?«

»Nicht sehr viel.«

»Zum Beispiel über Ihren Ehemann?«

Wir hielten an einem Wegweiser im Tal unterhalb der Beacon-Höhe an. Elizabeth sah mir ins Gesicht. »Gerald hat seine Schwächen nie verhehlt – ob in Cambridge, Colenso oder anderswo. Am Anfang war es gerade seine Ehrlichkeit, die mich anzog. Wir hatten viel Zeit zum Kennenlernen und eine lange, glückliche Ehe.«

»Es freut mich, das zu hören.« Wir machten kehrt.

»Man muß eben sagen, lieber Martin, daß darin der große Unterschied zwischen Gerald und Edwin bestand. In einem gewissen Sinn war eine übereilte Eheschließung in Südafrika nicht schlimmer, als im Gefecht die Nerven zu verlieren. Aber Edwin versuchte, seine Schwäche zu verbergen, Gerald nicht. Sie haben beide ihren Lohn dafür erhalten. Gerald war ein guter, liebevoller Mann mit Fehlern: Ich bin stolz, mit einem solchen Mann verheiratet gewesen zu sein.«

»Glauben Sie, die Memoiren sind Straffords letzter großer Täuschungsversuch?«

»Ich muß das annehmen. Und doch ... und doch, das ist nicht recht überzeugend, oder? Wenn Edwin je uneingeschränkt Rechenschaft von sich ablegen wollte, dann wären die Memoiren der Ort dafür gewesen. Dürfen wir sie also einfach abschreiben?«

»Das dürfen wir nicht. Deswegen bin ich hier.«

Wir fuhren zum »Maple Inn« in Buriton und setzten uns in den Garten unter einen Sonnenschirm. Ich trank Bier und Elizabeth ein wenig Sherry. Es wirkte alles ganz harmlos und irgendwie unangemessen, als ob ich eine unverheiratete Tante zu einem Ausflug ausgeführt hätte. Nur daß unser Gesprächsstoff sehr viel düsterer war.

»Ich müßte Ihnen noch eine Frage stellen.«

»Bitte, tun Sie das ruhig.«

»Strafford litt Qualen wegen etwas, das er als unerklärliche Abweisung sah. Wir glauben, er hätte sich selbst die Erklärung geben können, sie aber nicht ertragen können. Warum haben Sie ihm nicht einfach den Trauschein gezeigt und damit alle Zweifel beseitigt?«

»Sie dürfen nicht vergessen, daß ich doch gar nicht wußte, daß Edwin irgendwelche Zweifel hatte – warum sollte er sie haben? Ich nahm an, er habe unsere Heirat nie ernstlich beabsichtigt, denn das wäre nicht mehr einfach Täuschung, sondern ein krimineller Akt gewesen. Als er nicht aufhörte, auf der Heirat zu bestehen, schien er mich nur zu quälen. Und das letzte, was ich wollte, war eine Auseinandersetzung oder ein Leugnen. Ich war erschüttert, fühlte mich hintergangen und außerstande, über irgend etwas zu diskutieren. Ich wollte nur, daß Edwin mich in Ruhe ließ.«

»Selbst dann ...«

»Es gab noch einen Grund. Julia hatte mir die Information strikt vertraulich gegeben. Ich sollte so wenig wie möglich darüber reden, was nicht schwierig war, da ich gar nicht darüber reden wollte.«

Zum Tee waren wir wieder in Quarterleigh. Wir saßen auf Gartenstühlen am Bachrand.

»Erinnern Sie sich an Straffords Neffen, Ambrose?« fragte ich.

»Ja, gewiß doch.« Elizabeth lächelte. »Ein reizendes Kerlchen. Seine Eltern wußten nicht recht, was sie von mir halten sollten, als ich im Sommer 1909 mit Edwin auf Barrowteign zu Besuch war. Aus den Memoiren sehe ich, daß Florence Strafford mir gegenüber noch argwöhnischer war, als ich glaubte. Aber Ambrose – der hatte kindliches Zutrauen und hieß mich im Haus willkommen wie ein unschuldiger Mensch einen anderen.«

»Haben Sie nie daran gedacht, noch einmal nach Barrowteign zu fahren?«

»Kaum.«

»Wenn Sie es täten, dann würden Sie Ambrose immer noch dort finden – jedenfalls in direkter Nähe. Ich habe ihn im vergangenen Monat besucht: Er ist der letzte seiner Linie. Heute natürlich ein alter Mann, der beim Apfelwein gern ein bißchen tief ins Glas guckt und von der Vergangenheit erzählt. Aber ein großzügiger Gastgeber.«

Elizabeth schüttelte den Kopf. »Du lieber Himmel. Der süße kleine Ambrose – ein alter Mann? Ist es denn möglich? Wie geht es ihm?«

»So gut, wie das Trinken und sein Alter es zulassen. Aber er ist ... beunruhigt.«

»Was beunruhigt ihn?«

»Zweifel, Argwohn, unbeantwortete Fragen.«

»Wie seinen Onkel?«

»Nein, wegen seines Onkels. Was wissen Sie über Straffords Tod?«

»Die Zeitung berichtete darüber – ein Eisenbahnunfall bei Barrowteign. Gerald machte mich darauf aufmerksam. Ich glaube, er war insgeheim ziemlich erleichtert. Ich persönlich war traurig, aber nicht sonderlich überrascht. Ich war froh, daß man es als einen Unfall bezeichnete, aber ich hatte meine eigene Meinung.«

»Selbstmord?«

»Sie können es so nennen. Ich denke mir, daß Edwin dem Leben einfach den Rücken kehrte.«

»Das allerdings glaubt Ambrose nicht.«

»Das kann ich mir denken.«

»Er glaubt auch nicht, daß es ein Unfall war.«

»Was dann?«

»Mord.« Unsere Umgebung – rieselndes Wasser, eine grüne Wiese und milder Sonnenschein – desinfizierte das Wort. Ich war froh darum. Ich wollte die alte Dame nicht mit düsteren Visionen bedrängen, sondern einfach etwas ans offene, unzweideutige Tageslicht bringen.

Elizabeth trank einen Schluck Tee, als wollte sie ihre Nerven beruhigen. »Wie sonderbar. Erzählen Sie mir mehr darüber.« Sie sagte das, ohne den Eindruck zu vermitteln, daß sie mehr hören wollte, eher so, als fühlte sie sich dazu verpflichtet.

Also erzählte ich ihr mehr darüber: vom plötzlichen Auftauchen Straffords in Barrowteign im Frühjahr 1951, von seinem merkwürdigen Verhalten dort, von seinen unerkannten Besuchern, von der Nacht, in der er ums Leben kam, von der finsteren Deutung, die Ambrose den Ereignissen gab.

»Wer sind nach Ambroses Meinung diese ... Eindringlinge gewesen?«

»Er hat keinerlei Anhaltspunkt.«

»Und Sie?«

»Einen Anhaltspunkt? Ja. Die Memoiren sind der einzige Anhaltspunkt, den Strafford uns hinterlassen hat. Wer sollte einen aus dem Exil zurückgekehrten alten Mann bedrohen wollen – oder sich dazu gezwungen sehen?« Elizabeth schwieg. »Sie sagten, Ihr Mann sei erleichtert gewesen, als er von Straffords Tod hörte.«

»Ja, das ist richtig.« Eine lange, nachdenkliche Pause. »Sagen Sie,

Martin, warum ist Ihrer Ansicht nach Edwin aus Madeira zurückgekehrt?«

»Ich weiß es nicht. Die Memoiren hatte er sieben Monate vorher abgeschlossen. Nichts darin deutet darauf hin, daß er diesen Besuch plante.«

»Ganz im Gegenteil sogar, meine ich. Hatte sich etwas ereignet – etwas geändert –, das ihn dazu veranlaßte?«

»Wie können wir das sagen?«

»Es ist wohl nicht möglich. Nicht zum jetzigen Zeitpunkt.«

Elizabeth war weiterhin die reizendste und fürsorglichste Gastgeberin, fragte mich beim Abendessen, wie häufig ich jetzt mit Laura zusammenkäme, und erwähnte nicht einmal den Skandal, in den ich in den Augen der Familie verwickelt war. Sie wirkte aber gleichzeitig besorgter als vorher, als bereite sie – widerstrebend und voller Sorge – etwas Bedeutungsvolleres vor als alles, was wir bisher gesagt hatten.

Später, als wir in den Lehnstühlen am großen Kamin im Wohnzimmer saßen, drängte sie mir ein Glas Portwein auf, obwohl sie selbst nichts Stärkeres trank als Kaffee. Erst danach brachte sie es über sich, zur Sache zu kommen, und auch dann nur auf einem Umweg, mit einer ziemlich überflüssigen Frage.

»Wann habe ich Edwin das letzte Mal gesehen, Martin?«

»Das müssen Sie doch gewiß nicht mich fragen?«

»Ich möchte gern, daß Sie es mir sagen.«

»Gut. Das Treffen wird in den Memoiren beschrieben. Hampstead Heath, Januar 1919.«

»Das stimmt leider nicht. Ich hätte es Ihnen vorher erzählen sollen, aber es schien mir bedeutungslos. Jetzt, angesichts dessen, was Ambrose sagt, muß es ausgesprochen werden. Ich habe Edwin einen Monat vor seinem Tod noch einmal gesehen – Anfang Mai 1951.«

So. Jetzt hatte Elizabeth den Spieß umgedreht. Ich hatte sie überrascht, aber jetzt überraschte sie mich. Schicht für Schicht legten wir die Wahrheit bloß. Aber was diese Wahrheit war, davon hatten wir beide, die wir an jenem Abend im Wohnzimmer eines Landhauses

Enthüllungen austauschten, auch zu diesem Zeitpunkt nicht die geringste Ahnung.

»Erzählen Sie mir mehr darüber.« Ich verwendete bewußt Elizabeths eigene Formulierung.

»Es gibt ein Gedicht«, sagte sie mit belegter Stimme, »von Thomas Hardy, und damit beginnt die Geschichte. Jedesmal, wenn ich es lese, denke ich an Edwin an jenem Tag, obgleich ich bis heute noch nie davon gesprochen habe. Sie finden eine Sammlung von Hardys Gedichten im Bücherregal hinter ihrem Stuhl. Könnten Sie das Buch herausnehmen und mir eins der Gedichte vorlesen? Sie werden es im Abschnitt Gedichte von 1912–13 finden.« Ich schlug die Seite auf. »Nach einer Reise.« Ich fand die Seite und begann vorzulesen.

»›Hier komme ich, den stummen Geist zu schauen . . .‹«

»Nein«, sagte sie freundlich. »Die nächste Strophe.«

»›Ja, nun am Ende, bin ich wieder eingetreten in diesen deinen alten Ort.
Durch die Jahre, die verstummten Lebensbilder, folgte ich deiner Fährte.
Was also, für unsere Vergangenheit, ist jetzt dein Wort?
Prüfend im Blick durch dunklen Raum, in dem ich dich entbehrte?‹«

»Genug.« Die Aufforderung hatte einen wehmütigen Unterton.

»Diese vier Zeilen, so beziehungsreich, so passend, so ganz Edwin. Wir haben beide Hardy geliebt, und Edwin wußte, daß ich mich an diese Strophe, mit der er sich bei seiner Rückkehr zu erkennen gab, erinnern würde. Sie kündigte sein Kommen an.«

»In welcher Form?«

»Gerald hatte sich doch 1945 aus dem aktiven Geschäft zurückgezogen, und wir übergaben das Haus in Hampstead an Henry. Er hatte gerade geheiratet, und es schien nur recht zu sein, daß er dort eine Familie gründete, so wie wir. Damals kauften wir dieses Haus. Aber Gerald blieb bis zum Schluß an der Firma beteiligt und wohnte immer bei Henry, wenn er nach Hampstead fuhr. Es traf sich nun, daß die Ereignisse, die ich jetzt schildere, zum Zeitpunkt einer solchen Reise stattfanden, so daß ich, abgesehen von Rose, der Haushälterin vor Dora, allein hier war.

Ich könnte Ihnen das genaue Datum nicht nennen, aber es war ein Wochentag Anfang Mai 1951. Rose kam herein, um zu sagen, daß sie ein Mann auf dem Rückweg vom Einkaufen am Tor angesprochen und sie gebeten habe, mir eine Mitteilung auszuhändigen. Er hatte großen Wert darauf gelegt, daß sie nur für meine Augen bestimmt sei, und hinzugefügt, daß er bis sechs Uhr im Kirchhof sein werde, falls ich mit ihm über den Inhalt sprechen wolle.

Die Mitteilung bestand aus der Strophe von Hardy, die Sie mir gerade vorgelesen haben. Sie war nicht unterzeichnet, aber ich kannte die Handschrift, und als ich Rose drängte, mir den Mann zu beschreiben, klang das nach einem älter gewordenen Edwin. Er war von weither gekommen, und die Zeit hatte meine Wunden geheilt. Es kam daher für mich gar nicht in Frage, die Bitte abzulehnen, obwohl ich mich zwang, bis nach fünf Uhr zu warten, ehe ich zum Kirchhof hinüberging.

Es fiel ein dünner Nieselregen, und ich konnte jemanden erkennen, der sich im Torbogen untergestellt hatte. Ich wußte sofort, daß es Edwin war, immer noch eine eindrucksvolle Gestalt, wenn auch vom Alter etwas gebeugt, die Schultern eher hochgezogen und die Hände in den Manteltaschen vergraben. Er stand mit dem Rücken zu mir, als ich den Weg heraufkam, und drehte sich erst um, als ich ihn beim Namen rief.

›Du bist also gekommen‹, sagte er. Ich nickte bloß. ›Danke.‹ Ich sagte ihm, daß er mir nicht dafür danken müsse, und fragte ihn, wie es ihm gehe. ›Gut‹, sagte er, aber obgleich er recht gesund aussah, wirkte und klang er müde – und zwar müder, als sein Alter es rechtfertigte. Er entschuldigte sich dafür, daß er mich vom Haus fortgelockt habe, sprach höflich, aber wie von ferne, als ob es ihm unmöglich erscheine, wirklich zu glauben, daß wir wieder miteinander redeten. Dann stellte ich ihm die einzige Frage, die ich stellen konnte.

›Warum bist du gekommen, Edwin?‹

›Nur um dich zu sehen, noch einmal.‹

›Aber warum jetzt?‹

Darauf gab er keine Antwort, fragte nur, wie es mir gehe. Ich sagte, ich sei glücklich und zufrieden, was der Wahrheit entsprach. Über sein eigenes Leben konnte ich nichts aus ihm herausbringen. Er behauptete, es gebe nichts dazu zu sagen. Statt dessen wollte er etwas über mein Leben erfahren – mein Familienleben, alles, was ich seit der Heirat mit Gerald getan hatte. Er spottete nicht, widersprach nicht, wie er es früher getan hätte, sondern hörte einfach zu, ziemlich nachdenklich, nickte gelegentlich, stellte weitere, freundlich forschende Fragen. Es störte mich nicht, ihm darauf zu antworten. Ich konnte den alten Kummer ertragen und leidenschaftslos mit ihm sprechen. Es war alles auf merkwürdige Weise wie eine Prüfung, als ob Edwin meine Lebensleistung abwäge. Es wirkte nicht einmal besonders abwegig, daß er das tat.«

»Aber aus welchem Grund?«

»Ich weiß es nicht. Er trug sein Herz nie auf der Zunge, außer in Augenblicken der Verzweiflung, aber an diesem Tag war er verschlossener denn je, wie ein besorgter Onkel, der seine eigenen Wünsche zurückstellt. Ich dachte mir, es bedeute nicht zuletzt Reue, und ließ ihn so viel schweigen, wie er wollte.

Wir machten einen Rundgang durch den Ort. Edwin fragte mich nach der Geschichte des Dorfes aus, wie es heute sei und warum wir es ausgesucht hätten, was ich hier zu tun gedächte. Wie ich sagte, es war alles scheinbar ganz harmlos.«

»Was meinen Sie mit scheinbar?«

»Ich meine, Edwin war dabei, etwas auszuloten, geduldig und kaum spürbar. Ich hatte keine Einwände, weil es nichts einzuwenden gab. Er brachte die große Sache, die zwischen uns stand, nicht zur Sprache, und aus einer gewissen Erleichterung heraus, daß er keinen Groll mehr hegte, redete ich gern über praktisch alles andere. Und doch hatte unsere unbeschwerte Unterhaltung ein bestimmtes Ziel, etwas, das ich hinter all seinen höflichen Fragen nicht ausmachen konnte. Dann sagte er etwas Merkwürdiges: ›Ich habe Henry, deinen Sohn, kennengelernt.‹

›Natürlich‹, antwortete ich. ›Als wir uns das letzte Mal gesehen haben.‹ Ich hoffte, daß sich damit nicht ein Öffnen alter Wunden ankündigte. Aber das war es nicht.

›Glaubst du, er gerät nach seinem Vater?‹ fragte er. Ich sagte, ich hätte diesen Eindruck und daß ich die Ähnlichkeit immer voller Freude bemerkte. Er ging nicht weiter darauf ein.

Ich wollte wissen, mit welchem Verkehrsmittel er ins Dorf gekommen sei. Er war den Weg vom Bahnhof zu Fuß gegangen. Der nächstgelegene war damals Singleton, aber das war fünf Meilen entfernt und für einen alten Mann eine ziemliche Strecke, so daß ich anbot, ihn zurückzufahren.

Auf dem Weg schien Edwin sich dazu durchzuringen, ein wenig von dem auszusprechen, was er mit dieser Reise beabsichtigt hatte. Er wartete damit, bis wir durch Singleton fuhren – praktisch der späteste Zeitpunkt, zu dem es noch möglich war; ich schloß daraus, daß er seinen ganzen Mut zusammennehmen mußte. ›Der Grund, warum ich gekommen bin‹, sagte er, fast wie nebenher, ›war, daß ich herausfinden wollte, ob ich dich immer noch liebe.‹ Dann, ohne eine Antwort von mir abzuwarten: ›Und das Schreckliche ist, es ist immer noch so.‹

Ich fuhr am Bahnhof vor. Dort war es an diesem Abend völlig ruhig, wir waren ganz für uns. Sein plötzliches Bekenntnis hatte mir angst gemacht, ich machte mir Sorgen, wir würden am Ende nicht in Frieden auseinandergehen.

In Wirklichkeit beruhigte er mich sofort. ›Mach dir keine Sorgen‹, sagte er. ›Ich werde ganz friedlich gehen.‹

›Edwin‹, sagte ich, ›es tut mir leid.‹

›Das ist nicht nötig‹, gab er zur Antwort. ›Es war nicht deine Schuld.‹ Sein Eingeständnis beinhaltete, daß er eine Schuld akzeptierte.

›Das ist dann‹, fuhr ich fort, ›für unsere Vergangenheit mein Wort.‹

›Dann wollen wir es damit gut sein lassen.‹

Mit diesen Worten stieg er aus dem Auto und ging rasch zum Schalter. Am Eingang blieb er stehen, drehte sich um, grüßte mit dem Hut zu mir herüber und war fort.«

»Was haben Sie getan?«

»Ich fuhr weg. Er wirkte nicht so, als solle ich warten, und es schien ganz recht zu sein, es nicht zu tun. Der Abschied, wie er ihn gewählt hatte, kam einer ... Versöhnung nahe. Ich hatte ihm früher einmal Vergebung angeboten. Jetzt endlich hatte er sie angenommen. Aber vierzig Jahre waren wohl eine lange Zeit, um darauf warten zu müssen. Ich war also glücklich, an diesem Tag meinen Frieden mit Edwin gemacht zu haben, glücklich, daß wir uns noch dieses eine Mal gesehen hatten.

Ich habe Gerald, als er aus London zurückkam, von Edwins Besuch erzählt. Ich wollte es ihm nicht verschweigen, und wenn ich es versucht hätte, so wäre es Rose möglicherweise herausgerutscht. Gerald war wütend, auch wenn ich ihm sagte, daß dazu kein Anlaß bestand. Es belastete ihn aber doch, daß er wieder in England war, und deswegen wirkte er erleichtert, als wir etwa einen Monat später von seinem Tod erfuhren.

Bei dieser Nachricht hatte ich zum ersten Mal das Gefühl, ich wüßte nun erst, in welcher Absicht er mich aufgesucht hatte. Er wollte einfach, daß er und ich unseren Frieden hätten, bevor er – dessen bin ich mir sicher – bewußt einen würdigen Abgang aus dem Leben wählte. Obwohl mir nie, außer für ganz kurze Zeit, die Zuneigung zu ihm völlig abhanden gekommen war – denn ein Rest Zuneigung muß immer bleiben, wo Liebe war –, gewann ich erst damals, nach vierzig Jahren, meine Achtung vor ihm zurück.«

Die Theorie hatte einiges für sich. Sie paßte zu der Art der Begegnung, die Elizabeth gerade beschrieben hatte, und man konnte sich über Elizabeth als einzige Zeugin dafür, in welcher inneren Verfassung sich Strafford damals befunden hatte, nicht hinwegsetzen. Der Verschwörungstheorie von Ambrose allerdings widersprach sie natürlich. Einzig der Umstand, daß Elizabeth den »Zorn« und die anschließende »Erleichterung« ihres Mannes beschrieben hatte, sprach für die Theorie von Ambrose, aber es lohnte sich, diesem Hinweis nachzugehen.

»Hat Ihr Mann nach dem Besuch Straffords bei Ihnen und vor dessen Tod noch andere Geschäftsreisen unternommen?« fragte ich.

»Das ist schon möglich, lieber Martin. Ich kann mich wirklich nicht mehr daran erinnern. Warum fragen Sie?«

»Ich überlege, ob er in seinem von Ihnen beschriebenen Zorn vielleicht den Versuch gemacht hat, ihn zur Rede zu stellen.«

»Ich halte das für höchst unwahrscheinlich.«

»Aber nicht für unvorstellbar?«

»Nicht völlig – was ist völlig unvorstellbar? Ich glaube jedoch nicht, daß er es getan hätte, ohne mir etwas davon zu sagen. Gerald und ich hatten ein unausgesprochenes Abkommen, ehrlich miteinander zu sein. Ebensowenig, wie ich zögerte, ihm von Edwins Besuch zu berichten, hätte er seinerseits zu Heimlichkeiten Zuflucht genommen. Im übrigen bin ich sicher, daß Gerald viel getan hätte, um einem solchen Treffen aus dem Weg zu gehen.«

Ich beließ es dabei. Ich hatte nicht die Absicht, Gerald oder Henry Couchman zu bezichtigen, Strafford bedroht zu haben, wenn die Ehefrau bzw. Mutter solche Dinge für völlig ausgeschlossen hielt. Sie war zu ihren Gunsten voreingenommen, hatte aber auch das Recht dazu – ein Recht, welches daher rührte, daß sie die beiden sehr viel länger und besser kannte als Ambrose oder ich. Es galt für uns alle, daß es leicht war, Vorurteile zu entdecken. Anders verhielt es sich mit Beweisen. In dieser Nacht lag ich im Bett und dachte über das nach, was Elizabeth gesagt hatte, und über all die Fragen, die ich mir nun stellen mußte. Was war zwischen Oktober 1950 und Mai 1951 vorgefallen, so daß Strafford nach England reiste? Hatte er jemanden außer Elizabeth und Ambrose aufgesucht? War sein Tod ein Unfall, Selbstmord oder Mord? Eine Antwort darauf konnte mir nur Strafford mit Gewißheit geben.

Beim Frühstück am nächsten Morgen schnitt ich eine weitere Frage an, die ich Elizabeth hatte stellen wollen.

»Wie ich erfahren habe, hat Ihr Mann der Universität Cambridge eine Stiftung hinterlassen.«

Elizabeth lächelte und strich die Butter auf ihren Toast. »Finden Sie das nicht eine gute Sache? Ich glaube, das gehört zu den besten Ideen, die Gerald je gehabt hat. Ihm lag viel daran, seiner ehemaligen Universität eine Schenkung zukommen zu lassen. Ein Forschungsstipendium schien dem Wesen der Institution mehr zu entsprechen als ein Beitrag zum Fonds für die laufenden Kosten seines College. Ich war der Meinung, es wäre großartig, eine gewisse Unterstützung für Akademikerinnen zu leisten, und der gute Gerald stimmte dem

Vorschlag gern zu. Ich weiß noch, wie er sich darüber lustig machte: ›Wer einmal eine Suffragette war, bleibt es das Leben lang.‹ Er hatte wohl recht, aber wenn ich die lange Reihe der Couchman-Stipendiaten betrachte, von denen einige heute hervorragende Fachleute auf ihrem Gebiet sind, dann empfinde ich seinetwegen größeren Stolz als alle Stipendiaten zusammen. Es ist eine sehr gelungene Art, sein Gedächtnis zu bewahren.«

»Gewiß.«

»Wie sind Sie darauf gestoßen?«

»Da die gegenwärtige Stipendiatin ihre Forschungen speziell zur Epoche König Eduards betreibt, habe ich während meines Aufenthalts in Cambridge mit ihr Kontakt aufgenommen, um zu hören, was sie zu Strafford meint.«

Elizabeths Augen strahlten. »Ach, dann haben Sie ja Miss Randall kennengelernt.«

»Ja.« Die Begeisterung, die aus ihrer Antwort sprach, überraschte mich.

»Erzählen sie mir mehr darüber. Henry erledigt alles, was mit der Verwaltung der Stiftung zusammenhängt, aber ich war entzückt, als ich hörte, daß die jetzige Stipendiatin eine geschichtliche Epoche erforscht, die mir so sehr am Herzen liegt.«

Das gab mir einen Stich. Elizabeth konnte nicht ahnen, wie sehr ihr zu Herzen gehen würde, was Eve geplant hatte. »Miss Randall war diejenige, welche die Heiratsurkunde im Kendrick-Archiv entdeckt hat.«

»Na so was – höchst findig.« Die Bemerkung verriet keine Spur von Sarkasmus.

»Das ist sie bestimmt. Ich glaube, sie hatte daran gedacht, mit Ihnen über Ihre Erfahrungen als Suffragette zu sprechen.« Ganz zu schweigen von ihrer Rolle als Opfer von Straffords Betrug und als Symbol der ausgenützten Frau dieser Epoche.

»Ich hoffe, sie wird das noch tun. Es ist seltsam – und irgendwie ermutigend –, so lange zu leben, daß man noch erlebt, wie die eigene Jugend zur Geschichte wird.« Sie dachte einen Moment lang nach. »Sagen Sie, Martin, haben Sie je daran gedacht, wieder zu heiraten?«

»Wer würde mich denn wollen?«

»Mein Lieber, Sie unterschätzen sich.«

»Ich glaube nicht. Wissen Sie, früher oder später stoßen die Leute auf ... meine Vergangenheit. Und damit hat es sich dann.« Ich hatte keine Hemmungen, den dunklen Punkt in meinem Leben anzusprechen. Elizabeth wußte ohnehin davon, und außerdem verdiente ihre Offenheit eine Gegenleistung.

»Die Vergangenheit kann eine Last werden, Martin, wenn man es zuläßt. Ich bin überzeugt, daß Edwin das feststellen konnte.«

»Aber wie verhindert man das?«

»Jeder von uns muß seinen eigenen Weg finden. Wir leben mit der Vergangenheit, weil wir nicht anders können, aber wir müssen nicht in der Vergangenheit leben.«

»Das ist schwierig, wenn man immer noch dafür zur Rechenschaft gezogen wird.«

»Dann muß man die Rechnung auf irgendeine Art begleichen.«

Elizabeth hatte recht. Aber wie? In meinem Fall war die Schuld nicht einzulösen. In Straffords Fall möglicherweise noch weniger. Ich tröstete mich bei dem Gedanken, daß ich ihm seine Bürde durchaus noch erleichtern könnte. Es war unvermeidlich, daß ich auch an meine eigene dachte: Jane Campion – und wozu sie mich gebracht hatte. Ich dachte daran, was es mich gekostet hatte: Helen und Laura, ein Zuhause und einen Beruf, und nun Eve. Und dann dachte ich zum ersten Mal an Jane selbst. Ich hatte Eve gegenüber versichert, daß es ihr bestimmt gutgehe. In Wirklichkeit hatte ich keine Ahnung, was seit 1973 aus ihr geworden war. Sie war damals im Sommer nach London und aus meinem Leben verschwunden. Vielleicht, dachte ich, wenn die Strafford-Geschichte erledigt ist, bringe ich heraus, was sie mit ihrem Leben angefangen hat, vielleicht führe ich mit ihr jenes sachliche Gespräch, das ich mir früher einmal vorgenommen hatte, vielleicht bemühe ich mich – wie Strafford – um eine Art Sühne.

Was für Gedanken hatte ich denn da? »Wenn die Strafford-Geschichte erledigt ist.« Bisher hatte ich noch nicht so weit vorausgeblickt, weil es unmöglich schien, sie zu erledigen. Sie war so verwikkelt, so weitläufig, so sehr ein ganzes Leben, daß eine Vollendung unvorstellbar schien – oder überhaupt wünschenswert. Vor zwei

Monaten hatte ich noch nicht einmal von Edwin Strafford gehört. Aber jetzt, was würde ich jetzt ohne ihn anfangen?

Elizabeth gewährte mir ein paar Tage Aufschub – Zeit, mich von dem Schlag zu erholen, den Eve mir versetzt hatte, Zeit, mir Klarheit zu verschaffen über alle Verdachtsmomente. So friedlich und erholsam die Tage erschienen, so verschwenderisch, in einem gewissen Sinn, waren sie auf der anderen Seite. Während ich in Muße und in freundschaftlichen Gesprächen mit Elizabeth Straffords Lebensrätsel Revue passieren ließ, in einem Tempo, das bestimmt wurde durch das träge Summen der Bienen in ihrem Garten, das Gleichmaß des Pendels der alten Standuhr, setzte sich etwas Schreckliches in Bewegung, und die Bewegung beschleunigte sich langsam bis zu jener unentrinnbaren Geschwindigkeit, die das Etwas zum Ereignis machen würde.

Kein Donnergrollen warnte uns, keine drückende Vorahnung lag in der Luft, es war da nichts als ganz und gar gewöhnliches Dorfleben in Sussex. Am Donnerstag ging Elizabeth zu ihrem wöchentlichen Bridgeabend bei den Sayers, und nachdem auch Dora nach Hause gegangen war, blieb ich allein zurück, um über meinen nächsten Schritt nachzudenken. Selbst die Katze, die mich unverhohlen als Eindringling betrachtete, brachte es fertig, sich unsichtbar zu machen.

Am Ende beschloß ich, Sellick doch wieder einen Bericht zu schreiben. Wenn er Alec tatsächlich entsandt hatte, um mich zu kontrollieren und zwischen mich und Eve einen Keil zu treiben, dann war es töricht, ihn darauf zu stoßen, daß ich es wußte oder dadurch verunsichert werden konnte. Ich stellte also dar, was Eve herausgefunden hatte, ohne sie zu erwähnen, und faßte Elizabeths Erinnerungen so beiläufig zusammen, wie ich konnte; mein Bericht endete mit der prosaischen Bitte um mehr Geld. Mein Aufenthalt in Quarterleigh hatte mir mein Augenmaß wiedergegeben. Wenn Sellick sich das Recht anmaßte, sich in mein Leben einzumischen, dann würde er für dieses Privileg zahlen müssen.

Gerade war ich mit dem Bericht fertig und fragte mich, wann Elizabeth wohl zurückkommen werde, als das Telefon klingelte.

Ich nahm gedankenlos den Hörer ab, nur um es sogleich zu bereuen. Am anderen Ende der Leitung meldete sich Henry.

»Martin – was zum Teufel hast du da zu suchen?«

»Ich bin hier, um mit deiner Mutter zu sprechen.«

»Ich habe dir doch verboten, sie zu behelligen, als du dich im letzten Monat dort blicken ließt. Was soll denn das heißen, daß du jetzt zurückgekommen bist?«

»Sie hatte nichts dagegen.«

»Laß mich mit ihr reden – und zwar auf der Stelle.«

»Das ist nicht möglich. Sie ist zum Bridgespielen fortgegangen.«

Am anderen Ende war es einen Moment lang ganz still, dann: »Hör zu, Martin: Ich sage dir hiermit, daß du das Haus sofort zu verlassen hast. Andernfalls komme ich und werfe dich persönlich hinaus.«

Ich war selbstsicher genug, um Henry zu reizen. »Du hast deiner Mutter nicht erzählt, daß ich versucht hatte, sie zu sprechen – warum eigentlich nicht?«

»Du verdammter kleiner Emporkömmling – laß meine Mutter in Frieden, oder du wirst es bereuen.«

Ich legte den Hörer auf. Es war ohne Zweifel sinnlos, mit Henry Beleidigungen auszutauschen. Das hatten wir in der Vergangenheit allzu oft getan. Mir ging nur die Frage im Kopf um: Weswegen war er so beunruhigt? Schon recht, er hatte guten Grund, mich nicht zu mögen, sogar mich zu hassen. Aber warum diese Beschützerhaltung gegenüber Elizabeth, wenn sie das offenbar weder brauchte noch wollte? Henry in der Rolle des treusorgenden Sohns war eigentlich nicht überzeugend. Als Politiker und als Persönlichkeit hatte er immer etwas Gemeines an sich gehabt. Ich war überzeugt, daß sich diese Gemeinheit jetzt manifestieren würde. Ich wartete bis zum Frühstück am nächsten Morgen, ehe ich Elizabeth von Henrys Anruf berichtete. Im Anfang verstand sie die Tragweite meiner Nachricht nicht.

»Es tut mir leid, daß ich ihn verpaßt habe. Er weiß aber doch, daß ich donnerstags Bridge spiele.«

»Ich glaube nicht, daß Sie lange darauf warten müssen, ihn zu sehen.«

»Ach, plant der gute Junge einen Besuch?«

»Elizabeth, Ihr Sohn haßt mich ...«

»Aber gewiß nicht.«

»Es ist so – und es ist verständlich. Die Sache ist die, daß er mir bedeutet hatte, nicht noch einmal zu kommen, als ich ihn letzten Monat hier antraf. Er war wütend, als er feststellte, daß ich gestern abend da war. Ich bin sicher, er trifft in Kürze hier ein, um mich hinauszuwerfen.«

»Niemand wird hier hinausgeworfen, Martin, solange Sie mein Gast sind. Ich bin aber ohnehin überzeugt, daß Sie sich irren.«

»Wir werden sehen.«

Und es dauerte nicht lange. Ich ging nach dem Frühstück ins Dorf, um meinen Bericht an Sellick zur Post zu bringen. Als ich zurückkehrte, stand Henrys Jaguar in der Einfahrt. Er mußte in aller Frühe von London aus aufgebrochen sein. Das schmeckte nach Panik.

Sie saßen im Wohnzimmer. Elizabeth hatte Henry ein Frühstück aufgenötigt, und er war dabei, ihr lautstarke Vorhaltungen zu machen, daß sie bei der Auswahl ihrer Gäste sorgfältiger sein müsse, als ich ins Zimmer trat. Henry sprang von seinem Stuhl auf. Ich konnte gleich sehen, daß die Gegenwart seiner Mutter ihn im Zaun hielt, aber nur so, daß er nicht hemmungslose Beschimpfungen von sich gab, sondern lediglich unangenehm wurde. Die Gewalt, die er sich antat, ließ sein Gesicht bedrohlich rot anlaufen.

»Wie ich höre, mein Bester, bist du schon seit einigen Tagen hier.«

»Das ist richtig.«

»Das sind dann einige Tage zuviel.«

Elizabeth mischte sich ins Gespräch. »Henry, Martin ist auf meine Einladung hiergeblieben. Ich nehme an, ich darf die Gäste haben, die ich wünsche?«

»Ja, Mutter, aber dieser Gast ist der Mann, der Schande über meine Tochter – deine Enkelin – gebracht hat. Unsere Familie ist ihm nichts schuldig als Verachtung.«

»Ich verstehe deine Gefühle in bezug auf Helen, Henry, aber ich kann nicht glauben, daß es sie verletzen könnte, wenn ich Martin ein gewisses Maß an Gastfreundschaft zugestehe.«

»Ich bin aber verletzt – zählt das gar nicht?«

»Natürlich. Aber, bitte, wir wollen uns doch wie zivilisierte Menschen verhalten.«

»Es ist nur so, daß der da«, er durchbohrte die Luft mit dem Zeigefinger, indem er auf mich wies, »sich nicht wie ein zivilisierter Mensch verhalten hat und ich deswegen etwas dagegen habe, daß er hier bei dir schmarotzt.«

»Henry, bitte ...«

»Schon gut«, sagte ich dazwischen. »Ich möchte keine Schwierigkeiten machen. Ich gehe. Wir haben ja auch«, und dieser Hieb sollte Henry treffen, »über alles gesprochen, was ich mir erhofft hatte. Ich bin Ihnen sehr dankbar für alles, was Sie mir gesagt haben.«

Jetzt war die Empörung in Henrys Gesicht eine Studie wert. Er wandte sich Elizabeth zu. »Mutter, was hast du ihm erzählt?«

»Martin stellt historische Forschungen zu einem Politiker aus der Zeit König Eduards an, Edwin Strafford – ein Freund deines Vaters. Ich habe ihn nur mit meinen eigenen Erinnerungen unterstützt.«

»Verdammt noch mal, Mutter. Wie kannst du so dämlich sein? Siehst du denn nicht ...«

Elizabeth erhob sich aus ihrem Stuhl und brachte ihn mit einem zornigen Blick zum Schweigen. »Unterlaß das Fluchen in diesem Haus, Henry – und sprich mit mir nicht in diesem Ton.« Sie ging langsam an ihm vorbei. »Wenn du vernünftig reden willst, findest du mich im Garten. Entschuldigen Sie mich bitte, Martin.« Sie verließ den Raum.

Henry erholte sich von dieser vorübergehenden Demütigung. Er drehte sich mir zu und war im Begriff, eine volle Breitseite auf mich abzugeben. Ich beschloß, ihm mit einer eigenen zuvorzukommen. »Wo warst du in der Nacht des 4. Juni 1951, Henry? Oder, was das angeht, am Abend davor?«

»Wovon redest du da?«

»Du hast gesagt, du hättest Edwin Strafford nie gesehen. Es ist nicht etwa möglich, daß du ihn doch gesehen hast – in Devon, an den genannten Tagen?«

Er kam drohend auf mich zu, starrte mich an und reckte sein Kinn vor. »Ich weiß nicht, was du aus meiner Mutter herausgelockt hast, Radford ...«

»Nur Dinge, von denen du hofftest, ich würde sie nicht herausbekommen.«

»Du verläßt dich allzusehr auf dein Glück.«

»Gilt das nicht eher für dich?«

»Ich kann dir nur raten auszusprechen, was du meinst – oder den Mund zu halten.« Der erfahrene Politiker in ihm bewahrte sich noch den Instinkt zu bluffen.

»Na gut. Der Grund dafür, daß du so feindselig bist und deine Mutter nicht, liegt darin, daß du etwas zu verbergen hast und deine Mutter nicht. Was du mir erzählt hast, hilft mir, ein paar weitere Puzzleteilchen zusammenzusetzen. Das Bild, das dabei entsteht, läßt dich in ein Komplott verwickelt erscheinen, das zu Straffords angeblichem Unfalltod führte.« Wenn es nötig wurde, war ich wohl in der Lage, ihn beim Bluffen noch zu übertreffen.

»Ich warne dich ...«

»Strafford war im Juni 1951 bei seinem Neffen in Devon zu Besuch. Mit dem Neffen habe ich gesprochen. Er erinnert sich an Einbrüche und Drohungen von Fremden. Seine Aussagen widerlegen die Theorie, Straffords Tod sei ein Unfall gewesen ...«

Henry bewegte sich schneller, als ich erwartet hatte, und griff nach meiner Kehle. Ich wich mit einem Ruck nach hinten gegen die Türfüllung aus, und er bekam noch meinen Krawattenknoten zu packen. Er packte fest zu, und ich spürte, wie sein Arm bebte. »Hör gut zu«, sagte er mit zusammengebissenen Zähnen, »glaubst du ernsthaft, ein Dreckskerl wie du könnte jemandem in meiner Position ans Leder? Wenn du Schwierigkeiten machen willst, dann wird es sich nicht mehr nur darum handeln, den Kontakt mit Laura zu unterbinden. Die Polizei könnte dein widerwärtiges und erbärmliches Leben sehr viel genauer unter die Lupe nehmen, wenn sie von der richtigen Seite dazu aufgefordert würde. Ich hätte eine Menge Möglichkeiten, dich unter Druck setzen zu lassen – bis du kaputt bist. Verstehst du mich?«

»Ich verstehe, daß das, was dich bedroht, nicht ich bin, sondern die Angst vor der Wahrheit.« Ich zahlte ihm jetzt die Beleidigungen heim, die er mir jahrelang zugefügt hatte, aber gleichzeitig ermahnte ich mich selbst, ruhig zu bleiben, weil ich ihn noch nie so zornig erlebt hatte, daß er gewalttätig wurde. In einem solchen Zustand hätte er vermutlich Strafford töten können. Ich zweifelte nur an seinem Mut, und deswegen ließ ich es jetzt darauf ankommen.

»Du mußt wahnsinnig sein.«

»Wer benimmt sich hier wie ein Wahnsinniger – du oder ich?« Sein Gesicht spiegelte einen inneren Aufruhr. Dann löste sich sein Griff, und er gab mich ganz frei, wobei seine Hand aber immer noch geballt blieb, als wolle sie den Griff nicht wirklich lösen. Wir blufften natürlich beide, errieten beide, was der andere zu erraten versuchte, gaben beide zuwenig – oder zuviel – preis, als daß einer von uns sicher sein konnte, was der andere nun wirklich wußte.

»Ich weiß, was du gegen mich in der Hand zu haben glaubst, Radford. Rachsüchtige Schmierereien von diesem widerlichen Frauenheld Strafford.« Er hatte sich zu einem Hinweis darauf verleiten lassen, daß er möglicherweise Strafford doch gekannt hatte, nur um mir zu zeigen, daß er über die Memoiren im Bilde war. Es traf mich, weil nun nicht mehr daran zu zweifeln war, daß Eve ihre Geldgeber über deren Verbindungen mit den Memoiren in Kenntnis gesetzt hatte. Zu einem früheren Zeitpunkt wäre mir das jedoch schlimmer erschienen. In gewissem Sinn war ich erleichtert, daß sie mich verraten hatte. Dadurch wurde meine eigene Schande vor ihren Augen erträglicher. Es fragte sich nur: Hatte sie Henry informiert, bevor oder nachdem sie von meiner Vergangenheit erfahren hatte? Das machte einen großen Unterschied, allerdings nicht für Henry.

»Das war bloß der Anfang. Ich habe seither viel mehr herausgefunden. Du steckst bis über die Ohren drin.«

»Ich stecke in überhaupt nichts drin, mein Bester. Ich bin Abgeordneter. Ich bin angesehen – und einflußreich. Wer wird denn deine jämmerlichen Beschuldigungen ernst nehmen, wenn man herausbekommt, wer du in Wirklichkeit bist? Ein Lehrer, der die Finger nicht von den Mädchen seiner Klasse lassen konnte und nun seinen Groll gegen meine Familie mit den fadenscheinigen Halbwahrheiten fragwürdiger Memoiren abreagiert.«

»Du selbst, Henry. Du wirst sie ernst nehmen, weil sie der Wahrheit entsprechen. Du hast dich nicht gescheut, jedermann zu erzählen, daß ich Helen nicht wert sei, und ich werde mich nicht scheuen, deinen Wählern zu erzählen, warum du nicht geeignet bist, sie im Parlament zu vertreten.«

»Verschwinde aus diesem Haus, Radford. Es wird dir noch leid tun, was du gesagt hast, aber noch mehr wird es dir leid tun, falls du diese Farce fortsetzt.«

»Schon gut. Ich gehe. Aber es ist keine Farce. Du hättest nicht solche Angst, wenn es eine wäre. Und noch eins – glaubst du wirklich, du kannst dich darauf verlassen, daß Eve Randall die Memoiren für sich behält?«

Henry sah verwirrt aus, als ob ich ihn unvorbereitet getroffen hätte. »Was soll das heißen?«

»Genau das, was ich sage. Kannst du dich auf sie verlassen? Das Stipendium ist eine feine Sache, aber mit den Memoiren, wenn sie es richtig anfängt, könnte sie sich einen Namen machen.«

Henrys Gesichtsausdruck ließ darauf schließen, daß er daran nicht gedacht hatte. Aber dadurch würde er sich nicht beirren lassen. »Ich wünsche, daß du aus diesem Haus verschwindest, Radford, aus meinem Leben und aus meiner Familie.«

»Der Wunsch wird dir erfüllt – vorläufig.«

Ich ging nach oben und packte rasch meine Sachen. Ich konnte hören, wie Henry in der Küche laut mit Dora sprach, aber durch das Fenster sah ich, wie Elizabeth im Garten in aller Ruhe einen Rosenbusch schnitt, offenbar entschlossen, sich durch das rüpelhafte Benehmen ihres Sohnes nicht stören zu lassen. Ich ging mit meiner Tasche hinunter und durch den Wintergarten zu ihr hin.

»Ich gehe jetzt«, sagte ich. »Es gibt nur unnötige Schwierigkeiten, wenn ich bleibe.«

Elizabeth legte ihre Rosenschere beiseite. »Wenn Sie meinen, mein Lieber. Aber Sie können gern hierbleiben.«

»Ich halte das wirklich für ausgeschlossen.«

»Nun gut, aber kommen Sie jederzeit wieder. Ihr Besuch war mir eine Freude.« Sie beugte sich vor und gab mir einen Kuß auf die Wange. »Ich gebe Ihnen meine besten Wünsche – für alles – mit auf den Weg.«

Elizabeths Gelassenheit hatte standgehalten. Strafford hatte gesagt: »Die Gabe, im Unglück gelassen zu bleiben, war Teil ihrer

Schönheit«, und hier fand man sie wieder, siebenundsechzig Jahre später immer noch unangetastet, statt im langen, cremefarbenen Kleid mit Petticoats und Sonnenschirm nun mit der Arbeitsjacke über dem karierten Rock, aber innerlich unverändert und von einer Schönheit, die dem aufmerksamen Beobachter auch heute noch nicht entgehen konnte. Aber so wenig berechenbar alles andere war, eines stand fest, das wußte ich, sie würde mir und allen anderen immer nur das Beste wünschen.

Ich fuhr nach London zurück – weil ich kein besseres Ziel hatte. Ich konnte mich nicht entschließen, was als nächstes zu tun war. Henry war beunruhigt – das stand außer Frage. Aber ich konnte nichts beweisen, und er wußte, daß ich es nicht konnte. Ich hatte alle Zeugen gesprochen, alle Dokumente durchkämmt, war allen Spuren gefolgt. Und am Ende aller Bemühungen stand nichts, worauf man eine überzeugende Anklage hätte bauen können – nur ein Verdacht.

Ich zog die Eingangstür hinter mir zu, ließ meine Tasche im Vorraum auf den Boden fallen und spürte, wie mich die vertraute, irgendwie vorwurfsvolle Atmosphäre des Hauses umfing: Du bist wieder zurück, ohne für deine Abwesenheit etwas vorweisen zu können.

Dann kam eine Botschaft von einem anderen Planeten. Auf dem Küchentisch hatte Jerry eine gekritzelte Nachricht hinterlassen, daß er verreist sei, und außerdem etwas Post – der übliche Müll von Wurfsendungen. Ein Brief jedoch sah anders aus: ein großer Umschlag, mit schwarzer Tinte von Hand adressiert, in eher ungelenker Schrift, gestempelt in Newton Abbot, am 16. Mai – das war der vergangene Montag. Ich riß ihn auf. Er kam von Ambrose.

Martin

So ein alter Knabe wie ich sollte nicht soviel Umstände haben, wenn er einen Grünschnabel wie Sie aufspüren möchte. Ihre Freunde in Exeter wußten nicht, wohin Sie gefahren sind, haben mir aber diese Adresse gegeben, so daß ich hoffe, Sie bekommen diesen Brief bald.

Warum der ganze Zirkus? Also, jetzt halten Sie sich gut fest. Das Buch, in dem mein Onkel schrieb, als er 1951 bei mir war – wir dachten, es sei verlorengegangen oder nach Madeira geschickt worden – ist die ganze Zeit über hiergewesen. Nachdem Sie fort waren, habe ich es gefunden: ein ausführlicher Bericht über das, was er getan hat, als er damals im Frühjahr zurückkam, und warum er es tat. Es geht nicht daraus hervor, wie er zu Tode gekommen ist, sonst aber, zum Henker, haarklein alles, was wir wissen wollten – und einiges mehr. Es gibt Leute, die hätten die Hosen voll, wenn sie wüßten, was da drinsteht.

Keine Namen – noch nicht. Kommen Sie, und lesen Sie erst selbst. Und dann erzählen Sie mir, an meinem Verdacht wegen seines Todes wäre nichts dran. Ich bin jetzt ganz sicher, daß er ermordet wurde – und Sie werden der gleichen Meinung sein, wenn Sie sehen, was ich hier habe.

Immer der Ihre,
Ambrose Strafford

PS: Der alte Knülch hatte sich ein raffiniertes Versteck ausgedacht, und ich bin nur durch Sie drauf gekommen, da zu suchen, also verdienen Sie auch einen Anteil an der Beute. Und was für eine Beute! Martin, ich habe 26 Jahre darauf gewartet, diesen Fund zu machen, und glauben Sie mir, die Couchmans müssen sich auf was gefaßt machen. Melden Sie sich, sobald Sie können – wir werden Kriegsrat halten.

A.S.

Mit dem Brief in der Hand ging ich langsam zum Wohnzimmer, setzte mich und las ihn noch einmal. Es blieb dabei. Ambrose' extravagante Ausdrucksweise übertrieb ausnahmsweise einmal nicht die Bedeutung seiner Entdeckung. »Das Buch, in dem mein Onkel schrieb.« Wir hatten vermutet, aber nie wirklich geglaubt, es könnte sich um eine ausgewachsene Nachschrift zu den Memoiren handeln. Jetzt aber, aus heiterem Himmel, erklärte Ambrose, genau darum handle es sich. Er hatte sie gefunden, gelesen und sich darin gerechtfertigt gesehen. Wie, das sagte er nicht, abgesehen von seinem Hieb in Richtung Couchmans. Ambrose war ein alter und vorsichtiger Mensch und nicht gewillt, sein neues Geheimnis der

Post anzuvertrauen. Er war jedoch bereit, es mit mir zu teilen, auch wenn ich nicht ahnte, wie ich ihn darauf gebracht haben konnte, wo es zu finden war.

Ich wollte die Nachschrift jetzt gleich lesen, besitzen, verschlingen, bis Strafford uns alles erzählt hätte. Mir war danach, unverzüglich nach Dewford aufzubrechen. Vielleicht kam ich noch rechtzeitig an, um Ambrose im »Greengage« zu erwischen, ihn zum Lodge Cottage zu entführen und in seiner Rumpelkammer von Wohnzimmer zu sitzen, um mit seinem Cider auf unsere gemeinsame Leistung anzustoßen. Memoiren und Nachschrift vereint – die Aufdeckung von Henrys Bluff und endlich auch von Straffords Geheimnis –, das waren erregende Aussichten.

Wie ärgerlich es war, Ambrose nicht anrufen zu können, weil der alte Herr solchen Kinkerlitzchen mißtraute! Schließlich verfiel ich auf die Lösung, ihm ein Telegramm zu schicken – das Beste, was unter Umständen möglich war: BRIEF ERHALTEN STOP TOLLE NACHRICHT STOP KOMME MORGEN STOP BIS DAHIN STELLUNG HALTEN STOP. Der Aufschub war lästig, aber auch nicht mehr als das. Warum sollte es auch anders sein? Er bot mir gewissermaßen die Chance, die Aussicht zu genießen. Wie sich dann herausstellte, war schon ein Tag mehr, als ich mir leisten konnte..

Als ich von einem kurzen Einkaufsgang zurückkehrte – Jerrys Vorrat an Grundnahrungsmitteln war wie üblich erschöpft gewesen –, dachte ich mir nichts Besonderes bei dem roten Porsche vor dem Haus, bis der Fahrer ausstieg.

Es war Timothy Couchman, Helens älterer Bruder, makellos gekleidet in schwarze Sportjacke und cremefarbene Freizeithose, das Hemd am Kragen lässig offen. Er warf eine schwarze Haarlocke zurück und blies beiläufig Rauch in die Luft. »Hallo, Martin«, sagte er mit öligem Spott und bewegte sich mit jenem geschmeidigen Geräusch auf mich zu, das nur die Kombination von teurer Kleidung, goldenen Manschettenknöpfen und lederbesohlten Schuhen hervorbringen konnte.

Von allen Couchmans war Timothy derjenige, den ich instinktiv haßte, jetzt noch mehr als früher. Er hatte einmal ein hagerknochiges gutes Aussehen besessen, das sich mit natürlichem Charme verband. Selbst damals mißfiel mir sein Kommandoton, sein angeberisches Getue, mit dem er mehr oder weniger zeigen wollte, daß er etwas Besseres darstellte, und das, was ihn als schmierigen Oberschichttypen charakterisierte. Er war ein Parasit der dritten Generation gewesen, der sich für einen Hai hielt. Nun ja, vielleicht war er in die Rolle hineingewachsen. Jetzt sah man ihm nicht so sehr raffinierte Lebensart als vielmehr ausschweifende Lebensweise an; der klare Teint war stumpf geworden, die hohlen Wangen aufgedunsen. Wer weiß, welche zweifelhaften Geschäfte auf die gefolgt waren, von denen ich schon wußte, aber es waren offensichtlich so viele, daß er bei seinem Lebensstil bleiben konnte. Sein strahlendes Lächeln, das früher einmal für gewinnend gehalten wurde, erinnerte jetzt an einen Säbelzahntiger.

»Was willst du?« Ich legte inzwischen schon keinen Wert mehr drauf, mir auch nur den Anschein von Höflichkeit zu geben; ich war überzeugt, daß sein Besuch im Zusammenhang mit meinem Aufenthalt in Miston stand. Für mich war er der Botenjunge seines Vaters.

»Martin, schön, dich nach so langer Zeit einmal wiederzusehen.« Timothy hatte noch nie zu denen gehört, die sich von bloßer Unfreundlichkeit abschrecken lassen.

»Also ich finde es nicht schön, dich zu sehen. Was willst du?«

»Könnten wir vielleicht drinnen darüber sprechen?«

»Warum?«

»Ich habe einen Vorschlag für dich. Ich glaube, er verdient deine Aufmerksamkeit.«

Ich dachte, daß Henry vielleicht seinen Sohn geschickt hatte, um einen Kompromiß anzubieten, den er persönlich nicht über die Lippen bringen würde. Wenn das zutraf, sollte ich ihn mir anhören. »Lange darf es aber nicht dauern. Ich habe es eilig.«

»Geht es uns denn nicht allen so?« Trotz all seiner affektierten Trägheit konnte ich mir vorstellen, daß es ihm so ging. Er folgte mir zur Tür. Ich führte ihn ins Wohnzimmer. Er schenkte dem Raum einen überheblichen Blick und setzte sich dann unaufgefordert. »Recht hübsch – für einen Vorort. Ich wußte gar nicht, daß du dir das leisten kannst.«

»Kann ich nicht.« Sollte er damit anfangen, was er wollte. Er schnipste Asche durch den Rost des elektrisch geheizten Kamins. Ich nahm einen Aschenbecher aus dem Schrank und stellte ihn demonstrativ neben seinen Stuhl, ehe ich ihm gegenüber Platz nahm.

»Wie wär's, wenn du zur Sache kämst? Du bist hier nicht länger willkommen als unbedingt nötig.«

»Warum denn nur dieser Ton, Martin?« Er tat einen tiefen Zug an seiner Zigarette. »Du scheinst meine Großmutter durcheinandergebracht zu haben.«

»Ganz im Gegenteil. Mit ihr komme ich besser aus als mit der ganzen übrigen Familie. Vielmehr schien dein Vater durcheinander zu sein.«

Er drückte langsam seine Zigarette in dem Aschenbecher aus. »Papa ist allerdings besorgt wegen deiner ... Aktivitäten. Ich nehme an, du weißt«, hier wurde er plötzlich ernst, »wenn du weiterhin in Angelegenheiten herumschnüffelst, wo du unerwünscht bist, daß man dann die ganze Frage des Besuchsrechts bei deiner Tochter ... neu überdenken muß.«

»Ich weiß, daß dein Vater versucht hat, mir mit der Aufkündigung dieses Rechts zu drohen.«

»Das ist nicht nur eine Drohung. Wie können wir es denn verantworten, daß du sie weiterhin besuchst, wenn dein Verhalten so ... labil wird?«

»Ihr könnt alles versuchen, über Helens Anwalt. Aber es wird nichts bringen. Was weißt du über die Geschichte?«

»Alles, was es zu wissen gibt. Keine Geheimnisse in meiner Familie.« Er lächelte mit einem Hauch von Ironie und zündete sich eine neue Zigarette an.

»Wenn das der Fall ist, worüber macht ihr euch denn Sorgen?«

»Über gar nichts.«

»Warum bist du dann hier?«

Er breitete die Arme aus. »Legen wir die Karten auf den Tisch, Martin. Wir machen uns Sorgen, daß deine irrationale Neugier vielleicht auf persönliche Probleme zurückzuführen ist. Papa meinte, ich könnte mal mit dir reden – als Angehöriger der gleichen Generation – und Hilfe anbieten.«

»Ich brauche keine Hilfe.«

»Nur nichts überstürzen. Die Hilfe, an die ich dachte, ist finanzieller Art.«

Das war es also: ein Bestechungsversuch. Ich fragte mich, wieviel Geld den Couchmans mein Schweigen wert war. »Bitte, nur zu.«

»Meine Vorstellungen sind zur Zeit noch ziemlich vage, aber wenn wir dir helfen könnten, dir eine ... befriedigendere ... Berufsgrundlage zu verschaffen, dann hättest du es nicht nötig, dich mit dieser Farce von historischer Forschung lächerlich zu machen.«

»Meinst du damit, daß ihr Kapital zur Verfügung stellen würdet?«

»So in diesem Sinne.« Er nickte bedeutsam.

»Wieviel?« Es war Zeit, ihm auf den Zahn zu fühlen.

»Wieviel würdest du brauchen?«

»Der Mann, für den ich jetzt arbeite, zahlt mir £ 10 000.«

»Aha.« Eine weitere Zigarette wurde im Aschenbecher ausgedrückt. »Nun, selbstverständlich müßten wir zunächst dafür sorgen, daß du nicht mit leeren Händen dastehst.«

»Selbstverständlich.« Ich stand auf und ging zum Fenster. Draußen war es inzwischen dunkel geworden. »Henry ist noch dümmer, als ich dachte, wenn er dich mit einem plumpen Bestechungsversuch zu mir schickt. Ich bin nicht interessiert.«

Timothy drehte sich zu mir um. »Nicht interessiert? Es sieht dir gar nicht ähnlich, dich moralisch aufs hohe Roß zu setzen – und es ist so wenig überzeugend.«

»Ich verstehe, daß es für dich schwierig ist zu begreifen, daß irgend jemand nicht käuflich ist.«

»Nur dann, wenn es sich so offensichtlich schon um ... Ladenhüter handelt. Wie man berichtet, warst du bei Miss Randalls Angebot weniger ... heikel.«

Ich beging einen Fehler, wütend zu werden. »Was meinst du damit?«

»Ich meine, daß Miss Randall deine schäbigen Memoiren für uns zum Schleuderpreis hätte kaufen können.«

»Warum hat sie es dann nicht getan?« Plötzlich stand eine Szene aus eben diesen Memoiren vor meinem inneren Auge, als nämlich Strafford Couchman in dessen Fabrik aufsuchte und auch Gegenstand eines Bestechungsversuchs wurde, auch mit einer Bemerkung über eine Frau gereizt wurde.

»Weil sie vermutlich in deinem Fall jeden Preis für zu hoch hielt. Wer konnte außerdem damals wissen, daß du noch so lästig werden würdest?«

»Bist du sicher, daß Miss Randall nicht ebenso an der Wahrheit interessiert war wie ich?«

»Ganz sicher. Eve weiß, daß ein Couchman-Stipendium ihren Interessen dienlicher ist, als mit dir ein schwachsinniges Autorenteam zu bilden.« Er verriet mir, daß er Eve beim Vornamen nannte und was sie ihm von unseren Plänen erzählt hatte. Das Telefon kam meiner Antwort zuvor.

Ich ging rasch in den Vorraum und nahm den Hörer ab. Nick Bennett war am Apparat.

»Martin! Gott sei Dank! Ich versuche schon den ganzen Tag, dich zu erreichen.«

»Wo brennt's?«

»Es geht um diesen ulkigen alten Bekannten von dir – Ambrose Strafford.«

»Und?«

»Er hat uns vor einer Woche aufgesucht, weil er mit dir Kontakt aufnehmen wollte. Wir haben ihm deine Adresse gegeben.«

»Ich weiß. Ich habe einen Brief von ihm bekommen.«

»Also, er war heute wieder da, sehr viel erregter als vorher. Er sagte, er müsse unter allen Umständen mit dir reden.«

»Warum?«

»Das hat er nicht direkt gesagt. Er hatte getrunken, wenn du mich fragst, und redete unzusammenhängendes Zeug von Drohungen, Fremden, dunklen Mächten – was auch immer damit gemeint war. Er behauptete, er sei in großer Gefahr und müsse dich sehen: Es gehe um Leben und Tod.«

Das klang nach Ambrose – aber warum in solcher Panik? »Hat er sich spezifischer ausgedrückt?«

»Nein. Offenbar wollte er mir nicht viel sagen. Und Hester fand ihn ein bißchen unheimlich, so daß ich ihn nicht weiter gedrängt habe.«

»Weißt du, ob er mein Telegramm bekommen hatte?«

»Ja. Er trug es zusammengeknüllt bei sich. Er zog es aus der Tasche und sagte, falls ich dich vor ihm sprechen würde, sollte ich sagen, er werde ›versuchen, die Stellung zu halten‹, aber es werde ›nicht leicht sein‹. Ich habe versucht, dich anzurufen, während er hier war, aber du warst nicht zu Hause. Er sagte, er müsse ›auf Barrowteign Wache halten‹. Dann ging er.«

»Hat er sonst noch etwas gesagt?«

»Noch etwas, als er ins Auto stieg: eine Nachricht für dich. ›Sagen Sie Martin, er soll daran denken, daß für die Straffords Erinnerungen schon immer an oberster Stelle standen.‹ Was soll das heißen?«

Ja, was? »Ich weiß es nicht, Nick. Ich weiß überhaupt nicht, was das alles bedeutet. Aber ich mache mir Sorgen. Ambrose ist zwar ein bißchen ein komischer Kauz, aber bestimmt nicht dumm. Wenn er sich bedroht fühlt, dann deswegen, weil er es ist. Ich hätte auf seinen Brief hin alles liegen und stehen lassen sollen.« Oder mich nicht so lange in Miston aufhalten sollen, dachte ich im stillen.

»Was machst du jetzt?«

»Ich muß so schnell wie möglich hin.«

»Willst du heute abend zu uns kommen?«

»So spät kriege ich hier keinen Zug mehr. Ich nehme morgen früh die erste Verbindung und fahre direkt nach Dewford. Könnte ich hinterher zu euch kommen?«

»Selbstverständlich.«

»Dann rufe ich von Dewford aus an. Bis morgen also. Übrigens – danke, daß du mich benachrichtigt hast. Es ist durchaus möglich, daß Ambrose recht hat und es um Leben und Tod geht.« Woran ich dachte, das war Straffords Leben und Tod, aber in der Formulierung schwangen Bedeutungen mit, die weder Ambrose noch ich gemeint haben konnten.

Nach dieser Nachricht wollte ich nur noch, daß Timothy so schnell wie möglich verschwand. Als ich zurückkam, lehnte er am Kamin, stützte einen Fuß aufs Gitter und blies den Rauch seiner Zigarette zur Decke, wobei er so unbeteiligt wirkte, daß ich sicher war, er hatte gehorcht.

»Schwierigkeiten, alter Knabe?«

»Meine einzige Schwierigkeit besteht darin, wie ich dich loswerde.«

»Das ist kein Problem.« Er stieß sich mit dem Ellbogen vom Kaminvorsprung ab und ging an mir vorbei zur Tür. »Wenn du vernünftig bist, Martin, dann laß von dir hören. Wenn nicht, dann sag nicht, man hätte dich nicht gewarnt.«

»Ihr werdet nicht von mir hören.«

»Schade. Wenn du deine Meinung doch noch ändern solltest, ruf mich einfach an. Ich habe dir meine Karte dagelassen.«

Die letzte Geste des gewieften Vertreters. Ich ging ins Wohnzimmer zurück und fand die Karte, die er an die Uhr auf dem Kaminsims gelehnt hatte: Timothy H. Couchman, Unternehmensberater, 4 Padua Court, Berkeley Street, London W1. Als das satte Motorengeräusch seines Porsches zu mir drang und ich hörte, wie er den Wagen beschleunigte, zerriß ich die Karte zweimal und warf die Schnitzel in den Papierkorb.

Dann wanderte mein Blick den Kaminsims entlang zu der Stelle, wo ich den Brief von Ambrose unter einen Bierkrug gelegt hatte. Ich zog ihn heraus und las ihn mir noch einmal durch – die erregten zuversichtlichen Worte, die Anspielungen auf die langersehnte Rache für den Tod seines Onkels, die ungeduldige Vorfreude auf den Skandal für die Couchmans. Aber nichts Handfestes oder Endgültiges schwarz auf weiß, alles in seinem Kopf, alles nur in Aussicht gestellt. Ich mußte schnell zu ihm, herausfinden, was er meinte. Er hatte Nick von Drohungen und von Fremden erzählt. Meinte er die von früher, mit denen Strafford sich auseinandersetzen mußte, oder etwas Neues? Ich mußte es erfahren.

6

In dieser Nacht schlief ich überhaupt nicht, was wahrscheinlich ganz gut so war. Im Morgengrauen fuhr ich zum Bahnhof Paddington und nahm den ersten Zug nach Exeter. Kurz nach neun kam ich an und besorgte mir ein Taxi nach Dewford.

Die Straße durch das Teigntal war an einem klammen Morgen zu so früher Stunde leer, und das Taxi kam rasch voran. Ich schaute auf die Felder, an denen ich vor einem Monat zu Fuß vorbeigekommen war, und verfolgte den Verlauf der Narbe, die die ehemalige Bahnlinie entlang der Sumpfwiesen hinterlassen hatte. An der Kreuzung ließ ich den Fahrer nach links abbiegen, und wir brausten über die alte Steinbrücke auf die andere Flußseite. An der rechten Befestigungsmauer befand sich ein fluoreszierendes rotes Band, das von einem Ende der Brücke bis zum anderen reichte, und auf der gegenüberliegenden Seite parkte ein schwarzer Kombi. Das Flußufer war, wie ich sehen konnte, mit weiterem rotem Band abgesperrt, und eine untersetzte Gestalt in Gummistiefeln und weißem Kittel war gerade dabei, sich durch die von kleinen Bäumchen bewachsene Böschung vom Ufer zu entfernen. Ohne der Sache besondere Beachtung zu schenken, fragte ich mich, ob es wohl einen Unfall gegeben hatte, aber die Brücke wirkte nicht beschädigt, alles war an seinem Platz.

Ich bezahlte das Taxi am Eingang zu Barrowteign, schritt zwischen den vertrauten Pfeilern mit ihren Eulen hindurch und folgte dem Weg durch das Tor und unter den Linden entlang zum Lodge Cottage. Es war ein beruhigend normaler, heiterer Morgen auf dem Land. Schon konnte ich mir Ambrose vorstellen, der durch die Küchentür die Luft einsog, seine Pfeife anzündete und ein paar Eier in die Pfanne schlug, während er Jess unmelodisch etwas vorpfiff und sich fragte, wann Radford, dieser junge Spund, endlich auftauchen würde. Nun, ich war da.

Das erste, was mir auffiel, als ich dem ehemaligen Übergang näher kam, war ein Polizeiauto, das vor der Garage stand. Ich dachte, Ambrose hätte vielleicht den Dorfpolizisten zum Frühstück eingeladen, aber alle Fenster des Häuschens waren verschlossen, und der

Duft von gebratenem Speck lag auch nicht in der Luft. Ich drückte das Gartentor auf und war darauf gefaßt, Jess bellen zu hören, was aber nicht der Fall war. Die Haustür stand offen, so daß ich eintrat.

»Hallo, Ambrose?« rief ich.

Vom vorderen Zimmer kam ein Geräusch, schwere Tritte, und dann erschien ein stämmiger Polizist in Uniform in der Tür. Er hatte ein zerfurchtes, bäuerliches Gesicht, stand aber breit vor mir. »Und wer sind Sie, bitte?« sagte er mit mißtrauischer Höflichkeit.

Ich prallte verblüfft zurück. Die massige Gestalt dieses Mannes schien das ganze Haus auszufüllen, vom Eingang ganz zu schweigen. »Ich bin ein Freund von Ambrose Strafford. Ist er da?«

»Nein.«

»Darf ich fragen ... warum Sie hier sind?«

»Wann haben Sie Mr. Strafford zuletzt gesehen?«

»Etwa vor einem Monat.«

»Aha ... Sie sind wohl nicht von hier?«

»Nein.«

»Wann sind Sie angekommen?«

»Gerade eben.«

»Ich habe kein Auto gehört.«

»Nein. Ich bin mit dem Taxi gekommen. Der Fahrer hat mich am Tor abgesetzt. Jetzt ...«

»Schon 'ne komische Zeit für 'nen Besuch.«

»Ich wollte Ambrose dringend sprechen.«

»Und warum das, wenn ich fragen darf?«

Jetzt war ich weniger überrascht als ungehalten. »Finden Sie nicht, daß das meine Angelegenheit ist?«

Der Wachtmeister nickte. »Normalerweise schon. Aber ...«

»Aber was?«

»Wir untersuchen einen ungeklärten Todesfall, so daß ...«

Panische Angst stieg in mir hoch. »Wessen Tod?«

»Von Ambrose Strafford.«

»Wie?«

»Er ist gestern nacht im Fluß ertrunken. Scheint auf'm Rückweg vom ›Greengage‹ am Brückengeländer das Gleichgewicht verloren zu haben. Wir nehmen an, betrunken.«

Einen Augenblick lang konnte ich nichts denken oder sagen. Ambrose ertrunken? Es war unmöglich, unvorstellbar. Aber stämmige Polizisten lügen nicht. »Gestern nacht?«

»Sieht so aus. Einer von den Leuten, die hier auf dem Gut arbeiten, fand ihn bei Tagesanbruch auf dem Weg zur Arbeit. Hat gehört, wie sein Hund jaulte, und entdeckte den alten Ambrose zwischen Baumwurzeln an einer seichten Stelle beim Ufer, bei der Brücke.«

Ich war zu spät gekommen – anscheinend nur um ein paar Stunden zu spät. Ambrose, robust und lebendig, der sein üppiges Quantum im »Greengage« trank, dann – ertrunken, ein Schemen im Wasser, im Morgengrauen ans Ufer gespült. Es war entsetzlich – aber ein Unfall? Nach all seinen schlimmen Ahnungen und Ankündigungen? Das war zuviel. »Woher wissen Sie, was passiert ist?«

»Wir wissen es nicht. Jedenfalls nicht, bis wir die Ergebnisse der gerichtsmedizinischen Untersuchung haben. Aber es liegt nahe. Ambrose hat immer schon viel Apfelwein getrunken, hat gestern abend ordentlich gebechert und landet dann im Fluß. Unter der Brücke ist es ziemlich seicht, er muß also schon ganz schön hinüber gewesen sein, als er reingefallen ist. Außer ...«

»Außer was?«

»Außer, daß er was gefaselt hat über Fremde, die ihn in der letzten Zeit bedroht hätten.«

Alle meine Hoffnungen verboten mir zu glauben, daß ein grotesker Unfall sich mir oder Ambrose in den Weg stellen konnte. Ambrose hatte also getrunken. Na und? Er hatte sein Leben lang jeden Abend getrunken und noch nie Schwierigkeiten gehabt, seinen Weg über die Brücke zu finden. Ich hatte, was seinen Tod betraf, die gleichen Gefühle wie er bei seinem Onkel. Es ist unmöglich, daß ganze Familien Unfälle anziehen. Aber Fremde können alte Männer von Brücken oder auf Bahngleise stoßen. In meinem Schock lief es mir plötzlich kalt den Rücken hinunter. Wäre ich nicht blind oder dumm oder beides gewesen, dann hätte ich so etwas voraussehen, es mit Sicherheit aus der in Stein gemeißelten Tragödie der Straffords ablesen können. Plötzlich paßte Ambrose' Tod ins Bild – und das machte es noch schlimmer. Als ich den Wachtmeister ansprach, fast anbrüllte, da machte ich meiner Verzweiflung Luft. »Vielleicht hätten Sie auf ihn hören sollen. Merken Sie denn nicht, daß es kein Unfall war?«

Der Wachtmeister blieb ruhig. »Nein, das tu' ich nicht. Ist aber auch nicht mein Job. Mein Job ist nämlich, Fremde zu vernehmen, die ohne Erklärung im Morgengrauen im Haus des Toten aufkreuzen.«

»Sie können mich vernehmen – unbedingt. Aber ich bin kein Fremder – war keiner – für Ambrose.«

»Für mich sind Sie fremd – und im Dorf.«

»Ich heiße Martin Radford. Ich bin kurz nach Ostern schon einmal hiergewesen, wegen einer wissenschaftlichen Untersuchung über die Familie, in deren Besitz Barrowteign sich früher befand. Ich habe Ambrose gesprochen, und er hat mir alles erzählt, was er wußte. Ich bin auf seine Einladung wieder hergekommen.«

»Aus welchem Grund?«

Das behielt ich lieber für mich. »Ich werde es nun nie mehr erfahren.«

»Wenn Sie meinen. Ich werde Ihre Aussagen wohl zu Protokoll nehmen müssen.«

Ich hatte keine Einwände – warum auch? Wir gingen durch zur Küche und setzten uns an den Tisch, an dem ich zusammen mit Ambrose gesessen hatte. Es waren noch Teller und Messer da, Brotkrümel und Tabakreste waren über die Platte verstreut, und ein Küchentuch hing über der Kante. Die alte, verkrustete Pfanne, auf der sich ein Fettrand abgesetzt hatte, stand auf dem Herd, und im Spülbecken befand sich Geschirr. Es schien unfaßbar, daß Ambrose' Welt chaotischer Gemütlichkeit – die stolze, stachelige Festung des letzten Strafford – ihren Herrn verloren hatte.

Der Wachtmeister zog ein Notizbuch hervor und schrieb umständlich meinen Bericht von meinem Besuch bei Ambrose nieder. Ich erzählte ihm von Straffords rätselhaftem Tod im Jahr 1951 – daß sowohl Ambrose wie ich überzeugt waren, es sei kein Unfall gewesen. Ich sagte, meiner Meinung nach gebe es für beide Todesfälle die gleiche Erklärung, ging darüber jedoch nicht hinaus. Selbst in meiner Bestürzung über diesen Verlust äußerte ich keine abenteuerlichen Beschuldigungen, brachte nichts vor, was ich nicht beweisen konnte. Die Couchmans, die Memoiren und die Nachschrift ließ ich unerwähnt. Es war meine Pflicht, zu Protokoll zu geben, daß es sich bei Ambrose nicht einfach um einen närrischen alten Trinker handelte, der durch eigenes Verschulden ertrunken war, aber ich erwartete zu keinem Zeitpunkt wirklich, daß die Polizei das glauben würde.

»Und Sie sagen, der Wirt im ›Greengage‹ kann das bestätigen?«

»Ja – teilweise.«

»Gut, das werde ich überprüfen. Dann lasse ich Ihre Aussage tippen und frage, ob der Inspektor sich noch mit Ihnen unterhalten will. Wo werden Sie in der nächsten Zeit zu erreichen sein?« Ich gab ihm die Adresse der Bennetts in Exeter. »In Ordnung. Ich werde mich melden.«

»Und das ist jetzt alles?«

»Was erwarten Sie denn?«

»Ambrose hat von Drohungen gesprochen. Dann stirbt er unter mysteriösen Umständen. Sollte man da nicht ...«

Der Wachtmeister erhob sich zu seiner vollen Größe aus dem Stuhl. »So mysteriös ist das gar nicht. Wenn Sie in diesem Stil weiterreden, dann werden die Leute Sie für genauso bekloppt halten wie den alten Ambrose.«

Ich stand ebenfalls auf. »Okay. Ich habe verstanden. Ich muß jetzt gehen.« Ich ging auf den Vorraum zu. »Haben Sie hier irgendwas gefunden?«

»Nichts, was Sie angeht.«

»Ich verstehe.« Nur leider verstand ich es nicht und er auch nicht. Wo war die Nachschrift? Ich konnte diesen Mann nicht danach fragen, und er hätte mir die Frage auch nicht beantwortet, wenn ich sie gestellt hätte. Er hätte nicht verstanden, auf was ich hinauswollte, hätte die schreckliche Enttäuschung nicht verstanden, die ein leeres Häuschen in Totentrauer nach der Verlockung eines lebenssprühenden Briefs für mich bedeutete. Ich trat hinaus in die Morgenluft, durch das Wissen von Ambrose' Tod ein veränderter Mensch, und sagte mir, daß alte Männer, die Apfelwein bechern, sich eben leicht selbst in Gefahr bringen, hörte aber die ganze Zeit über eine andere Stimme, alt und krächzend, die mir eindringlich und nur allzu überzeugend ins Ohr sagte: »Laß dich nicht von ihnen täuschen.

Glaubst du wirklich, so etwas konnte ein zweites Mal passieren?«
Dort im Garten, während ich das ehemalige Gleisbett betrachtete und mich an das Vorspiel zu einem anderen Unfall erinnerte, wurde mir bewußt, daß ich eben nicht glaubte, daß der Blitz zweimal an derselben Stelle einschlägt, und daß ich nicht zulassen würde, daß Ambrose umsonst den Tod gefunden hatte. Ich ging zum Hauptweg zurück und von dort rasch zur Brücke.

Ich lehnte mich schwer auf die Mauer und empfand eine merkwürdige Mischung aus Übelkeit und Hochstimmung, Übelkeit durch den Schock und die Trauer über Ambrose' Tod, Hochstimmung – die mich bestürzte, aber nicht zu leugnen war – durch die plötzliche Erkenntnis, daß endlich etwas geschehen war. Meine Nachforschungen hatten endlich begonnen, ihre bittere Frucht zu tragen. Aber wie? Warum? Nun, nachdem Ambrose nicht mehr da war, war ich weiter von den Antworten entfernt denn je.

Ich lief in trostloser Stimmung zur Kreuzung weiter und dann bis ins Dorf. Es war ruhig im Ort, der sich auf die Aktivitäten des Tages erst noch vorbereitete. Trotz der frühen Stunde strebte ich auf das »Greengage« zu, überzeugt, daß Ted, der Wirt, mir mindestens ebensogut wie jeder andere einen Eindruck vom Vorgefallenen vermitteln könnte.

Vorn war kein Lebenszeichen auszumachen, aber ich hörte, daß sich hinter dem Haus etwas rührte, und ging deswegen um den Bau herum und entdeckte Ted, der dabei war, vor der offenen Kellertür Bierkästen zu stapeln. Er blickte auf und nickte mir zu.

»Ich hab' das von Ambrose gehört«, sagte ich.

»Schlimme Sache«, knurrte Ted. »Ich hab' der Polizei von Ihnen erzählt.«

»Warum?«

»Weil, der alte Ambrose, er war beunruhigt wegen Fremden, immer schon, das wissen Sie ja. Also hab' ich denen von Ihnen erzählt, weil Sie einer sind.« Er knallte einen Kasten auf den Stapel und lehnte sich dann darauf. »War wohl das Wenigste, was ich tun konnte.«

Ich wußte, was er meinte. In seiner ungeschickten Art hatte Ted das Beste für Ambrose tun wollen, und es machte ihm nichts, wenn ich erfuhr, daß er mich als verdächtigen Fremden genannt hatte. Was ihn anging, war ich ja auch einer.

»Vor mir hatte Ambrose keine Angst.«

»Das glaube ich schon.«

»Aber vor jemand sonst?«

»Vielleicht.«

»Könnten wir nicht hineingehen und darüber reden?«

»Okay.« Er führte mich durch die Hintertür in die Bar, die dunkel und, wie die Stühle auf den Tischen zeigten, noch nicht für Gäste vorbereitet war. Er holte uns zwei Stühle von einem Tisch herunter und zapfte dann zwei Gläser Cider aus dem Faß, von dem Ambrose am Abend zuvor auch seinen Abendtrunk bekommen haben mußte; wortlos stellte er sie zwischen uns.

»Auf Ambrose, den alten Knülch«, sagte er dann und trank ein paar Züge.

Auch ich nahm einen Schluck. »Ich war auf dem Weg zu ihm.«

»Ich weiß. Hat er erzählt. Er war schon ganz ungeduldig.«

»Schade, daß ich nicht früher angekommen bin.«

»Vielleicht.«

»Wie ist es denn passiert?«

»Weiß man nicht. Gestern abend kam er wie immer. Das nächste war dann, daß George Ash – unser Wachtmeister hier – mich vor ein paar Stunden geweckt hat. Sie hatten Ambrose im Fluß gefunden, und George wollte nachprüfen, ob er vorher hiergewesen war. Jess war bei ihm – wir haben den Hund vorerst mal zu uns genommen.«

»Ich habe mit Wachtmeister Ash in Ambrose' Häuschen gesprochen. Er nimmt an, daß Ambrose betrunken ins Wasser gefallen und dann ertrunken ist.«

Ted grunzte. »Das hätte ich auch gesagt, aber Ambrose war kein Dummkopf, und der trinkt nicht sein Lebtag Cider, um dann den Heimweg nicht sogar blind zu finden. Gestern war es nicht mehr als sonst auch, und außerdem ...«

»Ja?«

»Sie kennen doch den ganzen Blödsinn, den er immer über seinen Onkel verzapft hat – daß Fremde bei seinem Tod ihre Finger im Spiel gehabt haben?«

»Ja, das weiß ich.«

»Na ja, es war schon komisch, aber gestern abend hat er irgendwie Angst gehabt. Er hat gefragt, ob ich mich an so'n Typen erinnere, der mittags gekommen ist und ganz allein in der Ecke gesessen hat. Ob ich ihn kenn'. Kannt' ich natürlich nicht. Die Leute schneien hier auf der Durchfahrt rein, vor allem am Wochenende. Das habe ich Ambrose auch gesagt, aber er hat noch mal behauptet, daß dieser Kerl ihn beobachtet hätte, obwohl er das vorher nicht erwähnt hat. Der wär' tagsüber um sein Häuschen herumgeschlichen, und gemeint hat er, er kennt ihn von irgendwoher, aber sicher wär' er nicht.«

»Hat diese Person sich gestern abend hier blicken lassen?«

»Nicht, daß ich wüßte.«

Wer war es, Ambrose? dachte ich. Hast du endlich eines der Schattengesichter erkannt? Das wollte ich unbedingt wissen, aber Ambrose war tot, und Ted, falls er je etwas gewußt hatte, konnte sich nicht erinnern.

»Sagen Sie«, ich trank wieder einen Schluck, »hat Ambrose etwas von einem Fund verlauten lassen, den er kürzlich gemacht hätte?«

»Nein – nur daß er Sie unbedingt sehen müßte.«

»Er hat nicht gesagt, warum?«

»Nein. Wissen Sie's denn nicht?«

»Nicht genau. Ich glaube, er hatte etwas herausgefunden – aber ich weiß nicht, was.«

Ted leerte sein Glas. »Das werden Sie jetzt wohl nie mehr erfahren – falls überhaupt was war.«

Auch ich trank mein Glas leer und stand auf. »Was meinen Sie? War es bloß Gerede? Nichts als ein Unfall? Oder etwas Schlimmeres?«

Ted trug unsere Gläser an die Bar. »Ich stehe bestimmt mit beiden Beinen auf der Erde«, sagte er. »Sie haben ja gesehen, wie ich Ambrose mit seinen Geschichten über seinen Onkel abfahren ließ.« Er kam zurück und entriegelte die Vordertür, um mich hinauszulassen. »Aber erst sein Vater, dann sein Onkel und jetzt auch er – alle bei komischen Unglücksfällen?« Er strich sich übers Kinn. »Das ist ein bißchen viel. Das ist ein bißchen sehr viel.«

»Der Cider war für Ambrose: Ich war ihm 'ne Runde schuldig.

Reden kostet nichts – Sie können kommen, wann Sie wollen. Es wird jetzt ruhiger zugehen hier, wo der alte Schwätzer nicht mehr da ist, um an mich hinzureden.«

Ich kam zur Mittagszeit bei den Bennetts an, früher, als sie erwartet hatten. Hester war überrascht, mich zu sehen, und noch überraschter, als sie den Grund dafür hörte. Sie bot mir einen Stuhl in der Küche an – ein Raum, der in seiner Zweckmäßigkeit weit entfernt von Ambrose' fettigem Palast mit Herd und Kochaufsatz in der Feuerstelle war – und machte mir einen Kaffee, während sie dem Bericht von meinem Katastrophenmorgen lauschte.

»Das ist kaum zu glauben«, sagte sie, als ich fertig war. »Er wirkte so . . . vital, als er hier war.«

»Nick sagte, du warst nicht darauf erpicht, ihn im Haus zu haben.«

Hester lächelte verlegen. »Das stimmt. Er war total besoffen. Ich hielt ihn für einen Landstreicher.«

»Das war er nicht gerade.«

»Nein.« Sie nahm einen großen Schluck Kaffee. »Das muß ein schlimmer Schock gewesen sein. Was wirst du jetzt tun?«

»Ich weiß nicht. Ich weiß es wirklich nicht.«

Drei Stunden später, als Nick von der Schule heimkam, war ich noch kein bißchen klüger. Ich erzählte auch ihm, was geschehen war, und beim Abendessen sprachen wir es gemeinsam durch. Er und Hester wurden zu Zuhörern bei meinem inneren Zwiegespräch. War er gefallen, oder wurde er gestoßen? Die gleiche Frage wie bei seinem Onkel. Waren die Verschwörungen gegen sie bloß Ausgeburten ihrer Phantasie, oder existierten Ambrose' »dunkle Mächte« auch in Wirklichkeit? Er hatte in seinem Brief behauptet, er habe etwas gegen die Couchmans in der Hand; war es da nicht ein verfluchter Zufall, daß er ausgerechnet in dem Moment von einer Brücke fiel, als er im Begriff war, sein Material zu liefern?

Plötzlich entsann ich mich, daß ich Timothy während Nicks Telefonanruf allein im Wohnzimmer zurückgelassen hatte. Er konnte ohne weiteres den Brief von Ambrose gelesen haben, falls er ihn bemerkt hatte. Ich konnte mir nicht vorstellen, daß ihn sein Anstandsgefühl daran gehindert hätte. Und er hatte seine Visitenkarte auf dem Kaminsims liegen lassen, wo ich auch den Brief abgelegt hatte, was die Sache recht wahrscheinlich machte. Sprach das dann tatsächlich dafür, daß er noch am gleichen Abend mit seinem Porsche nach Devon gebraust war und Ambrose umgebracht hatte? Wohl kaum. Eine solche Handlungsweise war für seine verschlagene Art viel zu direkt, und außerdem, warum sollte er auch?

Mein letzter Gedanke, bevor ich nach einem ordentlichen Glas von Nicks Whisky ins Bett ging, war deprimierend. Der wahrscheinlichste Fall war, daß Ambrose, ebenso berauscht von Rachevisionen wie vom Apfelwein aus dem »Greengage«, einfach auf der Brücke das Gleichgewicht verloren hatte, so wie Wachtmeister Ash annahm, durch den Sturz bewußtlos geworden und dann ertrunken war. Wenn es sich so verhielt, dann schwammen seine und meine Hoffnungen nun im Teign dem Meere zu – und zwar im wörtlichen Sinn, falls er seinen Fund bei sich gehabt hatte. So nah am Ziel, wie wir töricht glaubten, und jetzt so fern wie eh und je.

Am nächsten Morgen saß ich zu früher Stunde schon wieder im Bus nach Dewford. Ich war der einzige Fahrgast, so daß ich mich meinen eigenen Gedanken überlassen konnte, während der Bus mich durchrüttelte. Vermutlich hatte sich inzwischen der Staub, den das Drama von Ambrose' Tod aufgewirbelt hatte, weitgehend gesetzt, hatte man die Sache abgeschrieben als das nasse Ende eines alten Säufers: Man war um ein Original ärmer geworden, aber konnte man etwas anderes von ihm erwarten? Ich war sicher, daß der Polizist seine Wache beim Lodge Cottage eingestellt hatte und wieder Routinebeschwerden nachging, Hunde, die in Schafweiden einbrechen und ähnliche Dinge. Also war jetzt die Luft rein, wenn ich herausbekommen wollte, ob es für mich etwas zu finden gab.

Ich hatte recht. Als ich die Brücke überquerte, war das rote Band entfernt. Der Teign strömte dahin, die Brücke stand, die Leiche war verschwunden, das Beweismaterial zusammengetragen, das Buch geschlossen. Oder im Begriff, sich aufzutun, wenn ich es nur finden konnte.

Ich schritt durch das Gartentor und drückte die Klinke an der Haustür herunter. Sie war verschlossen – Ash hatte seine Pflicht getan. Als ich um das Haus herumging, stolperte ich beinahe über einen alten Schubkarren, in dem ein Korb mit verwelkten Blumen stand. Ein Strauß, den Ambrose noch vor kurzem gepflückt – oder längst vergessen hatte? Es war schwer zu sagen. Ich gelangte zur Küchentür: von innen fest verriegelt. Ich fühlte mich zunehmend wie auf verbotenen Wegen, vor allem weil die Umstände es nötig erscheinen ließen, daß ich mir gewaltsam Zutritt zum Haus verschaffte.

Das war jedoch überflüssig. Als ich auf der anderen Seite um die Ecke kam, entdeckte ich, daß eins der Küchenfenster offenstand – weit offen, die Aufhängung war kaputt, und am hölzernen Fensterstock fanden sich sogar Spuren, als ob jemand das Fenster aufgestemmt hätte.

Ich lugte nach innen und nahm an, es werde sich dasselbe Bild wie am Vortag bieten. Aber die Küche war nun nicht mehr nur unordentlich – sie war ein Chaos. Schranktüren und Schubladen waren aufgerissen worden, der Inhalt lag aufgehäuft am Boden. Es sah nicht nach Zerstörungswut aus, vielmehr hatte jemand die Wohnung durchsucht. Die Polizei konnte es nicht gewesen sein – sie hätte den Anstand gehabt, alles wieder aufzuräumen. Wer also dann?

Ich holte mir einen alten Eimer und benutzte ihn umgekehrt als Trittbrett, um durch das Fenster einzusteigen. Ich mußte mich dünn machen, zog mich über das Abtropfbrett neben der Spüle, bis ich von dort auf den Boden springen konnte. Die muffige, lauernde Stille des in seinem Stolz gekränkten Häuschens ergriff von mir Besitz. Dies war bereits ein unbewohntes Haus, das einen Eindruck von Verwahrlosung ausstrahlte, der durch den Einbruch nur noch verstärkt worden war. Und still war es auch, still und tonlos wie ein Grab.

Ich wappnete mich innerlich und ging in das vordere Zimmer. Die Vorhänge waren zugezogen, das Dämmerlicht wirkte abschreckend; ich zog die Vorhänge rasch auf. Im Halbdunkel hatte sich bereits angedeutet, was das eindringende Tageslicht drastisch sichtbar machte: In diesem Zimmer war man in gleicher Weise verfahren wie in der Küche, nur daß es noch schlimmer war, weil es hier mehr gab, mehr gewachsene persönliche Verbindungen mit Ambrose. Man hatte die Möbel von ihren Lasten befreit – den Büchern, Papieren, Schachteln, Modellen, Pfeifen und Mäppchen: Das ganze Sammelsurium eines alten Mannes lag in Haufen auf dem Boden, rücksichtslos durchkämmt, ohne daß der Zweck klar erkennbar gewesen wäre. Noch schlimmer, unter dem Tisch, zerstört, aber offenbar unbemerkt, eines der Modellflugzeuge des Alten: ein Doppeldecker aus dem Ersten Weltkrieg, liebevoll zusammengebastelt, jetzt am Boden zertreten, ein Tragflügel so leicht und unwiederbringlich in Teile aufgelöst wie der Flügel eines Falters. Ich schaute zum Fenster hinüber, wo der Vorhang sich in einem umgestürzten Kaktustopf verfangen hatte, dessen Blumenerde auf dem Teppich verstreut lag; ich hätte weinen können.

Aber ich tat es nicht. In gewisser Weise war ich ebenso ein Eindringling wie der, der das alles angerichtet hatte. Und derjenige war, wie ich, zu einem bestimmten Zweck hier eingedrungen, trotz aller Anzeichen von Vandalismus und Rücksichtslosigkeit bei der Suche. Ich wandte mich, wie er gewiß auch, zum alten Schreibtisch an der Wand. Jetzt war er leer, kein vollgestopfter Kramkasten mehr, zu dem Ambrose ihn gemacht hatte. Man hatte einen der Ohrensessel vor ihn hingestellt und als Ablage für den ausgeräumten Inhalt benutzt. Ich stellte mir vor, wie diese Person vor dem Schreibtisch stand und seine Schätze durchwühlte, jedes Teil nach der Begutachtung, so wie es kam, auf den Sessel warf.

Ich hatte gehofft, ich könnte meine Suche diskret und respektvoll vornehmen. Das war völlig illusorisch angesichts der Verwüstung, die ich vorfand. Es war demütigend, denn mir blieb keine andere Wahl, als die Haufen ein zweites Mal durchzuwühlen, in der Hoffnung, zufällig auf meine Beute zu stoßen. Und doch, schon als ich meine Suche begann, wußte ich, daß ich nichts finden würde. Wenn sie hiergewesen wäre – was ich in Anbetracht von Ambrose' Geheimnistuerei bezweifelte –, dann war sie inzwischen verschwunden. Ich zweifelte nicht im geringsten daran, daß schon jemand danach gesucht hatte.

Diese gräßliche Aufgabe kostete mich den ganzen Morgen. Ich arbeitete mich durch alle Räume – und alles vergeblich. Ich hatte eine feste Vorstellung von der Nachschrift als einem dicken, ledergebundenen Band, der ziemliche Ähnlichkeit mit dem ursprünglichen Memoirenband haben mußte. Ich konnte ihn daher kaum übersehen, wenn ich an der richtigen Stelle suchte, aber er konnte ebensogut an einer Stelle versteckt sein – unter den Dielen, hinter einem Regal –, wo ich ihn nicht fand. Das Lodge Cottage war klein, aber voller Ecken und Schlupfwinkel, und Ambrose in seinem Einfallsreichtum konnte alle möglichen ausgefallenen Verstecke gefunden haben. Es war, um es kurz zu machen, eine hoffnungslose Aufgabe, die ich dennoch auf mich nehmen mußte. Mein einziger Trost bestand darin, daß, wer auch immer vor mir dagewesen war, offenbar wenig Zeit gehabt und deswegen wahrscheinlich weniger effektiv gearbeitet hatte, als es mir möglich war.

Um die Mittagszeit gab ich auf, matt und mutlos von der fruchtlosen Anstrengung, mit einem vagen Gefühl der Beschämung, weil es notwendig gewesen war, in Ambrose' persönlichen Dingen herumzuwühlen. Ich nahm lediglich ein Stück an mich – Straffords Erstausgabe von Hardy-Gedichten (die »Spottfiguren der Zeit«), die ich im vorderen Zimmer aufgeschlagen vorfand, wobei einige Seiten so umgeknickt waren, als habe man es auf den Boden geworfen – als belanglos ausrangiert. Hier hatte ich der anderen Person etwas voraus. Das Buch bedeutete Strafford und mir sehr viel, inzwischen noch mehr, seit ich nämlich mit Elizabeth über ihr letztes Zusammentreffen mit Strafford und seine Verwendung von einigen Zeilen aus »Nach einer Reise« gesprochen hatte. Ambrose hätte nichts dagegen gehabt, daß ich es mir zur Erinnerung mitnahm. Sein Onkel hoffentlich auch nicht. Es war eine gute Sache, es diesem Chaos zu entreißen, um es sicher zu verwahren. Die Nachschrift jedoch war es nicht, und sie war das einzige, was ich wirklich haben wollte.

Ich erkundigte mich nach dem Weg zur Polizeistation und fand Ashs Haus – weißgetüncht und schiefergedeckt, mit liebevoll gepflegtem Garten und einem efeuüberwucherten blauen Schild, DEVON CORNWALL – POLIZEI, ein winziges Büro – wenn man es so nennen wollte –, das in einem modernen seitlichen Backsteinanbau untergebracht war. Ich spähte durch das drahtverstärkte Glas der Tür. Der Raum war kahl und nicht besetzt – ein Tisch, drei Stühle und ein Plakat VORSICHT – DIEBE UNTERWEGS. Ich klingelte – mehrmals. Am

Ende war es die Tür zum Privathaus, die sich quietschend öffnete. Darin erschien schwer atmend Ash, den Geruch von Pudding mit Soße um sich verbreitend. Er tupfte sich einen Teil des Essens von der Uniformkrawatte.

»Mr. Radford, stimmt's?«

»Ja. Kann ich hereinkommen?«

»Wir gehen am besten ins Büro rüber.«

Er machte die Tür auf, führte mich hinein und ließ sich auf einen der Stühle fallen, dessen Sitzfläche in unbehaglicher Weise zu klein für ihn geraten war.

»Ich bin heute morgen beim Lodge Cottage gewesen – bloß, um mal zu schauen. Man hat dort eingebrochen.«

»Eingebrochen?«

»Ja. Ein Küchenfenster aufgestemmt. Soweit ich sehen konnte, alles auf den Kopf gestellt.«

Ash stand auf und ging zum Fenster. »Ich hatte es fest verschlossen. Mutwillige Zerstörung, bestimmt.«

»Hier draußen?«

»Es gibt 'ne Menge Rabauken in der Gegend, deren Väter in den Steinbrüchen draußen in Trusham arbeiten. Die sind genauso schlimm wie in der Stadt, das könn' Se mir glauben.«

»Es sah aber nicht nach Vandalismus aus.«

»Was denn sonst?« Ash blitzte mich böse an.

»Einbruch, würde ich sagen – gezielter Einbruch.«

Er sah mich mit dem langsam erwachenden Ärger des bäuerlichen Menschen an. Ich wußte, was ihm durch den Kopf ging. Dieser Mann ist noch so ein Fantast wie Ambrose. Warum überläßt er es nicht mir, ein paar Leuten vom Steinbruch den Kopf zu waschen und diese anderen Ideen, die nicht zu uns hier passen, gemeinsam mit dem alten Mann zu begraben, dessen Hirngespinste sie ohnehin waren? »Ich werde mal nachschauen, Mr. Radford, und die Leute vom Denkmalschutz verständigen, damit sie das Haus richtig sichern. Ich werde Ihre . . . Meinung . . . in meinem Bericht an den Inspektor weitergeben. Der will Sie dann vielleicht selbst noch mal sprechen. Mehr kann ich auch nicht tun.«

»Gut. Also, vielen Dank. Ich gehe dann jetzt.«

Er folgte mir zur Tür. »Wenn Sie mich fragen, dann wär' das vielleicht das Beste ... auf lange Sicht. Warum bleiben Sie nicht in Exeter und überlassen uns die Sache hier vor Ort?«

»Ja, das tue ich vielleicht.« Ich hatte keineswegs die Absicht. »Sagen Sie, wird es noch eine gerichtliche Untersuchung geben?«

»Muß ja sein. Wird am Donnerstag eröffnet. Die werden se dann aber vertagen, bis nach der Beerdigung.«

»Wann findet die statt?«

»Montag.«

»Wird man mich brauchen – bei der Untersuchung?«

»Das muß der Untersuchungsbeamte entscheiden. Aber ich bezweifle es.« Ich war derselben Meinung. Dieser Fall war eindeutig als Unfall abgestempelt, und mein störender Argwohn, daß die Dinge doch nicht so einfach lagen, wurde am besten ignoriert. »Aber machen Sie sich keine Sorgen. Jemand von der Polizei in Exeter wird mit 'ner Reinschrift Ihrer Aussage vorbeikommen, damit Sie unterschreiben können – schon um den Untersuchungsbeamten ins Bild zu setzen.« Er lächelte. Sein Lächeln sollte mich eigentlich beruhigen.

Ich erreichte das »Greengage« noch kurz vor der Schließung und erzählte Ted alles. Seine Reaktion enttäuschte mich allerdings. Er war wie Ash der Ansicht, es könne alles das Werk von den Rowdies aus Trusham sein. Und der eine Tag, der verstrichen war, hatte seine Überzeugung, es sei nicht alles mit rechten Dingen zugegangen, ins Wanken gebracht. Ash hatte ihn aufgesucht, ihn wegen Ambrose – und meinetwegen – vernommen und ihm dabei zu verstehen gegeben, daß der Fall sonnenklar sei. Bis zur gerichtlichen Untersuchung würde Ted die Sache wohl kaum mehr in einem anderen Licht sehen. Wozu denn auch? So ähnlich formulierte er es, als ich aufbrach, lange nach den anderen Gästen.

»Das is' ja so: Wer glaubt mir denn, wenn ich dann vor Gericht aufstehe und was über Fremde erzähle, die Ambrose verfolgt haben, und so'n Quark? Die halten mich doch bloß für genauso meschugge wie ihn – und ich muß ja auch ans Geschäft denken.«

Natürlich. Teds Geschäft. Ashs guter Ruf als Polizist in einem ruhigen Revier. Ambrose' Ruf als apfelweinseliger alter Mann, der sich bloß selbst in Gefahr bringt. Und ich? Ein eingebildeter junger Außenseiter, der die Geschichte der Straffords erforscht und ein Geheimnis sucht, wo es keines gibt.

Ich fuhr zurück nach Exeter, voller Wut auf alle, mich eingeschlossen. Was war jetzt zu tun? Nichts, außer daß ich die Bennetts unter meiner Laune leiden ließ und die Ereignisse abwartete.

Die kamen dann tröpfchenweise. Am Mittwoch erschien ein Polizist aus Exeter mit Ashs Fassung meiner Aussage – kurz, konkret und innerhalb seiner Grenzen zutreffend. Ich unterschrieb, weil ich es für besser hielt stillzuhalten, ehe ich irgendwelche absonderlichen Behauptungen aufstellte.

Am gleichen Nachmittag überredete ich Nick nach der Schule, mich nach Dewford zu fahren, um einen Blick auf das Cottage zu werfen. Ein paar Arbeiter vom Denkmalschutz waren gerade dabei, die Fenster mit Brettern zu vernageln. Der Vorarbeiter sagte mir, es handle sich um eine vorläufige Maßnahme. Soweit er wisse, falle das Haus mit allem, was dazugehöre, an die Stiftung zurück. Es werde bereits erwogen, es in der nächsten Saison als originalgetreu restauriertes Bahnwärterhäuschen wieder zu eröffnen. Vielleicht würde man sogar einen Gleisabschnitt wiederherstellen und neue Schranken errichten. Von der Funktion zur Verwahrlosung und dann zur Touristensehenswürdigkeit – warum nicht? Das war der Gang der Dinge im zwanzigsten Jahrhundert, der die Straffords erfaßt hatte.

Ich wollte nicht noch einmal ins »Greengage« gehen und ließ deshalb Nick zu einem Pub fahren, das er kannte – das »Nobody Inn« in Doddiscombsley, oben in den Hügeln östlich von Barrowteign. Der Abend war warm, so daß wir uns in den Garten setzten, der sich zusehends mit der Intelligenzija von Exeter füllte, die sich durch Jeans und indische Baumwollhemden auswies – Ted hätte sich mit ihnen nicht abgegeben, und auch ich war immer weniger dazu bereit.

»Was soll ich machen, Nick? Dieses Buch befand sich irgendwo in Ambrose' Besitz. Wie soll ich es nun ausfindig machen?«

»Ich habe keine Ahnung. Du hast doch das Häuschen gründlich durchsucht?«

»Den ganzen Morgen lang. Da war es nicht.«

»Schon gestohlen?«

»Das bezweifle ich. Ich bin sicher, Ambrose hat es besonders sorgfältig versteckt. Aber wo?«

»Unter den Dielen? Im Garten?«

»Vielleicht. Aber ich kann ja wohl kaum eine Ausgrabung vornehmen.«

»Nein. Nicht jetzt. Du wirst einfach abwarten müssen, was bei der Untersuchung herauskommt.«

»Ich glaube, das weiß ich schon so.«

»Wird man dich – oder mich – vorladen?«

»Ich habe nicht erwähnt, daß Ambrose bei euch war – und das werde ich auch nicht tun. Alles in allem sehe ich nicht, was es nützen soll, mit Beschuldigungen herauszuplatzen, die ich nicht belegen kann.«

Das war das Richtigste, was ich gesagt hatte. Die Flaute seit dem Tod von Ambrose und der Durchsuchung seines Hauses drohte mich zu zermürben, aber ich spürte, daß etwas geschehen würde, wenn ich einfach abwartete. Es war viel wahrscheinlicher, daß etwas geschah, wenn ich mich öffentlich so wenig wie möglich äußerte. Nur wenn ich verstohlen handelte, konnte ich das wittern, was verborgen war – wo immer es sich verborgen hielt.

Das hielt mich allerdings nicht davon ab, der Eröffnung der gerichtlichen Untersuchung in Exeter am folgenden Morgen beizuwohnen. Ich saß als auffällig einziger Zuhörer im Saal, während Ash die Umstände des Geschehens zusammenfaßte. Der Untersuchungsbeamte stellte eine Genehmigung aus, daß die Beerdigung vorgenommen werden durfte, und vertagte das Verfahren dann für eine Woche.

Nick und Hester fuhren am Wochenende fort, angeblich um Hesters Eltern in Tewkesbury zu besuchen. Ich hätte ihnen keinen Vorwurf daraus gemacht, wenn sie sich nur einmal von mir erholen wollten. Ich ging zum Biertrinken in das Pub in der Nähe, schritt im Haus unruhig auf und ab und schrieb Sellick einen weiteren Bericht – in dem ich ihm von Ambrose' rätselhaftem Tod erzählte, aber in diesem Stadium noch nichts über die Nachschrift verlauten ließ. Warum sollte ich falsche Hoffnungen wecken? dachte ich. Außerdem hatte ich mir seit Alecs Besuch vorgenommen, Sellick nur noch das Notwendigste zu berichten. Er würde von der Nachschrift erfahren, falls und sobald ich dazu bereit war.

Montag war der Tag der Beerdigung. Ich fuhr früh mit dem Bus hinaus und wartete vor der Kirche auf den Trauerzug. Ein fahler Morgen, an dem dünne graue Wolken über einen Himmel von verwaschenem Blau zogen, ein scharfer Wind, ein Tag und ein Ort, die irgendwie schlecht vorbereitet wirkten.

Der Trauerzug, wenn man ihn so bezeichnen durfte, kam tröpfchenweise an. Ein geschniegelter, militärisch wirkender Mann im Tweedanzug, der sich vorstellte als »Knox, vom Denkmalschutz, zuständig für die Verwaltung von Barrowteign, Sie verstehen schon: Man muß doch Flagge zeigen, nicht wahr?« Ich hätte auf seine aufgeräumte Art gut verzichten können. Dann kam Ted vom »Greengage«, der versuchte, ein feierliches Gesicht zu machen, dabei aber bloß verwirrt aussah und mit einem ungewohnten steifen Kragen zu kämpfen hatte. Zum Schluß dann der Vikar: ein teigiges Gesicht, Mißbilligung im Blick und in überflüssiger Eile. Das war alles – keine Gefolgschaft von Anhängern, keine Scharen von trauernden Freunden und Verwandten. Wir waren die heterogene Trauergemeinde, und nur zwei von uns waren freiwillig gekommen.

Man brachte den Sarg pünktlich um elf. Knox verzichtete mir gegenüber nicht auf den Hinweis, daß seine Behörde die Kosten übernommen habe. Der Gottesdienst war kurz. Dann folgten wir in einer Reihe dem Sarg zum Friedhof. Man hatte ein Grab neben Robert und Florence Straffords Monument mit den trauernden Engeln ausgehoben. Von dem Erdhaufen war ein Teil zu dem kleinen Grabstein mit den Initialen E. G. S. hinabgerutscht, aber niemand schien es wahrgenommen zu haben. Während die Sonne immer wieder hervorkam, wurde die Zeremonie in abstoßender Hast vorgenommen. Wir hatten unsere Handvoll Devon-Erde in Ambrose' Grab geworfen, den mechanischen Dank des Vikars entgegengenommen und verließen nun den Friedhof durch das Ausgangstor.

Ted wirkte ziemlich mitgenommen, sagte, er müsse rechtzeitig für den Ansturm zur Mittagszeit zurück sein, und eilte davon. Knox, dem an Publikum gelegen war, bot an, mich zu einem beliebigen Ziel mitzunehmen, und ich nannte ihm Farrants Cross. Als wir aus dem Dorf hinausfuhren, begann ein Redestrom, den die Zeremonie in der Kirche auf ein Rinnsal reduziert hatte.

»Haben Sie den alten Ambrose schon lange gekannt?« fragte er.

»Nicht besonders. Aber ich mochte ihn.«

»War schon ein Original, das steht fest. Reizbar, wenn ich das so sagen darf.«

»Kann ich mir vorstellen.«

»Zum Beispiel, als ich ihn das letzte Mal gesehen habe.«

»Wann war das?«

»Muß an dem Tag gewesen sein ... als er von der Brücke gestürzt ist. Gestern vor einer Woche.«

»Und was war da?« Ich versuchte, gleichgültig zu erscheinen.

»Also, das war ein Sonntag – da ist bei uns immer am meisten los. Ich hab' ein Wochenende geopfert, um bei dem Ansturm zu helfen. Verflixt ungünstige Zeit, die sich der alte Herr da ausgesucht hatte.«

»Ausgesucht? Wofür?«

»Tauchte mitten am Nachmittag in meinem Büro auf – genau als es besonders schlimm zuging.«

»Und?«

»Er verlangte irgend so einen dämlichen Schlüssel. Wollte in einen Teil des Hauses, der der Öffentlichkeit nicht zugänglich ist. Verlangte, wissen Sie, er bat nicht darum.«

»Wahrscheinlich hatte er das Gefühl, daß er darum nicht zu bitten hatte.«

Knox wirkte leicht konsterniert. »Wahrscheinlich. Aber typisch für den Mann – platzt rücksichtslos einfach herein. Sobald ich ihm jedoch den Schlüssel ausgehändigt hatte, die Liebenswürdigkeit in Person. Bedankte sich überschwenglich und so. Versuchte sogar, mir ein Trinkgeld in die Hand zu drücken, wie irgendeinem hergelaufenen Bediensteten.« Bei der Erinnerung warf er den Kopf ärgerlich zurück, dann lächelte er. »Ich schlug ihm vor, es der Stiftung zu spenden.«

»Und hat er das getan?«

»Wohl kaum. Unter uns gesagt, er mochte uns nicht besonders. Aber wir mochten ihn: ein famoser Exzentriker.«

Der Wagen hielt. Wir hatten Farrants Cross erreicht. Knox' letzte Erinnerung an den exzentrischen Bewohner von Barrowteign war an jemand, der ihn an einem Sonntagnachmittag belästigt hatte. »Danke, daß Sie mich mitgenommen haben«, sagte ich beim Aussteigen. »Übrigens, was für einen Schlüssel wollte er denn? Für welchen Teil des Hauses? Ich hatte immer gemeint, er gehe nicht gern hin.«

»Das stimmt.« Das gab ihm einen Moment lang zu denken. »Der Schlüssel? Ach, der war für den Dachboden. Da oben kann man viel Zeug unterbringen. Wahrscheinlich wollte der alte Knabe bloß irgendwas aufstöbern.« Vor meinen Augen drehte sich alles. »Sehr nett, Sie kennengelernt zu haben. Ade.«

»Auf Wiedersehen.« Ich winkte dem Auto nach, als Knox davonfuhr. Ich dachte jedoch nicht über seinen höflichen Abschied nach. In meinem Innern war eine andere Saite angeschlagen worden. Endlich. Ich wußte, warum Ambrose an diesem Sonntagnachmittag auf den Dachboden in seinem Familiensitz hinaufgewollt hatte. Nicht um etwas zu suchen, sondern um es zu verstecken. Die Nachschrift, von der niemand argwöhnte, daß sie dort in Barrowteign lag und auf mich wartete.

Es gehörte meine ganze Selbstbeherrschung dazu, nicht dem Wagen von Knox nachzulaufen, damit er anhielt und mich auf der Stelle mit ins Haus nahm. Das war unmöglich. Verstohlenheit, sagte ich mir noch einmal, war der einzig gangbare Weg.

Obgleich ich so spät aufbrach, wie ich es aushalten konnte, kam ich am nächsten Morgen immer noch früher in Barrowteign an als die meisten anderen Besucher. Die Auffahrt war menschenleer, als ich hinaufging, am Tor vorbei, von dem aus der Weg durch die Lindenallee zum Lodge Cottage führte, über den Graben, der den Verlauf der alten Bahnlinie kennzeichnete, und auf den erhöhten Vorplatz zu Füßen der breiten Steinfassade von Barrowteign.

Am Eingang saß, dessen war ich mir sicher, dieselbe Dame, die ich hier schon zuvor angetroffen hatte. Ich behauptete, mit Mr. Knox verabredet zu sein. »Major Knox«, verbesserte sie mich. Sie wies mir den Weg über eine Hintertreppe zum zweiten Stock, in dem die Verwaltung untergebracht war. Die Decken waren hier niedriger, die Korridore schmaler, die Tapeten schmuckloser. Ich ging ganz selbstverständlich am Büro einer Sekretärin vorbei, in dem eine Schreibmaschine klapperte, klopfte dann an die Tür mit der Aufschrift MAJOR L. W. KNOX – VERWALTUNG und trat ein.

Was auch immer Knox gerade getan hatte, er hatte offensichtlich nichts dagegen, unterbrochen zu werden. Er drehte sich vom Fenster weg, das einen schönen Blick auf den Park bot, und lächelte. »Na so was – ein unerwartetes Vergnügen.« Er kam auf mich zu und schüttelte mir energisch die Hand. »Mr. Radford, nicht wahr?«

»Der bin ich. Wir haben uns gestern kennengelernt.«

»Bitte, setzen Sie sich doch. Was kann ich für Sie tun?«

Ich ließ mich auf einem mit Beschlagnägeln verzierten Ledersessel nieder und blickte Knox über einen wunderschönen alten Schreibtisch hinweg an. Er hatte sein Büro recht hübsch mit verschiedenen Objekten aus den Beständen des Hauses eingerichtet – eine kleine Standuhr auf einem Bücherregal, einige goldgerahmte Ölgemälde aus der flämischen Schule an der Wand, ein reich verziertes Tintenfaß auf dem Tisch zwischen uns. In Barrowteign hatte der Major gutes Quartier gefunden.

»Nachdem ich das Haus noch nie besichtigt habe«, log ich ihn an, »wollte ich das nicht versäumen, solange ich hier bin.«

»Eine hervorragende Idee. Ich werde Sie herumführen. Es geht im Augenblick sehr ruhig zu.« Nicht wie an dem Tag, an dem Ambrose nachgefragt hat, dachte ich.

»Sehr nett von Ihnen. Das ist nicht nötig. Ich dachte bloß, ich schau' mal zu Ihnen herein.«

Aber Knox war bereits aufgestanden. »Nein, nein. Das ist doch das Wenigste, was ich für Sie tun kann. Kein so trauriger Anlaß wie gestern, was?« Er ging zur Tür. Indem ich ihm folgte, bemerkte ich links an der Wand ein Brett mit etwa einem Dutzend Haken, an denen verschiedene Schlüssel hingen – manche alt und kaum benutzt, andere, deren Glanz man modernes Sicherheitsbedürfnis ansah, und einer davon, das wußte ich, der Schlüssel, den ich brauchte.

Knox führte mich in den Korridor und ließ sein Büro hinter sich unverschlossen und mit einer Sorglosigkeit unbewacht, die mir Mut machte. Er nahm mich nach unten in die Eingangshalle mit, wo er seine eigene, anspruchsvollere Führung beginnen ließ. Ich nahm die Wiederholung gern in Kauf, spielte sogar meine Rolle als beeindruckter Neuling in der Geschichte besonders gut, lächelte bei jeder seiner mühsam-witzigen Bemerkungen und heuchelte Ehrfurcht angesichts seiner Gelehrsamkeit.

Als unsere Besichtigungstour zu Ende war, bestand ich darauf, ihn in der Cafeteria im ehemaligen Dienstbotenflügel auf ein Glas einzuladen. Wir aßen etwas zu Mittag, wobei der Wein und einige Schnäpse auf meine Rechnung gingen. Knox fühlte sich wohl. Ich begann, die Unterhaltung in die von mir gewünschten Bahnen zu lenken.

»Ein faszinierendes altes Haus«, sagte ich.

»Eins von den Besitztümern der Stiftung, die ein bißchen mehr zu bieten haben, soviel ist sicher.«

»Es ist merkwürdig, aber ich stelle bei diesen alten Häusern immer wieder fest, daß es nicht die großartigen Räume mit den Schaustükken sind, die mich anziehen.«

»Nein?«

»Mehr die stillen, abgelegenen Winkel, sozusagen.«

»Wie meinen Sie das?«

»Na ja, die Räumlichkeiten der Dienstboten hier – die man sehr schön als Cafeteria hergerichtet hat –, die Badezimmer mit ihren großen, grundsoliden Badewannen, in denen man einen Elefanten baden könnte. Die Küchen mit den Kupferpfannen und -töpfen und den riesigen gescheuerten Tischen.«

»Ah, weiß schon, was Sie meinen – wenn man die Dinge aus einer neuen Perspektive sieht, nicht?«

»Ein Jammer, daß Sie nicht mehr vom Haus zur Besichtigung freigeben können, um solche Sachen zu zeigen.«

»Wir planen für das nächste Jahr etwas Derartiges mit den Stallungen.«

»Ach wirklich?«

»Abgesehen davon, glaube ich nicht, daß wir etwas übersehen haben.«

»Was ist mit den oberen Stockwerken?«

»Irgendwo müssen wir ja auch mit der Verwaltung hin.« Er lächelte.

»Natürlich. Und noch weiter oben?«

»Weiter geht's nicht. Über uns ist nur noch der Dachboden.«

»Nichts Interessantes?«

»Kann man kaum sagen. Lauter alter Familienkram. Unglaublicher Haufen alter Müll. Glauben Sie bloß nicht, wir hätten das jemals schon richtig gesichtet, aber alles von Wert ist ausgestellt. Unter uns gesagt, jetzt, wo der alte Ambrose gestorben ist, können wir das Ganze wohl wegschmeißen und den Platz sinnvoller nutzen.«

»Für mich klingt das nach einem fesselnden Ort.«

Knox kicherte. »Hätte ich nicht so gesagt. Wissen Sie, da liegt der Staub zentimeterhoch.«

»Es sind aber, wie ich schon sagte, gerade diese abgelegenen Ecken, die einen Reiz für mich haben.«

»Da geht nie jemand hoch.« Ich erinnerte ihn nicht daran, daß Ambrose erst gerade oben gewesen war.

»Das ist irgendwie schade.«

»Wenn Sie wirklich mal schauen wollen, dann ist das ohne weiteres möglich. Ich könnte Sie nach oben führen – aber Sie werden es bereuen.«

»Dann werde ich jedenfalls nicht behaupten, man hätte mich nicht gewarnt.« Ich tippte an sein Glas. »Trinken wir noch eins, ehe wir gehen?«

»Ich sag' nicht nein.« Und in dieser nachgiebigen Laune sagte er auch nicht nein dazu, in sein Büro zurückzugehen, um den Schlüssel für den Dachboden zu holen. Einen großen, alten Messingschlüssel, Nummer zwölf auf dem Brett, was ich mir merkte.

Am entfernten Ende des Korridors, auf dem sich sein Büro befand, schloß Knox eine solide, getäfelte Tür auf und bediente einen Schalter, wodurch eine enge Wendeltreppe beleuchtet wurde. Er ging voraus, stolperte dann an einer weiteren Tür, hinter der es dunkel war. Er tastete irgendwo zu seiner Linken an der Wand und fand einen Schalter, um auch hier Licht zu machen.

Kahle, staubige Dielenbretter und das Geräusch von tropfendem Wasser in einem Tank. Holzbohlen lehnten an einer Wand, gegenüber, an der anderen, stand eine alte Kommode. Außerdem Teekisten, Orangenkisten, Eimer, Staub und Spinngewebe überall.

Ein schmaler Weg führte durch das Gerümpel zu einer weiteren Tür am Ende der Kammer. Dahinter befand sich der eigentliche Speicher, der durch Fenster in großen Abständen schwaches Tageslicht erhielt. Er erstreckte sich, soweit ich sehen konnte, über die gesamte Länge des Hauses, mit einzelnen Verschlägen, aber jeweils offenen Durchgängen, so daß ich alles sehen konnte. Es war unübersehbar, warum für Knox der Inhalt nichts als »alter Müll« war. Alles war in wirren Haufen aufgetürmt, die mal bis zum schrägen Dach reichten, dann wieder den Durchgang versperrten. Stühle auf Tischen, alte Kästen und Kommoden, Bilderrahmen, Schachteln, Badewannen, Fässer und Flaschen. Dahinter mehr und noch mehr dergleichen: umgestürzte Stapel von Büchern mit zerrissenem Einband, ein riesiger, freistehender Spiegel im Goldrahmen, dessen eine Ecke ausgeschlagen war, ein Bündel alter Schirme und Gehstöcke, ein altes Grammophon, ein umgefallener Farbtopf, dessen Inhalt vor Jahren auf den Bodenbrettern eingetrocknet war.

Ich wanderte durch den Schutt eines Familienstammsitzes und verspürte Verzweiflung und Hoffnung gleichermaßen. Hier gab es ideale Verstecke für alles, und eben das war das Problem. Wie sollte ich in diesem überwältigenden Durcheinander nach etwas Bestimmtem suchen? Das Problem war dasselbe wie in Ambrose' Häuschen, bloß zehnmal so schlimm.

Ambrose! Er hätte sich kaputtgelacht, wenn er gesehen hätte, wie ich Knox durch ein Chaos schleifte, das sein bürokratischer Geist verabscheute: ein Chaos, das Ambrose – unter anderen – geschaffen hatte. Was hatte er zu Nick gesagt? »Sagen Sie Martin, er soll daran denken, daß für die Straffords Erinnerungen schon immer an oberster Stelle standen.« Nicht, wie ich gemeint hatte, eine Anspielung auf den verblichenen Ruhm der Familie, sondern der letzte Witz, den sich ein alter Exzentriker erlaubt und den ich nicht verstanden hatte. Jetzt war ich seiner Aufforderung gefolgt. Aber was konnte ich entdecken? Alles und nichts. Ich lachte über die Antwort.

»Ziemlich hoffnungslos, was?« sagte Knox in dem Glauben, mich verstanden zu haben.

»Ja.« Er konnte unmöglich wissen, wie recht er hatte.

Wir durchquerten ein abgeteiltes Stück und betraten einen neuen Teil des Dachbodens. Wie zuvor, Schätze im Überfluß. Unter jedem Staublaken, hinter jeder Schachtel konnte die Antwort warten. Aber wo sollte man beginnen? Ein ramponierter alter Cricketschläger lehnte an einem Korb. Hatte Strafford einst damit gespielt? Nein, es war ein Kinderschläger. Vielleicht hatte er Ambrose in seinem Gebrauch unterrichtet, als er aus dem Großen Krieg zurückkam.

Auf dem Korb stand ein rostiger Papierkorb aus Metall. Darin ein dünner Lampenständer ohne Schirm und Birne und eine alte Flasche, die einmal als Kerzenhalter benutzt worden war, der Hals noch voller Wachs. Auf dem zerknitterten und vergilbten Etikett stand STRAFFORD'S IMPERIAL PALE ALE – VOM BESTEN IM WESTEN. Die Flasche mußte über hundert Jahre alt sein, stammte also noch aus der Brauerei in Crediton – bevor die Straffords sich aus solch niederen Geschäften zurückgezogen hatten – und war längst geleert worden.

Mein Blick wanderte zu einer Stelle hinter dem Korb. Dort, im Winkel eines Stützbalkens, stand noch etwas, was ich wiedererkannte: eine selbstgebastelte Burg, etwa vier Fuß breit, an jeder Ecke ein mit Zinnen bewehrter Turm, ein Hauptturm in der Mitte, Schießscharten, winzige Türen und Bogenfenster, eine Zugbrücke, grün angestrichene Holztore, die Mauern sorgfältig mit einer Tapete beklebt, die das Muster von Steinen nachahmte, die Festungsmauern rundherum genau zugesägt. Es war ein handwerkliches Meisterstück – und die Freude eines Jungen, den ich als alten Mann kennengelernt hatte.

Ein zerstörtes Spinngewebe hing senkrecht vom Balken herunter. Der Staub um die Burg herum war verwischt, und auf der angestrichenen Oberfläche der Zugbrücke konnte ich sogar Fingerspuren entdecken. Ein kleines Turmtürchen hing lose in seiner Lederangel. Das Innere war dunkel, aber sicherlich ausreichend groß für den Zweck, an den ich dachte. Die Zugbrücke erreichte die Höhe der Burg – etwa zwei Fuß. Ich schätzte, daß man ein normalgroßes Buch hätte hineinschieben können, und wäre dieser Schätzung für mein Leben gern auf den Grund gegangen. Denn welcher Platz hätte sich besser geeignet als dieses Weihnachtsgeschenk für Ambrose vom Winter 1918 – mit Liebe von seinem Onkel gebastelt, um das Schlachten im Krieg zu vergessen?

Meine Zuversicht wuchs, als ich mir den Brief von Ambrose ins Gedächtnis rief. »Der alte Knülch hat sich ein raffiniertes Versteck ausgedacht, und ich bin nur durch Sie drauf gekommen.« Warum durch mich? Mein Besuch hatte ihn dazu gebracht, sich im »Greengage«, während wir dort mit neuem Cider den alten Kater vertrieben, zu erinnern, wie sein Onkel von der Burg gesprochen hatte, als die beiden das letzte Mal gemeinsam tranken. Worauf Strafford sich wieder besonnen hatte, daran hatte auch Ambrose sich erinnert und schließlich auch ich. Ich stand vor dem perfekten Versteck, auf das Ambrose angespielt hatte, und seine Fingerspuren im Staub waren die Bestätigung.

Mich hielt nur eins zurück – die Gegenwart von Knox, dem mein Interesse unverständlich war. »Was entdeckt?« fragte er, als er bemerkte, mit welch gespannter Aufmerksamkeit ich etwas musterte, was für ihn nur einen weiteren Aspekt des Trümmerfelds darstellte.

»Nein, nein.« Ich widersprach ganz instinktiv. Ich durfte ihn nicht vermuten lassen, daß hier irgend etwas Wertvolles zu finden war. Er hätte mit dem Eifer des Museumsdirektors Ansprüche darauf erhoben. Auch hier wieder war verstohlenes Handeln der einzige Weg. Nachdem ich meine Beute zufällig gefunden hatte, mußte ich ungerührt meiner Wege gehen – und später, allein, wiederkommen. »Wie Sie schon sagten: bloß staubiges Gerümpel.«

»Haben Sie genug gesehen?«

»Ich glaube, ja.« So war es. Genug, um zu wissen, daß ich auf der richtigen Spur war. »Gehen wir?«

Das kam Knox sehr entgegen. Für ihn bedeutete der Dachboden eine Tür, die zu schließen war, einen Schlüssel auf einem lackierten Brett. Er bestand darauf, in seinem Büro mit mir Tee zu trinken, und sank dankbar auf seinen Stuhl hinter dem Schreibtisch zurück, wie jemand, der wieder in sein Element zurückkehrt.

Ich ertrug den Small-talk beim Teetrinken, während Knox berichtete, wie er die Verwaltung des Besitzes gestrafft habe, und behielt einen bestimmten Messingschlüssel im Auge, wobei ich bedauerte, Knox nicht genügend zum Trinken genötigt zu haben, so daß er vergessen hätte, die Speichertür zu verriegeln.

Ich ging so widerstrebend, daß er annahm, ich hätte an seiner Gesellschaft besonderes Vergnügen gefunden. »War wirklich sehr nett, Sie noch einmal wiederzusehen.«

»Ganz meinerseits, Herr Major. Vielen Dank für die Führung.«

»Nichts zu danken. Besuchen Sie mich wieder, wenn Sie noch einmal vorbeikommen.«

»Danke. Das werde ich tun.«

»Dann verzichten wir aber auf den idiotischen Dachboden, was?«

»Na, bestimmt.« Er hatte ja keine Ahnung.

Über die Hintertreppe gelangte ich wieder zur Eingangshalle. Die alte Dame war noch an ihrem Tisch, wo sie den ankommenden Besuchern die Broschüren in die Hand drückte.

»Das Haus hat Ihnen bestimmt gefallen«, sagte sie fröhlich.

»Sehr sogar. Ihr Herr Major ist ein sehr gastfreundlicher Hausherr.«

»Ein reizender Mensch – ein richtiger Gentleman.«

»Ich habe schon gesagt, ich würde ihn vielleicht noch einmal besuchen.« Ich gab mir Mühe, die Bemerkung möglichst nebensächlich wirken zu lassen. »Wissen Sie, welche Zeit am besten passen würde?«

»Eigentlich an jedem Wochentag während der Öffnungszeiten. Der Herr Major ist ein sehr pünktlicher Mensch . . . das heißt, außer Mittwoch nachmittags. Da hat er immer frei – das ist nämlich sein Golfnachmittag.«

»Danke. Das werde ich mir merken.« Ich würde es ganz bestimmt nicht vergessen. Es war Dienstag nachmittag. Ich mußte nur noch 24 Stunden warten, bis Knox dienstfrei hatte. Schlüssel und Speicher würden mir dann zur Verfügung stehen.

Am nächsten Tag zur Mittagszeit: So wie ich es sah, ein idealer Zeitpunkt, um den Verwaltungstrakt in Barrowteign möglichst menschenleer vorzufinden. Ich folgte der Führungslinie bis zur Hintertreppe und ging dann hinauf statt hinunter. Im zweiten Stock auf dem Flur war alles still; keine Schreibmaschine ratterte, kein Telefon läutete. Die Sekretärin des Majors war offensichtlich beim Essen, und von Knox wußte ich, daß er für den Rest des Tages abwesend sein würde.

Ich ging vorsichtig bis zu seinem Büro und versuchte, möglichst wenige Dielen knarren zu lassen. Durch das Fenster hinter seinem Schreibtisch flutete Sonnenlicht herein. Kinderlachen tönte vom Garten herauf. Dort, an dem Brett bei der Tür, war der Schlüssel Nummer zwölf.

Es war leicht, ihn herunterzunehmen, und ich wußte, daß ich vor Entdeckung sicher war, wenn ich ihn vor Ende des Tages zurückbrachte. Hatte Knox nicht gesagt, daß nie jemand zum Dachboden hinaufgehe? Und doch pochte mein Herz, als ich den Korridor entlangging, der mich dorthin führte. Merkwürdigerweise war es nicht die Angst des Einbrechers am hellichten Tag, die von mir Besitz ergriff, sondern die Angst vor der Entdeckung, die jetzt so unmittelbar bevorstand. Die Nachschrift: Ich hatte davon geträumt, darüber diskutiert, noch heute morgen im Bus alle nur möglichen Versionen dessen, was sie enthalten mochte, durchgedacht. Die Aussicht auf Gewißheit flößte mir plötzlich Angst ein.

Ich schloß die Tür nach oben sorgfältig hinter mir zu und stieg die Treppe zum fensterlosen Vorraum hinauf. Von dort ging es in den eigentlichen Dachboden. Die Sonne schnitt aus dem Dämmerlicht keilförmige Stücke, in denen Staubteilchen tanzten. Ich bahnte mir vorsichtig meinen Weg durch das Gerümpel. Da, wohlbehütet in ihrem Winkel unter dem Balken, stand die Burg.

Ich hockte mich vor ihr nieder, so wie Ambrose es sicher auch gemacht hatte, und drückte behutsam gegen die Zugbrücke. Sie rührte sich nicht – ich wollte nicht unbedingt gewaltsam daran herumzerren. Dann, die Lösung: eine rostige Spindel, die in die Mauer beim Burgtor eingelassen war. Sie drehte sich, quietschend, aber wirkungsvoll – die Zugbrücke kam ruckweise an einem Drahtseil herunter.

Innen ein Rost aus schmalen Hölzchen, der ein Fallgatter darstellte. Und an der anderen Seite des Burgtors eine weitere, kleinere Spindel. Aber nein, diese hier war kaputt. Sie hing lose, der Faden war längst abhanden gekommen – oder erst einige Tage zuvor von Ambrose in seiner Eile zerrissen worden.

Da die Befestigung durch den Faden fehlte, konnte ich das Gatter hochheben, indem ich mit einem Finger in den Rost griff. Ich hatte mich inzwischen hingekniet und starrte angestrengt durch die schmale Öffnung. Tatsächlich, in dem dämmrigen Licht konnte ich, während ich das Fallgatter hochhielt, einen Gegenstand – eine Art Paket – erkennen, den man hineingeschoben hatte. Ich betastete es mit der anderen Hand. Es fühlte sich fest und buchförmig an, die Hülle wie gewachst, und war mit einer festen Schnur zugebunden. Ich fingerte es aus seinem Loch heraus. Es war nicht ganz leicht, es an den spitzen Stangen des Fallgatters vorbeizumanövrieren. Dann war es heraus – und in meinen Händen.

Es war fest in gewachstes Segeltuch gewickelt und gut verschnürt. Ich ärgerte mich, weil ich kein Taschenmesser mitgebracht hatte, und ermahnte mich zur Geduld, während ich den Knoten mit Gefühl löste. Endlich war die Schnur lose. Ich schlug das Tuch beiseite, faltete dann ein zerknittertes Packpapier auf – und da war die Nachschrift.

Es hätten die Memoiren sein können, die mir da entgegenblickten: die gleiche Art Buch – ein ledergebundener, großformatiger, braun eingeschlagener Band mit marmorierten Blättern, vielleicht das Amtspapier im Konsulardienst. Anders als in den Memoiren waren die meisten Seiten unbeschrieben, aber ungefähr das erste Viertel war mit jener charakteristischen, gestochenen Handschrift in schwarzer Diplomatentinte ausgefüllt, die mich nicht zweifeln ließ: Hier hatte Strafford seine Spur hinterlassen. Gerade als ich begonnen hatte zu fürchten, ich würde nie wieder seine Stimme hören, meldete er sich wieder zu Wort und sprach zu mir, wie nur er es vermochte.

Von irgendwoher im Speicher kam ein Geräusch. Ich fuhr zusammen und schlug den Band zu, wodurch ich eine Staubwolke aufwirbelte. Ich hustete und verfluchte meine schwachen Nerven. Es war bloß eine Maus, die zwischen den Kisten herumhuschte. Schließlich war ja die Tür von innen verschlossen. Trotzdem fühlte ich mich in diesem Labyrinth von staubbedeckten Balken verwundbar. Ich brauchte Luft, Licht und Zeit, um meine Entdeckung zu studieren. Ich konnte nicht warten, bis ich sie nach Exeter gebracht hatte, konnte aber auch nicht bleiben, wo ich war.

Ich ließ das Packpapier und die Schnur bei der Burg liegen und ging zu einem der Fenster: Es handelte sich um eine schmutzige Fensterluke, die einen sepiabraunen Strahl in den Dachboden einließ. Außen sah man einen als Wasserablauf dienenden, bleiverkleideten Vorsprung mit einer gemauerten Brüstung, dahinter den blauen Himmel. Der Vorsprung war breit und trocken, die Helligkeit einladend. Die Luke war in der Mitte zu öffnen. Ich zerrte die Riegel beiseite und drückte die Flügel auf. Einen Moment lang saßen sie fest, dann ließen sie sich vollständig öffnen.

Schlagartig drangen von draußen Sonnenlicht und Vogelgezwitscher in den Dachboden. Ich steckte den Kopf durch die Luke und sah mir den Vorsprung nach beiden Seiten hin an. Hinter der Brüstung staute sich die Wärme, und es war genau das luftige Versteck, das ich gesucht hatte. Ich schleppte eine alte Ottomane heran und benutzte sie, um durch das Fenster zu steigen.

Von der Brüstung bot sich mir ein eindrucksvoller Blick auf den Garten. Einige wenige winzige Gestalten bewegten sich zwischen den Brunnen und getrimmten Hecken. In der Ferne hinter ihnen stiegen die Vorberge der Haldon-Kette ostwärts an. Die Landschaft schimmerte in leichtem Hitzedunst. Es hätte ein Gemälde oder eine Stickerei sein können – ein Muster englischen Landhauslebens wie ein Teppich ausgelegt. Eine Szene, die vier Generationen der Straffords wohlgefällig betrachten konnten: eine grüne Landschaft, aus der ihr Besitztum ihnen entgegenlachte. Nun jedoch nicht mehr. Die Straffords waren tot, Fremde liefen in ihrem Park herum – und einer saß gar auf dem Dach ihres Hauses.

Nicht ganz ein Fremder, Strafford – ich darf das hoffentlich sagen. Es hätte dir Schlimmeres widerfahren können, als daß ich dein Buch aufschlage. Der, zum Beispiel, der das Haus von Ambrose heimsuchte. Nun war ich es statt dessen, die Füße gegen die Mauerbrüstung hinter der Steinfassade deines Hauses gestemmt, mit dem Rücken an das sonnenwarme, schiefergedeckte Dach gelehnt, das irgendein Architekt vor 150 Jahren für deinen Großvater entworfen hat, in gerade diesem Neigungswinkel, den ihm der schräg fallende Winterregen in Devon diktiert hatte. Ich war es, und volle drei Stunden standen mir zur Verfügung, bevor ich an Aufbruch denken mußte, entscheidende drei Stunden, die ich dir und deinen letzten, späten Gedanken widmen konnte. Auf dem höchsten Punkt thronend, den deine Vorfahren erklommen, in mich hineinkriechend angesichts des tiefsten Unglücks deiner Familie, so öffnete ich dein Buch – und die Tür in eine Vergangenheit, die ihren Fluch noch immer über die Gegenwart bringen konnte.

NACHSCHRIFT

Ich hatte nicht gedacht, daß wir uns so bald wieder sprechen würden, das Schicksal und ich. Den Abschluß meines Lebensberichts hatte ich für eben das gehalten: einen Schluß, der keine Fortsetzung zuließ, keine Zugabe verdiente. Überflüssig zu sagen, daß ich es besser hätte wissen müssen.

Was führte also die Unterbrechung meines wenig bemerkten und wenig bemerkenswerten Exils auf Madeira herbei? Sie kam explosionsartig, wie ein Donnerschlag an einem schwülen Nachmittag. Und schwül war es an diesem Tag; aus dem Porto-Novo-Tal stieg Dunst auf, der einer warmen Sonne nicht weichen wollte. Es war der Tag vor meinem fünfundsiebzigsten Geburtstag, und in einem Alter, in dem man glauben möchte, daß nichts mehr überraschen kann, erwartete mich die Erkenntnis, daß das Leben für mich den größten Schock bis zum letzten Augenblick aufgespart hatte.

Ich saß nach dem Essen auf der Veranda. Tomás hatte das Tablett mit dem Kaffee abgeräumt, und die Lektüre der letzten Samstagsausgabe der »Times« hatte mich nicht am Einschlafen gehindert. Einst hätte ich über die Artikel der Kommentarseite nachgedacht oder einen Spaziergang auf der Quinta unternommen, um den Unsinn zu vergessen, den ich im Parlamentsbericht gelesen hatte. Heutzutage schlief ich einfach ein und vergaß um so leichter.

Ich entsinne mich, daß ich einen Moment lang glaubte, von meiner Zeit in Südafrika zu träumen – was ja vielleicht tatsächlich so war. Das würde jedenfalls erklären, warum der Tonfall gewissermaßen passend wirkte. Es war jedoch nicht der Ton, der den Schock hervorrief. Es war das, was die Stimme sagte.

»Wach auf – alter Mann!« Die Worte wurden roh herausgestoßen, wie ein Befehl, und das lange nachdem man mir zum letzten Mal Befehle erteilt hatte.

Ich schlug die Augen auf und richtete mich in meinem Stuhl auf. Über die Brüstung der Veranda beugte sich ein Mann, den ich nicht kannte – ein im Porto-Novo-Tal an sich schon ungewöhnliches Ereignis. Der Mann war klein, hager und mittleren Alters, grauhaarig, aber muskulös, sonnengebräunt, jedoch, wie ich vermutete, nicht von der Sonne Madeiras. Er trug teure Kleidung, hatte aber etwas von einem Desperado an sich, einen fast manisch zu nennenden Glanz in seinen durchdringenden, blauen Augen. Vielleicht hätte ich diese raschen Schlußfolgerungen nicht gezogen, wenn er in seiner rechten Hand nicht einen Revolver gehalten hätte.

»Sind Sie Edwin Strafford?« fragte er.

»Ja.« Ich versuchte, ruhig zu bleiben. »Und wer sind Sie?«

»Man nennt mich Leo Sellick.« Die Antwort erschien merkwürdig formuliert.

»Ich glaube nicht, daß ich Sie kenne, Mr. Sellick.«

»Natürlich nicht.«

»Was ... kann ich für Sie tun?«

»Als erstes könnten Sie mir sagen, ob Sie diese Waffe wiedererkennen.«

»Warum sollte ich das?«

»Weil Sie Ihnen gehört.«

»Ich besitze keine Waffe.«

»Sie haben einmal eine besessen.«

»Ich glaube nicht ... außer in der Armee.«

»Genau ... in der Armee.«

»Mr. Sellick, ich bin seit über dreißig Jahren nicht mehr Soldat.«

»Und diese Waffe haben Sie vor mehr als fünfzig Jahren verloren.«

»Ich glaube, Sie irren sich.«

»Nein. Es liegt kein Irrtum vor. Sie sind Edwin Strafford.«

»Das ist richtig.«

»Und ich, so wahr mir Gott helfe, bin Ihr Sohn.«

In diesem Augenblick hatte ich keinen Zweifel, daß der Mann verrückt war. Ein bewaffneter Eindringling, der behauptete, der Sohn zu sein, den ich nicht hatte, konnte kaum bei gesundem Verstand sein. Da er jedoch bewaffnet war, mußte man ihm wenigstens seinen Willen lassen. Außerdem verspürte ich eine unerklärliche Neugierde, mehr zu erfahren. Das mochte daher rühren, daß ein alter Mann im ereignislosen Ruhestand jede Störung willkommen heißt, und sei sie noch so abrupt. »Ich habe keinen Sohn«, sagte ich in dem Versuch, ihn durch sanfte Vernunft zu beschwichtigen.

»Dann machen Sie hiermit Bekanntschaft mit dem Mann, der glaubte, keinen Vater zu haben ... bis jetzt.«

»Mr. Sellick, früher oder später werden meine Angestellten uns hier überraschen und sich Sorgen machen, wenn sie Ihre Waffe sehen. Warum setzen Sie sich nicht und stecken die Waffe weg? Ich möchte gern einen Unfall vermeiden.«

»Es wird keinen Unfall geben, Strafford. Wenn ich beschließe, Sie zu töten, dann wird das aus den allerbesten Gründen geschehen.«

Er kam langsam die Stufen zur Veranda herauf und setzte sich in den Stuhl mir gegenüber, wo er sich offenkundig in einer beherrschenden Stellung fühlte. In der linken Hand hielt er einen Panamahut, mit dem er nun den Revolver in seiner Rechten verbarg. Er sah aus und bewegte sich wie viele Ranchbesitzer, die ich in Südafrika kennengelernt hatte: hager, zäh und präzise, mit einem Blick, der so weit reichte wie das Buschland. Während des Burenkriegs mußte man solche Männer scharf im Auge behalten; sie konnten einen Menschen so selbstverständlich und automatisch erschießen wie eine Hyäne. Sellick allerdings war fern seiner Heimat und dachte nach, wobei er die Stirn runzelte.

»Was führt Sie her, Mr. Sellick?«

»Ein Stück Papier, wenn Sie so wollen. Schauen Sie.« Er ließ den Hut los, griff in seine Jackentasche, holte ein gefaltetes Blatt Papier heraus und warf es mir in den Schoß.

Es war eine Geburtsurkunde, und ich vermutete, daß es seine war. Aber ich hatte keinen Grund, mir dessen sicher zu sein. Der Inhalt war, trotz aller scheinbaren Echtheit, absurd: eine Verschmelzung von Namen und Identitäten, die einander völlig fremd waren. Ein finster blickender Südafrikaner war in mein Leben geplatzt und hielt mir ein Dokument unter die Nase, das den Anspruch erhob, alles zu widerlegen, was ich von mir wußte. Einen Moment lang fehlten mir die Worte angesichts der ungeheuerlichen Urkunde, die mir da vorgehalten wurde.

Der Eintrag lautete folgendermaßen: Geburtstag und -ort: 21. Juni 1901 – Krankenhaus Geldoorp, Pietermaritzburg, Natal. Vorname: Leo. Vor- und Familiennamen des Vaters: Edwin George Strafford. Vor- und Familiennamen der Mutter: Caroline Amelia, geborene Van der Merwe. Dienstgrad oder Beruf des Vaters: Armeeoffizier. Unterschrift, Kennzeichnung und Wohnsitz der anzeigenden Person: F. H. Sellick, diensttuender Arzt bei der Geburt, Krankenhaus Gelddoorp, Pietermaritzburg. Datum des Eintrags: 24. Juni 1901.

Es mußte sich um einen unglaublichen Zufall handeln. Es hatte einen weiteren britischen Offizier meines Namens in Südafrika gegeben. Dieser hatte dort ein Kind gezeugt. Sellick war Opfer eines Mißverständnisses. Welcher Art es sein mochte, das war allerdings noch unklar. War er denn der Leo, den die Urkunde bezeichnete? Was wollte er von mir?

»Handelt es sich bei diesem Papier«, fragte ich schließlich, »um Ihre Geburtsurkunde?«

»So ist es.«

»Ihr Name ist aber doch Sellick – der Name des Arztes, der bei der Geburt Dienst tat.«

»Richtig.«

»Dann, bitte – erklären Sie das.«

»Sie sind der Mensch, der etwas erklären müßte. Aber ich werde Ihnen eine Geschichte erzählen. Den Teil davon, den Sie nicht kennen.

Das ist meine Geburtsurkunde. Aber ich habe sie erst in diesem Jahr in die Hände bekommen. Ich wurde in Südafrika, in der Kap-

Provinz, aufgezogen von einem Ranchbesitzer namens Daniel Sellick. Er besaß ein schönes Stück Land in der Großen Karru. Als Kind hielt ich ihn und seine Frau für meine Eltern. An meinem einundzwanzigsten Geburtstag sagten sie mir die Wahrheit oder jedenfalls einen Teil der Wahrheit.

Meine wirkliche Mutter, erzählten sie, sei bei meiner Geburt gestorben. Der diensttuende Arzt war mein Onkel, Frank Sellick, der darunter litt, daß er die Mutter nicht hatte retten können, und der wußte, daß seine Schwägerin keine Kinder bekommen konnte; er überredete die beiden, mich zu adoptieren.

Mein Onkel war bereits tot, als sie mir das mitteilten – die Grippewelle von 1918 hatte ihn erwischt, Arzt hin oder her –, so daß ich seine Geschichte nur vom Hörensagen kannte. Er hatte ihnen erzählt, daß meine Mutter, Caroline van der Merwe, ein Mädchen aus Durban war, das im Herbst 1900 einen britischen Offizier geheiratet hatte. Er hatte sie praktisch gleich danach wieder verlassen, und sie mußte feststellen, daß sie schwanger war. Die Zeiten waren damals nicht günstig für eine Frau in Natal, die von einem britischen Offizier ein Kind erwartete. Als Bothas Kämpfer im Februar 1901 in die Provinz eindrangen, überfiel ein Stoßtrupp das Haus der Van der Merwes und metzelte die Bewohner nieder: Man betrachtete sie als Kollaborateure.«

»Zweifellos. Es waren harte Zeiten.«

Sellick starrte mich böse an. »Da sitzen Sie distinguiert und selbstgefällig, der englische Gentleman im Ruhestand – und machen sich keine Vorstellung von dem Leiden, das Sie verursacht haben.«

»Ich habe es nicht verursacht, Mr. Sellick. Die Menschen und die Ereignisse, von denen Sie sprechen, sind mir unbekannt.«

»Verschonen Sie mich mit Ihren Lügen. Hören Sie mir noch etwas zu.

Meine Mutter wurde bei dem Massaker als Schwangere verschont – ein bei kämpfenden Verbänden verbreiteter Aberglaube, wie Sie wahrscheinlich wissen, aber in diesem Fall eine Ironie des Schicksals, weil ja ihr Kind – von einem britischen Offizier – die Familie als Kollaborateure gebrandmarkt hatte. Weil sie mit ansehen mußte, wie ihre Eltern und Brüder abgeschlachtet wurden, verlor sie den

Verstand – sie hatte weiß Gott genug gelitten. Sie wurde in der Heilanstalt in Pietermaritzburg untergebracht und starb, soweit mir bekannt war, im Juni desselben Jahres bei der Geburt.

Diese Tragödie war für mich etwas Fernes, und ich vergaß sie schnell, wie eben junge Männer so etwas vergessen können. Unser Land in der Karru war gut, und wir waren glücklich. Mein Vater – mein Adoptivvater – starb 1938, und ich erbte die Ranch. Sie ist seitdem gediehen, und heute habe ich mich mehr oder weniger aus der Führung der Geschäfte zurückgezogen und einen Verwalter eingestellt. Ich erwartete mir nicht viele weitere Überraschungen in meinem Leben.

Dann, vor drei Wochen, erhielt ich einen Brief vom Anwalt meines Onkels in Pietermaritzburg. Mein Onkel hatte ihm eine ausführliche Darstellung aller Umstände übergeben, wollte aber nicht, daß sie vor dem Ableben meiner Mutter aufgedeckt würden.«

»Aber Sie sagten doch eben, sie sei bei Ihrer Geburt gestorben.«

»Keineswegs, Strafford. So schnell hat sie Ihnen die Last Ihrer Schuld nicht genommen. Nach meiner Geburt blieb sie in der Heilanstalt in Pietermaritzburg: ein hoffnungsloser Fall, ohne Verstand und von allen vergessen. Sie starb im letzten Dezember. Unter ihren wenigen Sachen befand sich die Geburtsurkunde – und, in einem alten Blechkoffer, dieser Revolver mit Halfter und Riemen, durch einen Stempel eindeutig als britische Armeewaffe ausgewiesen. Es ist eine Offizierswaffe – Ihre Waffe.«

»Nein, Mr. Sellick. Nicht meine. Ich bin nicht Ihr Vater. Ich habe zwar in Südafrika gedient, aber ich habe niemals eine Miss ... van der Merwe aus ... Durban kennengelernt.« Ich stockte, indem ich den Namen aussprach, weil er mir plötzlich bekannt erschien, wenn auch nicht als der einer Person, die ich jemals kennengelernt hatte. Sellick allerdings mißdeutete mein Zögern.

»Ihre eigene Stimme verrät Sie, Strafford. Gott weiß, warum oder wie, aber in Ihrer Hast, meine Mutter im Stich zu lassen, ließen Sie Ihre Waffe zurück, und sie bewahrte das Stück als die einzige Erinnerung an ihren Mann, die sie besaß – abgesehen von einem billigen Ehering. Aber nur keine Sorge. Ich habe den Revolver vom

besten Waffenschmied in Kapstadt überholen lassen. Er ist jetzt voll funktionsfähig.«

»Davon bin ich überzeugt.«

»Ich will Ihnen noch ein bißchen mehr erzählen. Ich will Ihnen erzählen, was für ein Gefühl es war, als ich hörte, daß meine Mutter in einer Irrenanstalt gestorben war, ohne jemals ihren Sohn kennenzulernen. Vielleicht hätte mein Onkel mir gesagt, wo sie zu finden war, wenn er noch gelebt hätte. Aber im Grunde trug nicht er die Schuld an meiner Unkenntnis, an ihrem Wahnsinn, an ihrer Tragödie. Nein, das war das Werk eines schneidigen jungen Offiziers der britischen Armee, der sie heiratete und sie dann der Gewalt eines burischen Stoßtrupps auslieferte.«

»Das ist durchaus möglich. Aber ich bin nicht dieser Mann.«

»Ich habe genug Zeit dafür geopfert, um mir meiner Fakten sicher zu sein, Strafford. Meine Geburtsurkunde war natürlich nicht sonderlich beweiskräftig, aber mein Onkel hatte gesagt, die Van der Merwes seien eine Familie aus Durban gewesen, so daß ich mich dort erkundigte. In den standesamtlichen Unterlagen für den Herbst 1900 gab es keine Spur von einer Eheschließung auf diesen Namen.«

»Im Herbst 1900 war ich nicht einmal in Südafrika.«

»Wann haben Sie denn das Land verlassen?«

»Hm ... Mitte September, glaube ich.«

»Endlich einmal die Wahrheit. Herzlichen Glückwunsch. Mein Anwalt hat ganz Natal abgesucht, um eine Aufzeichnung über Ihre Eheschließung zu finden. Er hat sie schließlich gefunden. Sie haben meine Mutter offenbar entführt und in Port Edward geheiratet, ganz im Süden von Natal – ein abgelegener, verborgener Ort kam gewiß Ihren Zwecken zupaß.«

»Mr. Sellick, was mir verborgen ist, das ist Ihre Absicht.«

»Ich habe eine Kopie der Heiratsurkunde vom Urkundsbeamten in Port Edward. Hier ist sie.« Er warf mir noch ein Blatt Papier herüber, das ich mir ansah. Es war mir wie das erste völlig fremd, obwohl doch mein Name und scheinbar auch meine Unterschrift darauf erschienen. Ich starrte es ungläubig an.

»Datum der Eheschließung: 8. September 1900. Vor- und Familiennamen: Edwin George Strafford. Alter: 24 Jahre. Familien-

stand: unverheiratet. Dienstgrad oder Beruf: Unterleutnant der britischen Armee. Wohnsitz: Culemborg-Kaserne, Kapstadt.« Die Unterschrift glich in beängstigender Weise meiner eigenen. Ich konnte verstehen, wieso sie auf andere echt wirken mußte. Aber sie war nicht echt. Selbst aus einem Abstand von fünfzig Jahren konnte ich sie als Fälschung erkennen. Während ich das Dokument studierte, stürmten Erinnerungen und Assoziationen auf mich ein, die weit über Sellicks Drohungen hinausreichten. Ich konnte seinen Zorn auf seinen Vater verstehen, aber ich war nicht der Mann, den er suchte. Und schon begann ich zu ahnen, wer es sein könnte, fing an, innerlich zu zittern vor Erregung, daß man mir nun, endlich, nach all den Jahren, den Hinweis geliefert hatte und damit die Hoffnung, das quälende Geheimnis meines Lebens aufzudecken. Nichts davon jedoch würde Sellick jetzt im Zaum halten.

»Zittern Sie nur, Strafford. Vielleicht hören Sie gerade den Tod an Ihre Tür klopfen.« Ich konnte nicht hoffen, daß er durch mich den abgefeimten Verrat verstehen würde, der Schlimmeres bedeutete und den er ahnungslos ans Licht geholt hatte. Sobald ich die Adresse der Caroline van der Merwe las – Ocean Prospect, Berea Drive, Durban –, wurde eine Erinnerung geweckt. Diese Adresse war im Herbst 1900 im Rahmen der mir aufgetragenen diplomatischen Aufgaben bei der holländischen Bevölkerung mein Ziel gewesen, als uns dann plötzlich die Nachricht von den Wahlen in England erreichte, die meine überstürzte Heimfahrt notwendig machte. Wer hatte meinen Platz in Durban eingenommen? Wer hatte in Cambridge so gekonnt die Handschriften seiner Freunde imitiert? Wer hatte die Nerven, unter einem angenommenen Namen zu heiraten, aber nicht die Nerven, im Gefecht beim Angriff mitzustürmen? Die Antwort auf alle drei Fragen war mein alter Freund, Gerald Couchman.

Sellick redete immer noch auf mich ein. »Ich fand bald heraus, welches Regiment im September 1900 in der Culemborg-Kaserne untergebracht war: das Devonshire-Regiment. Vom Regimentsarchivar in Exeter erhielt ich alle Informationen, die er über Sie zur Verfügung hatte – Ihre politische und militärische Laufbahn, Ihre jetzige Adresse.« Was hatte es Besseres geben können, um Eliza-

beths Vertrauen in mich zu zerstören, als den Beweis, daß ich bereits verheiratet war, so daß sie mich praktisch für einen Schurken, einen ehrlosen Verführer halten mußte? Wer hatte einen größeren Vorteil davon, daß unser Verlöbnis gelöst wurde, als jener Mann, der sie schließlich selbst geheiratet hatte? Wer wäre besser in der Lage gewesen als er, die gefälschten Beweise für meine Niedertracht vorzulegen?

»Ich habe mich für dieses Treffen vorbereitet, Strafford, indem ich Ihr Leben unter die Lupe genommen habe. Sie scheinen darauf spezialisiert zu sein, die Nerven zu verlieren – Sie sind Ihrer Frau davongelaufen, der Politik, dann Ihrer Familie in Devon. Jetzt, wo Sie sich hier vergraben haben, was empfinden Sie da, wenn Sie auf alles zurückschauen – Befriedigung? Oder den Ekel, der mir dabei aufsteigt?«

»Weder das eine noch das andere, Mr. Sellick.« Wie konnte ich erklären, daß wir beide getäuscht – beide betrogen – worden waren, von demselben Mann? Ich nahm Sellicks Gesicht kaum wahr, als er mich so auf der Veranda ansah. Vor meinem inneren Auge stand Sir Gerald Couchman, Waffenhändler, glücklich verheirateter Ehemann, stolzer Vater, Spieler, Feigling, Scharlatan und Bigamist, der mich ruiniert hatte – und die Frau, die ich liebte. »Was ich empfinde, ist ... Genugtuung.«

Sellick starrte mich wütend an. »Genugtuung? Haben Sie nicht zugehört? So können Sie mir nicht kommen, Strafford. Ich habe den Beweis dafür, daß Sie eine anständige Frau ruiniert, in sträflicher Verantwortungslosigkeit gehandelt, sich über jede Moral hinweggesetzt haben ...«

Ich erhob mich rasch aus meinem Stuhl. Das schien ihn zu verblüffen. »Sparen Sie sich Ihre Worte, Mr. Sellick. Sie haben mein Mitgefühl – aber Sie haben den falschen Mann.«

Sellick sprang ebenfalls auf und hielt den Revolver auf mich gerichtet. »Ich sollte Sie jetzt töten, Strafford. Besitzen Sie nicht einmal den Anstand, Reue zu empfinden?«

Ich setzte mich wieder. Ich begriff, daß Sellick ein echtes Problem darstellte. Ich konnte mir kaum Hoffnungen machen, ihn von der Wahrheit zu überzeugen – selbst in meinen Augen erschien sie *unglaubhaft –, aber wie sollte ich ihn zufriedenstellen? Nicht ich war ihm etwas schuldig, sondern sein Vater – wer immer es war –, und deswegen hätte ich ihm gegenüber vielleicht offener sein müssen; ich war jedoch ein alter Mann, der dieses lästige Gespräch endlich hinter sich haben wollte, um einen Schuldigen zur Rechenschaft zu ziehen. So blieb mir nichts anderes übrig, als mich zu verstellen. »Mr. Sellick, bitte halten Sie es für möglich« – die Formulierung löste mehrere Assoziationen bei mir aus –, »daß Sie sich irren.«*

Er schüttelte den Kopf. »Ausgeschlossen. Sie sind der Mann. Geben Sie mir die Urkunden zurück.«

»Bitteschön.« Ich gab sie ihm. »Was wollen Sie von mir?«

Er lächelte. Es war ein grausames, geiferndes Lächeln, ein Lächeln, das seine Herkunft durchscheinen ließ. »Was ich von Ihnen verlange, Strafford, ist ein öffentliches Eingeständnis Ihrer Schuld, eine ausführliche Darlegung Ihres erbärmlichen Verhaltens gegenüber meiner Mutter.« Das war für ihn ganz offenkundig eine erfreulichere Aussicht als eine einfache Exekution.

»Glauben Sie, daß sich irgend jemand dafür interessieren wird?«

»Allerdings glaube ich das. Ein ungeschminkter Lebensbericht, der in einer Zeitung der Fleet Street erscheinen soll. Eine drastische Schilderung des Verhaltens eines ehemaligen Kabinettsministers in Kriegszeiten. Die Wahrheit über die Vergangenheit ihres Konsuls auf Madeira, die für den britischen Bevölkerungsteil dieser Insel sicherlich von großem Interesse sein wird.«

»Gewiß. Und mir bleibt nichts, als mich zu fügen?«

»Nichts. Ich mache das, falls nötig, auch ohne Sie.«

»Aha. Was soll nun also geschehen?«

»Ich bin für heute abend um sieben in meinem Hotel mit einem Journalisten verabredet. Kommen Sie dorthin – mit der Bereitschaft, freiwillig ein Geständnis abzulegen –, oder ich werde Sie langsam ruinieren, erst über Ihre Familie, dann über Ihr Regiment, dann ...«

Ich hob eine Hand. »Bitte, hören Sie auf. Ich werde mich beugen.«

»Das dachte ich mir. Ich war überzeugt, daß Ihnen der Mut fehlen würde, sich zu widersetzen – und ich habe recht behalten. Es war in einem gewissen Sinn enttäuschend, Sie zu stellen. Sie sind den Todesstoß nicht wert.«

Ich zuckte die Achseln und versuchte ihm zuliebe, niedergeschlagen auszusehen. Ich war ganz damit beschäftigt, eine Möglichkeit zu ersinnen, diesen aggressiven Südafrikaner für eine Weile außer Gefecht zu setzen, für den Augenblick jedoch wollte ich ihn glauben machen, daß er mich so weit hatte, wie er mich haben wollte: seiner Macht ausgeliefert.

Sellick ließ den Revolver in seine Jackentasche gleiten. Er schaute mich an, als sei ich ein in die Enge getriebenes, verängstigtes Tier. »Ich lasse sie hier zurück, damit Sie Ihre Gedanken sammeln können ... Vater. Ich bin im Hotel ›Reid‹. Dort erwarte ich Sie punkt sieben Uhr.«

»Ich werde kommen.«

»Das rate ich Ihnen auch.« Mit entschlossenen Schritten stieg er die Verandatreppe hinab und verschwand hinter dem Haus.

Ich folgte ihm ein paar Minuten später. Von einem Platz neben dem Haus konnte ich die Auffahrt bis zum Tor überblicken. Sellick war gerade dort angekommen und stieg in einen wartenden Wagen ein. Die Tür schlug zu, und das Auto brauste in einer Staubwolke davon, auf der Talstraße zurück nach Funchal.

Auf der Veranda erwartete mich Tomás mit besorgter Miene. »Senhor Strafford«, sagte er, »ich war besorgt wegen Ihres ... Besuchers. Er hatte sich nicht an der Tür angemeldet ... und ging, als sei er nicht zufrieden.«

»Wir können nicht immer zufrieden sein, Tomás, nicht einmal im Porto-Novo-Tal. Würden Sie mir bitte den Wagen herausfahren? Ich habe dringende Geschäfte in Funchal.«

Ich bedauerte, daß mein nächster Schritt notwendig war, doch zögerte ich nicht eine Sekunde. Was mich auch immer jetzt in England erwartete – und ich wußte, daß ich dorthin zurückkehren mußte –, war gewissermaßen vorherbestimmt, unverrückbar entschieden seit dem Augenblick, in dem Couch – denn ich zweifelte nicht, daß er es war – vor fünfzig Jahren meinen Namen auf jene Heiratsurkunde in Südafrika gesetzt hatte. Ich hatte nicht vor, das dichte Gewebe von Warum und Wozu mit Rachegelüsten zu entflechten. Dafür waren seither zu viele Jahre vergangen. Ich empfand vielmehr leiden-

schaftslose Neugier, als ich den krönenden Akt meines Lebens in Angriff nahm, nämlich zu prüfen, welche Gefühle noch in mir wohnten, zu entscheiden, ob es noch möglich war, die reine Wahrheit über das, was mir widerfahren war, herauszuschälen, sich dieser Wahrheit zu stellen und ihre Bedeutung zu erkennen.

Bei alledem war die Aufgabe, Sellick auszuschalten, nur ein unbedeutender erster Schritt. Dennoch war er mir zuwider, weil er mich zwang, Gefälligkeiten von alten Freunden zu erbitten, Einfluß geltend zu machen, wo ich eigentlich keinen Einfluß haben sollte.

Ich fuhr direkt zum Hauptquartier der Polizei in Funchal und wurde vom Polizeichef Carlos Garrido herzlich empfangen. Seit der Revolution von 1931 waren wir gute Freunde; ich hatte damals die Behörden in Lissabon daran hindern können, ihn zum Sündenbock zu machen. Garrido war nicht der Mann, der einen Freundschaftsdienst vergaß, und das war ganz gut so, denn nun mußte ich ihn um einen solchen bitten.

»Carlos, ich komme gleich zur Sache. Ich möchte, daß Sie einen Mann verhaften.«

»Edouin, als Sie Konsul waren, haben Sie mich immer darum gebeten, die Leute nicht zu verhaften. Jetzt ... also, wer ist der Mann?«

»Leo Sellick, ein Südafrikaner, der im Hotel ›Reid‹ wohnt.«

»Was hat Senhor Sellick getan?«

»Er hat mich bedroht – mit einer Waffe.«

»Ich lasse nicht zu, daß man meine Freunde bedroht, Edouin. Senhor Sellick wird mit mir zu tun bekommen.«

»Warten Sie. So einfach ist es nicht. Es stimmt, daß er mich bedroht hat und daß er eine Waffe besitzt. Aber es handelt sich um eine Antiquität. Und ich werde nicht gegen ihn aussagen. Ich will bloß, daß er für eine Weile festgehalten wird.«

»Wie lange?«

»Ein paar Wochen. Ich muß nach England fahren und will nicht, daß Sellick mir folgt.«

»Das ist möglich – Formfehler in Paßangelegenheiten, Androhung von Gewalt. Man kann ihn in Gewahrsam nehmen. Ich lasse Ihnen«, er überlegte kurz, »einen Monat Zeit. Ich würde niemandem

mehr Zeit geben. Dann lassen wir ihn laufen – es sei denn, Sie bringen Beweise gegen ihn vor.«

»Das werde ich nicht tun. Mein Land vertritt Südafrika in konsularischen Angelegenheiten – ich werde dafür sorgen, daß mein Nachfolger die Sache verschleppt, falls Sellick sich beschwert. Ihnen, alter Freund, bin ich dankbar. Ich wünschte, ich hätte Sie nicht um so etwas bitten müssen.«

»Dann tun Sie es nicht ein zweites Mal, Edouin. Dieses Mal – es ist für die alten Zeiten.«

»Noch eins. Die Waffe gehört einem ... Freund von mir ... in England. Ich würde Sie ihm gern zurückgeben.«

Garrido breitete theatralisch die Arme aus. »Ah, auch das Beweismaterial wird beiseite geschafft – warum nicht? Kommen Sie morgen wieder, und ich sehe, was ich für Sie tun kann.«

Ich dankte ihm nochmals und ging. Mein nächster Besuch galt Brown, dem britischen Konsul, in seinem – einst meinem – Amtssitz am Hang über Funchal. Brown war ein entgegenkommender Mensch und bereit, seine Rolle zu spielen. Mit der Unterstützung dieser beiden, Brown und Garrido, konnte ich mich auf die versprochene Gnadenfrist von einem Monat verlassen, während deren man Sellick festhalten würde. Ich kehrte zur Quinta do Porto Novo zurück, recht zufrieden – im ganz persönlichen Sinn – mit meiner Leistung an diesem Nachmittag, aber mit dem dringenden Wunsch, nun zu den Dingen überzugehen, die mich wirklich beschäftigten.

Ich hatte mich nicht damit begnügt, Couch zu verdächtigen und den Anteil zu erraten, den er daran gehabt hatte, mich Elizabeth zu entfremden, denn ich wußte, daß noch andere, sogar unheilvollere Dinge ihre Rolle spielten. Ich verbrachte die Nacht damit, die Ereignisse von 1909 und 1910 an meinem inneren Auge vorbeiziehen zu lassen, wobei ich überlegte, wer von meiner Entfernung von der politischen Bühne etwas zu gewinnen hatte: Lloyd George zum einen, die Suffragetten zum anderen. Die Beweise für meinen scheinbaren Betrug an Elizabeth konnte man möglicherweise dafür nutzen, mich in Asquiths Augen als gefährlichen und verächtlichen Frauenheld zu verdammen, von dem er sich zu seinem eigenen Vorteil trennen sollte. Hatte vielleicht der Opportunist Couch für einen ansehnlichen Preis das Mittel geliefert, durch das ich in der Rolle des Schurken erschien? War es denn nicht so gewesen, daß ich zuviel von Lloyd Georges Absichten erfahren hatte, um ihm den Schlaf zu rauben?

Wie dem auch sei, Lloyd George war seit sechs Jahren tot, für mich nicht mehr zu fassen. Der Mann, auf den sich mein ganzer Argwohn konzentrierte – Gerald Couchman – lebte immer noch, in den Ritterstand erhoben, verheiratet mit Elizabeth. Er war der Mann, dem ich meine unmittelbare Aufmerksamkeit zuwenden mußte.

Ich hatte vergessen, welchen Tribut das Alter forderte: Mir fehlte das Durchhaltevermögen. Am folgenden Tag schien die Sonne. Es war der 20. April, mein fünfundsiebzigster Geburtstag. Das Porto-Novo-Tal glich England im Frühling in übersteigerter Form, und die Apfelblüte, die die Bäume auf der Quinta in verheißungsvolle weiße Wolken hüllte, lockte mich zu bleiben. Tomás servierte das Frühstück auf der Veranda und brachte mir auf einem Silbertablett die Geburtstagskarten, denen er seine eigenen Glückwünsche hinzufügte. Welcher Mensch bei normalem Verstand hätte sich solch heiterer Ruhe entreißen lassen?

Ich nehme an, daß es eine Art Verrücktheit war: ein angefangener Faden in einem alten Leben, der von mir an seinen Ursprung zurückverfolgt werden wollte, eine angelsächsische Unruhe, die über die romanische Trägheit siegte. Vor allem aber diese klägliche Gier, mit der ich die Karten durchsah, wie an jedem Geburtstag und an jedem Weihnachtsfest seit dreißig Jahren, wider alle Vernunft halb hoffend, daß eine Karte – eines Tages – von Elizabeth kommen würde. Und sie kam doch nie.

So kehrte ich in Garridos Büro in Funchal mit dem Entschluß zurück, dem Faden zu seinem Anfang zu folgen.

»Wir haben Senhor Sellick in Gewahrsam genommen«, verkündete Garrido. »Er war in Gesellschaft eines ... Mannes von der Zeitung, als wir ihn verhafteten. Jetzt beschwert er sich lautstark. Das tut vielleicht auch der Mann von der Zeitung. Sie haben mir da ein Problem beschert, Edouin.«

»Ich weiß. Ich bedauere das – und bin Ihnen dankbar.«

»De nada. Wenn ich sage, es ist nicht der Rede wert, dann meine ich es auch so. Hier ist das, worum Sie außerdem gebeten hatten.«

Er zog eine Schublade auf und holte den Revolver mit seinem Halfter und Riemen hervor. Der Geruch des abgetragenen Leders ließ immer noch an das Depot in Aldershot denken. Es hätte ohne weiteres meine Ausrüstung sein können.

»Danke, Carlos. Ich werde das nicht vergessen.«

»Auch Senhor Sellick nicht. Wollen Sie mit ihm sprechen? Er hat von Ihnen gesprochen – nicht im Guten.«

»Nein. Wenn Sie ihn nur möglichst lange hier festhalten.«

»Ich sagte es Ihnen schon, Edouin – einen Monat. Sie haben noch Zeit bis zum 20. Mai.«

»Dann muß ich mich sputen.«

»Bevor Sie das tun, gibt es noch etwas, was Sie an sich nehmen sollten. Man hat es in Sellicks Zimmer gefunden ... bei seinen Sachen.« Er zog ein Papier aus seiner Tasche, und ich erriet sofort, was es war. »Mir scheint, es gehört Ihnen. Es ist eine Urkunde über Ihre Eheschließung.« Ich nahm die Urkunde in Empfang. »Ich wußte nicht, daß Sie verheiratet waren.«

»Vor langer Zeit, Carlos.« Ich lächelte. »Ich war damals ein anderer Mensch.« Ich dankte ihm wieder für seine Mühe, ließ den Revolver und das Halfter in eine Tasche gleiten und machte Anstalten zu gehen. An der Tür hielt er mich zurück.

»Edouin ... Ich kenne Sie gut. Es muß um etwas ... ganz Außergewöhnliches gehen.«

»So ist es. Man könnte sagen, es geht um alles.«

»Das dachte ich mir. Aus diesem Grund mache ich das für Sie. Viel Glück, mein Freund ... für alles.«

»Adeus, Carlos.«

Ich traf Anstalten für eine möglichst frühzeitige Abreise, aber es wurde Montag der folgenden Woche, ehe ich an Bord des Flugboots nach England ging. Es war der St.-Georgs-Tag, ein passendes Datum für meine erste Rückkehr in die Heimat seit dem Tod meiner Mutter 21 Jahre zuvor. Und doch kam ich zu diesem Besuch ungerufen, und er war – genaugenommen – unnötig. Ich hatte Ambrose nicht be-

nachrichtigt, und so gern ich gleich nach Barrowteign gefahren wäre, um ihn zu sehen, so sicher wußte ich andererseits, daß ich zunächst nach London mußte, um dort herauszubringen, was ich konnte.

Durch die verspätete Abfahrt von Madeira hatte ich Zeit gehabt, meine Pläne zu entwerfen. Meine Hauptschwierigkeit bestand darin, daß so viele, die mir so viel hätten erzählen können, inzwischen tot waren. Aus der Ferne hatte ich in den Nachrufen der »Times« das Ableben meiner ehemaligen Kollegen aus der Politik verfolgt. Bevor ich die Quinta verließ, studierte ich eine alte Photographie von Asquiths Kabinett, so wie es bei seiner Bildung im Jahre 1908 zusammengesetzt war. Von den zwanzig Männern auf der Photographie lebten noch zwei. Ich war der eine. Winston Churchill der andere.

Für viele mochte es den Anschein haben, es sei nur einer übriggeblieben. Denn Churchill war jetzt Oppositionsführer mit den besten Aussichten, bei der nächsten Wahl Premierminister zu werden, wohingegen ich in ein Schattendasein abgeglitten war, aus dem man nicht mehr zurückkehrte: jedenfalls bis jetzt nicht. Ich verdächtigte Churchill immer noch, möglicherweise Anteil daran gehabt zu haben, den Privatdetektiv Palfrey zum Schweigen zu vergattern. 1950, bei seinem Besuch auf Madeira, hatten wir gewitzelt und Anekdoten ausgetauscht, aber das war, bevor Sellick mir für einen Teil der Wahrheit die Augen geöffnet hatte. Jetzt würden auch andere die Augen öffnen müssen.

Das Flugboot kam bei naßkaltem Wetter in Southampton an: Es war kälter und nasser, als ich in Erinnerung hatte. Madeira hatte mich auf meine alten Tage verwöhnt, mich überhaupt nicht auf das abweisende, kühle Grau vorbereitet, mit dem England mich zu begrüßen schien.

Ich stieg in einen Zug nach London, nahm mir ein Zimmer in einem Hotel am Leicester Square, das ich kannte (oder zu kennen glaubte – in Wirklichkeit hatte man es nach den deutschen Luftangriffen wieder aufgebaut), und machte mich mit dem England von 1951 vertraut. Ich verschlang die Zeitungen und wohnte einer Parla-

mentsdebatte bei, wo ich einen verzehrenden Husten bekämpfen mußte, der mir das Gefühl gab, ich sei so ohne Lebenskraft und grau wie das Wetter. Die Regierung wurde von der Labourpartei geführt, aber die Debatte betraf einen absurden Disput mit Persien, der einem Palmerston zur Ehre gereicht hätte. »Plus ça change.« Churchill war nicht anwesend.

Er war mein einziger Anhaltspunkt. Also schrieb ich ihm einen Brief, in dem ich ihn fragte, ob wir uns sehen könnten. Seine Antwort kam Ende der Woche in Form einer Einladung für den Sonntag nach Chartwell, auf sein Landhaus in Kent. Die blasse englische Version von Sonnenschein stellte sich ein, mein Husten ließ nach, und ich gewann meinen Elan zurück.

Am Bahnhof Westerham wurde ich mit einem Wagen abgeholt, und Churchill empfing mich allein in seiner Bibliothek.

Er streckte die Hand aus. »Edwin, ich weiß, daß ich eine Verabredung zum Abendessen mit Ihnen nicht eingehalten habe, als ich im letzten Jahr aus Madeira abreiste, aber ich hätte nicht geglaubt, daß Sie mir bis hierhin nachreisen würden.«

»Das hätte ich auch nicht gedacht, Winston. Wie geht es Ihnen?«

»Ich freue mich auf einen Sieg. Diese Regierung ist erledigt. Disraeli hätte sie einen erloschenen Vulkan genannt. Jetzt, nachdem Bevan zurückgetreten ist ...«

»Bitte, Winston. Ich würde liebend gern mit Ihnen zusammensitzen und plaudern, aber ich bin in einer dringenden Angelegenheit gekommen. Ich habe schon zuviel Zeit verloren.«

Er lud mich mit einer Handbewegung ein, in einem Ledersessel Platz zu nehmen, unter schwer beladenen Bücherregalen, die bis zur Decke reichten. »Was bedeutet das, Edwin? Sie sind doch jetzt nicht mehr im Geschäft. Was kann da so dringend sein? Ich hatte gemeint, wir würden hier ein bißchen plaudern und dann gemeinsam mit Clemmie Tee trinken. Und Sie sind doch noch nie in Chartwell gewesen? Ich könnte Ihnen alles zeigen. Ich habe es nämlich mit meinen Tantiemen für ›Die Weltkrise‹ erworben. Die Feder ist mächtiger als das Schwert.«

»Sehr wahr.« Ich dachte an einen Federstrich auf einer südafrika-

nischen Heiratsurkunde. »Man könnte sagen, daß es die Schreibkunst ist, die mich herführt.«

Er zündete sich eine Zigarre an, und ich lehnte das Angebot ab, ihm dabei Gesellschaft zu leisten. »Das müssen Sie allerdings erklären.«

»Ist Ihnen bewußt, daß wir die einzigen Angehörigen von Asquiths erstem Kabinett sind, die noch leben?«

»Das muß wohl so sein. Wir haben uns also viel zu erzählen ...«

»Ja, Winston, viel. Aber nicht notwendigerweise Angenehmes.«

»Warum nicht?«

»Weil ich nicht weiß, welche Rolle Sie bei all dem gespielt haben. Ich meine meinen Rücktritt.«

»Edwin, das ist vierzig Jahre her. Es fielen harte Worte. Was kann daran wichtig sein ...«

»Wichtig ist, daß ich heute weiß, was meinen Niedergang herbeigeführt hat. Verstehen Sie, das habe ich vorher nie gewußt. Mein ungläubiges Staunen war nicht gespielt. Aber jetzt weiß ich, warum Asquith es ablehnte, mich im Kabinett zu behalten.«

»Dann wissen Sie mehr als ich.«

»Ich werde es Ihnen sagen. Ich glaube, man stellte es ihm gegenüber so dar, als sei ich im Begriff, durch die Eheschließung mit einer prominenten Suffragette Bigamie zu begehen.«

»Edwin, das ist überaus merkwürdig. Aber was soll ich sagen? Es ist einfach so, daß ich die Umstände Ihres Rücktritts nicht kannte – oder kenne.«

»Vielleicht nicht, aber Lloyd George kannte sie, und Sie waren damals sein zuverlässigster Bundesgenosse im Kabinett.«

Dem Oppositionsführer war wenig daran gelegen, an überflüssig gewordene Allianzen erinnert zu werden. »Das wird jetzt langsam etwas ermüdend, Edwin.«

»Haben Sie Geduld mit mir, Winston. Erinnern Sie sich, wie Sie während des Ersten Weltkriegs vergaßen, in meinem Auftrag einen Privatdetektiv namens Palfrey zu kontaktieren?«

»Ehrlich gesagt, nein.«

»Sie erinnern sich nicht, wie sich in unser Gespräch beim Mittagessen in Gaspards Restaurant eine gewisse Gereiztheit einschlich?«

»Nein, Edwin.«

»Oder warum Lloyd George mir so kurz darauf das Konsulat auf Madeira anbot?«

»Aus Großzügigkeit, nehme ich an.«

»Oder zur Bestechung?«

»Das kann ich mir kaum denken.«

»Haben Sie ihm vielleicht erzählt, was ich Ihnen über Sir Gerald Couchman gesagt hatte?«

»Möglicherweise habe ich Ihre ... schwierige Lage erwähnt. Sind Freunde nicht dafür da?«

»Das müssen Sie mir sagen, Winston, wofür man seine Freunde hat. Um Verschwörungen auszuhecken? Undank ist der Welten Lohn. Ich glaube beweisen zu können, daß Sir Gerald Couchman, ein guter Freund der Partei, ein Lügner, ein Betrüger und – ein Verbrecher ist. Ich vermute, daß er Lloyd George das Mittel in die Hände lieferte, mit dem man mich aus der Regierung entfernen konnte, worauf dieser angewiesen war, weil ich von seinem Plan erfahren hatte, hinter Asquiths Rücken eine Koalition mit Balfour zu bilden. Ich beschuldige Sie nicht, als Komplize an meinem Sturz beteiligt gewesen zu sein ...«

»Das ist allerdings auch gut so.«

»Aber ich möchte behaupten, daß Sie Lloyd George über meine Vorstellungen informierten und ihm vorschlugen, mir lieber eine passende Beschäftigung fern von England anzubieten, als mir die Möglichkeit zu geben, Couchman zu irgendeiner Art von Geständnis zu zwingen.«

»Ich glaube, jetzt haben Sie genug gesagt.«

»Sie haben wahrscheinlich recht. Aber denken Sie daran. Wenn ich Couchman als denjenigen bloßstelle, der er ist, dann wird die ganze Sache auch Ihrem Ansehen nicht dienlich sein. Jetzt, wo eine Wahl ansteht, könnte sich das als außerordentlich lästig erweisen.«

Es war dumm, das zu sagen. Es handelte sich um eine jämmerliche Imitation von Sellick und war genauso verächtlich. Aber ich war in Zorn geraten und hatte aus Verbitterung über unzählige Ungerechtigkeiten gesprochen. Churchill sah verletzt und verärgert aus. Es blieb mir nichts anderes übrig, als auf der Stelle zu gehen.

Als ich jedoch von meinem Stuhl aufsprang, gab mein rechtes Bein nach – seit der Somme konnte ich es nicht mehr plötzlich belasten –, und ich stürzte zu Boden.

Einen Augenblick später keuchte Churchill von der Anstrengung, mir wieder in meinen Stuhl zu helfen, und wir mußten beide über unsere Gebrechlichkeiten lachen.

»Um Himmels willen, Edwin, beruhigen Sie sich.«

»Es tut mir leid, Winston. Ich wollte Sie nicht beleidigen – oder meinen Abschied so verpatzen.«

»Dann erholen Sie sich ein bißchen, und trinken Sie noch Tee mit uns.«

»Ich glaube nicht, daß ich bleiben kann.«

»Wie Sie wollen. Sie waren aber derjenige, der darauf hinwies, daß wir die letzten Überlebenden aus Asquiths Kabinett sind. Wir sollten uns nicht zerstreiten.«

»Das ist wohl richtig. Ich habe eigentlich nur an Ihnen ausgelassen, was ich den Toten – oder über sie – nicht mehr sagen kann.«

»Schon gut. Ich habe einen breiten Buckel. Da wir nun beide in einem Alter sind, wo nichts mehr die gleiche Bedeutung hat wie früher, will ich Ihnen etwas sagen. Ich entsinne mich, wie ich bei Ihrem Rücktritt den Eindruck hatte, L. G. hätte Sie tatsächlich aufs Kreuz gelegt. Aber ich habe nie erfahren, wie.

Vielleicht hat Couchman ihm wirklich das Mittel dazu geliefert. Vielleicht wissen Sie darüber mehr als ich. Es stimmt, daß L. G. Couchman mit Aufträgen für Munitionslieferungen überschüttete, von der Erhebung in den Ritterstand ganz zu schweigen. Sie erinnern sich noch an L. G.s Einstellung zum Lohn für geleistete Dienste. Sie war von einer gewissen walisischen Einfalt geprägt.

Was Palfrey betrifft, so habe ich Ihre Bitte übersehen. Ich habe inzwischen vergessen, ob ich es damals vergaß oder nicht.« Er zwinkerte mir zu. »Das Alter spielt uns solche Streiche, wie Sie selbst wissen müssen. Es waren hektische Zeiten, und ich versuchte damals, nach der Dardanellen-Episode wieder Fuß zu fassen. Möglicherweise war mir damals bewußt, daß es Besseres für mich gab, als die Angelegenheit zu verfolgen. Vielleicht habe ich sogar Palfrey wissen lassen, daß wir seine Geschäftsverbindung mit Ihnen mit kritischen Augen betrachteten. Falls dem so war, dann tut es mir leid.«

»Machen Sie sich deswegen keine Gedanken.« Ich hatte mir seinerzeit eine Menge Gedanken deswegen gemacht. Aber Churchill hatte recht. Im Rückblick waren das Kleinigkeiten, notwendige Kompromisse im Laufe einer politischen Karriere.

»Ich habe L. G. über unsere kleine Auseinandersetzung im Restaurant berichtet – das Wesentliche jedenfalls. Ich bin sicher, daß er Ihnen deswegen Madeira angeboten hat. Aber ich weiß noch, wie es mich überraschte. Er ließ alles liegen, um die Sache zu arrangieren. Man spürte einen Hauch von Panik – es sah ihm nicht ähnlich. Ich hielt es, ehrlich gesagt, in Ihrem Fall für die beste Lösung.«

»Da hatten Sie wohl recht.«

»Warum sind Sie dann zurückgekommen?«

»Weil es mich zurückgezogen hat. Früher einmal hätte ich nach der Wahrheit verlangt. Nun scheint die Wahrheit nach mir zu verlangen. Und außerdem geht es noch um eine Herzensangelegenheit.«

»Dann folgen Sie Ihrem Herzen, Edwin, nicht Ihrem Verstand. Alten Menschen ist das erlaubt.«

Wir gingen dann zum Tee und machten einen Rundgang im Garten, als der Abend näherrückte. Er erzählte mir, wie er in den dreißiger Jahren auf diesem Rasen auf- und abgegangen war, um über die Bedrohung durch die Nazis nachzudenken, und ich erzählte ihm von der kleinen, lokalen Turbulenz auf Madeira 1931. Ich blieb zum Abendessen und dann auch für die Nacht. Als ich am folgenden Morgen nach London zurückkehrte, hatten Churchill und ich Frieden geschlossen – einen Sonderfrieden in meinem Krieg mit der Geschichte.

Jetzt aber war der Zeitpunkt gekommen, den ich in dem Moment vorausgesehen hatte, als Sellick auf der Quinta erschienen war und triumphierend die Beweise für Heirat und Vaterschaft gezeigt hatte, der Augenblick, demjenigen gegenüberzutreten, mit dem eine Waffenruhe nicht vorstellbar war.

Das »Who's Who« verzeichnete für Sir Gerald Couchman zwei

Adressen: eine in Sussex, die andere in dem Haus in Hampstead, wo ich Elizabeth zum letzten Mal getroffen hatte. Ich ging zu keiner von beiden. Statt dessen machte ich mich auf den Weg zur Munitionsfabrik in Woolwich, oder vielmehr zum Standort der Munitionsfabrik. Sie war verschwunden – zerbombt oder abgerissen, wer weiß? –, und an ihrer Stelle war ein Bauplatz, auf dem Wohnhäuser entstanden. Auf einer Tafel stand: »Häuser für die Einwohner von London, von Couchman Immobilien.« Wie es sich für einen Opportunisten gehörte, hatte Sir Gerald diversifiziert.

Churchill hatte mir am Abend zuvor beim Essen erzählt, daß Couchmans Sohn Henry prominentes Mitglied der Konservativen Partei sei, die ihn als Kandidaten für einen Vorortwahlkreis nominiert habe. Er habe beste Aussichten, gewählt zu werden. Es konnte also keinen Zweifel daran geben, daß Couch eine prosperierende Dynastie begründet hatte, in der meine Erinnerung an weniger ruhmreiche Episoden wohl kaum willkommen sein würde.

Das Hauptquartier des Geschäftsimperiums der Couchmans befand sich inzwischen in einem modernen Büro am Finsbury Square. Auf meine Frage teilte man mir am Empfang mit, daß sowohl »Sir Gerald« wie »Mr. Henry« in einer Vorstandssitzung seien. Also ging ich gleich wieder.

Aber nicht weit. Ich setzte mich auf eine Bank und wartete ab, schäbig gekleidet und unauffällig. Kurz nach vier Uhr erschien eine Gruppe von gutgekleideten, opulenten Gestalten. Aus über fünfzehn Metern Entfernung konnte ich Couch von den übrigen unterscheiden. Er war dick geworden, im Gesicht ziemlich aufgedunsen. Er trug einen Mohairmantel, der ihn gegen die kühle Nachmittagsluft schützte, rauchte eine Zigarre mit dem Gehabe des wohlhabenden Mannes, wirkte aber dennoch gebrechlich und unstet. Ein anderer Mann half ihm in das wartende Auto; sein Aussehen – jung, untersetzt und mit einem bösen Zug um den Mund – verriet, daß es sich dabei um Henry handelte. Ich hörte, wie er »Hampstead« zum Chauffeur sagte. Als das Auto an mir vorbeifuhr, konnte ich sehen, wie sich Henry aus dem Rücksitz eifrig vorbeugte und mit Nachdruck auf Couch einredete. Dieser starrte aus dem Fenster, direkt an mir vorbei, mit einem ziellosen, leeren Blick.

Ich beeilte mich, mit dem Taxi nach Hampstead zu kommen. Und doch – als ich vor dem Tor zum Haus der Couchmans stand, das durch Gebüsch gegen die Straße hin vor Blicken geschützt lag, da zögerte ich. Die Sonne war herausgekommen, und der Bishop's Drive schien an einem solchen Frühlingsabend für jede Art von Freveltat einfach zu sehr in sich selbst zu ruhen.

Nun, da es zur Entscheidung kam, war ich ängstlich und unsicher.

Auf mein Klopfen, das vorsichtiger klang, als ich beabsichtigt hatte, erschien eine Haushälterin an der Tür.

»Ist Sir Gerald Couchman zu Hause?«

»Ja, aber ...«

»Ich muß ihn sprechen ... sofort.«

»Er ist gerade mit dem Abendessen fertig. Jetzt ist wohl kaum ...«

»Ich muß ihn sprechen. Ich nehme an, er wird einverstanden sein, wenn Sie ihm meine Karte geben.« Ich hatte auf eine unbeschriebene Postkarte notiert: »Couch: Erinnerst Du Dich an den September 1900? Edwin Strafford.« Sie nahm die Karte mit und kam ein paar Minuten später zurück, um mich in ein Hinterzimmer zu führen. Aus der Terrassentür sah man auf den bereits im Dunkeln liegenden Garten – die Vorhänge waren noch nicht zugezogen. Das Zimmer war überraschend unaufgeräumt; unter anderen Bedingungen hätte die Unordnung ihren Reiz gehabt. Man sah eine offene Spieldose. Strickzeug unter einem Kissen auf dem Sofa, einen Spielbaustein auf dem Teppich. Ich kam mir vor, als sei ich in ein Familienleben eingedrungen – was ja den Tatsachen entsprach.

Die Tür öffnete sich, und vor mir stand Sir Gerald Couchman. Er war ein aschgrauer Siebziger in Pantoffeln und geflicktem Pullover und zitterte leicht, als er mich ansah.

»Was willst du?« fragte er mit belegter Stimme.

Mit einem Mal wußte ich nicht, was ich wollte. Wollte ich wirklich einen alten Mann zugrunde richten, wenn ich konnte? Glaubte ich wirklich, ich könnte Elizabeth zurückgewinnen? Ich spürte, wie mir ein Gefühl der Vergeblichkeit die Entschlossenheit nahm. Schließlich beschränkte ich mich darauf, ihm die Urkunde hinzureichen.

Ein paar Augenblicke lang starrte er darauf. »Was willst du?« wiederholte er.

»Ich will eine Erklärung.« Er gab sie mir wortlos zurück. »Erkennst du die Urkunde?«

»Nein.«

»Ich glaube, doch.«

»Nein.«

»Sie trägt das Datum vom 8. September 1900. Sie ist ausgestellt auf die Namen Strafford und Van der Merwe. Im September 1900 sollte ich der Familie Van der Merwe in Durban einen Besuch abstatten, zu dem es nie kam. Du bist an meiner Stelle hingefahren. Dazu will ich von dir eine Erklärung.«

»Das ist lange her.«

»Ist das deine Erklärung? Bist du im September 1900 nach Durban gefahren, ja oder nein?«

»Nein. Ich kenne den Namen Van der Merwe nicht. Ich habe mich nie dazu bereit erklärt, dich auf irgendeiner Mission in Durban zu vertreten.«

Mit dieser Feststellung machte er einen taktischen Fehler. Denn das Leugnen in diesem Stadium weckte meinen schlummernden Zorn. Ich machte einen Schritt auf ihn zu, und indem er zurückwich, fiel er halb hintenüber, halb sank er in einen Lehnstuhl. Ich schaute ihn überrascht an. Er hatte physische Angst vor mir. Sein Blick verriet Hilflosigkeit, eine Hilflosigkeit, die ihn bei einer sinnlosen Lüge Zuflucht suchen ließ.

»Sir Gerald, ich kann beweisen, daß ich an dem in der Urkunde bezeichneten Datum nicht in Port Edward war. Kannst du das auch?«

»Nein. Aber das war vor fünfzig Jahren. Wer kann da irgend etwas beweisen?«

»Darauf also verläßt du dich? Du mußt wissen, was das jetzt bedeutet. Es bedeutet, daß ich alles herausgefunden habe. Ich habe herausgefunden, wie man Elizabeth gegen mich einnahm. So war es doch, oder? Nicht genug damit, daß du dir den Spaß einer absurden Eheschließung in Südafrika erlaubt und dich meines Namens bedient hast, du hast dann auch noch die urkundlichen Belege dazu benutzt, mir Elizabeth zu rauben.«

»Nein.«

»Sir Gerald, ich bin der Überzeugung, daß Elizabeth den Trauschein, wenn ich ihn ihr zeigte, wiedererkennen und zugeben würde, daß man sie damit davon überzeugte, ich hätte sie betrogen. Wenn ich ihr dann beweisen würde, daß ich Caroline van der Merwe nicht am 8. September 1900 in Port Edward geheiratet haben konnte, weil ich nicht dort war, was, glaubst du, würde sie dem Mann gegenüber empfinden, der dort war?«

Er schwieg, so daß ich fortfuhr.

»Es ist nicht meine Unterschrift, Sir Gerald. Ich glaube, das läßt sich beweisen. Selbst wenn es nicht so wäre, dann kann ich beweisen, daß ich mich an diesem Tag auf dem Schiff nach England befand.« Das war gelogen. Ich konnte mich nicht an das Datum der Abreise erinnern, vermutete aber, daß sie später stattgefunden hatte. »Und wenn das alles sie zu der Überzeugung kommen läßt, du seist nur der unschuldige Nutznießer einer Hochstapelei, dann kann ich, wenn nötig, dafür sorgen, daß deine wirkliche Ehefrau dich als den Leutnant Strafford identifiziert, den sie geheiratet hat.«

Er verbarg sein Gesicht hinter einer Hand und sagte nur ein Wort: »Caroline.«

Ich war jetzt zornig, nicht meinetwegen, sondern Elizabeths wegen. Ich holte den Revolver und das Halfter aus meiner Tasche und ließ beides auf ein Kissen neben ihm fallen. »In ihrem Namen erstatte ich verlorenes Eigentum zurück.«

Er blickte durch die gespreizten Finger. Er nahm das Halfter hoch und bog das Leder in seiner Hand. Dann sah er mich ernst an.

»Warum hast du so lange gebraucht, Edwin? Seit Colenso – vielleicht auch schon seit Cambridge – hatte ich das Gefühl, daß du mich am Ende zugrunde richten würdest. Meine Glückssträhne hielt so lange an, daß ich glaubte, sie würde bis zum Ende reichen. Verflucht sollst du sein, weil du erst jetzt damit kommst.«

Ich nahm ihm gegenüber Platz. »Erzähl mir von deiner Glückssträhne.«

»Erzähl mir erst von Caroline.«

»Sie ist tot. Sie starb letztes Jahr in einer Irrenanstalt.« In dieser Hinsicht noch weiter Falsches vorzuspiegeln ergab keinen Sinn mehr.

»Aber du hast doch gesagt ...«

»Damit wollte ich dich nur aus der Reserve locken.«

»Du Schuft. Wenn sie nicht mehr da ist, was für Beweise hast du dann gegen mich in der Hand?«

»Ich brauche gar nichts zu beweisen. Ich kann Elizabeth dazu bringen, so sehr an dir zu zweifeln, daß sie in bezug auf eure Ehe an Bigamie glaubt, ich kann ...«

»Nach vierzig Jahren? Das würdest du einer Frau nicht antun, die du einmal geliebt hast.«

»Vielleicht nicht – wenn du mir die ganze Wahrheit sagst, hier und jetzt.«

»Hier und jetzt? Weißt du, was das heißt? Dies ist das Haus meines Sohnes. Er lebt hier mit seiner Frau und seinen zwei Kindern. Irgendein alter Mann kann nicht einfach an einem Abend aus dem Nichts den Weg zum Haus heraufmarschieren und alles kaputtmachen. Henry wird wahrscheinlich ins Parlament gewählt ...«

»Ich will bloß die Wahrheit. Über den Revolver, die Heiratsurkunde, Elizabeth und mich.«

»Gut. Aber hier kann ich sie dir nicht sagen. Ich fühle mich hier ... besudelt. Wir werden mit meinem Wagen irgendwohin fahren. Dann erzähle ich alles.«

»Wohin du willst.«

»Warte hier.« Er verließ den Raum, und von irgendwoher im Haus hörte ich Stimmengemurmel. Ein paar Minuten später kam er fertig angezogen zurück. »Komm mit.« Er führte mich durch eine Verbindungstür zur Garage, in der sein Bentley stand. »Normalerweise fährt mich mein Chauffeur«, murmelte er. »Aber heute nicht.«

Wir fuhren schweigend los und nahmen einen Weg, den er kannte und der uns zum Parliament Hill brachte. Er parkte am Straßenrand und kurbelte sein Fenster herunter. Unter uns glitzerten die Lichter der Stadt. Er zündete sich eine Zigarette an, rauchte sie zu Ende, nahm dann einen Schluck aus einer Taschenflasche und fing an, mir zu erzählen. Nachdem er einmal begonnen hatte, brauchte man ihn nicht mehr anzustoßen. Sein Geständnis ließ fast eine Erleichterung spürbar werden.

»Du kannst das nicht verstehen, Edwin. Die Ironie ist, daß ich zwar den Titel habe, aber der edle Ritter ohne Tadel, das bist du, zu edel zu deinem eigenen Besten – und für jedermann sonst. Man mag es kaum für möglich halten, daß es dich noch gibt – jetzt, hier, im Jahr 1951. Das kannst du mir glauben: Es wäre besser gewesen, wenn es dich damals in Frankreich erwischt hätte, und du wärst nicht zurückgekommen.

Denn das ist 1914 geschehen – eine Welt ist zugrunde gegangen. Du bist fehl am Platze, außer Tritt, nicht mehr zeitgemäß. Die Zeiten liberaler Amateurpolitiker – liberaler Amateure überhaupt – sind längst vorbei. Erinnerst du dich noch an dein rührendes Vertrauen in den Demos? Deinen Glauben an den süßen Triumph geistiger Auseinandersetzung? Das war schon damals Schwindel. Heute ist es ein Anachronismus.

Keiner von uns ist noch frei. Das haben wir verloren, irgendwo auf dem Weg zu dem, was man lachhafterweise Wohlfahrtsstaat nennt. Ich beschwere mich nicht. Ich habe an jeder Ecke meinen Profit gemacht. Wenn sie sich gegenseitig umbringen wollten, dann habe ich ihnen die Mittel dazu verkauft. Wenn sie Wohnungen oder ihr Vergnügen wollten, dann habe ich ihnen Häuser und Kinos verkauft. Weißt du, ich durchschaue das alles seit langem. Profit ist Vergnügen. Und Vergnügen ist das Leben. Ich bin davon überzeugt, daß der Hedonismus eine ehrenhafte Karriere darstellt. Ich verkaufe dir die Seidenkrawatte zum Büßerhemd.

Aber Freiheit? Das war das Kind, das man mit dem Bad ausgeschüttet hat. 1939 hätten wir nicht im Cricketstadion sitzen und drüber debattieren können, ob wir uns melden sollten oder nicht, so wie wir es vierzig Jahre vorher gemacht hatten. Da hätte man uns geholt. Die Engländer sind Geiseln der Geschichte geworden, im Feld siegreich, aber immer noch stehen wir Schlange für unsere Fleischration, während uns jeder Schwarze als imperialistische Ungeheuer verdammt.

Ich muß vor einem ganzen Haufen von Gewerkschaftlern mit Schlägermütze, die sich Regierung nennen, einen Bückling machen, und sie machen ihren Bückling vor den Amis. Eigentlich sollten wir darüber lachen. Das Ganze ist doch irgendwie ein Witz.

Geiseln der Geschichte? Ja, das sind wir alle. Sogar ich – besonders ich. Weil du meine Geschichte bist. Du bist mein Gewissen, der Albatros, auf den ich seit all diesen Jahren warte. Ich habe schon immer eine ganz einfache Methode gehabt, Probleme zu bewältigen: Man muß ihnen ein anderes Gesicht geben. Du magst deine Vergangenheit nicht? Dann manipuliere die Buchführung. Mach dir ein neues Bild, das die Bedingungen erfüllt. Du wärst überrascht, wie leicht das geht, solange du dazu nur Papier und ein schlechtes Gedächtnis brauchst. Schwieriger wird es, wenn es dabei um einen wirklichen, lebendigen Menschen geht wie dich. Warum hast du damals nicht an der Somme den Tod gefunden, Edwin? Du hättest uns allen einen Gefallen getan, auch dir selbst.

Das Problem, wenn man Fakten manipuliert, damit das Bild stimmt, besteht darin, daß die Sache eine kumulative Wirkung hat. Es fängt an wie ein Spiel – fast wie ein Jux. Dann wird es ernst, dann kompliziert, dann ... dann wird das Vergnügen zum Schmerz, weil du feststellst, daß du selbst und alle anderen die Scharade ernst nehmen – man lebt die Lüge, als wäre sie die Wahrheit.

Wann hat es begonnen? In Cambridge, glaube ich. Ich sah mich umgeben von gutaussehenden, athletischen jungen Männern – der Auslese englischer Jugend. Anfangs beim Kartenspielen, später bei praktisch allen anderen Dingen, fand ich heraus, daß ich sie aufs Glatteis führen, bei jeder Gelegenheit aufs Kreuz legen konnte.

Daher amüsierte es mich, sie zum Schuldenmachen zu animieren, sie auf ihren eigentlichen Wert zu reduzieren, auszuprobieren, wie weit ich sie mit meinen Lügen bringen konnte. Ich hätte mich beinahe verkalkuliert, als ich nämlich relegiert wurde, aber auch das ging nicht schlecht aus.

Dann kam Südafrika. Ich sah darin die große Chance zu Vergnügen und Profit. Und ich behielt recht. Die Armee verschaffte mir beides in reichem Maß, das meiste davon inoffiziell. Aber gleichzeitig war es noch etwas anderes: Es war richtig gefährlich. Colenso öffnete mir die Augen. Ich meine, warum riskierten wir Kopf und Kragen auf das bloße Wort dieses verrückten Buller? Du weißt, was passierte – ich habe gekniffen. Ich würde das nicht so sehr Feigheit nennen als vielmehr gesunden Menschenverstand.

Es war einfach ein anderer Blickwinkel. Mein Vater hielt mich in Cambridge an der kurzen Leine – finanziell. Das unterschied mich natürlich von all diesen blauäugigen jungen Herren dort. Ich wußte, was Geld wert war – und das Leben. Ihr habt alles bitterernst genommen, aber ihr wart bereit, euch von den Buren einfach so niederschießen zu lassen. Und wofür? Damit ein paar Uitlanders die Goldminen im Transvaal in ihren Besitz bringen konnten.

Und du? Also, Edwin, jetzt sage ich dir, was mich an dir immer gestört hat. Du hast wie die übrigen alle Tugenden des Gentleman besessen. Aber dich konnte ich nicht hinters Licht führen. Du warst gegen mich mit einer unzerstörbaren Schutzhaut aufgeklärter Liberalität gewappnet. Was noch schlimmer war, nach Colenso hattest du mein Spiel durchschaut.

Aber du vertrautest mir immer noch, weil das eben anständig war. Als ich anbot, deinen Platz in Durban einzunehmen, da hast du einfach Dankeschön gesagt und bist Richtung Heimat gefahren. Mein Instinkt sagte mir, daß sich hier eine Chance zu Vergnügen und Profit bot, die ich mir nicht entgehen lassen durfte. Und so war es dann auch.

Als ich dort eintraf, gab ich mich für dich aus, nur so, um zu sehen, ob mir das gelingen würde. Die Van der Merwes waren vertrauensselige Spießer – der alte Herr Beamter und lutherischer Laienprediger. Sie waren alle so von mir beeindruckt, daß es kaum zu glauben war. Sie hatten für mich eine mörderische Woche mit Festessen und Veranstaltungen arrangiert, um innerhalb des holländischen Bevölkerungsteils gut Wetter zu machen. Um die meisten habe ich mich gedrückt.

Sobald ich jedoch die Tochter des Hauses gesehen hatte, wurde alles anders. Rembrandt wäre für sie gestorben. Ob es nun daran lag, daß ich mich in einem fremden Land befand, oder weil sie fern dem Holland ihrer Ahnen lebte, das weiß ich nicht, aber ihre Schönheit hatte etwas mystisch Schwereloses, eine kühle, nicht mit den Händen zu greifende Eigenart. Du könntest sagen, es sei pure Lust gewesen, und ich könnte es nicht leugnen. Sie war zwanzig und kleidete sich, weil ihr Vater darauf bestand, immer in den trübseligsten Farben, aber das machte es nur noch schlimmer. Vergiß nicht, daß ich kein Gentleman war. In Durban allerdings räumte man mir die Freiheiten des Gentleman ein.

Caroline verliebte sich zwar binnen kurzem in mich, war aber nicht zu verführen. Sie wollte mich heiraten – mit mir durchbrennen und damit das Veto ihres Vaters umgehen –, im übrigen jedoch war sie nicht bereit, sich hinzugeben oder nehmen zu lassen. Deshalb beschloß ich ganz bewußt, ganz überlegt: Warum nicht? Warum soll ich meinem Glück nicht auf die Sprünge helfen? Ich konnte es dir gewissermaßen heimzahlen, indem ich ihre Gastfreundschaft und deine Identität mißbrauchte, deine fleckenlose Reputation, durch die du mich entlarvt hattest, in den Schmutz ziehen. Das Beste an der Sache war, daß alles so ungeheuer glaubhaft wirkte. Wer würde jemals eine Verführungsgeschichte im südafrikanischen Busch überprüfen? Wer würde jemals davon erfahren?

Also entführte ich Caroline van der Merwe. Wir schlichen uns aus dem Haus und gelangten in der Nacht zu einer abgelegenen Eisenbahnstation. Am nächsten Tag kamen wir in Port Edward an – so weit weg von Durban wie möglich, ohne das Gebiet der Kapkolonie zu betreten. Ich hatte voraustelegraphiert, damit die notwendigen Vorkehrungen getroffen wurden, und die Zeremonie war im Handumdrehen vorbei. Auch wenn ich es selbst sage, die Unterschrift auf der Urkunde sah wirklich aus wie deine.

Drei Tage später habe ich Caroline verlassen, während sie in ihrem Hotelbett schlief. Ich vermutete, daß die Van der Merwes uns bald aufspüren würden, und außerdem hatte ich ja bekommen, was ich wollte. Sie war nämlich nicht besonders aufgeweckt, dieses vertrauensselige Mädchen mit dem Körper einer Prinzessin. Ich habe einfach meinen Kleidersack genommen und habe mich mitten in der Nacht davongemacht, genauso kühl und berechnend, wie das klingt. Idiotischerweise hatte ich meinen Revolver und den Halfter in Durban liegenlassen. Na ja, wer entführt schon seine Geliebte in voller Bewaffnung? Da hatte ich hinterher eine Menge zu erklären. Merkwürdig, daß die Sachen nach so langer Zeit wieder auftauchen.

In Kapstadt las ich dann von deiner Wahl ins Unterhaus und genoß den Witz der Sache. Bloß, der Witz wurde dann schal, was mich anging. Der Krieg war nicht nur keineswegs vorbei, sondern zog sich noch achtzehn schreckliche Monate hin. Ihr Politiker hattet daran einen gehörigen Anteil. Immerhin, als er vorüber war, wurde ich nach Indien versetzt, und ich amüsierte mich gut. Dort führten Offiziere ein feines Leben, ehe die Agitation für die Unabhängigkeit losging.

In Indien verbrachte ich acht fette Jahre. Dann geriet ich in Schwierigkeiten. Man hatte mich dabei ertappt, daß ich Gelder der Offiziersmesse dazu verwendete, nach einer Pechsträhne Spielschulden zu begleichen. Um die Ehre des Regiments zu retten, durfte ich meinen Abschied nehmen. Ich hätte mir eigentlich nichts Besseres wünschen können, aber als ich von Bord des Schiffs aus Bombay ging, mußte ich bei Null wieder anfangen. Das war im Frühjahr 1910.

Und siehe da, welche Neuigkeit kam mir da zu Ohren? Du warst inzwischen Innenminister! Da stand ich nun nach zehn Jahren Dienst für König und Vaterland mittellos und unerwünscht in meiner Heimat und durfte in der Zeitung lesen, was für ein fähiger und vollendeter Minister du seist. Es blieb mir im Halse stecken, das kannst du mir glauben.

Ich war der Meinung, als Spieler könnte ich mich finanziell bald wieder sanieren. Das Kartenglück war mir bisher immer treu geblieben. Aber das war jetzt vorbei. Wahrscheinlich ungenügendes Kapital. Jedenfalls kam ich jetzt vom Regen in die Traufe und hatte in kurzer Zeit so viele Schulden, daß ich nicht hoffen durfte, sie jemals bezahlen zu können. Man konnte sagen, mein Glück hatte mich endgültig verlassen.

Ich habe mir gedacht, du würdest gern hören, daß ich aus Verzweiflung auf die Heiratsurkunde verfiel. Ich besaß noch eine Abschrift, die ich bei meinen Sachen verstaut hatte. Plötzlich kam mir der Gedanke, daß ein Beweis für die heimliche Heirat des Innenministers etwas wert sein müßte. Aber wie? Du warst noch Junggeselle, so daß Erpressung nicht in Frage kam. Außerdem vermutete ich, daß du mir den Hals umdrehen würdest, wenn du jemals entdeckt hättest, daß ich meine Finger in solche Angelegenheiten steckte.

Ich mußte also nach einem anderen Weg suchen. Und da lächelte mir Fortuna erneut. Jemand, den ich aus Indien kannte – vor der

Affäre wegen der Unterschlagung –, tauchte in einem der Spielschuppen auf, die ich frequentierte: Archie Lambourne. Ich suchte seine Gesellschaft – zunächst weil ich ihn finanziell anzapfen konnte. Er erwähnte beiläufig, daß seine Schwester aktive Suffragette sei, und eines Abends, als er betrunken war, gab er eine Information preis, die er offenbar von seiner Schwester hatte, daß du nämlich – als Innenminister – mit einer Suffragette liiert seist.

Das brachte mich auf Ideen. Ich befaßte mich daraufhin intensiver mit der Suffragettenbewegung und las alles über ihre außergewöhnlichen Methoden und über die führenden Personen der Bewegung nach. Da sie mit der Regierung in Fehde lag und das Wahlrecht unbestreitbar in den Aufgabenbereich des Innenministeriums fiel und weil ich nun wußte, daß du heimlich mit einer der Ihren liiert warst, schien es mir möglich, die Urkunde zu Geld zu machen. Vergnügen und Profit, verstehst du. Das eine zeugt das andere.

Ich überredete Lambourne dazu, mich seiner Schwester vorzustellen. Und ihr trug ich eine Botschaft an Christabel Pankhurst auf: Ich hätte vernichtende Beweise gegen dich in der Hand, an denen sie nach meiner Überzeugung Interesse haben müßte.

So war es. Julia Lambourne leitete ein Treffen in die Wege. Ich teilte Miss Pankhurst mit, mir sei zu Ohren gekommen, daß du Beziehungen zu einer Suffragette hättest. Anscheinend hatte auch sie davon gehört. Ich legte ihr dar, daß ich aufgrund unserer gemeinsamen Dienstzeit in Südafrika wisse, daß du verheiratet seist. Ich sagte, ich hätte einen Beweis dafür und könnte ihn vorlegen – gegen ein Honorar. Ich nannte die Summe von £1000. Meine einzige Bedingung sei, daß du weder vom Ursprung noch von der Art der Information Kenntnis erhalten dürftest, weil du sonst zweifellos versuchen würdest, dich an mir zu rächen. Miss Pankhurst blieb ganz kühl und sagte, sie werde darüber nachdenken.

Erst eine Woche später hörte ich wieder von ihr – dieses Mal durch Anne Kenney, nicht durch Julia Lambourne. Wir waren, um es ohne Umschweife auszudrücken, miteinander ins Geschäft gekommen. Miss Kenney erzählte mir, Beweise von der Art, wie ich sie zu besitzen behauptete, fänden nicht nur das Interesse der Suffragetten – aus Mitgefühl für ihre hintergangene Gesinnungsgenossin –, son-

dern auch eines oder mehrerer deiner Kollegen, die über dein falsches Spiel empört seien.

Die Angelegenheit hatte eine unerwartete Wendung genommen. Ich war auf ein schnelles Geschäft mit den Suffragetten aus, nicht auf komplizierte politische Manöver. Ich konnte es mir aber nicht leisten, Ausflüchte zu suchen. Es wurde ein weiteres Treffen verabredet. Dieses Mal sollte ich meine Ware vorweisen.

Das Treffen war von anderer Art, als ich erwartet hatte. Miss Kenney bestand darauf, mir im Taxi die Augen zu verbinden. Man traf sich irgendwo in einem schäbigen Hotel – in einem dieser erstickenden Viertel im East End. Und Miss Pankhurst war nicht allein. Ausgerechnet Lloyd George war auch zugegen.

Ein ganz schöner Schock war das. Ich dachte erst, er würde alles abwürgen. Aber nicht die Spur. Er und Miss Pankhurst zogen an einem Strang. Womit nur mal wieder gezeigt wurde, daß die Öffentlichkeit längst nicht alles erfährt. Jedenfalls, sie wollten zur Sache kommen. Das Geld für den Beweis. So einfach war das. Ich durfte nichts darüber verlauten lassen, sollte es einfach vergessen. Das war kein Problem.

Hmm. Das Datum? Es war der längste Tag – 21. Juni, falls das wichtig ist. Es kam zu einem ziemlichen Kreuzverhör, aber das konnte einen alten Hasen wie mich nicht erschüttern. Außerdem hatte ich nicht den Eindruck, daß sie die Echtheit des Dokuments in Zweifel zogen. Ich glaube, das war ihnen so oder so egal. Es ging nur darum, wie man es verwenden konnte.

Heimlichkeit war augenscheinlich allen recht. Sie wollten dich in Mißkredit bringen, ohne daß du es wußtest. Ich vermutete, daß sie nach außen hin kein Bündnis eingehen konnten, und ich hatte diese Bedingung ja von Anfang an gestellt. Wir kamen stillschweigend überein, daß Heimlichkeit nötig war, um meine Sicherheit zu gewährleisten. Und Miss Pankhurst sagte, die betrogene Suffragette dürfe nicht öffentlich lächerlich gemacht werden. Sie meinte wohl eher ihre Bewegung.

Später hat mir Elizabeth dann natürlich erzählt, daß Miss Pankhurst mit Lloyd George für die Dauer der Verfassungskrise ein Stillhalteabkommen geschlossen hatte und daß von einer Koali-

tionsregierung unter der Führung Lloyd Georges die Rede gewesen war, die den Frauen das Wahlrecht zugestehen würde. Nicht, daß es dazu jemals gekommen wäre. Lloyd George hat wohl einen Versuchsballon steigen lassen und versucht, die Lorbeeren dafür einzuheimsen, daß die Suffragetten ihre Kampagne abbliesen.

Mein Glück wendete sich in diesem Sommer. Die £ 1000 stellten mich finanziell wieder auf die Beine. Am Kartentisch und auf der Rennbahn kehrte der Erfolg wieder ein – und auch anderswo. Ich verliebte mich.

Ich lernte Elizabeth auf einer Gesellschaft kennen, die Julia Lambourne gab – hauptsächlich wohl in Elizabeths Interesse, um sie wieder ins gesellschaftliche Leben hineinzuziehen. Es war Ende Juli, glaube ich, und der Abend fand im Hause ihres Vaters statt, draußen in Marlow, an der Themse.

Elizabeth schwebte durch die Gesellschaft wie ein Geist, blaß, gedankenverloren und ernst. Julia stellte uns einander vor, aber Elizabeth schien mich kaum wahrzunehmen. An jenem Abend verspürte ich Reue – weil ich daran mitgewirkt hatte, ihre jugendliche Lebenslust zu ersticken. In jener Nacht begann ich, Anteil an ihr zu nehmen.

Später im gleichen Sommer reiste sie mit ihrer Tante ins Ausland. Ich folgte ihnen und inszenierte ein zufälliges Zusammentreffen in der Schweiz. Wir fuhren gemeinsam nach Italien weiter. Als wir nach England zurückkehrten, war ich entschlossen, sie zu heiraten – in ehrlicher Absicht, für immer und in allen Ehren. Es dauerte lange, nicht nur, sie zu überreden, sondern sie den Schatten der Depression zu entreißen. Wir hatten sie tief getroffen, du, ich und alle anderen, und die Wunden heilten nur langsam. Ich mußte mein Leben ändern. Dem Glücksspiel mußte ich abschwören und ins Geschäftsleben eintreten.

Zufällig starb 1913 mein Vater – ich hatte ihn seit Jahren nicht mehr aufgesucht – und hinterließ mir das Geld, mit dem ich die Waffenfabrik aufbauen konnte. Auch wenn ich der einzige war, ich spürte, daß Krieg in der Luft lag, und ich hielt Waffen für eine solide Investition. Wie recht ich doch hatte. Elizabeth und ich waren gerade sechs Wochen verheiratet, als der Krieg ausbrach.

Durch das Waffengeschäft lebten meine Beziehungen zu Lloyd George wieder auf; er war inzwischen Munitionsminister geworden. Wir handelten in stillschweigendem Einverständnis, das auf unseren früheren Verhandlungen beruhte. Grundlage dafür war eine gewisse Wertschätzung des Geldes. Muß ich mehr dazu sagen?

Reichtum schafft neuen Reichtum. Ich sah zu, wie das Geldverdienen mir zur zweiten Natur wurde. Und gesellschaftliche Stellung? Nun, für eine Parteispende in angemessener Höhe ließ Lloyd George mich in den Ritterstand erheben. Kein schlechter Witz, nicht wahr? Und als ich ihm erzählte, daß du nach dem Krieg wieder in England aufgetaucht und im Begriff seist, Schwierigkeiten zu machen, da griff er in seine Tasche, um das Notwendige auch für dich zu tun.

Ich machte Elizabeth wieder glücklich und sie mich. Ich behaupte nicht, daß ich besser für sie war als du. Aber sie verfügt über eine Gabe, andere zu besseren Menschen zu machen, für die sie bei mir wahrscheinlich fruchtbareren Boden vorfand als bei dir. Das ist noch so eine Ironie des Schicksals. Wir haben einen Sohn und durch ihn auch Enkel. Wir besitzen ein Haus auf dem Land. Wir sind alt und harmlos. Wir geben keine rechte Zielscheibe mehr ab.

Deswegen werde ich nicht um Gnade betteln. Du hast das Mittel in der Hand, mich ins Verderben zu stürzen, und ich verdiene das wohl auch. Aber wir wollen doch nicht vorgeben, daß du es tun würdest, um die Ehre des Regiments oder Caroline van der Merwes Seele zu retten. Wir wollen doch nicht dem Irrtum erliegen zu meinen, das Leben irgendeines Menschen sei ohne Makel. Wenn du es tust, dann bestätigst du damit nur meine Meinung. Du bist dann nicht besser als ich.«

Es war, als ob Couchs Stimme in der Nacht um uns herum noch nachhallte, als er zu sprechen aufgehört hatte, ein geflüstertes Echo, das mir aus der nachgiebigen, aufseufzenden Dunkelheit zischelnd entgegenkam. Ein Spottgemurmel, höhnische, grinsende Fehlbarkeit. Er war ehrlich gewesen. Er hatte freiwillig die krummen Wege und Windungen seines Betrügerlebens preisgegeben. Vielleicht zum ersten Mal hatte er die Wahrheit gesagt. Die Wahrheit jedoch, darauf hätte er als erster verwiesen, war unerhört wenig wahrscheinlich, wenn man sie mit der plausiblen Scharade eines Lebens verglich, das er sich mit größter Sorgfalt konstruiert hatte. Die Wahrheit, das hatte er zu verstehen gegeben, ohne es auszusprechen, war nur für unsere Ohren bestimmt. Wir waren alt genug, sie zu ertragen.

Das Alter hinderte mich nicht daran, Überraschung zu empfinden, weniger, weil seine Täuschung durch viele Schichten so tief reichte, als vielmehr, weil ich äußerlich mit soviel Ruhe darauf reagierte. Wo ich ihn früher am Kragen gepackt und geschüttelt und Wiedergutmachung gefordert hätte, da nahm ich jetzt sein Angebot an, einen Zug aus seiner Taschenflasche zu tun, und schauerte bloß, als mich ein kalter Lufthauch vom Fenster streifte.

»Hast du denn nichts dazu zu sagen, Edwin?«

»Was möchtest du von mir hören?«

»Du könntest dem Abscheu Luft machen, den du empfinden mußt, oder sagen, daß du mir immer noch nicht glaubst.«

»Warum denn? Ich glaube dir ja. Nicht einmal du könntest einen solchen Bericht erfinden. Es ist die einzige Fassung, die wirklich auf die Ereignisse paßt, und zwar so, daß ich glauben könnte, ich hätte es alles schon immer gewußt. Jeder Umstand bestätigt es.«

»Hast du deswegen nach dem Datum meines Treffens mit Lloyd George und Christabel Pankhurst gefragt?«

»In gewissem Sinn, ja. Das diente im wesentlichen dazu, meine Erinnerung zu überprüfen. Am Tag, bevor du mit ihnen zusammentrafst, hatte Lloyd George versucht, mich in seine Koalitionsintrige hineinzuziehen; ich hatte mich aber geweigert und mich so als Gefahr für ihn zu erkennen gegeben, als ein unmißverständlich erklärter Gegner, der von seiner Verschwörung wußte. Möglicherweise war Miss Pankhurst bereits mit deinen Behauptungen an ihn herangetreten, und er wollte herausfinden, ob er diese Behauptungen dazu verwenden sollte, mich aus dem Weg zu räumen oder mich an ihn zu binden. Nachdem ich Farbe bekannt hatte, zögerte er nicht, den ersten Weg zu beschreiten. Sie müssen den Ablauf der Ereignisse sorgfältig geplant haben, indem sie bis zu dem Moment warteten, als ich meinen Rücktritt erklärt hatte, um dann Elizabeth deine Beweise vorzulegen und mich gleichzeitig bei Asquith in Verruf zu bringen.«

»Du nimmst das alles sehr gelassen auf.«

»Nicht gelassen – langsam. Laß uns Bilanz ziehen. Du hast mir gesagt, ich sollte keine falschen Motive nennen, also werde ich das nicht tun. Ehre und Wahrhaftigkeit sind nach deiner Behauptung relative Begriffe, obwohl ich mir nichts weniger Ehrenhaftes und weniger Wahrhaftiges denken kann, als was du nun zugegeben hast. Aber vergessen wir – vorläufig – die Fälschung meiner Unterschrift, dein Auftreten unter meinem Namen, die Tatsache, daß du deine Frau im Stich gelassen hast. Vergessen wir sogar, daß du ganz beiläufig meine politische Karriere zerstört hast. Laß uns statt dessen über das sprechen, was alles andere zwischen uns überschattet: Elizabeth. Welche Reaktion erwartest du von mir darauf, daß du sie mir weggenommen hast?«

»Edwin, vergiß nicht, daß ich Elizabeth noch nicht kennengelernt hatte, als ich die Urkunde verkaufte. Ich habe sie nicht verkauft, um Elizabeth dadurch für mich zu gewinnen. Sie kam danach. Ein glücklicher Zufall sozusagen. Ich wußte natürlich, was du daraus schließen würdest, aber das wenigstens hatte ich nicht geplant.«

»Du hast sie aber geplant geheiratet – in Bigamie. Ist dir klar, was das für dich – und sie – und deinen Sohn bedeutet?«

»Theoretisch macht es mich zum Kriminellen, Elizabeth zu meiner Mätresse und Henry zu einem ... Bastard. Aber dazu wird es doch wohl nicht kommen?«

»Warum denn nicht?«

»Elizabeths wegen. Wenn du sie immer noch liebst – wie ich auch –, dann könntest du ihr das nicht antun. Und wenn es nicht so ist, was für einen Sinn hätte es dann?«

»Rache?«

»Das klingt in unserem Lebensalter hohl, Edwin. So wie Geld, falls ich die Idee hätte, dein Schweigen zu erkaufen. Nein, wir wollen die Sache nicht beim falschen Namen nennen. Wenn du es tätest, dann wäre Rache nicht das richtige Wort. Das Verbrechen liegt dafür zu lange zurück. Bezeichnen wir es als das, was es tatsächlich wäre: Bosheit, nichts als pure Bosheit – die wohl kaum zu den Tugenden des Gentleman zählt.«

Er hatte gewonnen, vorläufig. Der Spieler hatte seinen Trumpf ausgespielt. Er hatte die versiegenden Reserven seiner Unverschämtheit für einen letzten, entscheidenden Bluff aufgeboten. Wenn ich Elizabeth liebte, dann würde ich alte Rechnungen ihretwegen nicht begleichen wollen. Wenn es anders war, welcher Groll konnte es dann rechtfertigen, daß ich seine Familie zugrunde richtete? Wer würde denn am meisten leiden? Couch gewiß nicht. Nein, nicht er, sondern die unschuldigen Komplizen seines Verbrechens. Noch immer hielt die Nacht für mich nur Hohn bereit, der mir aus dem dunklen Nichts zwischen den Lichtern der Stadt entgegenstarrte. Spöttisch forderte sie mich heraus, mein ungerechtes Schicksal nach all den Jahren mit nichtswürdiger Rachsucht zu entweihen.

»Ich werde über das nachdenken, was du gesagt hast«, erklärte ich schließlich. »Dann werde ich entscheiden, was zu tun ist.«

Couch sah besorgt aus. »Darüber nachdenken? Was gibt es darüber nachzudenken? Wenn du mit der Absicht zurückkehrst, mich zu bestrafen, dann könntest du es wenigstens gleich erledigen.« Offenbar hatte er wie ich wenig Standvermögen.

»Nein. Dir bin ich nichts schuldig. Du hast mich vierzig Jahre über die Tragödie meines Lebens grübeln lassen. Ich werde dich jetzt nicht vom Haken lassen. Ich werde nachdenken – und du darfst rätseln, was dir bevorsteht.«

»Wie lange?«

»Ich weiß nicht. So lange, wie ich dazu brauche.«

»Und dann?«

»Dann lasse ich vielleicht Elizabeth und deine Familie die Wahrheit wissen – oder auch nicht.« Ich ließ ihn für seinen raffinierten Bluff büßen. Ich hatte bereits entschieden, ob ich Elizabeth mit der Wahrheit über ihren vermeintlichen Ehemann konfrontieren konnte oder nicht, aber ich hatte nicht die Absicht, ihm das mitzuteilen. So bediente ich mich seiner Ungewißheit als Waffe gegen ihn und gab ihm zu verstehen, indem ich aus dem Wagen stieg, daß er nicht auf rasche und leichte Absolution seiner Sünden hoffen konnte. Denn es waren Sünden, und sie waren zu zahlreich und zu offenbar für mich, als daß ich ihnen auf der Stelle das Urteil folgen lassen konnte. Vielleicht war er in der Lage, aufgrund seiner Einschätzung meiner Person zu erraten, wie meine Entscheidung aus-

fallen würde. Aber ich sah keinen Grund, seinen Nerven den Zweifel zu ersparen.

»Kann ich dich irgendwohin bringen?« fragte er durch das Fenster.

»Nein. Ich gehe zu Fuß. Ich brauche frische Luft.« Wir sahen uns bedeutungsvoll an, dann schloß er das Fenster und fuhr rasch davon. Das surrende Geräusch des Bentley verlor sich in der Nacht.

Ich ging langsam in entgegengesetzter Richtung fort, zum Stadtzentrum hinunter, den Kopf voll von fernen Erinnerungen, die ich zu fassen und sichten versuchte, damit sie klar und geordnet Gestalt annahmen. Ich hatte sie mir so lange und so oft durch den Kopf gehen lassen, daß mein Unvermögen in einem solchen Augenblick kläglich schien.

Allerdings blieb mir nicht viel Zeit, das lange zu bedauern. Von hinten näherte sich langsam ein Auto, bis meine Gestalt im Licht der Scheinwerfer einen langen Schatten zwischen den Bäumen an der Straße warf; dann wurde es noch langsamer und fuhr im Schritttempo neben mir her. Nach dem Motorgeräusch zu urteilen, war es nicht der Bentley, aber als ich mich umdrehte, um den Wagen zu identifizieren, wurde ich bloß durch das Licht geblendet. Ich ging wieder weiter, und er folgte mir wie vorher.

Nach weiteren zwanzig Metern machte ich erneut Halt, der Wagen ebenso. Ich wandte mich um, und dieses Mal rief ich, um das Geräusch des Motors zu übertönen: »Wer ist da, bitte?«

Plötzlich wurde der Motor abgestellt, und die Lichter verlöschten. In den wenigen Augenblicken, die ich brauchte, um mich an die Dunkelheit zu gewöhnen, stieg eine Gestalt vom Fahrersitz aus und kam nach vorn, vor das Auto, wo ich stand. Es war ein stämmiger Mann im Mantel; er roch nach Zigarre und bestätigte gleich darauf, was ich bereits erraten hatte.

»Ich bin Henry Couchman.« Er sprach leise und durchaus mit einem drohenden Unterton. »Wer zum Teufel sind Sie?«

»Was geht Sie das an?«

»Es geht mich etwas an, wenn ein Fremder in mein Haus platzt und meinen Vater in Unruhe versetzt.«

»Ich bin nicht hereingeplatzt. Ihr Vater bat mich ins Haus. Wir

sind alte Freunde. Und ich wiederhole: Was geht es Sie an, was zwischen uns vorgefallen ist?«

»Und ich wiederhole: Wer zum Teufel sind Sie?«

»Edwin Strafford. Sagt Ihnen der Name etwas?«

»Nicht mehr als der eines beliebigen Landstreichers. Warum sollte er mir etwas sagen?«

Ich begann, mich über seinen Ton zu ärgern. »Weil Sie, Mr. Couchman, soviel ich weiß, politische Ambitionen haben.«

Ich konnte fast sehen, wie er sich aufplusterte. »Ich werde wahrscheinlich binnen kurzem ins Unterhaus gewählt. Aber ...«

»Dann sollten Sie ein wenig politische Geschichte studieren. Ich habe früher mit Ihrem Parteiführer im Kabinett gesessen.«

Jetzt war es an ihm, sich zu ärgern. »Hören Sie, Strafford. Sie haben meinen Vater heute abend zu einer Art von Gespräch gezwungen. Erst in meinem Haus, dann hier oben – zu einem heimlichen Gespräch. Ihr Besuch hat ihn offenkundig beunruhigt, und da er kein junger Mann mehr ist, war ich so besorgt, daß ich Ihnen gefolgt bin. Jetzt könnten Sie vielleicht einmal mitteilen, was der Gegenstand des Gesprächs der vergangenen Stunde war, zu dem Sie ihn gezwungen haben.«

Ich hatte mir zu einem früheren Zeitpunkt an diesem Tag mein Urteil über Henry gebildet. Auch wenn ich ihm nichts vorzuwerfen hatte, so mochte ich ihn instinktiv weniger als seinen Vater. »Es ging um eine private Angelegenheit.«

»Sie sagten, Sie seien ein alter Freund meines Vaters – und doch habe ich Sie noch nie vorher zu Gesicht bekommen.«

»Ihr Vater schon.«

»Mein Vater, Mr. Strafford, kennt viele Menschen, die Ansprüche auf seine Zeit und seinen Wohlstand erheben. Es ist meine Pflicht, diejenigen auszuscheiden, die das zu Unrecht tun. Ich vermute, daß Sie dazugehören. Darum: Lassen Sie ihn in Ruhe.«

Bei diesen Worten verlor ich die Geduld. »Ich will Ihnen eines sagen, Mr. Couchman. Ich kenne Ihren Vater gut, und nachdem ich auch Sie kennengelernt habe, kann ich mir denken, welcher Art Ihre Sorgen sind. Ich bin überzeugt, daß Sie schon oft Anlaß hatten, seine Spuren zu verwischen.«

»Was wollen Sie damit sagen?«

»Ich will damit sagen, daß die Moral Ihres Vaters Flecken auf Ihre blendend weiße Weste bringen könnte, wenn Sie nicht aufpassen. Was Sie eigentlich wissen wollen, ist, ob die Sache zwischen Ihrem Vater und mir für Ihre politischen Ambitionen von Nachteil sein könnte. Die Antwort ist ja.«

Seine Hand schoß nach vorn, und er griff mich am Kragen. Er hatte den Körperbau und das Auftreten von jemandem, der seine Mitmenschen schikaniert, eine feiste Arroganz, die davon zeugte, daß man seiner Habgier allzu nachsichtig freien Lauf gelassen hatte. »Sie sind ein Nichts, Strafford. Wenn Sie daran denken, meinen Vater – oder mich – zu erpressen, dann werden Sie noch einmal neu nachdenken müssen. Ich könnte ...«

Was er nicht konnte, das war, mir gegenüber ungestraft handgreiflich zu werden. Ich riß ihm die Hand herunter, mit der er meinen Kragen gepackt hatte, und trat einen Schritt zurück. »Mr. Couchman, dieses Nichts wird in Ihren Gedanken vielleicht noch bedrohliche Ausmaße annehmen. Wenn ich Ihrem Vater gedroht habe, dann nicht mit Erpressung, sondern mit der Wahrheit. Der Wahrheit über sein Verhalten in Südafrika, der Wahrheit über die Art und Weise, in der er mein Verlöbnis mit Ihrer Mutter beendet hat.«

»Was ... wovon reden Sie da?«

»Ich schlage vor, daß Sie Ihren Vater fragen.« Da ich fürchtete, ich hätte möglicherweise schon zuviel gesagt, drehte ich mich auf dem Absatz um und ging energisch davon. Aber so leicht ließ er sich nicht abschütteln.

»Strafford«, rief er mir nach. »Wer sind Sie? Woher kommen Sie?«

Ich blickte mich nach ihm um. »Ich war ein Freund Ihres Vaters, Mr. Couchman. Ich war mit Ihrer Mutter verlobt. Ich bin aus einer Vergangenheit, die viele vergessen möchten. Sagen Sie Ihrem Vater, daß Ihr Verhalten seine Position geschwächt hat. Sagen Sie ihm, daß Sie in mir Gefühle des Grolls wecken.«

Das verschlug Couchman für einen Moment die Sprache, und ich entfernte mich mit raschen Schritten. Wenig später hörte ich, wie er *den Wagen wendete und mit aufheulendem Motor in die Richtung verschwand, die sein Vater genommen hatte. Ich schaute nicht zurück.*

Den folgenden Tag verbrachte ich einsam in meinem Hotel. Ob ich in meinem Zimmer auf- und abging oder allein in der stillen Hotelhalle saß und die Jagdszenen auf den Bildern an der Wand betrachtete, was ich in Wirklichkeit sah, was mir das Herz mit Sehnsucht erfüllte, das war die Vergangenheit: Elizabeth und ich, als wir noch glücklich miteinander waren, als wir verlobt waren, bevor Couch das Schiff aus Bombay verließ und wieder in mein Leben eintrat, ohne daß ich es wußte.

Und dennoch, so sehr mich die Machenschaften quälten, die Couch in teuflischer Genialität ersonnen hatte – indem er sich seine jugendliche Torheit zunutze machte, um nicht nur Geld daran zu verdienen, sondern mir auch die Frau zu nehmen, die ich heiraten wollte: An der Überzeugungskraft seines Arguments, daß es für etwas wie gemeine Rache nun zu spät war, ging kein Weg vorbei.

Bei dieser Meinung wäre ich wohl geblieben, hätte Henry sich nicht eingemischt. Wenn Couchs Sohn genauso niederträchtig war wie er selbst – oder gar noch schlimmer –, dann wurde mein Gewissen erleichtert. Oder es wäre so gewesen, wenn es Elizabeth nicht gegeben hätte. Fast nur um sie kreisten meine Gedanken, während ich mit mir allein war. Wollte ich es wagen, sie zu sehen und dabei die Versuchung zu spüren, ihr die Augen für das Verhalten ihres Ehemanns zu öffnen, während ich gleichzeitig wußte, was die Wahrheit für sie bedeuten mochte?

Ich fand von mir aus auf diese Frage keine Antwort, vielleicht weil es überflüssig war. Die Antwort fand den Weg zu mir, nach einem Besuch, den ich am Mittwochmorgen erhielt.

Ich stand beim Morgengrauen auf und besah mir vom Hotelfenster aus das geschäftige Treiben der Stadt London in der Frühe: Straßenkehrer, Lieferwagen, ein Pferdewagen, mit dem Milch ausgefahren wurde, ein paar zeitig zur Arbeit gehende Geschäftsleute. Es war ein Bild, das ich fünfzig Jahre vorher nicht so gesehen hätte, ausgenommen allerdings die Gesichter. Die zweirädrigen Kutschen hatten Taxis Platz gemacht, statt Straßenanzug und Zylinder trug man nun Nadelstreifen und Melone, aber die Menschen waren gleich geblieben. Krieg und Rationierung, Zeiten und Mode konnten die Galerie menschlicher Gesichter nicht verändern. Sie waren ausdruckslos oder lebendig, entschlossen oder verstohlen, zeigten den eitlen Helden oder den ehrlichen Gauner.

Und aus dieser Masse sich streckender, gähnender Menschen schoß ein einzelner hervor: Henry Couchman. Ich konnte ihn am Schnitt seines Mantels erkennen, an der entschiedenen Haltung des Kinns, an der jugendlichen Impulsivität, die unter der Selbstgefälligkeit des alten Herrn brodelte. Er starrte die Schilder über den Hoteleingängen an und sprang dann in großen Sätzen die Stufen herauf. Ich hatte Besuch.

Es dauerte nicht länger, als der Fahrstuhl brauchte, um in mein Stockwerk zu fahren, bis ich jemanden an meiner Tür hämmern hörte. Die Zeit zum Frühstücken war noch nicht gekommen, und ich war schon erschöpft.

Er wartete nicht auf die Aufforderung hereinzukommen. Er stürmte an mir vorbei und blieb mitten im Zimmer stehen, wo er mich finster anstarrte, als ob er erwartete, daß ich eine Art Herrschaftsrecht zur Kenntnis nehmen würde.

»Mr. Couchman. Was kann ich für Sie tun?«

»Sie können meinen Vater in Ruhe lassen. Sie können meine Familie in Ruhe lassen. Sie können dahin zurückgehen, wo Sie hingehören.«

»Und wo ist das?«

»Madeira. Gleich wo, Hauptsache, es ist weit weg. Man hat Sie schon längst ausgezahlt. Wenn Sie einen Nachschlag haben wollen, dann kann das besorgt werden. Aber seien Sie nicht habgierig. Gehen Sie, ohne Umstände zu machen.«

»Sie sind inzwischen offenbar besser informiert als bei unserem letzten Gespräch.«

»Mein Vater hat mir alles über Sie erzählt, Strafford. Was er nicht gesagt hat, ist mir sonnenklar. Sie sind ein Verlierer. Hier gibt es für Sie nichts zu holen.«

»Glauben Sie das?«

»Ich weiß es. Sie können keine Ihrer Behauptungen beweisen. Aber ... ich bin bereit, dafür zu zahlen, daß Sie uns ein für allemal nicht mehr lästig fallen. Also nennen Sie Ihren Preis.«

Ich trat ans Fenster und schaute zu ihm zurück. »Hat Ihr Vater die Anregung gegeben, es bei mir mit Bestechung zu versuchen?«

»Ich bin aus eigenem Antrieb hier. Und ich biete kein Bestechungsgeld, sondern nur finanzielles Entgelt dafür, daß Sie meinem Vater nicht länger nachstellen.« Er kam einen Schritt auf mich zu. »Und damit Sie sich darüber völlig im klaren sind: Wenn Sie sich weigern, ohne Umstände zu gehen, dann sehe ich mich gezwungen, Sie dazu zu bringen.«

»Und wie wollen Sie das bewerkstelligen?«

»Ich bin ein Mann von erheblichem Einfluß, Strafford. Im Interesse meiner Familie, meines Geschäfts und meiner Partei könnte dieser Einfluß dazu dienen, Druck auf Sie auszuüben – schmerzhaften Druck.«

»Ich denke, jetzt haben Sie genug gesagt, Mr. Couchman. Einschüchterung und Verführung gehören vielleicht zum Arsenal der Mittel, die Sie gewöhnlich anwenden – der Apfel fällt eben nicht weit vom Stamm –, aber mich läßt das kalt. Ich möchte Ihnen raten zu gehen, bevor ich etwas sage, was Sie vielleicht nicht gern hören würden.«

Ich hielt die Tür auf, aber er machte keine Anstalten zu gehen. »Hören Sie, Strafford. Wenn Sie bis nächsten Montag nicht auf dem Rückweg nach Madeira sind, dann könnte das ernsthafte Konsequenzen für Sie haben.« Er ging langsam zur Tür und stellte sich vor mich hin. »Alte Menschen haben häufig Unfälle – wenn Sie verstehen, was ich sagen will.«

»Was Sie sagen wollen, ist eindeutig – und nichtswürdig. Sie sind auf dem besten Weg, mir zu zeigen, Mr. Couchman, daß Ihr Verhalten einer Zurechtweisung bedarf. Und dafür kann ich sorgen. Jetzt scheren Sie sich hinaus.«

Er trat auf den Korridor. »Wenn Sie bis Montag nicht verschwunden sind, Strafford, dann werden Sie von mir hören.« Sein drohender Ton war in wütendes Zähnefletschen übergegangen. Er erinnerte jetzt an ein in die Enge getriebenes, aber gefährliches Tier.

»Ganz im Gegenteil. Sie werden von mir hören.« Ich schlug ihm die Tür vor der Nase zu. Wenige Augenblicke später konnte ich von meinem Fenster beobachten, wie er unten auf dem Gehsteig erschien und mit großen Schritten Richtung Piccadilly Circus ging, wobei er mit einem Passanten zusammenstieß und diesen, nach seiner Reaktion zu urteilen, für seine eigene Ungeschicklichkeit verantwortlich machte. Ich stellte mir unwillkürlich die Frage, was Elizabeth wohl von ihrem Sohn hielt. Selbst ich konnte nicht leugnen, daß Couch über gewinnenden Charme verfügte, Henry aber hatte die Frechheit und Arroganz von seinem Vater ohne dessen Umsicht und Sensibilität. Hätte ich als Vater in dieses von Machtgier entstellte Gesicht geschaut, ich hätte Scham empfunden. Ich mußte wissen, was in Elizabeth vorging.

Sie war ja doch der Brennpunkt des Geschehens, ein Opfer in dieser Sache wie ich, und verdiente Rücksichtnahme, selbst wenn ich sie nicht mehr liebte, was aber, wie ich wohl spürte, nicht der Fall war. Ich argwöhnte jedoch, daß meine Liebe in Wahrheit der Erinnerung an die Elizabeth vor vierzig Jahren galt, nicht der entfernten Wirklichkeit des Jetzt. Es gab nur eine Möglichkeit, das zu überprüfen.

Ich holte aus meinem Gepäck die Ausgabe von Hardy-Gedichten, die ich aus Madeira mitgenommen hatte: »Der Umstände Hohn« (ein wahrlich passender Titel). Elizabeth war diejenige gewesen, die mir den Lyriker Hardy nahegebracht hatte und die in einer anderen seiner Gedichtsammlungen gelesen hatte – »Spottfiguren der Zeit« (noch passender) –, als wir uns in erregender Heimlichkeit im Hydepark trafen, in längst verlorener Vergangenheit. Aus diesem Grunde vielleicht klammerte ich mich an Hardys Werk wie an einen Talisman, ein Mittel – all seiner Melancholie zum Trotz – gegen die Bitterkeit des Alters.

Dabei war Hardy, so liebenswert verletzlich, auch selbst nicht immer gegen Verzweiflung gefeit. Ich studierte seine »Gedichte von 1912–13« und fand eines darunter, das meine Gefühle in jenem Augenblick auszudrücken schien. In »Nach einer Reise« sprach Hardy von seiner Rückkehr in eine Landschaft, die vom Geist seiner verstorbenen Frau heimgesucht wird und die ihre Tönung durch *seinen Schmerz darüber erfährt, was er in der Vergangenheit getan und was er unterlassen hat. Auch ich war zurückgekehrt in ein heimgesuchtes Land, aber in meinem Fall schien ich der Geist zu sein, dem Elizabeth eine Art Erlösung verhieß.*

Elizabeth war nicht in dem Haus in Hampstead gewesen. Wenn ich sie finden wollte, dann sprach die größere Wahrscheinlichkeit für Couchs Adresse in Sussex (Quarterleigh, Miston). Ich vermutete, daß Couch möglicherweise noch bei Henry war und vielleicht darüber nachdachte, wieviel mehr von der Wahrheit er ihm sagen sollte; daher war keine Zeit zu verlieren. Innerhalb einer Stunde nach Henrys wütendem Abgang stieg ich am Victoria-Bahnhof in einen Zug nach Chichester.

In Chichester kaufte ich eine Landkarte und nahm einen Regionalzug nach Singleton, einem Dorf in den South Downs. Von dort war es nur noch ein Fußmarsch von fünf Meilen auf kleinen Straßen und Wegen bis nach Miston. Und doch wurden mir die Füße schwer, als ich dann tatsächlich unterwegs war. Je näher ich meinem Ziel kam, desto weniger wollte ich es erreichen.

Als Fremder stieg ich auf einem ungepflasterten Weg von Westen in den Ort hinunter, dessen Häuser und Torwege im Nieselregen ein Dorf wie jedes andere in Sussex ankündigten, das aber, noch während es mich mit all der Gleichgültigkeit in seine Mauern aufnahm, die man einem unbekannten Reisenden entgegenbringt, doch etwas mehr bedeutete: ein Ort, an dem Rechenschaft abzulegen war, ein Treffpunkt, zu dem ich zu spät kam.

Ich ließ mir am Postamt den Weg weisen, der mich auf ein Sträßchen hinter dem Kirchhof führte. Quarterleigh war ein strohgedecktes Haus auf eigenem Grund, eine anziehende Mischung aus gemütlicher Kate und Landsitz: ein heiterer, wohltuender Wohnort, in gelassener Ruhe an den Ausläufern der Downs gelegen. Er hätte kaum weniger abweisend sein können. Dennoch stand da ein 75jähriger alter Mann vor dem niederen weißen Eingangstor und hatte Bedenken, der 62jährigen Dame des Hauses einen Besuch abzustatten. Ich trat den Rückzug an und blieb an der Mauer auf der gegenüberliegenden Straßenseite stehen, wo ich bestürzt feststellte, daß ich feuchte Hände bekommen hatte und vor Nervosität zitterte.

So konnte ich Elizabeth nicht unter die Augen treten. Ich fragte mich, wie sie wohl reagieren würde, wenn sie aus der Einfahrt käme und mich in diesem Augenblick dort sähe.

Dazu kam es glücklicherweise nicht. Vielmehr näherte sich mit raschen Schritten vom Dorf her eine rundliche Bauersfrau mit vollem Einkaufskorb. Sie wirkte wie eine Haushälterin. Als sie durch das Tor nach Quarterleigh abbog, schien mir, ich dürfe diese Gelegenheit nicht verstreichen lassen. Ich rief ihr nach und überquerte schnell die Straße.

Sie erklärte sich, nicht ohne einen argwöhnischen Seitenblick, bereit, meine ungewöhnliche Bitte zu erfüllen. Ja, sie sei die Haushälterin von Quarterleigh, und sie werde meine Nachricht der Hausherrin, Lady Couchman, überbringen, die ihres Wissens zu Hause sei. Ich betonte, daß die Nachricht nur für Elizabeths Augen bestimmt sei und daß sie mich, falls sie über den Inhalt mit mir sprechen wolle, im Kirchhof antreffen werde. Wenn sie nicht bis sechs Uhr dorthin komme – das gab ihr gut eine Stunde Zeit –, dann würde ich wieder gehen. Die Nachricht, die ich im Zug geschrieben hatte, war anonym, aber ich hatte kaum Zweifel, daß sie den Absender erraten würde. Ich hatte eine Strophe aus Hardys Gedicht »Nach einer Reise« abgeschrieben, um meine Ankunft anzukündigen und die Frage offenzulassen, ob sie ein Treffen mit mir wünschte. Ich war überzeugt, daß die Wahl von Hardy die Assoziationen dieser Verse bis zum Äußersten ausschöpfen würde. Elizabeth würde, vor allen anderen, zwischen den Zeilen lesen können, auf welche Fragen ich Antwort suchte.

> *Ja, nun, am Ende, bin ich wieder eingetreten in diesen deinen alten Ort.*
> *(Ist es wirklich eine Überraschung, wieder von mir zu hören?)*
> *Durch die Jahre, die verstummten Lebensbilder, folgte ich deiner Fährte.*
> *(Warum denn eigentlich, wenn ich dich doch nie vergessen habe?)*
> *Was also, für unsere Vergangenheit, ist jetzt dein Wort?*
> *(Willst du mir nicht die eine Gunst erweisen – von dem zu sprechen, was uns trennte?)*

Prüfend im Blick durch dunklen Raum, in dem ich dich entbehrte?
(Denn das ist wahr – ich habe nie verwunden, daß ich dich verlor.)

Würde sie kommen? Wünschte ich, daß sie kam? Ich konnte mich nicht entscheiden.

Und dann kam sie.

»Edwin.« Das war ihre Stimme, wie ich sie mir vorgestellt hätte; der fröhliche, unbeschwerte Klang der Jugend hatte gefestigter Reife Platz gemacht.

Ich sah mich um und schaute sie zum ersten Mal seit 32 Jahren wieder an. Wenn sie alt geworden war, dann war Alter Schönheit. Natürlich war ihr Haar ergraut, ihr Gang behutsam, ihr Auftreten würdevoll geworden; aber das sah ich nicht. Ihre Augen hatten den gleichen Ausdruck wie an dem Tag, an dem ich eine Verabredung mit einer steinewerfenden Suffragette erzwungen hatte. Ihre Lippen, wenn sie für dieses Treffen nicht fest zusammengepreßt gewesen wären, konnten mich immer noch, das wußte ich, mit einem Lächeln verspotten und erheitern. »Du bist also gekommen«, sagte ich. Sie nickte ernst. »Danke.«

»Du brauchst mir nicht zu danken. Wie geht es dir?«

»Gut. Es tut mir leid, daß ich dich hierhin gelockt habe. Es muß unnötig melodramatisch wirken.«

»Warum bist du gekommen, Edwin?«

»Nur um dich zu sehen, noch ein Mal.«

»Aber warum jetzt?«

In diesem Moment wußte ich, daß ich es ihr nicht sagen konnte, nicht leidenschaftslos. Es wäre zu verletzend, zu gefühllos gewesen. Der Zeitpunkt dafür, falls es ihn je gegeben hatte, war längst verstrichen. Um mich selbst also in meiner Zurückhaltung zu bestärken, fuhr ich fort, Fragen zu stellen, statt anzuklagen oder Erklärungen abzugeben. Elizabeth sagte, sie sei glücklich und zufrieden – das konnte ich ihr ansehen. Ich lenkte sie von jeder Erörterung dessen ab, was ich nach meinen jungen Jahren mit meinem Leben angefangen hatte, und brachte sie auf ihre eigene Familie zu sprechen. Wir standen im Kirchhof, in respektvollem Abstand voneinander, und führten ein gepflegtes Gespräch wie zwei alte Bekannte, die sich nie *auch nur im geringsten nahegekommen sind. Das war wohl die einzige Möglichkeit, dem Druck der Erinnerungen standzuhalten. Aber jenseits aller Floskeln forschte ich eindringlich in ihrem Leben, vor allem ihrem Familienleben, nach einer Andeutung, einem Anhaltspunkt dafür, was die Wahrheit für sie bedeuten würde.*

Mit einer gewissen Erschütterung kam ich aus ihren Antworten zu dem Schluß, daß ihr Glaube an das Leben unversehrt war. Sie war mit vollem Recht eine glückliche alte Dame. Sie vermied sorgfältig jede direkte Erwähnung der Frauenrechtsbewegung oder unserer Verlobung, überhaupt alles, was mit dem Leben vor ihrer Ehe zu tun hatte, aber ihre beiläufigen Bemerkungen zur Stellung der Frau in der Gesellschaft, zu den Erfahrungen des Familienlebens und dem nicht unangenehmen Dilemma, die Ehefrau eines erfolgreichen Manns zu sein, verrieten, daß der erreichte Wohlstand und das Wohlergehen ihrer Familie ihre Wahrnehmungsfähigkeit nicht abgestumpft hatten.

Wir machten einen Gang durch das Dorf und dann, auf meine Bitte, zurück nach Quarterleigh. Elizabeths rasche Zustimmung bestätigte, daß sie dort allein war. Während sie mich durch Haus und Garten führte – alles mit viel Geschmack ganz den Vorstellungen entsprechend, die ich mir von ihrer Umgebung gemacht hätte –, konnte ich mich einer bohrenden Frage nicht erwehren: Hätten wir, du und ich, so zusammengelebt, wenn die Ereignisse anders abgelaufen wären? Wäre es so für uns gekommen, wenn wir zusammen alt geworden wären? Es war unmöglich, eine Antwort darauf zu geben.

Zu den Schätzen des Hauses gehörte auch ein Schränkchen, auf dem goldgerahmte Photographien standen. Eine davon zeigte ein Kind im Krabbelalter, das mit einem Baby spielte. Ich nahm an, daß es sich um Elizabeths Enkel handelte. Auf einem anderen sah man sie zusammen mit Couch, und Henry, akademische Tracht, stand zwischen ihnen; er sah ein gutes Stück jünger aus als der Mann, den ich getroffen hatte. Elizabeth bemerkte meinen Blick.

»Das Photo stammt von 1939, als mein Sohn sein Examen an der Universität bestanden hatte«, sagte sie.

»Ich habe Henry kennengelernt.« Die Worte waren heraus, ehe

ich mich besann. Ich hatte nicht beabsichtigt, es zu erwähnen, weil ich sicher war, daß Henry nicht davon sprechen würde.

»Natürlich, als wir uns das letzte Mal gesehen haben.« Ich war gerettet. Sie glaubte, ich hätte mich auf das Treffen in Hamstead Heath 1919 bezogen, als ich Henry als Säugling gesehen hatte. Das Mißverständnis war eine glückliche Fügung.

»Glaubst du, er gerät nach seinem Vater?« Es war die direkteste Anspielung auf Couch, die ich in unserem Gespräch machte und die selbst so nur eine andere Frage verhüllte, die nicht gestellt werden durfte: Ist dir klar, daß man dich dieser minderwertigen Sorte aufgepfropft hat, um sie zu veredeln?

»Ich glaube, ja. Die Ähnlichkeit hat mich immer mit Freude erfüllt.« Ich konnte nicht länger daran zweifeln. Elizabeths Glaube war nicht nur unangetastet, er war auch so groß, daß ihr die Mängel von Ehemann und Sohn verborgen blieben. Nachdem sie von mir – vermeintlich – betrogen worden war, konnte sie es vielleicht nicht ertragen zu glauben, ein anderer Mann könne sie so täuschen. In diesem Fall wären meine Enthüllungen einer Katastrophe gleichgekommen, und ich konnte ihr bloß den einen Dienst erweisen, diese Katastrophe von ihr abzuwenden, wenigstens solange das noch möglich war. Der verwünschte Couch hatte recht behalten. Wie konnte ich der Frau, die ich liebte, das Herz brechen, nur um meinen guten Namen zu retten?

»Sag mir, Edwin«, fuhr sie fort, »wie bist du nach Miston gekommen?« Wir waren offenbar beide erleichtert, wieder zu einem prosaischeren Thema zurückzukehren.

»Zu Fuß von der Bahnstation in Singleton.«

»Das ist ein weiter Weg. Du erlaubst mir doch gewiß, dich zurückzufahren?«

»Das wäre sehr freundlich.« Sie hatte mir bedeutet, daß mein Besuch zu Ende gehen sollte, ehe er ihr weh tat. Sie konnte nicht ahnen, wie recht sie hatte. Ich verließ daher Quarterleigh ohne einen Blick zurück, ja fast mit Erleichterung.

Die Fahrt nach Singleton ließ mir nicht genug Zeit, meine Gedanken zu sammeln, mir einen angemessenen Abschied auszudenken, der diesmal endgültig war. Obgleich ich beschlossen hatte, die

Wahrheit zu verschweigen, wollte ich ihr ein wenig die Gründe zu verstehen geben, aus denen ich gekommen war.

»Der Grund, warum ich gekommen bin«, sagte ich, als wir durch Singleton fuhren, »war, daß ich herausfinden wollte, ob ich dich immer noch liebe.« Dann, bevor sie mich unterbrechen konnte: »Und das Schreckliche ist, es ist so.« Was für mich ein Fluch war, auch wenn sie es nicht wissen konnte, bedeutete ihre Erlösung. Nur meine Liebe zu ihr rettete sie davor, die Wahrheit zu erfahren. Das Opfer, das ich ihr brachte, bestand darin, daß ich sie das Schlimmste von mir glauben ließ. Sosehr ich auch wußte, wie korrupt Henry und sein Vater waren, ihre Schande war es nicht wert, Elizabeth dafür ins Elend zu stoßen.

Wir hielten vor dem Bahnhof an, aber Elizabeth schwieg, als habe ihr meine Erklärung die Fassung geraubt. Ich versuchte, sie zu beruhigen. »Mach dir keine Sorgen«, sagte ich. »Ich werde friedlich gehen.«

»Edwin, es tut mir leid.« Die Andeutung von Vergebung traf mich jetzt tiefer als je, weil ich wußte, daß es nichts zu vergeben gab.

»Das ist nicht nötig. Es war nicht deine Schuld.« Es war die kürzeste und wahrhaftigste Aussage, die ich machen konnte.

»Das ist dann für die Vergangenheit mein Wort.« Mit dieser indirekten und bewußten Anspielung auf Hardys Gedicht gab sie mir, ohne es zu ahnen, den ganzen brennenden Schmerz meines Schweigens zurück.

»Dann wollen wir es damit gut sein lassen.« Ich konnte nicht länger bleiben, ohne noch mehr zu sagen. Also stieg ich aus und ging zum Fahrkartenschalter. Am Eingang wandte ich mich um und grüßte mit dem Hut zu ihr hinüber, bevor ich durch die Tür trat und sie aus den Augen verlor.

Ich zögerte meinen Aufenthalt im Hotel hinaus, während bis zum 7. Mai – dem Datum, bis zu dem ich laut Henry spätestens nach Madeira abgereist sein sollte – ein Tag nach dem anderen verstrich; am 20. Mai lief dann die Frist für die Entlassung von Sellick aus seiner Haft ab. Eines stand fest: Nach Madeira konnte ich nicht zurück. Wenn ich in England blieb, konnte ich Sellick, und falls ich

London verließ, obendrein auch Henry aus dem Weg gehen. Barrowteign lockte mich, als sei es endlich Zeit heimzukehren, Zeit für einen alten Mann, zu einem Ende zu kommen. Wenn ich dort blieb und den Mund hielt, wer würde mich finden oder finden wollen? Das allerdings war, wie die Wirklichkeit zeigte, bloß frommer Wunsch.

Am 7. Mai bestieg ich den Zug nach Exeter und nahm mir für ein paar Tage ein Zimmer im »Royal Clarence Hotel«, gleich neben der Kathedrale, weil ich es nicht riskieren wollte, die letzte Etappe meiner Reise anzutreten, ohne meine Angelegenheiten vorher zu regeln. Zu diesem Zweck suchte ich den Anwalt unserer Familie auf, den alten Petherton – der mich immer noch in allen geschäftlichen Dingen betreute –, und setzte ein neues Testament auf, was ich schon seit langem geplant hatte und in dem ich Ambrose meinen ganzen Besitz vermachte. Der gute alte Petherton erzählte mir, wie es nach der Übernahme durch den Denkmalschutz um Barrowteign stand, und er deutete auch an, daß Ambrose durchaus auf ein solches Vermächtnis angewiesen sein könne.

Eine Woche nach meiner Ankunft in Exeter – einer Woche einsamer Exkursionen in das Mündungsgebiet des Exe, nostalgischer Rundgänge im Bereich der Kathedrale und vieler in einsamer Konzentration verbrachter Stunden, als ich mich daran machte, diese Ergänzung zu meinen Lebenserinnerungen niederzuschreiben – ließ Petherton mir eine Nachricht ins »Clarence« bringen. Offenbar hatte man in der Kanzlei einen Anruf von jemandem bekommen, der sich als Mr. Henrys Privatsekretär bezeichnet und nach meinem Aufenthaltsort gefragt hatte. Er war an Pethertons legendärer Diskretion gescheitert, aber für mich war es insofern bedeutsam, als ich nun wußte, daß Couchman auf meiner Fährte war.

Ich ließ mir daher am Nachmittag desselben Tages im Hotel die Rechnung machen und nahm einen Zug nach Dewford. Zwar hatte ich seit einer Woche ganz in der Nähe gewohnt, hatte mich aber bei Ambrose in dieser Zeit nicht gemeldet. Als ich daher aus dem Zug einen Blick auf das Lodge Cottage erhaschte, während der Zug ratternd den Übergang passierte, konnte ich mir nur ausmalen, wie überrascht er sein würde.

Mein Eindruck, als ich ihm am kühlen Abend nach der Fahrt auf seiner Schwelle gegenüberstand, war, daß Ambrose mich mit großer Freude wiedersah, was eine erfreuliche Abwechslung zum üblichen Gang der Dinge seit meiner Rückkehr nach England darstellte. Wir hatten uns seit 1945 nicht mehr gesehen – er war damals nach seiner Entlassung aus der Armee bei mir auf Madeira zu Besuch gewesen –, und er hatte mir viel aus den Jahren danach zu erzählen: der Zeit der Übernahme von Barrowteign durch den Denkmalschutz und seiner zunehmenden Ernüchterung über die Zustände in England.

Ambrose war merklich gealtert und hatte in der Zurückgezogenheit seines Häuschens etwas von einem alten Brummbär angenommen. Er hatte eine Zeit erlebt, in der Dienstboten und Offiziersburschen ihm die alltäglichen Pflichten abnahmen, und ließ nun seinen Haushalt verlottern, während er absurderweise seinen Garten penibel in Ordnung hielt. Er gab offen zu, daß er einen großen Teil seiner Zeit im »Greengage« im Dorf verbrachte, und verstand nicht, wieso ich ihm dort keine Gesellschaft leisten mochte. Ich konnte nichts daran ändern, weil ich es für unnötig riskant hielt, mich allzu unbesorgt blicken zu lassen.

Ich sagte Ambrose nichts über meine jüngsten Aktivitäten. Ich gab vor, direkt aus London gekommen zu sein, und er lud mich ein, so lange zu bleiben, wie ich wünschte. Es war ihm ernst damit, denn die Ironie des Schicksals wollte es ja so, daß Lodge Cottage das einzige war, was den Straffords vom Haus ihrer Vorfahren geblieben war. Ambrose lästerte über die »Abbrucharbeiter«, die zur Zeit in Barrowteign tätig waren, und es stimmte schon, daß ein gewisses Chaos herrschte; ich hegte jedoch keinen Zweifel daran, daß es sich dabei um einen vorübergehenden Zustand handelte, und fand die Veränderungen erträglicher als er. Aus meiner Sicht erschien es nur allzu passend, daß man Barrowteign als Familiensitz ein Ende bereitete.

In den nun folgenden Tagen versuchte Ambrose in den Pausen zwischen seinen Trinkorgien im »Greengage« und energischer Gartenarbeit zu Hause aus mir herauszubekommen, warum ich Madeira verlassen hatte, aber ich konnte es mir nicht leisten, seine Neugier zu befriedigen. Ich zog mich vielmehr zurück, schrieb diesen

Bericht, ging gelegentlich nach Einbruch der Dunkelheit mit Ambrose spazieren und tat mein Bestes, ihm die Zeit mit mir nicht zu lang werden zu lassen, während ich ihm gleichzeitig nicht zuviel preisgab. Er erklärte sich bereit, im Dorf nichts von meiner Anwesenheit verlauten zu lassen, und ich mußte mich darauf verlassen, daß er seine guten Vorsätze über dem Trinken nicht vergaß.

Die selbstauferlegte Beschränkung auf das Lodge Cottage warf auf ohnehin schon freudlose Aussichten melancholische Schatten. Einer davon waren die Bauarbeiten auf Barrowteign, auch wenn Ambrose dadurch tiefer betroffen war als ich. Auch der Ort, an dem wir wohnten, direkt an dem Übergang, wo Ambrose' Eltern tödlich verunglückt waren, warf einen solchen Schatten. Ich fragte mich an einem der Abende, als Ambrose ins »Greengage« aufgebrochen war, ob es eben diese Nähe war, die ihn zum Trinken forttrieb, so wie sie mich mit ihren Erinnerungen und Gedankenverbindungen durch die Verschmelzung von Ort und Vergangenheit anzog. Wenn ich so in mondhellen Nächten auf die Umrisse des massigen Gebäudes über uns blickte, in seinen dicken Mauern unverändert und doch innen so verwandelt, wenn ich die Eulen in den Kastanien schreien hörte und meine Gedanken in die tintenschwarze Nacht wandern ließ, die jenseits der in Flecken von milchigem Licht getauchten Zufahrt wartete, dann ergriffen Vorstellungen von natürlich ablaufender Frist und angemessenem Ende von mir Besitz. Zu solchen Zeiten hörte ich das singende Geräusch der Schienen auf dem Übergang, mit dem sich der letzte Nachtzug ankündigte, bevor er aus der Kurve von Exeter her in Sicht kam, und ich dachte wieder einmal, wie schon so oft, wieviel glücklicher doch jeder hätte sein können, wäre auf diesem Übergang vor vierzig Jahren nicht mein Bruder, sondern ich zu Tode gekommen. Ambrose hätte einen Vater und Barrowteign seinen Herrn gehabt. Sellick hätte keiner Sache nachzugehen und Henry nichts zu fürchten gehabt.

Zehn Tage verstrichen. Dann stellte sich meine Illusion eines sicheren Verstecks als solche heraus. Während Ambrose wieder einmal zur Mittagszeit unterwegs war, bekam ich Besuch. Ich hätte mich verborgen halten können, hätten unsere Blicke sich nicht in dem Augenblick gekreuzt, als ich aus dem Küchenfenster beobach-

tete, wie er den Übergang querte. Es war Sir Gerald Couchman, der in seiner Stadtkleidung, zu Fuß und fern des eigenen Hauses, fehl am Platze wirkte. Ich trat ins Freie, um ihn zu begrüßen, weil ich einen unerklärlichen Widerwillen dagegen verspürte, ihn im Haus zu haben. Er blieb auf dem Gartenweg stehen wie ein Mann, der mit sich kämpft, noch schwer atmend, weil er zu Fuß vom Auto hergekommen war, und hin- und hergerissen zwischen den verschiedenen Möglichkeiten, auf mich zuzugehen.

»Was willst du?« fragte ich.

»Auf ein Wort ... zur Information«, keuchte er. »Kann ich hereinkommen?«

»Ich bleibe lieber im Freien. Wie hast du mich gefunden?«

»Wo hättest du denn sonst sein sollen? Egal, was Henry meinte, ich habe nie geglaubt, daß du dich auf den Rückweg nach Madeira machen würdest, jedenfalls nicht nach deinem Besuch bei Elizabeth.«

»Das hat sie dir also erzählt?«

»Natürlich. Es gibt ...« Er hielt lächelnd inne. »Weißt du, ich war im Begriff zu sagen, daß es zwischen uns keine Geheimnisse gibt.«

»Aber das wäre nicht wahr.«

»Ja. Trotzdem, Elizabeth wird nichts erfahren. Wenn du es ihr erzählen wolltest, dann hättest du das inzwischen getan. Das ist mir klar.«

»Warum bist du dann gekommen?«

»Weil es meinem Sohn nicht klar ist. Er sieht in dir eine echte Bedrohung. Ihm so Angst einzujagen, wie du es getan hast, war ein Fehler.«

»Wieviel hast du ihm erzählt?«

»Alles. Mit weniger hätte er sich nicht zufriedengegeben. Außerdem, unter uns gesagt, war es mir ein Vergnügen, seine Selbstgefälligkeit, diesen Schein der Ehrbarkeit zu erschüttern. Ich habe viel für meinen Sohn getan und wenig von ihm zurückbekommen.«

»Ich habe bereits gesagt, du hast den Sohn, den du verdienst.«

»Mag sein. Das will ich dir zugestehen. Jedenfalls, nachdem er an dem Abend damals seine Nase in unsere Auseinandersetzung auf dem Parliament Hill gesteckt hatte – uns folgte und mich hinterher

ins Verhör nahm –, hat es mich gejuckt, diesem unreifen Parvenü genau das zu präsentieren, was er brauchte. Einen Schlag ins Kontor, sozusagen.«

»Er hat mich daraufhin aufgesucht.«

»Ich weiß. Und du hast ihm angst gemacht. Es ist meine Schuld, würdest du sagen, und du hättest recht damit. Ich habe ihn den Wert des Geldes zu sehr schätzen gelehrt. Er ist überzeugt, daß jeder Mensch für Geld zu haben ist, und als du sein Angebot ausgeschlagen und dich geweigert hast, still deiner Wege zu gehen, kam er deswegen zu dem Schluß, es müsse sich um einen Versuch von dir handeln, ein höheres Angebot herauszuschlagen, statt aufzugeben.«

»Und wer sagt, daß es nicht so ist?«

»Wie du willst. Edwin. Worauf es ankommt, ist, daß Henry nicht eher ruhen wird, als bis diese Sache bereinigt ist, auf diese oder jene Art. Ich kann mir vorstellen, daß er bei der Parteiführung Rat gesucht hat.«

»In welcher Sache?«

»Im Hinblick auf Beschuldigungen, die den gegenwärtigen Führer der Tories mit einer Art Verschwörung gegen dich in seinen jungen Jahren in Zusammenhang bringen, wodurch die Aussichten bei der kommenden Wahl gefährdet wären.«

»Was für ein Unsinn! Ich habe nichts gegen Churchill. Die einzigen Wahlaussichten, um die Henry sich Sorgen machen muß, sind seine eigenen.«

»Vielleicht, aber sowohl Henry wie ich haben einflußreiche Freunde, Edwin. Eine Bedrohung des einzelnen ist eine Bedrohung für alle. Lloyd George lebt zwar nicht mehr, aber sein Sohn ist Minister im Schattenkabinett, und die gegenwärtige Regierung kann jeden Tag stürzen. Glaubst du im Ernst, daß ein Problem, wie du es darstellst – die Möglichkeit öffentlicher Bloßstellung prominenter Parteimitglieder –, auf unbegrenzte Zeit hingenommen werden kann?«

»Das ist vielleicht unvermeidlich.«

»Dann bist du dabei, einen schweren Fehler zu begehen, das laß dir gesagt sein. Und ich sage es dir – falls du mir das glauben kannst – als Freund.«

Ich war nicht in der Stimmung, mir von solcher Seite den Ölzweig reichen zu lassen. Eine Berufung auf Gefühle der Freundschaft war die eine Möglichkeit, immer noch meinen Zorn zu reizen. »Geh zum Teufel, Sir Gerald. Und richte das auch deinen einflußreichen Freunden aus. Was dieses Ungeheuer Henry betrifft, so kann ihm Ungewißheit nur guttun, falls mein Urteil überhaupt zu etwas taugt. Du hättest ihm schon längst Hindernisse in den Weg legen sollen.«

Das Blut stieg ihm ins Gesicht. »Es bringt nichts, so zu reagieren, Edwin. Was ich sage, ist für alle vernünftig – auch für dich. Gib die Heiratsurkunde her – und geh zurück nach Madeira.«

In diesem Augenblick fühlte ich mich versucht, ihm zu sagen, warum das keineswegs so einfach war, ihm von Sellick und seiner Forderung nach Genugtuung zu erzählen. Ich hatte jedoch beschlossen, daß der einzig ehrenhafte Ausweg darin bestand, nichts zu unternehmen, also schwieg ich. »Es ist zwecklos, Sir Gerald. Was ich in den Händen halte, gebe ich nicht her. Und wohin ich gehe, ist meine Sache. Wenn Henry versucht, Druck auf mich auszuüben, dann wird er mich zum Handeln treiben und dafür so zur Rechenschaft gezogen werden, wie er es gerade vermeiden möchte.«

»Du bist ein Narr.«

»Aus dem Munde eines Lügners, Feiglings und Bigamisten könnte das fast wie Lob klingen.«

Ich konnte beobachten, wie er mit sich kämpfte. »Wie du willst. Aber behaupte nicht, du seist nicht gewarnt worden.« Er drehte sich um und ging rasch zum Gartentor hinaus. Auf dem Übergang traf er mit Ambrose zusammen, der vom »Greengage« zurückkam. Sie gingen wortlos aneinander vorbei, wenn auch Ambrose einen fragenden Blick auf ihn warf und, als das Geräusch eines auf der Zufahrt davonfahrenden Wagens unsere Ohren erreichte, von mir wissen wollte, wer mein Besucher gewesen sei. Ich gab vor, es habe sich um einen Fremden gehandelt, der nach dem Weg fragte, aber ich vermute, daß Ambrose mir das nicht glaubte.

Couchs Besuch hatte keine unmittelbaren Konsequenzen, doch konnte ich seine Warnungen weder einfach in den Wind schlagen noch deswegen irgend etwas unternehmen. Henrys Forderungen konnte ich mich nicht beugen – was mir ohnehin zuwider gewesen wäre –, ohne mich Sellick in die Hände zu liefern. Welche Möglichkeit hatte ich dann also, als nichts zu tun? Seit dem Besuch ist es überflüssig, Ambrose darauf hinzuweisen, daß etwas nicht stimmt. Von meinem eigenen Verhalten abgesehen, gibt es zahllose Anzeichen dafür. Jess, sein Hund, ist unruhig, als ob er Fremde auf seinem Territorium wittere. Ambrose selbst behauptet, er habe Spuren von »Schnüfflern« in seinem Garten gefunden. Ich schlafe meistens tagsüber und halte – ohne daß er es weiß – nachts Wache. Ich habe nichts entdeckt, um mir endgültige Gewißheit zu verschaffen, aber die Anzeichen sind andererseits nicht so spärlich, daß ich sagen könnte, meine Befürchtungen – oder Couchs Warnungen – seien unbegründet.

Gestern nacht trat ein, was ich erwartet hatte. Ich war nicht auf einen derart plumpen Versuch gefaßt, aber eigentlich paßt er ins Bild. Ambrose war nach einem langen Abend im »Greengage« zurückgekommen, und im Hause herrschte völlige Stille, bis Jess in ihrem Korb unruhig wurde, als sich draußen etwas rührte. Ich beruhigte sie und hörte dann selbst, wie jemand die Küchentür – die Ambrose wie üblich unverriegelt gelassen hatte – aufdrückte.

Im Gegensatz zu dem Eindringling kannte ich das Haus gut genug, um geräuschlos zur Küche zu gelangen. Vom Flur her konnte ich hören, wie die Tür zentimeterweise wieder geschlossen wurde. Diesen Zeitpunkt wählte ich, um hineinzustürzen und den Übeltäter zu packen, während er mir den Rücken zukehrte. Ich ließ alle Vorsicht fahren und drehte ihm den Arm auf den Rücken. Er polterte gegen die Tischkante, so daß ein Glas klirrend zu Boden fiel, während ich ihn auf die Stuhllehne drückte.

Im Mondlicht durch das Fenster war er mühelos zu erkennen: Henry, in seiner ganzen verzerrten Wut, hilflos, aber protestierend.

»Couchman«, flüsterte ich, »welches Spiel spielen Sie?«

»Ich werde die Heiratsurkunde bekommen oder Ihnen an den Kragen gehen. Was möchten Sie lieber?«

Ich packte fester zu. »Sie sind nicht in einer Lage, in der man Bedingungen diktiert. Sie können dankbar sein, daß ich Sie nicht der Polizei ausliefere. Statt dessen werde ich Sie vor die Tür setzen wie einen gemeinen Dieb, denn etwas anderes sind Sie nicht.«

»So kommen Sie nicht davon, Strafford. Ich habe Freunde, die ...«

»Halten Sie den Mund. Wenn Sie die Möglichkeiten hätten, mit denen Sie sich brüsten, dann wären Sie hier nicht selbst hereingestiegen. Ihr Stil ist der Ihres Vaters, aber ohne seine Substanz. Jetzt fort mit Ihnen.«

Ich beförderte ihn unsanft zur Tür – was nicht ohne heftige Beschimpfungen seinerseits abging –, als plötzlich eine Gaslampe angezündet wurde, deren Licht mich blendete. Ambrose stand im Raum und fragte, was zum Teufel hier vorgehe. Ich antwortete ihm, ich sei dabei, einen Eindringling hinauszuwerfen, und er half mir, immer noch im Halbschlaf, ihn zur Tür zu schaffen. Als er dann richtig zu sich kam, fragte er, warum wir ihn nicht dem Wachtmeister Sprague im Dorf übergäben – ein englischer Eigentümer macht eben grimmigen Ernst, wenn man ihn herausfordert.

»Das ist er nicht wert«, sagte ich. »Er ist bloß ein nichtswürdiger Gauner. Mir wäre es lieber, wir fertigten ihn gleich hier ab.«

Bei diesen Worten ließ ich ihn los, und Henry, der ausnahmsweise einmal gern freiwillig ging, floh in die Nacht hinaus. Dennoch war mir klar, schon als ich die Worte aussprach, daß ich ihn eben nicht so abfertigen konnte und daß er jetzt zwar fort war, aber nicht für immer.

In dem Moment, als Ambrose die Tür schloß und – verspätet – verriegelte, überfiel mich die Müdigkeit, und ich sank auf einem Stuhl zusammen. Vielleicht war es die Anstrengung, die es mich gekostet hatte, Henry zu überwältigen, oder die Hoffnungslosigkeit, die ich gegenüber einem Schicksal spürte, dessen Zeit wie ein Uhrwerk ablief, ein Schicksal, das mich einschloß wie Hochwasser, dessen Wellen bereits meine Füße netzten; gleichwie, ich fühlte mich mit einem Mal alt über meine Jahre hinaus, ermattet von sinnloser Anstrengung. Auch meine Behauptung Ambrose gegenüber, daß mir der Eindringling oder der Grund für seinen Einbruch nicht bekannt sei, war wenig überzeugend. Nur die Erfahrung der letzten Wochen hat ihn vielleicht gelehrt, daß ich ihm nichts weiter sagen würde. Er wirkte verletzt durch meine Weigerung, ihn ins Vertrauen zu ziehen, und eigentlich kam es mich selbst hart an, als wir in der Küche schweigend Tee miteinander tranken und fühlten, wie die Morgendämmerung über die Wiesen auf uns zukroch. Aber in Wahrheit war ihm besser gedient, wenn er nichts erfuhr. Meine Last war nicht zu teilen.

Heute morgen war ich bereit, Ambrose ins »Greengage« zu begleiten. Vermutlich brauchten wir beide Erholung für unsere Nerven. Irgendwie machte der Umstand, daß auf eine so unruhige und so beunruhigende Nacht ein solch vollkommener Tag folgte – der wärmste und sonnigste, seit ich im April angekommen war, der am ehesten an einen Tag auf Madeira erinnerte –, alles nur noch schlimmer. Vielleicht war Ambrose deswegen damit einverstanden, seinen üblichen Platz an der Bar gegen den Biergarten einzutauschen. Ich jedenfalls zog es vor, im Freien zu bleiben. Ich fing an, in geschlossenen Räumen Beklemmungen zu haben.

Noch eine andere Sorge bedrängte mich. Seit gestern nacht Henry so stümperhaft ins Haus eingedrungen ist, ist mir bewußt geworden, daß ich – für den Fall meines Abtretens von der Bühne – nicht die Entdeckung von Beweismaterial riskieren kann, wie dieser Bericht es darstellt. Ein geeignetes Versteck dafür ist mir heute morgen in den Sinn gekommen: ein Geschenk, das ich früher einmal für Ambrose gebastelt hatte, ein Ort, wo er diesen Bericht finden könnte, falls er je dringend darauf angewiesen sein sollte, das Versteck zu erraten.

Da ich nun einerseits herausfinden wollte, ob dieses Geschenk noch existierte, und andererseits einen Hinweis geben wollte, der kaum mehr als eine verstaubte Ecke in seiner Erinnerung sein würde, fragte ich Ambrose, was aus der Burg geworden sei, die ich ihm zu Weihnachten 1918 gebastelt hatte. Er sagte mir, sie sei zusammen mit vielem anderem Familienkram auf den Dachboden geschafft worden, als der Denkmalschutz das Haus übernommen habe.

Um ein Uhr verabschiedete ich mich und überließ Ambrose seinen gewohnten Zechkumpanen an der Bar. Ich konnte diese Aufgabe nicht länger hinausschieben. Ich kehrte zum Lodge Cottage zurück, steckte die Heiratsurkunde zwischen zwei Seiten dieses Tagebuchs, nahm mir Schnur und Verpackungsmaterial mit und trug das Ganze hinüber nach Barrowteign.

Die Stunde zwischen eins und zwei war ganz still; die Arbeiter machten ihre Mittagspause auf dem Gelände von Barrowteign. Ich, der ich dieses Haus ja so gut kenne, hatte keine Schwierigkeiten, unbemerkt auf den verstaubten Dachboden zu gelangen, der vollgestopft ist mit Erinnerungsstücken, für die der Denkmalschutz keine Verwendung und Ambrose nicht den Platz hatte.

Die letzten paar Seiten habe ich hier am Fenster sitzend geschrieben, während die Sonne die Schätze aus überflüssig gewordenem Besitz mit ihren Strahlen beleuchtet. Ich habe natürlich viel wiedererkannt, mich an vieles erinnert: zersprungene Spiegel, die einst prächtigere Bilder zurückwarfen als solche, die sich jetzt hier bieten, ausgeschlagene Vasen, die einst duftende Blumen hielten, alte Seemannskisten, die mein Vater einst auf seinen Reisen mit sich führte. Eine gute Seele hat hier eine Anzahl fader Aquarelle deponiert, die ganz zu der wässrigen Skizze von Barrowteign passen, die ich mit nach Madeira nahm, um die Erinnerung an Florence wachzuhalten. Es ist keineswegs abwegig, das alles als Symbol für den Niedergang seiner Familie zu betrachten, zu glauben, daß sich der Staub auf die Regale und Kisten hier senkte, als eine Dynastie zerfiel.

Wenn ich diese Chronik abgeschlossen habe, dann werde ich sie verpacken und in der Burg verstecken, die ich für Ambrose gemacht habe. Ich muß mir wohl kaum Gedanken machen, ob man sie finden wird, oder wer. Wenn es soweit ist, dann wird meine denkwürdige Hinterlassenschaft das Problem eines anderen sein. Wer auch immer der unglückselige Mensch ist, wenn es ihn überhaupt geben sollte, der nach mir in diesen Seiten blättert – nur dies eine will ich ihm sagen: Empfinde kein Mitleid für mich. Wenn du mir einen Dienst leisten willst, dann gewähre Elizabeth alle Hilfe, die sie dann vielleicht braucht. Wenn die Umstände, die ich hier berichtet habe, jemals aus diesem Buch hinausdringen sollten, dann wird sie der Hilfe dringend bedürfen.

Es ist Zeit, von diesem Bericht, diesem Haus und, vielleicht, von diesem Leben Abschied zu nehmen. Denn wenn ich die Deckel dieses Bandes zuschlage, dann schließe ich einen Kreis. Seine Linie wurde schon begonnen, als ich das Dach von Barrowteign, unter dem ich jetzt sitze, vom Blackingstone-Felsen aus in der Ferne erkannte, dort, wo Elizabeth mir an einem Nachmittag an Michaeli vor mehr als vierzig Jahren das Versprechen gab, mich zu heiraten. Jenseits der Linie wartet der Schatten, in den ich bald eintreten werde, ungewappnet, aber ohne Furcht. Jetzt ist es an anderen zu entscheiden, was für unsere Vergangenheit ihr Wort ist.

Barrowteign, *E. G. Strafford*
Devon,
4. Juni 1951

7

Das also war nun die Wahrheit. Oder ein Teil davon, Straffords Teil, sein Geheimnis entwirrt mit einem Rätsel. Die Tür, die ich geöffnet hatte, führte nur in ein neues Labyrinth. Sellick hatte mich nicht auf Erkundungsfahrt geschickt, um seine eigene leidenschaftslose Neugier zu befriedigen, sondern aus einem verborgeneren Grunde, den er für sich behielt, weil er nicht ahnte, daß ich seinen Anteil an Straffords Ruin – sein brutales, jüngeres, unverstelltes Ich – entdecken würde.

Ich konnte zunächst gar nicht alles begreifen. Die Frage war jetzt eine andere. Ich kannte nun alle Geheimnisse im Zusammenhang mit Straffords Rücktritt – oder glaubte, sie zu kennen. Darum ging es nicht mehr. Diejenigen, die versucht hatten, sich mir in den Weg zu stellen, mußten die ganze Zeit über gewußt haben, worum es am Ende gehen würde. Wer oder was führte Straffords Tod herbei? Ich zählte die Vermutungen an den Fingern ab wie die Gemüsereihen im Küchengarten unter mir.

Ein Unfall – nur wenige Stunden nachdem die Nachschrift fertiggestellt war. Das war nicht mehr glaubwürdig.

Selbstmord – möglich, wenn man seinen Gemütszustand in Betracht zog. War das sein »angemessenes Ende«?

Mord – es mußte Mord sein. Warum sonst hätte man versucht, meine Nachforschungen zu unterbinden? Warum sonst hätte insbesondere Henry so feindselig sein sollen, wenn er nicht in die Sache verwickelt wäre? Ob er nun den Unwillen amtlicher Stellen zur Durchführung der Tat mobilisiert oder sie selbst begangen hatte, seine Spuren jedenfalls waren nicht zu übersehen.

Und was war mit Sellick? Er hatte mich völlig getäuscht, aber aus welchem Grund? Um Strafford Abbitte zu leisten, weil er ihn zu Unrecht beschuldigt hatte? Handelte es sich nur um eine Wahrheitssuche auf Umwegen?

Wenn Straffords Tod verdächtig war, dann galt das für Ambrose gleichermaßen. Nur Timothy Couchman hatte von dem Brief über die Nachschrift Kenntnis erhalten. Das war ein weiterer Hinweis auf

Henry. Eben da aber hatte die Sache einen Haken. Straffords letzte Bitte war es gewesen, Elizabeth zu beschützen. Wie ließ sich das damit vereinbaren, damals wie heute, daß man ihren Sohn des Mordes beschuldigte?

Plötzlich kam mir ein Gedanke. Ich blätterte in den unbeschriebenen Seiten der Nachschrift, dann noch ein zweites Mal mit größerer Sorgfalt. Die Heiratsurkunde war nicht da. Vielleicht hatte Ambrose sie an sich genommen. Vielleicht hatte Henry sie Ambrose abgenommen, sie 1977 gestohlen, nachdem es ihm 1951 nicht gelungen war.

Strafford hatte seine Bitte, Elizabeth zu beschützen, ausgesprochen, bevor Ambrose seinen Versuch, den Onkel zu rechtfertigen, mit dem Leben bezahlt hatte. Das wog schwerer als die Überlegung, wie man einer alten Dame Kummer ersparen konnte. Sie mußte es erfahren.

Ich fröstelte. Am nachmittäglichen Himmel zogen Wolken auf, aber mir war nicht kalt, ich hatte eher Angst. Ich war zu der Überzeugung gelangt, daß man Edwin und Ambrose Strafford ermordet hatte. Wenn das stimmte, dann war ich in Gefahr. Mein gerade erworbenes Wissen bedrohte mich unweigerlich ebenso wie Henry und wer immer sich hinter ihm versteckte. Wenn Henry zum Mord nicht fähig war, dann gab es mächtigere Kräfte, die dazu fähig waren, und das war noch schlimmer. Nur meine Selbstzweifel hinderten mich daran, in Panik zu geraten. Ich konnte nicht an all die Konsequenzen glauben, die sich aus meinen Überlegungen ergaben, konnte mich nicht entscheiden, was ich tun sollte. Aber ich mußte meinen Weg weitergehen. Die Couchmans, die mich verachtet und ausgestoßen hatten, hatten mir Wunden zugefügt, unter denen auch ich mich krümmte. Dieser alte Schurke Couch hatte mit seinem Weitblick erkannt, daß ich nicht einfach in Straffords Namen handelte, sondern alle jene Momente auslöschen wollte, in denen ich die Nerven verloren oder charakterlos gewesen war und die mir seit Jahren wie ein Klotz am Bein hingen. Ein nicht ganz unschuldiger Kreuzzug also, ein Lanzenstoß gegen die Unantastbarkeit der Geschichte mit einem Beigeschmack von Rache, ein Fehdehandschuh, den ich denen vor die Füße warf, die meine Schwäche für grenzenlos hielten, ein Klammern an Strohhalme, ein letztes Aufbäumen, das nur Menschen versuchen, die nichts zu verlieren haben. So stand die Sache für mich. Nicht anständig, direkt, ehrenhaft oder aufrichtig, denn Unschuld durfte ich nicht für mich in Anspruch nehmen. Bloß das Beste, was ich je geleistet hatte, weil es auch um Ehre ging, selbst wenn es eine kompromittierte Ehre war.

Ich war zu tief in Gedanken versunken, um es bemerkt zu haben, aber es war inzwischen fast sechs Uhr geworden, und ich war noch nicht aus dem Haus. Hastig kletterte ich in den Dachboden zurück und packte die Nachschrift wieder ein. Dann, immer noch schaudernd bei dem Gedanken, weniger daran, was ich im Begriff war zu tun, als was dieses Paket beinhaltete, beeilte ich mich, hinaus- und die Treppen hinunterzukommen. Der Korridor hinter der Tür zum Dachboden war leer. Ich verschloß sie hinter mir und ging auf Zehenspitzen zum Büro von Knox: leer. Der Schlüssel hing wieder an seinem Haken, als hätte ihn niemand je angerührt.

Die Sekretärin war offenbar heimgegangen. Kein Mensch beobachtete mich, als ich auf der Hintertreppe nach unten ging. Die Aufsicht in der Halle traf Vorbereitungen zur Schließung des Hauses. »Ich wußte gar nicht, daß noch Besucher da waren«, bemerkte sie, als sie mich hinausführte. Sie warf nicht einen Blick auf das in Leinen gehüllte Päckchen in meiner Hand, obwohl mir bei jedem einzelnen Schritt ein »Haltet den Dieb« in den Ohren dröhnte.

Ich ging ins Dorf und bestellte mir telefonisch ein Taxi. Irgendwie fehlte mir der Mut zu einer Fahrt mit dem Linienbus. Ich hätte mich zu ausgesetzt, zu unsicher gefühlt. Natürlich hätte ich im »Greengage« bei einem Glas Cider mit Ted darüber reden können, was er bei der gerichtlichen Untersuchung aussagen würde, aber ich wollte lieber nach Exeter zurückkehren und allein in einem Pub sitzen, in dem mich niemand kannte, bis es so spät war, daß ich wieder zu den Bennetts gehen konnte, ohne viele Fragen beantworten zu müssen. Es stellte sich heraus, daß ich unbehelligt zu Bett gehen konnte, nachdem mich die Bennetts freundlich begrüßt hatten; sie hatten andere Sorgen. Am nächsten Morgen verließ ich frühzeitig das Haus und ging in die Stadt.

Der Sitzungssaal im Gericht war so leer, daß es hallte: ein Protokollant, ein gähnender Zeitungsreporter, zwei Polizisten (der eine davon Ash), ein bleicher Mann, der abseits saß und nicht dazugehörig wirkte, Ted Groves, der mir zunickte und sich unaufhörlich räusperte, und eine Fliege, deren eckigen Flug an der Decke entlang ich während der Wartezeit verfolgte. Die Nachschrift befand sich in der Tasche neben mir – sie war da, wenn ich sie brauchte, wobei mein Gefühl mir allerdings sagte, daß dieser Fall nicht eintreten würde, und sie war auch da, wo sie mir am besten aufgehoben schien.

Ein Gerichtsdiener führte die acht Geschworenen herein, die sich geräuschvoll auf ihren Plätzen zurechtsetzten. Dann trat der Coroner durch eine andere Tür ein, Ashs Kollege forderte die Anwesenden auf, sich zu erheben, und die Verhandlung nahm ihren Lauf.

Der Coroner war ruhig, fast beiläufig, wenn er sich an die Geschworenen wandte. Er wirkte und klang wie ein kompetenter Mann, pflichtbewußt, wenn auch nicht übereifrig. Etwas anderes war in diesem Fall auch kaum gefordert. Ash wurde in den Zeugenstand gerufen und machte seine Aussage: Seine Darstellung der »Nacht vom Zweiundzwanzigsten« entwarf unmißverständlich das Bild eines alten Säufers, den man im Fluß ertrunken aufgefunden hatte. Darauf folgte Ted, der von einem Fuß auf den anderen trat und auf den Coroner mit übertriebenem Respekt reagierte – ein verunsicherter Mann vom Lande, der gewiß nicht plante, Binsenwahrheiten in Frage zu stellen. Ja, Ambrose trank. Ja, am 22. Mai hatte er getrunken, wie üblich – aber nicht mehr als sonst. An diese Aussage klammerte er sich, als ob er damit sein Schweigen über andere, trübere Dinge wiedergutmachen könnte. Der Coroner hakte nach. Er wünschte eine Aussage mit dem Inhalt, daß Ambrose ein hilfloser, betrunkener alter Narr gewesen sei – so wirkte es jedenfalls. Aber Ted blieb hartnäckig, wohl auch auf seinen Ruf als verantwortungsbewußter Wirt bedacht. Er ließ sich nicht irremachen.

Zu diesem Zeitpunkt fühlte ich mich versucht einzugreifen, dem Coroner ins Gesicht zu schleudern, daß die ganze Sache eine Farce war und zum Himmel stank, daß ein angeblich einfacher Fall von Tod durch Ertrinken unmöglich den Flecken eines vergangenen, aber immer noch wirksamen Verbrechens auslöschen konnte. Ich wollte die Nachschrift hochhalten und verkünden: »Hier ist die Wahrheit, hier sind die Namen der Schuldigen.«

Zum gleichen Zeitpunkt verriet ein Luftzug hinter mir, eine Bewegung, die sich durch die stickige Luft übertrug, daß jemand den Saal betreten hatte, der nun leise näher kam und im Zuhörerraum neben mir Platz nahm. Als ich zur Seite blickte, sah ich – was ich eine Sekunde zuvor erahnt hatte –, es war Eve.

Sie lächelte nicht, und sie runzelte nicht die Stirn. Ihr Blick war offen und direkt, abschätzend, aber nicht verächtlich.

»Hallo, Martin.« Sie flüsterte, hauchte die Worte in der respektvollen Stille des Gerichtssaals kaum hin. Mir erschien es absurd, daß man das Verfahren fortsetzte, während Eve anwesend war und einen Schwebezustand herstellte, in dem ihre Gegenwart die Balance zu einem Ereignis hielt, dessen Gewicht wir nicht messen konnten. Sie setzte sich dabei mit Eleganz über Ort und Umstände unseres Zusammentreffens hinweg und musterte mich mit einem kühlen Blick, der mich aufforderte, doch nur zu versuchen, sie wie eine Fremde zu behandeln.

»Warum bist du hier?« Mehr brachte ich nicht heraus und geriet unwillkürlich in eine Art unterwürfiger Haltung.

»Um dich zu treffen.« Deutete sich da etwa ein Lächeln an?

»Aber ...«

Sie hob die Hand in einer Geste, die sich nahtlos in den Ablauf der vorne ablaufenden Untersuchung einfügte. »Nachher.« Ob das als Ermahnung oder als Tändeln mit meiner Ungeduld zu deuten war, konnte ich nicht sagen. Es war, als hätten wir uns nie gekannt, unsere Bekanntschaft nie in der Form abgebrochen, wie es gewesen war. Die Art, wie sie von mir verlangte abzuwarten, ließ mir keine Wahl.

Den Schluß der Verhandlung nahm ich wie in Trance wahr. Nach Ted gab der bleiche Gerichtsarzt seine klinisch nüchterne Zusammenfassung der Umstände, die zum Tod führten: ein hoher Blutalkoholwert, Blutergüsse und Quetschungen, wie sie bei einem Sturz entstehen konnten, Tod durch Ertrinken, vermutlich im Zustand der Bewußtlosigkeit. Bei seinem Auftreten wie bei seinem Abtreten hörte man den weißen Kittel rascheln, den er nicht trug.

Dann faßte der Coroner das Gehörte zusammen. Ein Fall von

Trunkenheit. Ein gewöhnlicher Unfall. Ein Fall so offen wie ein Buch, das man auf- und zuklappt. Die Geschworenen zogen sich nicht einmal zur Beratung zurück. Sie murmelten respektvoll miteinander und gaben dann das von ihnen erwartete Urteil ab: Tod durch Unfall. Eine kleine Moralpredigt des Coroners über alte Männer, die zu tief ins Glas schauen, ein Seitenhieb auf Ted, weil er in dem einen Punkt nicht einsichtig gewesen war, ein Zusammenschieben von Papieren, der Abschluß einer unangenehmen Aufgabe. Der Polizist leierte einen Totenspruch aus mittelalterlicher Zeit herunter, den er schon ein dutzendmal gesprochen hatte und der mit den Worten endete: »Nun gehet in Frieden.«

Es war vorbei. Noch nicht einmal elf, und wir waren zu dem Schluß gekommen – so wie man es von uns gewünscht hatte –, daß es nichts zum Tode Ambrose Straffords zu sagen gab, keine Zweifel zu ersticken. Mir war übel in dem Bewußtsein, daß ich mich fügte, übel, weil Eves Gegenwart ein Hochgefühl auslöste; mich erschreckte der Zusammenhang – die unmerkliche, unleugbare Klammer, die beides miteinander verband.

Wir gingen alle hintereinander aus dem Gerichtssaal hinaus in das anklagende Licht der Sonne, wo Frieden Heuchelei und Ungewißheit angewendete Kunst war.

»Es tut mir leid für Ambrose«, sagte Eve.

Ich schaute sie verblüfft an. »Warum bist du gekommen?«

»Das habe ich dir doch gesagt. Wir müssen miteinander reden . . ., wenn es dir recht ist.« Sie wußte, daß ich es wollte, aber indem sie vorgab, daran zweifeln zu können, spornte sie mich noch weiter an. »Es gibt viel zu sagen.«

»Ich dachte, du hättest mir nichts mehr zu sagen.«

»Das kannst du nur denken, weil du vergessen hast, was ich dir auch einmal gesagt habe: Nichts ist so, wie es scheint.« Ein LKW donnerte vorbei, und der Windstoß wirbelte ihr die Haare ins Gesicht.

»Ich will mich gern daran erinnern.«

»Ich habe jetzt keine Zeit, Martin. Ich erkläre alles später. Können wir uns heute abend sehen?« Die exquisite Pein einer neuerlichen Verzögerung. Das war gewiß geplant, dazu ersonnen, mich auf die

Folter zu spannen. Ich suchte in ihrem Gesicht nach einer Bestätigung, aber sah nichts als die makellose Oberfläche eines Porzellans, unter der sich das Geheimnis seiner Raffinesse verbirgt.

»Wo?«

»Die Weinstube in der Gandy Street, um acht.«

»Ich werde kommen.«

»Bis dann, Martin. Entschuldige – aber ich muß wirklich gehen.« Und das tat sie, schnell, aber ohne Hast, und sie nahm ihre vieldeutige, zeitlose Schönheit mit, stieg in ihr Auto und fuhr davon, ohne ein weiteres Wort zu sagen. Es hätte schroff gewirkt, wenn es im Vergleich zu unserem letzten Abschied nicht so sanft gewesen wäre, hätte kühl geklungen, wenn der Ton nicht wärmer gewesen wäre als die Verachtung, auf die ich gefaßt war.

Eve kam zu spät. Ich begann mich gerade zu fragen, ob sie überhaupt kommen würde, als sie wie aus dem Nichts an meinem Tisch erschien, sich aus dem Gedränge löste, als sei es gar nicht vorhanden, in einfache schwarze Jeans und eine schlichte Bluse gekleidet, in jeder Hinsicht von stillerer Wirkung als die zigarettenrauchenden, überparfümierten jungen Schönheiten um uns herum, aber so, daß sie doch durch ihre selbstsichere Zurückhaltung die Aufmerksamkeit auf sich zog.

Sie setzte sich, und ich schenkte ihr ein Glas ein. »Tut mir leid, daß hier so ein Gewühl ist«, sagte sie und trank einen Schluck.

»Das ist wohl kaum deine Schuld.«

»Ich habe den Treffpunkt gewählt. Leider kenne ich mich in Exeter nur begrenzt aus.«

»Ich wußte nicht, daß du es überhaupt kanntest.«

»Ich hatte überraschend die Gelegenheit zu einem Tausch. Eine Historikerin an der hiesigen Universität ging als externe Prüferin für die Arbeiten meiner Studenten nach Cambridge, und ich vertrete sie hier in ihren Vorlesungen und Seminaren. Jetzt, wo wir in Cambridge mitten in den Schlußexamina stecken, kam das sehr gelegen.«

»Komisch, daß es uns beide nach Exeter verschlagen hat.«

Sie deutete ein Lächeln an, zum ersten Mal, seit wir uns wiedergesehen hatten. »Das ist kein Zufall. Ich habe die Gelegenheit beim

Schopf ergriffen. Dein Wohnungsgenosse in London meinte, du seist in Exeter, so daß ich hoffte, dich hier anzutreffen. Dann las ich von der Sache mit Ambrose ...«

»Du hast mit Jerry gesprochen?«

»Ja. Eben weil ich versucht habe, dich aufzuspüren.«

»Aber warum? Als wir uns ... das letzte Mal sahen, schien es das Allerletzte zu sein, was du wolltest.«

»Ich bin sicher, du weißt, was es heißt, wenn man etwas bedauert, Martin.«

»Ich habe selbst versucht, mit dir darüber zu reden.«

»Ich weiß, und ich wollte nichts davon hören. Seitdem habe ich gelernt, die Dinge ... im richtigen Licht zu betrachten.«

Ich fühlte mich hin- und hergerissen zwischen dem Wunsch, dagegen zu protestieren, wie sie mich behandelt hatte, und dem Verlangen, nach dem Strohhalm zu greifen, den sie mir hinhielt: eine trotz Lärm und Rauch mit Bestimmtheit wahrnehmbare Veränderung im Ton. »In was für einem Licht?«

»Im Licht der Erkenntnis, daß ich mich ... der Arroganz schuldig gemacht habe. Ich glaubte, weil wir angefangen hatten ... etwas füreinander zu empfinden, daß ich das Recht hätte zu erwarten, daß du eine makellose Vergangenheit hast.«

»Ich hatte nie so etwas behauptet, aber ich habe tatsächlich gelogen, was meine Ehe und die Gründe für ihr Ende anging. Das tut mir leid. Das alles tut mir leid. Aber die Vergangenheit kann ich nicht ändern – sie ist geschehen.«

»Ich weiß. Als Historikerin hätte ich nicht auf die Moral von Zeitungen hereinfallen dürfen. Ich hätte dich zu Wort kommen lassen sollen, dir helfen sollen, statt mich der Verurteilung anzuschließen.«

»Ich mache dir keine Vorwürfe. Das mußte wie ein Schock wirken.«

»So wie die Entdeckung meines Couchman-Stipendiums?«

»Das ist kaum vergleichbar. Du hättest mir allerdings sagen müssen, daß du nicht unparteiisch sein konntest.«

»Ich war es aber. Ich wollte es dir verschweigen, weil ich Angst vor den Schlüssen hatte, die du daraus gezogen hättest, aber es hat mich nicht beeinträchtigt. Ich habe den Couchmans nicht erzählt, was wir vorhatten.«

»Tatsächlich?« Nach allem, was Henry mir indirekt gesagt hatte, konnte ich den Zweifel in meiner Stimme nicht unterdrücken.

»Tatsächlich.« Ihre Antwort sollte mich zwingen, ihr zu glauben. »Ich weiß nicht, wie sie es herausgebracht haben, aber sobald sie es wußten, sorgten sie dafür, daß ich von deinem Geheimnis erfuhr.«

»Du meinst ...?«

»War dir nicht klar, wer es mir verraten hat?«

»Ich dachte ...«

»Es war dein Exschwager, Timothy Couchman.«

Nicht Alec? Genau wie vorher, als sie mir von der Heiratsurkunde erzählt hatte, als sie im Gerichtssaal auftauchte, überhaupt immer, wenn sie es so wollte, hatte Eve mich in Verwirrung gestürzt. Ich hatte alles gründlich durchdacht, mich mit logischen Schlüssen zu der Erkenntnis vorgearbeitet, daß Alec der Schuldige war. Das war allerdings gewesen, bevor ich von Sellicks heimlicher Rolle in Straffords Vergangenheit wußte, bevor Eve zu mir zurückgekommen war und durchblicken ließ, daß wir am Ende doch die Uhr noch einmal zurückdrehen könnten. »Er wollte nicht, daß unsere Erkenntnisse seinen Großvater in die Angelegenheit verwickeln.«

»Natürlich nicht. Und Timothy war raffiniert genug zu wissen, daß eine Drohung, mir das Couchman-Stipendium zu entziehen, mich nur darin bestärkt hätte, unsere Nachforschungen voranzutreiben. Vermutlich hielt er es für geschickter, mich gegen dich aufzubringen.«

Timothy hatte ebenso wie sein Vater eine Komplizenschaft mit Eve behauptet. Es würde durchaus zu ihm passen, daß er es nur deswegen getan hatte, um damit zu verbergen, daß er mich in übler Weise verleumdet hatte. »Geschickter ... und wirksamer?«

»So muß es ausgesehen haben.«

»Warum hat es dann nicht funktioniert?« Jetzt waren wir beim Kern der Sache angekommen.

»Weil ich dich vermißt habe.« So simpel, so prosaisch, so rührend war das. »Cambridge ohne dich war ein einsamer Ort. Was es mir bieten konnte ... genügte mir nicht mehr. Anfangs konnte ich mein

Gefühl, etwas verloren zu haben, nicht benennen. Dann wurde mir klar, daß unsere Beziehung mir unter die Haut gegangen war. Mein Verlust, daß warst du, ein Verlust an Menschlichkeit, wenn du so willst. Deine Erfolge und deine Fehler, dein Strafford-Geheimnis, selbst der Skandal in deinem Leben, das ist alles so viel realer – so viel menschlicher – als die fein ziselierte Künstlichkeit von Cambridge. Ich hatte gehofft, du würdest dich geschmeichelt fühlen, Martin, daß ich dir hierhin folgen mußte.«

Geschmeichelt war das falsche Wort. Was ich empfand, als ihre Lippen zwischen Kerzenlicht und Schatten mit einem Lächeln spielten, als sie mich aus unergründlicher Tiefe mit einem Funken von Verheißung ansah, das war unwiderstehliche Faszination, die an hoffnungslose Verblendung grenzte. Ich fühlte mich ihrer Macht ausgeliefert, und ich hatte nichts dagegen. »Was sollen wir machen, Eve? Ich wünschte, das wäre so einfach wie unsere Gefühle füreinander. Ich wünschte mir nichts anderes, als daß du mir meine Vergangenheit vergeben könntest, und wir beide könnten Strafford und die Couchmans vergessen. Aber es ist unmöglich ...«

»Weil es zu dem gehört, was uns miteinander verbindet?«

»Und weil Ambrose tot ist. Was nur ein Gedankenspiel war, hat angefangen, Menschen in Mitleidenschaft zu ziehen. Was nur Vermutung war, ist nun unabweisbare Tatsache.«

»Inwiefern? Alles, was ich bei der Verhandlung gehört habe, wies darauf hin, daß Ambrose durch einen Unfall ums Leben kam.«

»Aber nicht, bevor er die Wahrheit über seinen Onkel herausgefunden hatte.«

Eve zog die Augenbrauen nach oben. Es verschaffte mir ein besonderes Gefühl der Befriedigung, diese unerschütterlich gelassene Frau überraschen zu können. »Und was ist die Wahrheit?«

»Nicht, was du oder ich glaubten. Überraschender – raffinierter –, als wir es uns hätten ausdenken können. Allerdings vernichtend für deine Arbeit über die Suffragetten.«

Sie schenkte uns beiden Wein nach: eine merkwürdig ablenkende Geste. »Egal, Martin. Im Zusammenhang mit Cambridge ist deine Ablehnung konventioneller Interpretationen ebenso erfrischend wie deine Persönlichkeit. Zum Teufel mit dem Couchman-Stipendium, zum Teufel mit meinem Buch. Ich kann einen anderen Auftrag finden, das Buch umschreiben. Einer der Gründe, warum ich dir gefolgt bin, war, daß du mich mit deinem seltsamen Prinzip von historischer Wahrheit angesteckt hast. Es ist vielleicht unbequem, wenn man es anwendet – zum Beispiel in deinem eigenen Fall –, aber wir sollten in unserer Sache nicht kneifen. Außer ...«

»Außer was?«

»Außer die Sache ist mit Ambrose untergegangen. Wolltest du das sagen?«

Ich legte eine Pause ein und trank einen Schluck Wein, um ihre Art, bedeutungsschwere Verzögerungen entstehen zu lassen, einmal an ihr zu testen. Es war ein kläglicher Versuch. Sie trank in kleinen Schlucken und wartete ab, wobei sie durch ihre Gelassenheit demonstrierte, daß ihre Geduld weiter reichen würde als meine. »Nein, Eve. Sie ist nicht mit Ambrose untergegangen. Er hat einen weiteren Bericht seines Onkels entdeckt, der neues Licht auf seinen Rücktritt wirft.«

»Was für ein Licht?«

Ich probierte eine neuerliche Verzögerung an ihr aus. »Das ist eine lange Geschichte. Das hier scheint weder der richtige Ort noch die richtige Zeit zu sein.«

»Vielleicht nicht. Vielleicht ist es ... verfrüht. Schließlich haben wir noch viel miteinander zu bereden, bevor wir uns historischen Fragen zuwenden.« Schon wieder diese Selbstgewißheit, dieses elegante Aus-der-Spur-Treten, mit dem sie meine Bemerkung in eine Vorahnung von etwas verwandelte, das ich gar nicht gemeint hatte, aber dennoch begehrte. »Wir wollen nichts überstürzen, Martin. Wir schulden uns gegenseitig Zeit.«

»Du mußt wissen, daß ich dir alle Zeit der Welt geben würde.« Alle Zeit der Welt, das war die Geschichte, unser beider Beruf. Die Schuld, die ich in ein Geschenk verwandelt hatte, war wieder eine abgefälschte, unbeabsichtigte Bedeutung, die Geschichte, die ich ihr da unversehens zum Geschenk machte, war die Vergangenheit eines anderen Menschen.

»Laß uns mit einem ganzen Tag beginnen. Ich habe morgen frei. Wir könnten irgendwohin fahren ... und reden.«

Ich stimmte zu, selbstverständlich, mit Begeisterung. Ich wollte ihrem Stimmungswandel nicht unbedingt auf den Grund gehen. Daß sie bereit war, mich wiederzusehen, genügte mir. Ein gemeinsamer Tag, eine Leere, die sie zu füllen anbot, ein Zweifel, den sie zu beruhigen versprach. Alles, was ich herausgefunden hatte, den ganzen Wirrwarr unbeantworteter Fragen und unaufgeklärten Verdachts, der die Jahre zwischen Strafford und mir erfüllte, all die trostlosen Lehren aus meiner vierjährigen Wanderschaft von einer Versuchung zur nächsten vergaß ich in einem Augenblick, schob alles beiseite, ohne nachzudenken, für vierundzwanzig Stunden, die mir da verheißen wurden, für einen Tag, an dem vielleicht das Thema ihrer Schönheit in allen Variationen durchgespielt werden würde.

Den Bennetts gegenüber wich ich Erklärungen aus und plante, mich am folgenden Morgen früh aus dem Haus zu schleichen. Ich hatte die Nachschrift wieder fest verpackt und weggesteckt, so daß mir ihr Anblick erspart blieb. Vorläufig wollte ich von Strafford nicht allzuviel wissen.

Ich wußte jedoch schon zuviel, um zu vergessen, und die Nachschrift, verpackt oder nicht, hinderte mich daran, die Tatsachen zu leugnen. Sie war zu einem unheilvollen, unruhestiftenden Schriftstück geworden, das mich unsicher machte. Sie bedeutete auch, das war mir inzwischen klar, eine Gefahr für viele, die nicht wußten, was sie enthielt, und für einige, die es wußten. Es war eine beunruhigende Erfahrung, dieses Dokument zu hüten.

Ich nahm sie also an diesem warmen, klaren Freitagmorgen mit auf den Weg; die Luft war noch kühl, aber die wärmende Sonne versprach bereits Hitze für später. Ich ging mit überflüssiger Heimlichkeit durch die gepflegte Stille der Siedlung und überquerte die Brücke zum Bahnhof St. David. Dort erschien mir dann ein Schließfach als genau der Aufbewahrungsort, der mir vorgeschwebt hatte. Mit der Nachschrift unter dem Arm fühlte ich mich ungeschützt und verwundbar. Mit dem Schlüssel für dieses unauffällige und ganz gewöhnliche Versteck fühlte ich mich stark, weil ich wußte, wo es aufgehoben war.

Sie kam an, wie ich mir hätte denken können, indem sie wie auf der Straße von der Universität in ihrem silberfarbenen MG mit souverän beherrschter Geschwindigkeit heranbrauste. Es hätte in Cambridge sein können, als sie mich das erste Mal im Princes' abholte. Sie hatte eine Sonnenbrille aufgesetzt und trug einen Seidenschal und eine blaßblaue Bluse über weißen Jeans. Ihr zurückhaltendes Lächeln konnte sowohl Distanz wie Intimität ausdrücken und forderte mich heraus, die Zweifel, die wir gegenseitig hegten, auszusprechen, während es gleichzeitig zu verstehen gab, daß wir genausogut vorgeben konnten, daß sie gar nicht existierten.

»Ich dachte, wir könnten nach Braunton Burrows fahren«, sagte sie nüchtern.

»Wohin du meinst.«

»Eine Biologin vom Darwin College hat mir die Orchideen dort empfohlen, als sie erfuhr, daß ich kommen würde. Und man bekommt Sehnsucht nach dem Meer, wenn man in Cambridge wohnt.«

Als wir durch die Kiefernwälder des Taw-Tals fuhren, brach Eve das angespannte Schweigen, das sich zwischen uns eingestellt hatte.

»Wohin bist du von Cambridge aus gegangen, Martin?«

»Nach London – um nachzudenken. Dann nach Miston – um meine Traurigkeit abzuschütteln. Lady Couchman ist das beste Mittel gegen jede Art von Selbstmitleid.«

»Dann hast du sie also gesehen?«

Ich erinnerte mich an meine damalige Erleichterung darüber, daß Eve nicht mit ihr zusammengetroffen war. »Ja. Sie bestätigte, was wir bei Strafford vermutet hatten.«

»War das für dich eine Enttäuschung?«

»Eigentlich nicht. Sie empfand ihm gegenüber keine Bitterkeit. Sie hält es sogar für möglich, daß Strafford Selbstmord beging – aus einer Art Reuegefühl.«

»Aber du nicht?«

»Jetzt nicht. Nicht angesichts der Beweise, die Ambrose gefunden hat.«

»Und mich läßt du zappeln, was diese Beweise angeht?«

»Noch ein bißchen.«

Am Ortsausgang von Barnstaple machten wir einen Zwischenhalt, um in einem Pub etwas zu trinken. Vom Garten hatte man einen Blick auf die Mündung des Taw, der in gemächlichen Windungen den Atlantik erreichte. Während wir dort mit unserem eisgekühlten Drink saßen, war die Luft schwer von etwas anderem als der Hitze.

»Als wir in Cambridge auseinandergingen, Martin, da habe ich dir die Möglichkeit verweigert ... zu erklären. Das war unrecht von mir.«

»Willst du, daß ich es jetzt tue?«

»Nur wenn du es willst.«

Ich machte den Versuch. Ich sagte Eve jetzt mehr von der Wahrheit, als ich es je einem anderen Menschen gegenüber getan hatte. Und doch war es immer noch nicht die ganze Wahrheit. Jane konnte unmöglich so berechnend gewesen sein, wie ich sie schilderte. Aber wie sollte ich anders erklären, daß ich etwas weggeworfen hatte, was man als guten Ruf bezeichnete? Ich brachte es nicht über mich, ihr zu sagen, wie schwankend mein Charakter in Wirklichkeit war.

»Es ist kein glorreicher Bericht«, sagte ich am Schluß. »Ich will das gar nicht behaupten. Aber es ist bei weitem nicht so schlimm, wie ... die Zeitungen ... es darstellen.«

»Das ist mir nun auch klar, Martin. Ich kann mir denken, daß die Sache dich sogar ... zu einem besseren Menschen gemacht hat.«

»Vielleicht.«

»Weißt du, was aus dem Mädchen geworden ist?«

»Ich habe keine Ahnung. Nachforschungen meinerseits wären wohl kaum willkommen gewesen. Außerdem ...«

»Ja?«

»Jugendliche sind robuster, als die meisten Erwachsenen glauben. Ich kann mir vorstellen, daß sie alles vergessen hat. Inzwischen verheiratet ist mit zwei Kindern. Jeder hätte ihr gewünscht, daß sie alles vergessen würde. Mich wollte niemand etwas vergessen lassen.«

»Ich verstehe, was du meinst.« Sie blickte auf die Flußmündung in der Ferne. »Ich glaube, es ist vielleicht an der Zeit, daß wir die Vergangenheit vergessen.«

»Und die Gegenwart?«

»Du möchtest wahrscheinlich wissen, was aus mir und meinem Stipendium geworden ist.« Sie lächelte zögernd. »Wie ich schon sagte, Timothy Couchman brachte etwas über unsere gemeinsamen Forschungen in Erfahrung. Ich habe keine Ahnung, wie. Aber in Cambridge haben die Wände Ohren. Nachdem wir uns getrennt hatten, machte ich ihm gegenüber kein Geheimnis aus unseren Erkenntnissen und Plänen. Es schien unwichtig geworden zu sein. Die Katze war nun aus dem Sack, und es bestand keine Aussicht mehr, daß ich Straffords Bericht in mein Buch würde integrieren können.«

»Er hat mich aufgesucht und behauptet, du hättest ihn die ganze Zeit über auf dem laufenden gehalten.«

»Eine Lüge. Timothy ist von Natur aus verlogen. Ich hätte nie auf das hereinfallen dürfen, was er über dich erzählt hat, aber es war ein solcher Schock, daß ich nie die Gelegenheit hatte, in Ruhe darüber nachzudenken. Jedenfalls nicht, bis du fort warst. Nicht, bis der blendende Glanz von Cambridge verblaßt war. Nicht, bis ich verstanden hatte, daß Menschen ohne Fehler unwirklich sind.«

»Wenn du Menschen mit Fehlern suchst, dann bin ich dein Mann.« Wir lachten uns zu – beide für einen Moment wie früher entspannt in der Gesellschaft des anderen.

Nach dem Essen ließen wir Braunton hinter uns und fuhren in die Ebene zur Küste hinunter: eine fremdartige, unerwartete Landschaft nach den kurvenreichen Straßen zwischen Feldern und Hekken weiter landeinwärts. Die rote Erde war jetzt in weißen Sand übergegangen, und die Burrows wurden sichtbar: Wellen von grasbewachsenen Dünen, die sich zu einem fernen, unsichtbaren Meer erstreckten. Der Sand strahlte eine Wärme aus, die schon bleiern wirkte und die, gerade weil die Luft so stillstand, eine Ahnung kommender Veränderung spüren ließ.

Dort, wo wir parkten, am Rande der Dünen, war kein anderes Auto zu sehen, kein Tier regte sich, und in der brütenden Hitze störte kein Laut die Stille. Die Burrows waren ein karger, fremdartiger, verschwimmender Ort, beziehungslos, ein Nirgendwo. Wir hätten irgendwo sein können – irgendwann.

Die Atmosphäre hätte mich beruhigen sollen, aber sie tat es nicht. Eve war bereit gewesen, mich an diesen Ort zu bringen, und das genügte. Sie lächelte und strahlte in der Sonne, suchte den Weg durch die Dünen, als kenne sie ihn bereits. In den windstillen Senken zeigte sie mir bunte Blumenteppiche, bestimmte die verschiedenen Orchideenarten, beugte sich hinab, um die Unterschiede in Form und Farbe zu erläutern. Sie war fast ausgelassen, als ob sie in mädchenhaftem Entzücken in ihr Element zurückkehre. Ihre plötzliche Unbeschwertheit blendete mich mehr als die Sonne.

Hinter einer solchen Senke voller Orchideen ging es einen steilen Sandhang hinab, ohne jedes haltbietende Strandgras. Wir sanken bis zu den Knien in den heißen Sand ein und glitten hinunter; am Fuß der Düne fielen wir Arm in Arm der Länge nach hin.

Eve lachte und klopfte sich den Sand aus den Kleidern. »Ich bin froh, wieder da zu sein, Martin«, sagte sie.

»Aber wir waren hier noch nie.« Das war eine Behauptung, von der ich nicht mehr überzeugt war.

»Wieder da bei dir, meine ich.« Sie gab mir einen flüchtigen Kuß, zog mich dann hoch und ging mit mir weiter, wobei sie ihre Hand nicht aus meiner löste.

Als wir das Meer erreichten, über eine letzte grasbewachsene Erhebung hinweg, war es wie ein unendlicher Spiegel, der sich jenseits eines flachen, vom Wasser benetzten sandigen Randes darbot. Der Strand verlor sich zu beiden Seiten im Dunst, und das Meer reichte überall bis an den Horizont. Es war ein Strand, von dem man träumt, zu einer Stunde, von der man träumt: menschenleer, als sei er für uns reserviert worden, für jeden Zweck, den wir erdenken mochten, vollkommen.

Wir blieben eine Weile am Fuß der letzten Sandwelle sitzen, ließen die Sonnenwärme in uns eindringen und den Blick über den Horizont streifen – dessen Linie nur von einer Jacht und dem fernen Buckel der Insel Lundy unterbrochen wurde – und sprachen von Cambridge, Kindheitserinnerungen, Orchideen und uns beiden: eine Ouvertüre der Nebensächlichkeiten, während Strafford und alle seine Werke – beziehungsweise seine beiden – endlich einmal vergessen waren.

Eve legte sich zurück und schloß die Augen, nicht um zu schlafen, sondern um in der Sonne zu baden. Ich küßte sie auf die Augenlider, und sie lächelte ein bißchen, nachsichtig und ihrer selbst gewiß auf einem Gebiet, das mehr denn je ihr ganz besonderer Herrschaftsbereich zu sein schien.

»Jetzt, wo du wieder zurück bist«, sagte ich, »habe ich die Gelegenheit zu sagen, was ich dir damals morgens im Darwin College sagen wollte: daß du einem historische Fragen ... unwichtig erscheinen läßt.«

»Das sind sie auch, Martin.«

»Das sagst du als Historikerin?«

»Ich bin auch eine Frau.«

»Ich war nicht im Begriff, das zu vergessen.« Ich küßte sie wieder.

Sie schloß die Augen auf, als ich den Kopf hob. »Ich glaube, ich war zu lange fort.«

»Das habe ich schon nach einem Tag gedacht.«

»Mal sehen, ob du das immer noch denkst, nach dem heutigen Tag.« Sie lächelte und blickte mir forschend ins Gesicht, als ob sie in meinem Ausdruck etwas suchte – und es dort fand. Dann schloß sie die Augen wieder und streckte sich in genußvoller, katzenhafter Hemmungslosigkeit. Ich beobachtete den Saum ihrer Bluse, wie er vom Hosenbund nach oben glitt und einen schmalen Streifen bloßer Haut freilegte, sah, wie die Knöpfe ihrer Bluse sich zwischen ihren Brüsten spannten, als sie sich rückwärts bog. In diesem Moment, als ihr Körper wieder entspannt und langsam neben mir in den Sand zurücksank, hatte ich das Verlangen, ihr die Kleider vom Leib zu reißen, sie mir mit Gewalt zu nehmen, da, wo sie jetzt lag, die glimmende Verheißung ihrer Worte und ihrer Blicke zur Explosion zu bringen. Aber ihre bewußte Trägheit, ihre wortlose Autorität zügelten mich, so als sagte sie, daß sie sich den Augenblick selbst aussuchen würde und ich ihre Entscheidung abzuwarten hätte.

Ich wartete also, wenn auch keineswegs mit der Selbstbeherrschung, über die Eve verfügte. Ich stand auf und ließ sie unterhalb der Dünen liegen, während ich auf die am Strand auslaufenden Wellen zuging. Es war die heißeste Stunde des Tages. An einem Ende ging der menschenleere Strand auf eine Landzunge zu, die im

Dunst flimmerte, am anderen Ende schimmerte der Horizont in ultramarinem Blau. Ich hatte die Schuhe ausgezogen, und der heiße Sand brannte an den Füßen, so daß ich zum kühleren, festeren Sand an der Wasserlinie ging, in den die zurückweichenden Wellen ihre Rippen eingeprägt hatten.

Als ich mich umblickte, sah ich, daß Eve aufgestanden war und in meine Richtung schaute. Ich winkte ihr zu, aber sie reagierte nicht. Es war, als ob sie über mich hinausblickte, ins blaue Nichts. Ich wandte mich wieder zum Meer und entdeckte etwas Weißes im Sand. Ich beugte mich hinunter, um es genauer zu inspizieren. Nein, kein Papier, bloß ein gebleichtes Tintenfischskelett. Ich warf es fort und richtete mich wieder auf.

Seit ich mich umgeblickt hatte, konnten nur ein paar Minuten vergangen sein. Gehört hatte ich sie jedenfalls nicht. Sie schritt wortlos an mir vorüber, ohne einen Blick zur Seite, direkt auf das Meer zu. Sie war nackt. Sie war Eve, so wie ich sie mir erträumt, so wie ich sie gefürchtet hatte: ein wunderbares Gleichgewicht zwischen vollkommener, erhabener Schönheit und einer zur vollen Reife gelangten Sexualität.

Sie mußte gewußt haben – mußte geplant haben –, wie es wirken würde. Ihre nackten Füße, die sich bei jedem ruhigen Schritt leicht streckten. Die Muskeln ihrer Waden und Oberschenkel, die sich mit lässiger Eleganz in der Bewegung spannten. Das weiße runde Fleisch ihrer Pobacken, das bei jedem Schwung der Hüften mitbebte. Die Linie ihres Rückens bis zu der Stelle, wo ihr das schwarze Haar auf die nackten Schultern fiel. Sie mußte gewußt haben, daß ich ihr nicht widerstehen konnte.

Sie ging – ohne ihr Schrittempo zu verändern – ins Wasser, watete hinaus, bis es ihr an die Hüften reichte. Dann tauchte sie ein, schwamm ein paar Meter, wendete, schüttelte das Wasser aus dem Haar und richtete sich wieder auf; das Wasser rann ihr über Schultern und Brüste.

»Willst du nicht kommen, Martin?« sagte sie lächelnd. Gefangen in meinem Verlangen nach ihr, in dem Traum dessen, was sie bedeutete, in meiner Erkenntnis all dessen, was mit dem Akt einherging, der nun folgen würde, stand ich einen Moment ganz regungslos. Dann ließ ich alle Bedenken fahren, gab alles verloren, wofür ich ihr hätte widerstehen können, und begann mich auszuziehen.

Sie hätte sehen können, wie bereit ich war für sie, als ich ins Wasser rannte. Halb im Spiel, halb, um mich noch einmal auf die Probe zu stellen, schwamm sie parallel zum Strand vor mir davon, und ich folgte ihr. Sie war zunächst schneller, wurde dann langsamer, wie um mir zu erlauben, sie einzuholen, und lachte atemlos, während sie ins Flache schwamm, wo ich sie packte und umarmte, ihr den keuchenden Mund mit Küssen verschloß und meine Hände über ihren nassen Körper gleiten ließ. Ich spürte an meinem Oberkörper, wie ihre Brustwarzen hart wurden, spürte ihre Hand, die an mir herabfuhr und meine Hoden umfaßte, dann einen Finger, der die aufragende Linie meines Glieds bis zu der Stelle nachfuhr, wo die Spitze sich in ihre Magengegend drückte.

Sie biß mich zärtlich ins Ohrläppchen. »Das Wasser war also nicht zu kalt für dich, Martin?«

»Mein Gott, wie schön du bist. Wie komme ich zu dem Glück, dich kennenzulernen?«

»Du hast es vielleicht verdient.«

Wir bahnten uns planschend einen Weg durchs Wasser, stolperten ein paar Meter den Strand hinauf, bis der Sand trocken wurde, und fielen auf die Knie. Die Heftigkeit meines Verlangens und die Dringlichkeit des Augenblicks erlaubten uns keinen Schritt weiter. Eve fing an, mit den Fingern an meinem Glied auf und ab zu streichen, während ich ihr Gesicht und ihren Hals küßte, mit den Zähnen an ihren Brustwarzen spielte und meine Hand an ihrem Rücken hinabgleiten ließ, um dann zwischen den gewölbten Rundungen hindurch an das ersehnte Ziel zu gelangen.

Sie streckte sich im Knien, als ich mit dem Finger in sie eindrang, spannte sich, als ich mit dem Daumen nach ihrer Klitoris tastete – und sie fand. Sie bog den Hals zurück und rieb ihre großen festen Brüste an meinem Gesicht. »O Gott«, flüsterte sie.

»Ist es schön so, Eve?«

»O ja, es ist schön ... Das mußt du wissen.«

Sie streichelte mich immer noch mit den Fingern, und ich spürte, daß ich in ihrer Hand kommen würde, wenn sie nicht bald aufhörte.

Ich umfaßte ihren Rücken, legte sie sanft nach hinten über, drückte ihr die Beine auseinander und schob ihre Hand beiseite. Ich empfand ein unerträglich drängendes Verlangen, aber gleichzeitig eine fast lähmende Nervosität, weil mir bewußt war – was sie nicht wissen konnte –, daß dies für mich das erste Mal war, seit ich vier Jahre zuvor mit Jane Campion verbotenes Gelände betreten hatte.

Ich legte mich auf sie. »Wir müssen aufhören«, sagte ich unruhig. »Wir können das nicht machen, nicht hier am Strand – nicht so in aller Öffentlichkeit.«

Sie sah auf und lächelte. »Wir können es nicht bleiben lassen, Martin. Was macht es schon, wo wir dabei sind?« Sie berührte meinen Penis mit dem Finger, und er schnellte nach oben. »Ich spüre, daß du jetzt nicht aufhören kannst.«

»Ich will es gar nicht.« Sie hatte recht. Wir konnten nicht aufhören. Der Akt war so bewußt wie sein Vorspiel.

»Dann komm zu mir.«

Ich drang in sie ein, während der trockene Sand bei jeder Bewegung an unseren feuchten Gliedmaßen haften blieb. Hinter dieser Lust blieb der verbotene Genuß mit Jane weit zurück. Ich hatte geglaubt, das, was Eve als Frau in Vollkommenheit verkörperte, gebe es für mich nicht mehr. Da aber lag sie und erwiderte meine rasenden Küsse, schlang die Arme um meinen Hals und verschränkte die Beine hinter meinem Rücken, wand sich mit mir auf dem Sand, während wir uns stöhnend im peitschenden Takt unseres Liebesspiels bewegten. Eve, die Gunst erwiesen und entzogen hatte, die subtil die Karten femininer Verletzbarkeit und intellektueller Distanz ausgespielt hatte, die in Cambridge Männern den Kopf verdreht und sich ihren Verstand untertan gemacht hatte, sie gehörte jetzt mir auf die direkteste und ausschließlichste Weise.

Ich versuchte, mich zurückzuhalten, aber ohne Erfolg. Die Worte, die Eve mir ins Ohr flüsterte, ihr fester und doch nachgiebiger Leib unter mir, unsere ausgesetzte Lage am Strand – alles trieb mich auf den Höhepunkt zu.

»Komm, Martin. Komm für mich. Ich will, daß du mir alles gibst.«

»Ja, Eve, ja. Du bist so schön. Bei dir zu sein ist einfach zuviel.«

»Dann gib mir alles.«

Und das tat ich. Wir kamen in einem besinnungslosen, ineinander verschränkten Crescendo; ich umklammerte mit beiden Händen ihr gespreiztes Gesäß, dort, wo es sich bei jedem Auf und Ab in den Sand grub. Ich spürte, wie mein Rücken und meine Beine steif wurden und mein Glied bis zur Wurzel in ihr versank, war auf den Höhepunkt gefaßt, hielt aber, ich wußte nicht, wie, vor dem Absturz in einer Agonie der Ekstase inne.

In diesem Moment schaute Eve mir in die Augen und lächelte mit einer zeitlosen Befriedigung, die nicht diesem Augenblick angehörte. Sie fuhr in einer vertrauten und zugleich längst vergessenen Geste mit der Zunge an ihren Zähnen entlang, schloß die Beine fester hinter meinem Rücken zusammen, und indem sie kaum hörbar »Jetzt« sagte, drängte sie mich hinüber.

Ich explodierte und pumpte mit all der ohnmächtigen Triebkraft, die ihre aufreizende, endlich gekostete Vollkommenheit in mir hatte entstehen lassen, in sie hinein. Es hielt gefährlich lange an, über einen Punkt hinaus, an dem ich – einen verrückten, angsterregenden Moment lang – dachte, ich könnte mich ewig in sie ergießen und doch die Spuren spöttischer Überlegenheit in ihrem Lächeln damit nicht löschen. Aber natürlich fand es ein Ende, klang ab in immer sanfterem Pulsieren, bis wir zu zuckender Ruhe kamen. Unsere schweißnassen Glieder, an denen der Sand klebte, hörten auf, sich zu winden, ohne sich jedoch aus ihrer Verschränkung zu lösen, verklammert in scheuer Furcht vor unserer eigenen, furchtgebietenden Leidenschaft. Mein Verstand, nach all dem Zweifel, allem Ausweichen, rang darum, die aufwallende Wucht unseres Tuns zu begreifen. Eve hatte mich verschlungen.

Trotz unserer erschöpfenden Befriedigung gelangten wir irgendwie über den Strand zurück in den Schutz der Dünen, wo wir gemeinsam in eine Sandkuhle fielen. Wir waren von der Heftigkeit unseres Liebesakts ausgelaugt und verwirrt von seiner Gewalt. Während die dörrende Hitze des Nachmittags auf einen überreifen Abend zusteuerte, schlief Eve an meiner Schulter ein; sie hatte einen Arm auf meine Brust gelegt, mit einem Bein ruhte sie auf meinen, ihre Brust schmiegte sich weich an meine Rippen. Ich konnte ihren Atem fühlen, spürte ihren Körper, der mich umschlang, und triumphierte in dem Gefühl, ihr so nahe zu sein, sie zu besitzen.

Mit der freien Hand begann ich, ihr den getrockneten Sand von der auf mich gestützten Hüfte und vom Oberschenkel abzustreifen. Mein Blick wanderte über den Strand hinweg auf den trägen, wellenwerfenden Ozean und zu der Stelle, wo mein Kleiderbündel zwanzig Meter entfernt im Sand lag. Ich dachte noch, ich sollte es mir holen – aber noch nicht gleich. Dann schlief auch ich ein.

Wir kehrten wieder in die Welt zurück, indem wir auf halbem Wege zwischen Barnstaple und Exeter an einem Landgasthof haltmachten. Die Einheimischen musterten uns, als ob sie wüßten, wie wir den Tag verbracht hatten. Eve ignorierte sie lässig, ließ sie sehen, wie wir uns küßten, begegnete ihren Blicken mit entwaffnendem Lächeln.

»Was nun?« sagte ich in nicht gespielter Hilflosigkeit. Keine Konversation oder gesellschaftliche Form des Zusammenseins schien der Ungeheuerlichkeit des bereits Geschehenen angemessen zu sein. Eve, deren Gesicht vom Strand noch immer leicht gerötet war, lächelte mir über ihr Glas hinweg zu; in meiner Schwarzweißwelt war sie die strahlende Göttin.

»Noch ist der Tag nicht vorüber, Martin – und wir haben uns einen ganzen Tag versprochen.«

»Es ist ein Tag, den ich nie vergessen werde. Aber muß es bei einem einzigen bleiben?«

»Das liegt bei dir.« Ihr Lächeln deutete ein endgültigeres Versprechen an, obwohl ich nicht einmal zu diesem Zeitpunkt daran glaubte, daß es tatsächlich bei mir liegen würde. Eve hatte das Sagen, auch was meine Zukunft anging.

»Wenn es nach mir ginge, dann würde der heutige Tag ewig dauern.«

»Das läßt sich vielleicht arrangieren.« Fast glaubte ich, es könne so sein, wie eben Schönheit an Zauberei grenzt, wie Liebe – oder die Hoffnung auf Liebe – das Leben verwandelt. Vor allem aber glaubte ich daran, so wie ein Mann nicht anders kann, als die Angst vor dem Schlimmsten mit dem naiven Glauben an das Beste zu ersticken.

Wir fuhren durch Exeter nach Topsham, einem malerischen, vornehm verfallenen Vorhafen der Stadt auf der östlichen Seite der Exe-Mündung. Dort verfügte Eve, wie sie erklärte, über ein Haus, das der Historikerin gehörte, die jetzt an ihrer Stelle in Cambridge lehrte. Wir parkten in einem kleinen Hof und traten auf eine schmale Straße hinaus, die auf beiden Seiten von eleganten georgianischen Wohnhäusern gesäumt war, immer wieder überraschend unterbrochen von Lücken und Durchgängen, die zu winzigen, versteckten Wohnungen und unerwarteten Gärten führten. Es war eine Wohngegend, die einst das Refugium pensionierter Marineoffiziere gewesen war und in die nun mit Macht die Anhänger von Biokost und Kunsthandwerk drängten. Katzen auf den Türschwellen von Offizierswitwen schauten träge auf feministische Plakate in Sprossenfenstern.

In welche Kategorie Dr. Petra Sutcliffe von der Universität Exeter gehörte, war schwer zu sagen. Book End war ein schlankes Gebäude am Ende einer Reihe im georgianischen Teil der Straße, mit einem etwas großartig geratenen, mit Säulen und Oberlichtern geschmückten Eingang. Das Innere des Hauses hatte einen gesucht und ausschließlich femininen Charakter, in dem blumengemusterte Polster auf antiken Möbeln den Ton angaben, während in blankpolierten Glasschränken die Werke von Jane Austen, George Eliot und ausgewählten weiblichen Wissenschaftlern zur Schau gestellt wurden.

Frau Dr. Sutcliffes Selbstbeschränkung kontrastierte mit den Zeugnissen anderen Geschmacks. Die Wendeltreppe und die Bullaugenfenster, durch die sich ein Blick auf das Mündungsgebiet bot, verrieten die Handschrift eines namenlosen Veteranen der Schlacht von Trafalgar, der sich hier als erster niedergelassen hatte. Der Kaffeeduft in der Küche, die Parfümauswahl im Badezimmer, die herumliegenden Papiere im Wohnraum: Diese Dinge wiederum stammten von Eve, die sie nachlässig, aber elegant verstreute, mit ihrem ganzen charakteristischen Selbstbewußtsein.

»Petras Einrichtungsgeschmack geht mir allmählich auf die Nerven«, sagte Eve, als sie mein Glas mit Gin füllte.

»Wie lange mußt du ihn noch aushalten?«

»Nur noch eine Woche. Aber es müßte auszuhalten sein, solange...«

»Solange was?«

»Solange ich . . . aufmunternde Gesellschaft habe.« Sie reichte mir das Glas und ließ ihre Hand auf meiner ruhen.

»Darf ich mich als Freiwilliger melden?«

»Darauf hatte ich gehofft. Das Beste daran ist«, sie lächelte verschmitzt, »daß Petra es ganz und gar nicht billigen würde.« Wir lachten und prosteten uns mit dem Gin zu. In diesem Augenblick und in einem Haus, das Helen auch gewählt hätte, hätte sie nicht auf das Familien- und Gesellschaftsleben in einer Grafschaft gesetzt, fand das Anstoßen der Gläser, von jeher ihre Schwäche, ein präzises, wohltuend spöttisches Echo bei einer Person, die Erfolg und Weiblichkeit zu vollkommener Harmonie verschmolzen hatte, bei jemandem, der uns alle besser verstand als wir uns selbst.

Später aßen wir in einem stillen Restaurant in der Hauptstraße von Topsham zu Abend. Dunkle Holztäfelung und Kerzenlicht entsprachen unserer Stimmung: zurückhaltender und weniger hemmungslos als früher an diesem Tag, aber mit Wein und Meeresfrüchten, mit denen wir uns das rauschhaft Maritime bewahrten – in unausgeloteten Tiefen, im Herzen andere Gefühle, als die Oberfläche zeigte, die uns warm umhüllte, während eine kalte Unterströmung uns fortziehen wollte. Die Themen, denen wir uns jetzt zuwandten, waren in ihrer Art ebenso voller Gefahren wie jeder Liebesakt. So natürlich, beiläufig und unvermeidlich es schien, darüber zu sprechen, so sehr bedeutete das Gespräch darüber eigentlich eine bedingungslosere Hingabe als alles andere an diesem Tag.

»Nach dem Geschehenen«, sagte ich, »will ich dir nichts mehr vorenthalten. Jetzt, wo die Dinge zwischen uns . . . anders liegen, solltest du alles erfahren, was ich über Strafford weiß.«

»Bitte, fang an«, sagte sie. So einfach gesagt, so einfach, daß ich hätte meinen können, sie erteile mir eher eine Erlaubnis als eine Anordnung.

Ich fing also an – erzählte ihr alles. Rückblickend erinnere ich mich, wie ungerührt – wie starr, aber ohne Schrecken – Eve zur Kenntnis nahm, was ich als bestürzende Enthüllung empfunden hatte. Strafford unschuldig. Couchman Bigamist. Sellick mit beteiligt. Christabel Pankhurst, Verräterin an der eigenen Sache. Eve blieb bei jeder neuen Entdeckung gelassen.

»Dein Mäzen ist also nicht der uneigennützige Hotelier, für den du ihn gehalten hast?« sagte sie, als ich fertig war.

»Kaum.«

»Meine Mäzene auch nicht die Unschuldslämmer, für die sie sich ausgeben würden?«

»Ich fürchte, nein.«

»Und Christabel Pankhurst unter den Verschwörern?«

»So sieht es aus.«

Sie lächelte. »Ein ganz schöner Sprengsatz – für jedermann.«

»Dir sieht man das nicht an.«

»O Martin, du denkst an mein Buch? Das spielt kaum eine Rolle. Vergessen wir den feministischen Ansatz; wir wollen die Wahrheit erforschen. Ich bin anpassungsfähig. Das sollten Historiker doch sein, meinst du nicht auch?«

»Wahrscheinlich.«

»Du wirst dich nach all dem ja wohl kaum noch Sellick verpflichtet fühlen. Wie wär's, wenn wir beide uns zusammentäten?«

»Eine schriftstellerische Partnerschaft?«

»Nicht bloß schriftstellerisch. Nicht mehr. Aber wenn du willst, können wir die Wahrheit – als Historiker – auf dem gemeinsamen Weg finden.«

»Das will ich sehr gern.«

»Gut. Darauf hatte ich gehofft. Schließlich hast du mit deiner Meinung über Strafford recht behalten und nicht ich. Wo befindet sich die Nachschrift jetzt?«

»In Sicherheit.«

»Bei diesen Leuten – den Bennetts?«

»Nein. Aber an einem sicheren Ort. Mach dir keine Sorgen. Wir können sie morgen abholen.«

»Schön.« Sie machte eine Pause. »Was glaubst du nun also – was ist mit Strafford und seinem Neffen passiert?«

»Bei Strafford bin ich mir nicht sicher. Aber wenn es kein Mord war, warum sind die Couchmans dann wegen meiner Nachforschungen so beunruhigt? Was Ambrose betrifft, da wäre der Zufall zu groß, wenn man glauben sollte, er sei bei einem Unfall ertrunken, direkt nachdem er mir diesen Brief geschickt hatte. Vergiß nicht, daß Timothy davon wußte.«

»Richtig. Aber kannst du dir vorstellen, daß Timothy einen Mann umbringt?«

»Ehrlich gesagt, nein. Auch bei seinem Vater nicht. Aber ich bin sicher, daß es eine Verbindung gibt.«

»Was unternehmen wir jetzt also in der Angelegenheit?«

»Das entscheiden wir, wenn du von der Echtheit der Nachschrift überzeugt bist. Wir belegen, was wir können, veröffentlichen es dann – und sehen, was passiert.« Glaubte ich selbst an einen so hoffnungsvollen Weg, als ich ihn über den Tisch hinweg skizzierte? Glaubte ich, daß Eve daran glaubte? Notwendig war eigentlich weder das eine noch das andere. Vorläufig hatte sie dafür gesorgt, daß ich über das Ende des Wegs nicht weiter nachdenken wollte. Vorläufig war mir nur wichtig, daß ich mit ihr zusammen war. Das Strafford-Geheimnis war dafür als Vorwand genauso recht wie jeder andere – solange wir einen brauchten.

Was dann geschah, als wir nach Book End zurückkehrten, ließ mehrere Spielarten persönlicher Lust miteinander verschmelzen. Die kühle, züchtige Historikerin gab sich ein weiteres Mal dem sozialen Außenseiter hin. Eine Königin belohnte ihren Untertan für den entrichteten Tribut an Wahrheit. Die Gastfreundschaft einer abwesenden Person wurde mit Wonnen mißbraucht. Ein Liebesakt wurde zur Metapher für ein Dutzend anderer Triebe und Begierden. Ich kannte sie alle, aber sie waren nicht von Belang. Die Gischt lockt auch den, der weiß, daß das Meer tief ist.

Und sogar die Metaphern blieben in einer wesentlichen Bedeutung blind. Wir erhielten ein Kontinuum aufrecht, zu dem Couchmans Verhalten in Durban und meines in Axborough gleichermaßen gehörten. Auf bestimmte Weise, wenn auch verschiedene Art, waren wir alle Handlanger bei einem Vertrauensbruch. Aber wer wurde verraten, wessen Vertrauen mißbraucht?

Der Traum, den wir in dem geliehenen Schlafzimmer über den historischen Straßen von Topsham verwirklichten, war ein anderer als der am Strand. Anders – und doch in gewisser Weise gleich. Weniger impulsiv, unheilvoller. Als wir uns in dieser Nacht liebten, wurde eine Tat begangen, die schockierender war als jede gewagte Raffinesse im Liebesspiel – obwohl mich Eves Gewagtheiten mehrfach schockierten, bevor die Nacht vorüber war.

Natürlich wußte ich, daß ich Strafford ebenso kompromittierte wie mich selbst, aber ich wußte nicht – konnte nicht ahnen –, was das in Wirklichkeit bedeutete. Nicht, daß ich mich dadurch hätte aufhalten lassen. Eve, die sich mir hingab, wog schwerer als alle sonstigen Überlegungen. Der einzige Gedanke, den ich der Zukunft widmete, war die Frage, ob es immer so sein würde, wie es jetzt war. Selbst das war noch, wie sich herausstellte, die falsche Frage. Man mußte das »immer« durch »je« ersetzen. Damit wäre ich der Sache nähergekommen.

Morgengrauen. Ich schob das Schlafzimmerfenster hoch und schaute zu, wie der Fluß in den Morgen mündete. Ein von Schäfchenwolken überzogener Himmel und der graue Exe, der zum Meer hin weiter wurde. Vereinzelte Lichter auf der westlichen Küstenseite. Möwen, die über den aus dem Schlamm aufragenden Ladekränen am Flußufer kreischend ihre Kreise zogen. Ein schaler Sommermorgen an einem gottverlassenen Ort. Topsham und Port Edward schienen in diesem Moment eins zu werden: Zuflucht vor der Wirklichkeit, Schlupfloch in den Falten einer Küstenlinie, versteckte Bühne für Taten, die die Täter länger verfolgen würden, als sie es je vermuten konnten.

Hinter mir, elegant auch noch im Schlaf, mit einem Arm auf der Zudecke, die Haare gerade so – ja, verdammt, ganz genauso – auf das Kissen hingebettet, wie ich es mir erträumt hatte, da lag Eve und verkörperte das Wunder eines Tages, an dessen Wirklichkeit für mich ich nicht geglaubt hatte. Von Enttäuschungen abgenutzt, in Resignation auf das Scheitern gefaßt, war ich jetzt bereits dabei, mich an den ungewohnten Triumph zu gewöhnen. Was mich angezogen hatte, das war die von ihrem weitblickenden Verstand geschaffene, weit entfernte Schönheit gewesen. Der Preis, den ich gewann, war das vertraut gewordene Geheimnis ihres willfährigen Körpers an diesem Morgen und an jedem Morgen, von mir in Besitz genommen über bloßes Hoffen hinaus.

Eve bewegte sich, streckte sich und lächelte – und bewies so ihre ganz reale Gegenwart.

»Was denkst du gerade?« fragte sie mit einem schicklichen Gähnen.

»Nur, daß ich nie zu hoffen wagte, es könnte soweit kommen.«

»Und jetzt, wo es soweit gekommen ist?«

»Jetzt, wo es soweit ist, laufe ich Gefahr, ein glücklicher Mensch zu werden.«

Eve stieg aus dem Bett und hüllte sich in denselben Kimono mit Drachenmuster, in dem ich sie früher in Cambridge gesehen hatte – Wochen zuvor, ein Lichtjahr zurück. Sie kam zu mir ans Fenster, legte einen Arm um meine Hüfte und folgte meinem Blick über die tauglänzenden Dächer der Stadt.

»Ich will dir etwas verraten«, sagte sie. »Ich hatte erwartet, mit dir gemeinsam in Norfolk aufzuwachen, nicht in Devon.«

»Das habe ich auch erwartet, zu einer bestimmten Zeit.« Ich lächelte kleinlaut. Sie lächelte tröstend. »Es ist merkwürdig, wie die Dinge sich entwickeln.«

»Merkwürdiger, als manch einer glauben würde.« Mit diesem vieldeutigen Echo auf meinen Satz ging sie und machte uns Kaffee.

Zum Frühstück bereitete Eve Schinken und Eier so zu, wie sie es in Kalifornien gelernt hatte. Wir aßen in Frau Dr. Sutcliffes mit allen technischen Finessen ausgerüsteter Küche und machten unsere Pläne für den Tag.

»Die Nachschrift spannt mich auf die Folter«, sagte Eve und trank ihren Kaffee, während ich meinen Teller abräumte.

»Kein Problem. Ich hole sie gleich heute vormittag.«

»Du könntest deine Sachen von den Bennetts holen, wenn du schon dabei bist – falls du bleiben willst.«

Ich lächelte. »Die Antwort darauf kennst du.« Sie erwiderte mein Lächeln. »O.K. Ich mache mich sofort auf den Weg.«

»Es hat keine Eile. Aber es wäre nicht schlecht, wenn du heute vormittag fortwärst.«

»Du gehst jetzt schon fremd?« witzelte ich.

»Professor Pollard hat sich für elf Uhr angesagt, um von mir zu hören, wie ich die Dinge in Exeter beurteile. Die Verabredung habe ich getroffen, ehe ich wußte, was ich heute vorhaben würde.«

»Ein Glückspilz, dieser Herr Professor.«

»Keine Sorge. Es dauert nicht lang. Und er muß mindestens sechzig sein. Ich will aber Petras wegen nicht, daß er auf komische Ideen kommt, vor allem nicht auf die richtigen. Warum nimmst du nicht mein Auto? Du könntest bis Mittag wieder da sein.«

Ich stimmte bereitwillig zu. Eine Stippvisite am Bahnhof St. David und im Haus der Bennetts war mir gerade recht. Um halb elf war ich unterwegs.

Ich holte mir die Nachschrift am Bahnhof und war erleichtert, als ich sie unverändert im Schließfach vorfand. Dann fuhr ich direkt weiter zu den Bennetts, in der Absicht, mein Gepäck dort abzuholen und mit meiner Beute nach Topsham zurückzukehren. Aber so einfach sollte die Sache nicht werden.

Nick machte die Tür auf, und an seinem Gesichtsausdruck konnte ich erkennen, daß er wütend war. Bei einem Menschen von so ruhiger Gemütsart war das beunruhigend.

»Martin – wo zum Teufel bist du denn gewesen?«

»Tut mir leid, daß ich nicht angerufen habe, Nick. Du weißt ja, wie es ist.« Es ließ sich nicht übersehen, daß er es nicht wußte.

»Ich werde dir mal erzählen, wie es hier war. Bei uns hat man, verdammt noch mal, eingebrochen!«

Dieses Gefühl: Ich kannte es bereits. Schwindel. Ein Strudel, der mich immer schneller mitriß. Das Gefühl, der Boden weiche unter meinen Füßen. Es begann mit Nicks Bemerkung, die das euphorische Gespinst eines Morgens der Selbstzufriedenheit zerriß.

Wir traten ein. Hester war mit übertriebenem Eifer dabei, zu putzen und Staub zu wischen. Sie sah unglücklich aus. Die gewöhnlich heitere Atmosphäre in ihrem Haus wirkte jetzt nervös und gespannt, als habe etwas einen Sprung bekommen. Etwas war erschüttert worden, und aus ihren Zügen konnte ich fast lesen, daß es unsere Freundschaft war.

»Was ist passiert?« fragte ich.

»Als Hester gestern nachmittag nach Hause kam«, sagte Nick erbittert, »stellte sie fest, daß man das Haus durchwühlt hatte. Schubladen herausgezogen und den Inhalt überall am Boden verstreut, alle Schränke geleert. Es war ein gottverfluchtes Chaos. Sie hat seitdem wie ein Berserker geschuftet, um alles wieder aufzuräumen.« Er legte den Arm um sie, und sie hielt in ihrer Arbeit inne; man sah ihr an, daß sie die Erinnerung an das Geschehen schmerzte.

»Es war furchtbar, Martin«, sagte sie. »Wirklich furchtbar. Weniger die Unordnung als das Wissen, daß jemand alles durchsucht hatte – meine Anziehsachen angefaßt, unsere persönlichsten Dinge berührt hatte. Es ist, als wären sie – besudelt.« Ein Schauder überlief sie.

»Haben sie viel mitgenommen?« fragte ich.

»Überhaupt nichts«, sagte Nick. Er schaute mich vielsagend an. »Das ist das Merkwürdigste daran. Kamera, Stereoanlage, Schmuck – alles Sachen, die ein Einbrecher normalerweise mitnehmen würde. Sogar Bargeld in der Küche. Alles noch da. Nicht einfach dagelassen, sondern nicht angerührt. Als ob sie nach so etwas gar nicht gesucht hätten.«

»Was dann?«

Nick setzte sich. »Also ich weiß es nicht. Du vielleicht?«

»Natürlich nicht.«

»Wir hatten dich gestern abend zurückerwartet«, warf Hester ein.

»Das tut mir leid. Ich hatte keine Gelegenheit anzurufen. Die Dinge waren etwas . . . angespannt.«

»Hier waren sie auch verflucht angespannt«, sagte Nick. »Um ehrlich zu sein, Martin, ich glaube, daß wir nicht eigentlich die Opfer von Einbrechern waren, sondern von jemand, der etwas suchte. Wie ich schon der Polizei gesagt habe, was uns betrifft, so ist ja alles noch da. Es kann nur von deinen Sachen etwas fehlen.« Der Nachdruck, mit dem er das vorbrachte, sprach Bände.

»Ich habe nichts hier, was den geringsten Wert hätte.« Ein Satz zum Selbstschutz, sachlich richtig. Mein einziger Besitz von Wert befand sich draußen in Eves Auto – für den Augenblick in Sicherheit. Aber Nick hatte recht. Der Eindringling in ihrem Haus war auf der Suche nach etwas in meinem Besitz gewesen: der Nachschrift. So mußte es sein. Das Haus der Bennetts – wie das von Ambrose vorher – auf den Kopf gestellt, entwürdigt im Verlauf einer hektischen Suche nach etwas, was nicht dort war. Die Erleichterung darüber, daß ich in weiser Voraussicht ein Schließfach benutzt hatte, wurde von einer Angst vor den Konsequenzen abgelöst, die mir den Magen umdrehte. Ich hatte nur einer Person erzählt, daß ich die Nachschrift überhaupt besaß. Das alles war für Nick kein Trost.

»Wir sind doch nicht von gestern«, sagte er. »Angeblich sind wir deine Freunde. Seit der gerichtlichen Untersuchung hast du kaum noch ein Wort mit uns gesprochen. Dann, gestern nacht, unmittelbar nachdem man bei uns einbricht, bist du verschollen. Was würdest du denn davon halten?«

»Das mit dem Einbruch tut mir leid. Es ist vielleicht meine Schuld. Ich scheine solche Sachen anzuziehen. Aber ich kann es nicht erklären, weil ich es selbst nicht verstehe.« Ich schwieg einen Moment. »Ich glaube, ich muß jetzt nach oben in mein Zimmer.«

»Nur zu.« Nicks Sarkasmus dröhnte mir in den Ohren. Er und Hester hatten das alles nicht verdient. Sie hatten ein Recht darauf, von mir die Wahrheit zu erfahren. Aber ich war nicht so weit, daß ich sie ihnen sagen konnte. Ich wagte es noch kaum selbst, der Wahrheit ins Gesicht zu blicken.

Ich hastete nach oben. Offenbar hatte Hester mein Zimmer schon wieder aufgeräumt. Meine Kleider lagen ordentlich zusammengelegt auf dem Bett. Ich holte die Tasche hervor und fand die Memoiren, wo ich sie aufbewahrt hatte. Es konnte keinen Zweifel geben. Jemand wußte genug, um diese von der Nachschrift zu unterscheiden. Jemand, der auch das Lodge Cottage durchsucht, der vielleicht Ambrose in den Teign befördert hatte, der wußte, was ich nur einer Person mitgeteilt hatte ... Eve.

Oh, Eve. Die Andeutung von Spott in ihrem Lächeln. Nackte Täuschung, noch nackter als ihr Körper im Sand. Verzweifelt hielt ich Ausschau nach einer Möglichkeit, den Verdacht abzuschütteln, der sich bereits eingeschlichen hatte. So schön. So geheimnisvoll. Es konnte nicht wahr sein, oder doch? Zufall. Verwirrtheit. Alles war besser als das, was nun mit der ganzen Unerbittlichkeit einer widerwärtigen Wahrheit wie eine drohende Wolke über mir hing.

Ich stürzte aus dem Haus und ließ hinter mir Nick und Hester zurück, die an dem Freund, den sie zu kennen glaubten, verzweifelten. Wie ein Wahnsinniger raste ich durch die Stadt und dann südlich in Richtung Topsham. Nichts wünschte ich mir sehnlicher, als Eve zu sehen und aus ihrem Mund zu hören, daß meine Ängste unbegründet waren. Sie brauchte es bloß zu sagen, und ich würde ihr bestimmt alles glauben, was ich glauben mußte, um es wegzuerklären.

Als ich jedoch am Ortseingang von Topsham auf das Gaspedal drückte, spürte ich, wie meine unbändige Angst etwas verebbte. Ich mußte erst nachdenken, mich vorbereiten, damit es nicht nach der Anklage aussah, die es in Wirklichkeit war.

Ich fuhr in Topsham von der Hauptstraße seitlich in eine schmale Gasse, die zum Fluß hinunterführte. Dann ging ich zu Fuß weiter und nahm einen Umweg zurück nach Books End, so daß mir Zeit blieb, unterwegs meine Ruhe wiederzufinden und meine Gedanken zu ordnen, die frische Brise vom Fluß tief einzuatmen und mein Hirn nach anderen Möglichkeiten abzusuchen. Hätte es sie gegeben, ich hätte sie gefunden.

Links vor mir füllte sich der Gasthof »Passage House« zusehends mit Gästen zur Mittagszeit. Von den Tischen davor kam Gelächter und das Geräusch von Gläsern, mit denen man sich zuprostete; meiner Stimmung entsprach es nicht. Ich wollte bloß ungestört vorbeikommen.

Doch während ich mich näherte, traten zwei Personen aus dem Gasthof heraus, und ich blieb wie angewurzelt stehen. Eve, lächelnd, entspannt, Herrin der Lage – gelassen wie immer – wie auf alle Zeit. Und neben ihr nicht ein weißhaariger Professor Pollard, sondern Timothy Couchman, schick und geschniegelt, die Augen hinter einer Sonnenbrille verborgen, der gerade stehenblieb und eine Zigarette mit teuren Ledersohlen auf dem Pflaster austrat.

Der rote Porsche war etwas weiter weg auf der Straße geparkt. Die beiden gingen nicht in meine Richtung, sondern lachend und ohne Eile auf den Wagen zu. Timothy legte den Arm um ihre Taille. Sie trug dieselbe gelbe Bluse und weiße Jeanshose wie am Vortag: Irgendwie machte das alles nur noch schlimmer. Während ich sie beobachtete, ließ Timothy seine Hand auf ihrer Hüfte abwärts gleiten, fuhr die Rundung ihres Pos nach und tätschelte sie ein wenig – eine beiläufige Besitzergeste, mit der er ihr bedeutete, auf ihrer Seite des Wagens zu bleiben, während er einstieg und die Beifahrertür entriegelte. Auf seine Weise typisch, daß er als erster einstieg. Schrecklich für mich, auf jede Weise, mit anzusehen, mit welcher Selbstverständlichkeit Eve seine ekelhaften Aufmerksamkeiten akzeptierte.

Als er vorne um den Porsche herumging, um die Fahrertür zu öffnen, sah er mich. Das Kinn fiel ihm herunter, die Augen wurden schmaler, und dann lächelte er – mit abstoßender Herablassung. Auch Eve schaute zu mir hin. Unsere Blicke trafen sich, aber zu erkennen war nichts. Ihr Gesicht war eine Maske, ihr Ausdruck so höflich beherrscht, daß er nichts mehr besagte. Ich hätte ewig in ihre wunderschönen Augen schauen können und immer nur mein eigenes Bild darin gesehen, verloren, verzerrt und verlassen.

»Martin, alter Junge«, sagte Timothy mit ausgesuchter Heuchelei, »großartig, dich wiederzusehen.« Eve sprach leise auf ihn ein, und seine Züge verhärteten sich.

Seit dem Abend, an dem ich Timothy Gelegenheit gegeben hatte, den Brief von Ambrose zu Gesicht zu bekommen, waren wir, das war mir jetzt klar, auf diesen Augenblick zugesteuert. Timothy auf der Suche nach der Nachschrift, die seinen Vater inkriminierte. Ambrose ertrunken, sein Haus durchwühlt. Doch immer noch keine Nachschrift. Unpassenderweise hatte ich sie in meinen Besitz gebracht. Also mußte man mich aus dem Verkehr ziehen, um derweil noch ein Haus zu durchwühlen. Wenn das schiefging, dann mußte man mich bestechen – wenn nicht mit Geld, dann mit etwas, das aufgrund meiner Vergangenheit vermuten ließ, daß ich es unwiderstehlich finden würde.

Mir blieb nichts, als den Schauplatz unseres Zusammentreffens zu fliehen – ein Zusammentreffen von Lügen, eine Ahnung von Absichten. Ich drehte mich um, um so weit und so schnell ich konnte davonzulaufen, davonzulaufen vor der neuen Erkenntnis der Verlogenheit anderer Menschen und meines eigenen Ruins. Noch während ich mich drehte, hörte ich, wie Timothy mir nachrief »Radford –

halt!«, aber ich sah nicht zurück. Er hatte wohl wie ich begriffen, daß ihre Pläne im äußersten Augenblick an einem ungeplanten Zusammentreffen gescheitert waren, daß es zu früh gekommen war – so sehr meine Niederlage auch Anlaß zur Genugtuung war –, weil ich immer noch die Nachschrift in Händen hielt und jetzt nicht mehr überredet, nur noch gezwungen werden konnte, sie herauszugeben.

Ich hörte seine Schritte auf dem Pflaster, als er mir nachlief. Er war mir dicht auf den Fersen. Aber als wir an dem Gasthof vorbeirannten, trat eine Gruppe von Gästen heraus und drängte auf die Straße. Ich schlängelte mich hindurch, hörte aber, wie zwei Leute hinter mir zusammenprallten. Ich blickte mich um und sah Timothy, auf dessen cremefarbener Hose dunkle Bierflecken sichtbar wurden und der einen erstaunten, bärtigen jungen Mann in T-Shirt und Jeans beschimpfte. Jenseits der gestikulierenden Gruppe stand Eve schweigend beim Auto und schaute an ihnen vorbei direkt mir in die Augen – ernst, unbeeindruckt, freimütig. Ich hielt inne und versuchte einen Moment lang, diesen Blick zu deuten – fern, scharfsichtig und absurderweise enttäuscht. Dann rannte ich weiter.

Ich langte wieder beim Auto an – Eves Auto, und war mir der Ironie bewußt, fand aber gleichzeitig darin bitteren Trost. Es war eine klägliche Rache, jedoch die einzige, die mir zu Gebote stand. Ich sprang hinter das Steuer und jagte in Richtung Exeter davon. Die Geschwindigkeit brachte mir Erleichterung.

Ich fuhr zu den Bennetts zurück – ein kurzer Besuch, aber unvermeidlich. Meine Stimmung hatte sich seit unserer gereizten Begegnung gewandelt, und das schienen sie zu bemerken. Sie aßen gerade in der Küche zu Mittag, als ich hereinkam.

»Nick . . . Hester, ich kann nicht bleiben und alles erklären. Es ist alles schiefgegangen, aber ich habe noch eine Chance, es in Ordnung zu bringen. Es stimmt mit dem Einbruch. Der war meinetwegen. Aber ihr braucht euch keine Sorgen machen. Es passiert nicht noch einmal, weil ich jetzt sofort abreise. Es tut mir wirklich leid, daß ich euch in all das mit hineingezogen habe; das müßt ihr mir glauben.«

»Wir wollen dir doch bloß helfen, Martin«, sagte Hester.

»Aber erst«, unterbrach sie Nick, »bist du uns eine Erklärung schuldig.«

Dem konnte ich nicht widersprechen, aber ich konnte mich auch nicht fügen. »Wir werden es verschieben müssen. Ich habe einfach nicht die Zeit.« Ich rannte nach oben, ehe Nick protestieren konnte, und packte meine Sachen zusammen. In die eine Tasche mit der Nachschrift kam Straffords Ausgabe von Hardys »Der Umstände Hohn« und natürlich der Memoirenband: für mich nicht bloß eine Sammlung von Beweisen, sondern nun auch treue Talismane.

Unten hatte Nick das Auto bemerkt. »Wem gehört der MG?« fragte er, als ich abfahrbereit wieder erschien.

»Jemandem, den ich gut kenne.«

»Aber du bist schon noch suspendiert?«

Ich war schon aus der Tür heraus an ihm vorbei. »Ich sagte doch, ich kann jetzt nichts erklären. Ich verspreche, daß ich es tun werde, sobald ich kann. Aber nicht jetzt. Ich habe einfach zuviel zu erledigen.«

»Martin ...«

Ich blieb nicht stehen, um ihn anzuhören, konnte es nicht. Ich lief den kurzen Weg bis zur Straße, warf meine Reisetasche in den Wagen und ging auf die andere Seite, um einzusteigen.

»Warte, Martin«, rief Nick vom Weg her, »du kannst doch nicht einfach ...«

Ich stieg ein, schlug die Tür zu und ließ den Motor an. Nick kam heran, und auf sein Gesicht trat Empörung statt Verblüffung, als ich aufs Gaspedal trat und davonfuhr; im stillen schwor ich mir, bald zurückzukommen und Abbitte zu leisten, ohne in diesem Moment zu ahnen, was dazwischenkommen und mich daran hindern würde. Ich sah Nick nur noch im Rückspiegel, wie er die Hände in die Hüften stützte und mir nachstarrte.

Es gab nur eine Himmelsrichtung für mich: nach Osten, nach Miston. Das war in dem Augenblick unvermeidlich geworden, in dem ich Topsham verlassen hatte, in dem Augenblick, in dem ich erkannt hatte, daß ich ebenso hintergangen worden war wie Strafford. Er hatte Elizabeth aufgesucht, um sich Klarheit zu verschaffen – das würde ich jetzt auch tun.

Anders als Strafford allerdings hatte ich nicht die Absicht, ihr die Wahrheit zu ersparen. Das war nicht mehr realistisch. Zu viele

Menschen – mich inbegriffen – hatten für dieses Verheimlichen gebüßt.

Der Nachmittag ging unmerklich in den Abend über, während ich den MG über den Harting Hill und die nach Miston abfallenden Hänge der Downs jagte. Schon die Landschaft weckte heimatliche Gefühle, wie bei einer langersehnten Rückkehr, so als spürte ich, wie Nemesis mich auf den Straßen vom Westen her dorthin begleitete, wo wir Ruhe finden würden. Was auch immer vor uns lag, ein Zurück war nun unmöglich.

8

Kein Zurück. Das war richtig. Nachdem ich in die Auffahrt von Quarterleigh eingefahren war und angehalten hatte, horchte ich auf das leiser werdende Knacken des Motors, der sich abkühlte, während mich der Hauch eines lauen Sommerabends umschmeichelte. Ich zögerte, blieb sitzen, wo ich war, hatte Mühe, mich an die plötzliche Veränderung meiner eigenen Umstände zu gewöhnen, rang mit mir, um Möglichkeiten zu finden, den nächsten, unwiderruflichen Schritt zu tun.

Es war ganz gut so, daß mir die Entscheidung schließlich abgenommen wurde. Die Haustür öffnete sich, und Dora kam heraus, um dem Geräusch des Autos nachzugehen. Eine mehlbestäubte Schürze zierte ihre plumpe Gestalt, und sie stand mit fragender Miene wie eingerahmt unter dem von Geißblatt gebildeten Bogen. Als sie sah, um wen es sich handelte, marschierte sie ins Freie.

»Na, Sie sind wohl mal wieder gekommen, um unsere Ruhe zu stören, oder?« sagte sie mit einem freundlicheren Unterton, als ich ihn von ihr gewöhnt war.

»Ich fürchte schon, Dora.«

»Dann komm' Se man besser rein. Mrs. Strafford ist zu Hause und Mr. Henry nicht, wenn'Se verstehen, was ich meine.«

»Dann haben Sie also gemerkt, daß ich bei ihm nicht willkommen bin?«

»Na klar. Aber so schlecht könn' Se gar nich' sein, wenn er Sie nich' leiden kann, also werd' ich Se besser nich' wegschicken. Mrs. Strafford wollte ja kein Wort mit mir darüber reden.«

Ich hatte meine Zweifel, ob irgendeiner von uns je irgend etwas endgültig erfahren würde oder ob ein letztes Wort je darüber gesprochen werden würde, aber ich folgte ihr ins Haus und von dort in den Wintergarten. Elizabeth lag dort in ihrem Liegestuhl und schlief, auf dem Schoß eine Stickerei und auf dem Stuhl daneben ein Buch mit einem Lesezeichen vor dem letzten Drittel. Dora berührte ihren Ellenbogen, und sie schlug gleich die Augen auf, ohne zu erschrekken, als habe sie überhaupt nicht richtig geschlafen.

»Martin«, sagte sie, »was für eine angenehme Überraschung. Ich wollte schon beinahe glauben, Sie hätten mich ganz vergessen. Setzen Sie sich, und erzählen Sie mir, was Sie in der Zwischenzeit gemacht haben – ich sterbe vor Neugier.«

»Es wird keine angenehme Geschichte sein«, begann ich. »Sind Sie sicher, daß Sie nicht besser daran täten, auf den Rat Ihres Sohns zu hören, was mich betrifft?«

Sie lächelte nachsichtig. »Ich bin zu alt, um mich zu ändern, Martin. Ich habe mich immer auf mein eigenes Urteil verlassen und nicht auf andere. Aber warum so feierlich? Vergessen Sie nicht, daß Sie versprochen haben, mir alles zu erzählen, was Sie herausfinden würden.«

»Ja, das stimmt. Aber damals wußte ich nicht, was ich am Ende herausfinden würde.«

»Und was ist es?«

Ich beugte mich vor, und sie schaute mich gespannt und aufmerksam an. »Es ist nicht leicht auszudrücken. Strafford hat eine weitere schriftliche Aussage hinterlassen: eine Nachschrift zu seinen Memoiren, die alle Tatsachen des Falls beim Namen nennt. Sie werfen kein gutes Licht auf ... Ihre Familie.«

»Ich möchte sie dennoch gern erfahren.« Sie zuckte mit keiner Wimper.

»Sie sollten vorher wissen, daß Sie nie davon erfahren hätten, wenn es nach Strafford gegangen wäre. Die Nachschrift enthält alles, was er beschlossen hatte, Ihnen zu verschweigen, als er Sie kurz vor seinem Tod aufsuchte.«

»Aha.« Sie blieb unerschütterlich.

»Und möglicherweise war sein Entschluß der beste. Wir könnten uns immer noch daran halten.« Gerade ihre Ruhe beschämte mich so, daß ich zögerte. »Wir könnten sie in ihrem Paket verschnürt lassen, ungeöffnet, oder sie verbrennen, ungelesen. Das muß Ihre Entscheidung bleiben.«

»Mein lieber Martin, ich glaube doch nicht, daß einer von uns beiden das jetzt noch fertigbrächte.«

»Wahrscheinlich nicht, aber es wäre vielleicht das Beste. Bisher hat die Entdeckung nichts als Unglück gebracht.«

»Wer hat die Entdeckung gemacht – Sie?«

»Nein. Straffords Neffe – der, von dem ich Ihnen erzählt habe. Aber er ist kurz danach ertrunken.«

Elizabeth schlug die Hand vor den Mund. »Ach je. Das tut mir leid. Wie kam es dazu?«

»Ein Unfall – so lautet das Ergebnis der gerichtlichen Untersuchung.«

»Sie scheinen da skeptisch zu sein.«

»Ich bin es. Vermutlich bin ich deswegen hier.« Eine Lüge, aber ich konnte mich nicht dazu aufraffen, ihr die Wahrheit zu sagen, daß ich nämlich sehr viel heftiger von meinem Groll getrieben wurde als durch die Anteilnahme am Schicksal von Ambrose. »Und deswegen meine ich, Sie sollten jetzt lesen, was Ihnen Strafford einst verschwiegen hat.«

Was bewegte Elizabeth dazu, so rasch zuzustimmen? Sicher war Neugier daran ebenso beteiligt wie vieles andere. Jetzt, wo sie wußte, daß es noch weiteres Beweismaterial gab, mußte sie es sehen. Jetzt war es zu spät, viel zu spät, es zu vernichten. Mochte die Aussicht noch so furchteinflößend sein, sie mußte einen Blick hinter die Tür werfen, von deren Existenz sie nichts gewußt hatte.

Ich holte die Nachschrift aus dem Auto. Elizabeth war in das Wohnzimmer umgezogen und erwartete mich dort in ihrem Lehnstuhl beim Kamin. Ich setzte mich ihr gegenüber und nahm den Whisky, den sie mir anbot. Ich war von der Fahrt und allem, was ihr vorausging, so ausgelaugt, daß ich zu nichts anderem fähig war, als hin und wieder einen Schluck zu trinken, während sie langsam und beharrlich Straffords letzte Worte durchlas. Die wachen Augen hinter ihrer goldgeränderten Brille und die geschürzten Lippen verrieten eine Konzentration, die sich nicht deuten ließ. Dora fragte, ob ich irgend etwas essen wolle, bevor sie ging, aber ich lehnte dankend ab und leistete weiter Elizabeth Gesellschaft, weil ich sie zwingen wollte, Straffords niedergeschriebenes Schicksal bis zur letzten Seite zu lesen, und um uns beiden gemeinsam Mut zu machen. Irritiert davon, daß seine Herrin so abgelenkt war, gesellte sich ihr Kater zu uns und streckte seine Glieder zwischen unseren Stühlen. Ich dachte an Sir Gerald Couchman, wie er auf dem Stuhl, auf dem ich jetzt saß, sich mit dem gleichen Whisky, den ich jetzt trank, gewärmt und über das glückliche Schicksal und den niederträchtigen Betrug nachgedacht hatte, die ihm Elizabeth als Ehefrau beschert hatten. So wie er wahrscheinlich, auch wenn in meinem Fall keinerlei Anlaß zu Genugtuung bestand, dämmerte ich langsam in einen tiefen, aber unruhigen Schlaf hinüber.

»Ich bin fertig, Martin.« Ich erwachte und fuhr hoch. Elizabeth hatte meinen Ellbogen angetippt und beugte sich mit einem besorgten Blick aus geröteten Augen über mich. »Sie müssen wohl geträumt haben, mein Lieber.«

Ich setzte mich in meinem Stuhl zurecht. »Entschuldigen Sie bitte. Habe ich lange geschlafen?«

»Ungefähr eine Stunde, nehme ich an, aber ich war ganz mit der Nachschrift beschäftigt.«

»Ja, natürlich.« Ich rieb mir die Stirn. »Was meinen Sie dazu?«

Ich bemerkte, daß es draußen dunkel geworden war und die Katze uns verlassen hatte. Elizabeth seufzte leicht und setzte sich. »Ich weiß nicht, was ich sagen soll.« Sie war sichtlich erschüttert. »Es spricht sehr für Edwin, daß er mir das alles verschweigen wollte, aber Sie haben trotzdem recht gehabt, es mir zu sagen.«

Ich suchte nach Worten, um sie zu beruhigen. »So wie Sie recht hatten, als Sie mir sagten, man dürfe die Vergangenheit nicht zu einer Last werden lassen.«

Sie lächelte schwach. »Es ist aber nicht die Vergangenheit, die jetzt weh tut – es ist die Wahrheit.«

»Sie glauben also, das ist die Wahrheit?«

»O ja, ganz ohne Zweifel.« Sie atmete einmal tief durch, wie um sich zu fassen. »Wenn Sie mich entschuldigen wollen, Martin, ich glaube, ich gehe jetzt zu Bett. Es ist spät, und ich muß ruhen, wenn ich kann. Morgen früh reden wir weiter.«

»Ganz wie Sie wünschen.« Als sie aufstand und zur Tür ging, hatte ihre Vitalität einer tiefen Niedergeschlagenheit Platz gemacht. »Elizabeth«, rief ich ihr nach. »Ist alles in Ordnung?«

Sie wandte sich um und zwang sich zu einem Lächeln. »Keine Sorge, mein Lieber. Eine alte Dame muß ihre Gedanken ordnen. Aber es wird wieder werden. Ich bin einfach den Enttäuschungen entwöhnt. Und die Botschaft, die Sie überbracht haben, hat bewirkt, daß die Menschen, die mir am nächsten und liebsten sind, mich enttäuschen – um mich vorsichtig auszudrücken.«

»Das tut mir leid.«

»Das sollte es nicht. Aber morgen früh müssen Sie dasein. Ich werde Sie vielleicht brauchen, um meine Hand zu halten.«

»Sie können sich auf mich verlassen.«

»Gute Nacht also.« Sie ließ mich allein im Zimmer zurück, und ich betrachtete die Nachschrift an dem Platz, an den sie sie gelegt hatte. Eine schlaflose Nacht – die einzige Möglichkeit, die Sicherheit versprach – lag nun vor mir, einsame, düstere Wache, um Straffords Vermächtnis und letzten Wunsch zu hüten: Elizabeths Wohlergehen. In dieser Nacht schwor ich Strafford und mir selbst, daß sie wirklich auf mich zählen können sollte, daß ich es nie zulassen würde, sie ebenso zu enttäuschen, wie ich andere enttäuscht hatte. Es war ein Schwur, der es wert war, daß ich ihn machte und, wie es sich dann herausstellte, der es auch wert war, daß ich ihn hielt.

Sonntag: ein Ruhetag in Sussex. Eine frische Brise strich durch die Rhododendren im Garten, schneeweiße Wolken stiegen unschuldig am Horizont auf, unter sich, zu Füßen der Downs, ein Landhaus, wo Ordnung und friedliche Ruhe eine Gabe der Natur zu sein schienen. Schienen, aber eben doch nicht waren, denn in der Morgenluft brodelte etwas. Die kreisende Bewegung der Wolken wirkte so heftig, daß einem schwindelte, der Klang der Kirchenglocken war schneidend, fast hektisch. Der gewohnte Gang der Dinge war aus dem Takt geraten. Wir glitten auf einer schiefen Ebene hinab.

»Begleiten Sie mich in die Kirche, Martin?« Elizabeths Stimme verriet nicht eine Spur von Ironie. Sie trug ein elegantes graues Kleid und einen breitrandigen Filzhut. Aus ihrem Gesicht war abzulesen, daß sie disziplinierte Ordnung zu Hilfe rief, um dem Chaos Einhalt zu gebieten.

Wir gingen schweigend zur Kirche, wenn auch Elizabeth auf dem Weg viele Grüße zu erwidern hatte. Dort mischten sich unsere Stimmen in Gesang und Gebet mit den volltönenden Stimmen wohlhabender, selbstbewußter Landbewohner.

Beim Weg aus der Kirche war Elizabeth gezwungen, mit einer Reihe von Kirchgängern des Dorfes scherzhafte Bemerkungen auszutauschen. Welche Anstrengung ihr diese Freundlichkeiten abverlangten, war nur für mich zu sehen. Ich wurde als Großneffe vorgestellt, wobei man uns gnädigerweise ersparte, die genauen Verwandtschaftsverhältnisse zu klären. Erst als wir allein auf dem Heimweg waren, sah Elizabeth sich imstande, ihren wahren Gefühlen Ausdruck zu verleihen.

»Ich bin froh, daß wir gegangen sind«, sagte sie. »Ich brauche so etwas – um mir zu beweisen, daß nicht die ganze Welt auf dem Kopf steht.«

»Hatten Sie diesen Eindruck?«

»So wirkte es – als ich die Nachschrift las.«

Wir hatten das Tor von Quarterleigh erreicht. »Wenn das Trost bedeutet, Elizabeth: Auch ich habe dieses Gefühl – wenngleich nicht so persönlich betroffen.«

Sie drückte meine Hand, und ich spürte, daß sie trotz des warmen Tages kalt war. »Es ist ein gewisser Trost, mein lieber Martin, aber leider reicht er nicht aus.«

»Würden Sie gern darüber sprechen?«

»Ich glaube, das muß sein. Erst jedoch werden wir uns dem Mittagessen widmen müssen, das Dora gekocht hat. Ich bin überzeugt, das ist solide wie immer.«

Ihre Voraussage erwies sich als zutreffend, aber wir hatten beide nicht den rechten Appetit. Als wolle sie mich an Fragen zu anderen Dingen hindern, wollte Elizabeth alles über den Tod von Ambrose hören, und ich erzählte ihr, was ich wußte. Nicht bloß von seiner Behauptung, man habe ihn beobachtet, sondern auch von seinem Brief an mich und daß Timothy ihn zu Gesicht bekommen hatte. Nicht nur von den nackten Tatsachen seines Todes durch Ertrinken, sondern auch von der unabweisbaren Überzeugung, daß dieser ebensowenig ein Unfall sein konnte wie der Tod seines Onkels. Es war klar, daß Elizabeth keine der möglichen Deutungen entging – sie wurde immer ernster und gedankenverloren still. Nur im Hinblick auf Eve unterschlug ich einiges. Ich war noch nicht soweit, daß ich vor irgend jemand zugeben konnte, wie mühelos und vollständig sie mich getäuscht hatte. Ich redete mir ein, daß Elizabeth davon nichts wissen müsse, aber das war selbstverständlich nicht der Grund, es zu verschweigen.

Nach dem Mittagessen gingen wir in den Garten und setzten uns in Liegestühlen an den Bach. Dora servierte den Kaffee dort; auf dem Wasser spielten die Sonnenstrahlen, und unter dem baumbewachsenen Ufer auf der Gegenseite tauchten die Enten. Unsere schwermütige Stimmung schien sich durch diese Sommeridylle eher zu verdüstern als aufzuhellen. Sie wirkte machtvoll wie eine Finsternis; ein schwarzer, kosmischer Schatten, der sich vor die Sonne schob.

»Sie werden wissen wollen, wie mir zumute ist, jetzt, wo ich die Wahrheit aus Edwins Mund erfahren habe«, setzte Elizabeth an. »Es war übrigens sehr rücksichtsvoll von Ihnen, daß Sie nicht schon vorher darauf gedrängt haben.«

»Dazu hatte ich kein Recht.«

Sie lächelte schwach. »Vielleicht nicht. Aber Sie sollten es wissen. Die Schwierigkeit bestand darin ... meine Reaktion in geordnete Bahnen zu lenken.«

»Das kann ich mir vorstellen.«

»Das bezweifle ich.« Ihr Ton war scharf gewesen, wurde aber gleich wieder sanfter. »Verzeihen Sie mir. Ich wollte nicht schroff werden. Es war ein bißchen viel, was ich ... verstehen mußte. Und ich bezweifle tatsächlich, daß Sie sich vorstellen können, was es bedeutet. Wenn ich Edwin glaube, dann wird mein Mann zum Schurken, meine Ehe eine Farce und meine Familie ... illegitim. Wenn ich Edwin glaube, dann gibt es keine Entschuldigung für das, was Gerald getan hat ... und was Henry vielleicht immer noch tut.«

»Und Sie glauben Edwin?«

»Ja, Martin. Inzwischen schon. Im Anfang sträubte ich mich dagegen. Wer würde sich nicht dagegen sträuben, daß man ihm alles zerstört, was man bis dahin selbstverständlich von seiner Familie und ihrer Vergangenheit geglaubt hat? Was Edwin über Gerald und Henry, über einige seiner Kollegen und einige meiner Freundinnen herausgefunden hat, schien zu schrecklich zu sein, um es überhaupt zu erwägen. Ich wollte nicht daran glauben. Aber je weiter ich las, desto weniger ließ es sich leugnen. Wenn der Inhalt der Nachschrift unglaubwürdig war, dann war jede andere Erklärung noch weniger glaubwürdig. Zum Schluß konnte ich nicht einmal mehr mir selbst weismachen, daß es nicht der Wahrheit entsprach. Das Traurige daran ist, daß ich es nicht schon viel früher gemerkt habe. Vielleicht war es aber auch so, wie Edwin es sah, ein Glück.«

»Inwiefern?«

»Insofern als Edwin recht hatte, als er die Wahrheit vor 26 Jahren für sich behielt. Ganz gleich, auf welcher Lüge unser Leben gründete, Gerald und ich waren glücklich miteinander, und nichts – absolut nichts – kann heute etwas daran ändern. Ich bin froh, daß Gerald gestorben ist, ehe ich mich nun der Wahrheit über ihn stellen muß. Er hat mich hintergangen, gewiß, aber er war ein guter Ehemann, wenn mir das Wort noch erlaubt ist. Das gilt jedoch nicht für seine eigentliche Frau. Und das ist das Schlimmste: die abscheuliche Tatsache, daß eine im Stich gelassene Frau in einer Irrenanstalt der Vergessenheit anheimgegeben wurde, wo sie starb, ohne daß ihr Ehemann einen weiteren Gedanken daran verschwendete und ohne daß er überhaupt wußte, daß er einen Sohn von ihr hatte.«

»Das zumindest kann man ihm nicht vorwerfen.« Ich bemühte mich Elizabeth zuliebe, etwas zu finden, was Couchs Schuld geringer erscheinen ließ. »Strafford selbst beschloß, ihm das nicht zu sagen.«

»So daß wir niemals erfahren werden, was Gerald für ihn getan hätte, wenn er von seiner Existenz gewußt hätte.«

»Nein, nie. Es wird ein Geheimnis bleiben. Das ist vielleicht am besten so.«

»Vielleicht. Aber Geralds Sohn ist kein Geheimnis mehr, nicht wahr? Ich nehme an, er ist eben der Leo Sellick, der Sie beauftragt hat?«

»Natürlich.«

»Dann ist er ein Mann, dem ohne Zweifel Unrecht geschehen ist: unschuldig an allem, wenn jemand unschuldig ist. Wir sind ihm einiges schuldig. Sie haben seine Bekanntschaft gemacht, Sie kennen ihn. Auf was will er hinaus?«

»Ich weiß es nicht. Das Einfachste wäre es, ihn selbst zu fragen. Aber ich bin mir nicht sicher, ob ich schon soweit bin. Um mich vorsichtig auszudrücken: Sellick war mir gegenüber alles andere als offen, aber formal gesehen stehe ich noch in seinen Diensten. Meine Lage ist höchst unerfreulich.«

Elizabeth beugte sich vor und legte ihre Hand auf meinen Arm. »Mein Lieber, ich verstehe das sehr gut. Aber Sie müssen einsehen, daß ich es erfahren muß – und daß ich dafür auf Ihre guten Dienste angewiesen bin.«

Ich besann mich auf meinen geheimen Schwur. »Ich werde Sie nach besten Kräften unterstützen. Es mag absurd klingen, wenn ich es sage, aber ich fühle mich Straffords letzten Worten verpflichtet.«

Elizabeths Blick war inhaltsschwer. »Es klingt nicht absurd. Es ist sogar eine Unterstützung, ohne die ich im Moment nicht auskommen kann.«

»Was kann ich dann also tun?« Ich dachte nicht weiter darüber nach, wie wenig mein Schwur einst bedeutet hatte.

Elizabeth schien sich bei dem Gedanken, daß wir handeln könnten, zu verjüngen. »Zweierlei, Martin. Zwei Dinge, die man schon vor langer Zeit hätte tun müssen. Ich will die Wahrheit – die ganze Wahrheit, ohne Ausflüchte – von meinem Sohn erfahren. Und ich will Geralds anderem Sohn jede Form der Wiedergutmachung anbieten, die in meiner Macht steht. Das ist das Wenigste, was ich Edwin schuldig bin.«

»Wie denken Sie sich, daß wir vorgehen sollten?«

»Ich schlage vor, Mr. Sellick hierher einzuladen – um die Familie seines Vaters kennenzulernen.«

Diese Reaktion auf das Problem war wohlüberlegt, menschlich, kam von Herzen, aber ich dachte besser nicht darüber nach, wie verführerisch die Aussicht auf mich wirkte. »Wird er sich dazu bereit erklären?«

»Das habe ich mich schon selbst gefragt. Ich wüßte gern, warum ein älterer, wohlhabender Südafrikaner an einer Versöhnung mit den Menschen interessiert sein sollte, die sein Vater soviel besser behandelt hat als ihn selbst. Aber bedenken Sie, wie frustriert er sich gefühlt haben muß, nachdem Edwin aus Madeira verschwunden war, und welche Verwirrung die Memoiren bei ihm ausgelöst haben müssen. Wir wissen nicht, wie er sie aufgefaßt hat oder warum er Sie mit den Nachforschungen beauftragte, es sei denn aus dem verständlichen Wunsch heraus festzustellen, ob Edwin wirklich sein Vater war. Ich glaube, Mr. Sellick hat es verdient, daß wir hinsichtlich seiner Motive keine voreiligen Schlüsse ziehen.«

»Es wird spannend sein zu sehen, ob er Ihre Einladung annimmt.«

»Also, für den Fall, daß er es tut, möchte ich Henrys Standpunkt kennen, bevor er kommt. Deswegen schlage ich vor, daß wir einen Brief an Mr. Sellick absenden und in der Zwischenzeit zusammen mit Henry feststellen, was 1951 tatsächlich passiert ist.«

Der schwungvolle Optimismus, der Elizabeths Pläne belebte, riß mich mit. Am Abend dieses Tages verfaßten wir einen Brief an Sellick: einen ungeschminkten, knappen Bericht von mir über den Tod von Ambrose und die Entdeckung einer Nachschrift, die Sellicks eigene Verbindung zu Strafford aufdeckte; dazu eine Einladung von Elizabeth nach Quarterleigh, um alte Wunden zu heilen.

Nachdem der Brief verschlossen war, einigten wir uns darauf, alle Beweise in Elizabeths Safe zu deponieren: ein grundsolides Stück mit Kombinationsschloß, das in Couchs einstigem Arbeitszimmer stand und seit seiner Zeit kaum noch genutzt wurde. Die Memoiren und die Nachschrift gesellten sich zu weniger bedeutenden Familiendokumenten. Bevor wir den Safe wieder verschlossen, zeigte Elizabeth mir einen Samtbeutel in einem der unteren Fächer und sagte, daß sich darin der Revolver mit Halfter befände, den – wie sie nun wisse – Strafford 1951 in Sellicks Namen zurückgegeben hatte. Solche Dinge blieben besser hinter Schloß und Riegel, und als Elizabeth die Tür ins Schloß drückte und das Kombinationsschloß verstellte, fühlte ich mich weniger gefährdet als vorher.

Bei einer Cola mit Schuß planten wir dann unseren nächsten Schritt. Wegen des Feiertags zum 25. Jahrestag der Thronbesteigung konnten wir den Brief an Sellick erst am Mittwoch abschicken. Was bot sich da mehr an, als diesen Zeitraum zu nutzen, um Henry ins Gebet zu nehmen?

»Ich würde nichts aus ihm herausbekommen«, sagte Elizabeth. »Er meint, ich wüßte nicht, was für mich von Vorteil ist. Ich glaube, Sie sind der Richtige dafür – wenn Sie zustimmen würden.«

»Ich bin da nicht so sicher. Sie wissen ja, wie wenig er von mir angetan ist, wegen Helen und überhaupt.«

»Eben. Deswegen sind Sie der geeignete Mann. Edwin hat Henry richtig beurteilt. Er muß ein wenig Bescheidenheit lernen. Dazu ist keiner von uns zu alt.«

»Nun gut. Ich werde es versuchen. Aber Sie dürfen mir keinen Vorwurf machen, wenn es nicht klappt.«

»Das werde ich nicht tun. Glauben Sie mir, ich bin Ihnen dankbar. Im Augenblick kann ich mir nicht vorstellen, daß ich mit meinem Sohn reden könnte, nicht nach dem, was ich jetzt über ihn erfahren habe.«

»Wann und wo soll ich mich mit ihm treffen?«

»So bald wie möglich. Warum nicht morgen? Ich weiß von Letty, daß sie dann in London sind. Henry muß ja bei den Feierlichkeiten und den Empfängen am Dienstag anwesend sein.«

»Aber was soll ich ihm sagen?«

»Erzählen Sie ihm alles, was wir wissen. Sagen Sie ihm, daß ich Mr. Sellick zu einem Besuch eingeladen habe und vor seinem Kommen wissen muß, welche Rolle Henry bei all dem gespielt hat. Weisen Sie ihn darauf hin, daß Sie in der Angelegenheit meine Interessen vertreten – ich gebe Ihnen ein entsprechendes Schreiben mit. Warnen Sie ihn, daß ich nichts tun kann, um ihn vor dem Zorn von Mr. Sellick zu schützen, wenn er mir, als seiner Mutter, nicht sagt, was er weiß.«

»Ich glaube, er wird alles abstreiten und überhaupt nichts sagen.«

»Vielleicht wird es so kommen. Aber er muß eine Chance haben, seine Schuld auf sich zu nehmen.«

In der Nacht schlief ich überraschend gut und fuhr frühzeitig am nächsten Morgen nach London, durch die sanfte Landschaft von Surrey, das Einzugsgebiet der Pendler. Straffords Geist war noch gegenwärtig und trieb mich als Vehikel der Vergeltung zu einem ungewissen Ziel voran, aber sobald ich Quarterleigh als Zuflucht hinter mir gelassen hatte, starrte die Erinnerung an Eve mir höhnisch grinsend entgegen. Warum hatte sie nichts dagegen unternommen, daß ich mir ihr Auto angeeignet hatte? Was führten sie und Timothy jetzt im Schild?

Es war ein kühler Tag in London, aber schon von den Außenbezirken an war die Stadt überfüllt: fähnchenschwingende, festliche

Menschenmengen auf den Straßen, allerorten Vorbereitungen für die Jubiläumsfeierlichkeiten. Die Karnevalsstimmung bedrückte mich. Es schien der schlechteste Zeitpunkt für mein Kommen zu sein, in gewisser Weise fast unanständig, Henry an einem solchen Tag aufzuspüren, geradezu so, als ob man Schulden an einem Sonntag eintreiben wolle.

Seit seine Kinder aus dem Haus waren und sein politischer Stern während der Heath-Ära aufgegangen war, hatte Henry sich ein neues Domizil im prestigeträchtigen Regency-Stil im Oakment Square, beim Cheyne Walk, hinter dem Chelsea Embankment gesucht: ein Ort, wo Tauben gurrten und Blumenkästen in den Fenstern standen, wo Wasser aus einem Springbrunnen aufstieg, der auf einer kleinen Grünfläche unterhalb einer Büste Pitts des Älteren stand, wo sich hinter hohen Fenstern und imposanten Türen mit Messingklopfern niemand rührte.

Letty, meine ehemalige Schwiegermutter, kam an die Tür. Die arme Letty: Aus dem frühreifen Mädchen mit den Grübchen beim Lächeln, das ich von flüchtig gesehenen Hochzeitsfotos kannte, war eine stämmige, grauhaarige Dame geworden, die stets mit sorgenvoller Miene herumlief.

Der Versuch, die Situation für sie zu entspannen, war vergebliche Mühe. »Hallo, Letty. Wie geht's?«

»Was willst du?« Ihr Ton war neutral, aber beunruhigt.

»Ich hätte gern mit Henry gesprochen, wenn er da ist.«

»Was willst du von ihm?« Sie klang nun schon etwas angstvoller.

»Wir haben über ein paar Dinge zu reden. Hat er dir erzählt, daß wir uns in der letzten Zeit ein- oder zweimal gesehen haben?«

»Natürlich.« Sie hatte zu schnell geantwortet, als daß ich sicher sein konnte, daß sie die Wahrheit sprach. »Komm doch herein. Er arbeitet oben.«

»An einem Feiertag?« Ich versuchte mich in harmloser Konversation, während ich ihr in die Eingangshalle folgte.

»Ja. Er hat zur Zeit viel zu tun.« Am Fuß der Treppe zögerte sie kurz. »Martin, komm doch bitte einen Moment hier herein.« Sie führte mich in eins der vorderen Zimmer. In dieser Form die Initiative zu ergreifen sah ihr ganz und gar nicht ähnlich.

Es handelte sich um ein Empfangszimmer, das nichtssagend eingerichtet war und einen kaum benutzten Eindruck machte. Die Vorhänge hingen steif an den Wänden, die ledergepolsterten Möbel glänzten wie Ausstellungsstücke. Letty zog die Tür übertrieben ängstlich hinter uns zu.

»Was ist denn los?« fragte ich.

»Martin, ich mache mir Sorgen – wie du sehen kannst. Henry hat mir nicht erzählt, daß er dich letzthin gesehen hat. Das habe ich von seiner Mutter erfahren. Ich habe also keine Ahnung, was zwischen euch vorgefallen ist. Aber in jüngster Zeit ist Henry außerordentlich deprimiert. Er ist überarbeitet, und – das sollte ich dir eigentlich nicht sagen – er trinkt auch zuviel. Die Firma ist in Schwierigkeiten – Henry will sich dazu nicht äußern –, und Timothy ist ihm überhaupt keine Hilfe. Die Partei nimmt ihn übermäßig in Anspruch: zu viele Diskussionen am späten Abend, zu viele Beratungen in der Parteiführung. Ich weiß nicht, wie das enden soll.«

»Das ist aber doch sicher ganz nach seinem Herzen?«

»Nicht mehr. Er ist seit einigen Monaten ganz niedergeschlagen. In den letzten vierzehn Tagen ist es noch viel schlimmer geworden. Ich kann kaum mit ihm reden.« Beim Sprechen rang sie die Hände.

»Was kann ich ...«

»Es hat irgendwie mit dem zu tun, weshalb ihr euch getroffen habt, Martin. Ich weiß, daß es so ist. Sag mir nicht, um was es sich handelt – ich will es gar nicht wissen. Ich bitte dich nur, meinen Mann in Frieden zu lassen.«

»Das ist unmöglich, Letty.« Es tat mir leid, das sagen zu müssen.

»Meinst du nicht, du hast meiner Familie schon genug Leid zugefügt?« Sie klang wirklich so, als leide sie.

Dazu konnte ich nichts sagen. »Kann ich jetzt mit ihm sprechen?«

»Von mir aus.« Verzweifelt ließ sie die Stimme sinken. »Sein Arbeitszimmer ist im ersten Stock ... Ach, das weißt du ja.«

»Ja.« Ich hatte ein schlechtes Gefühl, als ich das zugeben mußte. »Noch eins, Letty. Du sagst, Henry sei in letzter Zeit niedergeschlagen gewesen, aber in den letzten zwei Wochen ist es schlimmer geworden?«

»Viel schlimmer.«

»Hattest du den Eindruck, das sei die Folge eines bestimmten Ereignisses?«

»Nein. Er kam mit einer richtigen Depression von einer Handelskonferenz in Torquay zurück – die er seitdem nicht abgeschüttelt hat. Ich bin sicher, du weißt, warum.«

»Glaub mir, ich weiß es nicht. Wie lange war er in Torquay?«

»Nur für ein paar Tage. Zurückgekommen ist er vor vierzehn Tagen.«

Torquay vor vierzehn Tagen: der 23. Mai, der Tag, nachdem Ambrose Strafford in Dewford ertrunken war, nur zehn Meilen entfernt von dem Ort, an dem Henry konferierte. Das war ein Zufall, der mich das dringende Bedürfnis empfinden ließ, so schnell wie möglich nach oben zu gehen.

Henry war für mich von Anfang an verdächtig gewesen. Nicht ein falscher Schritt, immer Freunde in entscheidender Position, zu keiner Zeit durch seine eigene Heuchelei auch nur im geringsten verunsichert. Während ich die Stufen hinaufstieg, dachte ich an all die Dinge, für die ich ihn haßte. Ein öffentlicher Fürsprecher der Ehrlichkeit und Genügsamkeit, dessen Geschäfte durch Bestechung und Gefälligkeiten gediehen. Ein Mann, der seinen Reichtum ererbt hatte und anderen Vorlesungen über den Wert harter Arbeit hielt. Ein empörter Vater, der nur zu gern über seine eigenen notorischen Fehltritte hinwegsah. Ein Politiker, der bereit war, sich in allem und jedem der Parteilinie zu unterwerfen, weil er daran glaubte, daß Ämter der Lohn aller Speichellecker sind – und der recht behalten hatte. Und ich hatte nun Beweise dafür, daß er auch willens war, sich einen Ausweg aus einer ererbten Schwierigkeit durch Bestechung, Lüge und vielleicht sogar Mord zu erkaufen. Dafür und für alle anderen Spielarten seiner verlogenen Moral, gegen die ich angeblich verstoßen hatte, haßte ich Henry Couchman.

Er stand am Fenster und drehte ein Whiskyglas zwischen den Fingern; dicker, abgestandener Zigarrenrauch hing in der Luft, und auf dem Schreibtisch lagen Papiere verstreut, während sein Blick starr nach draußen gerichtet war.

»Ich hätte mich gern mit dir unterhalten, Henry«, sagte ich.

Ich glaubte, er würde mir sein Glas ins Gesicht schleudern oder versuchen, mich hinauszuwerfen, aber sogar als er mich anstarrte, fehlte seinem Blick jede Leidenschaft. Er sank in einen Lehnstuhl am Fenster. »Ich habe dich erwartet«, stieß er zwischen den Zähnen hervor.

»Wie kommt das?«

Er beobachtete mich wachsam aus rotunterlaufenen Augen. »Du kannst es Intuition nennen . . . oder auch nur Erfahrung. Menschen wie du – ihr seid alle gleich.«

»Kann ich mich setzen?«

»Von mir aus.« So wie er nuschelte, hatte er wohl schon seit dem Morgen getrunken. »Offenbar hielt es meine Frau nicht für nötig, den verächtlichen kleinen Lustmolch, der meine Tochter in den Dreck gezogen hat, von der Tür zu weisen.«

Ich setzte mich auf einen Stuhl auf der anderen Seite des Schreibtischs und versuchte, die Beleidigung zu überhören. »Deine Mutter schickt mich.«

Er lachte – ein unfrohes Lachen, dem anzumerken war, daß er schon zuviel getrunken hatte. »Sie ist also auch auf deiner Seite, die dumme Ziege.«

Plötzlich überkam mich der Zorn. »Ich glaube, du hast kein Recht, so von ihr zu sprechen.«

»Ach nein, wirklich?« Er verzog den Mund zu einem schiefen Grinsen. »Radford, warum sagst du nicht, was du willst? Du bist mir von Herzen zuwider.«

»Ich will es dir sagen – wenn du mich anhörst.«

»Das werde ich tun. Aber, bei Gott, ich brauche einen Whisky, um das zu überstehen.« Er holte sich die Flasche vom Teewagen neben dem Stuhl herunter und füllte sein Glas. »Paß auf, daß du wirklich etwas zu erzählen hast, oder du wirst den Tag nicht mehr vergessen, an dem du versucht hast, mir zu drohen.«

»Dir womit zu drohen?«

»Sieh zu, daß dein Gerede etwas Substanz bekommt, Radford. Du bist doch noch nie etwas anderes als ein Großmaul gewesen – na ja, außer wenn es um Schulmädchen ging. Komm zur Sache, ehe ich die Geduld verliere.«

»Also gut. Ich habe die Nachschrift gefunden, Henry. Das Dokument, das Strafford hinterließ und das sein Neffe gefunden hat. Ich bin sicher, dein Sohn hat dir alles erzählt.« Ich legte eine Pause ein, um ihm Gelegenheit zu einer Reaktion zu geben, aber er rutschte nur auf seinem Stuhl herum und starrte aus dem Fenster. »Darin wird alles berichtet, was vorfiel, als er 1951 nach England zurückkehrte, bis zum Tag vor seinem Tod. Also wirklich alles: die Bigamie deines Vaters, Straffords völlige Unschuld, deine verpfuschten Erpressungsversuche, dein mißglückter Einbruchsversuch im Haus seines Neffen in Devon. Das alles, nachdem du behauptet hast, daß du Strafford überhaupt nicht kennst, nachdem du ihn als Frauenheld verleumdet hast, nachdem du mir jahrelang Vorlesungen über Moral gehalten hast, während du selbst nicht wußtest, was das Wort bedeutet.«

Henry drehte sich zu mir und schaute mich aus halbgeschlossenen Augen scheinbar gleichgültig an. Er wirkte ungewöhnlich selbstbeherrscht. »Ich habe dich darauf aufmerksam gemacht, daß du schnell zur Sache kommen müßtest, Radford. Ist das alles, was du zu sagen hast?«

»Nicht ganz.« Ich ließ mich nicht beirren. »Anders als Strafford beschloß ich, deine Mutter über den wahren Charakter ihres Ehemanns und ihres Sohns aufzuklären, und zeigte ihr die Nachschrift. Sie weiß jetzt also alles. Deswegen hat sie mich zu dir geschickt.« Ich erhob mich und reichte ihm Elizabeths Schreiben hinüber.

Er überflog es kurz und zerknüllte es dann. »Der alte Herr hat sie viel zu sehr in Watte gepackt«, sagte er. »Eingesponnen in ihre lilienweiße Welt im hintersten Sussex. Sie hat keine Ahnung von nichts.« Das letzte Wort betonte er mit besonderer Bitterkeit. »Du hast also eine alte Frau zum Narren gehalten. Das liegt ja auch ganz auf deiner Linie.«

»Hör zu, Henry. Dein Geheimnis ist jetzt ans Licht gekommen, und das ist noch nicht einmal das Schlimmste. Es gibt noch mehr, etwas, was Strafford sogar deinem Vater verschwiegen hat. Dein Vater hatte einen Sohn aus seiner Ehe in Südafrika.«

»Jetzt überspannst du den Bogen, Radford – und das wird ins Auge gehen.«

»Das wird es nicht. Ich bin für den Beweis nicht auf die Nachschrift angewiesen. Der andere Sohn deines Vaters – dein Halbbruder – lebt und erfreut sich bester Gesundheit. Er hat mich dafür bezahlt, Straffords Vergangenheit auszuleuchten. Sein Auftauchen in Madeira veranlaßte Strafford 1951 dazu, wieder Kontakt mit deinem Vater aufzunehmen. Und deine Mutter hat ihn nun eingeladen, sie zu besuchen und die Familie kennenzulernen, die ihn aus ihrem Kreis verbannte.« (Ich legte keinen Wert auf die Feststellung, daß Henry noch Zeit hatte, das Absenden des Briefs zu verhindern.)

Henry sprang von seinem Stuhl auf. »Das ist eine verdammte Lüge.« Er ließ seine Hände krachend auf den Schreibtisch fallen und stützte sich auf die Platte; in seinem Gesicht arbeitete es. Er versuchte, meine Worte zu begreifen und mich gleichzeitig der Lüge zu bezichtigen. »Diesen Blödsinn hast du ausgekocht, um meine Mutter zu täuschen und den Namen meiner Familie in den Schmutz zu ziehen. Alles bloß, weil wir es dir nicht durchgehen ließen, daß du dich an einem kleinen Schulmädchen vergriffen hast. Alles weil ...«

»Halt den Mund, Henry.« Mein scharfer, aber beherrschter Ton, als ich ihn unterbrach, brachte ihn zum Schweigen. »Es ist zwecklos für dich zu versuchen, dich aus dieser Sache herauszuwinden, indem du große Töne spuckst. Die Nachschrift existiert. Leo Sellick lebt. Der Beweis ist endlich offenkundig. Du bist erledigt, es sei denn ...«

Er fiel zurück in seinen Stuhl hinter dem Schreibtisch. »Es sei denn, was?«

»Es sei denn, du bist bereit, freiwillig zu sagen, was wir am Ende doch herausbekommen werden.«

»Und das wäre?«

»Die Rolle, die du bei Straffords angeblichem Unfalltod 1951 gespielt hast.«

Henry ließ ein irritierendes Grinsen sehen. »Menschenskind, du verstehst wohl wirklich nichts. Meinst du im Ernst, das wäre einfach? Vielleicht hast du mehr mit Strafford gemeinsam, als ich dachte. Mein Vater hat einmal gesagt, Narren seien gefährlich, weil sie nicht wissen, was in ihrem eigenen Interesse liegt. Du bist der wandelnde Beweis dafür. Und ich habe zugelassen, daß du meine Tochter heiratest.«

»Du hast mir keinen Gefallen getan. Ich war beeindruckt – ja, bei Gott, tatsächlich beeindruckt – von deiner Familie: Reichtum, politische Beziehungen, im Hintergrund der Ritterstand. Aber auf was läuft es denn am Ende hinaus? Ein Feigling, ein Bigamist, ein aufgeblasenes, bombastisches Leben, auf eine Lüge gebaut. Und du – Henry Couchman, Industriebaron, Minister, Stütze des Establishments –, was bist du denn schon? Nichts als der Bastard eines ...«

Er warf seinen Stuhl herum, fuhr seitlich am Tisch vorbei auf mich zu und packte mich am Kragen. Sein Gesicht, hochrot, verzerrt und wutentbrannt, berührte fast mein Gesicht. Der Arm, mit dem er mich festhielt, zitterte vor Anstrengung. »Halt den Mund, Radford. Du hast kein Recht, so mit mir zu sprechen. Ich weiß nicht, warum ich dich nicht ...«

»Unter einen Zug stoße? Beim Sturz in einen Fluß etwas nachhelfe? Warum versuchst du nicht so etwas? Es ist doch offenbar deine Spezialität.«

Er riß sich von mir los, wirkte einen Moment lang schockiert, als ihm die möglichen Folgen seines Tuns bewußt wurden. »Das ist es also«, murmelte er. »Mein Gott, du verstehst wirklich nichts.«

»Warum erklärst du es mir dann nicht?«

Er ging langsam zum Fenster und kehrte mir beim Reden den Rücken zu. »Sag mir, was meine Mutter will.«

»Sie will von dir die Wahrheit über Strafford hören, *bevor* sie mit Sellick zusammentrifft.«

»Dann ist sie eine Närrin. Sie versteht ebensowenig wie du.«

»Wenn du wartest, bis Sellick da ist, wird es zu spät sein. Glaub mir, ich kenne den Mann.«

Plötzlich schien er zusammenzubrechen und blickte mich in beinahe mitleiderregender Qual an. »Du weißt doch schon alles, oder? Du zerrst es nur ans Licht, um mich dafür zu bestrafen, daß ich dich ruiniert habe.«

»Das stimmt.« Ich ließ es jetzt darauf ankommen. »Sellick hat den Beweis, daß Straffords Tod kein Unfall war. Er wird bald dasein, um dich zu beschuldigen.«

»Aber es war ein Unfall. Nichts anderes. Ein entsetzlicher, verfluchter Unfall.« Er hielt sich die Stirn.

»Wenn du so sicher sein kannst, dann mußt du dabeigewesen sein.«

Er fuhr sich mit der Hand über den Mund. »Er war doch bloß ein alter Trunkenbold.« Ein Trunkenbold? Ich hatte von Edwin Strafford gesprochen, aber Henrys Geständnis betraf offenbar Ambrose. Die Ereignisse gerieten aus den Fugen. Was verriet mir sein Mißverständnis zur Aufklärung beider Ereignisse? Alles oder gar nichts? Ich hatte keine Zeit, darüber nachzudenken, während Henry nun mit allem herausplatzte. »Verstehst du denn nicht? Was macht es für einen Unterschied, daß er ein paar Jahre früher ertrunken ist, als er sich selbst zu Tode getrunken hätte? Ungefähr so viel wie die Tatsache, daß es wirklich ein Unfall war.« Er sah mich flehend an, mit einem Blick, der zu betteln schien, doch zu verstehen, daß ein obskurer Tod seinen Ruin in der Öffentlichkeit nicht rechtfertigen konnte, der darum bat, mich der Logik seines Urteils anzuschließen – was jedoch ganz aussichtslos war.

»Dann erzähl, wie es zu dem Unfall kam.«

»Er war wie alle Unfälle – plötzlich, unerwartet, unvorhersehbar: geschehen, ehe ich die Möglichkeit zum Eingreifen hatte.«

»Am Tag, an dem wir uns in Miston trafen, bist du angeblich zu einer Handelskonferenz nach Torquay gefahren.«

»Die war echt, aber ich habe mich erst im allerletzten Moment entschlossen hinzufahren, weil ich nur so einen Abstecher nach Dewford machen und mich dort umsehen konnte, ohne daß es jemand erfuhr. Dein Gerede, Strafford sei von kriminellen Machenschaften überzeugt, hatte mich beunruhigt.«

»Du hast Ambrose im Pub in Dewford getroffen?«

»Gesehen habe ich ihn dort, ja – und mich an ihn erinnert, von unserem früheren Zusammentreffen 1951. Ich achtete aber darauf, daß er mich nicht sah.«

»Zufällig nicht gründlich genug. Er hat dich bemerkt.«

Henry nickte. »Das würde passen, wenn ich daran denke, was passierte, als ich am selben Abend wiederkam.«

»Warum bist du wiedergekommen?«

»Weil Timothy mich in Torquay anrief und von dem Brief erzählte, den Ambrose dir geschrieben hatte. Ich hatte ihn beauftragt, dir dein Schweigen abzukaufen. So etwas ist seine Spezialität – er muß ja weiß Gott zu irgend etwas zu gebrauchen sein. Wir wußten, daß du etwas mit dieser Randall gehabt hast: Timothy beansprucht zwar eine Art Herrschaftsprivileg, was die hübscheren Stipendiatinnen betrifft, aber das heißt nicht, daß ich ihr über den Weg traute – oder ihm. Nachdem Strafford das Maul aufriß, schien es das beste zu sein, die Sache mit Geld aus der Welt zu schaffen.«

»Aber das ging daneben.«

»Ja, und der Brief änderte die Lage von Grund auf, weil er bedeutete, daß es beunruhigende Beweise gab, nicht bloß Hörensagen. Ich glaube, in dieser Hinsicht hat Timothy es geradezu genossen, mich im Dreck sitzenzulassen.«

»Was hast du dann gemacht?«

»Ich bin zurück nach Dewford gefahren. Dort ging ich ins Pub, um nachzuschauen, ob der alte Mann sich dort aufhielt. In diesem Fall hatte ich vor, zu seinem Häuschen zu gehen, um dort vielleicht die gottverfluchte Nachschrift aufzustöbern.«

»Und war er da?«

»O ja. Und das Schlimmste war, daß er ausgerechnet in diesem Augenblick herauskam und mich im vollen Licht des Eingangs sah. Er stank nach Cider. Aber er war nicht so hinüber, daß er mich nicht erkannt hätte. Er erinnerte sich an mich von meinem ersten Erscheinen im Pub. Und dann erinnerte er sich an mich von 1951. Fing an, herumzubrüllen und mich zu beschimpfen – und in unkontrolliertes Gelächter auszubrechen.

Eine Auseinandersetzung auf offener Straße war das letzte, was ich brauchen konnte. Also entfernte ich mich, ging ihm aus dem Weg. Er folgte mir, schien dann aber aufzugeben. Ich ging den Fahrwegen nach. Es war eine pechschwarze Nacht. Nach kurzer Zeit hatte ich mich verlaufen. Ich gelangte an eine Brücke und blieb stehen, um zu verschnaufen.

Ich lehnte mich an das Brückengeländer, flußabwärts, atmete tief durch und fragte mich, auf was zum Teufel ich mich eingelassen hatte. Dann hörte ich ihn, keuchend und fluchend.

›Da sind Sie also wieder, Couchman‹, knurrte er mich an. ›Ich warte schon seit langem darauf, Sie wiederzusehen.‹

Ich behauptete, ihn nicht zu kennen, aber das half nichts.

›O doch‹, sagte er. ›Wir haben schon Bekanntschaft gemacht. Damals wußte ich noch nicht, daß Sie meinen Onkel umbringen und mein Haus heimsuchen würden.‹

Mir wurde es jetzt zuviel. Ich versuchte, mich loszumachen. Er aber schob mich nach hinten, drückte meinen Oberkörper rückwärts über das Brückengeländer. Er schien mich noch weiter drängen zu wollen. Ich nahm meine ganze Kraft zusammen, um ihn zurückzustoßen, und in diesem Handgemenge in der Finsternis stürzte er irgendwie von der Brücke; ob ich ihn jedoch gestoßen habe oder ob er einfach hinüberrollte, das weiß ich nicht. Wie auch immer, ich war erleichtert, mich seiner zuverlässig entledigt zu haben. Ich bemühte mich, von oben etwas zu erkennen, war aber ganz dankbar, daß der Fluß und die Nacht ihn verschluckt hatten. Mir genügte das. Ich machte kehrt und lief davon. Durch die Lichter im Dorf fand ich den Weg zurück zu meinem Auto – niemand war in der Nähe. Ich fuhr direkt nach Torquay zurück. Eine Nacht lang konnte ich in einem fremden Hotel meine Gedanken sammeln und versuchen, die Erinnerung an diesen wahnsinnigen und furchtbaren Moment zu begraben. Natürlich war die Zeit zu kurz, aber als ich am Montag nach Hause kam, fühlte ich mich imstande, ein ziemlich normales Verhalten an den Tag zu legen.«

»Letty scheint da anderer Meinung zu sein.«

»Vielleicht hat sie recht. Ich habe aber versucht, die Sache hinter mir zu lassen. In den Zeitungsberichten über seinen Tod las ich, daß man einen Unfall annahm – und etwas anderes war es ja nicht. Was würde es nützen, meine Rolle dabei an die Öffentlichkeit zu bringen? Außer Sellick sucht wie du nur billige Rache.«

Um mehr aus ihm herauszulocken, beherrschte ich meinen Zorn darüber, daß er seine Verantwortung ableugnete. »Sellick hat nichts damit zu tun.«

Er blickte überrascht auf. »Du hast doch behauptet ...«

»Ich sagte, er habe Beweise dafür, daß Straffords Tod kein Unfall gewesen sei. Aber ich meinte Edwin, nicht Ambrose.«

»Du Schwein«, murmelte er. Er biß die Zähne zusammen, atmete tief durch und stand auf. Er wischte an seiner Kleidung herum, als ob er den Makel der soeben erfolgten Demütigung auslöschen wollte. Als er wieder zu sprechen begann, tat er das mit einer Festigkeit, die mehr an den Henry erinnerte, den ich kannte. »Du hast mich für kurze Zeit verunsichert, aber damit ist es jetzt vorbei. Ich weiß jetzt, daß ich recht hatte. Du verstehst wirklich nichts – du oder dieser mysteriöse Sellick: falls er existiert.«

Ich trat zurück. »Oh, er existiert wirklich. Du tätest dir selbst einen Gefallen, wenn du es glaubtest.«

Henry raffte sich zu einem überlegenen Lächeln auf. »Er hat aber keine Beweise – nicht, was Edwin Strafford betrifft. Du weißt jetzt über Ambrose Bescheid, aber das wird dir nicht weiterhelfen. Ich werde alles abstreiten.«

Ich versuchte, meine Geländegewinne zu behaupten. »Moment, Henry. Immer langsam. Streite es nur ab, wenn du kannst, aber was passiert, wenn man deine Fingerabdrücke in Ambrose' Haus findet, das du nach seinem Tod wegen der Nachschrift durchsucht hast?«

Er sah ehrlich erstaunt aus. »Du bist dümmer, als ich dachte, Radford. Glaubst du, ich wäre so tollkühn, nach dieser Verrücktheit noch einen Fuß nach Dewford zu setzen?«

»Vor 26 Jahren, nach einer ähnlichen Verrücktheit, warst du bereit, das zu tun.«

»1951 lagen die Dinge anders, völlig anders, obwohl ich nicht erwarte, daß du mit deiner Krittelei die Bedeutung der Angelegenheit erfassen wirst. Angelegenheiten von nationaler Bedeutung.«

»Und auch persönlicher?«

»Ja selbstverständlich hatte mich Strafford erschreckt. Ich hatte viel zu verlieren, nachdem die Regierung Atlee wankte und für mich die Möglichkeit bestand, einen Sitz zu gewinnen. Ich konnte es mir nicht leisten, meinen Namen durch Strafford in den Schmutz ziehen zu lassen – so wenig wie andere auch. Indem er mich bedrohte, bedrohte er meine Partei – wegen Churchills Verwicklung in die Dinge, die er zum Gegenstand seiner Beschuldigungen machte. Er bedrohte die Konventionen und heimlichen Absprachen, die Grundlagen aller Politik sind. Wir konnten diese Drohung nicht ignorieren. Selbst mir war nicht bewußt, wie nachhaltig man einer solchen Drohung begegnen mußte.

Als meine Warnung wegen eines verrückten alten politischen Einzelkämpfers bei der Parteiführung auf taube Ohren zu stoßen schien, geriet ich in Panik. Deswegen unternahm ich selbst einen Versuch, die Urkunde gewaltsam aus dem Verkehr zu ziehen. Strafford verhinderte das. Aber ich hätte mir keine Sorgen machen müssen, wie mein Vater mir prophezeit hatte. Er konnte schon immer zwei und zwei zusammenzählen.« Seine Stimme wurde fast unhörbar.

»Und was geschah dann mit Strafford?«

Er drehte sich um und sah mich an, als sei er überrascht, daß ich diese Frage noch stellen müßte. »Oh, jemand, der sich auf solche Dinge verstand, sorgte dafür, daß er unter den Zug kam. An maßgeblicher Stelle verlor man die Geduld und holte ihn von der Bühne – seine Zeit war abgelaufen. Ich habe nicht nach dem Wie und Warum gefragt. Ich wollte die Antwort nicht wissen. Mir reichte die Tatsache, daß mein Vater und ich bei den entsprechenden Leuten genügend Druck gemacht hatten. Mir reichte, daß Strafford aus dem Weg geräumt wurde, bevor er lästig fallen konnte. Bei der Wahl im Oktober eroberte ich einen Sitz im Unterhaus, und die konservative Partei konnte die Regierung bilden. Es gab keinen Skandal.«

»Die Verschwörung des Schweigens dauerte also an?«

»Ja. Aber dieses Wissen bringt dir nichts. Die Sache ist eine Nummer zu groß für dich. Wenn meine Mutter die Dummheit begangen hat, diesen enterbten Südafrikaner nach England einzuladen, dann schlage ich vor, daß du sie davon überzeugst, die Einladung wieder zurückzuziehen. Ich schlage dir vor, sie davon zu überzeugen, daß zur Politik mehr gehört, als Spruchbänder hochzuhalten und in den Hungerstreik zu treten.«

»Sie läßt sich nun nicht mehr aufhalten.«

Er tat ein paar Schritte, drehte sich um und sah mir ins Gesicht. »Wie sieht es denn mit dir aus, Martin? Wirst du dich aufhalten lassen? Vergessen wir das ganze Gerede, du hättest meine Tochter in den Schmutz gezogen. Du weißt, daß es pure Heuchelei war. Ich wollte mich bloß von deinem verhätschelten liberalen Gewissen befreien. Vielleicht hast du mich an Strafford erinnert. Aber jetzt geben wir nicht mehr vor, daß wir uns gegenseitig mögen – oder hassen.« Die Unverschämtheit des Politikers, der Instinkt des schon fast zu Boden gegangenen, mit bloßen Fäusten kämpfenden Raufbolds, alles auf eine Schwäche des Gegners zu setzen, erstarkte mit jeder Minute. »Meine Partei wird die nächste Wahl gewinnen – darauf kannst du wetten. Diese Regierung ohne Rückgrat ist sich selbst der ärgste Feind. Ich habe die Zusage für einen Sitz im Kabinett. Damit erwirbt man sich großen Einfluß und viel Macht.«

»Was willst du damit sagen?«

»Ich will damit sagen, nimm Vernunft an. Sei ein einziges Mal in deinem geflickschusterten Leben kein Narr, kein Niemand. Es würde ja nicht heißen, daß wir miteinander zu tun hätten – wir wissen beide, wie widerwärtig das ist. Aber es würde bedeuten, daß du den Abstieg aufhältst. Warum sollen denn immer die anderen das Beste vom Leben haben?

Wir mögen uns nicht – na und? Ich habe gelernt, damit zu leben, daß ich eine Menge Leute nicht leiden mag. Manche von ihnen sind meine besten Freunde. Mag sein, daß man Strafford übel mitgespielt hat. Aber muß man ihm darum nacheifern? Wenn du willst, kann ich ja eine Spende für ein Denkmal in diesem gottverdammten Barrowteign geben. Die Sache mit seinem Neffen tut mir leid. Vielleicht hast du ihn gemocht. Vielleicht denkst du, ich hätte mit ihm von der Brücke stürzen sollen. Aber denk scharf nach – noch schärfer als je zuvor in deinem Leben –, bevor du das Risiko eingehst, daß du mit mir von der Brücke stürzt.«

Er sah mich mit einem seltsam unpersönlichen Blick an. »Sollten dich die Möglichkeiten interessieren, laß es mich wissen.« Er wandte mir den Rücken zu und nahm sich wieder den umfangreichen Aktenstoß auf seinem Schreibtisch vor. Ich ging, ohne Letty zu stören.

Auf der Fahrt Richtung Süden kreisten meine Gedanken unvermeidlich um Eve und Timothy. Wieviel wußten sie? Wenn Henry nichts mit dem Einbruch im Lodge Cottage zu tun hatte, dann mußte es Timothy gewesen sein – vielleicht von Eve dazu angestiftet. War ihnen bewußt, daß Henry in Ambrose' Tod verwickelt war? Vermutlich nicht. Welches Spiel spielten sie denn? Ganz gleich, was es war, mir gab es etwas, an dem ich mich festhalten konnte. Solange sie und Sellick ihren unterschiedlichen Einfluß ausübten, war Henrys Angebot nicht so frei von Tücken, daß es sich aufzwang. Solange es andere Leute und andere Probleme gab, über die man nachzudenken hatte, konnte ich es vermeiden, mich mit meiner Empfänglichkeit für seinen Vorschlag auseinanderzusetzen.

Elizabeth erwartete mich in Quarterleigh und war ganz begierig zu erfahren, was sich zugetragen hatte. Ich hätte meinen Bericht lieber hinausgeschoben, aber ihr Verhalten schloß diese Möglichkeit aus. Allerdings war meine Version bereits zensiert. Ich erwähnte mit keiner Silbe Henrys Verachtung für sie und die Welt überhaupt; nicht seine materialistische Auffassung davon, wie man sein Leben einzurichten habe. Diese Dinge waren nicht für die Ohren einer Mutter bestimmt. Daß er behauptete, nicht direkt an Edwin Straffords Tod schuld zu sein, daß er gestanden hatte und Reue empfand, was Ambrose Strafford betraf – das war etwas anderes, und Elizabeth zuliebe konnte ich nicht umhin, es so darzustellen, daß Henry in einem sympathischeren Licht erschien.

Es war aber nicht schmeichelnd genug, um Elizabeth aus ihrer Qual zu erlösen. Henry hatte dabei mitgewirkt, daß sein Vater sie hintergangen hatte. Er hatte es zugelassen (wenn nicht gar gefördert), daß Strafford auf höheren Wink beseitigt wurde. Er hatte versucht, seinen Anteil an Ambrose Straffords Tod zu vertuschen. Er hatte viele Entschuldigungen, aber nicht eine davon ließ ihn in ihrer Achtung steigen.

Es dauerte bis zum Frühstück am nächsten Morgen, ehe sie ihre Reaktion in Worte faßte. Ich hatte inzwischen eine weitgehend schlaflose Nacht damit verbracht, mir die Hoffnungen vorzuwerfen, die ich mir machte: Elizabeth würde alles abbrechen, die Nachschrift vernichten, sagen, einmal müsse ein Ende sein. Solange Henrys Angebot insgeheim an meinen Entschlüssen fraß, fühlte ich uns nicht dafür gewappnet, den unwiderruflichen Schritt zu tun, den Sellicks Ankunft unweigerlich darstellen würde. Nachdem Elizabeth nun aber die Nachschrift in ihrem Besitz hatte, war mir die Sache buchstäblich aus der Hand genommen. Wenn sie beschloß, den Schritt zu tun, dann würde ich den Weg gemeinsam mit ihr gehen. Und sie traf diesen Entschluß.

»Ich bin überzeugt, Edwin, daß Sie damit einverstanden sind, den Brief an Mr. Sellick auf jeden Fall morgen abzuschicken«, sagte sie, während sie mir Kaffee einschenkte. »Henrys Aussage ist in gewisser Weise besser, als ich gefürchtet hatte, in anderer Weise schlimmer, als ich hoffte. Sie verschafft mir wenigstens den Vorteil, daß ich jetzt weiß, welches Unrecht Angehörige meiner Familie verübt haben. Einiges davon betrifft Mr. Sellick, anderes nicht. Was dieses letztere angeht, so bin ich der Meinung, Sie sollten mir raten, was in der Angelegenheit mit Edwins Neffen zu tun ist.« Sie hatte mit ruhiger Stimme gesprochen, aber ich hatte beobachtet, wie sich das Zittern ihrer Hand auf den Kaffeestrahl übertrug.

»Nichts«, sagte ich mit widerstrebenden Gefühlen. »Die gerichtliche Untersuchung ist zum Ergebnis Tod durch Unfall gekommen. Henrys Aussage unterstützt diese Auffassung – wenn auch unter veränderten Umständen. Wenn wir ihm glauben, warum sollten wir die Sache dann wieder aufrollen?«

»Aber glauben wir ihm?«

»Ich denke schon.« Ein paar Wochen früher wäre ich an diesen Worten eher erstickt. Jetzt spülte ich den Geschmack von Verrat mit einem Schluck Kaffee herunter. »Es klang wie die Wahrheit.«

»Und was ist mit dem Brief? Sind Sie einverstanden, daß wir ihn absenden?«

»Selbstverständlich – wenn Sie glauben, daß er Gutes bewirken kann.« Die mitgedachte Antwort, daß es auch nicht so sein könnte, suchte sich unhörbar ihren Platz zwischen uns.

Elizabeth lehnte sich zurück. »Daß er Gutes bewirken soll, ist vielleicht sehr viel verlangt – obwohl ich mir Hoffnungen mache. Vorerst möchte ich nur dafür sorgen, daß einem Mann, dem Unrecht getan wurde, eine gewisse Gerechtigkeit widerfährt.« So ehrenhaft, so lobenswert, so falsch gedacht. Wie kann man einem Chamäleon Unrecht tun, für das Falschheit und Täuschung nur verschiedene Formen der Tarnung sind? Sellick hatte bereits eine chamäleonhafte Gerechtigkeit in Bewegung gesetzt, doch wir waren nicht in der Lage, sie zu erkennen.

Als Elizabeth und ich an jenem ganz gewöhnlichen Mittwochmorgen gemeinsam zum Postamt gingen, um den Brief an Sellick aufzugeben, hätte ich mir selbst Straffords Frage stellen können: Was war Traum und was Wirklichkeit? Er hatte etwas von einem Traum an sich, dieser morgendliche Spaziergang im wechselnden Sonnenlicht, aber seine Folgen waren bitterer als jede Wirklichkeit. Als wir auf dem Rückweg haltmachten, um Blumen auf Couchs Grab niederzulegen, da war das Beschwichtigung und Ironie zugleich. Das war auch gut so, denn zu beschwichtigen gab es später mehr als genug.

In dieser Woche erwartete ich noch keine Antwort und machte mich daher mit dem Gedanken an eine Wartezeit vertraut, die sicher an den Nerven zehren würde. Merkwürdigerweise wurde mit jedem Tag, der verstrich, das Warten leichter. Elizabeth und ich stützten uns durch unser Beieinandersein gegenseitig, richteten uns in einer Routine ein, die uns mit harmlosen Beschäftigungen zeitweise gegen alle unweigerlich auf uns zukommenden Probleme abschottete.

Im Grunde machten wir es uns allzu bequem in diesen Gewohnheiten; das ging so weit, daß ich wünschte, ich könnte endgültig in Quarterleigh an Elizabeths Lebensabend, an der Reife und Umsicht ihres Urteils teilhaben, während sie nach und nach unser neu erworbenes Wissen verarbeitete und in Altersweisheit verwandelte. Allmählich – auf Spaziergängen oder Fahrten durch das Hügelland der Downs – verstand ich, warum sie es zum Ende ihres Lebens wichtig fand, eine alte Wunde – wie manche es sehen würden – wieder aufzureißen. »Sie kann nämlich«, sagte sie bei einer Gelegenheit, »nicht aufgerissen werden, wenn sie nie geschlossen wird. Es ist ein notwendiger Schritt im Heilungsprozeß.« Nur ganz alte oder sehr junge Menschen können so hoffnungsvoll sein.

Am Ende mußten wir nicht so lange warten, wie ich gemeint hatte. Am Sonntagabend klingelte das Telefon. Elizabeth nahm den Hörer ab.

»Es ist für dich, Martin – ein Herr namens Fowler.«

Ich griff mir den Hörer. »Hallo – Alec?«

»Ja, Martin, ich bin's.« Seine Stimme klang düster, als ob er nicht annehme, daß ich mich über seinen Anruf freuen würde. Vielleicht kam er deswegen ohne Umschweife zur Sache. »Leo hat euern Brief gestern erhalten. Er nimmt morgen das Flugzeug. Er hat mich aber beauftragt, ein paar Vorbereitungen zu treffen.«

»Wo bist du jetzt?«

»Hier in Miston. Im ›Royal Oak‹. Ich hatte angenommen, ich würde dich an der Bar finden.« Die Anspielung verfehlte ihr Ziel. »Könnten wir uns zu einem Gespräch treffen?«

»Gut. Ich komme gleich hinüber.«

Ich legte auf, erklärte Elizabeth, worum es ging, und machte mich dann unverzüglich auf den Weg. Das Dorf und die Hügelkette darüber rückten angesichts der nahenden Dunkelheit enger zusammen, während ein windiger Tag in einen stillen Abend überging. Auf der Straße war alles ruhig, aber in den Bäumen vor der Kirche suchten sich Vögel geräuschvoll ihren Platz für die Nacht. Die Blumen, die wir auf Couchs Grab niedergelegt hatten, waren noch frisch, in meiner Erinnerung und in ihrer Blüte, in der geordneten Welt von Miston jedoch war eine nicht greifbare Veränderung eingetreten. Alec wartete auf mich in der gemütlichen Bar des »Royal Oak«, und nichts würde je wieder so sein wie zuvor.

Ich fand ihn im Gastzimmer – größer, aber nicht so voll wie die Bar –, wo er in einer Ecke beim großen Kamin saß, Bier trank und französische Zigaretten rauchte. Er lächelte und nickte mir zu, wartete aber am Tisch, bis ich mich mit meinem Bier zu ihm setzte.

»Ich hatte nicht erwartet, daß wir uns so bald wiedersehen würden«, sagte er.

»Ich auch nicht.«

»Es ist erst einen Monat her.«

»Es kommt einem länger vor. In der Zwischenzeit hat sich viel getan.«

»Nicht bei mir. Außer natürlich diese beiden Reisen. Dein Brief schlug gewissermaßen wie eine Bombe ein.«

»Das kann ich mir vorstellen.« Wir tasteten uns gegenseitig ab, versuchten im Gespräch zu sondieren, wie gut uns eine Freundschaft tragen würde, von der wir beide wußten, daß sie bankrott gegangen war. »Ich habe nur getan, worum Sellick mich gebeten hat.«

»Und einiges darüber hinaus.« Alec lächelte unsicher. »Die Nachricht von der Nachschrift hat ihn ziemlich überrascht.«

»Ich bin froh, daß ihn etwas überrascht hat.« Ich war es jetzt leid, um die Sache herumzureden. »Ich hatte in der letzten Zeit den Eindruck, daß Sellick mehr über meine Aktivitäten wußte, als ich ihm selbst erzählt habe.«

»Was willst du damit sagen?« Er lächelte, als ob er die Antwort nur allzugut kenne.

»Ich will sagen, daß er mich kontrolliert hat.« Das war zwar nur eine Vermutung, weil Eve eine andere Erklärung dafür angeboten hatte, wie man sie über meine Vergangenheit aufgeklärt hatte, aber Alecs ausweichende Art bekräftigte mich in meiner Überzeugung, daß es sich dabei nur um eine Finte gehandelt hatte.

»Inwiefern?«

»Insofern, als er dich als Vorhut ausgesandt hat. Warum sollte er das tun, wenn er nicht herausfinden wollte, was ich unternommen habe?«

Alec wirkte, als ob er sich verteidigen müßte. »Leo ist ein alter Herr, der das Reisen nicht mehr gewöhnt ist. Er wollte, daß ich ein Hotelzimmer reserviere und daß ich mich mal ein bißchen umschaue. Daran ist doch nichts Verwerfliches.«

»Alec, wir kennen uns jetzt seit zehn Jahren. Selbst wenn ich mich gelegentlich wie ein Narr aufgeführt habe, kannst du mich jetzt nicht wie einen Narren behandeln. Als wir uns in London gesehen haben, erzählte ich dir von meinen Hoffnungen und Plänen, was Eve Randall betraf. Du hast damals versprochen, Leo gegenüber nichts davon verlauten zu lassen.«

»Ich erinnere mich daran.« Seine Stimme war fast unhörbar geworden.

»Danach vergingen nur wenige Tage, bis mich jemand bei Eve angeschwärzt hatte. Jemand hatte ihr alles über das Ende meiner Karriere als Lehrer erzählt -- in allen Einzelheiten. Ich ...«

»Das war ich.« Er sah mich direkt an, mit einer Offenheit, die früher einmal charmant gewesen war. »Ich habe es ihr erzählt. Ich hatte dich – durch ein paar bedeutungslose Indiskretionen – dazu gebracht, mir ganz genau zu erzählen, was du vorhattest. Als ich sie traf, war leicht zu verstehen, wieso du Leo ihretwegen abschreiben wolltest. Unter normalen Umständen hätte ich dir viel Glück dabei gewünscht.«

»Aber ...«

»Aber ich bin nicht unabhängig. Ich bin Leos Laufbursche. Laß uns den Tatsachen ins Auge blicken – so ist es nun einmal. Er hatte mich geschickt, um herauszufinden, was du für Fortschritte machtest, und weil Eve dich offenbar vom rechten Weg abbrachte – jedenfalls, was seine Interessen betraf –, beauftragte er mich, eurer Verbindung mit allen Mitteln, die mir nötig schienen, ein Ende zu setzen. Ich sah keinen anderen Weg.«

Ich stellte die einzig mögliche Frage: »Warum, Alec? Warum hast du dich selbst und mich dazu verkauft?«

Er zog an seiner Zigarette und schaute an mir vorbei. »Geld, alter Junge. So einfach ist das. In einem Zeitalter, in dem man liquide sein muß, hatte ich keinen Kredit mehr. Ich hatte dir erzählt, daß diese Zeitschrift das Tor zu Ruhm und Reichtum in der Fleet Street aufstoßen sollte – ein schlechter Witz. Ein Verlustgeschäft vom ersten Tag an. Sellick übernahm meine Schulden, als ob es ihm nichts bedeute – dann forderte er mit einem Mal die Rückzahlung. Zum gleichen Zeitpunkt entdeckte ich, daß er der namenlose Eigentümer des Spielcasinos war, in dem ich versuchte, meine Langeweile mit kopflosem Glücksspiel zu vertreiben – wobei ich sehr viel verlor. Eines Tages erwachte ich in meinem Bananenparadies mit der Erkenntnis, daß ein südafrikanischer Kapitalist mich am Wickel hatte.«

»Wie hast du deine Schulden denn bezahlt?«

»Gar nicht – das war aussichtslos. Aber Leo bot mir an, die Schulden umzuwandeln. Ein qualifizierter, ungebundener Intellektueller zu seinen Diensten war genau das, was er brauchte. Ich saß in der Falle.«

»Aber warum das alles?«

»Wegen der Strafford-Geschichte – deinetwegen. Sie hatte schon jahrelang an ihm genagt, bevor ich ihm brav ins Netz ging. Ich konnte der Sache nicht nachgehen und ganz gewiß auch nicht riskieren, zu neugierig zu erscheinen, aber was er wollte, das war eine Art Eintrittskarte in die englische Gesellschaft. Er glaubte, ich sei der geeignete Mann, und ich mußte versuchen, diesem Anspruch gerecht zu werden. Als ich dich als einen Historiker aus meinem Bekanntenkreis erwähnte, war er selig. Ich schätze, er kannte schon damals deine Verbindung mit den Couchmans, auch wenn ich zugeben muß, daß ich derjenige war, der ihm erzählte, warum die Verbindung in die Brüche gegangen war. Das gefiel ihm nur noch besser. Du warst verfügbar und, wie man annehmen durfte, den Couchmans gegenüber feindselig eingestellt: zwei Eigenschaften, die dich in besonderer Weise für den Job qualifizierten.«

Jetzt, wo Alec damit herausgerückt war, wirkte es so natürlich, als hätte ich mir das auch selbst denken können. »Du hast mich also nicht nach Madeira eingeladen, um einen alten Freund wiederzusehen? Sellicks Angebot war also nicht etwa ein glücklicher Zufall? Es war Teil eines Gesamtplans.«

Alec antwortete mit einem entschuldigenden Achselzucken. »So ungefähr. Leo vermutete, sein Angebot sei so, daß du es nicht ablehnen könntest.«

»Er hatte recht.«

»Er hat gewöhnlich recht.«

»Aber warum alles? Worauf läuft es hinaus? Jetzt, wo du seine Verbindung zu Strafford kennst, was, glaubst du, will er eigentlich?«

»Ich weiß es nicht. Er wollte, daß du als sein Stellvertreter handelst. Er glaubte, du hättest die gleichen Motive wie er. Deswegen stellte Eve eine solche Bedrohung dar. Was seine Motive sind, kann ich nicht sagen. Es war, als hätte er die ganze Zeit über schon gewußt, was du herausbringen würdest. Nicht einer deiner Berichte hat ihn überrascht – bis auf den letzten.«

»Von der Nachschrift wußte er also nichts?«

»Bestimmt nicht. Das war ein Blitz aus heiterem Himmel. Ganz zu schweigen von der Einladung der alten Dame.«

»Warum hat er zugesagt?«

»Martin, ich werde nicht bezahlt, um solche Rätsel zu lösen. Ich werde bloß bei Laune gehalten, als journalistischer Schreiberling und lokale Berühmtheit. Ich gehorche seinen Weisungen, aber ich muß sie nicht verstehen – oder mögen.«

Ich betrachtete ihn: Er wirkte auf mich, als sei er geschrumpft, während ich – wenn auch unter Schmerzen – mit den Anforderungen meiner Aufgabe gewachsen war. Ich hätte Zorn empfinden sollen oder Verachtung. Statt dessen hatte ich Mitleid mit ihm. »Alec, hast du denn nie gezögert, mich da hineinzuziehen, wenn du doch wußtest, in welche Lage du mich brachtest?«

Er lächelte gequält. »Ein- oder zweimal. Als wir uns in London trafen, versuchte ich anzudeuten, wie die Dinge eigentlich standen. Aber du hast es nicht verstanden, und ich konnte nicht riskieren, es direkt auszudrücken.«

»Das läßt unsere Freundschaft nicht gerade im besten Licht erscheinen.«

»Nein. Aber Leo genießt es eben, Menschen mit der Nase auf ihre eigenen Unzulänglichkeiten zu stoßen. Er hatte sein Vergnügen daran, daß wir befreundet waren, triumphierte bei dem Gefühl, daß er mich zwang, dich zu betrügen – so nebenher, als kleines Extra im Rahmen des Gesamtplans. Was uns betrifft, so kann ich mich nicht darauf hinausreden, ich hätte keine Alternative gehabt. Ich könnte behaupten, ich hätte geglaubt, der Job wäre eine feine Sache für dich – aber ich hatte die ganze Zeit über ein schlechtes Gefühl dabei. In Wahrheit ist es so, daß Leo mir versprochen hat, er werde sein Geld und seinen Einfluß dafür einsetzen, mir einen Einstieg in den Journalismus zu verschaffen – wenn ich für ihn arbeite. Nach all den mißglückten Anläufen und verpaßten Gelegenheiten in meinem Leben konnte ich einfach nicht widerstehen, konnte mir nicht etwas entgehen lassen, was möglicherweise meine letzte Chance war. Dafür war ich bereit, meine Rolle in seinem Plan zu spielen. Natürlich war mir nicht bewußt, was es bedeuten würde, und als es mir bewußt wurde, war es zu spät. Am schlimmsten war der Moment, als ich Eve gegenüber alles ausplauderte. Wenn dadurch etwas Gutes in die Brüche gegangen ist, dann tut es mir aufrichtig leid.«

Der Zeitpunkt für sein Geständnis war gut gewählt. Bevor ich Eve zusammen mit Timothy gesehen hatte, wäre ich ihm gegenüber strenger und mir selbst gegenüber nachsichtiger gewesen. »Ich bin nicht davon überzeugt, daß es das war – obwohl es damals so aussah. Wie sich herausstellte, hat Eve auch nicht mit offenen Karten gespielt.«

Alec zog fatalistisch die Augenbrauen hoch. »Wer tut das heute noch? Es ist wohl der Zug der Zeit. Nach der Epoche der Aufklärung werden sie unsere Zeit einmal die Epoche der Ernüchterung taufen.«

»Mag sein. Aber weil wir jetzt gerade ... ehrlich zueinander sind, erzähl mir, warum du gekommen bist.«

»Wie ich schon sagte – um mich umzuschauen.«

»Das ist alles?«

»Was sollte sonst noch sein?« Ich suchte seinen Blick, um ihn zu prüfen, aber er wich mir aus. Ich konnte ihm nicht so recht glauben, aber seine Offenheit hatte meinen Zweifeln die Grundlage entzogen.

»Ich weiß es nicht, Alec. Ich wußte es auch vorher nicht. Erzähl mir, wie Leo meinen Brief aufgenommen hat.«

»Er beorderte mich gestern morgen zur Quinta, zeigte mir den Brief und trug mir auf, die frühest mögliche Maschine zu nehmen; ich sollte dafür sorgen, daß er am Montag kommen kann. Wir haben das nicht diskutiert – das tun wir nie. Damals wurden die Gründe nur dir zuliebe so ausgiebig erörtert. Leo gibt lieber Anweisungen, die man zu befolgen hat. Natürlich verriet mir der Brief Dinge über ihn, von denen ich nichts gewußt hatte, aber das schien ihm nichts auszumachen. Etwas hat ihn allerdings beunruhigt. Vielleicht, daß dein Bericht über die Nachschrift so vage war. Was hast du denn daraus verschwiegen?«

Sobald er die Frage stellte, spürte ich, daß ich ihm darauf keine Antwort geben wollte. Ganz gleich, was wir uns jetzt gegenseitig gestanden, unser Verhältnis konnte nie mehr so werden wie früher. Ich hatte nie so etwas wie Loyalität von ihm gefordert, vermißte sie aber ebensosehr, wie ich sie naiv vorausgesetzt hatte. »Leo wird es zu gegebener Zeit erfahren.«

»Und wann ist das?«

»Wenn er Lady Couchman kennenlernt – und ihren Sohn.«

»Also, ich soll ihn morgen nachmittag am Flughafen Gatwick abholen. Wollt ihr, daß ich direkt mit ihm hierherkomme?«

»Das ist wohl das Beste. Ein Hinausschieben bringt nichts. Ich bin überzeugt, wir alle haben Fragen, auf die wir eine Antwort hören wollen.« Das war richtig, aber ein Hinausschieben hatte auch einiges für sich. Ich hatte Sellick zwei Monate nicht mehr gesehen, nicht mehr mit ihm gesprochen, seit mir die inzwischen erworbenen Kenntnisse Vorteile verschafft hatten. Vorher hatte er eine überlegene Position innegehabt. Jetzt war ich vielleicht in der Lage, sie ihm zu nehmen. Aber während ich an diesem Abend biertrinkend mit Alec zusammensaß, noch 24 Stunden vom entscheidenden Augenblick entfernt, spürte ich nur, wie mich alle Zuversicht verließ und wie wenig ich mich der Aufgabe gewachsen fühlte. Zu anderen Gefühlen bestand kein Anlaß. »Ich habe eine Frage an dich: Warum hast du mir das jetzt erzählt? Du hättest mich über deine Motive doch noch länger im dunkeln lassen können.«

»Wirklich? Es war unvermeidlich, daß du darauf kamst, wer Eve gegenüber geplaudert hatte. Diesen Trick konnten wir nur ein einziges Mal anwenden. Dadurch war ich unwiderruflich enttarnt. Aber Leo schien es nichts auszumachen. Es war abzusehen, daß du mich bei unserem nächsten Zusammentreffen zur Rede stellen würdest. Deswegen habe ich mich damals ja auch so schnell aus dem Staub gemacht. Freilich hätte ich noch länger weitermachen können, aber selbst meiner Gefügigkeit sind Grenzen gesetzt. Leo ist auf dieses spezielle Geheimnis nicht angewiesen – ich bin froh, daß es heraus ist.« Darin bestand also Alecs Heroismus im Taschenformat – mich zu informieren, ehe die Umstände es unumgänglich machten. Das war zu wenig.

»Woher soll ich wissen, daß der genaue Zeitpunkt für diese Enthüllung nicht von Sellick bestimmt wurde – wie alles andere auch?«

»Das kannst du nicht.« Er trank sein Glas leer. »Ich an deiner Stelle würde mir nicht über den Weg trauen. Daran kannst du Leos Begabung erkennen, Menschen zu korrumpieren.«

Ich ließ ihn allein beim Versuch, den Abend in Alkohol zu ertränken. Es sah mir unähnlich, nicht zu bleiben, aber ich hatte einfach keine Lust, und nach allem, was er gesagt hatte, waren einige Vorbereitungen zu treffen. Durch die laue Nachtluft ging ich also rasch nach Quarterleigh zurück, wo Elizabeth schon gespannt auf meine Neuigkeiten wartete.

»Sellick kommt morgen nachmittag am Flughafen Gatwick an«, sagte ich. »Alec wird ihn abholen und gleich herbringen. Ich hoffe, ich habe in Ihrem Sinn gehandelt.«

»Ja, Martin. Jetzt, da ich den Schritt einmal getan und ihn eingeladen habe, würde ich ihn gern so früh wie möglich sehen. Und ich möchte auch, daß Henry hier ist.«

»Ich glaube nicht, daß er kommt. Er hatte gehofft, Sie würden die Einladung zurückziehen.«

Elizabeth lächelte. »Ich bin sicher, daß er das nicht ernsthaft angenommen hat. Ich werde jetzt mit ihm reden und ihn auffordern zu kommen.«

Sie ging zum Telefon und wählte die Nummer.

Ich lauschte dem Gespräch an unserem Ende der Leitung, während sich in meinem Herzen Vorahnungen zu einem grimmigen Schluß verdichteten: Wenn mir von Anfang an bereits die Aufgabe zugedacht gewesen war, die Sellick angeboten hatte, waren dann diese Einladung und ihre Konsequenzen auch schon vorausgeplant worden? Wenn ja, dann lag das Ziel bereits fest – und es war nicht das unsrige.

Elizabeth hatte zunächst mit Letty gesprochen, aber ihr veränderter Ton verriet mir, daß jetzt Henry am Apparat war. »Mr. Sellick wird morgen abend hiersein. Ich möchte gern, daß du kommst und ihn bei einem Abendessen kennenlernst ... Das verstehe ich ... Vielleicht – warten wir es ab ... Ja, er wird kommen ... Also gut dann, Henry, ich rechne mit dir gegen sieben Uhr ... Bis dann.«

Sie kam zurück und setzte sich. »Das ging leichter, als ich geglaubt hatte. Er hat zugesagt.«

»Einfach so?« Ich war erstaunt.

»Nein. Er sagte, er habe viel zu tun und er verstehe nicht, warum Sie zugegen sein müßten. Aber er hat gesagt, er werde kommen. Er klang nicht erfreut – eher deprimiert eigentlich –, aber er hat zugesagt, und das ist die Hauptsache. Vielleicht wird er krank.« Sie schien einen Moment über etwas nachzudenken. »Wenn er erst einmal da ist, kann ich dafür sorgen, daß es ihn nicht zu sehr mitnimmt.«

Irgend etwas stimmte nicht, und ich wußte das. Henry hätte in Zorn ausbrechen, sich weigern müssen, in irgendeiner Form Kontakt mit Sellick aufzunehmen; er hätte in rasender Fahrt herkommen und versuchen müssen, uns die Nachschrift abzuluchsen. Warum diese lammfromme Zustimmung? Warum kein feuriger Ausbruch eines sonst so vulkanischen Temperaments? Ich konnte die Verbindungen nicht schnell genug knüpfen, war noch zu sehr damit beschäftigt, die Fragen zu formulieren, als daß ich die Antworten hätte erraten können. Elizabeth gab sich damit zufrieden abzuwarten, und obgleich mich das nicht befriedigte, blieb mir auch nichts anderes übrig.

Am nächsten Tag ging ich bei Morgengrauen aus dem Haus und an der frischen Luft spazieren, bis ich physisch so erschöpft war, daß ich dem Tag entgegensehen konnte. Später saß ich mit Elizabeth im Wintergarten und redete mit ihr über die Suffragettenbewegung, um den Nachmittag zu überstehen, obwohl unsere Gedanken ausnahmsweise einmal weit mehr der Gegenwart als der Vergangenheit galten. Dora begann zu wirtschaften, weil sie Vorbereitungen für ein größeres Essen traf, als sie es seit langer Zeit in Quarterleigh auf den Tisch gebracht hatte, und wir wußten, daß der Abend – mit all seinen ungewissen Ereignissen – bald kommen würde.

Kurz nach sieben kam ein Taxi knirschend im Kies der Auffahrt zum Stehen; Alec hatte richtig geschätzt. Ich beobachtete, wie Alec den Fahrer bezahlte, während Sellick – ein wenig steif – aus dem Rücksitz kletterte. Tadellos gekleidet in Klubjacke mit Emblem und grauer Hose, gepflegt und ein bißchen befangen, aber jeder Zoll ein beherrschter Mann. Er musterte das Haus mit seinen scharfen, abschätzenden Augen und gab keinerlei Reaktion zu erkennen. Es war derselbe Mann, der mich auf Madeira mit dem Wissen und dem Verstand des Kenners für sich eingenommen und gewonnen hatte, aber dort leuchtete sein Stern am heimischen Firmament. Das dörfliche Sussex paßte nicht zu ihm. Ich betrachtete ihn als Außenseiter, während er es mit seinem durchdringenden Blick als Eroberung – oder vielleicht als sein Erbe – zu sehen schien.

Elizabeth ging hinaus, um ihn zu begrüßen; ich blieb im Haus und nahm den schicksalsträchtigen Augenblick in mich auf. Ich sah sie lächeln und etwas sagen, ihm dann ihre Hand zur Begrüßung hinstrecken. Ich sah, wie Sellick ihr die Hand schüttelte. Ich sah allerdings auch, daß er nicht lächelte. Seine Lippen unter dem wie mit einem Lineal gezogenen Schnurrbart spielten nicht einmal mit der Vorstellung. In diesem Moment wich meine letzte Zuversicht.

Die Gruppe formierte sich zur Reihe, und man trat ein. Sie kamen zu mir in den Salon. Leo richtete seinen Blick sogleich auf mich und fuhr sich – einziges Zugeständnis an seine Nervosität – mit der Zunge über die Unterlippe. »Martin«, sagte er, »wie schön, Sie wiederzusehen. Ich kann mich über Ihren Fleiß in den vergangenen zwei Monaten nicht beschweren.« Er schüttelte mir die Hand, ehe ich es vermeiden konnte. »Ich hoffe, Sie haben diese Zeit genossen.« Sein Blick verbot es mir, den Sarkasmus zu überhören.

»Ich glaube, getan zu haben, was Sie von mir wollten, Leo.«

»Das und noch mehr.« Er wandte sich Elizabeth zu. Sie sah feierlich und vornehm aus in ihrem langen, dunkelblauen Kleid mit der einfachen Perlenkette. Ihre selbstverständliche Anmut verriet nichts von dem inneren Aufruhr, in dem sie sich befinden mußte. »Ich bin überzeugt, Lady Couchman, Sie werden mir darin beipflichten, daß wir Martin einiges dafür schuldig sind, daß er dieses Treffen ermöglicht hat.«

»Ich bin Martin vieles schuldig«, antwortete sie, ihre Worte sorgsam wählend. »Aber ich bin sicher, daß er als erster zugeben würde, daß Ihnen heute Dank dafür gebührt, daß Sie meine Einladung angenommen und einen so weiten Weg zum Zweck der ... Versöhnung auf sich genommen haben.«

»Ich kann Ihnen versichern, daß es mir schwergefallen ist.« Für meinen Geschmack war die Atmosphäre allzu geladen. Zur Ablenkung bot ich Sherry an und schlug vor, daß man sich setzen sollte. So geschah es, aber es änderte kaum etwas. Elizabeth strebte etwas an, was Sellick nicht zu geben beabsichtigte. Alec seinerseits fühlte sich offenkundig unwohl und vermied es sorgfältig, mir in die Augen zu sehen.

»Mein Sohn kommt noch«, sagte Elizabeth. »Ich hoffe, Sie haben Nachsicht mit ihm in einer Situation, die er als schwierig empfinden muß.«

»Sie ist für uns alle schwierig, Lady Couchman. Es müssen gewiß nur wenige Menschen darauf warten, ihre Familie kennenzulernen, bis sie so alt sind wie ich.«

Elizabeth fuhr tapfer fort. »Es hat lange gedauert, das ist wahr, aber ich hoffe, Sie haben meine Einladung in dem Sinn angenommen, in dem ich sie aussprach: in der Vorstellung nämlich, daß es nie zu spät ist, altes Unrecht wiedergutzumachen.«

»Oh, ich stimme Ihnen von ganzem Herzen zu. Schließlich gibt es in der englischen Rechtsprechung keine Verjährung.«

Ich griff ein, um Sellick auf dem falschen Fuß zu erwischen. »Sagen Sie, Leo, warum haben Sie es mir überlassen, die Rolle zu entdecken, die Sie in Straffords Leben spielten, statt mir die Information freiwillig zu geben? Es hätte doch meine Aufgabe erheblich erleichtert.«

Er lächelte mit herablassender Nachsicht. »Erstens, Martin, haben Sie die Bedingungen meines Auftrags akzeptiert und können sich kaum beschweren, wenn Sie für Ihr Geld auch etwas leisten mußten. Zweitens habe ich meine Zweifel daran, daß Ihnen die Information geholfen hätte – ganz im Gegenteil. Und schließlich hatte ich natürlich keine Ahnung, daß Sie auf diese ... Nachschrift stoßen würden.« So überlegt und so kühl, aber auch so sorgfältig darauf bedacht, jedes Wort darüber zu vermeiden, was ich ihm vorenthalten hatte. »Wann darf ich sie zu sehen bekommen?« In der letzten Bemerkung war eine Andeutung von Ungeduld, die ihm nicht ähnlich sah.

»Ich glaube, das sollte warten, bis Henry gekommen ist«, sagte Elizabeth. »Sie haben beide ein Interesse daran.« Ich verstand, warum es ihr widerstrebte, einem so unnachgiebigen Gast zu enthüllen, bis zu welchem Grad ihr Sohn in den Betrug ihres Ehemannes verwickelt war. Sellick jedoch schien die Bemerkung anders zu interpretieren.

»Ich hätte eigentlich gedacht«, sagte er langsam, »daß mir, als Martins Auftraggeber, das erste Anrecht auf die Früchte seiner Arbeit zustehen würde.«

Das konnte ich ihm nicht durchgehen lassen. »Die Nachschrift gehört niemandem – außer Strafford.«

»Richtig. Da er aber tot ist, ich im Besitz seines Hauses bin sowie anderer ... schriftlicher Zeugnisse ... und keiner seiner Angehörigen mehr lebt, würde ich meinen, daß sie mir zusteht.«

Nun war es Elizabeth, die versuchte, die Situation zu entschärfen. »Wenn wir schon von seinem Eigentum sprechen, Mr. Sellick, warum haben Sie das Haus damals eigentlich gekauft?«

Die Antwort kam mit einiger Schärfe. »Weil es damals für mich die einzige Verbindung mit irgendeiner Form von Familie darstellte. Als ich dann die Memoiren dort fand, wurde allerdings selbst diese Verbindung in Frage gestellt.«

Elizabeth stand abrupt auf. »Wenn Sie mich bitte entschuldigen wollen, meine Herren, ich werde meine Schwiegertochter anrufen – um mich zu vergewissern, daß mein Sohn auf dem Weg hierher ist. Wir müssen vielleicht ohne ihn essen.« Sie schien größere Erleichterung darin zu finden, sich entfernen zu können, als Sorge um ihren Sohn.

»Es ist anzunehmen«, sagte ich, »daß Sie Elizabeths Einladung nicht in dem Geist angenommen haben, in dem sie ausgesprochen wurde.«

»Mit all den neuen Erkenntnissen aus der Nachschrift, Martin, warum erzählen Sie mir nichts?«

»Die Nachschrift hat mir nichts über Sie verraten, was Sie nicht schon selbst wüßten.«

»Das Urteil darüber müssen Sie mir überlassen. Ihr Brief hat mehr angedeutet, als er aussprach.«

»Das war nicht so gedacht. Ich konnte nicht viel sagen, ohne voreilige Schlüsse zu ziehen. So habe ich zum Beispiel Straffords Schilderung seines Zusammentreffens mit Ihnen im Jahr 1951 gelesen, ich bin aber überzeugt, daß Ihre Schilderung ganz anders klingen würde.«

Sellick faßte mich scharf ins Auge. Er zog die Augenbrauen zusammen, als wolle er etwas aus meinen Worten herauslesen, was nicht darin war. »Wie Sie sagen, ganz anders, in der Tat.« Aber er hatte nicht vor zu sagen, wie. Sie lastete schwer zwischen uns, diese Gewißheit, daß er nicht nach Sussex gekommen war, um seine eigene Seele bloßzulegen, sondern die anderer Menschen.

Elizabeth kehrte in den Salon zurück und sah angestrengter aus als vorher. »Henry ist so zeitig dort abgefahren, daß er schon vor einer Stunde hätte hiersein können«, sagte sie. »Ich kann mir nicht vorstellen, wo er geblieben ist. Wir beginnen mit dem Abendessen besser ohne ihn.«

Dora hatte sich in einem scheinbar aussichtslosen Kampf selbst übertroffen: Das Essen war ein Triumph ländlicher Kochkunst. Unglücklicherweise verschwendete keiner von uns seine Gedanken ans Essen. Sellick äußerte sich immer deutlicher und mit kaum noch mißdeutender Bitterkeit, je weiter der Abend fortschritt, während Elizabeth seinen Sarkasmus mit engelhafter Geduld ertrug. Alec aß und trank wortlos und deprimiert, und meine Beiträge zur Unterhaltung vermochten es nicht, die Atmosphäre zu entspannen.

Meine Gedanken wanderten zurück zu jenem Abendessen auf Madeira, mit dem Sellick mich zwei Monate zuvor geehrt und geködert hatte. Wie ganz anders war das gewesen als dieses Büßermahl in Sussex. Ich hatte das Gefühl, es hätte nie dazu kommen dürfen, wir vier hätten nie zusammentreffen dürfen – mit einer Elizabeth, die sich abmühte, das Unrecht ihres Ehemanns wiedergutzumachen, einem Sellick, der fest entschlossen war, jedem Couchman, dessen er noch habhaft werden konnte, eine bitterböse und überhebliche Lektion zu erteilen, einem Alec, der sich seiner Komplizenschaft schämte. Was mich betraf, so waren mir auf der Spur, die Straffords Leben hinterlassen hatte, alle Illusionen geraubt worden, die Sellick so raffiniert für seine Zwecke genutzt hatte. Sie hatten sich in Nichts aufgelöst und zeigten nun ihn, den Erzmanipulator, in grellem Licht. Ich beobachtete ihn, wie er das Lammfleisch, das auf der Zunge zerging, argwöhnisch musterte, den herrlichen Bordeaux gleichgültig heruntertrank, und erkannte ihn zum ersten Mal. Nicht der kultivierte Einsiedler oder der betuchte liberale Geist, der meine Forschungen in Auftrag gegeben hatte, sondern ein Mann von scharfem Verstand, der auf einen Punkt fixiert war und in dessen Blickfeld wir zappelten wie Mikroorganismen auf dem Objektträger.

Die Spannung schlug um in Furcht, als Elizabeth, immer noch mit Würde, aber zusehends defensiv, den Versuch unternahm, Couch wenigstens teilweise zu entlasten. »Sie müssen verstehen, Mr. Sellick, daß mein Mann sich zwar schuldig machte, als er Ihre Mutter im Stich ließ, ihm aber keineswegs bewußt war, daß er auch einen Sohn im Stich ließ. Dabei handelte es sich nicht um einen bewußten Akt von Pflichtversäumnis.«

Sellicks Augen funkelten eiskalt. »Ich nehme an, Sie würden es vorziehen, von einem unbewußten Akt zu sprechen, Lady Couchman. Oder sollen wir es einen unverantwortlichen Akt nennen? Wir könnten es vielleicht einem Charakterfehler zuschreiben, der in der englischen Offizierskaste um die Jahrhundertwende keineswegs ungewöhnlich ist.«

»Was für ein Fehler wäre das?« fragte ich.

»Lady Couchman müßte er wohlbekannt sein: die Anmaßung, tun und lassen zu können, was man wollte, ohne denjenigen, deren Leben man zerstörte, auch nur das Geringste schuldig zu sein. Wir haben in Südafrika – und anderswo – noch heute die Folgen dieses typisch angelsächsischen Wahns zu tragen: daß das britische Weltreich ihr Spielplatz war.«

»Sie haben mich als Historiker in Ihre Dienste genommen, Leo; deswegen sollte ich Ihnen sagen, was Sie selbst wissen müssen: Das ist eine krasse Verfälschung der Sachlage. Wie können die Afrikaner die Schuld für die Apartheid den ...«

Sellick ließ sein Glas mit solcher Gewalt auf den Tisch krachen, daß ich es schon brechen sah. »Vergessen Sie Ihren liberalen Dünkel, Martin. Beschränken Sie sich auf Ursache und Wirkung. Warum haben sich 1901 Bothas plündernde Horden die Familie meiner Mutter für ihr Massaker ausgesucht? Weil sie mit einem englischen Offizier verkehrt bzw. sich von ihm hatten hereinlegen lassen, von einem Mann, der sich über ihr echtes politisches Anliegen lustig machte und der ihre Tochter betrog ... wofür? Das Leben, Vertrauen, Gerechtigkeit? Nichts davon. Nur zum Amüsement, nur für ein flüchtiges Vergnügen, das seinem Ego schmeichelte. Sie zahlten für diese Tändelei mit ihrem Leben und meine Mutter mit ihrem Verstand. Aber wann hat mein Vater überhaupt nur begonnen, dafür zu zahlen?«

Schweigen senkte sich über die Runde. »Nie«, murmelte Elizabeth. »Die Schuld ist auf mich gekommen.«

»Wenn Sie die Schuld anerkennen«, sagte Sellick, »dann müssen Sie die Zahlungsverpflichtung übernehmen.«

»Moment mal«, unterbrach ich ihn. »Das alles klingt, als hätten Sie schon seit langer Zeit darüber nachgedacht.«

»Seit ich erwachsen bin, junger Mann.«

»Sie sagen damit also, daß Sie mit Gewißheit Sir Gerald Couchman als Ihren Vater kannten, lange bevor ich Ihnen von der Nachschrift berichtete, lange bevor Sie mich beauftragten herauszufinden, warum Strafford zurücktrat?«

»Gewißheit ist ein Luxus, den ich mir erst seit kurzer Zeit leisten kann. Überzeugt war ich schon lange. Sobald ich die Memoiren gelesen hatte, vermutete ich, daß es die Wahrheit sein mußte. Ich wußte, daß Strafford mir die Wahrheit gesagt hatte, und ich schloß daraus, daß er für meine Verwahrung auf Madeira sorgte, damit er nach England fahren und Couchman mit seinem Verdacht konfrontieren konnte. Aber was geschah dann? Ich habe Ihnen ein echtes Problem zu lösen gegeben, auch wenn ich die eigentliche Frage nicht formulierte.«

»Wenn das so ist, warum haben Sie dann Gerald Couchman davonkommen lassen?«

»Ich kann einen Mann nicht über sein Grab hinaus verfolgen. Sir Gerald hat sich mir entzogen.«

»Jetzt stellen Sie sich dumm.«

»Wie bitte?« Er fuhr hoch. Im Hintergrund, an der Peripherie meiner Wahrnehmung, hörte ich das Telefon klingeln und Dora das Gespräch entgegennehmen.

»Ich spreche nicht von jetzt. Ich spreche von dem Zeitpunkt, zu dem Sie die Memoiren erstmals gelesen haben. Wenn Sie zum Schluß kamen, daß Sir Gerald Couchman Ihr Vater war, warum verfolgten Sie ihn nicht so, wie Sie irrtümlich Strafford verfolgt hatten?«

Dora trat in das Zimmer. »Es ist Ihre Schwiegertochter, bitte. Sie sagt, es ist sehr dringend.« Elizabeth eilte hinaus. Es schien Sellick gar nicht bewußt zu werden, daß sie den Raum verließ; er hielt den Blick weiter auf mich gerichtet.

»Sie sind derjenige, der sich dumm stellt, Martin. Ich habe die Quinta do Porto Novo erst ein Jahr nach Straffords Tod gekauft und die Memoiren mehrere Monate danach gefunden und gelesen. Bis ich Couchman aufgespürt hatte, war er gestorben.«

»Dazu haben Sie wirklich drei Jahre gebraucht?«

»Was wollen Sie denn damit behaupten?«

»Ich bin mir nicht sicher, aber etwas ist da ...« Das Gespräch kam abrupt zu einem Ende, als Elizabeth wieder hereinkam – totenbleich und mit einem Mal wie ein Gespenst: ein Mensch, dem der Schrekken die Sprache verschlagen hatte. »Was ist passiert?« sagte ich. Alec sprang auf und machte Anstalten, sie zu einem Stuhl zu führen. Sie hob abwehrend die Hand.

»Das war Letty«, sagte sie abwesend, wie im Traum. »Die Polizei hat sich mit ihr in Verbindung gesetzt, um ihr mitzuteilen, daß Henry auf der Fahrt hierher in seinem Auto verunglückt ist. Er ist tot.«

9

Grenzland zwischen Leichtgläubigkeit und Offenbarung. Ein schneller Rücklauf der Ereignisse – aber immer noch nicht schnell genug. Es war, als müßte ich den Ablauf meines Lebens erst zurückspulen, ehe ich den Punkt erreichen konnte, wo das Band begann, das zu einem Haus in Trauer nach Sussex führte. Und selbst dann wäre ich nicht weit genug zurückgegangen.

Henrys Tod war nicht das gewesen, wonach ich in meinem Rededuell mit Sellick tastete, um es zu fassen zu bekommen, aber als Elizabeth uns die Nachricht weitergab, schaute ich auf Sellicks Gesicht, nicht auf ihres. Und für den Bruchteil eines Augenblicks – der schneller vorbei war, als mein Verstand folgen, aber nicht als mein Auge wahrnehmen konnte – verriet sein Blick nicht Überraschung, nicht einmal Gleichgültigkeit, sondern Befriedigung, deutete sich eine Bewegung an, die mit einem bestätigenden Kopfnicken hätte enden können.

Der Tod löst einen Reflex von Ritualen und Formalitäten aus, der für eine Weile die meisten Gedanken unter sich begräbt. Gerade so wirkte Henrys Tod auch bei mir. Vor allem empfand ich Mitleid mit Elizabeth. Was Henry auch getan haben mochte, sie verdiente es nicht, daß sie für ihren Versuch, das Richtige zu tun, büßte, indem sie ihn verlor.

Dora war nun die große Stütze; sie blieb auf und saß die ganze Nacht im Wohnzimmer bei Elizabeth, kochte Tee und ließ sie von Henry als einem Menschen erzählen, wie ihn keiner von uns gekannt hatte – als Kind, Jugendlicher und junger Mann, bevor jemand hätte voraussagen können, was aus ihm werden würde. Als Sellick so wirkte, als wolle er noch länger bleiben, drängte Alec ihn zum Aufbruch. Wir standen im Vorraum und warteten auf das Taxi; nur Sellick schien sich wohl zu fühlen.

»Eine höchst unglückselige Sache«, meinte er in vielsagender Untertreibung.

»Es ist seltsam, sich vorzustellen«, sagte ich ganz benommen, »daß Sie Ihren Halbbruder nun nicht mehr kennenlernen werden.«

»Es ist immer seltsam, an den Tod zu denken.«

Ich blickte ihn rasch und forschend an, aber er hatte eine Miene aufgesetzt, die mir nichts sagte. »Was werden Sie nun tun?«

»Wir bleiben im Hotel ›Dolpin & Anchor‹ in Chichester – etwa eine Woche noch. Wenn Sie soweit sind, daß Sie mir die Nachschrift zeigen wollen, setzen Sie sich dort mit mir in Verbindung.« Ich hörte draußen das Taxi vorfahren. »Ich melde mich wieder, Martin. Vergessen Sie nicht – Sie arbeiten immer noch für mich.«

Sie waren abgefahren, ehe ich antworten konnte. In Wirklichkeit hatte ich schon nicht mehr für ihn gearbeitet, seit ich Eve kennengelernt hatte, und das wußte er. Aber als das Taxi in der Dunkelheit verschwand, blieben seine Worte in meinem Gedächtnis haften. Gehorchte ich immer noch, ohne es zu wissen, seinen Winken?

Der Morgen kam, aber es war kein guter Morgen. Elizabeths Hausarzt machte einen Besuch und verschrieb Tabletten. Sie ging nach oben, um zu ruhen. Ich trank in der Küche Kaffee, während Dora, der man einige Telefongespräche aufgetragen hatte, sich dort nützlich machte und mir erzählte, was sie wußte.

»Is' schon 'ne schlimme Geschichte«, sagte sie. »'ne ganz schlimme Geschichte. Mr. Henry . . . na ja, Sie kannten Mr. Henry. Aber der war doch immerhin wer. Und jetzt ist er einfach so . . . abgekratzt. Er und dieser andere.«

»Welcher andere?«

»Da war'n wohl zwei Autos beteiligt – so 'n echter Frontalzusammenstoß. Mr. Henry hat am Gibbet Hill einen Lkw überholt, da bei Hindhead. Beide Fahrer auf der Stelle tot. Sagt natürlich kein Mensch was, aber es klingt, als wär' Mr. Henry schuld. Der war immer schon eigensinnig.«

»Das klingt wirklich schlimm.«

Sie lehnte sich auf den Tisch neben mir. »Dieser Mr. Sellick – Ihr Freund da gestern abend . . .«

»Kein Freund von mir.«

»Hm. Also, das sollt' ich ja vielleicht nich' sagen, aber man hatte das Gefühl, der bringt Unglück über das Haus.«

»Kann gut sein, Dora. Kann gut sein.«

Für die Morgenzeitungen hatte sich der Unfall zu spät ereignet, aber er war im Radio gekommen. Gegen Mittag öffnete ich einem Reporter vom »Brighton Evening Argus« die Tür.

»Wie hat Lady Couchman die Nachricht verkraftet?«

»Was würden Sie erwarten?«

»Und Sie sind?«

»Ein Freund.«

»In der Fleet Street wird man die Sache groß herausbringen. Wie sehen Sie denn die Angelegenheit?«

»Als einen tragischen Unfall.«

»Man munkelt, es handle sich um Selbstmord.«

»Wieso?«

»Der Lkw-Fahrer hat ausgesagt, Mr. Couchman sei in einer unübersichtlichen Kurve auf die andere Straßenseite ausgeschert. Nachdem er bergauf fuhr, mußte er die Risiken kennen.«

»Jeder Mensch macht Fehler.«

»Dieser Fehler hat einem Menschen das Leben gekostet. Der Börsenkurs des Couchman-Unternehmens ist gefallen. Und gestern hat er seinen Rücktritt aus dem Schattenkabinett erklärt.«

»Was?«

Er schaute mich überrascht an. »Wußten Sie das denn nicht?«

Was bedeutete das? Ich sah zu, daß ich den Reporter loswurde, und versuchte nachzudenken. In der letzten Woche war Henry bereit gewesen, durch Bluff und Wutausbrüche für alles einen Ausweg zu finden. Um ein Haar hätte er damit bei mir Erfolg gehabt. Offenbar hatte ihm nichts ferner gelegen als Resignation und Selbstmord. Und doch . . . und doch. Zwanzig Meilen vor Miston. Hätte er überhaupt ankommen können? Es war, als hätte das ein unheimliches Fatum nicht zugelassen. Wie konnten er und Sellick, die Doppelgänger aus dem Doppelleben ihres Vaters, je zusammentreffen, ohne sich gegenseitig zu zerstören?

Elizabeth empfing mich am Nachmittag in ihrem Zimmer, ein stiller Hafen der Ruhe mit gebeizten Deckenbalken, blauen Stoffen und cremefarbenen Tapeten und Fenstern, die zum Garten und dem Wäldchen hinter dem Bach hinausgingen.

»Wo ist Mr. Sellick jetzt, Martin?«

»In einem Hotel in Chichester.«

Sie saß in einem Lehnstuhl am Fenster. Nur die Art, wie ihre Hände sich immer wieder von neuem um die Lehnenenden krampften, verriet etwas über ihren Gemütszustand. »Ich hatte gehofft, Sie würden Madeira sagen. Ich wünschte jetzt, ich hätte ihn nie eingeladen. Er kam aus keinem anderen Grund, als um Genugtuung zu suchen.«

»Ich fürchte, Sie haben recht.«

Sie sah zu mir auf. »Machen Sie sich nichts daraus, Martin. Ich werfe Ihnen nichts vor. Ich werfe niemandem mehr etwas vor.«

»Wenn nur alle so denken könnten.« Ich setzte mich auf die Bettkante gegenüber.

»Henry war kein guter Mensch. Auch sein Vater nicht. Aber zu mir waren sie gut.«

»Ich weiß. Das weiß ich jetzt wirklich.«

»Aber um welchen Preis, Martin?«

Ich wollte dieser Überlegung entgegentreten, ihretwegen und meinetwegen. »Es war ein Unfall.«

»Das glaube ich nicht und Sie wohl auch nicht. Wie ich höre, ist er gestern aus dem Schattenkabinett zurückgetreten. Warum? In welcher inneren Verfassung ist er aus London abgefahren?«

»Wer kann das wissen?«

»Letty – wenn überhaupt jemand.«

»Und wann werden Sie sie sehen?«

»Morgen. Helen holt sie zu Hause ab und bringt sie mit. Wir haben beschlossen, Henry hier in Miston an der Seite seines Vaters zu begraben. Die Beerdigung ist am Freitag.«

»Möchten Sie, daß ich weg bin, wenn sie ankommen?«

»Es wäre vielleicht das beste. Dora hat mir gesagt, sie würde Sie gern unterbringen. Ich möchte Sie in meiner Nähe wissen.«

»Sie können sich darauf verlassen.«

Sie blickte aus dem Fenster. »Es ist das beste für Letty, wenn sie herkommt. Die Presse läßt ihr offenbar keine Ruhe. Henrys Rücktritt hat ihren Argwohn geweckt. Sie werden nicht ruhen, bis sie bewiesen haben, daß der Zusammenstoß kein Unfall war. Wenn sie recht behalten – wenn wir recht behalten –, dann ist alles noch schlimmer als vorher, weil Henry dann einen unschuldigen Menschen mit in den Tod genommen hat.«

»Wir können uns dessen nicht sicher sein. Das kann niemand.«

»So traurig es ist Martin, aber das ist kein Trost.«

Das unbedingte Verlangen, mich zu beschäftigen, um die unausgefüllten Stunden des Tages hinter mich zu bringen, trieb mich aus dem Haus in die brütende Stille des frühen Abends. Ich wollte den MG nehmen und über die Landstraßen brausen. Als ich beim Wagen anlangte, den ich neben der Garage abgestellt hatte, blieb ich wie angewurzelt stehen. Jemand hatte eine Nachricht unter den Scheibenwischer gesteckt. Ich zog den Zettel darunter hervor, um die Nachricht zu lesen.

»Martin – falls du reden möchtest: bin bei der Kirche. E.« War sie immer noch dort? Wann hatte sie die Nachricht hier hinterlassen? Ich stürmte davon, um es zu erfahren.

Sie wartete am Eingang und lehnte sich gegen einen der Pfeiler. Ich erinnere mich, wie ich, während ich auf sie zuging, an Straffords Verabredung mit Elizabeth dachte, die auch für diesen Ort und für die gleiche Zeit gegolten hatte, Jahre zuvor.

Als ich noch ein paar Meter entfernt war, stieß Eve sich vom Pfeiler ab und wandte sich mir zu. Sie war ganz in Schwarz gekleidet. Sie blickte streng, ernst und kämpferisch.

»Warum bist du hier?« fragte ich.

»Um mein Eigentum zu holen.«

Ich warf ihr die Schlüssel zu, die sie mühelos auffing. »Ich finde es überraschend, daß du keine Anzeige erstattet hast.«

»In der Tat?«

»Du sagtest in deiner Nachricht, du wolltest reden.«

»Nein. Ich habe gefragt, ob du reden wolltest.«

»Gut, das will ich. Bleiben wir gleich beim Thema Eigentum. Du hast mich an diesem Tag nach Braunton Burrows gefahren, damit Timothy freie Bahn für seinen Einbruch bei den Bennetts hätte, wo er die Nachschrift finden wollte.«

»Das glaubst du?«

»In der Tat. Dann, als du festgestellt hattest, daß sie nicht dort war, hast du mich dazu überredet, sie dir auszuhändigen. Nur habe ich dich zusammen mit Timothy gesehen, bevor es dazu kommen konnte – und da wurde mir bewußt, was für ein Narr ich gewesen war.«

»Wenn ich wirklich so weit gegangen bin, wäre es nicht ziemlich leichtfertig gewesen, mich vor der Übergabe mit Timothy sehen zu lassen?«

»Du leugnest es also?«

»Ich muß gar nichts leugnen, Martin. Ich glaube nicht, daß du überhaupt weißt, wessen du mich beschuldigst.«

»Ich beschuldige dich, Timothy Couchmans Besitz zu sein, seit du das Stipendium angenommen hast. Alles in Cambridge – das ganze Getue mit dem zu schreibenden Buch, das ganze subtile Ködern –, das war alles nur Schau. Alles, was ich sagte, ging durch dich weiter. Sie waren über jeden Schritt, den ich tat, unterrichtet. Du hast mich am Gängelband geführt.«

»Das hast du selbst getan. Es war nicht Schau. Glaubst du im Ernst, was am Strand geschehen ist, war Schauspielerei? Glaubst du im Ernst, ich würde Leib und Seele opfern, bloß um dich für Timothy Couchmans schmierige kleine Tarnmanöver hinters Licht zu führen? Oder ist das bloß eine Form, deine eigene Vergangenheit zu tarnen? Bitte sag mir das. Ich würde für mein Leben gern wissen, was du wirklich denkst.«

Ihre Augen und ihre Stimme: eiskalt an diesem schwülwarmen Abend. Wollte sie mich treffen, um mir etwas mitzuteilen? Wer täuschte sich hier in wem? Sie stand stockstill, aber in ihren Augen irrlichterten Möglichkeiten, die ich nicht begreifen konnte.

Ich schwieg, wußte nicht, was ich sagen sollte. Schließlich rührte sie sich und bedeutete mir durch ein Aufblitzen in ihren Augen das Ende unserer Unterredung. Sie ging geradewegs an mir vorbei, ohne mich anzuschauen oder ein Wort an mich zu richten, und ich folgte ihr mit meinen Blicken bis an die Pforte, ehe sie sich überhaupt nur einmal umsah. »Es hat, wie ich höre, wieder einen Unfall gegeben«, sagte sie und ging weiter.

Ich stand noch unter dem Torbogen, als ich ein paar Minuten

später den Motor des MG auf der Straße aufheulen hörte. Eve war fort, und nun begannen die ersten schweren Regentropfen auf den Weg vor der Kirche zu fallen.

Helen und Letty wollten am nächsten Tag zum Mittagessen ankommen, so daß ich gleich nach dem Frühstück meine Sachen packte und Dora zu ihrem Häuschen begleitete – ein Reihenhaus in einer Arbeitersiedlung bei der ehemaligen Mühle am anderen Ende des Dorfs. Dora war Kriegswitwe – »Mr. Bates«, wie sie ihn zu nennen pflegte, war 1941 mit einem Handelsschiff im Atlantik untergegangen –, und sie bewohnte die Nummer 3 im Rackenfield allein; die Arbeit in Quarterleigh betrachtete sie als eine Möglichkeit, aus dem Haus zu kommen und sich nützlich zu machen. Entschlossene Geschäftigkeit war ihre Reaktion auf alles, auch auf Elizabeths schmerzlichen Verlust. Daß sie mich in ihrem etwas muffig riechenden Hinterzimmer unterbringen konnte, war im Grunde ein Segen.

Es bedeutete außerdem, daß sie mich über alles, was in Quarterleigh vorging, auf dem laufenden halten konnte. Nachdem sie hingegangen war, um das Mittagessen auf den Tisch zu bringen, kehrte sie hocherfreut zurück, um mir mit Verschwörermiene mitzuteilen, daß Letty mich zu sehen wünsche. Nicht Elizabeth, wie ich erwartet hatte, oder etwa Helen, sondern die eine Frau, von der ich nicht vermutet hätte, daß sie mir in einer solchen Zeit auch nur einen flüchtigen Gedanken schenken würde.

Ich ging unverzüglich in den Garten hinüber und traf Letty zwischen den Rhododendren an, wo sie gedankenverloren mit den Fingern über die Blüten strich. Ich sprach sie an.

»Hallo, Martin.« Sie lächelte ein bißchen; in ihren Bewegungen wirkte sie ruckartig und verängstigt.

»Ich habe deine Nachricht erhalten.«

Langsam schlenderten wir zum Bach hinunter. »Elizabeth hat mir alles erzählt. Warum Henry nach der Konferenz in Torquay so bedrückt war. Warum du ihn vorige Woche aufgesucht hast.« Sie blieb stehen und sah mich herausfordernd an. »Wußtest du, was geschehen würde?«

»Nein – Gott ist mein Zeuge. Als ich Henry letzte Woche verließ, war er guter Dinge.«

Sie ging wieder weiter. »Das dachte ich auch. Bis ...«

»Bis wann?«

»Sonntagabend. Er erhielt einen Anruf und ging unmittelbar danach aus dem Haus. Er sagte, er habe eine Verabredung im Klub. Einige Stunden später kam er gerade rechtzeitig zurück, um mit Elizabeth zu sprechen. Er wollte weder darüber noch über die Verabredung reden und ging bloß in sein Arbeitszimmer hinauf, wo er die Nacht über arbeitete.«

»Wußtest du, daß er seine Rücktrittserklärung abgeschickt hatte?«

»Nein. Das hat er überhaupt nicht erwähnt. Als er am Nachmittag aufbrach, erwartete ich ihn ...« Der Rest ihrer Worte verlor sich in einem leisen Schluchzen, bis sie sich wieder fing. »Hast du die Zeitungen heute morgen gesehen?«

»Nein.«

»Sie stellen da eine Verbindung zwischen seinem Rücktritt und dem Unfall her – spielen auf Selbstmord an und Schlimmeres.«

»Das ist doch bloß Gerede in den Zeitungen.«

Sie sah mich aus ihren großen, flehenden Augen an. »Nein. Wir wissen beide, daß es nicht so ist. Henry hätte einen Skandal nie überstanden. Der gute Ruf, der äußere Schein, Respekt: Für ihn zählte das viel. Ohne das konnte er nicht leben.«

»Er glaubte es.« Sie ging weiter bis ans Bachufer, aber ich folgte ihr nicht. Wenn sie recht hatte, dann war, seit er sich in der letzten Woche herausgeredet hatte, etwas Neues eingetreten. Am Sonntag, während ich mich mit Alec im »Royal Oak« getroffen hatte. Und dann ... lockte ihn eine unübersichtliche Kurve am Gibbet Hill in ewiges Vergessen.

Ich ging nach Rackenfield zurück und durchdachte noch einmal Lettys Worte. Aber das Rätsel blieb unlösbar. Ich konnte nicht glauben, daß Henry sich aus lauter Angst vor einem Treffen mit seinem Halbbruder in den Selbstmord treiben ließ, und an einen Unfall glaubte ich ebensowenig. Irgendwo wartete die Wahrheit darauf, von mir entdeckt zu werden, aber wohin ich blickte, ich nahm sie nicht wahr. Sie war wie ein schwarzer Fleck am Rande meines Sehfelds, der verschwand, sobald ich ihn fixieren wollte.

Beim Frühstück händigte Dora mir eine Nachricht von Elizabeth aus, die sich in ihr Zimmer zurückgezogen hatte, mich aber am Abend sprechen wollte. Ich vertrödelte den Tag und ging dann hinüber, sobald es mit Anstand möglich war; ich wurde auf ihr Zimmer geführt. Sie wirkte gefaßt und wach.

Sie teilte mir mit, sie habe die ganze Familie zu einem Treffen nach dem Begräbnis aufgefordert, um das zu erörtern, was nach ihren ursprünglichen Hoffnungen Henry und Sellick im gegenseitigen Einverständnis vereinbaren sollten – wie man den Betrug, auf den Sir Gerald das gesamte Wohlergehen der Familie gebaut hatte, wiedergutmachen könne.

»Was erhoffen Sie sich von diesem Treffen?« fragte ich.

»Eine Einigung – und da kommen Sie ins Spiel. Was ich mir vorstelle, bedarf vor allem Ihrer Zustimmung.«

»Wieso meiner?«

»Weil es die Nachschrift betrifft und Sie als derjenige, der sie gefunden hat, das letzte Wort über ihre Verwendung haben.«

»Ich habe sie an Sie weitergegeben, Elizabeth, weil ich glaubte, das sei am ehesten in Straffords Sinn, und deswegen werde ich Ihr Urteil respektieren. Was haben Sie damit vor?«

Sie sah mir gerade in die Augen. »Sie zu vernichten.« Offenbar hatte ich erkennen lassen, wie entsetzt ich war. »Ich weiß, es muß aussehen wie reinste Blasphemie, wenn man sich bewußt macht, welche Vorsichtsmaßregeln Edwin getroffen hat, um sie sicher zu verwahren. Ich habe lange darüber nachgedacht. In einem gewissen Sinn hat sie ihn das Leben gekostet. Hätte es sie nicht gegeben, dann wäre Ambrose mit Sicherheit noch am Leben. Und aller Wahrscheinlichkeit nach auch Henry. Ich kann einfach nicht glauben, daß Edwin wünschen würde, daß ihre Existenz einen so hohen Preis fordert.«

»Ich weiß nicht, was ich sagen soll. Nach all meinen Anstrengungen, sie überhaupt zu finden ...«

»Ich verstehe Ihre Gefühle, Martin. Es muß wie ein schrecklicher

Rückzieher wirken. Es muß so aussehen, als ob es meiner Familie allzusehr zugute kommt, wenn. . .«

»Solche Motive vermute ich nicht bei Ihnen, Elizabeth. Bei anderen vielleicht. Ich verstehe die Logik Ihrer Argumente. Es ist einfach wahnsinnig schwer . . .«

»Das ist mir bewußt. Deswegen habe ich mich auch entschieden, es Ihnen jetzt zu sagen, so daß Sie noch vor dem Treffen darüber nachdenken können.«

»Ich kann mir nicht vorstellen, daß Sellick zustimmt.«

»Ich hoffe es aber. Vielleicht hat er jetzt das Gefühl, daß man ihm sein . . . Pfund Fleisch gegeben hat.« Sie sah an mir vorbei, und ich bemerkte, wie sich ihre Züge auf eine Weise verhärteten, die ich noch nicht kannte. »Wenn nicht, dann werde ich vielleicht ohne sein Einverständnis handeln müssen. Wissen Sie, die Wahrheit ist eine Sache, aber ich kann an ihr nicht meine ganze Familie zugrunde gehen lassen. Wir sind Mr. Sellick einiges schuldig, aber nicht alles.« Sie hatte recht. Sie schuldeten Sellick nicht so viel, wie er offenbar entschlossen war sich zu holen.

»Ich werde mich hinter jede Entscheidung von Ihnen stellen.«

Sie ergriff meine Hand. »Danke, Martin. Auf diese Antwort hatte ich gehofft.« Es war, wahrhaftig, die einzige Antwort, das wenigste, was ich am Ende für sie tun konnte.

Unten im Vorraum traf ich auf Helen. Unser Zusammentreffen vor dem Hotelzimmer ergab sich so zwangsläufig, daß man vermuten durfte, sie habe mich abgepaßt.

»Ich möchte mit dir sprechen, Martin.«

»Worüber?«

»Meinen Vater.« Ich folgte ihr ins Zimmer zurück. »Die gerichtliche Voruntersuchung ist heute morgen eröffnet und dann vertagt worden. Man wird sie am kommenden Mittwoch wieder aufnehmen.«

»Und du kennst jetzt den ganzen Hintergrund?«

»Ja. Und die Presseleute wissen, daß etwas im Busch ist. Es ist eine verfluchte Schande.« Es kam selten vor, daß sie fluchte. Es war der einzige Hinweis darauf, daß sie in Schwierigkeiten war. »Ich bin nicht der Meinung, daß er diesen Tod verdient hat.« Sie blickte mich an. »Vielleicht bist du anderer Meinung – und vielleicht hast du recht. Wenn ich dich um etwas bitte, dann nicht seinetwegen, sondern meinetwegen – für Laura, wenn du so willst.«

»Und worum bittest du mich?«

»Ich bitte dich, nichts von diesem Dokument verlauten zu lassen, das Großmama besitzt, nichts von dem, was den Coroner auf die Selbstmordthese bringt. Wenn es soweit kommt, dann würde das heißen, daß mein Vater diesen bedauernswerten anderen Menschen umgebracht hat. Und die Journalisten werden nicht ruhen, bis sie alles wissen – über diesen Sellick, über die andere Ehe von Großvater.«

Es überraschte mich selbst, wie wenig ich zögerte, sie zu beruhigen. »Mach dir keine Sorgen. Ich werde nichts sagen.«

Sie sah verblüfft aus. »Wirklich nicht?«

»Nein, wirklich nicht. Ich will dir nicht weh tun.«

Jetzt sah sie nicht mehr überrascht, sondern verwirrt aus. »Ich hatte geglaubt, das müsse so sein. Ich dachte, deswegen hättest du die ganze Geschichte ins Rollen gebracht.«

»Nein.« Ich schüttelte zögernd den Kopf. »Wenn du mir das glauben kannst – ich wollte die ganze Zeit nichts als die Wahrheit.« Das stimmte nicht ganz, aber ganz falsch war es auch nicht. »Viel Gutes hat sie mir nicht beschert.«

»Das gilt für uns alle.«

»So ist das mit der Wahrheit. Ich hätte es längst aus der Geschichte lernen müssen.« Ich ging auf die Tür zu, blieb aber stehen, als sie noch etwas sagte.

»Martin ... Es tut mir leid, wenn ich dich falsch eingeschätzt habe.«

Ich sah zurück. »Das macht nichts«, sagte ich. Dann ging ich.

Was machte es schließlich für einen Unterschied? Eine unbedeutende Fehleinschätzung. Ich durfte mich nicht beschweren. Ich hatte das Leben ebenso falsch beurteilt wie das Leben mich. Ich machte Helen keine Vorwürfe, weil sie mir Vorwürfe gemacht hatte. Ich hätte niemandem deswegen Vorwürfe gemacht.

Auf dem Rückweg kam ich an einem Totengräber vorbei, der seine

Arbeit tat, indem er mit routinierten Bewegungen nassen Lehm auf eine Plane schaufelte. Er nickte mir zu, als er meinen Blick in seine Richtung bemerkte, und fuhr in seiner Arbeit fort. Für mich kündigte die Grube, die da durch ihn neben dem Grab von Sir Gerald langsam Form gewann, sehr viel mehr an als ein bloßes Begräbnis.

Freitag, der 17. Juni, war ein Regentag in Miston. Mit dem Morgengrauen setzte ein Nieselregen ein, den der Wind in Schleiern vor sich hertrieb, die, als er sich etwas legte, immer dichter wurden, bis schräg fallende Tropfen in gleichmäßigem Rhythmus herunterkamen. Wie der Totengräber war auch der Regen schon vor uns da und würde lange nachdem wir uns davongestohlen hatten, wieder zurückkehren.

Was immer an Gerüchten verbreitet wurde, wie laut auch hinter vorgehaltener Hand Vermutungen geraunt wurden, von offizieller Seite wurden Henry alle Ehren zuteil. Eine schäbige Beisetzung wäre einem Geständnis der Mitschuld gleichgekommen. So war die Prozession schwarzglänzender Limousinen, die kurz vor Mittag fast geräuschlos die Dorfstraße entlangfuhren, so eindrucksvoll, die Kränze so mächtig und fahl in den Farben, die öffentlich zur Schau gestellte Trauer so unübersehbar, daß – für den Augenblick – alle Zweifel und Fragen verstummten. Dennoch klickten die Kameraverschlüsse, und die Schaulustigen ließen sich nichts entgehen. Es war allen Beteiligten klar, daß die Feierlichkeiten der Zeremonie nur eine Waffenruhe bedeuteten.

Die kleine Kirche war bis auf den letzten Platz besetzt, in der Mehrzahl von Menschen, die mir unbekannt waren: Parteigrößen mit ihrem Troß, Direktoren des Unternehmens Couchman zusammen mit ein paar treuen Angestellten, ein paar Dorfbewohnern, die damit Elizabeth ihren Respekt bezeugten. Ich nahm auf einer Bank neben Dora Platz. Sie stieß mich mit dem Ellenbogen in die Seite und deutete mit einer Kopfbeugung auf Sellick, der gemessenen Schrittes auf einen Platz zustrebte. Er mußte unmittelbar hinter mir gewesen sein, ohne daß ich es bemerkt hatte. Die Vorstellung jagte mir einen Schauder über den Rücken: daß er am gefährlichsten war, wenn man ihn am ehesten übersah.

Während die Träger mit dem messingbeschlagenen Sarg zum Altar schritten, behielt ich Sellick im Auge: ein scharfäugiger Wächter, der die schwarzgekleideten Gestalten prüfend musterte und tatsächlich mit Timothy einen vielsagenden Blick tauschte, der zu erkennen gab, daß er nicht der ehrerbietige Trauergast war, als der er nach außen hin auftrat.

Die Familienangehörigen nahmen ihre Plätze in der Reihe vor uns ein. Nur Elizabeth drehte sich um, um uns zuzunicken. Was die anderen betraf, so schaute Letty auf den Boden, Helen sah starr geradeaus, Ralph richtete den abschätzenden Blick des Antiquitätenhändlers auf die Kirchenfenster, und Timothy befingerte seine Lippen, als vermisse er eine Zigarette. Sie hatten vielleicht gehofft, ich würde nicht kommen.

Während vorn der Gottesdienst zelebriert wurde, wanderten meine Gedanken zu der Zeit vor nur wenigen Wochen zurück, als man Ambrose so hastig unter die Erde gebracht und kaum jemand Notiz davon genommen hatte. Eine Zeit von nur wenigen Wochen? Auch eine Zeit der Enthüllungen und der Schicksalsschläge. So vieles hatte sich gewandelt, so wenig war anders. Noch ein tragischer Unfall, für den es nur unbefriedigende Erklärungen gab, noch ein Rätsel, das dem Geschehen nicht gerecht wurde.

Und Sellick war immer noch da. Was dachte er wohl, als er seine Handvoll feuchter Erde auf den Sarg warf, den man ins Grab hinabgelassen hatte? Was bedeutete diese heftige Säuberung der Handschuhe, die er anschließend vornahm? Für diejenigen, die weinten oder ihrer Wege gingen, nichts. Aber einiges für die, die den Eindruck hatten, Zeuge zu sein, wie hier eine Jagdbeute zur Strecke gebracht wurde.

Der Salon in Quarterleigh, mit zusätzlichen Stühlen und einem Büffet, auf dem Dora Salate angerichtet hat, die niemand will. Die Couchmans als Familie, mit den Lücken aus alter und Zugängen aus neuerer Zeit, vollzählig und in verschiedenen Posen der Trauer versammelt; die einen sitzen, die anderen stehen, formen Konversationsklischees und sondern sie ab, trinken wenig, essen noch weniger.

Helen und ihre Mutter auf einem Sofa am Kamin, wo sie ein zielloses Gespräch über den Ablauf der Zeremonie führen, um sich davon abzulenken, was sie eigentlich bedeutet. Ralph und Timothy am Fenster, wo Ralph erklärt, wie man gefälschte Ölgemälde erkennt, während Timothy träge und desinteressiert dabeisteht und sein Glas regelmäßig mit Gin auffüllt. Elizabeth, die Dora gutmütig dafür schilt, daß sie zuviel zu essen vorbereitet hat, während sie sich möglicherweise an einen ähnlichen Moment 23 Jahre früher erinnert. Sellick, der mich in stummer Drohung vom anderen Ende des Zimmers her fixiert und dabei mit einer kleinen Wedgewood-Vase spielt.

Elizabeth hatte sich offenbar für kurze Zeit entfernt, denn in diesem Augenblick bemerkte ich, wie sie wieder mit einem Paket hereinkam, von dem ich wußte, daß es die Nachschrift enthielt. Sie öffnete es und legte es so vor Helen und Letty auf den Teetisch, daß alle aufblickten.

»Meine Lieben«, sagte sie, »ihr habt inzwischen alle Mr. Sellick kennengelernt«, sie deutete zu ihm hinüber, »und wißt auch alle, worum es sich bei diesem Dokument handelt.« Sie legte die Hand auf die Nachschrift. »Es ist jetzt soweit, daß wir miteinander darüber reden sollten, was damit geschehen soll. Meine Einladung an Mr. Sellick diente ursprünglich dem Ziel, die Pflichtversäumnisse wiedergutzumachen, die sich unsere Familie ihm gegenüber zuschulden kommen ließ: Anders darf man das nicht nennen. Nun aber, nachdem Henry nicht mehr da ist, ist niemand mehr übrig, dem man auch nur indirekt eine Mitschuld an diesen Versäumnissen vorwerfen könnte.« Ich schaute zu Letty: das Gesicht grau, jeder Ausdruck darin ausgelöscht. Dann zu Helen: Hände und Augen in fahriger Bewegung, unsicher, wie ein so aufrichtiges Bekenntnis aufzufassen sei. »Durch den Tod Henrys haben wir einen Schicksalsschlag erlitten, von dem wir uns weder leicht noch rasch erholen werden.« Sellicks Augen, wie Diamanten in einem Gesicht von Granit, die prüfend jene Menschen durchbohrten, die ihn verleugnet hatten. »Aus diesem Grund könnte man es für die gerechteste Entscheidung halten, dieses Dokument zu vernichten, jetzt, wo durch seinen Inhalt nur noch die Erinnerung an Henry leiden kann.« Ralph fingerte an seiner Jackentasche herum, um eine Mischung aus Verblüffung und Verlegenheit zu kaschieren. Neben ihm lehnte sich Timothy schlaff gegen das Fensterbrett und widmete sich hingebungsvoll jeder kleinsten Nuance beim Anzünden seiner Zigarette. Elizabeth nahm auf einem Lehnstuhl Platz, der hinter ihr stand. »Jetzt müßt ihr also entscheiden.«

Wer außen gestanden hatte, trat nun in die Mitte; jeder richtete den Blick auf die Nachschrift. Timothy setzte sich seiner Schwester gegenüber und streckte die Beine aus. Sellick trat hinter ihn und bezog Stellung am Kamin; mit seinem weit ausgestreckten Arm, den er auf dem Eichenbalken über der Feuerstelle ruhen ließ, wirkte er, als seien wir alle in seiner Gewalt. Ich stellte mich hinter Elizabeths Stuhl, während Ralph sich auf dem Sofa neben Helen niederließ und in einer plumpen Geste ihre Hand hielt.

Letty beugte sich vor, um die Nachschrift genauer zu betrachten. »Nichts kann Henry mehr zurückbringen«, sagte sie. »Aber mir ist, als wäre dieser Band irgendwie für seinen Tod verantwortlich. Es würde mich glücklicher machen, wenn er nicht mehr da wäre . . . und uns beunruhigen könnte.«

Jetzt meldete ich mich zu Wort. »Wir können kaum Strafford die Verantwortung für das aufbürden, was andere aus seinen Worten machen. Jede Verantwortung für Henrys Tod liegt unbestreitbar in der Gegenwart, nicht in der Vergangenheit.«

»Sehr treffend formuliert, alter Freund«, sagte Timothy gedehnt. »Aber was willst du damit eigentlich sagen?«

»Ich will damit sagen – alter Freund –, daß die Ursache für Henrys aufgewühlten Zustand, der letztlich seinen Unfall herbeiführte, bei der Person oder Sache zu suchen ist, mit der er wenige Stunden zuvor in seinem Klub konfrontiert war. Wer oder was das war, wissen wir nicht.« Ich redete mit Timothy, blickte jedoch Sellick dabei an.

»Das werden wir jetzt nie mehr erfahren«, warf Helen ein. »Das ist es ja gerade. Ich wünschte, diese ganze vermaledeite Geschichte hätte nie angefangen.« Sie bedachte mich mit einem bitterbösen Blick, so als wolle sie vor Ralph die gehörige Portion Feindseligkeit demonstrieren. »Es ist doch bei Gott alles weit genug gegangen. Ich habe meinen Vater verloren. Die Leute von der Presse streichen um unser Haus. Jetzt erfahre ich noch, daß die Firma in Schwierigkeiten ist ...«

»Wie bitte?« sagte Ralph. Der letzte Satz machte ihm Sorgen, vermutlich um seinen eigenen Anteil.

»Eine kleine Turbulenz«, beruhigte ihn Timothy. »Die stehen wir leicht durch – falls wir Ruhe bewahren.«

»Vor allem ist es so«, sagte Helen, »daß wir sie leichter überstehen, wenn wir hinsichtlich dieses Dokuments einen vernünftigen Entschluß fassen. Warum sollten wir denn unseren Feinden selbst die Munition in die Hände liefern?«

»Was für Feinde?« fragte ich.

»Es gibt viele Menschen, die mit Vergnügen über die herfallen, die erfolgreicher sind als sie.« Sie klang allmählich wie ihr Vater. »Was würde denn geschehen, wenn ihnen dieses Buch in die Hände fiele?«

»Meine Liebe«, sagte Elizabeth, »eine solche Gefahr besteht doch nicht.«

»Solange es existiert, kann es gar nicht anders sein. Ist denn nicht gerade das bereits geschehen?«

»Du sprichst offenbar von meinen Händen«, sagte ich. »Stimmt, ich habe es gefunden, wie ein beliebiger anderer es hätte finden können. Das willst du wohl damit sagen?«

Helen lehnte sich wieder zurück. »Wenn du dir die Jacke anziehen willst, Martin.« Was sie sich am Vortag abgerungen hatte, war schon wieder vergessen.

Elizabeth versuchte schlichtend einzugreifen, indem sie dem Gespräch eine andere Richtung gab. »Von Ihnen haben wir noch keine Meinung gehört, Mr. Sellick. Was haben Sie in dieser Sache zu sagen?«

Sellick ließ seinen Arm vom Kaminsims gleiten, als ob er wie ein Raubvogel im Sturzflug über das Proszenium seiner privaten Bühne herabstoße. »Nun, Lady Couchman, Sie würden wohl kaum leugnen wollen, daß meine Herkunft Ihre Familie in ein schändliches Licht rückt?« Es hörte sich an wie eine Kriegserklärung, die über einen trivialen Familienzank heranbrach, und auf den Gesichtern derer, die am wenigsten darauf vorbereitet waren – Helen, Letty und Ralph –, malte sich der Schrecken ab. Anders bei Timothy – sein Gesicht verschwand hinter einem Vorhang von Zigarettenrauch und Höflichkeit – oder bei Elizabeth, wenn man nach der Festigkeit urteilte, mit der sie ihm ihre Antwort gab.

»Nein, das würde ich nicht leugnen.«

»Und auch nicht, daß die Nachschrift den Beweis für diese Schande darstellt?«

»Auch das nicht. Ich verstehe, was Sie meinen, Mr. Sellick. Meine Familie hat ein offenkundiges und begründetes Interesse an der Vernichtung eines Gegenstandes, den man als Belastungsmaterial betrachten könnte.«

»So daß also«, sagte Sellick, indem er sich unvermittelt über den Tisch beugte und die Nachschrift ergriff, »eine Veröffentlichung des Inhalts dazu führen würde, daß Sie Ihren Titel einbüßen würden, Ihre Familie die legitime Herkunft und das Couchman-Unternehmen«, hier warf er einen Blick auf Timothy, »seine Solidität.«

Elizabeth sah unbeeindruckt zu Sellick auf, der mit der Nachschrift in der Hand drohend über ihr stand. »Völlig richtig, Mr. Sellick«, sagte sie mit eisiger Stimme. »Das steht in Ihrer Macht.«

Er legte den Band langsam auf den Tisch zurück, an das Ende, das Elizabeth am nächsten war, und trat zurück. »Dann bin ich damit einverstanden, daß sie vernichtet wird«, verkündete er. »Ich habe nicht den Wunsch, diese Macht auszuüben. Wir wollen die Nachschrift nun, da Henry tot ist, begraben.«

Ich starrte ihn ungläubig an. Konnte das überhaupt ernst gemeint sein? Daß er freiwillig den Anspruch auf ein so wirkungsvolles Instrument seines Willens aufgab, stand im Widerspruch zu allen Intrigen, die er gesponnen hatte, um diesen Moment zu erzwingen, widerlegte alles, was ich inzwischen von ihm glaubte. Dem eingetretenen Schweigen war zu entnehmen, daß auch die anderen ähnlich empfanden.

Außer Timothy. »Sie sind ein Gentleman, Mr. Sellick«, sagte er. »Ich bin überzeugt, daß wir alle die Vernunft zu schätzen wissen, die aus Ihren Worten spricht.«

Elizabeth raffte sich jetzt auf. »Wenn Sie das ernst meinen, Mr. Sellick, dann kann ich nur sagen, daß ich Ihnen für diese großherzige Geste zu größtem Dank verpflichtet bin; wir hatten kein Recht, sie von Ihnen zu erwarten, ich bin aber von Herzen froh, daß Sie sich dazu überwinden konnten.«

Die verblüfften Gesichter rund um den Tisch drückten jetzt alle dasselbe aus: eine Erleichterung, die an Selbstzufriedenheit grenzte. Natürlich war es für sie ganz logisch und in gewisser Weise für Sellick ebenso. Nur ich war völlig verwirrt, durch mein vorher gegebenes Versprechen aber verpflichtet, keine Einwände zu machen.

»Es muß sich niemand zu irgendeiner Form von Dank verpflichtet fühlen«, fuhr Sellick fort. »Wenn die Aussicht auf ein Zusammentreffen mit mir hier am Montag wie auch immer zu Henrys Unfall beigetragen hat, dann möchte ich hoffen, daß die Vernichtung dieses Dokuments als Zeichen meines Bedauerns gelten darf.« So vornehm formuliert, so versöhnlich vorgebracht und doch, davon war ich überzeugt, so abgrundfalsch.

Die Wirkung, die er hervorrief, entsprang natürlich nicht den honigsüßen Worten; sie entsprach vielmehr dem brennenden Verlangen seiner Zuhörer, ihm zu glauben. Sie glaubten ihm bereitwillig, so bereitwillig, daß mir keine Zeit mehr blieb zu begreifen, was sein Zugeständnis bedeutete, oder es in einem Zusammenhang mit den Schlußfolgerungen zu sehen, die sich in unserem ersten, abgesprochenen Gespräch abzuzeichnen begannen.

Der Regen hatte aufgehört. Der Himmel war stumpf und grau, und über den Garten von Quarterleigh hatte sich eine nachmittägliche, trügerische Ruhe voller Ahnungen gesenkt. Die Personengruppe bewegte sich wie in unbewußter Fortführung des Bestattungsrituals zum Brennofen hinter dem Wintergarten. Ralph schob ein paar zerknüllte Zeitungen und Anmachholz hinein, Timothy goß etwas Petroleum darüber und schnipste ein brennendes Streichholz hinterher; die Flammen züngelten, das Holz knisterte. Elizabeth reichte ihm die Nachschrift und bat ihn, wie vereinbart damit zu verfahren. Vielleicht brachte sie es nicht übers Herz, die Sache selbst zu erledigen oder mich zu bitten, es an ihrer Stelle zu tun. Es war jedenfalls Timothy, der mit einer Geschicklichkeit, die sein Vater bewundert hätte, jedes einzelne Blatt aus dem Einband riß und ins Feuer warf.

Jede Seite blieb sekundenlang unangetastet in den Flammen, für einen Augenblick trotzte Straffords flüssige Handschrift dem Anschlag. Dann wanderte ein gelber Streifen vor der schwärzenden Flammenflut über das sich kräuselnde Papier hinweg und verzehrte die mit fester Hand gezogenen Striche. Ich spürte den beißenden Rauch in meinen Augen, als er, verbrannte Fetzen mit sich wirbelnd, zum Bach hinunter trieb.

Als alle Blätter verbrannt waren, machte Timothy Anstalten, den Einband hinterher zu werfen, aber ich legte meine Hand auf seinen Arm, um ihn daran zu hindern. »Das reicht«, sagte ich. »Man braucht die Sache ja nicht zu übertreiben. Ich nehme das schon.«

»In Ordnung, mein Bester«, sagte er und zog die Augenbrauen hoch. »Behalte es als Erinnerungsstück. Das will ich dir nicht mißgönnen. Nach all den Anstrengungen, die du unternommen hast, mich daran zu hindern, überhaupt nur einen Blick darauf zu werfen, ist das wohl berechtigt.«

Ich nahm ihm den Einband aus den Händen. »Meine Anstrengungen waren nichts verglichen mit deinen, sie zu finden.«

»Ich verstehe wohl nicht ganz, was du sagen willst.«

»Einbruch in fremde Häuser – so in dieser Art.«

»Das ist nicht mein Stil, Martin. Du mußt mich mit jemandem verwechseln.«

Ich gab ihm keine Antwort, sondern klappte bloß die Einbanddeckel zu und verließ rasch das Haus. Timothys schmutzige Machenschaften schienen plötzlich nichts mehr zu bedeuten. Die Vernichtung der Nachschrift löste bei mir ein Gefühl der Verlassenheit aus. Es war, als trauerte ich das erste Mal um Strafford. Und wie er zögerte ich nicht mehr, nachdem die Entscheidung einmal getroffen worden war. Ich kehrte Quarterleigh den Rücken und überließ die Couchmans ihren eigenen Absichten.

Den Abend ersäufte ich im »Royal Oak« und erwachte am späten Morgen in Rackenfield. Die Stille im Haus verriet mir, daß Dora aus war, so daß ich mich in die Küche verdrückte und mir einen Kaffee kochte. Dort saß ich dann kaffeetrinkend am Fenster, starrte in den Garten in all seiner nutzlosen Sommerpracht und dachte darüber nach, wie wir am Vortag die Familienwunde der Couchmans endgültig ausgebrannt hatten.

War es auch wirklich endgültig? Es war zu mühelos gewesen, um tatsächlich daran zu glauben. Alle meine Zweifel vereinigten sich in der Person Sellicks. Seine Kehrtwendung hatte die aufgebaute Spannung dramatisch abfallen lassen und den schon absehbaren Familienkrieg entschärft, bevor der Zünder zum Auslösen der Detonation überhaupt zu ticken begann. Im übrigen kannte ich alle Gründe, warum die Familie das Verbrennen der Nachschrift für die beste Lösung halten würde, und natürlich auch, warum ich das unterstützt hatte. Das war meine selbstlose Verneigung vor Strafford, mein Versuch, seinen letzten Willen zu ehren. Und doch hatte ich ihn damit gleichzeitig verraten. Ihn, dessen Geschichte zu erzählen gewesen wäre, hatte man für immer zum Schweigen gebracht. Innerlich wand ich mich bei dem Gedanken daran und spürte den bitteren Nachgeschmack von dem gestrigen Versuch, diese Erinnerung hinunterzuspülen: Gutes war daraus nicht entstanden.

Als Dora zurückkam, kam sie energisch zur Sache.

»Die Welt hat Se wohl wieder, was? In Quarterleigh sind die Leute schon seit Stunden auf den Beinen.«

»Ach, wirklich?«

»Jetzt könn' Se wieder hin. Helen und Ralph sind mit Mrs. Couchman nach London, Mr. Timothy is' auch irgendwo abgeblieben – und dieser Mr. Sellick läßt sich man Gott sei Dank auch nich' blicken. Fast wie in alten Zeiten.«

»Ich glaube nicht, daß die wiederkommen, Dora. Für mich ist der Moment gekommen, Miston überhaupt ade zu sagen, nicht etwa nach Quarterleigh zurückzugehen.«

»Das würd' meine Mrs. Couchman aber gar nicht mögen. Ich soll Ihnen nämlich diese Nachricht hier geben.«

Sie überreichte mir einen Umschlag und fing dann an aufzuräumen. Ich riß den Umschlag auf und las.

Quarterleigh, 17. Juni

Mein lieber Martin

Ich nutze einen Augenblick der Ruhe am Abend eines anstrengenden Tages, um Ihnen diese wenigen Zeilen zu schreiben. Es geht um das, was wir heute mit Edwins Nachschrift gemacht haben, und noch um etwas anderes, auf das ich danach eingehen werde.

Glauben Sie mir, ich weiß, was es Sie gekostet haben muß zuzulassen, daß wir das schriftliche Zeugnis von Edwins letzten Gedanken verbrannten. Doch was hätten wir sonst tun können? Nach Henrys Tod – mit allen seinen Begleitumständen – sah ich keine andere Lösung. Mir ist bewußt, wie schwer es Sie ankommen mußte, sich dieser Entscheidung anzuschließen. Ich sage Ihnen aus tiefstem Herzen Dank dafür. Wir wollen hoffen, daß Edwin – und Gerald und Henry ebenso – nun wirklich in Frieden ruhen kann.

Meine Bedenken werden durch meinen Enkel verstärkt. Bevor er heute abfuhr, fragte er, ob er am Sonntag mit einer ungenannten Person zurückkommen dürfe, um beim Tee »ein oder zwei Sachen zu besprechen«. Natürlich wollte ich Genaueres von ihm wissen, aber er lehnte es ab, in Einzelheiten zu gehen. Ich könnte Timothy beim besten Willen nicht als fürsorglichen Enkel beschreiben. Eigentlich ist er von allen, die heute hier versammelt waren, derjenige, von dem ich zuletzt erwartet hätte, daß er so bald noch einmal kommen wollte. Seine Fürsorge ist also merkwürdig, um nicht zu sagen verdächtig.

Ich wüßte deshalb gern, ob ich Ihre Hilfe noch einmal in Anspruch nehmen könnte. Wenn Timothy mich mit seinem mysteriösen Begleiter aufsucht, würde ich mich in Ihrer Gegenwart sehr viel weniger angreifbar fühlen. Sollte es irgendwie möglich sein, dann versuchen Sie bitte zu kommen. Ich schließe in der Hoffnung, Sie am Sonntag oder auch früher bei mir begrüßen zu können.

Mit vielen Grüßen
Ihre Elizabeth

Dieser Termin war zweifellos ein Hinweis auf irgendeine neue Entwicklung; aber in welche Richtung, das konnte ich nicht sagen. Es war unwahrscheinlich, daß sie Elizabeth Trost bringen würde. Ich gab Dora eine kurze Notiz mit, in der ich mein Kommen versprach.

Ich schlug die Zeit tot und begrub meine Zweifel nach alter Gewohnheit: Ich trank zuviel. Im »Royal Oak« war ich Stammgast geworden und begnügte mich damit, den Umsatz an der Bar zu heben und auf das Unbekannte zu warten. Wenn ich bloß zielbewußter nachgedacht oder geplant hätte, dann wäre vielleicht einiges anders gelaufen. Aber ich machte weiter im üblichen Stil, auch als ich wußte, daß ich ihn hätte ändern müssen.

Sonntagnachmittag: Nach einem meiner Besuche im »Royal Oak« schreckte ich aus meinem Schlummer hoch. Es war vier Uhr vorbei; vor einer Stunde hätte ich in Quarterleigh sein sollen. Ich machte mich schleunigst auf den Weg.

Timothys Porsche stand in der Einfahrt. Als ich das Haus betrat, hörte ich Stimmen im Salon und ging sofort hinein.

Elizabeth sah von ihrem Platz auf, als ich hereinkam. Ihr Gesicht zeigte Erleichterung. Timothy stolzierte gerade auf dem Teppich auf und ab und war mitten dabei, etwas zu sagen. »Es ist tatsächlich sinnvoll . . .« Er unterbrach sich, als er mich sah, und blickte mich finster an. »Was willst du?«

»Ich bin eingeladen worden«, antwortete ich. »Du hast dich selbst eingeladen, soviel ich weiß.« Wir starrten uns jetzt gegenseitig an.

Aus dem Lehnstuhl Elizabeth gegenüber hörte man das Geräusch einer Teetasse, die auf ihre Untertasse zurückgestellt wurde. Ich fuhr herum. Es war Eve. Sie hatte mit übereinandergeschlagenen Beinen auf ihrem Stuhl gesessen und setzte nun ihre Füße elegant auf den Boden, um ihre Tasse auf den Tisch zurückzustellen. »Hallo, Martin«, sagte sie.

Ich schaute Elizabeth an. »Warum sind sie gekommen?«

»Das haben sie unzweideutig erklärt, Martin. Ich wünschte, Sie wären schon dagewesen, als sie kamen.«

Timothy machte einen Schritt auf mich zu. »Beim Mittagessen ein bißchen über den Durst getrunken, was?« Ich ignorierte ihn.

»Ich hatte nicht vor, Ihnen einen Vorwurf zu machen«, fuhr Elizabeth fort. »Ich wollte nur sagen, daß ich auf Ihre Gesellschaft und Ihren Rat Wert gelegt hätte.«

»Da bist du aber die einzige«, warf Timothy ein.

»Nachdem ich nun da bin – worum geht es?«

»Sie haben mir einen Vorschlag gemacht«, sagte Elisabeth. »Ich sollte vielleicht sagen, ein Ultimatum gestellt.« Ich setzte mich neben sie und studierte ihre Gesichter, während Elizabeth sprach – Timothy selbstgefällig und ungerührt, Eve bewußt ausdruckslos. »Sie möchten, daß ich an der Abfassung von Miss Randalls Buch mitwirke: eine Untersuchung der Suffragettenbewegung mit einem autobiographischen Beitrag von mir, den man entsprechend überarbeiten würde. Miss Randall liefert den historischen Hintergrund und den literarischen Schliff. Ich liefere ihr das perfekte Beispiel für die aristokratische Korrumpierung von Prinzipien der Suffragettenbewegung. So ist es doch richtig, nicht wahr?« Sie hatte mit ruhiger Stimme gesprochen, aber ich konnte sehen, wie ihr Arm neben mir auf der Lehne zitterte.

Eve vermied es beim Sprechen sorgfältig, mich anzuschauen. »Zufällig glaube ich an diese Interpretation. Der Fall Strafford ist ein perfektes – und beweiskräftiges – Beispiel. Er hat Ihre Entschlossenheit geschwächt, so wie Lloyd George Christabel Pankhursts Motive mißbraucht hat, um ein schmutziges politisches Manöver zu fördern.«

»Es ist auch ein Sensationsstoff, der Ihnen dazu dienen kann, sich einen Namen zu machen«, sagte Elizabeth. »Bitte, behaupten Sie nicht, Sie hätten ein anderes Interesse daran.«

»Aber es wird nicht dazu kommen«, sagte ich zu Eve.

Elizabeth legte ihre Hand auf meine. »Nicht freiwillig, von mir aus, Martin. Aber Miss Randall argumentiert aus überlegener Position. Mr. Sellicks Ohr hört auf die beiden.«

»Na und? Die Nachschrift existiert ja nicht mehr ...«

»Erzähl es ihm, Timothy«, sagte Elizabeth.

»Na gut, obwohl es bestimmt niemandem etwas bringt, ihn da mit hineinzuziehen. Wir sitzen nämlich alle in der Tinte, Martin. Leo ist kein nachtragender Mensch, aber er beabsichtigt nicht, mit leeren

Händen nach Madeira zurückzukehren. Er stellt das Geld für Eves Forschungen und die entsprechende Publikation unter der Bedingung zur Verfügung, daß eine Rechnung beglichen wird, was meinen Großvater betrifft. Du solltest ganz zufrieden sein. Strafford wird dabei keine schlechte Figur machen.«

»Und es wird die Wahrheit sein«, sagte Eve. »Die Wahrheit über die Art, wie Gerald Couchman seine Eheschließung unter falschem Namen dazu benutzte, Lloyd George zu helfen, die Suffragetten zu täuschen und Straffords Karriere zu zerstören: die Wahrheit über die politische Kultur zur Zeit König Eduards mit Lady Couchman als Zeugin aus erster Hand.«

»Und nebenher«, sagte Elizabeth, »wird man Gerald und unsere Ehe der Lächerlichkeit preisgeben, den Namen meiner Familie in den Schmutz ziehen und mir das bißchen Stolz und Privatleben, das mir geblieben ist, endgültig wegnehmen.«

»Und warum jagen Sie sie nicht einfach zur Hölle?«

Sie warf einen zornigen Blick auf Timothy. »Erstens, Martin, glaube ich, sie sind schon dort. Und den zweiten Grund wird Ihnen Timothy auseinandersetzen.«

»Es ist,wie ich bereits sagte, mein bester. Wir sitzen alle in der Tinte. Wenn wir nicht auf Leos Bedingungen eingehen, wird er bei der gerichtlichen Voruntersuchung am Mittwoch sinngemäß aussagen, daß er meinen Vater vor einer Woche in London getroffen hat und ihn beschuldigte, im Jahre 1951 Strafford ermordet zu haben, und daß Papa unter dem Druck seiner Schuldgefühle und der Angst vor dem Skandal am folgenden Abend Selbstmord beging – und den anderen Fahrer mit in den Tod nahm. Mit anderen Worten, die ganze Gesichte von A bis Z.«

»Stimmt das?«

»Das Treffen? Selbstverständlich. Das Personal im ›Carlton Club‹ könnte es bestätigen. Was den Rest betrifft, so sprechen Papas Taten leider für sich. Wenn man dich als Zeugen aufrufen würde, könntest du dann abstreiten, was er dir über seine Beteiligung am Tod des anderen Strafford erzählt hat?«

»Nein, aber . . .«

»Eben. Leo ist jedoch bereit zu schweigen – und das wirst du auch tun. So bleibt Papa aus dem Spiel. Der einzige Betroffene in der Familie ist dann Großvater.«

»Und du hast nichts dagegen, wenn es so kommt?«

»Ich habe keine Wahl. Ich habe inzwischen die Firma übernehmen müssen. Ich muß nun an erster Stelle daran denken, daß sie keinen Schaden leidet. Die Notierung an der Börse ist abgesackt, und es sind üble Gerüchte im Umlauf. Die Kurse gaben bereits vor Papas Tod nach, was durch den Verkauf eines beträchtlichen Aktienpakets ausgelöst wurde, das Sellick verwaltete. Wenn wir kooperativ sind, wird er diese Anteile zurückkaufen, und wir werden uns wieder erholen. Wenn nicht, dann sind wir durch den Skandal, der auf die Untersuchung folgen wird, erledigt.«

»Nun glaube ich, daß noch mehr dahinter steckt«, sagte Elizabeth. »Ich bin überzeugt, Mr. Sellick hat dir ein entsprechend lukratives Angebot gemacht.«

Timothy machte ein ungeduldiges Gesicht. »Wie ich schon sagte, Großmutter, ich muß für die Familie retten, was zu retten ist. Ich erwarte gar nicht, daß dir Sellicks Bedingungen zusagen. Mir sagen sie auch nicht zu. Aber wenigstens ein bißchen Verständnis erwarte ich mir von dir.«

Ich sah Eve an. »Was hat die Historikerin dazu zu sagen?«

Der Glanz in ihren Augen kam aus überlegener Distanz. Offenbar wurde sie nur durch ihre gute Erziehung daran gehindert zu lächeln. »Nichts. Ein Familienstreit fällt nicht in mein Ressort. Wohl aber die Korrektur eines bestimmten Geschichtsbilds. Lady Couchman hat meine persönliche Garantie dafür, daß ihre Worte in keiner Weise verzerrt werden. Ich werde gewissenhaft darauf achten, daß die Darstellung zutreffend ist.«

»Aber vernichtend?«

»Wie ich sagte: zutreffend.«

»Wenn offenbar allen so an der Wahrheit liegt, wieso hat Sellick dann zugelassen, daß man die Nachschrift verbrannte?«

Timothy lächelte. »Weil er kein Mann ist, der zur Übertreibung neigt. Die Nachschrift ist für seine Absichten unwesentlich.«

»Und für das Verständnis der Epoche, um die es geht, überflüssig«, sagte Eve.

Ich wandte mich an Elizabeth. »Was werden Sie tun?«

»Ich weiß nicht. Mr. Sellick hat mir großzügigerweise Bedenkzeit gewährt. Er wird am Dienstag, dem Tag vor der gerichtlichen Untersuchung, hier erscheinen, um meinen Entschluß zu erfahren.«

Ich sah die beiden anderen an. »Wie könnt ihr so etwas machen? Das nennt ihr Geschichte? Ich nenne es Prostitution.«

Eve funkelte mich an. »Du kannst es dir nicht erlauben, jemandes Motive in Zweifel zu ziehen.«

»Du warst doch bereit«, sagte Timothy, »dir dein Schweigen von Papa abkaufen zu lassen, also ...«

»Es war nicht ...« Ich wollte aufspringen, aber Elizabeth legte begütigend ihre Hand auf meinen Arm.

»Bitte, Martin«, sagte sie. »Verschaffen Sie Ihnen nicht die Genugtuung, es zu einer Szene kommen zu lassen. Wenn Sie lieber so freundlich sein wollen, sie zur Tür zu bringen.«

Elizabeth blieb sitzen, als sie gingen. Eve warf ihr noch einen Blick zu, aber ohne Mitleid. Timothy beeilte sich hinauszukommen, wie jemand, der froh ist, gehen zu dürfen.

Ich sah von der Haustür aus zu, wie sie zum Porsche gingen. Eve wartete auf der einen Seite, während Timothy auf der Fahrerseite einstieg.

»Hat es dir Spaß gemacht?« sagte ich zu Eve. »Verschafft es dir Befriedigung – eine alte Dame zur Strecke zu bringen?«

»Das sehe ich anders.«

Timothy öffnete die Tür von innen, und sie zwängte sich auf ihren Sitz. Er beugte sich über sie, um die Tür zu schließen. »Du bist geschlagen worden, mein Lieber«, sagte er. »Warum akzeptierst du das nicht?« Er schlug die Tür zu, und der Wagen fuhr durch den knirschenden Kies davon.

Ich ging zum Salon zurück. Elizabeth saß immer noch in ihrem Lehnstuhl und starrte in den Kamin. Ich hätte nicht sagen können, ob sie gefaßt war oder einfach betäubt.

»Ist alles in Ordnung?« fragte ich.

»Ja, völlig. Ich nehme an, ich hätte das voraussehen müssen. Es war abwegig zu glauben, Mr. Sellick hätte die Absicht, mich in Ruhe zu lassen.«

Ich setzte mich zu ihr. »Ich fürchte, das stimmt. Und er hat willigere Helfershelfer gefunden, als ich es war.«

Sie lächelte. »Das spricht für Sie, lieber Martin. Von meinem Neffen will ich gar nicht sprechen. Was Miss Randall betrifft, so kann ich mir vorstellen, wie verführerisch sie auf Männer wirken muß. Aber sie strahlt eine Kälte aus, die mich beunruhigt. Ich verstehe sie nicht.«

»Ich auch nicht.«

»Gleichviel.« Sie seufzte. »Mr. Sellick wird am Dienstagmittag erscheinen, und ich muß eine Antwort für ihn bereit haben. Merkwürdig, daß er diesen Tag ausgesucht hat.«

»Es ist der Tag vor dem Gerichtstermin.«

»Ich meinte das Datum: der 21. Juni. Ich bin überzeugt, daß er sich der Bedeutung dieses Tages wohl bewußt ist.«

»Nämlich?«

»1910, an diesem Datum, traf Gerald mit Lloyd George und Christabel Pankhurst zusammen und verkaufte ihnen die auf Edwins Namen lautende Heiratsurkunde. Gewiß ein schicksalhafter Tag. Man hat den Eindruck, Mr. Sellick hofft, am gleichen Datum ein anderes Geschäft abzuschließen.«

Jetzt fiel mir etwas ein. »Es ist auch Sellicks Geburtstag.«

»Ja, natürlich. Mr. Sellicks Geburtstag.« Sie sah nachdenklich aus. »Zweifellos erhofft er sich ein schönes Geschenk von mir.«

»Und wird er es bekommen?«

»Ja, ich glaube schon. Ich sehe keine Alternative.«

Es gab auch keine. Ich verbrachte den restlichen Nachmittag und Abend bei Elizabeth, aber unser Gespräch brachte uns nicht voran, sondern eher zurück auf bereits ausgetretene Pfade: Strafford und Couchman, Ursache und Wirkung, Vergangenheit und Gegenwart. Was war der bessere Weg? Sollte sie sich beugen und zusehen, wie man ihre Vergangenheit neugierig und lüstern zerfledderte, oder sich verweigern und erleben, daß ihr jetziges Leben verwüstet wurde? Das eine oder das andere. Sie mußte eine Wahl treffen, aber durch ihre Verantwortung gegenüber den Lebenden – Letty, Helen, Laura, sogar Timothy – war die Frage letztlich bereits entschieden. Die Toten mußten die Leidtragenden sein. Ich blieb über Nacht in

Quarterleigh und fand keinen Schlaf, weil ich nach Auswegen suchte, wo es keinen gab. Sellick hatte die Fähigkeit seines Vaters geerbt, nichtsahnende Menschen mit tödlicher Präzision in Fallen zu locken. In meinem Unterbewußtsein jedoch blieb eine bohrende Frage. Warum hatte Sellick die Vernichtung der Nachschrift zugelassen? Mit Sicherheit deswegen, weil es etwas darin gab, was er fürchtete. Aber was? Es war zu spät, das nun noch zu entdecken – oder vielleicht nicht?

Ich verließ Quarterleigh am nächsten Morgen, bevor Elizabeth aufgestanden war. Wenn ich uns Mittel verschaffen wollte, die uns einen nur einigermaßen aussichtsreichen Kampf mit Sellick ermöglichen konnten, dann mußte ich schnell sein. Ich nahm den ersten Bus nach Chichester.

Im Hotel »Dolphin & Anchor« erfuhr ich, daß Alec und Leo ihre Zimmer am Samstag geräumt und London als nächstes Ziel genannt hatten. Der Vogel war ausgeflogen.

Ich schlenderte in deprimierter Stimmung zur Kathedrale und setzte mich auf eine Bank auf dem Rasen davor, um zur schlanken Turmspitze hinaufzustarren. Aus dem Innern hörte man, durch die Steinmauern gedämpft, den Kirchenchor üben. Draußen waren Passanten unterwegs, die an diesem Montagmorgen zum Einkaufen gingen und der auf der Bank hockenden Gestalt keine Beachtung schenkten.

Und dann löste sich langsam aus dem Schatten eines Strebepfeilers am östlichen Ende der Kathedrale eine Gestalt, kam näher, während ich die Ornamente im Mauerwerk betrachtete, und Eve trat erneut in mein Leben, beinahe achtlos, als sei unser Zusammentreffen ein reiner Zufall. Sie warf die Haare über den Kragen ihres Regenmantels zurück, den sie locker über die Schultern geworfen hatte, mit einem dünnen Sommerkleid darunter, und sie wäre an mir vorübergegangen, ohne mich zu bemerken, hätte ich ihr nicht nachgerufen – so wirkte es jedenfalls.

»Sellick hat sein Quartier geräumt«, sagte ich, indem ich auf sie zuging. Sie drehte sich um und sah mich durch eine verspiegelte Sonnenbrille an. Sie sagte nichts. Ein paar Meter vor ihr blieb ich stehen. »Er hat das Quartier geräumt, während ihr zwei seine Dreckarbeit macht.«

»Was du da sagst, berüht mich nicht, Martin.«

»Das sollte es aber. Es handelt sich nämlich um Anschauungsunterricht über die Art, wie Sellick mit seinen ... Angestellten verfährt. Leuten wie dir und mir. Spielfiguren.«

»Ich bin niemandes Spielfigur.« Noch immer der ruhige Ton, die abschirmenden Sonnengläser: Schranken, die mir den Zutritt verwehrten.

»Du weißt genau, daß du es bist. Bei diesem Buch ...«

»Wird es sich um echte historische Forschung handeln.«

»Es stellt eine völlige Umkehrung deiner ursprünglichen Absichten dar. Ich weiß noch, wie du mich zurechtgewiesen hast, als ich sagte, Christabel Pankhurst sei möglicherweise auf Lloyd George hereingefallen.«

»Ich habe meine Meinung geändert, Martin – in vielerlei Hinsicht.«

»Wie auch über mich?«

»Nein. Das kann ich weiß Gott bestreiten.«

Ich sah sie an. Ein kalkuliert nichtssagender Ausdruck, der mir schon den Versuch zum Vorwurf machte, eine Erklärung zu fordern. Ich hielt verzweifelt nach einem anderen Weg Ausschau, an sie heranzukommen. »Macht es dir – als Historikerin – nichts, daß Sellick mit der Vernichtung der Nachschrift einverstanden war?«

»Das geht mich doch eigentlich gar nichts an.«

»Macht es dir nichts – als Frau –, daß Sellick Elizabeth bedroht und erpreßt?«

»Indem er Timothy schickte, hat er genau das vermieden.«

»Du weißt genau, daß das nicht stimmt. Sie hat Angst vor seinem Besuch morgen.«

»Zu Unrecht.«

»Ich glaube das nicht und du auch nicht. Warum tust du das alles?«

»Um meine Karriere zu fördern. Das ist ein ehrenwertes Motiv, auch wenn du es Prostitution nennst.«

Ich trat näher an sie heran. »Wie sonst soll ich es nennen, wenn du Couchman deinen Körper und Sellick deinen Verstand verkaufst?«

»Das reicht jetzt. Ich habe nicht die Absicht, weiter darüber zu sprechen.« Sie wandte sich zum Gehen.

Ich packte sie am Ellenbogen. »Du Miststück – was am Strand geschehen ist, hat dir das nichts bedeutet?«

Sie erstarrte, und die Verhärtung ihrer Armmuskeln brachte mich dazu, sie loszulassen. Nun drehte sie sich um und nahm langsam die Sonnenbrille ab. Sie sah mich durchdringend an. »Es bedeutete etwas – aber nicht das, was du dachtest.«

»Als wir uns vor der Kirche von Miston trafen, da hast du abgestritten, mich nur ferngehalten zu haben, damit Timothy freie Bahn hatte, nach der Nachschrift zu suchen.«

»Das war die Wahrheit. So einfach ist es nicht gewesen.«

»Wie war es denn dann?«

»Ich will dich mal etwas fragen. Du bist Elizabeths selbsternannter Beschützer. Aber was hast du eigentlich getan, um ihr zu helfen? Was wirst du tun, um Sellick daran zu hindern, sie zum Nachgeben zu zwingen?«

Es entstand eine lange Pause – ein Abgrund, über den hinweg ich meiner eigenen Unzulänglichkeit ins Gesicht blickte –, bevor ich mich selbst mit dumpfer Stimme antworten hörte. »Nichts.«

»Da hast du deine Antwort, was Timothy zu bieten hat. Er stellt mich zufrieden, was du nie fertiggebracht hast.«

»Aber als wir nach Braunton fuhren, und nachher in Topsham – du kannst doch nicht so tun . . .«

»O doch, das kann ich. Genau das habe ich getan. Ich habe so getan, als ob . . . in allem.«

Sie setzte die Brille wieder auf. Vermutlich sah ich sie über den Rasen davongehen, aber ich erinnere mich nicht. Alles, was sie mir bedeutet hatte, fand mit diesem Eingeständnis ein Ende. Wozu ihre Täuschung dienen sollte, entging mir, und so war es auch gedacht. Aber die Gnadenlosigkeit, mit der sie mich aufklärte, haftete in meinem Gedächtnis noch lange, nachdem sie gegangen war, grinste mir frech ins Gesicht; ihre Überlegenheit – das bewußt Rätselhafte – schob sich wie eine Maske vor das Gesicht meines eigenen Dämons.

An diesem Abend brach die Dunkelheit über unsere Bedenkzeit herein, die Zeit unseres Zurückweichens vor Sellick lief ab. Elizabeth sann in Quarterleigh über die bittere Ernte nach, die ihr die Einladung an Sellick gebracht hatte. In Rackenfield ließ ich betrunken den Weg an meinem inneren Auge vorbeiziehen, auf dem ich sie in den Abgrund geführt hatte. Wer mir getraut hatte – Ambrose und Elizabeth –, hatte gelitten. Wer mich betrogen hatte – Eve, Timothy und Sellick –, triumphierte. Es überstieg meine Kräfte.

Aber es gab kein Entkommen – nicht einmal im Schlaf. Im Gegenteil, meine Träume spürten rasch und unbeirrbar jeden Winkel auf, in dem meine Gedanken Zuflucht suchen wollten.

»Martin, Martin! Aufwachen!«

Es war Dora, die mich in Rackenfield aus unruhigem Schlummer riß. »Wa . . . was ist los?«

»Sie müssen jetz' aufstehen – ich mache mir nämlich Sorgen wegen Mrs. Couchman.«

Ich richtete mich auf und blickte aus trüben Augen forschend in ihr ängstliches Gesicht. »Schon gut. Was zum Teufel ist denn passiert?«

»Ich glaube, die führt was im Schilde . . . was Gefährliches.«

Ich zog einen Morgenmantel an und folgte ihr nach unten in die Küche. Sie schenkte mir Tee ein, während ich mich zwang, einem Tag ins Auge zu sehen, den ich nie erleben wollte. »Sprechen Sie langsam, Dora. Was ist geschehen?«

»Also, gestern den ganzen Tag, da war se schon nicht auf der Reihe. Das hätten Se selber merken können, wenn Se sich im ›Royal Oak‹ nich' hätten vollaufen lassen. Sie is' an 'n Safe und hat was rausgenommen. Dann sacht 'se, sie muß weg zum Britsch beim Captain Sayers. Aber Montach is' gar nich' der richtige Abend. Da war 'n anderer Grund, und ich glaub', ich weiß auch, welcher.« Sie machte eine Pause.

»Ja?«

»Sie is' wiedergekommen, wie ich grad gehen wollte, und war überhaupt nich' wie sons' immer. Wie, als hätt 'se was angestellt. Dann isse gleich hochgegangen. Ich hab' so 'n paar Laken genommen, die noch zum Lüften war'n, und da hab' ich vom Treppenabsatz gehört, wie se die Schubladen von der Kommode da gleich hinter der Schlafzimmertür auf- und zugemacht hat.«

»Ja und?«

»Na ja, sie hat sich eben gar nich' umgezogen oder so. Nee, is' gleich wieder rausgekommen, Tür zu gemacht – macht se sons' nie – un' kriegt en richtigen Schreck, wie se mich da oben sieht. Scheucht mich gleich inne Küche, wie wenn ich im Weg wär'. Da hab' ich gewußt, daß wirklich was faul is'.«

»Ja, aber was denn?«

»Das hab' ich erst heute morgen rausgekriegt. Sie is' gleich nach 'm Frühstück mit 'm Auto weggefahren. Ich hab' se noch dran erinnert, daß der Arzt gesagt hat, sie soll nich' mehr autofahren, aber sie hat nich' hören wollen. Jedenfalls, wie se weg is', bin ich hochgegangen und hab' in der Kommode nachgeguckt. Und da hab' ich's gefunden – unter so Taschentüchern in der obersten Schublade.«

»Was gefunden?«

Dora schaute mich an. »Das Schießeisen. Diesen Revolver da von Sir Gerald. Den se die ganzen Jahre weggeschlossen hatte. Das Magazin, das konnten Se bewegen, als wär's frisch geschmiert ... und geladen war er auch.«

Die Worte taten ihre Wirkung. »Sind Sie sicher?«

»Na und ob, mein Lieber. Mr. Bates, der hat sich da nämlich ausgekannt. Der hat mir genug über Waffen beigebracht, daß ich weiß, wann so 'n Ding funktioniert.«

»Aber warum sollte sie den Revolver aus dem Safe holen und ihn zu den Sayers bringen?«

»Weil Captain Sayers nämlich 'n Meisterschütze is'. Der hält sich Federwild auf sein' Land. Hat sogar 'n echten Schießstand gleich hinterm Haus – is' so 'n richtiges Hobby von ihm. So einer, der weiß, wie man 'n altes Schießeisen anguckt un' ausprobiert, ob's noch funktioniert.«

Ich stand auf. »Wir müssen etwas unternehmen. Ist Ihnen klar, was das vielleicht bedeutet?«

Sie nickte. »Ich hab' Angst, daß sie diesen gräßlichen Menschen, diesen Sellick da, nich' mehr aushält.«

»Wo ist die Waffe jetzt?«

»Wo ich se gefunden hab'. Is' ja schließlich ihr Revolver. Ich hab' ja kein Recht, da dranzugehen.«

Ich sah auf die Uhr: fast neun. Nur noch drei Stunden, bis Sellick kommen würde, um die förmliche Kapitulation entgegenzunehmen. Ich mußte jetzt alle Vorstellungen von Schicksal und Scheitern, die mir durch den Kopf wirbelten, in den Hintergrund drängen und mich auf das konzentrieren, was ein Tag – ein winziger Teil der rasenden Zeit – für uns alle vielleicht bereithielt.

Ich zog mich in höchster Eile an und lief nach Quarterleigh hinüber. Niemand antwortete auf mein Klingeln. Ich spähte durch das Oberlicht: kein Lebenszeichen. Voller Sorge blickte ich suchend um mich.

Dann hörte ich einen Wagen die Straße heraufkommen. Ja, er bog in die Einfahrt ein: der cremefarbene Sunbeam mit einer lächelnden Elizabeth am Steuer. Sie hatte ein Kopftuch umgebunden. Ich öffnete das Garagentor, und sie fuhr hinein.

»Ich hatte Sie noch nicht so früh erwartet«, sagte sie beim Aussteigen.

Ich lächelte. »Ich mußte einfach kommen.«

»Kommen Sie herein, und erzählen Sie mir, warum.« Sie ging mit einer fast fiebrigen Energie voraus, die mich beunruhigte.

Ich kochte uns einen Kaffee, den wir im Salon tranken, wo ich mich langsam an den Gegenstand meines Argwohns heranzutasten versuchte. Elizabeth wirkte absolut selbstbeherrscht und gefaßt; sie lehnte sich in ihren Sessel zurück, trank hin und wieder einen Schluck Kaffee und sah Sellicks Ultimatum mit Gleichmut entgegen. »Über dem cremefarbenen Kleid ein goldener Glanz in ihren Augen« – wie Strafford sich an jenen längsten Tag vor 67 Jahren erinnert hatte? Nicht ganz. Das Alter hatte Elizabeth eine zerbrechliche, silbrige Schönheit verliehen, und Tweedrock und -jacke hatten die Rüschen der Epoche verdrängt. Es war jedoch etwas geblieben, ein gewisses Etwas in Aussehen und Ausstrahlung, das Strafford beeindruckt hätte und mich immer noch rührte. Was mir aber Sorgen machte, das waren ihre geröteten Wangen und der Ausdruck in ihren Augen, dem die gewohnte Gelassenheit fehlte.

»Wo sind Sie gewesen?« fragte ich. »Ich dachte, sie fahren nicht mehr selbst.«

»Ich bin auf den Harting Hill gefahren, nur um mir zu beweisen, daß ich es noch konnte. Ich empfand es als ... befreiend.«

»Und Sie konnten dadurch Sellick vergessen?«

»Nein, aber meine Überlegungen klärten sich so.«

»Wie?«

Sie lächelte, eine Spur zu künstlich. »Mir wurde klar, wie wenig wir uns von Problemen beeindrucken lassen sollten, wie Mr. Sellick sie verursacht, wenn es soviel Schönheit gibt in der Welt.«

»Was werden Sie ihm also sagen?«

Sie schien sich von fernen Gedanken loszureißen. »Oh, daß er seinen Willen haben soll. Der gute Namen einer alten Dame ist letzten Endes nicht sehr wichtig.« Meinte sie das im Ernst? Ich wußte nicht mehr, was ich glauben sollte.

»Einfach so?«

»Ich glaube schon, Martin. Die Zusammenkunft wird kurz und schmerzlos sein. Eigentlich brauchen Sie gar nicht mehr dabeizusein, obwohl ich Ihnen für Ihr Kommen dankbar bin. Ich werde das Gefühl nicht los, daß Ihre Gegenwart ihm nur noch größere Triumphgefühle bereiten würde.«

Sie wollte mich loswerden. Dessen war ich mir sicher. »Vielleicht ist es so. Ich habe nichts Besseres vorzuschlagen.«

»Weil es eben nichts Besseres gibt.«

Ich mußte es irgendwie bewerkstelligen, Doras Entdeckung zu überprüfen. »Am Sonntag erwähnten Sie alle Jahrestage, die auf das heutige Datum fallen. Die können wohl auch nichts helfen?«

»Nein.« Sie seufzte. »Edwins Besuch bei mir in Putney: Das ist eine der Beschreibungen in den Memoiren, die mich besonders berührt hat.«

»›Über dem cremefarbenen Kleid ein goldener Glanz in ihren Augen.‹«

»Ach, Sie erinnern sich auch daran.« Jetzt war ihr Lächeln echt. »Wissen Sie, das Kleid besitze ich noch; es hängt oben in meinem Schrank. Eine echte Antiquität – ein bißchen so wie die Besitzerin. Es paßt mir bestimmt nicht mehr.«

Jetzt hatte ich meine Chance. »Ich würde es wahnsinnig gern einmal sehen.«

»Dann werde ich es Ihnen eines Tages zeigen.«

»Warum nicht jetzt – einfach, um die Zeit totzuschlagen?«

Sie zögerte kurz und stimmte dann zu. Mit welchem Grund hätte sie es auch ablehnen sollen? Unseren Kaffee hatten wir getrunken, der Morgen lag noch vor uns, und es war eine leicht zu erfüllende Bitte.

Wir gingen hinauf in ihr Zimmer. Ich wartete in der Tür, während sie einen Schrank aufmachte und den Inhalt durchwühlte. »Irgendwo hier muß es sein«, sagte sie.

Die Kommode stand rechts von mir. Elizabeth kehrte mir den Rücken zu; eine bessere Gelegenheit würde sich mir nicht mehr bieten. Der Schrank war bis obenhin voll mit den Lieblingskleidern eines langen Lebens, und die Suche würde bestimmt einige Zeit in Anspruch nehmen. »Hier habe ich alle Kleider untergebracht, für die ich zu alt bin und die ich einfach nicht wegwerfen kann«, sagte sie halb zu sich selbst. »Schauen Sie sich dieses Schulterpolster an ...«

Leise zog ich die Schublade ein Stück heraus. Auf einer Seite, wie Dora gesagt hatte, lag ein etwas unordentlicher Packen Taschentücher. »Und dieses Cocktailkleid hat 1920 einigen Männern den Kopf verdreht, das kann ich Ihnen sagen ...«

Ich schob die Taschentücher beiseite. Da war es: irgendwie größer, als ich mir vorgestellt hatte, schwarz und stumpf glänzend, die reguläre Waffe eines Offiziers der Natal-Field-Armee im Jahr 1899. Alt vielleicht, aber dafür gemacht, die Zeiten zu überstehen und Menschen zu töten.

Plötzlich, während ich darüber nachdachte, spürte ich die Stille im Raum. Ich blickte auf, Elizabeth sah in den Spiegel auf der Innenseite der Schranktür. Sie hatte sich bei ihrer Suche langsam geöffnet, und in das Blickfeld des Spiegels waren neue Ausschnitte des Zimmers gewandert, bis schließlich ich ins Bild geriet.

»Was machen Sie da, Martin?« fragte sie kühl.

Jetzt mußte ich einfach die Wahrheit sagen. Ich holte die Waffe aus der Schublade. »Ich habe das hier gesucht. Das ist die Dienstwaffe Ihres Mannes, nicht wahr?«

Sie drehte sich um und sah mich an. »Geht Sie das etwas an?«

»Eigentlich überhaupt nicht. Ich hoffe aber, unsere Freundschaft gibt mir das Recht, in Ihrem Interesse zu handeln.«

»Und wie wollen Sie das anstellen?«

»Früher haben Sie die Waffe im Safe verschlossen aufbewahrt. Das haben Sie mir selbst gesagt.«

»Und darf ich sie nicht herausnehmen, wenn ich das möchte?«

»Selbstverständlich. Aber Dora macht sich Ihretwegen Sorgen, und ich auch.«

»Dann hat Dora also gestern abend hinter mir her spioniert.«

Ich ging auf sie zu. »Nicht spioniert, Elizabeth. Wir wollten uns nur davon überzeugen, daß Sie nichts . . . Unbedachtes vorhaben.«

»Halten Sie mich für zu alt, mein Leben selbst in die Hand zu nehmen?«

»Nein. Aber eine geladene Waffe ist gefährlich . . .«

»Wer sagt, daß sie geladen ist?«

»Das läßt sich leicht feststellen.« Ich fingerte an dem Revolver herum und bemühte mich, das Magazin zu öffnen.

»Darf ich es Ihnen zeigen, bitte.« Mit einer Hand sorgte sie dafür, daß ich den Revolver ruhig hielt, während sie mit der anderen den Mechanismus löste, um zu zeigen, daß die Kammer eine Patrone enthielt. Dann verriegelte sie die Kammer wieder. »Sie sind derjenige, den man vor sich selbst schützen muß, Martin. Die Waffe ist tatsächlich geladen und gefährlich, aber ich kann damit umgehen und Sie offenkundig nicht. Meinen Sie nicht, daß sie bei mir in besseren Händen ist?«

»Nein.« Ich nahm sie ihr aus der Hand und ließ sie in meine Jackentasche fallen. »Es tut mir leid, Elizabeth. Ich kann nicht zusehen, wie Sie sich selbst in Gefahr bringen.«

Sie lächelte und ging zum Fenster, wo sie seufzend auf einen Lehnstuhl sank. »Ich weiß, daß Sie glauben, nur das Beste zu tun, Martin – und ich will deswegen das Täuschungsmanöver übersehen, mit dem Sie sich Zutritt zu diesem Zimmer verschafften. Das Problem ist nur: Ich bin ehrlich davon überzeugt, daß Sie mir die Waffe lassen sollten.«

»Warum?«

»Damit ich dieser ganzen« – ihr Blick richtete sich auf den Garten unten – »Bitternis ein Ende setzen kann.«

Jetzt war ich sicher, daß ich recht hatte. »Es gibt zu viele Menschen, die an Ihnen hängen, als daß man das zulassen könnte.«

Sie schaute mich überrascht an. »Ach so. Sie dachten ... Nein, nein, das ist es nicht, überhaupt nicht.«

Ich näherte mich ihr wieder. »Ich kann verstehen, was Sie empfinden. Oder ich glaube wenigstens, daß es so ist, obwohl ich zugeben muß, daß ich Sie nie als einen Menschen betrachtet habe, der in Erwägung ziehen würde ...«

»Selbstmord zu begehen?«

Ich setzte mich auf das breite Fensterbrett und sah ihr ins Gesicht. »Ja.«

Sie lächelte. »Dann kennen Sie mich doch besser, als Sie meinen, Martin, denn es stimmt: Ich würde nie Selbstmord in Erwägung ziehen. Und wenn ich es täte, dann würde ich mir eine weniger unerfreuliche Form von Selbstmord aussuchen, als die, mich zu erschießen.«

Ich runzelte die Stirn. »Jetzt verstehe ich nicht mehr recht. Sie haben doch diesen Sayers dazu gebracht, die Waffe zu überholen?«

»Ja, allerdings ohne zu wissen, daß Dora mir auf Schritt und Tritt nachspürte.« Ein beiderseits freundliches Lächeln an dieser Stelle war Dora zugedacht. »Captain Sayers ist ein alter Freund. Er hat schon oft Interesse für Geralds Revolver geäußert; er war also beglückt, als er ihn durchschauen, das Visier überprüfen, die beweglichen Teile ölen durfte und so weiter, und dann konnte er ihn auch noch in seinem Schießstand ausprobieren. Der Revolver funktionierte erstaunlich gut für sein Alter.«

»Alter Freund oder nicht, es war nicht richtig von ihm zuzulassen, daß Sie ihn geladen mit nach Hause nehmen konnten.«

Sie lächelte spitzbübisch. »Er wäre der letzte, der nicht mit Ihnen einer Meinung wäre. Während er mir den Rücken zukehrte, habe ich mir einfach ein halbes Dutzend Patronen aus der Schachtel stibitzt, die er aufgemacht hatte, um den Revolver auszuprobieren. Ich nehme nicht an, daß er den Verlust überhaupt bemerkt.«

»Aber warum? Was für einen Zweck hat es denn, wenn ...«

Sie schaute mir in die Augen. »Das stimmt, Martin. Die alte Dame hier vor Ihnen wollte der Reihe von Schicksalsschlägen in ihrer Familie etwas viel Dramatischeres hinzufügen als einen Selbstmord. Ich würde es immer noch tun, wenn Sie mir nur die Waffe zurückgeben würden. Ich könnte sie sinnvoll verwenden.«

»Sie scherzen.«

»Nein, es ist mir bitterernst. Verstehen Sie denn nicht? Leo Sellick ist ein böser Mensch; die Macht, die er über uns zu haben glaubt, hat ihn so sehr korrumpiert, daß er sich nie mit etwas zufriedengeben wird, was wir tun, um ihn zu besänftigen. Er wird immer noch mehr wollen. Es gibt nur eine Möglichkeit, mit einem Erpresser umzugehen.«

»Sie werden sich nun leider nach einer anderen Möglichkeit umsehen müssen. Den Revolver gebe ich nicht heraus. So schlimm kann die Lage einfach nicht sein.«

»Sie ist es aber. Glauben Sie etwa nicht, daß ich mir seit Sonntag den Kopf zerbrochen habe, um einen Ausweg zu ersinnen? Es gibt keinen. Solange Leo Sellick lebt, wird er das Ziel verfolgen, meine Familie Stück für Stück zugrunde zu richten. Die Möglichkeiten dazu besitzt er, und er hat weiß Gott gute Gründe für sein Ziel. Sie müssen mir die Waffe wieder zurückgeben.«

»Es tut mir leid, Elizabeth, das kann ich nicht. Ich räume Ihnen ein, daß Sellick Sie öffentlich an den Pranger stellen will, aber ich bin überzeugt, das ist dann alles.« Selbstverständlich war ich nicht davon überzeugt, keineswegs. »Sie haben in der letzten Zeit viel verkraften müssen. Sie stehen unter einer enormen Anspannung. Es ist ganz natürlich, daß Sie ein wenig . . . das Augenmaß verlieren.«

Sie richtete sich abrupt auf. »Bitte, Martin, behandeln Sie mich nicht wie ein kleines Kind. Ich bin nicht senil. Sie haben das Augenmaß verloren. Ich kann Sie nicht zwingen, mir den Revolver auszuhändigen, aber machen Sie sich bitte klar, daß Sie mich der einzigen Möglichkeit berauben, Sellicks Forderungen nicht nachzukommen.«

Ich versuchte, sie zu beruhigen. »Ich bin da, wenn er kommt. Natürlich ist die Sache unerfreulich, aber auf lange Sicht verschafft es ihm vielleicht weniger Befriedigung, wenn man sich fügt, als wenn man ihm Widerstand leistet.«

»Sie lassen mir keine andere Wahl. Ich hoffe, Sie sind auch bereit, für das, was geschieht, die Verantwortung zu übernehmen.«

»Es bleibt mir nichts anderes übrig. In einem gewissen Sinn bin ich bereits jetzt verantwortlich. Wenn ich Sellicks Auftrag gar nicht erst angenommen hätte ...«

»Dann hätte er einen anderen gefunden.« Dieser Gedanke schien sie zu beruhigen. »Ich bin froh, daß Sie es waren, Martin. Ich glaube nicht, daß Sie den Gang der Dinge hätten ändern können.«

Es war nett von Elizabeth, das zu sagen, aber ich wußte es besser. Wenn ich Ambrose mehr von meiner Zeit gewidmet hätte und Eve weniger, wenn ich das Absenden der Einladung an Sellick verhindert hätte ... wenn, ja wenn! So raffiniert war ich mir vorgekommen, als ich mein Glück bei Eve versuchte, während ich nebenher gegen gute Bezahlung ein paar historische Wahrheiten ausgraben sollte. Aber das war die reinste Selbsttäuschung gewesen. Jeden Schritt hatte mir Sellick vorgezeichnet, als ich vor Monaten – nur zu begierig, die Rolle zu übernehmen, die man für mich geschrieben hatte – jenen naiven Freundschaftsbesuch auf Madeira machte, mit dem wir den ersten Schritt auf den abschüssigen Weg zur Demütigung einer stolzen Familie getan hatten. Ich hatte es selbst stillschweigend geduldet, ohne allerdings zu wissen, was es tatsächlich bedeuten würde, ohne zu wissen, daß Couchmans Sturz Strafford und mich gleichermaßen zu Opfern machen würde. »Gewähre Elizabeth alle Hilfe.« Das war der einzige Leitfaden, den Strafford mir hinterlassen hatte. Diese Verpflichtung wenigstens konnte ich erfüllen.

»Man könnte behaupten«, sagte Elizabeth nachdenklich in die Stille hinein, die ich hatte entstehen lassen, »daß ich die letzte bin, die das Urteil über Sellick fällen dürfte. Schließlich habe ich mich in meinem Urteil über Edwin und Gerald – auf ganz verschiedene Weise – geirrt.«

»Wir haben uns alle im Urteil geirrt – einschließlich Sellick.«

»Dann wollen wir hoffen, daß Sie keinen solchen Irrtum begangen haben, als Sie mir den Revolver weggenommen haben.«

»Es ist am besten so. Sellick verdient etwas so Dramatisches nicht.«

»Wirklich nicht? Wir sollten doch seine Verbindung mit meiner

Familie nicht vergessen.« Sie machte eine Pause und reckte den Hals, um einen Blick nach unten in den Garten zu werfen. »Was ist Ihrer Meinung nach Gerald wohl durch den Kopf gegangen, als er sich Edwins Rolle – und seinen Namen – in Durban aneignete? Ich bin vierzig Jahre mit ihm verheiratet gewesen und habe doch keine Ahnung.«

»Sie haben ja in der Nachschrift gelesen, was er dazu zu sagen hatte.«

»Ja – und die ist nun auch vernichtet, was doch wohl beweist, daß Sellick am Ende nicht so ein Teufel ist, wie ich meine.« Sie sprach ohne rechte Überzeugung, und das war ansteckend. Warum hatte Sellick zugelassen, daß man ihm den einzig wirklich handfesten Beweis verbrannte?

Darüber dachte ich noch nach, als ich später im Garten spazierenging. Elizabeth hatte sich hingelegt, und Dora arbeitete im Haus – jetzt etwas erleichtert, weil ich ihr versichert hatte, daß Mrs. Couchman nicht mehr bewaffnet sei. Während die letzte Stunde bis zwölf Uhr mittags langsam ablief, hatte ich Muße, mich mit einem beunruhigenden Gedanken auseinanderzusetzen.

Abgesehen von der Tatsache, daß ich die Nachschrift gefunden hatte, war nichts geschehen, was Sellick nicht geplant oder vorhergesehen hatte. Ihre Vernichtung war sein einziges Zugeständnis an die Schwäche anderer Menschen gewesen.

War es tatsächlich sein Zugeständnis an die Schwäche von anderen gewesen? Meine Überlegungen richteten sich noch einmal auf unsere Auseinandersetzung beim Abendessen vor einer Woche. Auf die Frage, was er in der Zeit getan hatte, als Strafford starb, hatte er ebenso ausweichend geantwortet wie auf die Frage, warum er Sir Gerald nicht gleich damals aufgespürt hatte. War das Verlegenheit? Empfand er den Umstand, daß Strafford ihn vor 26 Jahren überlistet hatte, als beschämend für jemanden, der von sich selbst das Bild des allwissenden Drahtziehers entworfen hatte? Oder gab es noch etwas anderes?

Ich saß am Bach und schaute in das vorbeifließende Wasser. Hin und wieder huschte auf braunem Grund der Schatten von Fischen vorbei, die ihren Weg flußabwärts nahmen, wo eine Viertelmeile weiter ein Angler auf einem dicken Baumstamm saß und geduldig auf eine Gelegenheit wartete, sie zu überlisten. Die Sonne, die versucht, durch die Wolken zu brechen ... ein Eichhörnchen im Wäldchen gegenüber, das zwischen den Blättern raschelt ... ein Angler, der geduldig wartet, bis er seinen Fang machen kann. In diesem Moment erriet ich zum ersten Mal, was all die Jahre zuvor in Wirklichkeit geschehen war, was Sellick verbergen wollte, während er gleichzeitig drohte, die Couchmans öffentlich bloßzustellen. Und in diesem Moment auch hörte ich vom Kirchturm her, daß die Uhr zwölf schlug und mein Rätseln beendete.

Ich ging um das Haus herum nach vorn. Bis ich dort angekommen war, hatte die Uhr aufgehört zu schlagen. Aber in den letzten verklingenden Schlag mischte sich ein Motorengeräusch von der Straße. Ich wußte, daß es Sellicks Wagen war, bevor ich noch die königsblaue Kühlerhaube des Mercedes in die Einfahrt schwingen sah, bevor ich die grimmige, kaum sichtbare Befriedigung aus seinem Gesicht ablas, als er sich im Reden zu dem livrierten Chauffeur vorbeugte.

Ohne eine Miene zu verziehen oder auch nur andeutungsweise zu grüßen, blieb ich in geringer Entfernung vor dem Auto stehen und sah zu, wie der Fahrer um den Wagen herumging und Sellick die Tür öffnete. Er stieg behende aus, sagte nichts als »Warten Sie« zum Fahrer und ging dann mit lässiger Eleganz auf mich zu; aus seinem Lächeln sprach die ganze Freude an seiner eigenen Falschheit. Mir war zunächst ein Blick auf den Lebenskünstler in seiner Abgeschiedenheit auf Madeira vergönnt worden; wir alle hatte ihn in der Rolle des nüchternen Südafrikaners zu Gesicht bekommen, der Elizabeths Einladung gefolgt war. Jetzt bot man uns eine weitere Facette: Reichtum, augenfällig gemacht durch Limousine mit Chauffeur, elegante Kleidung, goldene Armbanduhr und Manschettenknöpfe, Macht, die ihre Furchen in ein altes Gesicht gegraben hatte, ein Mann, Gebieter über Vermögen und Verderben, der seine Maske ablegte.

»Guten Tag, Martin«, sagte er. »Ich wünschte, ich könnte sagen, es sei mir eine angenehme Überraschung, Sie hier zu treffen.«

Ich bewahrte mit Mühe Fassung und Kaltblütigkeit. »Ich bin als Freund der Familie hier.«

Er ließ ein herzloses Kichern hören. »Dann habe ich aber wirklich eine Art Wunder vollbracht: die Eintracht mit der Familie wieder herzustellen, aus der man Sie verstoßen hat.«

»Möglicherweise. Aber wir verzichten besser darauf, diesen Gedanken auszuspinnen. Sie sehen sich als überlegenen Sieger, und vielleicht sind Sie das auch. Ich habe jedoch ein paar Fragen an Sie, die die Lage ändern könnten.«

»Die werden warten müssen. Ich bin gekommen, um Lady Couchman zu sprechen, nicht, um mit Ihnen zu debattieren. Die Zeit dafür ist jetzt vorbei. Ist sie zu Hause?« Er drehte sich um, ohne eine Antwort abzuwarten, und schritt auf die Tür zu. Im gleichen Moment öffnete sie sich – und Elizabeth stand dort und erwartete ihn, fast mit hängenden Schultern, zusammengesunken unter der Last dessen, was dieses Zusammentreffen bedeutete, von der Erkenntnis niedergedrückt, daß ihr kein Verhandlungsspielraum mehr geblieben war.

»Mr. Sellick«, sagte sie. »Wie ich sehe, sind Sie ein pünktlicher Mensch – immerhin. Wollen Sie bitte eintreten?«

»Bitte, es sei denn, Sie möchten unsere Angelegenheiten hier draußen verhandeln.«

Elizabeth gab darauf keine Antwort, sondern wandte sich um und ging voraus in den Salon. Sie bot Sellick weder einen Stuhl noch etwas zu trinken an, folgte ihm vielmehr auf seinem Weg zum Kamin nur mit einem dunklen Blick aus nachdenklichen Augen. Dort blieb er in demonstrativer Arroganz stehen und betrachtete uns; er legte den Kopf dabei wie ein Raubtier etwas schräg und genoß unser Unbehagen, indem er sich gleichzeitig seiner Überlegenheit vergewisserte.

»Sie sind offensichtlich nicht zum Scherzen aufgelegt«, sagte er. »Ich werde also darauf verzichten. Timothy hat Sie von meinen Bedingungen unterrichtet?«

»Ja.« Sie gab ihre Antwort mit dumpfer, kaum hörbarer Stimme.

»Willigen Sie ein? Werden Sie mit Miss Randall bei der Abfassung ihres Buches ohne Bedingungen zusammenarbeiten?«

Elizabeth trat ans Fenster. »Ich habe eine Antwort darauf, Mr. Sellick. Aber sind Sie bereit, mir zunächst drei Fragen zu beantworten?«

»Ich werde sie mir anhören. Ich garantiere nicht, daß ich sie beantworte.«

»Gut.« Sie drehte sich um und sah ihm gerade in die Augen. »Erstens: Timothy behauptet, er arbeite nur deswegen mit Ihnen zusammen, weil die finanzielle Notlage des Unternehmens ihm keine andere Wahl lasse. Ist das richtig?«

Sellick lächelte. Ich konnte seinem Ausdruck ansehen, daß es ihm mehr Genuß verschaffte, die Antwort zu geben, als sie ihr vorzuenthalten. »Ja und nein. Ich habe mich verpflichtet, meine Anteile wieder in das Unternehmen zu investieren. Sie sollten aber erfahren, daß es, was Timothys sogenannte Finanzplanung betrifft, ziemlich düster aussieht und er deswegen aus den verschiedensten Gründen Kapital braucht. Ich bezahle ihn gut für seine Dienste.«

»So viel, daß er die Loyalität gegenüber der Familie darüber vergessen kann?« fragte Elizabeth leise.

»Ja. Sie sind vielleicht der Meinung, daß eine Loyalität, die man kaufen kann, verächtlich ist – und ich würde Ihnen beipflichten. Mein Anteil besteht nur darin, daß ich Ihnen den wahren Charakter ihres Enkels vor Augen geführt habe.«

»Danke.« Das sollte offenbar nicht ironisch klingen. »Zweitens: Beabsichtigten Sie bereits, als Sie Henry in London aufsuchten, ihn zum Selbstmord zu treiben? Immerhin wissen wir inzwischen, daß Sie bei Ihrem ersten Besuch hier gelogen haben, als Sie abstritten, ihn gesehen zu haben.«

Sellicks Lächeln verzerrte sich zu einem abscheulichen Grinsen. »Ich habe nicht gelogen, Lady Couchman. Ich habe nur bestimmte Tatsachen für mich behalten. Dieses Recht steht uns sicherlich allen zu.« Er blickte zu mir hinüber, als wollte er sagen, der einzige Unterschied zwischen ihm und mir in dieser Hinsicht sei der Umstand gewesen, daß er die ganze Zeit gewußt hatte, was ich ihm verschwieg, während ich bis zu diesem Augenblick nie gemerkt hatte, was er mir vorenthielt. »Was nun aber Henry betrifft, so dürfen Sie ruhig erfahren, was zwischen uns vorgefallen ist.« Er legte eine effektvolle Pause ein. »Er war damit einverstanden, mit mir in seinem Klub – dem ›Carlton‹, Bollwerk der Konservativen – am Sonntagabend zusammenzutreffen.

Am Anfang versuchte er, sich herauszureden. Als ich ihn darauf hinwies, daß ich die Absicht hätte, ihm seinen guten Namen zu nehmen, so gewiß, wie sein Vater mir überhaupt jeden Namen genommen hatte, besaß er tatsächlich die Frechheit, mir zu drohen. Er prahlte mit seinem Einfluß, den er dafür einsetzen könne, mich zum Schweigen zu bringen – und seine Drohungen gingen noch weiter. Als Beispiel führte er Straffords Tod im Jahr 1951 an. Ob ich etwa ein ähnliches Schicksal erleiden wolle?

Ich lachte ihm ins Gesicht. Er hatte seine eigene Bedeutung weit überschätzt: ein verbreiteter Irrtum bei Menschen, die eine Position und ein Vermögen erben. Er glaubte nämlich ernsthaft, seine politischen Freunde hätten Strafford aus dem Weg geräumt, um ihn zu schützen. Nachdem ich ihn dann davon überzeugt hatte, daß das nicht der Fall war, brach seine ganze Verteidigung zusammen. Jetzt wußte er, daß er keine Möglichkeit hatte, mich daran zu hindern, seinen Namen in den Schmutz zu ziehen, wo er ja auch hingehörte, wußte, daß ich kein Erbarmen zeigen würde, wenn er mir Widerstand leisten wollte. Im besten Fall mußte er mit einem vernichtenden Skandal rechnen, weil er seinem Vater Beihilfe zur Bigamie und zum Betrug geleistet hatte. Im schlimmsten Fall – das erfuhr ich nachträglich – drohte ihm die Entlarvung als Ambrose Straffords Mörder. Meine Drohungen waren also wirkungsvoller, als ich selbst ahnte. Nachdem man den Mord an Ambrose beweisen konnte – kein Mensch hätte unter den Umständen an einen Unfall geglaubt –, hätte man den Mord an Edwin dann vermutet.

Sie sehen also, ich hatte es nicht darauf abgesehen, Henry zum Selbstmord zu treiben. Ich hatte mir für ihn sogar ein Schicksal ausgedacht, das sich unter den Augen der Öffentlichkeit viel länger hingezogen hätte. Ein Teil dieses Plans ließe sich immer noch verwirklichen, falls Sie Ihre Mitarbeit verweigern. Ich glaube, er war einfach noch viel schwächer und eitler, als selbst ich vermutet hatte. Weil er sich dem nicht stellen konnte, was ihm unweigerlich bevorstand, suchte er sich den Ausweg des Feiglings.«

Elizabeth ging mit unsicheren Schritten auf einen Lehnstuhl zu. Ich sah, wie sich ihre Finger um die Lehne klammerten, als sie darin zusammensank und sozusagen Sellick die Bühne überließ, während ich regungslos und schweigend dabeistand, ein ohnmächtiger Zuschauer. Schließlich ergriff sie das Wort. »Alles, was Sie über meinen Sohn sagen, Mr. Sellick, mag richtig sein; aber Sie müssen verstehen: Er war der einzige Sohn, den ich hatte.«

»Und ob ich das verstehe.« Sellick war jetzt scharf geworden; zum ersten Mal erlaubte er sich Heftigkeit im Ton. »Sie sind diejenige, die nicht versteht. Sie begreifen immer noch nicht die Schuld Ihrer Familie, die Sie zu teilen haben: die Schuld dieser feinen englischen Familie mit dem einzigen Sohn. Aber eben nicht der einzige, Lady Couchman, nicht in Wahrheit. Was ist denn mit ... dem anderen Sohn? Sir Geralds vergessenes erstgeborenes Findelkind? Sie haben mir nichts gegeben. Was soll ich mir nehmen, damit diese Schuld bezahlt wird?«

Elizabeth sah zu ihm auf. »Sie beabsichtigen, sich alles zu nehmen, nicht wahr? Meinen Sohn, meinen Enkel, meinen guten Namen: alles.«

»Ich werde mir nehmen, was einem Sohn zusteht.«

»Dann also meine letzte Frage ... warum haben Sie uns gestattet, die Nachschrift zu verbrennen?«

»Um Ihnen zu zeigen, daß ich nicht darauf angewiesen war. Ich kann Sie auch ohne Straffords Hilfe zugrunde richten.«

Jetzt war für mich der Augenblick gekommen einzugreifen. »Das ist eine Lüge.« Sellick sah mich an, als ich auf ihn zutrat. »Sie haben das nicht deswegen zugelassen.«

Einen langen, bedeutungsschweren Augenblick fixierte mich Sellick mit einem Blick aus kalten blauen Augen. »Sie möchten etwas sagen, Martin?«

»Ja. Ich möchte etwas zu Ende bringen, was ich zu sagen versuchte, als die Nachricht von Henrys Tod kam. Ich habe lange gebraucht, bis ich es mit Ihrer Rolle bei der Vernichtung der Nachschrift in einen Zusammenhang brachte, aber jetzt bin ich soweit. Sie haben behauptet, Sir Gerald sei bereits tot gewesen, ehe Sie aus den Memoiren den Schluß gezogen hatten, wer Ihr wirklicher Vater war.

Aber es blieb eine Lücke von drei Jahren, die Sie nicht wegerklären konnten. Deswegen glaubte ich Ihnen nicht. Gerade eben haben Sie nun bestätigt, was nach meiner Überzeugung wirklich geschehen ist. Ich möchte Ihnen daher eine vierte Frage stellen. Wie haben Sie Henry davon überzeugt, daß es nicht seine politischen Freunde waren, die Straffords Tod veranlaßten?«

Jetzt wirkte Sellick auf schwer faßbare Weise amüsiert. »Das war von Anfang an eine groteske Vorstellung.«

»Schon möglich, aber Henry glaubte daran. Sie können ihn nur auf eine einzige Art vom Gegenteil überzeugt haben: indem Sie ihm die Wahrheit sagten. Indem Sie ihm sagten, daß Sie selbst Strafford getötet haben.«

Ich hatte auf eine empörte Reaktion gehofft, aber Sellick lächelte bloß. Er wandte sich wieder Elizabeth zu. »Martin hat ganz recht, Lady Couchman. Ich habe Edwin Strafford getötet.«

Elizabeth schaute von einem zum anderen und schließlich wieder zu Sellick. »Sie haben Edwin ermordet?«

»Ja.« Er richtete sich etwas auf, als ob ihn diese Feststellung mit Stolz erfülle. »Jetzt, wo die Nachschrift nicht mehr existiert, darf ich es ihnen sagen. Ohne sie gibt es nichts, was eine Verbindung zwischen mir und Strafford zur Zeit seines Todes beweist. Ich habe vor einigen Jahren – durch ein wenig Bestechung an richtiger Stelle – dafür gesorgt, daß die Unterlagen über meine Geburt in Pietermaritzburg verlorengingen. Sie werden also einsehen, daß ich, soweit es um nachweisbare Fakten geht, lediglich ein unbeteiligter Zuschauer bin, der den Todeskampf der Familie Couchman verfolgt. Ich ließ bei Henry nicht den geringsten Zweifel darüber aufkommen, daß ich seine Parteioberen zwingen würde, sich von ihm loszusagen und jede Beteiligung an Straffords Tod zu leugnen. Als logische Folge wäre er als Hauptverdächtiger übriggeblieben.

Er hätte der Vernichtung der Nachschrift ebenso bereitwillig wie die übrige Familie zugestimmt, um sich von den Anschuldigungen reinzuwaschen, die ich, wie er wohl wußte, gegen ihn vorbringen würde. Er hätte mir damit genauso in die Hände gespielt wie Sie. Vielleicht hat er das bereits vorausgesehen und deswegen den einzigen Ausweg gewählt, der ihm noch blieb.

Sobald er meine Darstellung von Straffords Tod hörte, wurde ihm klar, daß sie der Wahrheit entsprach, und es muß ihm bewußt geworden sein, wie leicht man der Öffentlichkeit einreden konnte, daß er es war, der meine Rolle spielte.«

»Und was war Ihre Rolle?«

»Das können Sie jetzt ruhig erfahren. Schließlich, Lady Couchman«, er verneigte sich leicht in ihre Richtung, »war mein Fehler – und daher auch Straffords Tod – eigentlich Sir Geralds Werk. Strafford überlistete mich in Madeira nur deswegen, weil ich keinen Anhaltspunkt für den Schluß hatte, den er durch unsere Auseinandersetzung sofort zog; daß der Schuldige nicht er, sondern Sir Gerald sein mußte.

Strafford ließ mich für einen Monat in eine Polizeizelle in Funchal einsperren. Wie alle diese englischen Herren hatte er Beziehungen zu gefügigen Beamten, die ihm Gefälligkeiten erwiesen. Ich habe später dafür gesorgt, daß der Polizeichef diese Gefälligkeit bedauerte. Damals aber galten meine Gedanken nur Strafford: meinem vermeintlichen Vater, der mich ins Gefängnis werfen ließ, während er sich nach England davonmachte.

Ich folgte ihm. Nach meiner Entlassung brauchte ich zwei Wochen, bis ich ihn in Barrowteign aufspürte, aber ich fand ihn dort, wo er sich, wie ich glaubte, in seinem Versteck der Gerechtigkeit entziehen wollte. Ich hatte nicht vor, Mitleid zu zeigen. Nach meiner Verhaftung in Funchal erwartete ich jedoch nicht, leichte Beute zu machen. In Wirklichkeit war es fast zu einfach.

Ich erreichte Dewford am Nachmittag des 4. Juni und erfuhr vom Gastwirt in Dewford, daß Strafford im Lodge Cottage wohnte. Er hatte aus seiner Rückkehr kein Geheimnis gemacht, was mich verwirrte. Aber ich dachte nicht weiter darüber nach.

Ich machte mich gleich auf den Weg nach Barrowteign. Überall liefen Bauarbeiter herum, so daß ich ziemlich unbeobachtet blieb, als ich die Zufahrt entlangging. Etwa auf halbem Weg sah ich Strafford, der aus dem Eingang des Haupthauses kam und ohne jede Heimlichkeit auf das kleine Häuschen zuging. Ich war überrascht. Ich hatte gedacht, er würde sich versteckt halten, nicht etwa auf dem Grundstück herumlaufen, als ob es ihm gehörte. Heute weiß ich, daß er anderes im Kopf hatte als die Möglichkeit, von mir verfolgt zu werden.

Ich sorgte dafür, daß er mich nicht zu Gesicht bekam, und beobachtete das Häuschen, während ich auf den Einbruch der Nacht wartete. Als ich sah, daß sein Neffe das Haus verließ, war ich sicher, daß Strafford allein sein würde.

Es traf sich, daß Strafford mir die Mühe einer heimlichen Annäherung ersparte. Er kam heraus, zündete sich eine Pfeife an und lehnte sich an das Gatter beim Bahnübergang. Ich fürchtete, sein Neffe könne bald zurückkommen. Es war keine Zeit zu verlieren.

Ich trat aus meinem Versteck hervor und stellte ihn zur Rede. Er behandelte mich mit Verachtung, bestritt, mir irgend etwas schuldig zu sein, und gab offen zu, daß er seinen Einfluß geltend gemacht hatte, um mich in Funchal hinter Schloß und Riegel zu bringen. Seine Ruhe – seine unübersehbare Entschlossenheit, mich in Rage zu bringen – war verblüffend. Aber ich war damals jünger und weniger überlegt als heute. Seine trotzige Arroganz brachte mich nur dazu, gewalttätig zu werden.

Ich habe seitdem oft darüber nachgedacht, und inzwischen bewundere ich Strafford für sein Verhalten an diesem Abend: Er hat meine größte Hochachtung, das kann ich Ihnen versichern. Er trat auf die Gleise, als wollte er das Gatter als Barriere zwischen uns bringen; ich vermute aber, daß er mich in Wirklichkeit an diese Stelle locken wollte. Er spürte, daß der Moment der Entscheidung gekommen war, er oder ich, alles oder nichts. Er hatte kaum eine Chance, das muß man sagen, und er hat es bestimmt gewußt. Das bewundere ich an ihm. Ein Versager, ja, aber ein besserer Mensch als der billige Betrüger, der sich als mein Vater herausstellte.

In jenem Moment haßte ich ihn, und ein zweites Mal wollte ich ihn mir nicht entkommen lassen. Ich folgte ihm auf das Gleis. Er packte mich, versuchte mich auf die Schienen niederzudrücken. Ich hörte den warnenden Pfeifton eines Zugs und begriff, was er plante. Ich erinnere mich noch an die Bestürzung, mit der ich wahrnahm, daß der erbärmliche Intrigant, den ich als meinen Vater kannte, tatsächlich – wenn auch nur in höchster Not – physischen Mut aufbrachte. Freilich konnte er sich damit auch nicht retten. Ich hatte mehr als genügend körperliche Kraft, um ihn zu überwältigen – obwohl es nicht leicht war, denn er wehrte sich gut. Nachdem ich mich aber erst einmal aus seinem Griff befreit hatte, konnte ich ihn mit einem gezielten Hieb niederschlagen und mich mit einem Sprung aus dem Gleisbereich in Sicherheit bringen, als der Zug schon mit schrillem Pfeifen direkt auf uns zuraste und dann viel zu spät bremste. Strafford war ein alter Mann. Er hatte nicht die geringste Chance.

Ich verließ fluchtartig den Schauplatz. Strafford war erledigt – das war nun sicher. Ich hatte mir nicht dieses Schicksal für ihn ausgedacht, aber er erzwang eine andere Wendung und für sich einen ehrenhaften Tod. Er hatte gekämpft und war mit fliegenden Fahnen untergegangen.«

»Gekämpft, um mich zu retten«, flüsterte Elizabeth.

»Mag sein. Mich hatte er jedenfalls zum Mörder gemacht. Mir blieb nichts anderes übrig, als unverzüglich nach Madeira zurückzukehren, in der Hoffnung, daß mich niemand mit seinem Tod in Verbindung bringen würde. So kam es auch. Und ein Vatermord schien nicht die ungerechteste Form der Rache für meine Mutter zu sein. Ich gab mich damit zufrieden.«

»Bis Sie die Memoiren fanden?«

»Ganz richtig. Es reizte mich in besonderer Weise, die Quinta zu erwerben, weil es eine solche Ironie des Schicksals bedeutete. Ich hatte allerdings keine Ahnung, was mich dort erwartete. Als ich die Memoiren las, begriff ich, was Strafford eigentlich erreichen wollte. Die Memoiren verrieten mir genug, um Sir Gerald als meinen Vater zu identifizieren, aber die Umstände von Straffords Tod verboten es mir, nach England zu gehen und ihn zur Rede zu stellen, ohne Gefahr zu laufen, daß man mir einen Mord anhängte. Deswegen blieb Ihr Seelenfrieden, Lady Couchman, ungefährdet.

Aber nur für eine begrenzte Zeit. Im letzten Jahr dachte ich darüber nach, daß Strafford Ihnen ein Vierteljahrhundert unverdienter Selbstzufriedenheit verschafft hatte. Sir Gerald war – wie es häufig geschieht mit solchen Menschen – im Glanz von falschen Ehren, nach Jahren erschlichenen Glücks verstorben. Ich erfuhr aus den Zeitungen, daß Henry ein aufsteigender Stern in der Konservativen Partei war. Ich war reich, ja, sogar reicher als je zuvor, aber doch unzufrieden. Ich war unbekannt und vergessen, trotz aller materiellen Erfolge, durch Straffords Opfer von der Möglichkeit abgeschnitten, die Couchmans für ihr Verbrechen büßen zu lassen.

Ich überlegte mir eine elegante Lösung für das Problem. Mir war klar, daß ich über genügend Mittel verfügte, Ihren Niedergang allein durch die Hilfe von Strohmännern zu bewirken. Denn das Leben hatte mich gelehrt – man könnte sagen, mein Vater hatte mich gelehrt –, daß alle Menschen käuflich sind und die meisten zudem sehr billig. Durch angeheuerte Helfershelfer konnte ich meine Anonymität wahren und meine Absichten dennoch verwirklichen. Das war Martins Rolle – im Namen historischer Forschung genügend Beweise ans Licht zu bringen, um Sie alle darunter zu begraben, ohne daß ich nur einen Finger krümmen mußte. Und Sie haben Ihre Sache gut gemacht, Martin – das steht fest. Bis ... bis Sie die Nachschrift entdeckten. Das war eine unerwartete Schwierigkeit: die verdammte Neigung Straffords, immer an die Nachwelt zu denken. Natürlich war die Nachricht von der Entdeckung beunruhigend. Ich hatte keine Möglichkeit herauszufinden, was sie vielleicht über mich enthielt, so daß man mich mit seinem Tod in Verbindung bringen könnte; ihre Anspielungen darauf waren quälender, als Sie ahnten. Ich hatte offenbar keine andere Wahl, als der Sache sofort die Stirn zu bieten.

Als erstes nahm ich mir Henry als das schwächste Glied in der Kette vor. Als er zusammenbrach, wurde deutlich, daß er das Dokument nicht gesehen hatte, auch wenn es ihn zutiefst beunruhigte. Es konnte nicht mehr schaden, ihm die Wahrheit zu erzählen, da er ja noch bessere Gründe als ich hatte, verschwinden zu lassen, was die Nachschrift an Beweisen enthielt. Nachdem er tot war, mußte sie nur noch vernichtet werden, damit ich völlige Handlungsfreiheit genießen konnte. In diesem Bemühen wurde ich von allen überaus zuvorkommend unterstützt.«

»Sie haben das sehr geschickt eingefädelt, Mr. Sellick«, sagte Elizabeth mit stockender Stimme.

»Danke.« Er lächelte breit.

«Wir hielten Sie für großzügig, weil Sie uns erlaubten, das Schriftstück zu verbrennen.«

»Das war meine Absicht. Timothy unterstützte den Plan, wie ich es ihm aufgetragen hatte.«

»Und ich habe Martin überredet, keinen Einwand zu erheben.«

»Ja. Sie sollten natürlich wissen, Lady Couchman, daß Martin dabei auch nur meinen Anweisungen folgte.«

Elizabeth sah mich an. »Martin?«

»Ich ... ich weiß nicht, wovon er spricht.«

Sellick zeigte ein strahlendes Lächeln. »O doch, das weiß er. Er ist ja noch immer mein Angestellter.«

»Das ist eine Lüge«, rief ich. »Eine von vielen.«

Sellick richtete seine nächsten Worte nur an Elizabeth. »Ich frage Sie, Lady Couchman, hat Martin nicht hervorragende Arbeit geleistet, um die jetzige Lage herbeizuführen? Sie haben Miss Randall kennengelernt, auch eine meiner ... Angestellten. Sie ist die Prämie, mit der ich ihn zwischendurch belohnte. Sie wissen, wie sehr er Ihre Familie haßt. Ich habe ihn nur dafür entlohnt, daß er tat, was er schon immer wollte: es Ihnen allen heimzuzahlen.«

Meine Augen folgten seinem Blick auf Elizabeth, die auf ihrem Stuhl zusammengesunken war, verloren und mit eingefallenem Gesicht. Was sollte sie glauben, wenn ich schon selbst nicht mehr wußte, was ich glaubte? Sie sah mir in die Augen, und in ihren war nur ein schrecklicher Zweifel zu lesen. Sellick hatte recht. Ich hätte sie nicht besser in diese Lage bringen können, wenn er mich dafür bezahlt hätte. Welchen Grund gab es dann zu glauben, daß er es nicht getan hatte? Ich stand sprachlos da, durch mein eigenes Versagen dazu verdammt, mich als schmutzigen Sieger betrachten zu lassen.

»Wenn Sie mich einen Moment entschuldigen wollen«, sagte Sellick. »Ich lasse nur etwas hereinbringen, um unsere Abmachung zu feiern. Es handelt sich um die Einlösung eines Versprechens, das ich Martin vor langer Zeit gegeben habe.« Er verließ den Raum in aller Ruhe. Ich hörte ihn an der Tür mit dem Fahrer reden.

In der kurzen Gesprächspause suchte ich nach einem Ausweg, nur um dann ein so wenig überzeugendes Dementi von mir zu geben, daß ich es selbst auf einfachste Weise hätte entkräften können. »Es ist nicht wahr, Elizabeth. Ich arbeite nicht mehr für Sellick. Ich habe nicht gewußt ...« Ich stockte mitten in meinem Satz.

Elizabeth sah mich an. »Wie soll ich Ihnen glauben, Martin? An was soll ich mich noch festhalten? War das der Grund, warum Sie mir den Revolver weggenommen haben?«

Ich sank auf einen Stuhl ihr gegenüber. Es gab darauf keine Antwort.

Sellick kam in das Zimmer zurück. Der Fahrer folgte ihm mit einer kleinen Holzkiste. Er stellte sie auf dem Tisch unter dem Fenster ab und zog sich dann zurück. Sellick holte eine Flasche daraus hervor, die in einem Korb lag und in eine Serviette eingeschlagen war, und entnahm der Kiste dann noch drei Rotweingläser, die er der Reihe nach auf den Tisch stellte. Er löste die Serviette von der Flasche und polierte jedes Glas einzeln damit, wobei er es jedesmal gegen das Licht hielt. Wir sahen ihm gebannt zu.

»Heute ist mein Geburtstag«, erklärte er schließlich. »Ein Tag, den Ihre Familie nie vergessen sollte, Lady Couchman. Um ihn zu feiern – und Ihre Zustimmung zu uneingeschränkter Kooperation –, habe ich diese Flasche mitgebracht: eine ganz besondere Flasche.« Er holte sie aus dem Korb. Ich erkannte sie auf der Stelle; es war der Madeira des Jahrgangs 1792, den er als Preis für den erfolgreichen Abschluß meiner Untersuchung des Strafford-Geheimnisses versprochen hatte. »Ursprünglich wollte ich das hier mit Alec zusammen in der Quinta do Porto Novo trinken. Aber Alec kann nicht bei uns sein, und ich glaube nicht, daß wir je wieder gemeinsam nach Madeira zurückkommen werden. Deswegen habe ich die Flasche zur Feier des heutigen Tages mitgebracht.« Er zog ein Taschenmesser hervor und hob die Verschlußkappe ab. »Der Flug ist ihr vielleicht nicht bekommen, und solche Jahrgänge sind natürlich immer unberechenbar.« Er legte die Flasche wieder in ihren Korb zurück und setzte den Korkenzieher an.

Elizabeth blickte zu mir hin. »Um was handelt es sich, Martin?«

»Meinen Preis für die Erledigung des Auftrags: wahrscheinlich die letzte Flasche 1792er Madeira, die es auf der Welt noch gibt und die Strafford in seinem Keller hinterlassen hat.«

Ich sah wieder zu Sellick. Er hatte den Korkenzieher eingedreht. Jetzt drückte er die Flasche gegen den Korb und begann, den Korken herauszuziehen. Seine Stirn legte sich in Falten, während er die

Arbeit gefühlvoll und konzentriert erledigte. »Diese Arbeit ist nichts für einen Neuling«, keuchte er. »Man darf wohl sagen, daß ich mich für diesen Moment gründlich vorbereitet habe.« Langsam, aber sicher kam der Korken zum Vorschein. »Ich glaube, er ist in Ordnung, meine Freunde. Ich glaube, wir haben jetzt vielleicht die einmalige Gelegenheit, einen Wein zu probieren, den man einst Napoleon anbot.« Er hob die Flasche ehrfürchtig aus dem Korb.

»Ich werde nichts davon trinken«, sagte Elizabeth.

»Na, na, Lady Couchman. Einen so vielversprechenden Wein bei einer so vielversprechenden Gelegenheit abzulehnen wäre doch nicht die feine Art. So etwas wird sich die Witwe eines Ritters des Königreichs doch wohl kaum vorwerfen lassen, oder? Ich bestehe darauf, daß Sie ein Glas mit mir trinken.«

»Das werde ich nicht tun.«

»Lady Couchman«, sagte er und ging auf sie zu, die Flasche in der einen, das Glas in der anderen Hand, »Sie müssen wissen, daß ich, wenn ich mir etwas in den Kopf gesetzt habe, auch die Mittel habe, meinen Willen durchzusetzen. In dieser kleinen Sache, wie in Zukunft überhaupt, werden Sie mir gehorchen müssen.«

Ich sah den lüsternen Triumph in seinen Zügen. Elizabeth hatte doch recht. Ihre erzwungene Mitarbeit an Eves Buch sollte nur den Anfang machen. Nun, da Sellick die beherrschende Stellung erobert hatte, die er für sich beanspruchte, würde er vor nichts mehr haltmachen. Straffords Wein, um Straffords Untergang zu feiern. Elizabeth, die auf ihren Ehemann am Jahrestag seines Verrats anstoßen sollte. Ich, der die bittere Frucht genießen sollte, ihm unbeabsichtigt, aber bestens gedient zu haben.

Sellick goß die dunkle Flüssigkeit in ein Glas. Sie war schwer und rubinrot. »Er ist besser, als ich erwartet hatte«, sagte er. »Trinken Sie, Lady Couchman. Oder sollte ich Sie Miss Latimer nennen?«

Das Feuer in Elizabeths Augen leuchtete intensiver als der Wein. »Tun Sie, was Sie wollen, Mr. Sellick, aber ich werde nicht trinken.«

»O doch.« Ich fuhr vor Schreck zusammen, als er plötzlich zur Tat schritt. Er fuhr mit dem Glas in der Luft herum und schleuderte seinen Inhalt in ihre Richtung. Der Wein lief ihr über Gesicht und Hals und spritzte purpurrot auf ihre Bluse. Sie schloß kurz die Augen und hustete einmal, zeigte sonst aber keinerlei Reaktion; sie sah nur mich an, nicht Sellick. Befleckt von Madeira, der Straffords Blut hätte sein können, blickte sie zu mir, und aus ihren Augen sprachen Angst und Anklage. Sie blinzelte nicht einmal, als Sellick das Glas dicht an uns vorbei zu Boden warf. Es zersprang im Kamin, wo die Splitter nach allen Seiten flogen.

Ich erhob mich. Sellick ging zum Tisch zurück, um das nächste Glas zu holen. »Sie werden gewiß trinken, Martin. Als Historiker, wenn auch nur angeheuert, werden Sie einen napoleonischen Jahrgang zu schätzen wissen.«

Genug. Ein Augenblick in Zeitlupe. Wie hatte Alec doch gleich gesagt? »So einfach ist das.« Was sollte ein unzulänglicher Historiker anderes tun – ein einziges Mal in dem, was er ein Leben nannte –, als daß er jene nicht greifbare Vorstellung zu fassen suchte, die sich zwischen all den Worten verbarg, die man in der Vergangenheit und über die Vergangenheit geäußert hatte? Ehre? Loyalität? Menschlichkeit? Nein, es war viel einfacher: einmal das Richtige tun. »Einen flüchtigen Moment nicht nur der Narr zu sein.« Es ist zu schwer, Strafford. Zu schwer. Gewöhnt zu forschen, ohne zum Schluß zu kommen, angeheuert, um im Namen eines anderen zu handeln, nie im eigenen Namen. So sah es aus, einen flüchtigen Moment lang. Aber ein einziges Mal, für einen wahren, nie erblickten, lange toten Freund, endgültig und für immer, wendete ich das Blatt.

Wahrheit ohne die Tat, das war Wissen ohne Ehre, war Geschichte ohne Strafford.

Es hätte Straffords Hand sein können – aber es war eben die meine –, die nach Couchs Waffe in meiner Jackentasche griff, als Sellick sich am Tisch umdrehte. Es hätten hundert bessere Menschen sein können als ich – aber ich mußte es sein –, die den Revolver mit zwei zitternden Händen hoben und ihn im Augenblick seines Triumphs auf Sellick richteten. Es hätte eine von einem Dutzend Möglichkeiten sein können, die Sellick zur Verfügung standen, um mich aus der Fassung zu bringen, aber die eine, die er wählte, war die einzige, die mit Sicherheit unwirksam war. Vielleicht wußte er das. Vielleicht konnte er der letzten Gelegenheit nicht widerstehen, all das Böse zu beschwören, dem ich mich untertan gemacht hatte – in ihm und in mir selbst. Er tat einen Schritt auf mich zu, und indem er es tat, lächelte er. Und indem er das tat, drückte ich auf den Abzug.

Ich nahm nicht wahr, wie Sellick stürzte; die Hände, als sie den Rückstoß spürten, ließen den Revolver einfach fallen, und dann ging ich zu ihm hin. Er lag auf dem Teppich, mit dem Gesicht nach oben, ein dunkles Loch in der Stirn, sein Mund in einem erstarrten Lächeln halb geöffnet. Leo Sellick da vor mir war tot, der rechte Arm ausgestreckt und die Hand gekrümmt nach der ihm entglittenen Madeiraflasche von 1792, die sich noch immer bewegte und ihren blutroten Inhalt auf den blassen Teppich ergoß. Es war die letzte Flasche, und niemand würde sie je trinken.

10

Warum hatte ich es getan? Nur das wollten sie wissen. Wie sollte ich ihnen erklären, daß in diesem Moment mein Leben stillgestanden hatte, genau wie für Sellick? Ich erinnere mich kaum daran, was geschah, in welcher Reihenfolge, zu welcher Zeit, aber jemand rief die Polizei, während Elizabeth mit mir redete, noch im Salon, den ich nicht verlassen wollte, solange Sellick dort blieb. Sie war bleich, aber gelassen wie eine Königin.

Später – viel später – gab Elizabeth Bruchstücke dessen wieder, was ich gesagt hatte, als jene Stille eintrat, mit der sich die Lawine der Ereignisse ankündigte, die meine Tat ausgelöst hatte.

»Wissen Sie, warum ich das getan habe?«

»Natürlich. Bevor die Leute kommen, lassen Sie mich eins sagen: Es war die beste Tat, die Sie überhaupt vollbringen konnten.«

»Nicht wahr, Sie haben ihm geglaubt – als er sagte, daß ich immer noch für ihn arbeitete?«

»Gott möge mir verzeihen, ja. Das war seine Gabe: zu bewirken, daß man an das Schlechteste in anderen Menschen glaubte. Eine teuflische Gabe.«

Ich erinnere mich, wie uns eine Polizeisirene jäh aus dem Gefühl riß, zu einer alles erfassenden Ruhe gefunden zu haben, die uns den plötzlichen Einbruch von Gewalt vergessen ließ. Ich erinnere mich, von Elizabeth einen Kuß auf die Stirn empfangen zu haben wie einen fremdartigen und trostspendenden Segen. »Sie erinnern mich immer mehr an Edwin. Dieses Mal werde ich Sie nicht im Stich lassen.« Ich erinnere mich, wie die Sonne hinter einer Wolke verschwand und der Schatten sich über die Gestalt unter dem Fenster legte.

»Warum haben Sie es getan?«

Ein Inspektor mit zerknittertem Gesicht und schnarrender Stimme saß mir gegenüber; er rauchte billige Zigaretten. So absurd es war, mich erinnerte er an Marcus Baxter, der zwischen den Fragen, die er mir stellte, zu sagen schien: »Was sind Sie doch für ein Esel, Radford. Meinen Sie etwa, das könnte irgend etwas beweisen?«

Nur daß er in Wirklichkeit unaufhörlich die Frage wiederholte: »Warum haben Sie es getan?« Ich sah die Verwirrung in seinen Zügen. Ich war nicht der übliche Typ des Einbrechers oder Trinkers, nicht einmal ein durchschnittlicher Totschläger im Familienstreit. Er wußte nicht, wer ich war oder Sellick, oder warum ich einen Mann an seinem Geburtstag mit der Waffe seines Vaters getötet hatte.

Schließlich, ohne zu einem befriedigenden Schluß gekommen zu sein, beschuldigte er mich formell des Mordes und forderte mich auf, meine Aussage zu machen. Es wurde keinerlei Zwang oder Druck ausgeübt. In meiner Aussage leugnete ich nichts und gestand nichts. Selbst als Erklärung reichte es nicht weit, denn ich wandte mich nicht an die Polizei oder die Gerichte oder an das Volk, in dessen Namen man mich beschuldigte. »Leo Sellick war der uneheliche Sohn von Lady Couchmans verstorbenem Ehemann. Ich habe ihn getötet, um den planmäßigen Schikanen ein Ende zu bereiten, mit denen er die Familie Couchman bedrängte.« In Wahrheit sprach ich zu Strafford: tote Buchstaben an die Adresse eines Toten. Ein Versuch, ihm zu sagen, daß sein vermeintliches Scheitern in Wirklichkeit ein herrlicher Triumph war, wenn ich dadurch gezwungen werden konnte, an seiner Seite Farbe zu bekennen. Aber er konnte mich nicht hören.

Eine schlaflose Nacht in Polizeigewahrsam. Noch war ich wie betäubt von der Stille nach der Tat, badete in einem absurden Gefühl von Erfüllung.

Diese Stimmung hielt den Morgen über an. Der 22. Juni: der Tag nach einem gewaltsamen Tod. In Guildford, das wußte ich, wurde jetzt die gerichtliche Voruntersuchung von Henrys Tod eröffnet. In Chichester lag ich auf meiner Pritsche und wartete auf die unabwendbaren Folgen meiner Tat.

Am Nachmittag sprach der Inspektor noch einmal mit mir. Ich wurde wieder in den Vernehmungsraum geführt. Auf dem Tisch lag ein großer Zellophanbeutel. Er enthielt den Revolver.

»Es ist so, wie Sie ausgesagt haben«, begann er nachdenklich. »Ein Armeerevolver aus der Zeit der Jahrhundertwende. Wir haben ihn überprüfen lassen. Er ist in funktionsfähigem Zustand. Lady Couchman bestätigt, daß er ihrem Mann gehörte.«

»Sie haben sie vernommen?«

»Ja – und mit ähnlichem Ergebnis: Rätsel aus einer anderen Welt. Nur daß ein Mord absolut von dieser Welt ist.« Er starrte mich einen Augenblick lang an. »Wenn es einer war.«

»Was wollen Sie damit sagen?«

»Sie fallen aus dem Rahmen – das steht fest. Sie sind kein Mörder. Und doch haben Sie einen Mann ermordet.«

»Was geschieht denn jetzt?« Noch befanden wir uns in einem Vakuum, im leeren Raum, im Wartezustand.

»Man beschuldigt Sie des Mordes. Morgen erscheinen Sie vor Gericht. Jetzt haben Sie erst einmal Besuch – von Ihrem Anwalt.«

»Ich habe keinen Anwalt.«

»Das machen Sie besser direkt mit dem Herrn aus. Walter Tremlett: Er ist uns bekannt. Er ist wohl Lady Couchmans Familienanwalt.« Er warf mir einen vielsagenden Blick zu, obgleich er wohl nur als Kriminalbeamter seine Vermutungen hatte. »Vielleicht ist sie der Ansicht, Sie gehören jetzt dazu.«

»Nein, so ist es nicht.« Aber wie war es? Wer war dieser Mann, den Elizabeth mir sandte? Ich brauchte keinen Anwalt, keine Verteidigung – das glaubte ich jedenfalls.

»Wollen Sie ihn sprechen?« Er fragte, aber er wußte schon, daß ich ja sagen würde. Hatte ich eine andere Wahl?

Ich wurde in meine Zelle zurückgeführt. Ein paar Minuten später wurde Tremlett hereingeführt. Rundlich, rotgesichtig, mit Halbbrille, graumeliertem, zurückweichendem Haar, ein Anwalt vom Land im festen Tweedanzug, der unter der Nachmittagshitze litt. Er gab mir eine feuchte Hand.

»Freut mich, Sie kennenzulernen, Mr. Radford.«

Ich saß jetzt auf meiner Pritsche, während er auf dem einzigen Stuhl thronte und eine abgenutzte, überquellende Aktentasche auf seinem Schoß festhielt. »Wer hat Sie geschickt, Mr. Tremlett?«

»Lady Couchman, was Sie sich vermutlich schon selbst gedacht haben.«

»Aber warum?«

»Junger Mann, ein Mensch in Ihrer Lage braucht Hilfe.«

»Wissen Sie denn, was meine Lage ist?«

»Man beschuldigt Sie des Mordes; das Gesetz fordert dafür lebenslänglich.« Er zeigte mir ein entwaffnendes Lächeln. »Aber ich kann mir vorstellen, daß Sie mehr mit Ihrer Frage meinen. Also, ich weiß in der Tat, in welcher Lage Sie sich befinden, weil mich Lady Couchman ausführlich unterrichtet hat. Hat man Sie über das Ergebnis der gerichtlichen Voruntersuchung heute morgen informiert?«

»Nein.«

»Man hat auf Tod durch Unfall entschieden – wie wir gehofft hatten. Ohne Mr. Sellicks Gegenwart konnte ja auch kaum etwas anderes herauskommen.«

»Das sagen Sie mir.« Ich ärgerte mich darüber, daß ein fremder Mensch wie er so viel Kenntnis und Vertrautheit für sich in Anspruch nahm.

Wieder erschien das breite, ehrliche Lächeln auf seinem Gesicht. »Mr. Radford, ich bin gekommen, um Ihnen zu helfen. Wollen Sie wegen Mordes verurteilt werden?«

Seit ich Sellick getötet hatte, hatte ich mir nicht die Zeit genommen, über etwas anderes nachzudenken als die Erleichterung, die ich mir und anderen dadurch verschafft hatte. Jetzt wurde ich gezwungen, die gesetzliche Strafe, die darauf stand, zur Kenntnis zu nehmen. »Ich habe bereits ausgesagt, daß ich ihn getötet habe. Für etwas anderes ist es jetzt zu spät.«

»Ich habe Ihre Aussage gelesen. Sie geben darin Totschlag zu, aber nicht Mord. Das ist mehr als eine juristische Spitzfindigkeit; das muß Ihnen klar sein. Lady Couchman fühlt sich Ihnen verpflichtet. Sie hat mich beauftragt, mein möglichstes für sie zu tun. Mit einem guten Strafverteidiger haben Sie meiner Meinung nach die besten Chancen, mit Erfolg auf Totschlag zu plädieren und ein mildes Urteil zu erreichen.«

Ich sah ihn zweifelnd an. »Mr. Tremlett, ich habe kaltblütig einen Mann erschossen. Wie will man daraus etwas anderes als Mord konstruieren?«

Er nahm seine Brille ab und steckte einen Bügel in den Mund. »Mord kann aus vielerlei Gründen zu Totschlag werden, unter anderem, weil der Täter provoziert wurde. Ich glaube, daß wir in der Lage sind, in diesem Sinn zu argumentieren.«

So war es gewesen, aber nicht so, daß ich von einem Gericht erwarten konnte, diese Interpretation zu akzeptieren. »Mich überzeugen Sie damit nicht und ganz bestimmt auch nicht den Richter oder die Geschworenen.«

»Gedulden Sie sich noch einen Augenblick, junger Mann. Sie haben mich nicht zu Ende angehört. Ein solches Plädoyer würde sich auf die Tatsache stützen, daß der verstorbene Mr. Sellick einen Rachefeldzug gegen die Familie Couchman geführt und Lady Couchman in jüngster Zeit bedroht hat. Ich sehe seinen Tod als dramatische Folge der gutgemeinten Tat eines Freundes. Ich bin der Meinung, daß die Geschworenen sich dieser Auffassung anschließen könnten. Lady Couchman wird sicher für Sie aussagen. Und ich hoffe, daß man auch Ihre geschiedene Frau dazu bewegen kann.«

»Sie wissen eine Menge.«

»Lady Couchman hat mir alles gesagt, was ich wissen muß – und das war sehr vernünftig so.«

»Ich bin ihr dankbar für diesen Versuch, mir zu helfen, aber ich glaube immer noch nicht, daß er Aussicht auf Erfolg hat. Solche Zeugenaussagen sind schön und gut, aber es wird nicht genügen zu beweisen, daß Sellick ein unangenehmer Zeitgenosse war. Sie müßten beweisen können, daß sein Haß auf die Couchmans gute Gründe hatte und daß er sie tatsächlich erpressen wollte. Aber es gibt keinen Beweis, und ohne ihn bin ich verloren. Das einzige Dokument, das Sellicks Verbindung mit den Couchmans beweist, wurde unmittelbar nach Henrys Tod vernichtet. Hat Ihnen Elizabeth das erzählt?«

»Durchaus, ja. Vor allem aber hat Lady Couchman mich hier in meiner Kanzlei in Chichester aufgesucht, am Tag vor dem Begräbnis – und mir eine Kopie des Dokuments zur Aufbewahrung übergeben. Ich habe es in dieser Aktentasche mitgebracht.« Ich war sprachlos. Straffords Nachschrift – den Flammen wieder entrissen. War es möglich? Tremlett holte einen Ordner aus seiner Tasche und gab ihn mir.

Es war – wie er versprochen hatte – eine vollständige Fotokopie der Nachschrift. Es war also die Wahrheit. Die quälende Debatte, der feierliche Scheiterhaufen, die schreckliche Tat. Und die ganze Zeit über hatte in Tremletts Kanzlei ein Stoß Papiere bereitgelegen, um uns – ob wir es wollten oder nicht – eine zweite Chance zu geben. Selbst in verzweifelter Not hatte Elizabeth Strafford nicht vergessen. »Warum hat sie das getan?« sagte ich schließlich. »Der Sinn der Sache war doch gerade, jeden Beweis für Sir Geralds Bigamie zu vernichten.«

»So geschah es ja. Bis man die Kopie vielleicht brauchte, wäre sie bei mir in besten Händen gewesen, ungelesen – unbekannt, solange ich nicht angewiesen worden wäre, sie zu lesen.«

»Aber zu welchem Zweck? Sie hätte doch nicht etwa ...«

»Nein.« Er schüttelte den Kopf. »Aber aus dem, was ich weiß – und aus dem, was Sie vermutlich wissen –, ist schwer zu ersehen, warum sie eine geheime Kopie wünschte, warum sie dieses letzte Wort Straffords erhalten wollte: nur für sich selbst?«

»Nein.« Ich hatte sie falsch eingeschätzt. Elizabeth hatte einen Sieg errungen, wo ein Scheitern unvermeidlich war, indem sie beiden Männern gegenüber, die sie geliebt hatte, loyal geblieben war. Um Straffords willen hatte sie die Nachschrift gerettet. Um Couchs willen hatte sie versucht, Sellick zu töten. Und nun, um meinetwillen, hatte sie das Familiengeheimnis ans Licht geholt. »Aber es ist nur eine Kopie.«

»Richtig. Aber der Vergleich mit der originalen Handschrift in den Memoiren sollte genügen, um die Urheberschaft nachzuweisen. Wenn nötig, werde ich sie mir auf Madeira holen.«

Ich sah ihn an. »Das würden Sie auf sich nehmen?«

Er nickte nüchtern. »So lauten meine Anweisungen, Mr. Radford.«

Ich stand auf. »Nicht, wenn Sie in meinem Auftrag tätig werden. Ich weiß Ihre Worte zu schätzen, aber es gibt etwas anderes, was Sie nicht ganz verstehen.«

Er blinzelte mich aus seinen Eulenaugen an. »Nämlich?«

»Sellick drohte Elizabeth damit, sie öffentlich zu ruinieren und zu demütigen. Wenn wir das alles vor Gericht zur Sprache bringen, dann lassen wir es genau dazu kommen. Wenn es einen Grund dafür gab, daß ich ihn tötete, dann, um das zu verhindern.«

Er lächelte. »Mir ist durchaus bewußt, Mr. Radford, daß Sie meinen, ich sei nur irgendein nichtsahnender Notar, aber, ob Sie es glauben oder nicht, daran hatte ich schon gedacht. Es ließe sich gar nicht vermeiden, daß alles an die Öffentlichkeit dringt. Natürlich nicht in so einseitiger Darstellung, wie Sellick es plante, aber man würde alles erfahren, und das Ergebnis wäre möglicherweise dasselbe. Ich glaube, die meisten Richter wären damit einverstanden, die politischen Aspekte ganz aus dem Spiel zu lassen, wodurch die Angelegenheit für die Presse erheblich an Attraktivität verlieren würde; aber sensationslüsterne Menschen würde man sicher noch anlocken.«

»Eben.«

»Ich habe die Dinge gegenüber Lady Couchman ganz genau so dargestellt. Auch ich denke zuallererst an sie. Sie hat mich durch ihre Antwort überzeugt, und zwar so gründlich, daß es nicht nur undankbar, sondern auch dumm wäre, wenn Sie sich sträuben würden.«

»Dann überzeugen Sie jetzt mich.«

»Ich werde mich darauf beschränken, Lady Couchmans eigene Worte zu zitieren. Sie hat nämlich gesagt, daß Mr. Sellick – ganz gleich, aus welcher Lage heraus – nicht das Recht hatte, so etwas von ihr zu verlangen, daß Sie aber – ihrer Meinung nach – jedes Recht dazu hätten, nicht zuletzt, weil Sie eben nichts verlangt hätten.« Elizabeths großherziges Angebot tauchte die nun eintretende Stille in ein warmes Licht. Tremlett packte die Nachschrift wieder in seine Aktentasche und traf Anstalten zu gehen. »Denken Sie darüber nach, Mr. Radford. Ich bin bei der Verhandlung morgen zugegen. Bis dahin müssen Sie einen Entschluß getroffen haben.«

Ich stand auf. »Ich kann es mir nicht leisten, auf meinem Stolz zu beharren, Mr. Tremlett. Ich bin Ihnen für alles dankbar, was Sie tun können.«

»Gut. Dann wollen wir einmal schauen, was sich machen läßt.«

»Wenn Sie Elizabeth sehen, sagen Sie ihr, bitte . . ., sagen Sie ihr, ich fühlte mich durch ihre Hilfe geehrt. Sie wird verstehen, was ich meine.«

»Dessen bin ich mir sicher.« Er schüttelte mir die Hand. »Ich glaube fast, ich verstehe es auch.«

Tremlett hatte mir einen Ausweg eröffnet, wo ich ihn am wenigsten vermutet hatte. In gewisser Weise wurde das, was folgte, dadurch eher noch schlimmer; in der quälend langen Phase, die nun gerade erst begann, war der brüchige Optimismus so fast schwerer zu ertragen.

Denn der Gerichtssaal war nur der förmlichste und sichtbarste Schauplatz für den Prozeß, den ich in den folgenden Monaten durchmachte. Vermutlich hatte ich gewußt, als ich Sellick tötete, daß die Strafe für diesen einen Akt von langer Dauer und nachhaltiger Wirkung sein würde. Und so kam es dann auch. Ein kurzer Auftritt vor Gericht am 23. Juni war unerheblich, der Antrag, die Tat als Totschlag zu bewerten, leicht zu vergessen, während ich den Sommer in der Steinwüste des Lewes-Gefängnisses verbrachte, im Trakt für die Untersuchungshäftlinge.

Tremlett leistete ganze Arbeit. Er verpflichtete einen hervorragenden Strafverteidiger, Clifford Dane, Anwalt der Krone und alter Freund von Henry, und er unternahm meinetwegen die versprochene Reise nach Madeira. Helen kam mich einmal besuchen und trieb die Ironie meiner Lage auf die Spitze, indem sie mir ihre gestelzte Form von Dank abstattete. Ich unterließ es, sie darauf hinzuweisen, daß sie dazu keinen Anlaß hatte. Es war sinnlos geworden, alten Groll noch abzureagieren. Ich war selbst verblüffter als sie, daß alles nun so gekommen war. Ich legte besonderen Wert darauf, daß man Nick und Hester unterrichtete, und sie waren so freundlich, mir Gelegenheit zu geben, endlich zu erklären, in was ich sie hineingezogen hatte. Besonders verständlich kann es nicht gewesen sein, obwohl sie steif und fest das Gegenteil behaupteten.

Von Tremletts Besuchen zur Information über den Verlauf seiner Bemühungen abgesehen, kam Elizabeth am häufigsten. Wir hatten wieder zu einem Verhältnis zurückgefunden, das sich in jenen fernen, trügerischen Tagen entwickelt hatte, als ich zum ersten Mal nach Quarterleigh gekommen war, als wir uns in aller Muße der Vergangenheit zugewandt hatten, ohne von Ambrose' Entdeckung und ihren Folgen etwas zu ahnen. Wir sprachen weniger von meiner Verteidigung und ihrem Anteil daran als von Strafford und seinem Anteil an unserem Leben. Allmählich teilten wir unsere Erinnerungen miteinander wie eine Witwe sie mit ihrem Schwager teilt; und aus all den Gründen, die sie daran gehindert hatte, die Nachschrift ganz der Vernichtung anheimzugeben, wurde uns die kleinste Spur der Erinnerung an Strafford lieb und teuer.

Ich fragte Elizabeth nach denen aus, die mich nicht besuchen kamen, aber sie konnte mir nicht weiterhelfen. Eves Aufenthaltsort war unbekannt, und Timothy hatte das Unternehmen Couchman sich selbst überlassen und war nach Spanien entschwunden. Es hatte sich offenbar auch ohne ihn erholt. Von Alec war überhaupt nichts bekannt, außer daß er nicht nach Madeira zurückgekehrt war.

Endlich, Anfang Oktober, wurde vor dem Krongericht von Lewes der Prozeß eröffnet. Eine Woche verhandelte man den Fall Ihrer Majestät der Königin gegen Martin Radford, und unter dem Gewicht juristischer Gelehrsamkeit wurde Faktisches und Fantastisches fein gemahlen. Für mich war das Ganze ein höchst befremdliches Puppentheater, Meilen von allen Ereignissen entfernt, die angeblich untersucht werden sollten, ein fremdartiges Reich der Perücken und Talare, in dem die wirklich wesentlichen Dinge – Straffords Edelmut und Couchs betrügerische Machenschaften, Sellicks Rachsucht und Elizabeths standhafte Würde – von den Launen und Strategien juristischer Technokraten ins Abseits gedrängt wurden.

»Martin Kenneth Radford, Sie sind angeklagt, sich am 21. Juni 1977, in Miston, West Sussex, des Mordes an Leo Sellick aus Madeira, Portugal, südafrikanischer Staatsangehörigkeit, schuldig gemacht zu haben. Bekennen Sie sich schuldig?«

»Nicht schuldig des Mordes, aber schuldig des Totschlags, nachdem ich provoziert wurde.«

»Provoziert«, der Schlüsselbegriff für Danes narrensichere Verteidigungsstrategie – wie er es sah, jedenfalls. Ich hatte vielmehr den Eindruck, daß meine Chancen eher aus den Fehlern des Staatsanwalts resultierten als aus Danes besonderen Fähigkeiten. Es schien, als könnte in einer makabren Wendung der Dinge Sellicks eigener Entschluß, die Spuren zu verwischen, mir bei den Geschworenen helfen.

Die Beweise gegen mich – das Ergebnis simpler und geduldiger kriminalistischer Arbeit – lagen nach dem zweiten Tag auf dem Tisch. Die Tatsachen waren unbestritten und rasch dargelegt. Sie ließen Dane wenig Spielraum zu glänzen.

Ich habe mich seitdem oft gefragt, ob Dane sich nicht hinter den Kulissen mit Thorndyke, dem Staatsanwalt, geeinigt hatte. Ihre Kontroversen wirkten irgendwie künstlich, ihre Art, die Dinge anzugehen, abgesprochen, der Umstand, daß man versäumte, Sellick als tragisches, unschuldiges Opfer eines sinnlosen Mords darzustellen, verdächtig. Dieser Verdacht sollte sich später noch verdichten.

Die Presse- und Zuhörertribünen waren voll besetzt, als Dane die Verhandlung für die Verteidigung eröffnete. Er hatte mich bereits davon überzeugt – instruiert wäre das treffendere Wort –, daß persönliche Aussagen meinerseits katastrophale Folgen haben könnten. Ich mußte mich daher auf seine fachliche Kompetenz und auf die Zeugen verlassen, die er berief. Und die ließen mich nicht im Stich.

Im Mittelpunkt stand unbestreitbar Elizabeth. Sie war einen ganzen Tag lang im Zeugenstand, wo sie den Richter in ihren Bann schlug und die Geschworenen für sich gewann. Als sie enthüllte, daß ihr Mann in Südafrika eine heimliche Ehe eingegangen war und welche Rolle Sellick in diesem Zusammenhang spielte, hatte sie das Mitgefühl des ganzen Saals. Daß ihr Versuch, eine Versöhnung herbeizuführen, ehrenhaft gewesen war, ließ sich nicht leugnen, ihre tapfere Weigerung, sich Sellicks wahren Absichten zu beugen, war unwiderstehlich. Hatte die seelische Belastung vielleicht die Fahrtüchtigkeit ihres Sohnes beeinträchtigt? Sie hielt es für möglich. Wir faßten es als Andeutung einer Wahrscheinlichkeit auf. Hätte sie Sellick selbst erschossen, wenn ich es zugelassen hätte? Sie glaubte, ja. Wir hatten das Gefühl, es zu wissen. Sie ersparte sich – und uns – nicht eine Einzelheit, als es um den Verrat ihres Enkels oder Sellicks letzte Forderungen ging. Am Ende las ich in den Gesichtern einiger Geschworener den Gedanken, daß sie vielleicht – nur möglicherweise – dasselbe getan hätten wie ich. Es hatte sich eine Art Solidaritätsgefühl eingestellt.

»Wenn Sie nun Fragen an die Zeugin stellen wollen, Mr. Thorndyke?«

»Ich habe keine, Euer Ehren.«

Keine Fragen? Elizabeth ins Kreuzverhör zu nehmen war zweifellos ein riskantes Unterfangen – weil es die Sympathie der Geschworenen für sie vielleicht nur noch verstärkt hätte, wenn es ihm gelungen wäre, sie aus der Fassung zu bringen. Aber dieses Risiko mußte er doch wohl eingehen? Mein Argwohn nahm zu.

Unabhängig von der Lustlosigkeit, mit der Thorndyke in Frage stellte, was von unserer Seite zur Entlastung vorgebracht wurde, hatten wir trotz allem immer noch die eigentliche Beweislast zu tragen. Ja, die fotokopierte Handschrift entsprach der Handschrift der Memoiren. Man gab den Geschworenen ein Wochenende Zeit, um die entscheidenden Abschnitte zu lesen. Aber nur Abschnitte. Dane, Thorndyke und der Richter hatten die Köpfe zusammengesteckt und waren dann zu diesem Ergebnis gekommen. »Wir versuchen am besten, die Sache abzukürzen«, hatte man mir gesagt. Aber ich vermutete andere Gründe.

Straffords öffentliche Karriere wurde mit keinem Wort erwähnt, nicht der kleinste Hinweis darauf gegeben, daß politische Feinde ihn zu Fall gebracht haben könnten. Im Gegenzug – so sah es jedenfalls aus – ließ Thorndyke Elizabeth weitgehend ungeschoren und erlaubte Dane, die Geschworenen auf das erwünschte Urteil hinzulenken. Sein Schlußplädoyer war in seiner Art eine Glanzleistung.

»Meine Damen und Herren Geschworenen, ich bitte Sie, die besonderen Eigenschaften dieses bemerkenswerten Falls zu betrachten. Auf der einen Seite der Verstorbene – Leo Sellick, ein älterer Herr, wohlhabender südafrikanischer Geschäftsmann. Materiell fehlte ihm nichts. Aber als Mensch war er ohne Freunde, ein Geheimniskrämer und zunehmend besessen von der Vorstellung eines Vaters, der seine Mutter im Stich gelassen hatte, bevor er selbst geboren wurde, und der ihn dadurch dazu verdammte, als Waise aufwachsen zu müssen. Als er diesen Vater endlich ausfindig gemacht hatte, war der Mann tot, für ihn nicht mehr faßbar. Nur die Familie war ihm noch geblieben, um seinen Zorn abzuladen.

Auf der anderen Seite, der Angeklagte – Martin Radford, ein junger arbeitsloser Historiker, den der Verstorbene eingestellt hatte, um das Beweismaterial zu beschaffen, mit dem die Couchmans erpreßt werden sollten. Nicht daß mein Klient gewußt hätte, daß dieses seine Absicht war. Er ging ahnungslos an eine Arbeit, die er für angewandte historische Forschung hielt.

Durch Lady Couchmans mutige Aussage wissen wir, worin dieses Beweismaterial bestand. Wir wissen, daß es vielleicht mit dafür verantwortlich war, daß ihr Sohn am 13. Juni dieses Jahres mit dem Auto tödlich verunglückte. Wir wissen, daß Sellick nur wenige Tage nach dem Unfall Lady Couchman ein Ultimatum gestellt hat: Sie sollte entweder an einer fragwürdigen Veröffentlichung über den jugendlichen Fehltritt ihres verstorbenen Ehemanns mitarbeiten oder sich auf das Schlimmste von Sellicks Seite gefaßt machen.

Mein Klient hatte allen Grund zu glauben, daß er unwissentlich das Wohlergehen einer Frau in Gefahr gebracht hatte, die er inzwischen bewunderte – die wir inzwischen wohl alle bewundern. Am Nachmittag des 21. Juni war er gezwungen, hilflos mit anzusehen, wie Sellick Lady Couchman in ihrem eigenen Haus beleidigte und demütigte und dabei einmal so weit ging, ihr Wein ins Gesicht zu schleudern. In diesem Moment verlor mein Klient die Selbstbeherrschung – nur für einen Augenblick, wie es jedem Menschen passieren kann. Der Zufall wollte es, daß er – nur weil er versucht hatte, Lady Couchman vor sich selbst zu schützen – eine geladene Waffe bei sich hatte. In äußerster Erregung und weil er unerträglich gereizt worden war, zog er die Waffe und drückte ab; Sellick war auf der Stelle tot.

Diesen Sachverhalt gesteht er ohne weiteres ein. Wenn man so etwas Mord nennt, wird die Wahrheit verbogen. Die vorgelegten Beweise dafür, daß mein Klient provoziert wurde, sind von der Anklage nicht bestritten worden. Ich möchte meinen, daß eine Verurteilung wegen Totschlags eine ausreichende Strafe für einen Menschen bedeutet, der schon sehr gelitten hat. Ich möchte meinen, daß Sie unter den gegebenen Umständen nur diese Entscheidung treffen können.«

So weit, so gut. Aber der Richter war nicht so leicht zu beeindrukken wie die Geschworenen. Er hatte eine Woche lang finster und schweigend verfolgt, wie Dane alle Register des wortgewandten Strafverteidigers zog, und dabei ausgesehen wie jemand, dessen unverdorbener Geschmack auf schmerzhafte Weise strapaziert wird. Der Vorsitzende, Richter Keppel, hatte das letzte Wort und nicht die Absicht, auf dessen Wirkung zu verzichten.

»Meine Herren Geschworenen, es ist meine Pflicht, Sie darauf hinzuweisen, daß Sie eine ernste und nüchterne Pflicht haben, eine Aufgabe, an die man nicht mit Gefühl oder nur beiläufig herangehen darf. Was auch immer gegen den Verstorbenen vorgebracht worden ist, vergessen Sie nicht, daß er selbst hier nicht auftreten und sich verteidigen kann.

In diesem Fall geht es um eine einfache Frage des Rechts. Mir fällt die Aufgabe zu, Ihnen einfachen juristischen Rat zu erteilen. Der Angeklagte bekennt sich des Totschlags schuldig, leugnet aber den Mord. Er plädiert auf Totschlag, weil er provoziert worden sei, und damit auf einen Tatbestand, der von allen, die eine Umwandlung der Mordanklage auf Totschlag zulassen, wohl am ungenauesten definiert ist.

Ich muß Sie daher auf den einschlägigen Abschnitt des entsprechenden Gesetzes von 1957 verweisen, der wie folgt lautet: ›Wenn im Fall einer Mordanklage Beweismaterial vorliegt, aufgrund dessen die Geschworenen zum Schluß kommen können, daß der Betreffende so provoziert wurde, daß er die Selbstbeherrschung verlor, dann muß die Entscheidung darüber, ob die Provokation ausreichte, um einen vernünftigen Menschen zum gleichen Handeln zu veranlassen, von den Geschworenen getroffen werden.‹

Die Entscheidung liegt also in Ihren Händen. Ich muß Sie jedoch zuvor auf bestimmte andere Dinge hinweisen. Die Verteidigung hat genügend Beweismaterial für die Provokation vorgelegt, um eine ernsthafte Prüfung zu rechtfertigen – das ist unbestreitbar. Ich hätte mir vielleicht gewünscht«, an dieser Stelle warf er Thorndyke einen finsteren Blick zu, »daß der Vertreter der Anklage die vorgelegten Argumente einer etwas strengeren Prüfung unterzogen hätte. Der Angeklagte tötete den Verstorbenen in äußerster Erregung. Daß er keine Zeit hatte, sich zu beruhigen, spricht zu seinen Gunsten. Er hätte es vielleicht nicht getan, hätte er nicht in diesem Augenblick eine Waffe bei sich gehabt. Offenbar führte er die Waffe nicht in böser Absicht mit sich. Auch das spricht zu seinen Gunsten.

Eine Sache jedoch spricht gegen ihn. In unserem Rechtssystem gehen wir gewöhnlich davon aus, daß die Reaktion in einem angemessenen Verhältnis zur Provokation stehen muß. So darf man Fausthiebe mit Fausthieben beantworten, aber nicht mit einer todbringenden Waffe. In diesem Fall wurden bloße Worte – und eine unter formalen Gesichtspunkten physische Attacke auf Lady Couchman – mit einer Kugel beantwortet. War eine solche Reaktion der Provokation tatsächlich angemessen? Ich glaube nicht. Aber Sie müssen entscheiden.«

Die Geschworenen blieben drei Stunden in der Beratung. Dane und Tremlett suchten mich in meiner Zelle auf, um mich zu beruhigen. Dane legte eine überschwengliche Zuversicht an den Tag. »Keppels Eingreifen in letzter Minute wird sie nicht erschüttern«, sagte er. »Die fressen mir aus der Hand. Wir bekommen unser Urteil, Mr. Radford, keine Angst.«

Tremlett war derjenige, der warnend zu Besonnenheit riet. »Der Richter wirkt feindseliger als der Staatsanwalt. Das ist nicht sehr beruhigend. Vergessen Sie nicht, daß er über das Strafmaß entscheidet, wie auch immer der Urteilsspruch lautet.«

»Und was ist die höchste Strafe für Totschlag?«

»Die gleiche wie für Mord.«

Die Geschworenen hielten, was Dane versprochen hatte. Sie kamen zurück und hatten auf Totschlag erkannt. Dane schüttelte mir kräftig die Hand. Elizabeth sprach mir von der Zuschauertribüne lächelnd Mut zu. Dennoch verfolgten mich Tremletts Worte. Keppels Gesicht, eingerahmt von der Perücke, vom Gesetz gezeichnet, war eine Maske. Zur Entscheidung über das Strafmaß vertagte er die Verhandlung bis zum nächsten Morgen.

Lewes, das Krongericht. Dienstag, 11. Oktober. Ein milder Tag. Durch die hohen, offenen Fenster dringt Sonnenlicht und Vogelgezwitscher. Die Pressetribüne ist bis auf den letzten Platz besetzt und wartet auf die Nachlese. Danes zuversichtliche Prognose: »Er hat gar keine Wahl, Mr. Radford, glauben Sie mir. Eine harmlose Strafe: so um die drei Jahre. In zwei Jahren sind Sie draußen.« Aber Keppel, mit unbewegter Miene vor sich hin brütend, hatte das letzte Wort. Im Angesicht seines messerscharfen Blicks und der Gedanken, die ich hinter seiner strengen Stirn erraten konnte, zog ich es vor zu schweigen.

»Martin Kenneth Radford, Sie sind des Totschlags für schuldig befunden worden. Die Geschworenen haben nach eingehender Beratung Ihre Auffassung akzeptiert, daß ein solches Urteil der Tat gerechter wird als eine Verurteilung wegen Mordes. Ich stimme ihnen zu, wie es das Gesetz von mir fordert.

Nichtsdestotrotz ist ein Mensch ums Leben gekommen. Wie sehr er Sie auch zum Zorn gereizt haben mag, die Tat darf nicht ungesühnt bleiben. Ich habe nicht die Absicht, der Auffassung Vorschub zu leisten, jemand, der einen Menschen getötet hat, könne sich damit entschuldigen, daß dessen Handeln von rücksichtslosen – oder auch brutalen – Überlegungen bestimmt gewesen sei. Wenn es eines Tages soweit käme, dann hätte die zivilisierte Gesellschaft – die dem Grundsatz gehorcht, daß angebliches Unrecht nur durch das Gesetz gesühnt werden darf – den Kopf verloren. Lassen Sie mich hier feststellen, daß dieses Gericht nicht den Kopf verloren hat, trotz aller wohlformulierten Appelle Ihres gelehrten Rechtsbeistands an die Herzen der Geschworenen.

Auch ich bin der Meinung, daß Sie dazu gereizt wurden, Leo Sellick zu töten. Aus diesem Grund – und nur aus diesem Grund – sind die Verurteilung wegen Totschlags und eine Strafe, die unter dem Höchstmaß bleibt, angemessen. Ich bin jedoch nicht der Meinung, daß Ihre Reaktion auf diese Provokation mit guten Gründen als verhältnismäßig bezeichnet werden kann. Unter den vielen Anschuldigungen gegen Leo Sellick fehlt der Tatbestand der Tötung eines Menschen. Dieses Verbrechens haben Sie sich schuldig gemacht, und meine Pflicht ist es, Ihnen dafür die angemessene Bestrafung zukommen zu lassen. Sie werden für fünfzehn Jahre ins Gefängnis gehen.«

»Angemessene Bestrafung.«

Ich wollte ihn anschreien, er solle aufhören. Ich wollte schreien: »Sie verstehen nichts. Leo Sellick hat meinen besten Freund vor 26

Jahren auf einem Eisenbahngleis in Devon ermordet. Ist es dann etwa nicht angemessen?«

Aber ich schwieg. Die Stille umklammerte mich mit der stummen Gewalt eines Traums. Keppel hätte es nicht verstanden. Wir hatten ihm nichts von Strafford erzählt. Er war nur ein Name, ein Schatten hinter den Sonnenstrahlen, die in den Gerichtssaal fielen.

»Angemessene Bestrafung.«

Der Augenblick war gekommen und verronnen. Das Spiel gewonnen und verloren. Ein Justizbeamter nahm mich am Arm. Dane, ganz Anwalt der Krone, sprach mit halblauter Stimme die gesetzten Worte: »Wir gehen in die Berufung.« Ich blickte zu Elizabeth. Sie schüttelte den Kopf, als wolle sie sagen, sie habe auf ihre alten schwachen Tage ihr Bestes gegeben und es habe nicht gereicht. Aber es hatte gereicht. Das konnte man an den Presseleuten sehen, die sich am Ausgang drängten.

Epilog

Ein halbes Jahr nachdem Keppel mich mit einem Strafmaß von 15 Jahren niedergeknüppelt hatte, reduzierte das Berufungsgericht die Strafe auf zehn Jahre. Dane, der in der ersten Instanz sogar über zehn Jahre entsetzt gewesen wäre, freute sich über das Ergebnis wie über einen persönlichen Triumph. Vermutlich hatte er an seine Karriere zu denken. Mit einem maximalen Straferlaß mußte ich nur noch sechs Jahre absitzen, und meine Chancen auf eine bedingte Haftentlassung zu einem noch früheren Zeitpunkt standen nicht schlecht. Im Herbst 1979 wurde ich in den offeneren Strafvollzug im Gefängnis Ford verlegt. Nach der Trostlosigkeit von Lewes wirkte es fast wie ein Ferienlager. Ich richtete mich darauf ein, mir in der restlichen Zeit nichts zuschulden kommen zu lassen und mich im übrigen unauffällig zu verhalten. Was zunächst undenkbar erschienen war, wurde allmählich Routine, dann durchaus erträglich und schließlich langweilig. In den letzten Jahren nutzte der für die Ausbildung zuständige Vollzugsbeamte mein Fachwissen als Lehrer, um sich die Arbeit zu erleichtern, und mir verschaffte die Tatsache, daß ich einige meiner Mitinsassen im Gefängnis bis zum Abschluß der mittleren Reife brachte, mehr Befriedigung als jede Art von Arbeit, die ich in Axborough getan hatte.

Mein Kontakt mit der Außenwelt nahm in dem Maß ab, wie ich durch mein Leben im Gefängnis unabhängiger wurde. Der große Einschnitt kam im Sommer 1978. Elizabeth, die mir öfter geschrieben und mich mehr besucht hatte als alle, erzählte mir, was in Wirklichkeit schon seit längerer Zeit ihre Absicht gewesen war. Nach langwierigen Verhandlungen mit einem Anwalt in Kapstadt hatte sie aus Sellicks Besitz die Quinta do Porto Novo erworben.

»Sie werden sicher besser als alle anderen verstehen, warum«, schrieb sie mir aus Quarterleigh. »Das Leben hier kann für mich nach den traumatischen Ereignissen des letzten Jahres nie mehr so werden wie vorher. Ich bin froh, daß ich geblieben bin und mein Bestes für Sie getan habe, aber nun, da das erledigt ist – nicht zu meiner Zufriedenheit oder, wie ich leider weiß, der Ihren – möchte ich einen wirklichen Einschnitt markieren. Wenn ich warte, werde ich zu alt und gebrechlich sein, um überhaupt noch etwas in dieser Hinsicht zu unternehmen. Im nächsten Jahr bin ich neunzig, und ich habe beschlossen, diesen Meilenstein mit einer tiefgreifenden Veränderung zu kennzeichnen.

Und was bietet sich da mehr an als das ausgeglichene Klima von Madeira? Darüber habe ich schon längere Zeit nachgedacht, und nun sind endlich die rechtlichen und finanziellen Voraussetzungen dafür geschaffen worden. Mr. Tremlett war dort und versichert mir, daß die Quinta in gutem Zustand ist. Die gute Dora will mich begleiten, obwohl ich mir nicht auszudenken wage, wie sie mit dem portugiesischen Personal zurechtkommen will. Wir verbinden die Reise Anfang September mit einer Kreuzfahrt zum Mittelmeer. Selbstverständlich werde ich Sie bis dahin noch mehrmals besuchen. Und nach Ihrer Entlassung erwarte ich von Ihnen, daß Sie mich regelmäßig auf Madeira besuchen.

In diesem Haus habe ich mich nicht mehr recht wohl gefühlt, seit Mr. Sellick darin zu Tode kam. In dem Haus, in dem Edwin eine Art Glück gefunden hat, hoffe ich den Seelenfrieden wiederzuerlangen, den er mir unter so großen Anstrengungen sichern wollte.«

Zwar überraschte mich diese Nachricht, aber ich hatte keine Schwierigkeiten, Elizabeths Entscheidung zu verstehen, und ich wünschte ihr viel Glück, wobei ich versprach, an ihrem hundertsten Geburtstag in Madeira dabeizusein, auch wenn mir das zu ihrem neunzigsten verwehrt blieb. Natürlich kam es anders, aber es war ein schöner Gedanke.

Als Elizabeth fort war, beschränkte sich mein Kontakt mit ihr auf regelmäßige und umfangreiche Luftpostbriefe, in denen die Begeisterung zum Ausdruck kam, mit der sie auf die Herausforderung reagierte, im hohen Alter noch ein neues Leben zu beginnen. »Wir lassen Edwins Arbeitszimmer nach wie vor in seinem ursprünglichen Zustand. Sonst würde man den Ort nicht wiedererkennen. Die Quinta wieder herauszuputzen verleiht mir offenbar neue Lebenskraft« ... »Gabriel (der Verwalter) verspricht für dieses Jahr eine gute Ernte. Bald hoffe ich Ihnen Madeira unter meinem eigenen Namen schicken zu können« ... »Dora und Tomás haben ihren

Streit gottlob begraben« ... »Ich schaue oft aus diesem Fenster auf das Meer und denke an England, aber ohne Sehnsucht – ich rechne jetzt nicht mehr damit heimzukehren, denn, sehen Sie, ich fühle mich hier zu Hause« ... »Die Zeit kann nicht auslöschen, was uns das Leben an Trauer bringt, aber sie kann uns die schmerzhafteste Erkenntnis lehren: daß selbst die eigenen Fehler noch reicher machen können.«

Das schrieb sie mir an ihrem 94. Geburtstag. Zu diesem Zeitpunkt war ich bereits auf Bewährung entlassen. Aber noch hatte ich nicht die Erlaubnis, sie zu besuchen. Ich durfte bis zum Februar 1984, dem Monat meiner regulären Entlassung bei maximalem Strafmaß, nicht ins Ausland fahren.

Das änderte sich alles im November 1983. Aus Madeira kam die Nachricht, daß Elizabeth auf der Quinta do Porto Novo in der Nacht sanft entschlafen war. Es war zwar zu erwarten gewesen, aber ich fühlte mich um ein letztes, wohlverdientes Treffen mit ihr von einer gefühllosen Bürokratie betrogen. Der Schock zerriß das Gespinst, in dem ich mich während meiner Haft eingesponnen hatte. Ganz gleich, was damals geschehen wäre, ich bezweifle, daß ich hätte weiterleben können wie zuvor.

Das war dann auch gar nicht nötig. Elizabeth wurde auf eigenen Wunsch auf Madeira beigesetzt, auf dem Friedhof bei einer kleinen Kapelle im Tal gleich unterhalb der Quinta. Helen flog zu dem Begräbnis, obgleich sie die Entscheidung Elizabeths, nicht an der Seite ihres Ehemanns in Miston begraben zu werden, mißbilligte. Der Entschluß war weniger symbolisch, als Helen meinte. Indem Elizabeth sich auf Madeira zur letzten Ruhe betten ließ, vermied sie eine sonst notwendige Entscheidung zwischen den beiden Männern, die sie geliebt hatte. Ich wünschte, ich hätte dabeisein können, aber die amtlichen Stellen blieben hart.

Dann platzte die Bombe. Tremlett war nach Madeira geflogen, um Elizabeths Angelegenheiten zu regeln. Anfang Dezember, nach seiner Rückkehr, schrieb er mir einen Brief, der die verblüffende Mitteilung enthielt, daß Elizabeth mir in ihrem Testament das gesamte Besitztum Quinta do Porto Novo und zusätzlich ein Vermögen von £ 210 000 vermacht hatte, praktisch alles, was sie besaß.

Während es mir die Sprache verschlug, war Helen empört. Ich mußte mehrere bitterböse Telefonanrufe über mich ergehen lassen und erhielt noch aus einem so weit entfernten Land wie Australien die Drohung eines Rechtsanwalts zugestellt, er werde das Testament im Namen von Timothy – der leer ausgegangen war – anfechten. Dazu kam es nicht. Tremlett wies mich darauf hin, daß Elizabeths Einschätzung, die mich für weit hilfsbedürftiger hielt als ihre beiden Enkelkinder, ohne Zweifel begründet war, selbst wenn diese das unerfreulich fanden. Ich scherte mich wenig um ihre Proteste. Meine Gedanken und Hoffnungen richteten sich bereits ganz auf das Wesentliche aus dem Brief, den Elizabeth mir außerdem hinterlassen hatte.

»Ich habe die Quinta do Porto Novo mit glücklichen Erinnerungen an Edwin erfüllt und das Versprechen gegeben, für eine Zukunft zu sorgen, die ihrer Vergangenheit als Zufluchtsort englischen Lebens in der Verbannung treu bleibt. Es ist das Letzte und Schönste, was ich geleistet habe. Was soll ich damit tun? Es wieder einem ortsfremden Hotelier überlassen? Ich glaube nicht. Soll ich die Quinta Helen vererben? Sie würde sie nicht haben wollen. Oder Timothy? Niemals. Sie, Martin, sind der einzige, der diesen Ort begreift und auch, warum ich hierhergegangen bin. Nehmen Sie ihn ohne Bedenken an, und hüten Sie ihn wohl. Für Sie und mich ist der Sinn Ihrer ehrenhaften Tat vor sechs Jahren in Quarterleigh ein engeres und bleibenderes Band als jede urkundlich bestätigte Abstammung. Mein Versagen war umsonst, wenn es nur bedeutete, daß Edwin so sterben mußte, wie er starb, und Sie ins Gefängnis gehen mußten, so wie es geschehen ist. Gestatten Sie mir deswegen diesen einen Erfolg. Machen Sie von Ihrer Zukunft weise Gebrauch.«

Ich war über Nacht ein reicher Mann geworden. Mit einem Mal war ich nicht mehr darauf angewiesen, den Weg des Vorbestraften zu gehen, der verzweifelt einen neuen Anfang sucht. Das war Elizabeths Geschenk. Diejenige, die am meisten darunter gelitten hatte, daß ich Vergangenes ausgegraben hatte, behandelte mich nun am besten. Für Strafford, für mich, für uns alle hatte sie die Vergangenheit mit einer strahlenden Zukunft besänftigt.

Sechs Monate ungefähr habe ich gebraucht, um mich hier einzurichten. Sechs Monate, in denen ich mir trotz aller Versicherungen Gabriels Sorgen um die Ernte machte, sechs Monate, in denen ich mich daran gewöhnte, von den hier lebenden Engländern, die meine Vergangenheit glücklicherweise nicht kannten, akzeptiert – ja willkommen geheißen – zu werden. Es war eine merkwürdige Erfahrung, nichts mehr erklären, nichts mehr entschuldigen zu müssen.

Aber ich gewöhnte mich bald an diese Erfahrung. Schließlich erschrak ich fast, als mir bewußt wurde, daß ich jetzt ein vermögender Mann war, der sich keinerlei Sorgen machen mußte. Die Quinta wirft einen bescheidenen Gewinn ab. Er gibt mir zusammen mit dem Kapital, das Elizabeth mir hinterlassen hat, vollkommene Sicherheit, ja vollkommene Freiheit, zu tun und lassen, was ich will.

Das glaubte ich jedenfalls.

Und dann nahm ich heute morgen, genau wie jeden Morgen, die Abkürzung zur Straße nach Gaula, aus der Quinta heraus, durch den Weinberg am Südhang und ging zu der Kapelle, wo Elizabeth begraben liegt. Ich bog um die letzte Kurve, als ein mit Bananen beladener Lkw mich überholte und in eine Staubwolke hüllte. Als sie sich langsam lichtete, wurde ein Wagen sichtbar, der am Bordstein vor dem Gitter parkte, das die Kapelle von der Straße abtrennt. Offenbar war ich nicht allein.

Die St.-Andrews-Kapelle, im letzten Jahrhundert von einem Schotten erbaut, dessen Presbyterseele sich nicht mit einem Grab in römisch-katholischer Erde abfinden konnte, steht unleugbar auf dem Boden Madeiras, aber gehört ihm nicht an, ein Stück Granit von der Insel mit einem kühlen Hauch kaledonischer Erinnerungen. Noch nie richtig ausgelastet, ist sie in jüngerer Zeit in Vergessenheit geraten. Auf ihrem kleinen überwucherten Friedhof wachsen die Grabsteine von Protestanten im Exil mit Lilien, Rhododendron und Hibiskus zu. An heißen Nachmittagen mache ich oft einen Gang hierher, um den kühlen Hauch im Schatten zu genießen, um darauf zu lauschen, wie unter meinen Füßen die Eukalyptuszapfen knacken, um Wasser aus dem Brunnen hinter der Kapelle zu holen und die Blumen auf Elizabeths Grab zu erneuern, dessen Stein sich noch weiß und scharfkantig von der Moos- und Flechtenmasse abhebt.

Ich stieß die Pforte auf und ging den kurzen Weg zur Kapelle hinauf, von deren Holztür die ziegelrote Farbe abblättert. In dem gemauerten Bogen darüber eine kaum leserliche Inschrift, der portugiesische Scherz eines Schotten: Boa Morte – Glückliche Erlösung durch den Tod. Etwas ließ mich innehalten, ehe ich eintrat, das Klicken von einem Kameraverschluß; es kam von rechts aus dem Friedhof. Ich drehte mich um und ging dem Geräusch nach.

Als ich hinten an der Kirche um die Ecke bog, sah ich sie. Sie stand an Elizabeths Grab und setzte gerade die Kamera ab, nachdem sie die Inschrift auf dem Grabstein fotografiert hatte. Sie hätte irgendeine englische Touristin sein können, mit ihrer blaßblauen Bluse, dem weiten weißen Rock und den offenen Sandalen, eine englische Touristin mit Kamera. Aber sie war nicht irgendwer. Als sie beim Geräusch sich nähernder Schritte herumfuhr und ein Sonnenstrahl durch die Bäume auf ihr Gesicht fiel, sah ich, daß es nur Eve sein konnte, gefaßt, obwohl ich sie überrascht hatte; sie musterte mich und ordnete den plötzlich aufgetauchten Fremden sogleich ein.

»Hallo, Martin«, sagte sie bloß.

Ich ging langsam auf sie zu. »Ich hätte nie gedacht, daß ich dich noch einmal sehen würde.«

»Ich auch nicht.«

»Sag mal, warum suchst du dir immer ... geweihten Boden ... aus, um mit mir zusammenzutreffen? Die Kirche von Miston, die Kathedrale von Chichester und jetzt hier.«

Sie lächelte. »Ich hatte nicht beabsichtigt, dich in Chichester zu treffen oder hier. Aber so unpassend ist es gar nicht. Denk an das mittelalterliche Asylrecht.«

»Du glaubst, das ist meine Zufluchtsstätte?«

»Deine oder meine. Was macht das für einen Unterschied?« Sie wandte sich um und ging ein paar Schritte zu der Bank, die der alte Tomás aus heimischem Weidenholz geflochten und dort aufgestellt hatte, nachdem Elizabeth gestorben war. Sie setzte sich und schaute mich an, wobei sie sich gab wie jemand, der Versöhnung sucht – oder etwas Subtileres.

»Du hast mir immer noch nicht gesagt, warum du gekommen bist.«

»Willst du das wirklich wissen?«

Ich beugte mich hinunter, um eine Eidechse von Elizabeths Grabstein zu verscheuchen. »Ich würde es wirklich gern erfahren.«

»Ich habe gerade ein Trimester an der Universität von Coimbra verbracht, um die spanische Besetzung Portugals zu untersuchen. Immer noch die fahrende Scholarin, wie du siehst. Einer der Kollegen dort stammt aus Madeira und hat mir von der Insel vorgeschwärmt. Ich beschloß, mit dem Schiff von Lissabon aus hinzufahren und ein paar Wochen während der Semesterferien hier zu verbringen.«

»Pure Neugier also?«

»Nein. Nicht nur. Eigentlich überhaupt nicht.«

»Warum denn?«

»Um dich zu treffen. Ich habe in Lissabon Nachforschungen angestellt und herausgefunden, daß du inzwischen der Eigentümer der Quinta geworden bist.«

Ich ging langsam um die Bank herum nach hinten und lehnte mich mit dem Rücken dagegen, so daß ich Eve gut verstehen, aber ihren eindringlichen Blick vermeiden konnte. »Ich dachte, das sei das letzte, was du tun wolltest.«

»Das dachte ich auch, vor einiger Zeit.«

»Was hat sich denn geändert?«

»Du. Wir beide. Das Rätsel, das uns vereinte, ist gelöst ... erledigt.«

»Waren wir je vereint? Du warst die ganze Zeit über entschlossen, mich hinter dir her zu locken.«

»Und warum nicht? Ich wußte, was ich tat und warum. Freilich war das Geheimnis Straffords schon an sich interessant, aber ich wußte mehr darüber, als du die ganze Zeit ahntest. Auch über dich. Sobald Straffords Name auftauchte, erinnerte ich mich an die Heiratsurkunde im Kendrick-Archiv. Deswegen führte ich dich an der Nase herum; ich wollte sehen, wie weit du gehen würdest, um mir zu gefallen.

Trotz all deiner hochgestochenen mannhaften Prinzipien hast du dich ohne weiteres dazu überreden lassen, den armen Strafford zu verkaufen, um das Leitmotiv meines Buchs nicht zu gefährden. Ich hatte mich schon gefragt, wann du die Sache mit dem Couchman-Stipendium herausfinden würdest, aber ich vermutete, du würdest sogar dann den Mund halten, und ich hatte recht.«

»Ich nehme zwar nicht an, daß du mir jetzt glauben wirst, aber an diesem Morgen – als ich ins Darwin kam – wollte ich aussteigen und meine Mitarbeit an der Verfälschung dessen, was ich von Strafford glaubte, verweigern.«

»So hatte es bereits einige Tage zuvor ausgesehen, aber ich konnte es dir ausreden. Bist du dir sicher, daß es nicht wieder genauso verlaufen wäre?«

»Wenn ich darüber nachdenke, nein.« Ich war mir nicht sicher, weil Eve recht hatte. Sie hätte mich damals zu allem überreden können.

»Ich war eigentlich davon ausgegangen, daß die Sache damit ein Ende haben würde, aber Timothy dachte sich, ich könne dir die Nachschrift entlocken – falls du sie hattest. Und ich war so eingebildet, daß ich dachte: Warum nicht? Außerdem versprach Timothy, Druck auf seine Großmutter auszuüben, damit sie sich zur Mitarbeit an meinem Buch bereit erklärte. Ich mußte immer noch an meine Karriere denken. Damals war mir noch nicht bewußt geworden, wie schwach Timothy war – oder wie stark Elizabeth sein konnte. Und ich hatte keine Ahnung, daß Timothys Vater Ambrose getötet hatte.«

»Unser erster Ausflug nach Braunton war also von vorn bis hinten geplant?«

»Nicht ganz. Timothy wollte dich bloß aus dem Weg haben, damit er das Haus der Bennetts durchsuchen konnte. Ich erfuhr ja erst am folgenden Morgen, daß die Nachschrift nicht dort war. Aber es war kein verlorener Tag.«

»Ich verstehe nicht, warum du es gemacht hast. Den ganzen Rest ... ja. Aber warum das?«

»Wegen etwas, das du auf der Hinfahrt sagtest. Weißt du noch, wie wir in der Nähe von Barnstaple in einem Pub einkehrten und ich dich zum Reden über dieses Mädchen brachte – Jane Campion? Sogar in diesem Augenblick konntest du es nicht unterlassen, dich als das Opfer einer skrupellosen Verführerin darzustellen. Es ekelte mich an, wie du vergessen konntest, daß sie noch ein Kind war, ein wehrloser Teenager, ein Mädchen, das du eigentlich zu beschützen hattest. Und dann fragte ich dich, was deiner Meinung nach wohl aus ihr geworden sei.«

»Ich erinnere mich daran.« Ich starrte auf den Boden. »Ich sagte, ich könnte mir vorstellen, daß sie inzwischen verheiratet sei, mit zwei Kindern, und alles vergessen hätte.«

»Genau. Das hast du dir vorgestellt. Du hast es nicht gewußt, und es war dir auch gleich, so wie jetzt auch noch. Ich sah dich an – du warst so weich, so wenig gefordert, so jämmerlich von Selbstmitleid erfüllt, und dann hast du dich auf anderer Leute Spesen durch dein Leben treiben lassen. Da dachte ich: Du Dreckskerl, es ist höchste Zeit, daß du anfängst, für deine Vergangenheit zu bezahlen. Für das, was du diesem Mädchen angetan hast – und aus Gründen, die du nie verstehen würdest –, ist es Zeit, daß du selbst anfängst zu leiden. Und ich werde dich leiden lassen.

Was am Strand geschah, stellte mich ebensosehr auf die Probe wie dich. Ich legte es eiskalt darauf ab, dich zu verführen, dich so vollkommen zu täuschen, daß die Zurückweisung, wenn sie am Schluß kam, dich zusammenbrechen ließ. Ich glaube, du hast zu keinem Zeitpunkt geahnt, daß ich in allem, was wir taten, die Rolle einer Kurtisane gespielt habe.«

Ich blickte auf und atmete tief durch. »Das stimmt. Ich habe es tatsächlich nicht geahnt.«

»Als du am nächsten Morgen gingst, wußte ich, daß du den Einbruch bei Bennetts feststellen und gleich nach Topsham zurückkommen würdest, immer noch in der Hoffnung, von mir überzeugt zu werden, das alles sei ein schrecklicher Irrtum. Ich hatte mir schon den passenden Empfang für dich ausgedacht. Er sollte in Book End stattfinden, aber du kamst früher zurück, als ich erwartet hatte. Ich hatte Timothy seit Wochen hingehalten. Er war überzeugt, wir seien auf dem Weg in meine Wohnung, wo ich seinem unwiderstehlichen Charme erliegen würde. In Wirklichkeit spielte er nur die ihm zugedachte Rolle in meinem Spiel. Auch so erreichte ich meinen Zweck. In gewisser Weise war der Schock für dich sogar noch heftiger, als ich hätte erwarten dürfen.«

»Außer, daß nun Timothy die Nachschrift nicht mehr in die Finger bekam.«

»Das verursachte ihm mehr Kopfzerbrechen als mir. Ich mußte dir allerdings folgen, und wenn es nur wegen meines Autos war. Dann trat Sellick auf den Plan, was aus meiner Sicht die Lage nur noch verbesserte. Timothy brachte seine Idee wieder ins Spiel, daß er Druck auf seine Großmutter ausüben könnte, damit sie ihren Beitrag zu meinem Buch leistete, was Sellick sehr recht war – ebenso wie mir. Was immer Straffords Lebensbericht sonst noch bedeutete, so handelte es sich in jedem Fall um ein wertvolles historisches Dokument. Ich hätte mir damit einen Namen machen können. Und da begann die Angelegenheit, mich zu beunruhigen.

Du magst große Fehler haben, Martin, aber du warst im schlimmsten Fall immer nur gedankenlos. In der Person Leo Sellicks lernte ich zum ersten Mal in meinem Leben jemanden kennen, der von Grund auf böse war. Timothy wurde gleich davon angesteckt. Und dann erfaßte es auch mich. Als wir Lady Couchman aufsuchten, wurde mir klar, daß ich mich zum stillschweigenden Komplizen bösartiger Rachegelüste eines anderen Menschen machen ließ.«

»Und du bist dennoch nicht ausgestiegen?«

»O nein. Das war das Schlimmste. Sellick hatte eine Begabung, die Schwächen anderer Menschen zu erkennen – und sie auszunützen. Meine Schwäche war mein wissenschaftlicher Ehrgeiz. Seine Pläne waren sorgfältig darauf angelegt, mir eine Möglichkeit zu bieten, diesen Ehrgeiz zu befriedigen. Ich wäre also nie ausgestiegen, sondern hätte eine alte Dame gnadenlos dafür geopfert.«

»Du hättest die Sache doch einfach fallenlassen können.«

»Ich hätte es aber nicht getan. Ich bildete mir etwas auf meine Zielstrebigkeit als emanzipierte Frau ein. Außerdem deutete Sellick an, er könne dich ebensogut dafür anstellen – und ich glaubte ihm.«

»Das zumindest stimmte nicht – zu diesem Zeitpunkt nicht mehr.«

»Nein, aber als wir in Chichester zusammentrafen, schienst du es zu bestätigen. Ich fragte dich – und meine Frage galt mir selbst ebenso wie dir –, was du tun würdest, um Lady Couchman zu beschützen. Und du sagtest ...«

»Nichts.«

»Aber am nächsten Tag hast du ihn getötet.«

Ich trat langsam vor Elizabeths Grab. »Ich habe es für sie getan.«

»Das weiß ich jetzt auch. Es kam einfach so ... unerwartet.«

»Ich war damals selbst überrascht. Alle waren überrascht – ich glaube sogar, Sellick auch.«

»Ich bin gleich, als ich davon erfuhr, nach Cambridge zurückgegangen. Ich war erschrocken, zweifellos, aber untergründig – so daß ich es mir selbst nicht eingestehen wollte – auch richtig glücklich darüber, daß du dich freiwillig in eine Lage begeben hattest, die schlimmer war als jede, die ich mir für dich hätte ausdenken können.«

»Freut mich, daß ich deine Zustimmung fand.«

»Es hat keinen Zweck, jetzt verbittert darauf zu reagieren, Martin. Ich versuche bloß zu erklären, wie es war. Das Unternehmen Couchman liquidierte gleich darauf das Stipendium, so daß ich plötzlich arbeitslos geworden war, ohne Aussicht darauf, über Nacht berühmt zu werden.«

»Tut mir leid, wenn ich es dir vermasselt habe.«

»Das will ich dir ja gerade erklären. In Wahrheit hast du mich vor einem schrecklichen Fehler bewahrt. In dem Sommer damals habe ich Cambridge den Rücken gekehrt, ein Jahr in Paris verbracht und bin dann in die Vereinigten Staaten zurück. Akademikerinnen haben dort weniger Probleme. Es war ein richtiger Schritt – für begrenzte Zeit. Ich war in Harvard recht erfolgreich – und habe dort schließlich die Untersuchung zur Suffragettenbewegung herausgebracht: als rein wissenschaftliche Arbeit. Ich heiratete einen Anwalt mit einer gutgehenden Kanzlei in Boston.«

»Meinen Glückwunsch.«

»Er ist letztes Jahr gestorben.«

Ich besann mich. Ich hatte die Schicksalsschläge nicht gepachtet. Selbst Eve konnte leiden. »Das tut mir leid.«

Sie stand auf und ging an mir vorbei. »Es ist gut. Wir haben fünf schöne gemeinsame Jahre verbracht. Ich habe mich mit seinem Tod abgefunden.« An der Kirchenmauer blieb sie stehen und blickte zu mir zurück. »Ich bin aus Harvard weggegangen, um einen Trennungsstrich zu ziehen. Coimbra schien dafür geeignet zu sein, mein früheres Leben möglichst weit hinter mir zu lassen. Und dann stellte ich fest, wie nahe ich dir dadurch gekommen war.«

»Eve, es tut mir leid wegen des Mädchens. Wirklich. Es ist lange her. Ich glaube, daß ich inzwischen vielleicht genug gebüßt habe.«

»Das glaube ich auch.«

»Und es tut mir leid wegen deines Mannes. Aber ich verstehe immer noch nicht, warum du hergekommen bist.«

»Um dich um Vergebung zu bitten – dieses Mal ehrlich.«

Die Eidechse war auf Elizabeths Grabstein zurückgekommen und wärmte sich auf seiner rauhen Oberfläche in den Sonnenstrahlen, die durch die Bäume drangen. »Du hast mich früher vielleicht einmal unterschätzt. Jetzt überschätzt du mich. Die Haft hat keinen Heiligen aus mir gemacht – oder auch nur einen besseren Menschen. Ich bin immer noch derselbe schwache Mensch, unter einer dünnen Haut von Stolz. Vergebung? Das willst du also. Geweihten Boden für die Absolution. Erst dein Spielzeug, dann dein Eunuch, jetzt dein Priester. Das ist es also?«

»Nein, Martin, nichts dergleichen.«

»Ich glaube doch. Sagt dir denn das, wozu Sellick dich fähig fand, nichts über dich selbst? Sagt denn das, was du mir angetan hast, dir nichts über das Mädchen – über Jane?«

»Was meinst du damit?«

»Deine sogenannte Rache war nichts als Imitation, ein Beweis, wenn du so willst, daß eigentlich ich ihr Opfer war, nicht sie meines. Jedenfalls hast du bekommen, was du wolltest, was du von Anfang an geplant hast. Deine Rache. Jetzt kannst du mich bitte in Frieden lassen.« Ich fühlte mich merkwürdig wohl in meiner beherrschten Wut.

»Wenn du es so willst.«

»Ich will es so.«

»Nun gut.« Sie trat auf mich zu. »Ich glaube, das Schlimmste ist, daß wir beide recht haben – jeder mit seiner Meinung über den andern. Aber sag mir«, sie blieb neben mir stehen, »was hätte Elizabeth für die Chance gegeben, Strafford Wiedergutmachung zu leisten?« Ich sah auf das Grab hinunter. »Mehr will ich nicht – ich will, daß wir uns gegenseitig noch einmal eine Chance geben. Sehr wahrscheinlich geht es nicht gut, aber lohnt es sich nicht, das herauszufinden? Ich habe immer nur nach dem Schlechten in dir gesucht, Martin. Und dabei das Beste in dir entdeckt – und das ist eigentlich etwas richtig Gutes . . . etwas, was ich vielleicht lieben gelernt hätte, wenn ich es mir gestattet hätte.«

Ich blickte sie ausdruckslos an. »Es ist zu spät, viel zu spät. Was zwischen uns steht, läßt sich nicht mehr wegwischen.«

»Natürlich nicht. Das ist es ja gerade. Es kann uns trennen – oder vereinen.«

»Wie sollte ich es je fertigbringen, dir nur ein Wort zu glauben? Wie könnte ich je vergessen, daß du möglicherweise immer die Rolle einer Kurtisane spielst?«

»Keiner von uns beiden könnte vergessen – es sei denn, wir machten gemeinsam den Versuch.«

»Die Erinnerung an dich und an das Rätsel, das du mir aufgabst, hat im Hintergrund all meiner Gedanken gestanden seit dem Tag in Chichester, wo du mir sagtest, was du in Wahrheit von mir gehalten hast. Jetzt, wo endlich die ganze Wahrheit heraus ist, kann ich dich vielleicht endgültig vergessen. Das ist alles, was ich will: dich vergessen – nicht zusammen mit dir die Fäden einer fiktiven Zukunft spinnen.«

»Das Traurige daran ist, daß du mir dieses eine Mal glauben solltest – und dieses eine Mal kann ich dich nicht überzeugen.«

»Dieses eine und das letzte Mal. Elizabeth hat Strafford einmal Vergebung angeboten, aber sie sagte, sie könne nie vergessen, was er vermeintlich getan hatte. Ich meinerseits kann dir nicht vergeben, Eve, ich bin nicht so großherzig wie sie. Aber ich werde versuchen zu vergessen.«

»Meinst du, das kannst du wirklich?«

Ich gab keine Antwort, sondern versuchte nur, jede Andeutung der Wahrheit aus meinem Gesicht zu verbannen.

»Ich bin bis zur nächsten Woche im ›Casino-Parkhotel‹ in Funchal. Dann gehe ich nach Spanien, um im Habsburg-Archiv in Valladolid zu arbeiten. Du könntest über die dortige Universität mit mir in Kontakt treten. Man kennt mich dort als Frau Dr. Connolly.«

»Du wirst nicht von mir hören.«

»Die Einladung gilt. Ich bin bis Ende Juni in Valladolid.« Sie drehte sich um und ging zur Pforte. An der Ecke der Kapelle blieb sie stehen. Ich schaute sie fragend an. Sie nahm den Fotoapparat hoch und knipste. »Eine Erinnerung – falls du nicht kommst.«

»Ich komme nicht.«

»Das wird sich herausstellen.« Sie hängte sich die Kamera wieder über die Schulter und ging rasch hinaus. Ein paar Augenblicke später hörte man den Motor eines Wagens aufheulen, der sich mit hoher Geschwindigkeit entfernte.

Sekunden später wurde mir bewußt, daß ich durch die Pforte auf die Straße gelaufen war. Ich konnte das Auto sehen, ein dunkler Fleck, der sich talabwärts auf Gaula zubewegte. Am Straßenrand, durch den Fahrtwind aufgewirbelt, segelten immer noch vereinzelte Rhododendronblüten in kreisender Bewegung zu Boden. Sie war fort. Aber ich konnte folgen – wenn ich es wollte.

Als ich zurückkam, bin ich hier hinaufgegangen, in Straffords Arbeitszimmer, um seine Erinnerungen noch einmal an dem Ort zu lesen, an dem sie geschrieben wurden, um Elizabeths Bild auf dem Schreibtisch zu betrachten, auf dem es schon immer stand, um aus dem Fenster talabwärts zum Meer zu schauen wie alle, die hier gelebt haben.

Der Abend senkt sich über die Quinta. Die Zikaden sind da und kratzen zirpend am ungewissen Rand der Dämmerung. Die einbrechende Nacht deckt den Zweifel zu, die Entscheidung wird um wenigstens einen weiteren Tag hinausgeschoben.

Ja, sie ist in diesen meinen alten Ort wieder eingetreten. Durch die Jahre, die stummgewordenen Lebensbilder, ist sie meiner Fährte gefolgt, und jetzt, am Ende, weiß ich, warum. Was ist für unsere Vergangenheit nun ihr Wort? Nur Verheißung, nur das unbestimmte, betörende Echo eines Traums, das durch den dunklen Raum klingt, in dem ich sie entbehrte. So nah bei mir, so fern von all meinen Gedanken bis jetzt ... »Ich bin bis Ende Juni in Valladolid.« In den Monaten, die nun unerbittlich folgen werden, wird ihre Einladung immer schwerer zu vergessen sein. Die Kraft, nein zu sagen, wird sich in jedem unbewachten Augenblick der Schicksalsergebenheit davonstehlen. Das weiß ich so gewiß, wie ich meine eigenen Schwächen kenne, so gewiß, wie sie sie kennt.

Straffords Gesicht in jenem Gruppenbild von Asquiths Kabinett: Ich sehe dich vor mir, aber ich kann dich nicht hören. Wenn du mir gesagt hättest, was die Suche nach deiner Vergangenheit für mich bereithielt, ich hätte sie nie begonnen. Aber das weißt du. Dein Schatten, dem ich folgte, in dem ich mich bewegte, umgibt mich nun hier, am Ort deiner Verbannung.

Was würdest du tun? Ich weiß – du brauchst nichts zu sagen. Doch erst muß ich das Buch schließen, Strafford, deines und meines, den zeitlosen Kreis unserer Beziehung. Dahinter wartet die Dunkelheit. In sie hineinzutreten bedeutet immer die Wahl einer ungewissen Zukunft. Was würdest du tun? Ich weiß – du brauchst nichts zu sagen. Jetzt muß ich entscheiden.